啼笑因缘

张恨水 著

zhanghenshui
zhu

远方出版社

图书在版编目(CIP)数据

啼笑因缘 / 张恨水著. -- 呼和浩特：远方出版社，
2017.12

ISBN 978 - 7 - 5555 - 1014 - 7

Ⅰ.①啼… Ⅱ.①张… Ⅲ.①章回小说 - 中国 - 现代
Ⅳ.①I246.4

中国版本图书馆 CIP 数据核字(2017)第 303875 号

啼笑因缘
TI XIAO YIN YUAN

作　　者	张恨水
责任编辑	孟繁龙
责任校对	奥丽雅
封面设计	仙　境
版式设计	王志利
出版发行	远方出版社
社　　址	呼和浩特市乌兰察布东路 666 号　邮编 010010
电　　话	(0471)2236470 总编室　2236460 发行部
经　　销	新华书店
印　　刷	北京市燕鑫印刷有限公司
开　　本	170mm×240mm　1/16
字　　数	285 千
印　　张	20
版　　次	2017 年 12 月第 1 版
印　　次	2018 年 4 月第 1 次印刷
印　　数	1—5 000 册
标准书号	ISBN 978 - 7 - 5555 - 1014 - 7
定　　价	45.00 元

序　言

　　发表于一九三○年的章回体通俗小说《啼笑因缘》，一经刊登便成为民国时期风靡一时、家喻户晓的读物，上至达官贵人，下至平民百姓无不参与热议，而作者张恨水也因此被誉为"现代通俗小说大师"。

　　《啼笑因缘》是张恨水的代表作之一，讲述了二十世纪二三十年代一个情节曲折、跌宕起伏的爱情故事。在军阀混战、烽烟未熄，列强侵华野心日益显露的年代，生于秀丽江南的青年学子樊家树来到北京求学深造，机缘巧合之下，他结识了三个性格、背景迥然不同的年轻女子——卖唱女沈凤喜、侠女关秀姑和富家女何丽娜。故事的主线便围绕这一男三女之间发生的一连串遭遇而展开。

　　故事的主要内容为：男主人公樊家树在天桥结识了关东义侠关寿峰及其女儿关秀姑，又怀着不平和怜爱之心救助了卖唱女沈凤喜，并供养她读书与生活；而樊家树的表嫂则极力撮合他和富家千金何丽娜交往，因何女酷似沈女，导致误会频生。这三个少女都对樊家树怀有爱恋之情，而樊家树内心只钟情于沈凤喜，他对关氏父女是敬仰其侠义精神，对何丽娜则是碍于表嫂之面的正常礼貌。就在樊家树的恋情发展之际，因为母亲生病，他匆忙返家探视，期间，沈凤喜贪慕荣华嫁给了军阀刘德柱。樊家树回京后得知此事，不仅没有怨恨，而是设法营救沈凤喜，但却遭到她的拒绝。后来，沈凤喜在刘德柱的殴打羞辱之下，心理不堪承受而发疯了。与此同时，决定专注学业的樊家树也被一伙匪徒绑架勒索，幸得关氏父女解救，并最终撮合他和何丽娜成就了一段"啼笑因缘"。

　　要理解《啼笑因缘》的主旨，必须从作者笔下的人物性格特点着手。男主人公樊家树是一个到北京求学的现代青年，他温柔多金、善良而又富有正义感，在倡导个性解放的民国时期，他的思想显得既先进又传统。他倡导爱情自由，人人平等，并向往西方留学教育；同时他又十分欣赏中国的传统文化，比如传统建筑和鼓书曲艺。他的审美也是趋向中国化，青睐传统的保守装束，不喜奢华暴露的西方服饰。鼓书艺人沈凤喜之所以吸引樊家树，除了因为她的纯真可爱和聪明伶俐，还有"唱大鼓"这种传统文化符合他的审美爱好。而富家千金何丽娜带给他的则是眼花缭乱的新鲜事物：华美的衣裳、奢华的生活、各种舞会和音乐会；部分外来文化引起了他的好奇，但并没有得到他的认同。在樊家树心中，人人生而平等，没有三教九流之分，所以他也能与走江湖的侠女关秀姑交往。正是这种独特的人格魅力，使樊家树与这三位风格迥异的女性发生了一段啼笑皆非的姻缘故事，在当时引起了巨大反响。

　　小说中三位女性的形象在张恨水细腻传神的笔下被塑造得生动、逼真而富有生命力。卖唱女沈凤喜对樊家树的感情，从一开始就是建筑在金钱上，这与她的成长环境密不可分。她从小生活拮据，金钱意识远超爱情意识，她因为金钱而摆脱了卖唱生活，也因为金钱而失去了自我。樊家树是一个恋爱至上主义者，沈凤喜则是一个物质至上主义者，两个本质不同的人走到一起，注定是一个悲剧。"无情最是黄金物，变尽天下儿女心。"张恨水不由发出了这样的感慨，并借此告诉我们，拜金主义从来都不是个人问题，而是一种社会现象，值得我们深思。

　　关秀姑是一个智勇双全的女强人，她以自立自强、充满正义的侠女形象出现在小说之中，她那豁达高尚的情操折服了很多读者。她对樊家树的感情一直含而不露，只有一次在风雨之夜造访时，她发现樊家树心绪不宁，于是留下了"风雨欺人，劝君珍重"的字条，表现了她作为女儿家的温情一面。当她得知樊家树心有所属后，并不沉溺于儿女情长，而是通过研读佛经有所感悟：爱一个人不一定要拥有他，所爱之人能够幸福，也是自己的幸福。最后，她以中华儿女的满腔热血，跟随父亲一起投身革命，可见她是一个追求自我价值之人，就像寒冬中傲骨盛放的一朵梅花，质朴无华，令人可敬可叹。这也从一个侧面表达了作者的爱国情怀。

何丽娜则是一个浪漫纵情的富家女，终日靠出入交际场所来打发时间。她开朗大方，思想西化，虽然夜夜笙歌，实则内心空虚。樊家树勤奋好学、克俭自律、真挚厚道的特质深深吸引了她，他那进步的道德情操对何丽娜的思想层面有着极大的启发，可以说是她的精神导师。小说后期的出洋留学、说服父亲投资创办医疗站，都是她具体的行动表现。为了追求爱情，她心甘情愿地改变自己，放弃浮华的社交生活，穿着打扮也趋于素净俭约，以樊家树的喜好作为自己的指导思想。于是，在冥冥之中，樊家树与沈凤喜的距离不断拉大，与何丽娜却越走越近。在续集里，她终于和樊家树修好，而樊家树也把她当成知己。故事讲到这里，算是有了一个圆满的结局。设置这样一个倒追男主人公的女性角色，也是作者思想进步的一个具体表现。

小说中三种类型的女性形象，满足了男性读者的心理需求，使每个男性读者都可以从书中找到自己的情感模式；而对女性读者来说，在阅读过程中不可避免地会将自己与其中的女性进行对比，进而找到属于自己的那个角色属性，在一定程度上获得心理满足。这也是《啼笑因缘》经久不衰的原因之一。

除了把人物性格刻画得形神兼备之外，张恨水对于风俗、景观也进行了细致深入的描写，在书中重现了老北京的天桥、先农坛、什刹海、北海和西山等景象，令人有身临其境的趣味。同时，作者还通过对老北京风土民情和小市民生活的生动描写，使作品具有丰富的地方文化色彩，给读者留下了深刻的印象，也为我们了解和研究北京民国时期的风俗文化提供了非常宝贵的资源。

作为一部集武侠、才子佳人、爱国为一体的作品，《啼笑因缘》取材广阔，情节曲折，故事性强，语言流畅清晰。在写作手法上，作者对景色、人物、细节、心理等的描写十分细腻真挚，真实动人。可以说，《啼笑因缘》的畅销和成功，一方面建立在其深刻的思想和精巧的艺术结构基础上，另一方面也离不开它蕴含的多层文化内涵，如传统文化、江湖文化、佛学文化和进步文化，这些提高了作品的艺术格调，扩大了它的影响力，使其拥有了长久不衰的生命活力。

目录

啼笑因缘   1

李浩然题词　蝶恋花　并序   3

一九三〇年严独鹤序   4

一九三〇年作者自序   8

001　豪语感风尘倾囊买醉　哀音动弦索满座悲秋   10

002　绮席晤青衫多情待舞　蓬门访碧玉解语怜花   21

003　颠倒神思书中藏倩影　缠绵情话林外步朝曦   32

004　邂逅在穷途分金续命　相思成断梦把卷凝眸   41

005　颊有残脂风流嫌着迹　手加约指心事证无言   52

006　无意过香巢伤心致疾　多情证佛果俯首谈经   62

007　值得忘忧心头天上曲　未免遗憾局外画中人   73

008　谢舞有深心请看绣履　行歌增别恨拨断离弦   83

009　星野送归车风前搔鬓　歌场寻俗客雾里看花   93

010　狼子攀龙贪财翻妙舌　兰闺藏凤炫富蓄机心   103

011　竹战只攻心全局善败　钱魔能作崇彻夜无眠   113

012　比翼羡莺俦还珠却惠　舍身探虎穴鸣鼓怀威   124

013　沽酒迎宾甘为知己死　越墙窥影空替美人怜   134

014　早课欲疏重来怀旧雨　晚游堪乐小聚比秋星   144

015　柳岸感沧桑翩鸿掉影　桐阴听夜雨落木惊寒   154

016　托迹权门姑为蜂蝶使　寻盟旧地喜是布衣交   164

017　裂券飞蚨绝交还大笑　挥鞭当药忍痛且长歌   174

018　惊疾成狂坠楼伤往事　因疑入幻避席谢新知   185

019 慷慨弃寒家酒楼作别　　模糊留血影山寺锄奸　　　195

020 辗转一封书红丝误系　　奔波数行泪玉趾空劳　　　205

021 艳舞媚华筵名姝遁世　　寒宵飞弹雨魔窟逃生　　　215

022 绝地有逢时形骸终隔　　圆场念逝者啼笑皆非　　　227

一九三○年作者《作完〈啼笑因缘〉后的说话》　　243

啼笑因缘　续集　　　　　　　　　　　　　　　247
一九三三年续集作者自序　　　　　　　　　　　249
001 雪地忍衣单热衷送客　　山楼苦境寂小病留踪　　　250

002 言笑如常同归谒老父　　庄谐并作小宴闹冰人　　　256

003 种玉来迟解铃甘谢罪　　留香去久击案誓忘情　　　262

004 借鉴怯潜威悄藏艳迹　　移花弥缺憾愤起飘茵　　　268

005 金屋蓄痴花别具妙计　　玉人作赝鼎激走情倩　　　273

006 借著论孤军良朋下拜　　解衣示旧创侠女重来　　　280

007 伏枥起雄心倾家购弹　　登楼记旧事惊梦投怀　　　286

008 辛苦四年经终成泡影　　因缘千里合同拜高堂　　　292

009 尚有人缘高朋来旧邸　　真无我相急症损残花　　　298

010 壮士不还高歌倾别酒　　故人何在热血洒边关　　　304

啼 笑 因 缘

远方经典阅读·张恨水作品集

李浩然题词

蝶恋花　并序

　　曩读恨水所著小说，讥讽歌台氍演宝黛事。语多隽永，自是心仪其人。今岁君为《新闻报》撰《啼笑因缘》，乃得朝夕展读。冬杪君南来，欢然把晤，神交十载，始慰辄饥。世之谈小说者，或崇尚远西，鄙弃章回体，实则艺有专精，理无偏废。异域之作，芟翦繁芜，含意深渺，警策可称；而缠绵悱恻之长，未尝不在中土，特妄事操觚者众，陈陈相因，斯令人生厌耳。若君此作，疏写不过数人，为时不过一岁。哀乐相寻，低徊弥永，任举一人一事，闭目思之，行止笑貌，恍惚若有所见所闻。而映写人生，不事雕饰，自然观感无尽，夫何逊于世界所称名著。今将刊印单行本，独鹤属余为文，因思名作声价，已在人口，何待赘言。爰取书中所纪，隶事分人，成小词四阕。譬诸锦带牙签。聊作装潢之助云尔。

　　一往情深深似醉，无限温馨，只自增憔悴。山掩斜阳花傍水，歌词惆怅三姝媚。　　剑影遥天飘复坠，肠断都昙，一曲悲秋泪，双照银缸樽酒对，合欢应带愁滋味。　（樊家树）

　　侠情早被柔丝绾，日日关心，日日萧郎面。不道光阴容易换，为人压尽鸳鸯线。　　脱难荒祠行夜半，季芈为郎，侬却为钟建。缕发遗君君莫恋，隔窗从此天涯远。　（关秀姑）

　　生小娇憨携画鼓，歌籍题名，哪识飘零苦。一霎酸风兼妒雨，是谁羔酒将人误。　　飞罢青蚨痴未悟，白桔无情，断送沾泥絮。罗帐书空呜咽语，惜花人在花无主。　（沈凤喜）

　　商略云衣兼绣幪，斗画长眉，笑语神飞动。一样寒簧双影共，璇闺枉作迷离梦。　　掩泪登车巾袖拥，舞罢傲傲，却馔伊蒲供。别墅重逢寒夜永，画楼终见双栖凤。　（何丽娜）

一九三〇年严独鹤序

　　我和张恨水先生初次会面，是在去年五月间，而脑海中印着"小说家张恨水"六个字的影子，却差不多已有六七年了。在六七年前（实在是哪一年已记不清楚），某书社出版了一册短篇小说集，内中有张恨水先生的一篇著作，虽是短短的几百个字，而描写甚为深刻，措辞也十分隽妙，从此以后，我虽不知道"恨水"到底是什么人，甚至也不知道他姓什么，而对于他的小说，却已有相当的认识了。在近几年来，恨水先生写作的长篇小说，散见于北方各日报；上海画报中，也不断地载着先生的佳作。我虽忙于职务，未能一一遍读，但就已经阅读者而论，总觉得恨水先生的作品，至少可以当得"不同凡俗"四个字。去年我到北平，由钱芥尘先生介绍，始和恨水先生由文字神交结为友谊，并承恨水先生答应我的请求，担任为《快活林》撰著长篇小说，我自然表示十二分的欣幸。在《啼笑因缘》刊登在《快活林》之第一日起，便引起了无数读者的欢迎了；至今虽登完，这种欢迎的热度，始终没有减退，一时文坛中竟有"《啼笑因缘》迷"的口号。一部小说，能使阅者对于它发生迷恋，这在近人著作中，实在可以说是创造小说界的新纪录。恨水先生对于读者，固然要表示知己之感；就以我个人而论，也觉得异常高兴，因为我忝任《快活林》的编者。《快活林》中，有了一个好作家，说句笑话，譬如戏班中来了个超等名角，似乎我这个邀角的，也还邀得不错哩。

　　以上所说的话，并非对于恨水先生"虚恭维"一番，更非对于《啼笑因缘》瞎吹一阵。恨水先生的自序中说，要讲切实的话；而我所讲的，也确实是切实的话。不过关于此书，我在编辑《快活林》的时候，既逐日阅稿发稿，目前刊印单行本，又担任校订之责，就这部书的本身上讲，也还有许多话可说。话太多了，不能不分几个层次，现在且分作三层来讲：一、描写的艺术；二、著作的方法；三、全书的结局和背景。

描写的艺术

小说着重描写，这是大家所知道的。因为一部小说，假令没有良好的描写，或者是著书的人，不会描写，那么据事直书，简直是"记账式"的叙述，或"起居注式"的记录罢了，试问还成何格局，有何趣味？所以要分别小说的好坏，须先看作者有无描写的艺术。讲到这部《啼笑因缘》，我可以说是张恨水先生在此书上，已充分运用了他的艺术，也充分表现着他的艺术。现在且从全书中摘出几点来，以研究其描写的特长。

甲、能表现个性。中国的旧小说，脍炙人口的，总要先数着《红楼梦》《水浒》《儒林外史》这几部书。而《红楼梦》《水浒》《儒林外史》的第一优点，就是描写书中人的个性，各有不同，才觉得有作用，才觉得有情趣。假令《红楼梦》上的小姐丫鬟，《水浒》上的一百零八位好汉，《儒林外史》上的许多人物，都和惠泉山上的泥一般，铸成一副模型，看的人便觉得讨厌。不但不能成为好小说，也简直不成其为小说了。《啼笑因缘》中的主角，除樊家树自有其特点外；如沈凤喜，如关秀姑，如何丽娜，其言语动作思想，完全各别，毫不相犯，乃至重要配角，如关寿峰，如刘将军，如陶伯和夫妇，如樊端本，也各有特殊的个性；在文字中直显出来，遂使阅者如亲眼见着这许多人的行为，如亲耳听得这许多人的说话。便感觉着有无穷的妙趣。

乙、能深合情理。小说是描写人生的。既然描写人生，那么笔下所叙述的，就该是人生所应有之事，不当出乎情理之外。（神怪小说及一切理想小说，又当别论。）常见近今有许多小说，著者因为要想将情节写得奇特一点，色彩描得浓厚一点，便弄得书中所举的人物，不像世上所应有的人物；书中所叙的事情，也不像世上所应有的事情——《啼笑因缘》却完全没有这个弊病。全书自首至尾，虽然奇文迭起，不作一直笔，不作一平笔，往往使人看了上一回，猜不到下一回；看了前文，料不定后文。但事实上的变化，与文字上的曲折，细想起来，却件件都深合情理，丝毫不荒唐，也丝毫不勉强。因此之故，能令读者如入真境。以至于着迷。

丙、能于小动作中传神。近来谈电影者，都讲究"小动作"。名导演家刘别谦他就是最注意于小动作的。因为一部影片中，单用说明书或对白来表现一切思想或情绪，那是呆的；于"小动作"中传神，那才是活的。小说和电影。论其性质，也是一样：电影中最好少"对白"而多"动作"，小说中也最好少写"说话"而多写"动作"。尤其是"小动作"。若能于各人的"小动作"中，将各人的心事，透露出来，便格外耐人寻味。试就本书中举几个例子：如第三回凤喜之缠手帕与数砖走路；第六回秀姑之修指甲；第二十二回樊家树之两次跌跤；又同回何丽娜之掩窗帘，与家树之以手指拈菊花干，俱为神来之笔。全书似此等处甚多，未遑列举，阅者能细心体会，自有隽味。恨水先生素有电影癖，我想他这种做法，也许有几分电影化。

著作的方法

有了描写的艺术，还须有著作的方法。所谓著作的方法，就是全书的结构和布局，须于未动笔之前，先定出一种整个的办法来。何者须剪裁，何者须呼应，何者须渲染，乃至于何者须顺写，何者须倒叙，何者写反面，何者写正面，都有了确定不移的计划，然后可以挥写自如。《啼笑因缘》全书二十二回，一气呵成，没有一处松懈，没有一处散乱，更没有一处自相矛盾，这就是在"结构"和"布局"方面，很费了一番心力的。也可以说是"著作的方法"，特别来得精妙。此外还有两种特殊的优点，也不可不说。

甲、暗示。全书常用暗示，使细心人读之，不待终篇，而对于书中人物的将来，已可有相当的感觉，相当的领会。如凤喜之贪慕虚荣，在第五回上学以后，要樊家树购买眼镜和自来水笔，已有了暗示。如家树和秀姑之不能结合，在第十九回看戏，批评十三妹一段，已有了暗示。而第二十二回樊、何结合，也仍不明说，只用桌上一对红烛，作为暗示。这明是洞房花烛，却依然含意未露，留待读者之体会。

乙、虚写。小说中的情节，若笔笔明写，便觉得太麻烦，太呆笨。艺术家论作画，说必须"画中有画"，将一部分的佳景，隐藏在里面，方有意味。讲到作小说，却须"书外有书"。有许多妙文，都用虚写，不必和盘托出，才有佳趣。《啼笑因缘》中有三段大文章，都用虚写：一、第十二回凤喜"还珠却惠"以后，沈三玄分明与刘将军方面协谋坑陷凤喜，而书中却不着一语。只有警察调查户口时，沈三玄抢着报明是唱大鼓的这一点，略露其意，而阅者自然明白。二、第十九回"山寺锄奸"，不从正面铺排，只借报纸写出，用笔甚简而妙。三、第二十二回关寿峰对樊家树说："可惜我对你两分心力，只尽了一分。"只此一语，便知关氏父女不仅欲使樊、何结合，亦曾欲使凤喜与家树重圆旧好。此中许多情节，全用虚写，论意境是十分空灵，论文境也省却了不少的累赘。若在俗手为之，单就以上三段文字，至少又可以铺张三五回。这就是"冲酱油汤"的办法——汤越多，味却越薄了。

全书的结局和背景

读小说者自然很注意于全书的结局和背景。关于《啼笑因缘》的结局，在恨水先生自己所作的《作完〈啼笑因缘〉后的说话》中，已讲得很明白、很详尽，我也不用再说什么了。总之就我个人的意见，以及多数善读小说者的批评，都以为除了如此结局而外，不能再有别的写法比这个来得有余味可寻。至于书中的背景，照恨水先生的自序，说是完全出于虚构，但我当面问他时，他却笑道："像刘将军这种人，在军阀时代，不知能找出多少；像书中所叙的情节，在现代社会中，也不知能找出多少，何必定要寻根究底，说是有所专指呢。"言外之意，可以想见。总之，天下事无真非幻，无幻非真，到底书中人、书中事有无背景，为读者计，也自毋庸求之过深，暂且留着一个哑谜吧。

我的话说得太多了，就此作一结束。末了我还有两件事要报告读者：一、《啼笑因缘》小说，已由明星影片公司摄制影片，大约单行本刊印而后，不多时书中人物又可以在银幕上涌现出来。二、恨水先生已决定此后仍不断地为《新闻报·快活林》撰著长篇小说。此事在嗜读小说而尤其欢迎恨水先生作品者闻之，必更有异常的快慰。

一九三〇年作者自序

那是民国十八年，旧京五月的天气。阳光虽然抹上一层淡云，风吹到人身上，并不觉得怎样凉。中山公园的丁香花、牡丹花、芍药花都开过去了；然而绿树荫中，零碎摆下些千叶石榴的盆景，猩红点点，在绿油油的叶子上正初生出来，分外觉得娇艳。水池子里的荷叶，不过碗口那样大小，约有一二十片，在鱼鳞般的浪纹上飘荡着。水边那些杨柳，拖着丈来长的绿穗子，和水里的影子对拂着。那绿树里有几间红色的屋子，不就是水榭后的"四宜轩"吗？在小山下隔岸望着，真个是一幅工笔图画啊！

这天，我换了一套灰色哗叽的便服，身上轻爽极了。袋里揣了一本袖珍日记本，穿过"四宜轩"，渡过石桥，直上小山来。在那一列土山之间，有一所茅草亭子，亭内并有一副石桌椅，正好休息。我便靠了石桌，坐在石墩上。这里是僻静之处，没什么人来往，由我慢慢地鉴赏着这一幅工笔的图画。虽然，我的目的，不在那石榴花上，不在荷钱上，也不在杨柳楼台一切景致上；我只要借这些外物，鼓动我的情绪。我趁着兴致很好的时候，脑筋里构出一种悲欢离合的幻影来。这些幻影，我不愿它立刻即逝，一想出来之后，马上掏出日记本子，用铅笔草草的录出大意了。这些幻影是什么？不瞒诸位说，就是诸位现在所读的《啼笑因缘》了。

当我脑筋里造出这幻影之后，真个像银幕上的电影，一幕一幕，不断地涌出。我也记得很高兴，铅笔瑟瑟有声，只管在日记本子上画着。偶然一抬头，倒几乎打断我的文思。原来小山之上，有几个妙龄女郎，正伏在一块大石上，也看了我喁喁私语。她们的意思，以为这个人发了什么疯，一人躲在这里埋头大写。我心想：流水高山，这正也是知己了，不知道她们可明白我是在为小说布局。我正这样想着，立刻第二个感觉告诉我，文思如放焰火一般——放过去了，回不转来的，不可间断。因此我立刻将那些女郎置之不理，又大书特书起来。我一口气写完，女郎们不见了，只对面柳树中，啪的一声，飞出一只喜鹊震破了这小山边的沉寂。直到于今，这一点印象，还留在我脑筋里。

　　这一部《啼笑因缘》，就是这样产生出来的。我自己也不知道我是否有什么用意，更不知道我这样写出，是否有些道理。总之，不过捉住了我那日那地一个幻想写出来罢了——这是我赤裸裸地能告诉读者的。在我未有这个幻想之先，本来由钱芥尘先生，介绍我和《新闻报》的严独鹤先生，在中山公园"来今雨轩"欢迎上海新闻记者东北视察团的席上认识。而严先生知道我在北方，常涂鸦些小说，叫我和《新闻报·快活林》也作一篇。我是以卖文糊口的人，当然很高兴的答应。只是答应之后，并不曾预定如何着笔。直到这天在那茅亭上布局，才有了这部《啼笑因缘》的影子。

　　说到这里，我有两句赘词，可以附述一下，有人说小说是"创造人生"，又有人说小说是"叙述人生"。偏于前者，要写些超人的事情；偏于后者，只要是写着宇宙间之一些人物罢了。然而我觉得这是纯文艺的小说，像我这个读书不多的人，是万万不敢高攀的。我既是以卖文为业。对于自己的职业，固然不能不努力；然而我也万万不能忘了作小说是我一种职业。在职业上作文，我怎敢有一丝一毫自许的意思呢？当《啼笑因缘》逐日在《快活林》发表的时候，文坛上诸子，加以纠正的固多；而极力谬奖的，也实在不少。这样一来，使我加倍的惭愧了。

　　《啼笑因缘》将印单行本之日，我到了南京，独鹤先生大喜，写了信和我要一篇序，这事是义不容辞的。然而我作书的动机如此，要我写些什么呢？我正踌躇着，同寓的钱芥尘先生、舒舍予先生就鼓动我作篇白话序，以为必能写得切实些。老实说，白话序平生还不曾作过，我就勉从二公之言，试上一试。因为作白话序，我也不去故弄什么狡狯伎俩，就老老实实地把作书经过说出来。

　　这部小说在上海发表以后，使我多认识了许多好朋友，这真是我生平一件可喜的事。我七八年没有回南；回南之时，正值这部小说出版，我更可喜了。所以这部书，虽然卑之无甚高论，或者也许我说"敝帚自珍"，到了明年石榴花开的时候，我一定拿着《啼笑因缘》全书，坐在中山公园茅亭上，去举行二周年纪念。那个时候，杨柳、荷钱、池塘、水榭，大概一切依然；但是当年的女郎，当年的喜鹊，万万不可遇了。人生的幻想，可以构成一部假事实的小说；然而人生的实境，倒真有些像幻影哩！写到这里，我自己也觉得有些"啼笑皆非"了。

001　豪语感风尘倾囊买醉　哀音动弦索满座悲秋

相传几百年下来的北京，而今改了北平，已失去那"首善之区"四个字的尊称。但是这里留下许多伟大的建筑，和很久的文化成绩，依然值得留恋。尤其是气候之佳，是别的都市花钱所买不到的。这里不像塞外那样苦寒，也不像江南那样苦热，三百六十日，除了少数日子刮风刮土而外，都是晴朗的天气。论到下雨，街道泥泞，房屋霉湿，日久不能出门一步，是南方人最苦恼的一件事。北平人遇到下雨，倒是一喜。这就因为一二十天遇不到一场雨，一雨之后，马上就晴，云净天空，尘土不扬，满城的空气，格外新鲜。北平人家，和南方人是反比例，屋子尽管小，院子必定大，"天井"二字，是不通用的。因为家家院子大，就到处有树木。你在雨霁之后，到西山去向下一看旧京，楼台宫阙，都半藏半隐，夹在绿树丛里，就觉得北方下雨是可欢迎的了。南方怕雨，又最怕的是黄梅天气。由旧历四月初以至五月中，几乎天天是雨。可是北平呢，依然是天晴，而且这边的温度低，那个时候，刚刚是海棠开后，杨柳浓时，正是黄金时代。不喜游历的人，此时也未免要看看三海，上上公园了。因为如此，别处的人，都等到四月里，北平各处的树木绿遍了，然后前来游览。就在这个时候，有个很会游历的青年，他由上海到北京游历来了。

这是北京未改北平的前三年，约莫是四月的下旬，他住在一个很精致的上房里。那屋子是朱漆漆的，一带走廊，四根红柱落地；走廊外，是一个很大的院子，平空架上了一架紫藤花，那花像绒球一般，一串一串，在嫩黄的叶丛里下垂着。阶上沿走廊摆了许多盆夹竹桃，那花也开的是成团的拥在枝上。这位青年樊家树，靠住了一根红柱，眼看着架上的紫藤花，被风吹得摆动起来，把站在花上的蜜蜂，甩了开去，又飞转来，很是有趣。他手上拿了一本打开而又卷起来的书，却背了手放在身后。院子里静沉沉的，只有蜜蜂翅膀振动的声音，嗡嗡直响。太阳穿过紫藤花架，满地起了花纹，风吹来，满地花纹移动，却有一种清香，沾人衣袂。家树觉得很适意，老是站了不动。

　　这时，过来一个听差，对他道："表少爷，今天是礼拜，怎样你一个人在家里？"家树道："北京的名胜，我都玩遍了。你家大爷、大奶奶昨天下午就要我到西山去，我是前天去过的，不愿去，所以留下来了。刘福，你能不能带我到什么地方去玩？"刘福笑道："我们大爷要去西山，是有规矩的，礼拜六下午去，礼拜一早上回来。这一次你不去，下次他还是邀你。这是外国人这样办的，不懂我们大爷也怎么学上了。其实，到了礼拜六礼拜日，戏园子里名角儿露了，电影院也换片子，正是好玩。"家树道："我们在上海租界上住惯了那洋房子，觉得没有中国房子雅致。这样好的院子，你瞧，红窗户配着白纱窗，对着这满架的花，像图画一样，在家里看看书也不坏。"刘福道："我知道表少爷是爱玩风景的。天桥有个水心亭，倒可以去去。"家树道："天桥不是下等社会聚合的地方吗？"刘福道："不，那里四围是水，中间有花有亭子，还有很漂亮的女孩子在那里清唱。"家树道："我怎样从没听到说有这样一个地方？"刘福笑道："我决不能冤你。那里也有花棚，也有树木，我就爱去。"家树听他说得这样好，便道："在家里也很无聊，你给我雇一辆车，我马上就去。现在去，还来得及吗？"刘福道："来得及。那里有茶馆，有饭馆，渴了饿了，都有地方休息。"说时，他走出大门，给樊家树雇了一辆人力车，就让他一人上天桥去。

　　樊家树平常出去游览，都是这里的主人翁表兄陶伯和相伴，到底有些拘束，今天自己能自由自在地去游玩一番，比较的痛快，也就不嫌寂寞，坐着车子直向天桥而去。到了那里，车子停住，四围乱哄哄地，全是些梆子胡琴及锣鼓之声。在自己面前，一路就是三四家木板支的街楼，楼面前挂了许多红纸牌，上面用金字或黑字标着，什么"狗肉缸"，"娃娃生"，又是什么"水仙花小牡丹合演《锯沙锅》"。给了车钱，走过去一看，门楼边牵牵连连，摆了许多摊子。就以自己面前而论，一个大平头独轮车，车板上堆了许多黑块，都有饭碗来大小，成千成百的苍蝇，只在那里乱飞。黑块中放了两把雪白的刀，车边站着一个人，拿了黑块，提刀在一块木板上一顿乱切，切了许多紫色的薄片。将一小张污烂旧报纸托着给人。大概是卖酱牛肉或熟驴肉的了。又一个摊子，是平地放了一口大铁锅，锅里有许多漆黑绵长一条条的东西，活像是剥了鳞的死蛇，盘满在锅里。一股又腥又臭的气味，在锅里直腾出来。原来那是北方人喜欢吃的煮羊肠子。家树皱了一皱眉头，转过身去一看，却是几条土巷，巷子两边，全是芦棚。前面两条巷，远远望见，芦棚里挂了许多红红绿绿的衣服，大概那是最出名的估衣街了。这边一个小巷，来来往往的人极多。巷口上，就是在灰地上摆了一堆的旧鞋子。也有几处是零货摊，满地是煤油灯，洋瓷盆，铜铁器。由此过去，南边是芦棚店，北方一条大宽沟，沟里一片黑泥浆，流着蓝色的水，臭气熏人。家树一想：水心亭既然有花木之胜，当然不在这里。又回转身来，走上大街，去问一个警察。警察告诉他，由此往南，路西便是水心亭。

原来北京城是个四四方方的地方，街巷都是由北而南，由东而西，人家的住房，也是四方的四合院。所以到此的人，无论老少，都知道四方，谈起来不论上下左右，只论东西南北。当下家树听了警察的话，向前直走，将许多芦棚地摊走完，便是一片旷野之地。马路的西边有一道水沟，虽然不清，倒也不臭。在水沟那边，稀稀的有几棵丈来长的柳树。再由沟这边到沟那边，不能过去。南北两头，有两架平板桥，桥头上有个小芦棚子，那里摆了一张小桌，两个警察守住。过去的人，都在桥这边掏四个铜子，买一张小红纸进去。这样子，就是买票了。家树到了此地，不能不去看看，也就掏了四个子买票过桥。到了桥那边，平地上挖了一些水坑，里面种了水芋之属，并没有花园。过了水坑，有五六处大芦棚，里面倒有不少的茶座。一个棚子里都有一台杂耍。所幸在座的人，还是些中上等的分子，不作气味。穿过这些芦棚，又过一道水沟，这里倒有一所浅塘，里面新出了些荷叶。荷塘那边有一片木屋，屋外斜生着四五棵绿树，树下一个倭瓜架子，牵着一些瓜豆蔓子。那木屋是用蓝漆漆的，垂着两副湘帘，顺了风，远远地就听到一阵管弦丝竹之声。心想，这地方多少还有点意思，且过去看看。

家树顺着一条路走去，那木屋向南敞开，对了先农坛一带红墙，一丛古柏，屋子里摆了几十副座头，正北有一座矮台，上面正有七八个花枝招展的大鼓娘，在那里坐着，依次唱大鼓书。家树本想坐下休息片刻，无奈所有的座位人都满了，于是折转身复走回来。所谓"水心亭"，不过如此。这种风景，似乎也不值得留恋。先是由东边进来的，这且由西边出去——一过去却见一排都是茶棚。穿过茶棚，人声喧嚷，远远一看，有唱大鼓书的，有卖解的，有摔跤的，有弄口技的，有说相声。左一个布棚，外面围住一圈人；右一个木棚，围住一圈人。这倒是真正的下等社会俱乐部。北方一个土墩，围了一圈人，笑声最烈。家树走上前一看，只见一根竹竿子，挑了一块破蓝布，脏得像小孩子用的尿布一般。蓝布下一张小桌子。有三四个小孩子围着打锣鼓拉胡琴。蓝布一掀，出来一个四十多岁的黑汉子，穿一件半截灰布长衫，拦腰虚束了一根草绳，头上戴了一个烟卷纸盒子制的帽子。嘴上也挂了一挂黑胡须，其实不过四五十根马尾。他走到桌子边一瞪眼，看的人就叫好，他一伸手摘下胡子道："我还没唱，怎么样就好得起来？胡琴赶来了，我来不及说话。"说着马上挂起胡子又唱起来。大家看见，自是一阵笑。

家树在这里站着看了好一会子，觉得有些乏，回头一看，有一家茶馆，倒还干净，就踏了进去，找个座位坐下。那柱子上贴了一张红纸条，上面大书一行字："每位水钱一枚。"家树觉得很便宜，是有生以来所不曾经过的茶馆了。走过来一个伙计。送一把白瓷壶在桌上，问道："先生带了叶子没有？"家树答："没有。"伙计道："给你沏钱四百一包的吧！香片？龙井？"这北京人喝茶叶，不是论份量，乃是论包的。一包茶叶，大概有一钱重。平常是论几个铜子一包，又简称几百一包。一百就是一个铜板。茶不分名目，窨过的茶叶，加上茉莉花，名为"香片"。不曾窨过，不加花的，统名之为"龙井"。家树虽然是浙江人，来此多日，很知道这层缘故。当时答应了"龙井"两个字，因道："你们水钱只要一个铜子，怎样倒花四个铜子买茶叶给人喝？"伙计笑道："你是南边人，不明白。你自己带叶子来，我们只要一枚。你要是吃我们的茶叶，我们还只收一个子儿水钱，那就非卖老娘不可了。"家树听他这话，笑道："要是客人都带叶子来，你们全只收一个子儿水钱，岂不要大赔钱？"伙计听了，将手向后方院子里一指，笑道："你瞧！我们这儿是不靠卖水的。"

家树向后院看去，那里有两个木架子，插着许多样武器，胡乱摆了一些石墩石锁，还有一副千斤担。院子里另外有重屋子，有一群人在那里品茗闲谈。屋子门上，写了一幅横额贴在那里，乃是"以武会友"。就在这个时候，有人走了出来，取架子上的武器，在院子里练练。家树知道了，这是一般武术家的俱乐部。家树在学校里，本有一个武术教员教练武术，向来对此感到有些趣味。现在遇到这样的俱乐部，有不少的武术可以参观，很是欢喜，索性将座位挪了一挪，靠近后院的扶栏。先是看见有几个壮年人在院子里，练了一会儿刀棍，最后走出来一个五十上下的老者，身上穿了一件紫花布汗衫，横腰系了一根大板带，板带上挂了烟荷包小褡裢，下面是青布裤，裹腿布系靠了膝盖，远远地就一摸胳膊，精神抖擞。走近来，见他长长的脸，一个高鼻子，嘴上只微微留几根须。他一走到院子里，将袖子一阵卷，先站稳了脚步，一手提着一只石锁，颠了几颠，然后向空中一举，举起来之后，望下一落，一落之后，又望上一举。看那石锁，大概有七八十斤一只，两只就一百几十斤。这向上一举，还不怎样出奇，只见他双手向下一落，右手又向上一起，那石锁飞了出去，直冲过屋脊。家树看见，先自一惊，不料那石锁刚过屋脊，照着那老人的头顶，直落下来，老人脚步动也不曾一动，只把头微微向左一偏，那石锁平平稳稳落在他右肩上。同时，他把左手的石锁抛出，也把左肩来承住。家树看了，不由暗地称奇。看那老人，倒行若无事，轻轻地将两只石锁向地下一扔。在场的一班少年，于是吆喝了一阵，还有两个叫好的。老人见人家称赞他，只是微微一笑。

这时，有一个壮年汉子，坐在那千斤担的木杠上笑道："大叔，今天你很高兴，玩一玩大家伙吧。"老人道："你先玩着给我瞧瞧。"那汉子果然一转身双手拿了木杠，将千斤担拿起，慢慢提起，平齐了双肩，咬着牙，脸就红了。他赶紧弯腰，将担子放下，笑道："今天乏了，更是不成。"老人道："瞧我的吧。"走上前，先平了手，将担子提着平了腹，顿了一顿，反着手向上一举，平了下颏。又顿了一顿，两手伸直，高举过顶。这担子两头是两个大石盘，仿佛像两片石磨，木杠有茶杯来粗细，插在石盘的中心。一个石磨，至少也有二百斤重，加上安在木杠的两头，更是吃力。这一举起来，总有五六百斤气力，才可以对付。家树不由自主地拍着桌子叫了一声"好！"

那老人听到这边的叫好声，放下千斤担，看看家树，见他穿了一件蓝湖绉夹袍，在大襟上挂了一个自来水笔的笔插。白净的面孔，架了一副玳瑁边圆框眼镜，头上的头发虽然分齐，却又卷起有些蓬乱，这分明是个贵族式的大学生，何以会到此地来？不免又看家树两眼。家树以为人家是要招呼他，就站起来笑脸相迎。那老人笑道："先生，你也爱这个吗？"家树笑道："爱是爱，可没有这种力气。这个千斤担，亏你举得起。贵庚过了五十吗？"那老人微笑道："五十几？——望来生了！"家树道："这样说过六十了。六十岁的人，有这样大力气，真是少见！贵姓是……"那人说是姓关。家树便斟了一杯茶，和他坐下来谈话，才知道他名关寿峰，是山东人，在京以作外科大夫为生。便问家树姓名，怎样会到这种茶馆里来？家树告诉了他姓名，又道："家住在杭州。因为要到北京来考大学，现在补习功课。住在东四三条胡同表兄家里。"寿峰道："樊先生，这很巧，我们还是街坊啦！我也住在那胡同里，你是多少号门牌？"家树道："我表兄姓陶。"寿峰道："是那红门陶宅吗？那是大宅门啦。听说他们老爷太太都在外洋。"家树道："是，那是我舅舅。他是一个总领事，带我舅母去了。我的表兄陶伯和，现在也在外交部有差事。不过家里还可过，也不算什么大宅门。你府上在哪里？"寿峰哈哈大笑道："我们这种人家，哪里去谈'府上'啦？我住的地方，就是个大杂院。你是南方人，大概不明白什么叫大杂院。这就是说一家院子里，住上十几家人家，做什么的都有。你想，这样的地方，哪里安得上'府上'两个字？"家树道："那也不要紧，人品高低，并不分在住的房子上。我也很喜欢谈武术的，既然同住在一个胡同，过一天一定过去奉看大叔。"

寿峰听他这样称呼，站了起来，伸着手将头发一顿乱搔，然后抱着拳连拱几下，说道："我的先生，你是怎样称呼啊？我真不敢当。你要是不嫌弃，哪一天我就去拜访你去。"又道："说到练把式，你要爱听，那有的是……"说时，一拍肚腰带道："可千万别这样称呼。"家树道："你老人家不过少几个钱，不能穿好的，吃好的，办不起大事，难道为了穷，把年岁都丢了不成？我今年只二十岁，你老人家有六十多岁，大我四十岁，跟着你老人家同行叫一句大叔，那不算客气。"寿峰将桌子一拍，回头对在座喝茶的人道："这位先生爽快，我没有看见过这样的少爷们。"家树也觉着这老头子很爽直，又和他谈了一阵，因已日落西山，就给了茶钱回家。

到了陶家，那个听差刘福进来伺候茶水，便问道："表少爷，水心亭好不好？"家树道："水心亭倒也罢了，不过我在小茶馆里认识了一个练武的老人家谈得很好。我想和他学点本事，也许他明后天要来见我。"刘福道："唉！表少爷，你初到此地来，不懂这里的情形。天桥这地方，九流三教，什么样子的人都有，怎样和他们谈起交情来了？"家树道："那要什么紧！天桥那地方，我看虽是下等社会人多，不能说那里就没有好人，这老头子人极爽快，说话很懂情理。"刘福微笑道："走江湖的人，有个不会说话的吗？"家树道："你没有看见那人，你哪里知道那人的好坏？我知道，你们一定要看见坐汽车带马弁的，那才是好人。"刘福不敢多事辩驳，只得笑着去了。

到了次日上午，这里的主人陶伯和夫妇，已经由西山回来。陶伯和在上房休息了一会，赶着上衙门。陶太太又因为上午有个约会，出门去了。家树一个人在家里，也觉得很是无聊，心想既然约会了那个老头子要去看看他，不如就趁今天无事，了却这一句话，管他是好是坏，总不可失信于他，免得他说我瞧不起人。昨天关寿峰也曾说到，他家就住在这胡同东口，一个破门楼子里，门口有两棵槐树，是很容易找的。于是随身带了些零碎钱，出门而去。

走到胡同东口，果然有这样一个所在。他知道北京的规矩，无论人家大门是否开着，先要敲门才能进去的。因为门上并没有什么铁环之类，只啪啪的将门敲了两下。这时出来一个姑娘，约莫有十八九岁，绾了辫子在后面梳着一字横鬌，前面只有一些很短的刘海，一张圆圆的脸儿，穿了一身的青布衣服，衬着手脸倒还白净，头发上拖了一根红线，手上拿了一块白十字布，走将出来。她见家树穿得这样华丽，便问道："你找谁？这里是大杂院，不是住宅。"家树道："我知道是大杂院。我是来找一个姓关的，不知道在家没有？"那姑娘对家树浑身上下打量了一番，笑道："我就姓关，先生你姓樊吗？"家树道："对极了。那关大叔……"姑娘连忙接住道："是我父亲。他昨天晚上一回来就提起了。现在家里，请进来坐。"说着便在前面引导，引到一所南屋子门口就叫道："爸爸快来，那位樊先生来了。"寿峰一推门出来了，连连拱手道："哎哟！这还了得，实在没有地方可坐。"家树笑道："不要紧的，我昨天已经说了，大家不要拘形迹。"关寿峰听了，便只好将客向里引。

家树一看屋子里面，正中供了一幅画的关羽神像，一张旧神桌，摆了一副洋铁五供，壁上随挂弓箭刀棍，还有两张獾子皮。下边一路壁上，挂了许多一束一束的干药草，还有两个干葫芦。靠西又一张四方旧木桌，摆了许多碗罐，下面紧靠放了一个泥炉子。靠东边陈设了一张铺位，被褥虽是布的，却还洁净。东边一间房，挂了一个红布门帘子，那红色也半成灰色了。这样子，父女二人，就是这两间屋了。寿峰让家树坐在铺上，姑娘就进屋去捧了一把茶壶出来。笑道："真是不巧，炉子灭了，到对过小茶馆里找水去。"家树道："不必费事了。"寿峰笑道："贵人下降贱地，难道茶都不肯喝一口？"家树道："不是那样说，我们交朋友，并不在乎吃喝，只要彼此相处得来，喝茶不喝茶，那是没有关系的。不客气一句话，要找吃找喝，我不会到这大杂院里来了。没有水，就不必张罗了。"寿峰道："也好，就不必张罗了。"

这样一来，那姑娘捧了一把茶壶，倒弄得进退两难。她究竟觉得人家来了，一杯茶水都没有，太不成话，还是到小茶馆里沏了一壶水来了。找了一阵子，找出一只茶杯，一只小饭碗，斟了茶放在桌上，然后轻轻地对家树道："请喝茶！"自进那西边屋里去了。寿峰笑道："这茶可不必喝了。我们这里，不但没有自来水，连甜井水都没有的。这是苦井的水，可带些咸味。"姑娘就在屋子里答道："不。这是在胡同口上茶馆里沏来的，是自来水呢。"寿峰笑道："是自来水也不成，我们这茶叶太坏呢！"

当他们说话的时候，家树已经捧起茶杯喝了一口，笑道："人要到哪里说哪里话，遇到喝咸水的时候，自然要喝咸水。在喝甜水的时候，练习练习咸水也好。像关大叔是没有遇到机会罢了，若是早生五十年，这样大的本领，不要说做官，就是到镖局里走镖，也可顾全衣食。像我们后生，一点能力没有，靠着祖上留下几个钱，就是穿好的，吃好的，也没有大叔靠了本事，喝一碗咸水的心安。"说到这里，只听见扑通一下响，寿峰伸开大手掌，只在桌上一拍，把桌上的茶碗都溅倒了。昂头一笑道："痛快死我了。我的小兄弟！我没遇到人说我说得这样中肯的。秀姑！你把我那钱口袋拿来，我要请这位樊先生去喝两盅，攀这么一个好朋友。"姑娘在屋子里答应了一声，便拿出一个蓝布小口袋来，笑道："你可别请人家樊先生上那山东二荤铺，我这里今天接来作活的一块钱，你也带了去。"寿峰笑道："樊先生你听，连我闺女都愿意请你，你千万别客气。"家树笑道："好，我就叨扰了。"

当下关寿峰将钱口袋向身上一揣，就引家树出门而去。走到胡同口，有一家小店，是很窄小的门面，进门是煤灶，煤灶上放了一口大锅，热气腾腾，一望里面，像一条黑巷。寿峰向里一指道："这是山东人开的二荤铺，只卖一点面条馒头的，我闺女怕我请你上这儿哩。"家树点了头笑笑。

上了大街，寿峰找了一家四川小饭馆，二人一同进去。落座之后，寿峰先道："先来一斤花雕。"又对家树道："南方菜我不懂，请你要。多了吃不下，也不必，可是少了不够吃。为客气，心里不痛快，也没意思。"家树因这人脾气是豪爽的，果然就照他的话办。一会酒菜上来，各人面前放着一只小酒杯，寿峰道："樊先生，你会喝不会喝？会喝，敬你三大杯。不会喝敬你一杯。可是要说实话。"家树道："三大杯可以奉陪。"寿峰道："好，大家尽量喝。我要客气，是个老混账。"家树笑着，陪他先喝了三大杯。

老头子喝了几杯酒，一高兴，就无话不谈。他自道壮年的时候，在口外当了十几年的胡匪，因为被官兵追剿，妇人和两个儿子都被杀死了。自己只带得这个女儿秀姑，逃到北京来，洗手不干，专做好人。自己当年做强盗，未曾杀过一个人，还落个家败人亡。杀人的事，更是不能干，所以在北京改做外科医生，做救人的事，以补自己的过。秀姑是两岁到北京来的，现在有二十一岁，自己做好人也二十年了。好在他们喝酒的时候，不是上座之际，楼上无人，让寿峰谈了一个痛快。话谈完了，他那一张脸成了家里供的关神像了。

家树道："关大叔，你不是说喝醉为止吗？我快醉了，你怎么样？"寿峰突然站起来，身子晃了两晃，两手按住桌子笑道："三斤了，该醉了。喝酒本来只应够量就好，若是喝了酒又去乱吐，那是作孽了，什么意思。得！我们回去，有钱下次再喝。"当时伙计一算账，寿峰掏出口袋里钱，还多京钱十吊（注：铜元一百枚），都倒在桌上，算了伙计的小费了。家树陪他下了楼，在街上要给他雇车。寿峰将胳膊一扬，笑道："小兄弟！你以为我醉了？笑话！"昂着头自去了。

从这天起，家树和他常有往来，又请他喝过几回酒，并且买了些布匹送秀姑做衣服。只是一层，家树常去看寿峰，寿峰并不来看他。其中三天的光景，家树和他不曾见面，再去看他时，父女两个已经搬走了。问那院子里的邻居，他们都说："不知道，他姑娘说是要回山东去。"家树本以为这老人是风尘中不可多得的人物，现在忽然隐去，尤其是可怪，心里倒恋恋不舍。

有一天，天气很好，又没有风沙，家树就到天桥那家老茶馆里去探关寿峰的踪迹。据茶馆里说，有一天到这里坐了一会，只是唉声叹气，以后就不见他来了。家树听说，心里更是奇怪，慢慢地走出茶馆，顺着这小茶馆门口的杂耍场走去。由这里向南走便是先农坛的外坛。四月里天气，坛里的芦苇，长有一尺来高。一片青郁之色，直抵那远处城墙。青芦里面，画出几条黄色大界线，那正是由外坛而去的。坛内两条大路，路的那边，横三右四的有些古柏。古柏中间，直立着一座伸入半空的钟塔。在那钟塔下面，有一片敞地，零零碎碎，有些人作了几堆，在那里团聚。家树一见，就慢慢地也走了过去。

走到那里看时，也是些杂耍。南边钟塔的台基上，坐了一个四十多岁的人，抱着一把三弦子在那里弹。看他是黄黝黝的小面孔，又长满了一腮短茬胡子，加上浓眉毛深眼眶，那样子是脏得厉害，身上穿的黑布夹袍，反而显出一条一条的焦黄之色。因为如此，他尽管抱着三弦弹，却没有一个人过去听的。家树见他很着急的样子，那只按弦的左手，上起下落，忙个不了，调子倒是很入耳。心想弹得这样好，没有人理会，实在替他叫屈。不免走上前去，看他如何。那人弹了一会，不见有人向前，就把三弦放下，叹了一口气道："这个年头儿……"话还没有往下讲，家树过意不去，在身上掏一把铜子给他，笑道："我给你开开张吧。"那人接了钱，放出苦笑来，对家树道："先生！你真是好人。不瞒你说，天天不是这样，我有个侄女儿今天还没来……"说到这里，他将右掌平伸，比着眉毛，向远处一看道："来了，来了！先生你别走，你听她唱一段儿，准不会错。"

说话时，来了一个十六七岁的姑娘，面孔略尖，却是白里泛出红来，显得清秀，梳着覆发，长齐眉边，由稀稀的发网里，露出白皮肤来。身上穿的旧蓝竹布长衫，倒也干净齐整。手上提着面小鼓和一个竹条鼓架子。她走近前对那人道："二叔，开张了没有？"那人将嘴向家树一努道："不是这位先生给我两吊钱，就算一个子儿也没有捞着。"那姑娘对家树微笑着点了点头，她一面支起鼓架子。把鼓放在上面，一面却不住地向家树浑身上下打量。看她面上，不免有惊奇之色。以为这种地方，何以有这种人前来光顾。那个弹三弦子的，在身边的一个蓝布袋里抽出两根鼓棍，一副拍板，交给那姑娘。姑娘接了鼓棍，还未曾打鼓一下，早就有七八个人围将上来观看。家树要看这姑娘，究竟唱得怎样？也就站着没有动。

一会儿工夫，那姑娘打起鼓板来。那个弹三弦子的先将三弦子弹了一个过门，然后站了起来笑道："我这位姑娘，是初学的几套书，唱得不好，大家包涵一点。我们这是凑付劲儿，诸位就请在草地上台阶上坐坐吧。现在先让她唱一段《黛玉悲秋》。这是《红楼梦》上的故事，不敢说好，姑娘唱着，倒是对劲。"说毕，他又坐在石阶上弹起三弦子来。这姑娘重复打起鼓板，她那一双眼睛，不知不觉之间，就在家树身上溜了几回——刚才家树一见她，先就猜她是个聪明女郎。虽然十分寒素，自有一种清媚态度，可以引动看的人。现在她不住地用目光溜过来，似乎她也知道自己怜惜她的意思，就更不愿走。四周有一二十个听书的，果然分在草地和台阶上坐下。家树究竟不好意思坐，看见身边有一棵歪倒树干的古柏，就踏了一只脚在上面，手撑着脑袋，看了那姑娘唱。

当下这个弹三弦子的便伴着姑娘唱起来，因为先得了家树两吊钱，这时更是努力。那三弦子一个字一个字，弹得十分凄楚。那姑娘垂下了她的目光，慢慢地向下唱。其中有两句是"清清冷冷的潇湘院，一阵阵的西风吹动了绿纱窗。孤孤单单的林姑娘。她在窗下暗心想。有谁知道女儿家这时候的心肠？"她唱到末了一句，拖了很长的尾音，目光却在那深深的睫毛里又向家树一转。家树先还不曾料到这姑娘对自己有什么意思，现在由她这一句唱上看来，好像对自己说话一般，不由得心里一动。

这种大鼓词，本来是通俗的，那姑娘唱得既然婉转，加上那三弦子，音调又弹得凄楚，四围听的人，都低了头，一声不响的向下听去。唱完之后，有几个人却站起来扑着身上的土，搭讪着走开去。那弹三弦子的，连忙放下乐器，在台阶上拿了一个小柳条盘子分向大家要钱。有给一个大子的，有给二个子的，收完之后，也不过十多个子儿。他因为家树站得远一点，刚才又给了两吊钱，原不好意思过来再要，现在将柳条盘子一摇，觉得钱太少，又遥遥对着他一笑，跟着也就走上前来。家树知道他是来要钱的，于是伸手就在身上去一掏。不料身上的零钱，都已花光，只有几块整的洋钱，人家既然来要钱，不给又不好意思，就毫不踌躇的拿了一块现洋，向柳条盘子里一抛，银元落在铜板上，"当"的打了一响。那弹二弦子的，见家树这样慷慨，喜出望外，忘其所以的把柳条盘交到左手，蹲了一蹲，垂着右手，就和家树请了一个安。

这时，那个姑娘也露出十分诧异的样子，手扶了鼓架，目不转睛地只向家树望着。家树出这一块钱，原不是示惠，现在姑娘这样看自己，一定是误会了，倒不好意思再看。那弹三弦子的，把一片络腮胡茬子几乎要笑得竖起来，只管向家树道谢。他拿了钱去，姑娘却迎上前一步，侧眼珠看了家树，低低的和弹三弦子的说了几句。他连点了几下头，却问家树道："你贵姓？"家树道："我姓樊。"家树答这话时，看那姑娘已背转身去收那鼓板，似乎不好意思，而且听书的人还未散开，自己丢了一块钱，已经够人注意的了，再加以和他们谈话，更不好。说完这句话，就走开了。

由这钟塔到外坛大门，大概有一里之遥，家树就缓缓地踱着走去。快要到外坛门的时候，忽然有人在后叫道："樊先生！"家树回头看，却是一个大胖子中年妇人追上前来，抬起一只胳膊，遥遥的只管在日影里招手。家树并不认识她，不知道她何以知道自己姓樊，心里好生奇怪，就停住了脚，看她说些什么。要知道她是谁，下回交代。

002　绮席晤青衫多情待舞　蓬门访碧玉解语怜花

却说家树走到外坛门口，忽然有个妇人叫他，等那妇人走近前来时，却不认识她。那妇人见家树停住了脚步，就料定他是樊先生不会错了。走到身边，对家树笑道："樊先生，刚才唱大鼓的那个姑娘，就是我的闺女。我谢谢你。"家树看那妇人，约莫有四十多岁年纪，见人一笑，脸上略现一点皱纹。家树道："哦！你是那姑娘的母亲，找我还有什么话说吗？"妇人道："难得有你先生这样好的人。我想打听打听先生在哪个衙门里？"家树低了头，将手在身上一拂，然后对那妇人笑道："我这浑身上下，有哪一处像是在衙门里的？我告诉你，我是一个学生。"那妇人笑道："我瞧就像是一位少爷，我们家就住在水车胡同三号。樊少爷没事，可以到我们家去坐坐。我姓沈，你到那儿找姓沈的就没错。"

说话时，那个唱大鼓的姑娘也走过来了。那妇人一见，问她道："姑娘，怎么不唱了？"姑娘道："二叔说，有了这位先生给的那样多钱，今天不干了，他要喝酒去。"说着，就站在那妇人身后，反过手去，拿了自己的辫梢到前面来，只是把手去抚弄。家树先见她唱大鼓的那种神气，就觉不错，现在又见她含情脉脉，不带点些儿轻狂，风尘中有这样的人物，却是不可多得。因笑道："原来你们都是一家人，倒很省事。你们为什么不上落子馆去唱？"那妇人叹了一口气道："还不是为了穷啊！你瞧，我们姑娘穿这样一身衣服，怎样能到落子馆去？再说她二叔，又没个人缘儿，也找不着什么人帮忙。要像你这样的好人，一天遇着着一个，我们就够嚼谷的了，还敢望别的吗？樊少爷，你府上在哪儿？我们能去请安吗？"家树告诉了她地点，笑道："那是我们亲戚家里。"一面说着话，一面就走出了外坛门。因路上来往人多，不便和她母女说话，雇车先回去了。

到家之后，已经是黄昏时候了。家树用了一点茶水，他表兄陶伯和，就请他到饭厅里吃饭。陶伯和有一个五岁的小姐。一个三岁的少爷，另有保姆带着。夫妇两个，连同家树，席上只有三个座位。家树上座，他夫妇俩横头。

陶太太一面吃饭，一面看着家树笑道："这一晌了，表弟喜欢一人独游，很有趣吗？"家树道："你二位都忙，我不好意思常要你们陪伴着，只好独游了。"伯和道："今天在什么地方来？"家树道："听戏。"陶太太望了他微笑，耳朵上坠的两片"翡翠秋叶"，打着脸上，摇摆不定，微微地摇了一摇头道："不对吧。"说时，把手上拿着吃饭的牙筷头，反着在家树脸上轻戳了一下。笑道："脸都晒得这样红，戏园子里，不能有这样厉害的太阳吧。"伯和也笑道："据刘福说，你和天桥一个练把式的老头认识，那老头有一个姑娘。"家树笑道："那是笑话了，难道我为了他有一个姑娘。才去和他交朋友不成？"陶太太道："表弟倒真是平民化，不过这种走江湖的人，可是不能惹他们。你要交女朋友……"说到这里，将筷子头指了一指自己的鼻尖，笑道："我有的是，可以和你介绍啊！"家树道："表嫂说了这话好几次了，但是始终不曾和我介绍一个。"陶太太道："你在家里，我怎样给你介绍呢？必定要你跟着我到北京饭店去，我才能给你介绍。"家树道："我又不会跳舞，到了舞厅里，只管看人跳舞，自己坐在一边发呆，那是一点意思也没有。"陶太太笑道："去一次两次，那是没有意思的。但是去得多了，认识了女朋友之后。你就觉得有意思了。无论如何，总比到天桥去坐在那又臊又臭的小茶馆里强得多。"家树道："表嫂总疑心我到天桥去有什么意思。其实我不过去了两三回，要说他们练的那种把式，不能用走江湖的眼光看他们，实在有些本领。"伯和笑道："不要提了，反正是过去的事。是江湖派也好，不是江湖派也好，他已远走高飞，和他辩论些什么？"

当下家树听了这话，忽然疑惑起来。关寿峰远走高飞。他何以知道？自己本想追问一句，一来这样追问，未免太关切了，二来怕是刘福报告的。这时刘福正站在旁边，伺候吃饭，追问出来，恐怕给刘福加罪，因此也就默然不说了。

平常吃过了晚饭，陶太太就要开始去忙着修饰的。因为上北京饭店跳舞，或者到真光、平安两电影院去看电影，都是这时候开始了。因此陶太太一放下筷子，就进上房内室去了。家树道："表嫂忙着换衣服去了，看样子又要去跳舞。"伯和道："今晚上我们一块儿去，好不好？"家树道："我不去，我没有西服。"伯和道："何必要西服，穿漂亮一点的衣服就行了。"说到这里，笑了一笑。又道："只要身上的衣服，穿得没有一点皱纹，头发梳得光光滑滑的，一样的可以博得女友的欢心。"家树笑道："这样子说，不是女为悦己者容，倒是士为悦己者容了。"伯和道："我们为悦己者容，你要知道，别人为讨我们的欢心更要修饰啊。你不信，到跳舞场里去看看，那些奇装异服的女子，她为着什么？都是为了自己照镜子吗？"家树笑道："你这话要少说，让表嫂听见了，就是一场交涉。"伯和道："这话也不算侮辱啊！女子好修饰，也并不是一定有引诱男子的观念，不过是一点虚荣之心，以为自己好看，可以让人羡慕，可以让人称赞。所以外国人男子对女子可以当面称许她美丽的。你表嫂在跳舞场里，若是有人称许她美丽，我不但不忌妒，还要很喜欢的。然而她未必有这个资格。"

两人说着话，也一面走着，踱到上房的客厅里来。只见中间圆桌上，放了一只四方的玻璃盒子，玻璃棱角上，都用五色印花绸来滚好，盒子里面，也是红绸铺的底。家树道："这是谁送给表兄一个银盾？盒子倒精致，银盾呢？"伯和口里衔了半截雪茄，用嘴唇将雪茄掀动着，笑了一笑道："你仔细看，这不是装银盾的盒子呀！"家树道："果然不是，这盒子大而不高，而且盒托太矮，这是装什么用的呢？莫不是盛玉器的？"伯和笑道："越猜越远。暂且不说，过一会子，你就明白了。"家树笑笑，也不再问，心想：我等会倒要看一个究竟，这玻璃盒子究竟装的是什么东西……

不多大一会儿工夫，陶太太出来了。她穿了一件银灰色绸子的长衫，只好齐平膝盖，顺长衫的四周边沿，都镶了桃色的宽辫，辫子中间，有挑着蓝色的细花和亮晶晶的水钻，她光了一截脖子，挂着一副珠圈，在素净中自然显出富丽来。家树还未曾开口，陶太太先笑道："表弟！我这件衣服新做的，好不好？"家树道："表嫂是讲究美术的人，自己计划着做出来的衣服，自然是好。"陶太太道："我以为中国的绸料，做女子的衣服，最是好看。所以我做的衣服，无论是哪一季的，总以中国料子为主。就是鞋子，我也是如此，不主张那些印度缎、印度绸。"说时，把她的一条玉腿，抬了起来，踏在圆凳上。家树看时，白色的长丝袜，紧裹着大腿，脚上穿着一双银灰缎子的跳舞鞋。沿鞋口也是镶了细条红辫，红辫里依样有很细的水钻。射人的目光。横着脚背，有一条锁带，带子上横排着一路珠子，而鞋尖正中，还有一朵精致的蝴蝶，蝴蝶两只眼睛，却是两颗珠子。家树笑道："这一双鞋，实在是太精致了，除非垫了地毯的地方，才可以下脚。若是随便的地下也去走，可就辱没了这双鞋了。"陶太太道："北京人说，净手洗指甲，作鞋泥里踏，你没有听见说过吗？不要说这双鞋，就是装鞋的这一个玻璃盒子，也就很不错了。"说时，向桌上一指，家树这才恍然大悟，原来这样精致的东西，还是一只放鞋的盒子呢！

这时陶太太已穿了那鞋，正在光滑的地板上，带转带溜，只低了头去审查，不料家树却插问一句："这样的鞋子要多少一双？"陶太太这才转过身来笑道："我也不知道多少钱，因为一家鞋店里和我认识，我介绍了他有两三千块钱生意，所以送我一双鞋，作为谢礼。"家树道："两三千块吗？那有多少双鞋？"陶太太道："不要说这种不见世面的话了，跳舞的鞋子，没有几块钱一双的。好一点，三四十块钱一双鞋，那是很平常的事，那不算什么。"家树道："原来如此，像表嫂这一双鞋，就让珠子是假的，也应该值几十块钱了。"陶太太道："小的珠子，是不值什么的，自然是真的。"家树笑道："表嫂穿了这样好的新衣，又穿了这样好鞋，今天一定是要到北京饭店去跳舞的了。"陶太太道："自然去。今天伯和去，你也去，我就趁着今晚朋友多的时候，给你介绍两位女朋友。"家树笑道："我刚才和伯和说了，没有西装，我不去。"伯和道："我也说了，没有西装不成问题，你何以还要提到这一件事？"家树道："就是长衣服，我也没有好的。"

当下陶太太见伯和也说服不了，便自己走回房去，拿了一瓶洒头香水，一把牙梳出来，不问三七二十一，将香水瓶子掉过来，就向他头上洒水。家树连忙将头偏着躲开，陶太太道："不行不行，非梳一梳不可，不然我就不带你去。"家树笑道："我并不要去啊。"伯和道："我告诉你实话吧，跳舞还罢了，北京饭店的音乐，不可不去一听。他那里乐队的首领，是俄国音乐大学的校长托拉基夫。"家树道："一个大学的校长，何至于到饭店里去作音乐队的首领？"伯和道："因为他是一个白党，不容于红色政府，才到中国来。若是现在俄国还是帝国，他自然有饭吃，何至于到中国来呢？"家树道："果然如此，我倒非去不可。北京究竟是好地方，什么人才都会在这里齐集。"陶太太见他说要去，很是欢喜，催着家树换了衣服，和她夫妇二人，坐了自家的汽车，就向北京饭店而来。

这个时候，晚餐已经开过去了。吃过了饭的人，大家余兴勃勃，正要跳舞。伯和夫妇和家树拣了一副座位，面着舞厅的中间而坐。由外面进来的人，正也陆续不断。这个时候，有一个十七八岁的女子，穿了葱绿绸的西洋舞衣，两只胳膊和雪白的前胸后背，都露了许多在外面。这在北京饭店，原是极平常的事，但是最奇怪的，她的面貌和那唱大鼓的女孩子，竟十分相像。不是她已经剪了头发，真要疑她就是一个了。因为看得很奇怪，所以家树两只眼睛，尽管不住地看着那姑娘。陶太太同时却站起身来，和那姑娘点头。姑娘一走过来，陶太太对家树笑道："我给你介绍介绍，这是密斯①何丽娜！"随着又给家树通了姓名。陶太太道："密斯何和谁一路来的？"何丽娜道："没有谁，就是我自己一个人。"陶太太道："那么，可以坐在我们一处了。"伯和夫妇是连着坐的，伯和坐中间，陶太太坐在左首，家树坐在右首，家树之右，还空了一把椅子。陶太太就道："密斯何！就在这里坐吧。"何小姐一回头，见那里有一把空椅子，就毫不客气的在那椅子上坐下。家树先不必看她那人，就闻到一阵芬芳馥郁的脂粉味，自己虽不看她，然而心里头，总不免在那里揣想着，以为这人美丽是美丽，放荡也就太放荡了……

饭店里西崽②，对何丽娜很熟，这时见她坐下，便笑着过来叫了一声"何小姐！"何丽娜将手一挥，很低的不知道说了一句什么，但是很像英语。不多一会儿，西崽捧了一瓶啤酒来，放一只玻璃杯在何丽娜面前。打开瓶塞，满满的给她斟了一满杯。那酒斟得快，鼓着气泡儿，只在酒杯子里打旋转。何丽娜也不等那酒旋停住，端起杯子来，"咕嘟"一声，就喝了一口。喝时，左腿放在右腿上，那肉色的丝袜子，紧裹着珠圆玉润的肌肤，在电灯下面，看得很清楚。

当下家树心里想：中国人对于女子的身体，认为是神秘的，所以文字上不很大形容肉体之美，而从古以来，美女身上的称赞名词，什么杏眼，桃腮，蝤蛴③，春葱，樱桃，什么都歌颂到了，然决没有什么恭颂人家两条腿的。尤其是古人的两条腿，非常的尊重，以为穿叉脚裤子都不很好看，必定罩上一幅长裙，把脚尖都给它罩住。现在染了西方的文明，妇女们也要西方之美，大家都设法露出这两条腿来。其实这两条腿，除富于挑拨性而外，不见得怎样美。家树如此想着，目光注视着丽娜小姐的膝盖，目不转睛地向下看。陶太太看见，对着伯和微微一笑，又将手胳膊碰了伯和一下。伯和心里明白，也报之以微笑。这时，音乐台的音乐，已经奏了起来，男男女女互相搂抱着，便跳舞起来——然而何丽娜却没有去。

一个人的性情，都是这样，常和老实的人在一处，见了活泼些的，便觉聪明可喜。但是常和活泼的人在一处，见了忠实些的，又觉得温存可亲了。何小姐日日在跳舞场里混，见的都是些很活跃的青年，现在忽然遇到家树这样的忠厚少年，便动了她的好奇心，要和这位忠实的少年谈一谈，也成为朋

①　密斯：此处为英文"Miss"的音译，意思是小姐，女士的尊称。
②　西崽：指旧时西式餐馆、洋行等行业中当仆役的男子。
③　蝤蛴：一种蝎虫，借以比喻妇女脖颈之美。

友，看看老实的朋友，那趣味又是怎样。因此坐着没动，等家树开口要求跳舞。凡是跳舞场的女友，在音乐奏起之后，不去和别人跳舞，默然地坐在一位男友身边，这正是给予男友求舞的一个机会，也不啻对你说，我等你跳舞。无如家树就不会跳舞，自然也不会启口。这时伯和夫妇，都各找舞伴去了。只剩两人对坐，家树大窘之下，只好侧过身子去，看着舞场上的舞伴。何小姐斟了一杯酒捧在手里，脸上现出微笑，只管将那玻璃杯口，去碰那又齐又白的牙齿，头不动，眼珠却缓缓的斜过来看着家树。等了有十分钟之久，家树也没说什么。丽娜放下酒杯问道：“密斯脱①樊！你为什么不去跳舞？”家树道：“惭愧得很，我不会这个。”丽娜笑道：“不要客气了，现在的青年，有几个不会跳舞的？”家树笑道：“实在是不会，就是这地方，我今天还是第一次来呢。”丽娜道：“真的吗？但这也是很容易的事，只要密斯脱樊和令亲学一个礼拜，管保全都会了。”家树笑道：“在这歌舞场中，我们是相形见绌的，不学也罢。”说到这里，伯和夫妇歇着舞回来了。看见家树和丽娜谈得很好，二人心中暗笑。当时大家又谈了一会，丽娜虽然和别人去跳舞了两回，但是始终回到这边席上来坐。

　　到了十二点钟以后，家树先有些倦意了，对伯和道：“回去吧。”伯和道：“时候还早啊。”家树道：“我没有这福气，觉得头有些昏。”伯和道：“谁叫你喝那些酒呢？”伯和因为明天要上衙门，也赞成早些回去。不过怕太太不同意，所以未曾开口。现在家树说要回去，正好借风转舵，便道：“既是你头昏，我们就回去吧。”叫了西崽来，一算账，共是十五元几角。伯和在身上拿出两张十元的钞票，交给西崽，将手一挥道：“拿去吧。”西崽微微一鞠躬，道了一声谢。家树只知道伯和夫妇每月跳舞西餐费很多，但不知道究竟用多少。现在看起来，只是几瓶清淡的饮料，就是廿块钱，怪不得要花钱。当时何丽娜见他们走，也要走，说道：“密斯脱陶！我的车没来，搭你的车坐一坐，坐得下吗？”伯和道：“可以可以。”于是走出舞厅，到储衣室里去穿衣服。那西崽见何小姐进来，早在钩上取下一件女大衣，提了衣抬肩，让她穿上。穿好之后，何小姐打开提包，就抽出两元钞票来，西崽一鞠躬，接着去了。这一下，让家树受了很大的刺激。白天自己给那唱大鼓书的一块钱，人家就受宠若惊，认为不世的奇遇。真是不登高山，不见平地，像她这样用钱，简直是把大洋钱看作大铜子。若是一个人作了她的丈夫，这种费用，容易供

---

　　① 密斯脱：此处为“Mr”的音译，意思是先生。

给吗？当时这样想着，看何小姐却毫不为意，和陶太太谈笑着，一路走出饭店。

这时虽然夜已深了，然而这门口树林下的汽车和人力车，一排一排的由北向南停下。伯和找了半天，才把自己的汽车找着。汽车里坐四个人，是非把一个坐倒座儿不可的。伯和自认是主人，一定让家树坐在上面软椅上，家树坐在椅角上，让出地方来，丽娜竟不客气，坐了中间，和家树挤在一处。她那边自然是陶太太坐了。车子开动了，丽娜抬起一只手捶了一捶头，笑道："怎么回事？我的头有点晕了！"正在这时，汽车突然拐了一个小弯，向家树这边一侧，丽娜的那一只胳膊，就碰了他的脸一下。丽娜回转脸来，连忙对家树道："真对不起，撞到哪里没有？"家树笑道："照密斯何这样说，我这人是纸糊的了，只要动他一下，就要破皮的。"伯和道："是啊，你这些时候，正在讲究武术，像密斯何这样弱不禁风的人，就是真打你几下，你也不在乎。"何小姐连连说道："不敢当，不敢当。"说着就对家树一笑。四个人在汽车里谈得很热闹，不多一会儿。就先到了何小姐家。汽车的喇叭遥遥地叫了三声，突然人家门上电灯一亮，映着两扇朱漆大门。何小姐操着英语，道了晚安，下车而去。朱漆门已是洞开，让她进去了。

这里他们三人回家以后，伯和笑道："家树！好机会啊！密斯何对你的态度太好了。"家树道："这话从何说起？我们不过是今天初次见面的朋友，她对我，谈得上什么态度？"陶太太道："是真的，我和何小姐交朋友许久了，我从没见过她对于初见面的朋友，是怎样又客气又亲密的。你好好的和她周旋吧，将来我喝你一碗冬瓜汤。"伯和笑道："你不要说这种北京土谜了，他知道什么叫冬瓜汤？家树，我告诉你吧，喝冬瓜汤，就是给你做媒。"家树笑道："我不敢存那种奢望，但是作媒何以叫喝冬瓜汤呢？"陶太太道："那就是北京土产，他也举不出所以然来。但是真作媒的人，也不曾见他真喝过冬瓜汤，不过你和何小姐愿意给我冬瓜汤喝，我是肯喝的。"家树道："表嫂这话，太没有根据了。一个初会面的朋友，哪里就能够谈到婚姻问题上去？"陶太太道："怎么不能！旧式的婚姻。不见面还谈到婚姻上去呢。你看看外国电影的婚事，不是十之八九一见倾心吗？譬如你和那个关老头子的女儿，又何尝不是一见就发生友谊呢？"家树自觉不是表嫂的敌手，笑着避回自己屋子里去了。

一个人受了声色的刺激，不是马上就能安帖的。家树睡的钢丝床头，有一只小茶柜，茶柜上直立着荷叶盖的电灯，正向床上射着灯光，灯光下放了一本《红楼梦》，还是前两晚临睡时候放在这儿的。拿起一本来看，随手一翻，恰是林黛玉鼓琴的那一段。由这小说上，想到白天唱《黛玉悲秋》的女子，心想她何尝没有何小姐美丽！何小姐生长在有钱的人家里，茶房替她穿一件外衣，就赏两块钱，唱大鼓书的姑娘唱了一段大鼓，只赏了她一块钱，她家里人就感激涕零。由此可以看到美人的身份，也是以金钱为转移的。据自己看来，那姑娘和何小姐长得差不多，年纪还要轻些，我要是说上天桥去听那人的大鼓书，表嫂一定不满意的。可是只和何小姐初见面，她就极力要和我做媒了。一人这样想着，只把书拿在手里沉沉地想下去。转念到与其和何小姐这种人做朋友。莫如和唱大鼓的姑娘认识了。她母亲曾请我到她家里去，何妨去看看呢，我倒可以借此探探她的身世。这一晚上，也不知道什么缘故。想了几个更次。

到了次日，家树也不曾吃午饭，说是要到大学校里去拿章程看看，就出门了。伯和夫妇以为上午无地方可玩，也相信他的话。家树不敢在家门口坐车，上了大街，雇车到水车胡同。到了水车胡同口上，就下了车，却慢慢走进去，一家一家的门牌看去。到了西口上，果然三号人家的门牌边，有一张小红纸片，写了"沈宅"两个字。门是很窄小的，里面有一道半破的木隔扇挡住，木隔扇下摆了一只秽水桶，七八个破瓦钵子，一只破煤筐子，堆了秽土，还在隔扇上挂了一条断脚板凳。隔扇有两三个大窟窿，可以看到里面院子里晾了一绳子的衣服，衣服下似乎也有一盆夹竹桃花，然而纷披下垂，上面是撒满了灰土。家树一看，这院子是很不洁净，向这样的屋子里跑，倒有一点不好意思。于是缓缓地从这大门踱了过去，这一踱过去，恰是一条大街。在大街上望了一望，心想难道老远的走了来又跑回家去不成？既来之则安之，当然进去看看。于是掉转身仍回到胡同里来。走到门口，本打算进去，但是依旧为难起来。人家是个唱大鼓书的，和我并无关系，我无缘无故到这种人家去做什么？这一犹豫，放开脚步，就把门走了过去。走过去两三家还是退回来，因想她叫我找姓沈的人家，我就找姓沈的得了。只要是她家，她们家里人都认识我的，难道她们还能不招待我吗？主意想定，还是上前去拍门。刚要拍门，又一想，不对，不对，自己为什么找人呢？说起来倒怪不好意思的。因此虽自告奋勇去拍门，手还没有拍到门，又缩转来了。站在门边，先咳嗽了两声，觉得这就有人出来，可以答话了。谁料出来的人，在隔扇里先说起话来道："门口瞧瞧去，有人来了。"

家树听声音正是唱大鼓书的那姑娘，连忙向后一缩，轻轻地放着脚步，赶快的就走。一直要到胡同口上了，后面有人叫道："樊先生！樊先生！就在这儿，你走错了。"回头看时，正是那姑娘的母亲沈大娘，一路招手，一路跑来，眯着眼睛笑道："樊先生你怎么到了门口又不进去？"家树这才停住脚道："我看见你们家里没人出来，以为里面没人，所以走了。"沈大娘道："你没有敲门，我们哪会知道啊？"说着话，伸了两手支着，让家树进门去。家树身不由自主的，就跟了她进去，只觉那院子里到处是东西。

当下沈大娘开了门，让进一间屋子。屋子里也是床铺锅炉盆钵椅凳，样样都有，简直没有安身之处。再转一个弯，引进一间套房里，靠着窗户有一张大土炕，简直将屋子占去了三分之二，剩下一些空地，只设了一张小条桌，两把破了靠背的椅子，什么陈设也没有。有两只灰黑色的箱子，两只柳条筐，都堆在炕的一头，这边才铺了一张芦席，芦席上随叠着又薄又窄的棉被，越显得这炕宽大。浮面铺的，倒是床红呢被，可是不红而黑了。墙上新新旧旧的贴了几张年画，什么《耗子嫁闺女》《王小二怕媳妇》，大红大绿，涂了一遍。家树从来不曾到过这种地方，现在觉得有一种很奇异的感想。沈大娘让他在小椅子上坐了，用着一只白瓷杯，斟了一杯马溺似的酽茶，放在桌上。这茶杯恰好邻近一只熏糊了灯罩的煤油灯，回头一看桌上，漆都成了鱼鳞斑，自己心里暗算，住在很华丽很高贵一所屋子里的人，为什么到这种地方来？这样想着，浑身都是不舒服，心想：我莫如坐一会子就走吧。正这样想着，那姑娘进来了。她倒是很大方，笑着点了一下头，接上说道："你吃水。"沈大娘道："姑娘！你陪樊先生一会儿，我去买点瓜子来。"家树要起身拦阻时，人已走远了。

现在屋子里剩了一男一女，更没有话说了。那姑娘将椅子移了一移，把棉被又整了一整，顺便在炕上坐下，问家树道："你抽烟卷吧？"家树摇摇手道："我不会抽烟。"这话说完，又没有话说了。那姑娘又站起来，将挂在悬绳上的一条毛巾牵了一牵，将桌上的什物移了一移，把那煤油灯和一只破碗，送到外面屋子里去，口里可说说道："它们是什么东西？也向屋里堆。"东西送出去回来，她还是没话说。家树有了这么久的犹豫时间，这才想起话来了，因道："大姑娘！你也在落子馆里去过吗？"这话说出，又觉失言了。因为沈大娘说过，是不曾上落子馆。姑娘倒未加考虑，答道："去过的。"家树道："在落子馆里，一定是有个芳名的了。"姑娘低了头，微笑道："叫凤喜，名字可是俗得很！"家树笑道："很雅致。"因自言自语的吟道："凤兮凤兮！"凤喜笑道："你错了，我是恭喜贺喜的那个喜字。"家树道："呀！原来姑娘还认识字。在哪个学校里读书的?"凤喜笑道:"哪里进过学堂!从前我们院子里的街坊,是个教书的先生,我在他那里念过一年多书,稍微认识几个字,《论语》上就有'凤兮'这两个字,你说对不对?"家树笑道:"对的,能写信吗?"凤喜笑着摇了一摇头。家树道:"记账呢?"凤喜道:"我们这种人家。还记个什么账呢?"家树道:"你家里除了你唱大鼓之外,还有别人挣钱吗?"凤喜道:"我妈接一点活做做。"家树道:"什么叫'活'?"凤喜先就抿嘴一笑,然后说道:"你真是个南边人,什么话也不懂。就是人家拿了衣服鞋袜来做,这就叫'做活'。这没有什么难,我也成。要不然,刮风下雨,不能出去怎么办?"家树道:"这样说,姑娘倒是一个能干人了。"凤喜笑着低了头,搭讪着,将一个食指在膝盖上画了几画。家树再要说什么,沈大娘已经买了东西回来了。于是双方都不作声,都寂然起来。

沈大娘将两个纸包打开,一包是花生米,一包是瓜子。全放在炕上,笑道:"樊先生!你请用一点,真是不好意思说,连一只干净碟子都没有。"凤喜低低地道:"别说那些话,怪贫的。"沈大娘笑道:"这是真话,有什么贫?"说毕,又出去弄茶水去了。凤喜看了看屋子外头,然后抓了一把瓜子,递了过来,笑着对家树道:"你接着吧,桌上脏。"家树听说,果然伸手接了。凤喜笑道:"你真是斯文人,双手伸出来,比我们的还要白净。"家树且不理她话,但昂了头,却微笑起来。凤喜道:"你乐什么?我话说错了吗?你瞧,谁手白净?"家树道:"不是,不是,我觉得北京人说话,又伶俐,又俏皮,说起来真好听。譬如刚才你所说那句'怪贫的'那个'贫'字就有意思。"凤喜笑道:"是吗?"家树道:"我何曾说谎?尤其是北京的小姑娘,她们斯斯文文的谈起话,好像戏台上唱戏一样,真好听。"凤喜笑道:"以后你别听我唱大鼓书了,就到我家里来听我说话吧。"沈大娘送了茶进来问道:"听你说什么?"凤喜将嘴向家树一努道:"他说北京话好听,北京姑娘说话更好听。"沈大娘道:"真的吗?樊先生!让我这丫头跟着你当使女去,天天伺候你,这话可就有得听了。"家树道:"那怎敢当!"只说到这里,凤喜斟了一杯热茶,双手递到家树面前,眼望着他,轻轻地道:"你喝茶,这样伺候,你瞧成不成?"家树接了那杯茶,也就一笑。他初进门的时候,觉得这屋又窄小,又不洁净。立刻就要走。这时坐下来了,尽管谈得有趣,就不觉时候长。那沈大娘只把茶伺候好了,也就走开。家树道:"你这院子里共有几家人家?"凤喜道:"一共三家,都是做小生意买卖的,你不嫌屋子脏,尽管来,不要紧的。"家树看了她,嘻嘻地笑,凤喜盘了两只脚坐在炕上,用手抱着膝盖,带着笑容，默然而坐。半晌，问道："你为什么老望着我笑?"家树道："因为你笑我才笑的。"凤喜道："这不是你的真话，这一定有别的缘故。"家树道："老实说吧，我看你的样子，很像我一个女朋友。"凤喜摇摇头道："不能不能，你的女朋友，一定是千金小姐，哪能像我长得这样寒碜。"家树道："不然，你比她长得好。"凤喜听了，且不说什么，只望着他把嘴一撇，家树见她这样子，更禁不住一阵大笑。

又谈了一会，沈大娘进来道："樊先生！你别走，就在我们这儿吃午饭去。没有什么好吃的东西，给你做点炸酱面吧。"家树起身道："不坐了，下次再来吧。"因在身上掏了一张五元的钞票，交在沈大娘手里，笑道："小意思，给大姑娘买双鞋穿。"说毕，脸先红了。因不好意思，三脚两步抢着出来，牵了一牵衣服，慢慢走着。走不多路，后面忽然有人咳嗽了两三声，回头看时，凤喜笑着走上前。回头见没有人，因道："你丢了东西了。"家树伸手到袋里摸了摸，昂头想道："我没有丢什么。"凤喜也在身上一掏，掏出一个报纸包儿，纸包得很不齐整，像是忙着包的。她就递给家树道："你丢的东西在这里。"家树接过来，正要打开，凤喜将手按住，瞟了他一眼，笑道："别瞧，瞧了就不灵，揣起来，回家再瞧吧。再见！再见！"她说毕，也很快地回家去了。家树这时恍然大悟，才明白了并不是自己丢下的纸包，心里又是一喜。要知道那纸包里究竟是什么东西，下回分解。

003　颠倒神思书中藏倩影　缠绵情话林外步朝曦

却说家树临走的时候，凤喜给了他一个纸包。他哪里等得回家再看，一面走路，一面就将纸包打开。这一看，不觉心里又是一喜，原来纸包里不是别的什么，乃是一张凤喜本人的四寸半身相片。这相片原是用一个小玻璃框子装的，悬在炕里面的墙上。当时因坐在对面，看了一看，现在凤喜追了送来，一定是知道自己很爱这张相片的了。心想：这个女子实在是可人意，只可惜出在这唱大鼓书的人家。近朱者赤，近墨者黑，温柔之中，总不免有一点放荡的样子，倒是怪可惜的。一路想着，一路就走了去，也忘了坐车。及至到了家，才觉得有些疲乏，便斜躺在沙发上，细味刚才和她谈话的情形，觉得津津有味。刘福给他送茶送水，他都不知道，一坐就是两个多钟头。因起身到后院子里去，忽然有一阵五香炖肉的香味，由空气里传将过来。忽然心里一动，醒悟过来，今天还没有吃午饭。走回房去，便按铃叫了刘福来道："给我买点什么吃的来吧，我还没有吃饭。"刘福道："表少爷还没有吃饭吗？怎样回来的时候不说哩？"家树道："我忘了说了。"刘福道："你有什么可乐的事儿吗？怎么会把吃饭都给忘了？"家树也说不出所以然来，只是微笑。刘福道："买东西倒反是慢了，我去叫厨房里赶着给你办一点吧。"说毕，他也笑着去了。

一会子，厨子送了一碟冷荤，一碗汤，一碗木樨饭来。这木樨饭就是蛋炒饭，因为鸡蛋在饭里像小朵的桂花一样，所以叫作木樨。但是真要把这话问起北京人来，北京人是数典而忘祖的。当时厨子把菜饭送到桌上来。家树便一人坐下吃饭。吃饭的时候，不免又想到凤喜家里留着吃炸酱面的那一幕喜剧。回想我要是真在她家里吃面，恐怕她会亲手做给我来吃，那就更觉得有味了。人在出神，手里拿了汤匙，就只管舀了汤向饭碗里倒，倒了一匙，又是一匙，不知不觉之间，在木樨饭里，倒上大半碗汤。偶然停止不倒汤了，低头一看，自己好笑起来。心想：从来没有人在木樨饭里淘汤的，听差看见，岂不要说我南边人，连吃木樨饭都不会。当时就低着头，稀里呼噜，把一大碗汤淘木樨饭，赶快吃了下去。但是在他未吃完之前，刘福已经舀了水进来，预备打手巾把了。家树吃完，他递上手巾把来。家树一只手接了手巾擦脸，一只手伸到怀里去掏摸，掏摸一阵，忽然丢了手巾，屋子里四围找将起来。抽屉里，书架上，床上枕头下面，全都寻到了，里屋跑到外屋，外屋跑到里屋，尽管乱跑乱找。刘福看到忍不住了，便问道："表少爷！你丢了什么？"家树道："一个报纸包的小纸包，不到一尺长，平平的，扁扁的，你看见没有？"刘福道："我就没有看见你带这个纸包回来，到哪儿找去？"家树四处找不着，忙乱了一阵子，只得罢了。休息了一会，躺在外屋里软榻上，一想起今天的报还没有看过，便叫刘福把里屋桌上的报取过来看。

刘福走进里屋，将折叠着还没有打开的一叠报，顺手取了过来，报纸一拖，啪的一声，有一样东西落在地下，刘福一弯腰，捡起来一看，正是一个扁扁平平的报纸包。那报纸因为没有粘着物，已经散开了，露出里面一角相片来。刘福且不声张，先偷着看了一看，见是一个十六七岁小姑娘的半身相片，这才恍然大悟表少爷今天回来丧魂失魄的缘故。仍旧把报纸将相片包好，嚷起来道："这不是一个报纸包？"家树听说，连忙就跑进屋来，一把将报纸夺了过去，笑问道："你打开看了吗？"刘福道："没有。这里好像是本外国书。"家树道："你怎么知道是外国书？"刘福道："摸着硬邦邦的，好像是外国书的书壳子。"家树也不和他辩说，只是一笑。等刘福将屋子收拾得干净去了，他才将那相片拿出来，躺着仔细把握，好在那相片也不大，便把它夹在一本很厚的西装书里面。

到了下午，伯和由衙门里回来了，因在走廊上散步，便隔着窗户问道："家树，投考章程取回来了吗？"家树道："取回来了。"一面答话，一面在桌子抽屉里取出前几天邮寄来的一份章程在手里，便走将出来。伯和道："北京的大学，实在是不少，你若是专看他们的章程，没有哪个不是说得井井有条的，而且考起学生来，应有的功课，也都考上一考。其实考取之后，学校里的功课，比考试时候的程度，要矮上许多倍。所投考的学生，都是这样说，就是怕考不取。考取之后，到学校里去念书，是没有多大问题。"家树道："那也不可一概而论。"伯和道："不可一概而论吗？正可一概而论呢。国立大学，那完全是个名，只要你是出风头的学生，经年不跨过学校的大门，那也不要紧。常在杂志上发表作品的杨文佳，就是一个例。他曾托我写信，介绍到南边中学校里去，教了一年半书。现在因为他这一班学生要毕业了，他又由南边回来，参与毕业考。学校当局，因为他是个有名的学生，两年不曾上课，也不去管他。你看学校是多么容易进！"他一面说话，一面看那章程。看到后面，忽然一阵微笑，问道："家树！你今天在哪里来？"家树虽然心虚，但不信伯和会看出什么破绽，便道："你岂不是明知故问？我是去拿章程来了，你还不知道吗？"伯和手上捧了章程，摇了一摇头笑道："你当面撒谎，把我老大哥当小孩子吗？这章程是一个星期以前，打邮政局里寄来的。"家树道："你有什么证据，知道是邮政局里寄来的？"

当下伯和也不再说，一手托了章程，一手向章程上一指，却笑着伸到家树面前来。家树看时，只见那上面盖了邮政局的墨戳，而且上面的日期号码，还印得十分明显。无论如何，这是不容掩饰的了。家树一时急得面红耳赤，说不出所以然来，反是对他笑了一笑。伯和笑道："小孩子！你还是不会撒谎。你不会说在抽屉里拿错了章程吗？今天拿来的，放在抽屉里，和旧有的章程，都混乱了。新的没有拿来，旧的倒拿来了。你这样一说，破绽也就盖过去了。为什么不说呢？"家树笑道："这样看来，你倒是个撒谎的老内行了。"伯和道："大概有这种能耐吧！你愿意学就让我慢慢地教你。你要知道应付女子，说谎是唯一的条件啊。"家树道："我有什么女子？你老是这样俏皮我。"伯和道："关家那个大姑娘，和你不是很好吗？你应该……"家树连忙拦住道："那个关家大姑娘，现在在什么地方，你知道吗？"家树本是一句反问的话，实出于无心，伯和倒以为是他要考考自己，便道："我有什么不知道？她搬开这里，就住到后门去了。你每次一人出去，总是大半天，不是到后门去了。到哪里去了？"家树道："你何以知道她住在后门？看见他们搬的吗？"

这时，陶太太忽然由屋子里走出来，连忙把话来扯开。问家树道："表弟什么时候回来的？在外面吃过饭吗？我这里有乳油蛋糕，玫瑰饼干，要不要吃一点？"家树道："我吃了饭，点心吃不下了。"陶太太一面说话，一面就把眼光对伯和浑身上下望了一望。伯和似乎觉悟过来了，便也进房去取了一根雪茄来抽着，也不知在哪里掏了一本书来，便斜躺在沙发上抽烟看书。家树虽然很惦记关寿峰，无如伯和说话，总要牵涉到关大姑娘身上去，犯着很大的嫌疑，只得默然无语，自走开了。不过心里就起了一个很大的疑问，关家搬走了，连自己都不知道，伯和何以知道他搬到后门去了？这事若果是真，必然是刘福报告的，回头我倒要盘问盘问他，今天且搁在心里。

次日早上，伯和是上衙门去了。陶太太又因为晚上闹了一宿的跳舞，睡着还没有起来。两个小孩子，有老妈子陪着，送到幼稚园里去了。因此上房里面，倒很沉静。家树起床之后，除了漱洗，接上便是拿了一叠报，在沙发上看。这是老规矩，当在看报的时候，刘福便会送一碟饼干一杯牛乳来。陶家是带点欧化的人家，早上虽不正式开早茶，牛乳咖啡一类的东西，是少不了的。一会，送了早点进来，家树就笑道："刘福！你在这儿多少年了，事情倒办得很有秩序。"刘福听了这句话，心里不由得一阵欢喜，笑道："年数不少了，有六七年了。"家树道："你就是专管上房里这些事吧？"刘福道："可不是，忙倒是不忙，就是一天到晚都抽不开身来。"家树道："还好，大爷还只有一个太太，若是讨了姨太太，事情就要多许多了。"刘福笑道："照我们大爷的意思，早就要讨了，可是大奶奶很精明。这件事不好办。"家树笑道："也不算精明，我看你们大爷，就有不少的女朋友。"刘福道："女朋友要什么紧！我们大奶奶也有不少的男朋友呢！"家树道："大奶奶的朋友，是真正的朋友，那没关系。你们大爷的女朋友，我在跳舞场上会过的，像妖精一样，可就不大妥当。你大爷的事情，我是知道，专门留心女子身上的事，好比我打算跟着那关寿峰想学一点武术，这也没有什么可注意的价值。他因为关家有个姑娘，就老提到她，常说关家搬到后门去住了，叫我找她去，你看好笑不好笑？"刘福听了这话，脸上似乎有些不自在的样子。家树道："搬到后门去了，他怎么会知道？大概又是你给你们大爷调查得来的。"刘福也不知道自己主人翁是怎样说的，倒不敢一味狡赖，便道："我原来也不知道，因为有一次有事到后门去。碰着那关家老头，他说是搬到那儿去了。究竟住在哪儿？我也不知道。"家树看那种情形，就料到关家搬家，和他多少有些关系。也不知道如何把个戆老头子气走了，心里很过意不去。不过他们老疑惑我认识那老头子，是别有用意，我倒不必去犯这个嫌疑。明白到此，也就不必向下追问。当时依然谈些别的闲话将这事遮盖过去。

吃过午饭，家树心想，这一些时候玩够了，从今天起，应该把几样重要的功课趁闲理一理。于是找了两本书，对着窗户，就摊在桌上来看。看不到三页，有一个听差进来说："有电话来了，请表少爷说话。"他是大门口的听差，家树就知道是前面小客室里的电话机说话，走到前面去接电话。说话的是个妇人声音，自称姓沈。家树一听，倒愣住了，哪里认识这样一个姓沈的？后来她说："我们姑娘今天到先农坛一家茶社里去唱，你没有事，可以来喝碗茶。"家树这才明白了，是凤喜的母亲沈大娘打来的电话。便问："在哪家茶社里？"她说："记不着字号，你要去总可以找着的。"家树便答应了一个"来"字，将电话挂上了。回到屋子里去想了一想，凤喜已经到茶社里去唱大鼓了。这茶社里，究竟像个局面，不是外坛钟楼下那样难堪。她今天新到茶社，我必得去看看。这样一计算。刚才摊出来的书本，又没有法子往下看了。好容易捺下性子来看书，没有看到三页，怎么又要走？还是看书吧！因此把刚才的念头抛开，还是坐定了看书。说也奇怪，眼睛对着书上，心里只管把凤喜唱大鼓的情形，和自己谈话的那种态度，慢慢地一样一样想起，仿佛那个人的声音笑貌，就在面前。自己先还看着书，以后不看书了，手压住了书，头偏着，眼光由玻璃窗内，直射到玻璃窗外。玻璃窗外，原是朱漆的圆柱。彩画的屋檐，绿油油的葡萄架，然而他的眼光，却一样也不曾看到。只是一个十七八岁的小姑娘，穿了淡蓝竹布的长衫，雪白的脸儿，漆黑的发辫，清清楚楚，齐齐整整的，对了他有说有笑……

家树脑子里出现了这一个幻影，便记起那张相片，心里思索着：当时收起那张相片的时候，是夹在一本西装书里，可是夹在哪一本西装书里，当时又没有注意。于是便把横桌上摆好了的书，一本一本提出来抖一抖，以为这样找，总可以找出来的。不料把书一齐抖完了，也不见相片落下来。刚才分明夹在书里的，怎么一会儿又找不着了？今天也不知道为了什么，老是心猿意马，做事飘飘忽忽的。只这一张相片，今天就找了两次，真是莫名其妙。于是坐在椅子上出了一会神，细想究竟放在哪里？想来想去，一点不错，还是夹在那西装书里。因此站起来在屋子里踱来踱去，以便想起是如何拿书，如何夹起，偶然走到外边屋子里，看见躺椅边短几上，放了一本绿壳子的西装书，恍然大悟，原是放在这本书里的。当时根本上就没有拿到里边屋子里去，自己拼命地在里边屋里找，岂不可笑吗？在书里将相片取出，就靠在沙发上一看，把刚才一阵忙乱的苦恼，都已解除无遗。看见这相，含笑相视，就有一股喜气迎人。心想：她由钟楼的露天下，升到茶社里去卖唱，总算升一级了。今天是第一次，我不能不去看看。这样一想，便不能在家再坐了。在箱子里拿了一些零碎钱，雇了车，一直到先农坛去。

这一天，先农坛的游人最多，柏树林子下，到处都是茶棚茶馆。家树处处留意，都没有找着凤喜，一直快到后坛了，那红墙边，支了两块芦席篷，篷外有个大茶壶炉子，放在一张破桌上烧水。过来一点，放了有上十张桌子，蒙了半旧的白布，随配着几张旧藤椅，都放在柏树荫下。正北向，有两张条桌，并在一处。桌上放了一把三弦子，桌子边支着一个鼓架。家树一看，猜着莫非在这里？所谓茶社，不过是个名，实在是茶摊子罢了。有株柏树兜上，有一条二尺长的白布，上面写了一行大字是"来远楼茶社"。家树看到，不觉自笑了起来，不但不能"来远"，这里根本就没有什么"楼"。

家树望了一望，正要走开，只见红墙的下边，有那沈大娘转了出来。她手上拿了一把大蒲扇，站在日光里面，遥遥地就向樊家树招了两招，口里就说道："樊先生！樊先生！就是这儿。"同时凤喜也在她身后转将出来，手里提了一根白棉线，下面拴着一个大蚂蚱，笑嘻嘻向着这边点了一个头。家树还不曾转回去，那卖茶的伙计，早迎上前来。笑道："这儿清静，就在这里喝一碗吧。"家树看一看这地方，也不过坐了三四张桌子，自己若不添上去，恐怕就没有人能出大鼓书钱了。于是就含着笑，随随便便地在一张桌边坐。凤喜和沈大娘，都坐在那横条桌子边，她只不过偶然向着这边一望而已。家树明白，这是她们唱书的规矩：卖唱的时候，是不来招呼客人的。

过了一会儿，只见凤喜的叔叔，口里衔着一支烟卷，一步一点头的样子，慢慢走了过来。他身后又跟着一个十二三岁的小女孩，黄黄的脸儿，梳着左右分垂的两条黑辫。她一跑一跳，两个小辫跳跑得一甩一甩的，倒很有趣。到了茶座里，凤喜的叔叔，和家树遥遥地点了两个头，然后就坐到横桌正面，抱起三弦试了一试。先是那个十二三岁的小女孩，打着鼓唱了一段，自己拿个小柳条盘子，挨着茶座讨钱。共总不过上十个人，也不过扔了上十个铜子，家树却丢了一张铜子票。女孩子收回钱去了，凤喜站起来，牵了一牵她的蓝竹布长衫，又把手将头发的两鬓和脑顶上，各抚摩了一会子，然后才到桌子边，拿着鼓板，敲拍起来。当她唱的时候，来往过路的人，倒有不少的站在茶座外看。及至她唱完了，大家料到要来讨钱，零零落落的就走开了。凤喜的叔叔，放下三弦子，对着那些走开人的后背，望着微叹了一口气，却亲自拿了那个柳条盘子向各桌上化钱。他到了家树桌上，倒格外的客气，蹲了一蹲身子，又伸长了脖子，笑了一笑。家树也不知道什么缘故，只是觉得少了拿不出手，又掏了一块钱出来，放在柳条盘子里。凤喜叔叔身子向前一弯道："多谢！多谢！"家树因此地到东城太远，不敢多耽搁，又坐了一会，会了茶账，就回去了。

自这天起，家树每日必来一次，听了凤喜唱完，给一块钱就走。一连四五天，有一日回去，走到内坛门口，正碰到沈大娘，她一见面。先笑了，迎上前来道："樊先生！你就回去吗？明天还得请你来。"家树道："有工夫就来。"沈大娘笑道："别那样说，别那样说。你总得来一趟，我们姑娘，全指望着你捧，你要不来，我们就没意思了。"说时，她将那大蒲扇撑住了下巴颏，想了一想，就低声道："明天不要你听大鼓，你早一点儿来。"家树道：

"另外有什么事吗？"沈大娘道："这个地方，一早来就最好。你不是爱听凤喜说话吗？明天我让她陪你谈谈。"家树红了脸道："你一定要我来，我下午来就是了。"沈大娘回头一望，见身后并没有什么人，却将蒲扇轻轻儿地拍了一拍他的手胳膊，笑道："别！早上来吸新鲜空气多好！我叫凤喜六点钟就在茶座上等你，我起不了那早，可是不能来陪。"家树要说什么，话到口头，又忍了回去，站在路心，对沈大娘一笑。沈大娘还是将扇叶子轻轻地拍了他，低低地道："别忘了，早来！明天会……不，明天我会你不着，过天会吧。"说罢，就一笑走了。家树心想，她叫凤喜明天一早陪我谈话，未见得是出于什么感情作用，恐怕是特别联络，多要我两个钱而已。不过虽是这样，我还得来。我要不来，让凤喜一个人在这儿等，叫她等到什么时候哩！当日回去，就对伯和夫妇扯了一个谎，说是明天要到清华大学去找一个人，一早就要出城。伯和夫妇知道他有些旧同学在清华，对于这话，倒也相信。

次日，家树起了一个早，果然五点钟后就到了先农坛内守了。那个时候，太阳在东方起来不多高，淡黄的颜色，斜照在柏林东方的树叶一边，在林深处的柏树，太阳照不着，翠苍苍的，却吐出一股清芬的柏叶香。进内坛门，柏林下那一条平坦的大路，两面栽着的草花，带着露水珠子，开得格外的鲜艳。人在翠荫下走，早上的凉风，带了那清芬之气，向人身上扑将来，精神为之一爽。最是短篱上的牵牛花，在绿油油的叶丛子里，冒出一朵朵深蓝浅紫的大花，是从来所不易见。绿叶里面的络纬虫，似乎还不知道天亮了，令叮令叮，偶然还发出夜鸣的一两声余响。这样的长道，不见什么游人，只瓜棚子外面，伸出一个吊水辘轳，那下面是一口土井，辘轳转了直响，似乎有人在那里汲水。在这样的寂静境界里，不见有什么生物的形影。走了一些路，有几个长尾巴喜鹊在路上带走带跳的找零食吃，见人来到，哄的一声，飞上柏树去了。家树转了一个圈圈，不见有什么人，自己觉得来得太早，就在路边一张露椅上坐下休息。那一阵阵的凉风，吹到人身上，将衣服和头发掀动，自然令人感到一种舒服。因此一手扶着椅背，慢慢地就睡着了。

家树正睡时，只觉有样东西拂得脸怪痒的，用手拨几次，也不曾拨去。睁眼看时，凤喜站在面前，手上高提了一条花布手绢，手绢一只犄角，正在鼻子尖上飘荡呢。家树站了起来笑道："你怎么这样顽皮？"看她身上，今天换了一件蓝竹布褂，束着黑布短裙，下面露出两条着白袜子的圆腿来，头上也改绾了双圆髻，光脖子上，露出一排稀稀的长毫毛。这是未开脸的女子的一种表示。然而在这种素女的装束上，最能给予人一种处女的美感。家树笑道："今天怎么换了女学生的装束了？"凤喜笑道："我就爱当学生。樊先生！你瞧我这样子，冒充得过去吗？"家树笑道："岂但可以冒充，简直就是么！"她说着话，也一挨身在露椅上坐下。家树道："你母亲叫我一早到这里来会你，是什么意思？"凤喜笑道："因为你下午来了，我要唱大鼓，不能陪你，所以早晌约你谈谈。"家树笑道："你叫我来谈，我们谈什么呢？"凤喜笑道："谈谈就谈谈么，哪里还一定要谈什么呢？"家树侧着身子，靠住椅子背，对了她微笑。她眼珠一溜，也抿嘴一笑。在肋下纽襻上，取下手绢，右手拿着，只管向左手一个食指一道一道缠绕着。头微低着，却没有向家树望来。家树也不作声，看她何时为止。过了一会子，凤喜忽然掉转头来，笑道："干吗老望着我？"家树道："你不是找我谈话吗？我等着你说呢。"凤喜低头沉吟道："等我想一想看，我要和你说什么……哦，有了，你家里都有些什么人？"家树笑道："看你的样子，你很聪明，何以你的记性，就是这样坏！我上次不是告诉你了吗？怎么你又问？"凤喜笑道："你真的没有么？没有……"说时，望了家树微笑。家树道："我真没有定亲，这也犯不着说谎的事，你为什么老问？"凤喜这倒有些不好意思，将左腿架在右腿上，两只手扯着手绢的两只角，只管在膝盖上磨来磨去，半响，才说道："问问也不要紧呀！"家树道："紧是不要紧，可是你老追着问，我不知你有什么意思？"凤喜摇了一摇头微笑着道："没有意思。"家树道："你问了我了，我可以问你吗？"凤喜道："我家里人你全知道，还问什么呢？"家树道："见了面的，我自然知道。没有见过面的，我怎样晓得？你问我有没有，你也有没有呢？"凤喜听说把头偏到一边，却不理他这话。在她这一边脸上，可以看到她微泛一阵喜色。似乎正在微笑呢。家树道："你这人不讲理。"凤喜连忙将身子一扭，掉转头来道："我怎样不讲理？"家树道："你问我的话，我全说了。我问你的话，你就一个字不提。这不是不讲理吗？"凤喜笑道："我问你的话，我是真不知道，你问我的话，你本来知道，你是存心。"家树被她说破，倒哈哈的笑起来了。凤喜道："早晌这里的空气很好，溜达溜达，别光聊天了。"说时，她已先站起身来，家树也就站起，于是陪着她在园子里溜达。

二人走着，不觉到了柏林深处。家树道："你实说，你母亲叫你一早来约我，是不是有什么事求我？"凤喜听说，不肯作声，只管低了头走。家树道："这有什么难为情的呢？我办得到，我自然可以办。我办不到，你就算碰了钉子。这儿只你我两个人，也没有第三个人知道。"凤喜依然低了头，看着那方砖铺的路，一块砖一块砖，数了向着前面走，还是低了头道："你若是肯办，一定办得到的。"家树道："那你就尽管说吧。"凤喜道："说这话，真有些不好意思。可是你得原谅我，要不，我是不肯说的。"家树道："你不说，我也明白了，莫不是你母亲叫你和我要钱？"凤喜听说，便点了点头。家树道："要多少呢？"凤喜道："我们总还是认识不久的人，你又花了好些个钱了，真不应该和你开口。也是事到头来不自由，这话不得不说。我妈和'翠云轩'商量好了，让我到那里去唱。不过那落子馆里，不能像现在这样随便，总得做两件衣服，所以想和你商量，借个十块八块的。"家树道："可以可以。"说时，在身上一摸，就摸出一张十元的钞票，交在她手上。

凤喜接了钱，小心的把钱放进口袋里。这才抬起头回过脸来，很郑重的样子说道："多谢多谢。"家树道："钱我是给你了，不过你真上落子馆唱大鼓，我很可惜。"凤喜道："你倒说是这样要饭的一样唱才好吗？"家树道："不是那样。你现在卖唱，是穷得没奈何，要人家的钱也不多，人家听了，随便扔几个子儿就算了。你若是上落子馆，一样的望客人花一块钱点曲子，非得人捧不可，以后的事就难说了。那个地方是很堕落的，'堕落'这两个字你懂不懂？"凤喜道："我怎么不懂！也是没有法子呀。"说时，依旧低了头，看着脚步下的方砖，一步一步，数了走过去。家树也是默然，陪着她走。过了一会道："你不是愿意女学生打扮吗？我若送你到学堂里念书去，你去不去呢？"

凤喜听了这句话，猛然停住脚步不走。回过头却望着家树道："真的吗？"接上又笑道："你别拿我开玩笑。"家树道："决不是开玩笑，我看你天分很好，像一个读书人，我很愿帮你的忙，让你得一个好结果。"凤喜道："你有这样的好意，我死也忘不了。可是我家里指望着我挣钱，我不卖唱，哪成呢？"家树道："我既然要帮你的忙，我就帮到底。你家里每月要用多少钱，都是我的。我老实告诉你，我家里还有几个钱，一个月多花一百八十，倒不在乎的。"凤喜扯着家树的手。微微的跳了一跳道："我一世做的梦，今天真有指望了。你能真这样救我，我一辈子不忘你的大恩。"说着，站了过来，对着家树一鞠躬，掉转身就跑了。家树倒愣住了，她为什么要跑呢？要知跑的原因为何，下回分解。

004 邂逅在穷途分金续命　相思成断梦把卷凝眸

却说家树和凤喜在内坛说话，一番热心要帮助她念书。她听了这话，道了一声谢，竟掉过脸，跑向柏树林子里去。家树倒为之愕然，难道这样的话，她倒不愿听吗？自己呆呆立着。只见凤喜一直跑进柏树林子，那林子里正有一块石板桌子，两个石凳，她就坐在石凳上，两只胳膊伏在石桌上，头就枕在胳膊上。家树远远的看去，她好像是在那里哭，这更大惑不解了。本来想过去问一声，又不明白自己获罪之由，就背了两只手走来走去。

凤喜伏在石桌上哭了一会子，抬起一只胳膊，头却藏在胳膊下，回转来向这里望着。她看见家树这样来去不定，觉得他是没有领会自己的意思，因此很踌躇。再不忍让人家为难了，竭力的忍住了哭，站将起来，慢慢地转过身子，向着家树这边。家树看了这样子，知道她并不拒绝自己过去劝解的，就慢慢地向她身边走来。她见家树过来，便牵了牵衣襟，又扭转身去，看了身后的裙子，接着便抬起手来，轻轻地按着头上梳的双髻。她那眼光只望着地下，不敢向家树平视。家树道："你为什么这样子？我话说得太唐突了吗？"凤喜不懂"唐突"两个字是怎么解，这才抬头问道："什么？"家树道："我实在是一番好意，你刚才是不是嫌我不该说这句话？"凤喜低着头摇了一摇。家树道："哦！是了。大概这件事你怕家里不能够答应吧？"凤喜摇着头道："不是的。"家树道："那为什么呢？我真不明白了。"

凤喜抽出手绢来，将脸上轻轻擦了一下，脚步可是向前走着，慢慢道："我觉得你待我太好了。"家树道："那为什么要哭呢？"凤喜望着他一笑道："谁哭了？我没哭。"家树道："你当面就撒谎，刚才你不是哭是做什么？你把脸我看看！你的眼睛还是红的呢！"凤喜不但不将脸朝着他，而且把身子一扭，偏过脸去。家树道："你说。这究竟为了什么？"凤喜道："这可真正奇怪，我不知道为着什么，好好儿的，心里一阵……"她顿了一顿道："也不是难过，不知道怎么着，好好的要哭。你瞧，这不是怪事吗？你刚才所说的话，是真的吗？可别冤我，我是死心眼儿，你说了，我是非常相信的。"家树道：

"我何必冤你呢？你和我要钱，我先给了你了，不然，可以说是我说了话省得给钱。"凤喜笑道："不是那样说，你别多心，我是……你瞧，我都说不上来了。"家树道："你不要说，你的心事我都明白了。我帮你读书的话，你家里通得过通不过呢？"凤喜笑道："大概可以办到，不过我家里……"说到这里，她的话又不说下去了。家树道："你家里的家用，那是一点不成问题的。只要你母亲让你读书，我就先拿出一笔钱来，作你们家的家用也可以。以后我不给你家用时，你就不念书，再去唱大鼓也不要紧。"凤喜道："唉！你别老说这个话，我还有什么信你不过的！找个地方再坐一坐，我还有许多话要问你。"家树站住了脚道："有话你就问吧，何必还要找个地方坐着说呢！"凤喜就站住了脚，偏着头想了一想，笑道："我原是想有许多话要说，可是你一问起来，我也不知道怎样，好像就没有什么可说的了。你有什么要说的没有？"说时，眼睛就瞟了他一下。家树笑道："我也没有什么可说的。"凤喜道："那么我就回去了，今天起来得是真早，我得回去再睡一睡。"

当下两个人都不言语，并排走着，绕上了出门的大道。刚刚要出那红色的圆洞门了，家树忽然站住了脚笑道："还走一会儿吧，再要向前走，就出了这内坛门了。"凤喜要说时，家树已经回转了身，还是由大路走了回去。凤喜也就不由自主的，又跟着他走，直走到后坛门口，凤喜停住脚笑道："你打算还往哪里走？就这样走一辈子吗？"家树道："我倒并不是爱走，坐着说话，没有相当的地方；站着说话，又不成个规矩。所以彼此一面走一面说话最好，走着走着，也不知道受累，所以这路越走越远了。我们真能这样同走一辈子，那倒是有趣！"

凤喜听着，只是笑了一笑，却也没说什么，又不觉糊里糊涂的还走到坛门口来。她笑道："又到门口了，怎么样，我们还走回去吗？"家树伸出左手，掀了袖口一看手表，笑道："也还不过是九点钟。"凤喜道："真够瞧的了，六点多钟说话起，已说到九点，这还不该回去吗？明天我们还见面不见面？"家树道："明儿也许不见面。"凤喜道："后天呢？"家树道："无论如何，后天我们非见面不可。因为我要得你的回信啦！"凤喜笑道："还是啊！既然后天就要见面的，为什么今天老不愿散开？"家树笑道："你绕了这么大一个弯子，原来不过是要说这一句话。好吧，我们今天散了，明天早上，我们还是在这里相会，等你的回信。"凤喜道："怎么一回事？刚才你还说明天也许不相会，怎么这又说明天早上等我的回信？"家树笑道："我想还是明天会面的好。若是后天早上才见面，我又得多闷上一天了。"凤喜笑道："我就知道你不成。

好！你明天等我的喜信吧。"家树道："就有喜信了吗？有这样早吗？"凤喜笑着一低头，人向前一钻，已走过去好几步，回转头来瞅了他一眼道："你这人总是这样说话咬字眼，我不和你说了。"这时凤喜越走越远，家树已追不上，因道："你跑什么？我还有话说呢！"凤喜道："已经说了这半天的话，没有什么可说的了。明儿个六点钟坛里见。"她身子也不转过，只回转头来和家树点了几点。他遥遥的看着她，那一团笑容，都晕满两颊，那一副临去而又惹人怜爱的态度，是格外容易印到脑子里去。

凤喜走了好远，家树兀自对着她的后影出神，直待望不见了，然后自己才走出去。可是一出坛门，这又为难起来了。自己原是说了到清华大学去的，这会子就回家去，岂不是前言不符后语？总要找个事儿，混住身子，到下半天回去才对。想着有了，后门两个大学，都有自己的朋友，不如到那里会他们一会，混去大半日的光阴，到了下午，我再回家，随便怎样胡扯一下子，伯和是猜不出来的。主意想定了，便坐了电车到后门来。

家树一下电车，身后忽然有人低低的叫了一声"樊先生"。家树连忙回头看时，却是关寿峰的女儿秀姑。她穿着一件旧竹布长衫，蓬了一把头发，脸上黄黄的，瘦削了许多，不像从前那样丰秀；人也没有什么精神，胆怯怯的，不像从前那样落落大方；眼睛红红的，倒像哭了一般。一看之下，不由心里一惊，因问道："原来是关姑娘！好久不见了，令尊大人也没有通知我一声就搬走了。我倒打听了好几回，都没有打听出令尊的下落。"秀姑道："是的，搬得太急促，没有告诉樊先生，他现在病了，病得很厉害，请大夫看着，总是不见好。"说着这话，就把眉毛皱着成了一条线，两只眉尖，几乎皱到一处来。家树道："大姑娘有事吗？若是有工夫，请你带我到府上去，我要看一看令尊。"秀姑道："我原是买东西回去。有工夫！我给你雇辆车！"家树道："路远吗？"秀姑道："路倒是不远，拐过一个胡同就是。"家树道："路不远就走了去吧！请大姑娘在前面走。"秀姑勉强笑了一笑，就先走。

家树见她低了头，一步一步的向前走，走了几步，却又回头向家树看上一看，说道："胡同里脏得很，该雇一辆车就好了。"家树道："不要紧的，我平常就不大爱坐车。"秀姑只管这样慢慢地走去，忽然一抬头，快到胡同口上，把自己门口走过去一大截路，却停住了一笑道："要命！我把自己家门口走过来了都不知道。"家树并没有说什么，秀姑的脸却涨得通红。于是她绕过身来。将家树带回，走到一扇黑大门边，将虚掩的门推了一推走将进去。

这里是个假四合院，只有南北是房子，屋宇虽是很旧，倒还干净。一进那门楼，拐到一间南屋子的窗下，就听见里面有一阵呻吟之声。秀姑道：
"爹！樊先生来了。"里面床上她父亲关寿峰道："哪个樊先生？"家树道：
"关大叔！是我，来看你病来了。"寿峰道："呵哟！那可不敢当。"说这话
时，声音极细微，接上又哼了几声。家树跟着秀姑走进屋去，秀姑道："樊先
生！你就在外面屋子里坐一坐，让我进去拾掇拾掇屋子，里面有病人，屋子
里面乱得很。"家树怕他屋子里有什么不可公开之处，人家不让进去，就不进
去。秀姑进去，只听得里面屋子一阵器具搬移之声。停了一会，秀姑一手理
着鬓发，一手扶着门笑道："樊先生！你请进。"

家树走进去，只见上面床上靠墙头叠了一床被，关寿峰偏着头躺在上面。
看他身上穿了一件旧蓝布夹袄，两只手臂，露在外面，瘦得像两截枯柴一样，
走近前一看他的脸色，两腮都没有了，两根颧骨高撑起来，眼睛眶又凹了下
去，哪里还有人形！他见家树上前，把头略微点了一点，断续着道："樊先生
……你……你是……好朋友啊！我快死了，哪有朋友来看我哩！"家树看见他
这种样子，也是惨然。秀姑就把身旁的椅子移了一移，请家树坐下。家树看
看他这屋子，东西比从前减少得多，不过还洁净。有几支信香，刚刚点着，
插在桌子缝里，大概是秀姑刚才办的。一看那桌子上放了一块现洋，几张铜
子票，下面却压了一张印了蓝字的白纸，分明是当票。家树一见，就想到秀
姑刚才在街上说买东西，并没有见她带着什么，大概是当了当回来了，怪不
得屋子里东西减少许多。因向秀姑道："令尊病了多久了呢？"秀姑道："搬来
了就病，一天比一天沉重，就病到现在。大夫也瞧了好几个，总是不见效。
我们又没有一个靠得住的亲戚朋友，什么事，全是我去办。我一点也不懂，
真是干着急。"说着两手交叉，垂着在胸前，人就靠住了桌子站定，胸脯一起
一落，嘴又一张。叹了一口无声的气。

家树看着他父女这种情形，委实可怜，既无钱，又无人力，想了一想，
向寿峰道："关大叔！你信西医不信？"秀姑道："只要治得好病，倒不论什么
大夫。可是……"说到这里，就现出很踌躇的样子。家树道："钱的事不要
紧，我可以想法子，因为令尊大人的病，太沉重了，不进医院，是不容易奏
效的。我有一个好朋友，在一家医院里办事，若说是我的朋友，遇事都可以
优待，花不了多少钱。若是关大叔愿意去的话，我就去叫一辆汽车来，送关
大叔去。"

关寿峰睡在枕上，偏了头望着家树，都呆过去了。秀姑偷眼看她父亲那
样子，竟是很愿意去的，便笑着对家树道："樊先生有这样的好意，我们真是

要谢谢了。不过医院里治病，家里人不能跟着去吧?"家树听说，又沉默了一会，却赶紧一摇头道:"不要紧，住二等房间，家里人就可以在一处了。令尊的病，我看是一刻也不能耽搁。我有一点事，还要回家去一趟，请大姑娘收拾收拾东西，至多两个钟头我就来。"说时，在身上掏出两张五元的钞票，放在桌上，说道:"关大叔病了这久，一定有些煤面零碎小账，这点钱，就请你留下开销小账。我先去一去，回头就来，大家都不要急。"说着，他和床上点了一个头，自去了。他走得是非常的匆忙，秀姑要道谢他两句，都来不及，他已经走远了。秀姑随着他身后，一直送到大门口，直望着他身后遥遥而去，不见人影，还呆呆地望着。

过了许久，秀姑因听到里边屋子有哼声，才回转身来。进得屋子，只见她父亲望了桌上的钞票，微笑道:"秀姑! 天、天、天无绝人……之路呀……"他带哼带说，那脸上的微笑渐渐收住，眼角上却有两道汪汪的泪珠，斜流下来，直滴到枕上。秀姑也觉得心里头有一种酸甜苦辣，说不出来的感觉，微笑道:"难得有樊先生这样好人，你的病，一定可以好的。要不然，哪有这么巧，凭什么都当光了，今天就碰到了樊先生。"关寿峰听了，心里也觉宽了许多。

本来病人病之好坏，精神要做一半主，在这天上午，寿峰觉得病既沉重，医院费又毫无筹措的法子，心里非常的焦急，病势也自然的加重，现在樊家树许了给自己找医院，又放下了这些钱让自己来零花，心里突然得了一种安慰;二来平生是个尚义气的人，这种慷慨的举动，合了他的脾胃，不由得精神为之一振。所以当日樊家树去了以后，他就让秀姑叠了被条，放在床头，自己靠在上面，抬起了半截身子，看着秀姑收拾行李，检点家具，心里觉得很为安慰。

秀姑道:"你老人家精神稍微好一点，就躺下去睡睡吧。不要久坐起来，省得又受了累。"寿峰点了点头，也没有说什么，依然望着秀姑检点东西。半晌，他忽然想起一件事，问秀姑道:"樊先生怎样知道我病了? 是你在街上无意中碰见了他呢。还是他听说我病了，找到这里来看我的呢?"秀姑一想，若说家树是无意中碰到的，那么，人家这一番好意，都要失个干净;纵然不失个干净，他的见义勇为的程度，也大为减色。自己对于人家的盛意，固然是二十四分感谢了，可是父亲感谢到什么程度，却是不知，何妨说得更切实些，让父亲永久不忘记呢! 因此，借着检箱子的机会，低了头答道:"人家是听了你害病，特意来看你的。哪有那么样子巧，在路上遇得见他呢?"寿峰听说，又点了点头。

秀姑将东西刚刚收拾完毕，只听得人门外呜啦呜啦两声汽车喇叭响。不一会工夫，家树走进来问道：“东西收拾好了没有？医院里我已经定好了房子了，大姑娘也可以去。”秀姑道：“樊先生出去这一会子，连医院里都去了，真是为我们忙，我们心里过不去。”说着脸上不由得一阵红。家树道：“大姑娘你太客气了。关大叔这病，少不得还有要我帮忙的地方，我若是做一点小事，你心里就过意不去，一次以后。我就不便帮忙了。”秀姑望着他笑了一笑，嘴里也就不知道说些什么，只见她嘴唇微微一动，却听不出她说的是什么。寿峰躺在床上，只望着他们客气，也就不曾作声。家树站在一边，忽然“呵”了一声道：“这时我才想起来了，关大叔是怎样上汽车呢？大姑娘，你们同院子的街坊，能请来帮一帮忙吗？”秀姑笑道：“这倒不费事，有我就行了。”家树见她自说行了，不便再说。

当下秀姑将东西收拾妥当。送了一床被褥到汽车上去，然后替寿峰穿好衣服。她伸开两手，轻轻便便的将寿峰一托，横抱在胳膊上，面不改色的，从从容容将寿峰送上汽车。家树却不料秀姑清清秀秀的一位姑娘，竟有这大的力量。寿峰不但是个病人，而且身材高大，很不容易抱起来的。据这样看来，秀姑的力气，也不在小处了。当时把这事搁在心里，也不曾说什么。

汽车的正座，让寿峰躺了，家树和秀姑，只好各踞了一个倒座。汽车猛然一开，家树一个不留神，身子向前一栽，几乎栽在寿峰身上。秀姑手快，伸了胳膊，横着向家树面前一拦，把他拦住了。家树觉得自己太疏神了，微笑了一笑。秀姑也不明缘由，微笑了一笑。及至秀姑缩了手回去，他想到她手臂，溜圆玉白，很合乎现代人所谓的肌肉美。这正是燕赵佳人所有的特质，江南女子是梦想不到的。心里如此想着，却又不免偏了头，向秀姑抱在胸前的双臂看去。忽然寿峰哼了一声，他便抬头看着病人憔悴的颜色，把刚才一刹那的观念给打消了。不多大一会，已到了医院门口，由医院里的院役，将病人抬进了病房。秀姑随着家树后面进去，这是二等病室，又宽敞，又干净，自然觉得比家里舒服多了。家树一直让他们安置停当，大夫来看过了，说是病还有救，然后他才安慰了几句而去。

秀姑一打听，这病室是五块钱一天，有些药品费还在外。这医院是外国人开的，家树何曾认识，他已经代缴医药费一百元了。她心里真不能不有点疑惑，这位樊先生，不过是个学生，不见得有多少余钱，何以对我父亲，是这样慷慨？我父亲是偌大年纪，他又是个青春少年，两下里也没有做朋友的可能性。那么，他为什么这样待我们好呢？父亲在床上安然的睡熟了，她坐在床下面一张短榻上沉沉地想着，只管这样的想下去，把脸都想红了，还是自己警戒着自己：父亲刚由家里移到医院里来，病还不曾有转好的希望。自己怎样又去想到这些不相干的事情上去！于是把这一团疑云，又搁下去了。

自这天起，隔一天半天，家树总要到医院里来看寿峰一次，一直约有一个礼拜下去，寿峰的病，果然见好许多。不过他这病体，原是十分的沉重，纵然去了危险期，还得在医院里调养。医生说，他还得继续住两三个星期。秀姑听了这话，非常为难，要住下去，哪里有这些钱交付医院？若是不住，岂不是前功尽弃！但是在这为难之际，院役送了一张收条进来，说是钱由那位樊先生交付了，收条请这里关家大姑娘收下。秀姑接了那收条一看，又是交付了五十元。他为什么要交给我这一张收条，分明是让我知道，不要着急了。这个人做事，前前后后，真是想得周到。这样看来，我父亲的病，可以安心在这里调治，不必忧虑了。心既定了，就离开医院，常常回家去看看。前几天是有了心事，只是向着病人发愁，现在心里舒适了，就把家里存着的几本鼓词儿，一齐带到医院里来看。

这一日下午，家树又来探病来了，恰好寿峰已是在床上睡着了。秀姑捧了一本小本子，斜坐在床面前椅子上看，似乎很有味的样子。她猛抬头，看见家树进来，连忙把那小本向她父亲枕头底下乱塞，但是家树已经看见那书面上的题名，乃是"刘香女"三个字。家树道："关大叔睡得很香，不要惊醒他。"说着，向她摇了一摇手。秀姑微笑着，便弯了弯腰，请家树坐下。家树笑道："大姑娘很认识字吗？"秀姑道："不认识多少字。不过家父稍微教我读过两本书，平常瞧一份儿小报，一半看，还一半猜呢。"家树道："大姑娘看的那个书，没有多大意思。你大概是喜欢武侠的，我明天送一部很好的书给你看看吧。"秀姑笑道："我先要谢谢你了。"家树道："这也值不得谢，很小的事情。"秀姑道："我常听到家父说，大恩不谢。樊先生帮我这样一个大忙，真不知道怎样报答你才好。"说到这里，她似乎极端的不好意思，一手扶了椅子背，一手便去理那耳朵边垂下来的鬓发。家树看到她这种难为情的情形，不知道怎样和人家说话才好，走到桌子边，拿起药水瓶子看了看，映着光看看瓶子里的药水去了半截，因问道："喝了一半了，这一瓶子是喝几次的？"其实这瓶子上贴着的纸标，已经标明了，乃是每日三次，每次二格，原用不着再问的了。他问过之后，回头看看床上睡的关寿峰，依然有不断的鼻息声。因道："关大叔睡着了，我不惊动他，回去了，再见吧。"他说这句再见时，当然脸上带着一点笑容。秀姑又引为奇怪了，说再见就再见吧，为什么还多此一笑呢？于是又想到樊家树每回来探病，或者还含有其他的命意，也未可知。心里就不住地暗想着，这个人用心良苦，但是他虽不表示出来，我是知道的了。

正在秀姑这样推进一步去想的时候，恰好次日家树来探病，带了一部《儿女英雄传》来了。当日秀姑接着这一部小说，还不觉得有什么深刻的感想，经过三天三晚，把这部《儿女英雄传》，看到安公子要娶十三妹的时候，心里又布下疑阵了。莫非他家里原是有个张金凤，故意把这种书给我看吗？这个人做事，好像是永不明说，只让人家去猜似的，这一着棋，我大概猜得不很离经。但是这件事，是让我很为难的。现在不是安公子的时代，我哪里能去作十三妹呢？这样一想，立刻将眉深锁，就发起愁来。眉一皱，心里也兀自不安起来。

关寿峰睡在床上，见女儿脸上红一阵白一阵，便道："孩子，我看你好像有些不安的样子，你为着什么？"秀姑笑道："我不为什么呀！"寿峰道："这一向子，你伺候我的病，我看你也有些倦了，不如你回家去歇两天吧！"秀姑一笑道："唉！你哪里就会猜着人的心事了。"寿峰道："你有什么心事，我倒闲着无事，要猜上一猜。"秀姑笑道："猜什么呢？我是看到书上这事，老替他发愁。"寿峰道："咳！傻孩子，你真是'听评书掉泪，替古人担忧'了。我们自己的事，都要人家替我们发愁，哪里有工夫替书上的人发愁呢？"秀姑道："可不是难得樊先生帮了咱们这样一个大忙，咱们要怎样的谢人家哩。"寿峰道："放着后来的日子长远，咱们总有可以报答他的时候。咱们也不必老放在嘴上说，老说着又不能办到，怪贫的！"秀姑听她父亲如此说，也就默然。这日下午，家树又来探病，秀姑想到父亲"怪贫"的那一句话，就未曾和他说什么。

家树看到关寿峰的病已经好了，用不着天天来看。就有三天不曾到医院里来。秀姑又疑惑起来，莫不是为了我那天对他很冷淡，他恼起我来了？人家对咱们是二十四分的厚情，咱们还对人家冷冷淡淡的，当然是不对，也怪不得人家懒得来了。及至三天以后，家树来了，遂又恢复了以前的态度，便对家树道："你送的那部小说，非常有趣。若是还有这样的小说，请你还借两本我看看。"家树道："很有趣吗？别的不成，要看小说，那是很容易办的事情，要几大箱子都办得到，但不知道要看哪一种的？"秀姑想了一想，笑道："像何玉凤这样的人就好。"家树笑道："当然的，姑娘们就喜欢看姑娘的事。我明天送一部来吧，你看了之后，准会说比《刘香女》强，那里头可没有落难公子中状元。"秀姑笑道："我也不一定要瞧落难公子中状元，只要是有趣味的就得了。"

家树在客边，就不曾预备有多少小说，身边就只有一部《红楼梦》，秀姑只说借书，并没有说一定要什么书，不如就把这个借给她得了。当日在医院里回来，就把那部《红楼梦》清理出来，到了次日亲自送到医院里去。秀姑向来不曾看过这种长江大河的长篇小说，自从看了《儿女英雄传》以后，觉得这个比那小本子《刘香女》、《孟姜女》强得多，因此接过《红楼梦》去，丝毫不曾加以考虑，就看起来。看了前几回，还不过是觉得热闹有趣而已，看了两本之后，心里想着幸而父亲还不曾问我书上是些什么。因此，只将看的一本《红楼梦》卷了放在身上，拿出来坐得离父亲远远的看，其余的却用报纸包了，放在包裹里，桌子上依然摆着那部《儿女英雄传》，"英雄传"上面，又覆了一本父亲劝看的《太上感应篇》。关寿峰虽认得字，却捺不下性子看书，他以为秀姑看书，无非解闷，自己不要看，也不曾去过问。

秀姑看了两天以后，便觉一刻也舍不得放下。一直到第三日，家树又来探病来了，因问秀姑那书好看不好看？翻到什么地方了？秀姑还不曾答复，脸先红了，复又背对着床上，不让病人看见，嘴里支吾着一阵，随便说道："我还没有看几本呢。"复又笑道："不是没有看几本，不过看了几回罢了。"家树见她说得前后颠倒，就也笑了一笑。因寿峰躺在床上，脸望着他，便转过身去和寿峰说话。秀姑是一种什么情形，却没有理会。医院里本是不便久坐的，加上自己本又有事。谈一会便走了。

秀姑见家树是这样来去匆匆，心想他也是不好意思的了。既然不好意思，为什么又拿这种书给我看哩！我看他问我话的时候，有些藏头露尾，莫非他有什么字迹放在书里头？想到这里，好像这一猜很是对劲，等父亲睡了，连忙将包袱打开，把那些未看的书，先拿在手里抖擞了一番，随后又将书页乱翻了一阵，翻到最后一本，果然有一张半截的红色八行。心里先扑通跳了一下，将那纸拿起来看时，上写"九月九日，温《红楼梦》至此，不忍卒读矣"。秀姑揣测了一番，竟是与自己无关的，这才放心把书重新包好。不过《红楼梦》却是更看得有趣。晚上父亲睡了，躺在床上，亮了电灯，只管一页一页的向下看去，后来直觉得眼皮有点涩，两手一伸，打了一个呵欠，恰好屋外面的钟，当当当敲过三下，心想糟了，怎么看到这个时候，明天怎样起来得了呢？再也不敢看了，便熄了电灯。

秀姑闭眼睡觉，不料一夜未睡，现在要睡起来，反是清醒清醒的。走廊下那挂钟的摆声，滴答滴答，一下一下，听得清清楚楚。同时《红楼梦》上的事情，好像在目前一幕一幕，演了过去。由《红楼梦》又想到了送书的樊家树，便觉得这人只是心上用事，不肯说出来的。然而不肯说出来，我也猜个正着，我父亲就很喜欢他。论门第，论学问，再谈到性情儿，模样儿，真不能让咱们挑眼。这样的人儿都不要，亮着灯笼，哪儿找去？他是个维新的人儿，他一定会带着我一路上公园去逛的。那个时候，我也只好将就点儿了。可是遇见了熟人，我还是睬人不睬人呢？人家问起来，我又怎样的对答呢？……

秀姑想着想着，也不知怎样，自己便恍恍惚惚的果然在公园里，家树伸过一只手来挽了自己的胳膊，一步一步地走。公园里人一对一对走着，也有对自己望了来的，但是心里很得意，不料我关秀姑也有今日。正在得意，忽然有人喝道："你这不知廉耻的丫头，怎么跟了人上公园来？"抬头一看，却是自己父亲，急得无地自容，却哭了起来。寿峰又对家树骂道："你这人面兽心的人，我只说你和我交朋友，是一番好意，原来你是来骗我的闺女，我非和你打官司不可！"说时，一把已揪住了家树的衣领。秀姑急了，拉着父亲，连说"去不得，去不得"，浑身汗如雨下。这一阵又急又哭，把自己闹醒了，睁眼一看，病室的窗外，已经放进来了阳光，却是小小的一场梦。一摸额角，兀自出着汗珠儿。

秀姑定了一定神，便穿衣起来，自己梳洗了一阵，寿峰方才醒来。他一见秀姑，便道："孩子，我昨夜里做了一个梦。"秀姑一怔，吓得不敢做声，只低了头。寿峰又道："我梦见病好了，可是和你妈在一处，不知道是吉是凶？"秀姑笑道："你真也迷信。随便一个梦算什么？若是梦了就有吉有凶，爱做梦的，天天晚上做梦，还管不了许多呢！"寿峰笑道："你现在倒也维新起来了。"秀姑不敢接着说什么，恰是看护妇进来，便将话牵扯过去了。但是在这一天。她心上总放不下这一段怪梦。心想天下事是说不定的，也许真有这样一天。若是真有这样一天，我父亲他也会像梦里一样，跟他反对吗？那可成了笑话了。

秀姑天天看小说，看得都非常有趣。今天看小说，便变了一种情形，将书拿在手上，看了几页，不期然而然的将书放下，只管出神。那看护妇见她右手将书卷了，左手撑住椅靠，托着腮，两只眼睛，望了一堵白粉墙，动也不动，先还不注意她，约莫有十分钟的工夫，见她眼珠也不曾转上一转，便走到她身后，轻轻悄悄儿的蹲下身去，将她手上拿的书抽了过来翻着一看，原来是《红楼梦》，暗中咬着嘴唇便点了点头。

　　这看护妇本也只二十岁附近，雪白的脸儿，因为有点近视，加上一副眼镜，越见其媚。她已剪了发，养着刘海式的短发，又乌又亮，和她身上那件白衣一衬，真是黑白分明。院长因为她当看护以来惹了许多麻烦，现在拨她专看护老年人或妇女。寿峰这病室里，就是她管理。终日周旋，和秀姑倒很投机。常笑问秀姑："家树是谁？"秀姑说是父亲的朋友，那看护笑着总不肯信。这时她看了《红楼梦》，忽然省悟，情不自禁，将书拍了秀姑肩上一下，又扑哧一笑道："我明白了，那就是你的贾宝玉吧！"这一嚷，连秀姑和寿峰都是一惊。秀姑还不曾说话，寿峰便问："谁的宝玉？"女看护才知失口说错了话，和秀姑都大窘起来。可是寿峰依然是追问着，非问出来不可。要知她们怎样答话，下回分解。

005 颊有残脂风流嫌着迹　手加约指心事证无言

　　却说看护妇对秀姑说"那是你的贾宝玉吧"，一句话把关寿峰惊醒，追问是谁的宝玉。秀姑正在着急，那看护妇就从从容容地笑道："是我捡到一块假宝石，送给她玩，她丢了，刚才我看见桌子下一块碎瓷片，以为是假宝石呢。"寿峰笑道："原来如此。你们很惊慌地说着，倒吓了我一跳。"秀姑见父亲不注意，这才把心定下了，站起身来，就假装收拾桌上东西，将书放下。以后当着父亲的面，就不敢看小说了。

　　自这天起，寿峰的病，慢慢儿见好。家树来探望得更疏了。寿峰一想，这一场病，花了人家的钱很多，哪好意思再在医院里住着，就告诉医生，自己决定住满了这星期就走。医生的意思，原还让他再调理一些时。他就说所有的医药，都是朋友代出的，不便再扰及朋友。医生也觉得不错，就答应他了。恰好其间有几天工夫，家树不曾到医院来。最后一天，秀姑到会计部算清了账目，还找回一点零钱，于是雇了一辆马车，父女二人就回家去了。待到家树到医院来探病时，关氏父女已出院两天了。

　　且说家树那天到医院里，正好碰着那近视眼女看护，她先笑道："樊先生！你怎么有两天不曾来？"家树因她的话问得突兀，心想莫非关氏父女因我不来，有点见怪了？其实我并不是礼貌不到，因为寿峰的病，实在好了。用不着作虚伪人情来看他的。他这样沉吟着，女看护便笑道："那位关女士她一定很谅解的，不过樊先生也应该到他家里去探望探望才好。"家树虽然觉得女看护是误会了，然而也无关紧要，就并不辩正。

　　当下家树出了医院，觉得时间还早，果然往后门到关家来。秀姑正在大门外买菜，猛然一抬头，往后退了一步笑道："樊先生！真对不住，我们没有通知，就搬出医院来了。"家树道："大叔太客气了，我既然将他请到医院里去了，又何在乎最后几天！这几天我也实在太忙，没有到医院里来看关大叔，我觉得太对不住，我是特意来道歉的。"秀姑听了这话，脸先红了，低着头笑道："不是不是，你真是误会了，我们是过意不去，只要在家里能调养，也就不必再住医院了，请家里坐吧。"说着，她就在前面引导。关寿峰在屋子里听到家树的声音，便先嚷道："呵唷！樊先生吗？不敢当。"

家树走进房，见他靠了一叠高被，坐在床头，人已爽健得多了，笑道："大叔果然好了，但不知道现在饮食怎么样了？"寿峰点点头道："慢慢快复原了，难得老弟救了我一条老命，等我好了，我一定要……"家树笑道："大叔！我们早已说了，不说什么报恩谢恩，怎么又提起来了？"秀姑道："樊先生！你要知道我父亲，他是有什么就要说什么的，他心里这样想着，你不要他说出来，他闷在心里，就更加难过了。"家树道："既然如此，大叔要说什么，就说出什么来吧。病体刚好的人，心里闷着也不好，倒不如让大叔说出来为是。"

寿峰凝了一会神，将手理着日久未修刮的胡子，微微一笑道："有倒是有两句话，现在且不要说出来，候我下了地再说吧。"秀姑一听父亲的话，藏头露尾，好生奇怪。而且害病以来，父亲今天是第一次有笑，这里面当另有绝妙文章。如此一望，羞潮上脸，不好意思在屋子里站着，就走出去了。家树也觉得寿峰说的话，有点尴尬；接上秀姑听了这话，又躲避开去，越发显着痕迹了。和寿峰谈了一会子话，又安慰了他几句，便告辞出来。秀姑原站在院子里，这时就借着关大门为由，送着家树出来。家树不敢多谦逊，只一点头就一直走出来了。

家树回得家来，想关寿峰今天怎么说出那种话来。怪不得我表兄说我爱他的女儿，连他自己都有这种意思了。至于秀姑，却又不同。自从她一见我，好像就未免有情，而今我这样援助她父亲，自然更是要误会的了。好在寿峰的病，现在总算全好了，我不去看他，也没有什么关系。自今以后，我还是疏远他父女一点为是，不然我一番好意，倒成了别有所图了。话又说回来了，秀姑眉宇之间，对我自有一种深情。她哪里知道我现在的境况呢！想到这里。情不自禁地就把凤喜送的那张相片，由书里拿了出来，捧在手里看。看着凤喜那样含睇微笑的样子，觉得她那娇憨可掬的模样儿，绝不是秀姑那样老老实实的样子可比。等她上学之后，再加上一点文明气象，就越发的好了。我手里若是这样把她栽培出来，真也是识英雄于未遇，以后她有了知识，自然更会感激我。由此想去，自觉得踌躇满志，在屋里便坐不住了。对着镜子，理了一理头发，就坐了车到水车胡同来。

现在，凤喜家里已经收拾得很干净，凤喜换了一件白底蓝鸳鸯格的瘦窄长衫。靠着门框，闲望着天上的白云在出神，一低头忽然看见家树，便笑道："你不是说今天不来，等我搬到新房子里去再来吗？"家树笑道："我在家里也是无事，想邀你出去玩玩。"凤喜道："我妈和我叔叔都到新房子那边去拾掇屋子去了，我要在家里看家，你到我这里来受委屈，也不止一次，好在明天就搬了，受委屈也不过今天一天，你就在我这里谈谈吧，别又老远的跑到公园里去。"家树笑道："你家里一个人都没有。你也敢留我吗？"凤喜笑着啐了一口，又抽出掖在肋下的长手绢，向着家树抖了几抖。家树道："我是实话，你的意思怎么样呢？"凤喜道："你又不是强盗，来抢我什么，再说我就是一个人，也没什么可抢的，青天白日，留你在这儿坐一会，要什么紧！"家树笑道："你说只有一个人，可知有一种强盗专要抢人哩。你唱大鼓，没唱过要抢压寨夫人的故事吗？"凤喜将身子一扭道："我不和你说了。"她一面说着，一面就跳到里面屋子里去了。家树也说道："你真怕我吗？为什么跑了？"说着这话，也就跟着跑进来。

屋子里破桌子早是换了新的了，今天又另加了一方白桌布，炕上的旧被，也是早已抛弃，而所有的新被褥，也都用一方大白布被单盖上。家树道："这是为什么？明天就要搬了，今天还忙着这样焕然一新？"凤喜笑道："你到我们这儿来，老是说不卫生，我们洗的洗了，刷的刷了，换的换了，你还是不大乐意。昨天你对我妈说，医院里真卫生，什么都是白的。我妈就信了你的话，今天就赶着买了白布来盖上。那边新屋子里买的床和木器，我原是要红色的，信了你的话，今天又去换白漆的了。"家树笑道："这未免隔靴搔痒，然而也用心良苦。"凤喜走上前，一把拉住了他的袖子道："哼！那不行，你抖着文骂人。"说时，鼓了嘴，将身子扭了几扭。家树笑道："我并不是骂人，我是说你家人很能听我的话。"凤喜道："那自然啦！现在我一家人，都指望着你过日子，怎样能不听你的话。可是我得了你许多好处，我仔细一想，又为难起来了。据你说，你老太爷是做过大官的，天津还开着银行，你的门第是多么高，像我们这样唱大鼓的人，哪配呀？"说着，靠了椅子坐下，低了头回手捞过辫梢玩弄。家树笑道："你这话，我不大明白。你所说的，是什么配不配？"凤喜瞟了一眼。又低着头道："别装傻了，你是聪明人里面挑出来的，倒会不明白？"家树笑道："明是明白了，但是我父亲早过世去了，大官有什么相干，我叔叔不过在天津银行里当一个总理，也是替人办事，并不怎样阔。就是阔，我们是叔侄，谁管得了谁？我所以让你读书，固然是让你增长知识，可也就是抬高你的身份，不过你把书念好了，身份抬高了，不要忘了我才好。"凤喜笑道："老实说吧，我们家里，真把你当着神灵了。你瞧他们那一份儿巴结你，真怕你有一点儿不高兴。我是更不要说了，一辈子全指望着你，哪里会肯把你忘了！别说身份抬不高，就是抬得高，也全仗着你呀。人心都是肉做的，我现在免得抛头露面，就和平地登了天一样。像这样的恩人，亮着灯笼哪儿找去！难道我真是个傻子，这一点儿事都不懂吗？"

凤喜这一番话，说得非常恳切，家树见她低了头。望了两只交叉摇曳的脚尖，就站到她身边，用手慢慢儿抚摸着她的头发，笑道："你这话倒是几句知心话，我也很相信的。只要你始终是这样，花几个钱，我是不在乎的。我给的那两百块钱，现在还有多少？"凤喜望着家树笑道："你叔叔是开银行的，多少钱做多少事，难道说你不明白？添衣服，买东西，搬房子，你想还该剩多少钱了？"家树道："我想也是不够的，明天到银行里去，我还给你找一点款子来。"因见凤喜仰着脸，脸上的粉香喷喷的，就用手抚摸着她的脸。凤喜笑着，将嘴向房门口一努，家树回头看时，原来是新制的门帘子，高高卷起呢，于是也不觉得笑了。

过了一会子，凤喜的叔叔回来了。他就是在先农坛弹三弦子的那人，他原名沈尚德。但是这一胡同的街坊，都叫他沈三弦子。又因为四个字叫得累赘，简称沈三弦。叫得久了，人家又改叫了沈三玄。（注：玄，旧京谚语，意谓其事无把握，而带危险性也。）这意思说他吃饭，喝酒，抽大烟，三件大事，每天都得闹饥荒。不过这半个月来。有了樊家树这一个财神爷接济，沈三玄却成了沈三乐。今天在新房子里收拾了半天，精神疲倦了，就向他嫂子沈大娘要拿点钱去抽大烟。沈大娘说是昨天给的一块钱，今天不能再给，因此他又跑回来，打算和侄女来商量。一走到外边屋子里，见里面屋子的门帘业已放下，就不便进去，先隔着门帘子咳嗽了两声。凤喜道："叔叔回来了吗？那边屋子拾掇得怎么样了？樊先生在这里呢。"沈三玄隔着门帘叫了一声"樊先生"，就不进来了。

凤喜打起门帘子。沈三玄笑道："姑娘！我今天的黑饭又断了粮了，你接济接济我吧。"家树便道："这大烟，我看你忌了吧。这年头儿，吃饭都发生问题，哪里还经得住再添上一样大烟！"沈三玄点着头，低低的道："你说得是，我早就打算忌的。"家树笑道："抽烟的人，都是这样，你一提起忌烟，他就说早要忌的。但是说上一千回一万回，背转身去，还照样抽。"沈三玄见家树有不欢喜的样子，凤喜坐在炕沿上，左腿压着右腿，两手交叉着，将膝盖抱住，两个小腮帮子，绷得鼓也似的紧。沈三玄一看这种神情，是不容开口讨钱的了。只得搭讪着和同院子的人讲话，就走开了。

家树望着凤喜低低地笑道："真是讨厌，不先不后，他恰好是这个时候回来。"凤喜也笑道:"别瞎说,他听到了,还不知道咱们干了什么呢!"家树道:"我看他那样子,大概是要钱。你就……"凤喜道:"别理他,我娘儿俩有什么对他不住地!凭他那个能耐,还闹上烟酒两瘾,早就过不下去了。现在他说我认识你,全是他的功劳,跟着就长脾气。这一程子,每天一块钱还嫌不够,以后日子长远着咧,你想哪能还由着他的性儿?"家树笑道:"以前我以为你不过聪明而已,如今看起来,你是很识大体,将来居家过日子,一定不错。"凤喜瞟了他一眼道:"你说着说着,又不正经起来了。"家树笑着把脸一偏,还没答话,凤喜"哟"了一声,在身上掏出手绢,走上前一步,按着家树的胳膊道:"你低一低头。"

家树正要把头低着,凤喜的母亲沈大娘,一脚踏了进来。凤喜向后一缩,家树也有点不好意思。沈大娘道:"那边屋子全拾掇好了,明天就搬,樊先生明天到我们家来,就有地方坐了。可是话又说回来了,明天搬着家,恐怕还是乱七八糟的,到后天大概好了,要不,你后天一早去,准乐意。"家树听说,笑了一笑。然而心里总不大自然,仍是无话可说。坐了一会儿,因道:"你们应该收拾东西了,我不在这里打搅你们了。"说毕,他拿了帽子戴在头上,起身就要走。

凤喜一见他要走,非常着急,连连将手向他招了几招道:"别忙啊!擦一把脸再走么。你瞧你瞧,哎哟!你瞧。"家树笑道:"回家去,平白地要擦脸做什么?"说了这句,他已走出外边屋子。凤喜将手连推了她母亲几下,笑道:"妈!你说一声,让他擦一把脸再走。"沈大娘也笑道:"你这丫头,什么事拿樊先生开心,我大耳刮子打你!樊先生你请便吧,别理她。"家树以为凤喜今天太快乐了,果然也不理会她的话,竟自回家。

到了吃晚饭的时候,家树坐在正面,陶伯和夫妇坐在两边。陶太太正吃着饭,忽然扑哧一笑,偏转头喷了满地毯的饭粒。伯和道:"你想到什么事情,突然好笑起来?"陶太太笑道:"你到我这边来,我告诉你。"伯和道:"你就这样告诉我,还不行吗?为什么还要我走过来才告诉我?"陶太太笑道:"自然有原因,我要是骗你,回头让你随便怎样罚我都成。"

伯和听他太太如此说了,果然放了碗筷,就走将过来。陶太太嘴对家树脸上一努,笑道:"你看那是什么?"伯和一看,原来家树左腮上,有六块红印,每两块月牙形的印子,上下一对印在一处,六块红印,恰是三对。伯和向太太一笑道:"原来如此。"家树见他夫妇注意脸上,伸手在脸上摸了一摸,并没有什么,因笑道:"你们不要打什么哑谜,我脸上有什么?老实对我说了吧。"陶太太笑道:"我们老实对你说吗?还是你老实对我们说了吧。再说要对你老实讲,我倒反觉得怪不好意思了。"于是走到屋子里去,连忙拿出一面镜子来,交给家树道:"你自己照一照吧,我知道你脸上有什么呢?"家树果然拿着镜子一照,不由得脸上通红,一直红到耳朵后边去。陶太太笑道:"是什么印子呢?你说你说。"顿了一顿,家树已经有了办法了,便笑道:"我说是什么事情,原来是这些红墨水点。这有什么奇怪,大概是我写字的时候,沾染到脸上去了的。"伯和道:"墨水瓶子上的水,至多是染在手上,怎么会染到脸上去?"家树道:"既然可以沾染到手上,自然可以由手上染到脸上。"伯和道:"这道理也很通的,但不知你手上的红墨水,还留着没有?"这一句话,把家树提醒了,笑道:"真是不巧,手上的红印,我已经擦去了,现在只留着脸上的。"伯和听到,只管笑了起来。正有一句什么话待要说出,陶太太坐在对面,只管摇着头。伯和明白他太太的意思,就不向下说了。

当下家树放下饭碗赶忙就跑回自己屋子里,将镜子一照。这正是几块鲜红的印。用手指一擦,沾得很紧,并磨擦不掉。刘福打了洗脸水来,家树一只手掩住了脸,却满屋子去找肥皂。刘福道:"表少爷找什么?脸上破了皮,要找橡皮膏吗?"家树笑了一笑道:"是的,你出去吧。两个人在这里,我心里很乱,更不容易去找了。"刘福放下水,只好走了。家树找到肥皂,对了镜子洗脸,正将那几块红印擦着,陶太太一个亲信的女仆王妈,却用手端着一个瓷器茶杯进来,她笑道:"表少爷,我们太太叫我送了一杯醋来。她说,胭脂沾在肉上,若是洗不掉的话,用点醋擦擦,自然会掉了。"家树听了这话,半晌没有个理会处。这王妈是个二十多岁的人,头发老是梳得光溜溜的,圆圆的脸儿,老是抹着粉,向来做上房事,见男子就不好意思,现在奉了太太的命,送这东西来,很是尴尬。家树又害臊,不肯说什么,她也就一扭头走了。家树好容易把胭脂擦掉了,倒不好意思再出去了。反正是天色不早,就睡觉了。到了次日吃早饭,兀自不好意思,所幸伯和夫妇对这事一字也不提,不过陶太太有点微笑而已。

家树吃过了饭,便揣想到凤喜家里正在搬家,本想去看看,又怕引起伯和夫妇的疑心,只得拿了一本书。随便在屋里看。心里有事,看书是看不下去的,又坐在书案边,写了几封信。挨到下午,又想凤喜的新房子,一定布置完事了,最好是这个时候去看看,他们如有布置不妥当之处,可以立刻纠正过来。不过看表兄表嫂的意思,对于我几乎是寸步留意,一出门,回来不免又是一番猜疑。自己又害臊,镇定不住,还是不去吧——自己给自己这样难题做。到黄昏将近的时候，屋角上放过来的一线太阳，斜照在东边白粉墙上，紫藤花架的上半截，仿佛淡抹着一层金漆；至于花架下半截，又是阴沉沉的。罗列在地下的许多盆景，是刚刚由喷水壶喷过了水，显着分外的幽媚，同时并发出一种清芬之气。家树就在走廊下，两根朱红柱子下面，不住地来往徘徊。刘福由外面走了进来，便问道："表少爷！今天为什么不出门了？"家树笑着点了点头，没有说什么。心里立刻想起来：是啊，我是天天出门去一趟的，因为昨天晚上，发现了脸上的脂印，今天就不出去，这痕迹越是分明了。索性照常的出去，毫不在乎，倒也让他们看不出所以然来。因此又换了衣服，戴上帽子，向凤喜新搬的地方而来。

这是家树看好了的房子。乃是一所独门独院的小房子，正北两明一暗，一间作了沈大娘的卧室，一间作了凤喜的卧室，还空出正中的屋子作凤喜的书房。外面两间东西厢房，一间住了沈三玄，一间作厨房，正是一点也不挤窄。院子里有两棵屋檐般大的槐树，这个时候，正好新出的嫩绿叶子，铺满了全树，映着地下都是绿色的；有几枝上，露着一两朵新开的白花，还透着一股香气。这胡同出去，就是一条大街，相距不远，便有一个女子职业学校。凤喜已经是在这里报名纳费了。现在家树到了这里，一看门外，一带白墙，墙头上冒出一丛绿树叶子来，朱漆的两扇小门，在白墙中间闭着。看去倒真有几分意思。家树一敲门。听到门里边扑通扑通一阵脚步响，开开门来，凤喜笑嘻嘻地站着。家树道："你不知道我今天会来吧？"凤喜道："一打门，我就知道是你，所以自己来开门。昨天我叫你擦一把脸再走，为什么不理？"家树笑道："我不埋怨你，你还埋怨我吗？你为什么嘴上擦着那许多胭脂呢？"凤喜不等他说完，抽身就向里走。家树也就跟着走了进去。

沈大娘在北屋子里迎了出来笑道："你们什么事儿这样乐？在外面就乐了进来。"家树道："你们搬了房子，我该道喜呀，为什么不乐呢？"说着话，走进北屋子里来，果然布置一新。沈大娘却毫不迟疑的将右边的门帘子，一只手高高举起，意思是让家树进去。他也未尝考虑，就进去了。屋子里裱糊得雪亮，正如凤喜昨天所说，是一房白漆家具。上面一张假铁床，也是用白漆漆了，被褥都也是白布，只是上面覆了一床小红绒毯子。家树笑道："既然都是白的，为什么这毯子又是红的哩？"沈大娘笑道："年轻轻儿的，哪有不爱个红儿绿儿的哩。这里头我还有点别的意思，你这样一个聪明人，不应该不知道。"家树道："我这人太笨，非你告诉我，我是不懂的。你说，这里头还有什么问题？"沈大娘正待要说，凤喜一路从外面屋子里嚷了进来，说道："妈！

你别说。"沈大娘见她进来，就放下门帘子走开了。凤喜道："你看看，这屋子干净不干净？"家树笑道："你太舒服了，你现在一个人住一间屋子。一个人睡一张床，比从前有天渊之别了，你要怎样的谢我呢？"凤喜低了头，整理床上被单，笑着道："现在睡这样的小木床，也没有什么特别，将来等你送了我的大铜床，我再来谢你吧。"家树道："那倒也容易，不过'特别'两个字，我有点不懂，睡了铜床。又怎样特别呢？"凤喜道："那有什么不懂！不过是舒服罢了，你不许再往下说，你再要往下说，我就恼了。"睨着家树又抿嘴一笑。

当下家树向壁上四周看了一看，笑道："裱糊得倒是干净，但是光秃秃的也不好，等我给你找点东西陈设陈设吧。"凤喜道："我只要一样，别的都由你去办。"家树道："要一样什么？要多少钱办呢？"凤喜道："你这话说的真该打，难道我除了花钱的事，就不和你开口要的吗？"家树笑道："我误会了，以为你要买什么值钱的古玩字画，并不是说你要钱。"凤喜道："古玩字画哪儿比得上！这东西只有你有。不知道你肯赏光不肯赏光？"家树道："只有我有的，这是什么东西呢？我倒想不起来，等我猜猜。"家树两手向着胸前一环抱，偏着头正待要思索，凤喜笑道："不要瞎猜，我告诉你吧。我看见有几个姐妹们，她们的屋子里，都排着一架放大的相片，我想要你一张大相片在这屋子里挂着，成不成？"家树万不料她郑重的说出来，却是这样一件事，笑道："我不知道你说的是什么东西，原来是要我一张相片，有有有。"凤喜笑道："从前在水车胡同住着，我不敢和你要，那样的脏屋子，挂着你的相片，连我心里也不安。现在搬到这儿来，干净是干净多了，一半也可以说是你的家……"凤喜说到这里，肩膀一耸，又将舌头一伸道："这可是我说错了。"沈大娘在外面插嘴道："干吗说错了呀？这儿里里外外，哪样不是樊先生花的钱？能说不是人家有一半儿份吗？最好是全份都算樊先生的，孩子，就怕你没有那大的造化。"说毕，接上哈哈一阵大笑。家树听了，不好怎样答言，凤喜却拉着他的衣襟一扯，只管挤眉弄眼，家树笑嘻嘻地，心里自有一种不易说出的愉快。

自这天起，沈家也就差不多把家树当着家里人一样，随便进出。家树原是和沈大娘将条件商议好了，凤喜从此读书，不去卖艺，家树除供给凤喜的学费而外，每月又供给沈家五十块钱的家用。沈三玄在家里吃喝，他自己出去卖艺，却不管他；但是那些不上品的朋友，可不许向家里引。沈大娘又说："他原是懒不过的人，有了吃喝住，他哪里还会上天桥，去挣那三五十个铜子去？"家树觉得话很对，也就放宽心了。

过了几天，凤喜又做了几件学生式的衣裙，由家树亲自送到女子职业学校补习班去，另给她起了一个学名，叫作"凤分"。这学校是半日读书，半日做女红的，原是为失学和谋职业的妇女而设，所以凤喜在这学校里，倒不算年长；自己本也认识几个字，却也勉强可以听课。不过上了几天课之后，吵着要家树办几样东西：第一是手表；第二是两截式的高跟皮鞋；第三是白纺绸围巾。她说同学都有，她不能没有。家树也以为她初上学，不让她丢面子，扫了兴头，都买了。过了两天，凤喜又问他要两样东西：一样是自来水笔；一样是玳瑁边眼镜。家树笑道："英文字母，你还没有认全，要自来水笔作什么？这还罢了，你又不近视，也不远视，好好儿的，戴什么眼镜？"凤喜道："自来水笔，写中国字也是一样使啊。眼镜可以买平光的，不近视也可以戴。"家树笑道："不用提，又是同学都有，你不能不买了。只要你好好儿的读书，我倒不在乎这个，我就给你买了吧。你同学有的，还有什么你是没有的，索性说出来，我好一块儿办。"凤喜笑道："有是有一样，可是我怕你不大赞成。"家树道："赞成不赞成是另一问题，你且先说出来是什么？"凤喜道："我瞧同学里面，十个倒有七八个戴了金戒指的，我想也戴一个。"

家树对她脸上望了许久，然后笑道："你说，应该怎样的戴法？戴错了是要闹出笑话来的。"凤喜道："这有什么不明白！"说着话。将小指伸将出来，钩了一钩，笑道："戴在这个手指头上，还有什么错的吗？"家树道："那是什么意思？你说了出来。"凤喜道："你要我说，我就说吧，那是守独身主义。"家树道："什么叫守独身主义？"凤喜低了头一跑，跑出房门外去，然后说道："你不给我买东西也罢。老问什么？问得人怪不好意思的。"家树笑着对沈大娘道："我这学费总算花得不冤，凤喜念了几天书，居然学得这些法门了。"沈大娘也只说得一句"改良的年头儿嘛"，就嘻嘻的笑了。

次日恰恰是个星期日，家树吃过午饭，便约凤喜一同上街，买了自来水笔和平光眼镜，又到金珠店里，和她买了一个赤金戒指。眼镜她已戴上了，自来水笔，也用笔插来夹在大襟上，只有这个金戒指，她却收在身上，不曾戴上。家树将她送到家，首先便问她这戒指为什么不戴起来。凤喜和家树在屋子里说话，沈大娘照例是避开的，这时凤喜却拉着家树的手道："你什么都明白，难道这一点事还装糊涂！"说着，就把盛戒指的小盒递给他，将左手直伸到他面前，笑道："给我戴上。"家树笑着答应了一声"是"，左手托着凤喜的手，右手两个指头，钳着戒指，举着问凤喜道："应该哪个指头？"凤喜笑着，就把无名指跷起来，嘴一努道："这个。"家树道："你糊涂，昨儿刚说守独身主义，守独身主义，是戴在无名指上吗？"凤喜道："我明白，你才糊涂。若戴在小指上，我要你给我戴上做什么？"家树拿着她的无名指，将戒指轻轻地向上面套，望着她笑道："这一戴上，你就姓樊了，明白吗？"凤喜使劲将指头向上一伸，把戒指套住，然后抽身一跑，伏在窗前一张小桌上，咯咯地笑将起来。

家树笑道："别笑别笑，我有几句话问你。你明日上学，同学看见你这戒指，她们要问起你的那人是谁，你怎样答应？"凤喜笑道："我以为是什么要紧的事，你这样很正经的问着，那有什么要紧！我随便答应就是了。"家树道："好！譬如我就是你的同学吧，我就问：嘿！密斯沈，大喜啊！手上今天添了一个东西了，那人是谁？"凤喜道："那人就是送戒指给我的人。"家树道："你们是怎样认识的？这恋爱的经过，能告诉我们吗？"凤喜道："他是我表兄，我表兄就是他，这样说行不行？"家树笑道："行是行，我怎么又成了你的表哥了。"凤喜道："这样一说，可不就省下许多麻烦！"家树道："你有表兄没有？"凤喜道："有哇！可是年纪太小，一百年还差三十岁哩。"家树道："今天你怎么这样乐？"凤喜道："我乐啊，你不乐吗？老实对你说吧，我一向是提心吊胆，现在是十分放心了，我怎样不乐呢？"家树见她真情流露，一派天真，也是乐不可支，睡在小木床上，两只脚，直竖起来，架到床横头高栏上去，而且还尽管摇曳不定。沈大娘在隔壁屋子里问道："你们一回来，直乐到现在，什么可乐的？说给我听听。"凤喜道："今天先不告诉你，你到明天就知道了。"沈大娘见凤喜高兴到这般样子，料是家树又给了不少的钱，便留家树在这里吃晚饭，亲自到附近馆子去叫了几样菜，只单独的让凤喜一人陪着。家树也觉得话越说越多，吃完晚饭以后，想走几回，复又坐下。最后拿着帽子在手上，还是坐了三十分钟才走。

到了家里，已经十二点多钟了。家树走进房一亮电灯，却见自己写字台上，放着一条小小方块儿的花绸手绢。拿起一嗅，馥郁袭人，这自然是女子之物了。难道是表嫂到我屋子里，遗落在这里？拿起来仔细一看，那巾角上，却另有红绿线绣的三个英文字母 H，L，N，表嫂的姓名是陈蕙芳，这三个字母，和那姓名的拼音，差得很远，当然不是她了。既不是她，这屋子里哪有第二个用这花手绢的女子来呢？自己好生不解。这时刘福送茶水进来，笑道："表少爷！你今天出门的工夫不小了，有一位生客来拜访你哩。"说着。就呈上一张小名片来。家树接过一看，恍然大悟，原来那手绢是这位向不通来往的女宾留下来的，就也视为意外之遇。要知这是一个什么女子，下回交代。

　　却说家树见一条绣了英文字的手帕，正疑惑着此物从何而来，及至刘福递上一张小名片，却恍然大悟这是何丽娜的。家树便问她是什么时候来的？刘福道："是七点钟来的，在这里吃过晚饭。就和大爷少奶奶一块儿跳舞去了。"家树道："她又到我屋子里来做什么？"刘福道："她来——表少爷怎样知道了？她说表少爷不在家，就来看看表少爷的屋子，在屋里坐了一会，又翻了一翻书。交给我一张名片，然后才走的。"家树道："翻了一翻书吗？翻的什么书？"刘福道："这可没有留意，大概就是桌上放的书吧。"家树这才注意到桌上的一本红皮书，凤喜的相片，正是夹在这里面的，她要翻了这书，相片就会让她看见的。于是将书一揭，果然相片挪了页数了。原是夹在书中间的，现在夹在封面之下了。这样看来，分明是有人将书页翻动，又把相片拿着看了。好在这位何女士却和本人没甚来往，这相片是谁，她当然也不知道。若是这相片让表嫂看见，那就不免她要仔细盘问的了。而且凤喜的相，又有点和何小姐的相仿佛，她惊异之下，或者要追问起来的，那更是逼着我揭开秘幕了。今天晚上，伯和夫妇跳舞回来，当然是很夜深的了，明天吃早饭时，若是表嫂知道，少不得相问，明日再看话答话吧。这样想着，就不免拟了一番敷衍的话，预备答复。

　　可是到了次日，陶太太只说何小姐昨晚是特意来拜访的，不能不回拜，却没有提到别的什么。家树道："我和她们家里并不认识，专去拜访何小姐，不大好，等下个礼拜六，我到北京饭店跳舞厅上去会她吧。"陶太太道："你这未免太看不起女子了，人家专诚来拜访了你，你还不屑去回拜，非等到有顺便的机会不可。"家树笑道："我并不是不屑于去回拜，一个青年男子，无端到人家家里去拜访人家小姐，仔细人家用棍子打了出来。"陶太太道："你不要胡说，人家何小姐家里，是很文明的。况且你也不是没有到过人家家里去拜访小姐的呀。"家树道："哪有这事！"可是也就只能说出这四个字来分辩，不能再说别的了。伯和也对家树说："应该去回拜人家一趟。何小姐家里是很文明的，她有的是男朋友去拜访，决不会尝闭门羹的。"家树被他两人说得软化了，就笑着答应去看何小姐一次。

过了一天，天气很好，本想这天上午去访何小姐的，偏是这一天早上，却来了一封意外的信。信封上的字，写得非常不整齐，下款只署着"内详"，拆开来一看，信上写道：

家树仁弟大人台鉴：

一别芝颜，倏又旬日，敬惟文明进步，公事顺随，为畴为颂。卑人命途不佳，前者患恙，蒙得抬爱，赖已逢凶化吉，现已步履如亘，本当到寓叩谢，又多不便，奈何奈何。敬于月之十日正午，在舍下恭候台光，小酌爽叙，勿却是幸。套言不叙。台安。关寿峰顿首。

这一封信，连别字带欠通，共不过百十个字，却写了三张八行。看那口气，还是在《尺牍大全》上抄了许多下来的。像他那种人，生平也不会拿几回笔杆，硬凑付了这样一封信出来，看他是多么有诚意！就念着这一点，也不能不去赴约。因此又把去拜访何小姐的原约打消，直向后门关寿峰家来。

一进院子，就见屋子里放了白炉子。煤球正笼着很旺的火。屋檐下放了一张小桌子，上面满放着荤素菜肴，秀姑系了一条围裙，站在桌子边，光了两只溜圆雪白的胳膊，正在切菜。她看见家树进来，笑道："爸爸！樊先生来了。"说着话，菜刀也来不及放下，抢一步，给家树打了帘子。寿峰听说，也由屋子里迎将出来，笑道："我怕你有事，或者来不了，我们姑娘说是只要有信去，你是一定来，真算她猜着了。"说时，便伸手拉着家树的手，笑道："我想在馆子里吃着不恭敬，所以我就买了一点东西，让小女自己做一点家常风味尝尝。你就别谈口味，瞧我们表表这一点心吧。"家树道："究竟还是关大叔过于客气，实在高兴的时候愿意喝两盅，随便哪一天来遇着就喝，何必还要费上许多事！"寿峰笑道："人有三分口福。似乎都是命里注定的。不瞒你说，这一场病，是害得我当尽卖光，我哪里还有钱买大鱼大肉去！可巧前天由南方来了一个徒弟，他现在在大学堂里，当了一名拳术教师，混得比我强。看见我穷，就扔下一点零钱给我用，将来或者我也要找他去。"

说着话，秀姑已经进来，抢着拿了一条小褥子，铺在木椅上，让家树坐下。接上就提开水壶进来，沏上一壶茶，茶壶里临时并没有搁下茶叶，想是早已预备好了的了。沏完了茶，她又拿了两支卫生香进来，燃好了，插在桌上的旧铜炉里。一回头，看见茶杯子还空着，却走过来给他斟上一杯茶，笑道："这是我在胡同口上要来的自来水，你喝一点。"她只说着这话，尽管低了头。家树眼里看见，心里不免盘算，我对这位姑娘，没有丝毫意思，她为什么一见了我，就是如此羞人答答神气？这倒叫我理是不好，不理也是不好了，索性大大方方的，只当自己糊涂，没有懂得她的意思就是了。因此一切不客气，只管开怀和寿峰谈话。

当下寿峰笑道："我是个爽快人，老弟！你也是个爽快人，我有几句话，回头要借着酒盖了脸，和你谈谈。"他说到这里，伸着手搔了一搔头，又搓了一搓巴掌，正待接着向下说时，恰好秀姑走了进来，擦抹了桌子，将杯筷摆在桌上。家树一看，只有两副杯筷，便道："为什么少放一副杯筷？大姑娘不上桌吗？"秀姑听了这话，刚待答言，她那脸上的红印儿，先起了一个小酒晕儿。寿峰踌躇着道："不吧，她得拾掇东西，可是……那又显着见外了。也好，秀姑你把菜全弄得了，一块儿坐着谈谈，你要有事，回头再去也不迟。"秀姑心想，我何尝有事，便随便答应了一声，自去做菜去了。寿峰笑道："老弟！你瞧我这孩子，真不像一个练把式人养的，我要不是她，我就不成家了。这也叫天无绝人之路。可是往将来说……"外面秀姑炒着菜，正呛着一口油烟，连连咳嗽了几声，接上她隔着窗户笑道："好在樊先生不算外人，要不然你这样夸奖自己的闺女，给人笑话。"寿峰一听，哈哈大笑，两手向上一举，伸了一个懒腰。

家树见寿峰两只黄皮肤的手臂，筋肉怒张，很有些劲，便问道："关大叔精神是复原了，但不知道力气怎么样？"寿峰笑道："老了！本来就没有什么力量，谈不到什么复原。但是真要动起手来，自保总还有余吧。"家树道："大叔的力量，第一次会面，我就瞻仰过了。除此以外，一定还有别的绝技，可否再让我瞻仰瞻仰？"寿峰笑道："老弟台！我对你是用不着谦逊的。有是有两手玩艺，无奈家伙都不在手边。"秀姑道："你就随便来一点儿什么吧，人家樊先生说了，咱们好驳回吗？"寿峰笑道："既然如此说，我就来找个小玩意吧。你瞧，帘子破了，飞进来许多蝇子，我把它们取消吧。"说着，他将桌上的筷子取了一双，倒拿在手里，依然坐下了。等到苍蝇飞过来，他随随便便的将筷子在空中一夹，然后送过来给家树看道："你瞧，这是什么？"家树看时，只见那筷子头不偏不倚，正正当当，夹住一个小苍蝇，不由得先赞了一声"好"，然后问道："这虽是小玩艺，却是由大本领练了来的。但不知道大叔是由练哪项本事练出来的？"关寿峰将筷子一松，一个苍蝇落了地，筷子一伸，接上一夹，又来了一个苍蝇。他就是如此一伸一夹，不多久的工夫，脚下竟有一二十头苍蝇之多，一个个都折了翅膀横倒在地上。

家树鼓了掌笑道："这不但是看得快，夹得准而已；现在看这蝇子，一个个都死了，足见筷子头上，一样的力到劲到了。"寿峰笑道："这不过常闹这个玩艺，玩得多了，自然熟能生巧，并不算什么功夫。若是一个人夹一只苍蝇都夹不死，那岂不成了笑话了吗？"家树道："我不是奇怪苍蝇夹死了，我只奇怪苍蝇的身体依然完整，不是像平常一巴掌扑了下去，打得血肉模糊的样子。"寿峰笑道："这一点子事情，你还能论出个道理来，足见你遇事肯留心了。"家树笑道："这种本领，扩而充之起来，似乎就可以伸手接人家放来的暗器。我们常在小说上，看到什么接镖接箭一类的武艺，大概也是这种手法。"寿峰笑道："不要谈这个吧，就真有那种本领，现在也没用。谁能跑到阵头上，伸着两手接子弹去？"

秀姑见家树不住地谈到武艺，端了酒菜进来，只是抿嘴微笑。她给寿峰换了一双筷子，自己也就拿了一副杯筷来，放在一边。寿峰让家树上座，父女二人，左右相陪。秀姑先拿了家树面前的酒杯过来，将酒瓶子斟好了一杯酒，然后双手捧着送了过去。家树站起来道："这样客气。那会让我吃不饱的。大姑娘，你随便吧。"嘴里说着这话，他的视线，就不由得射到秀姑的那双手上。见她的十指虽不是和凤喜那般纤秀，但是一样的细嫩雪白。那十个指头，剪得光光的，露着红玉似的指甲缝，心里便想：他父女意思之间，常表示他这位姑娘能接家传的，现在看她这般嫩手，未必能名副其实。他心里如此想着，当然不免呆了一呆。秀姑连忙缩着手，坐下去了。家树猛然省悟：她或者误会了。因笑对寿峰道："大叔的本领，如此了不得，这大姑娘一定是很好的了。可是我仔细估量着，是很斯文的，一点看不出来。"寿峰笑道："斯文吗？你是多夸奖了。这两年大一点，不好意思闹了，早几年她真能在家里飞檐走壁。"家树看了看秀姑的颜色，便笑道："小时候，谁也是淘气的。说到飞檐走壁，小时候看了北方的小说，总是说着这种事，心里自然是奇怪。自从到了北方之后，我才明白了，原来北方的房屋，盖得既是很低，而且屋瓦都是用泥灰嵌住了的。这要飞檐走壁，并不觉得怎样难了。"秀姑坐在一边，还是抿了嘴微笑。家树一面吃喝，一面和寿峰父女谈话，不觉到了下午三四点钟。寿峰道："老弟！今天谈得很痛快。你若是没有什么事，就坐到晚上再走吧。"家树因他父女殷勤款待，回去也是无事，就又坐下来。

当下秀姑收了碗筷，擦抹了桌椅，重新沏了茶，燃了香，拿了她父亲一件衣服，靠在屋门边一张椅子上坐了缝补，闲听着说话，却不答言。后来寿峰和家树慢慢地谈到家事，又由家事谈到陶家，家树说表嫂有两个孩子，秀姑便像有点省悟的样子，"哦"了一声道："那位小姐，在什么学堂里念书？"家树道："小得很，还不曾上学呢。"秀姑道："是吗？我从前住在那儿的时候，看见有位十六七岁的小姐，长得很清秀的，天天去上学，那又是谁？"家树笑道："那是大姑娘弄错了，我表哥今年只二十八岁，哪里有那大的女孩子！"秀姑刚才好像是有一件什么事明白了，听到这里，脸上又罩着了疑幕，看了看父亲，又低头缝衣了。寿峰见秀姑老不离开，便道："我还留樊先生坐一会儿呢，你再去上一壶自来水来。"秀姑道："我早就预备好了，提了一大桶自来水在家里放着呢。"寿峰见秀姑坐着不愿动，这也没有法子，只得由她。家树谈了许久，也曾起身告辞两次，寿峰总是将他留住，一直说到无甚可说了，寿峰才道："过两天，我再约老弟一个地方喝茶去，天色已晚，我就不强留了。"家树笑着告辞，寿峰送到大门外。

只在这个当儿，秀姑一个人在屋子里，连忙包了一个纸包，也跟着到大门口来，对寿峰道："樊先生走了吗？他借给我的书，我还没有送还他呢。"寿峰道："他不是回家，雇车要到大喜胡同，还不曾雇好呢。"秀姑赶出门外，家树还在走着，秀姑先笑道："樊先生！请留步。"家树万不料她又会追出来相送，只得站住了脚问道："大姑娘！你又要客气。"秀姑笑道："不是客气，你借给我的几本书，请你带了回去。"说着，就把包好了的书，双手递了过去。家树道："原来是这个，这很不值什么，你就留下也可以，我这时不回家，留在你这儿下次我再来带回去吧。"秀姑手里捧着书包，低了头望着手笑道："你带回去吧，我还做有一点活儿送给你呢。"她说到最后这一句，几乎都听不出是说什么话，只有一点微微的语音而已。家树见她有十分难为情的样子。只得接了过来，笑道："那么我先谢谢了。"秀姑见他已收下，说了一声"再会"，马上掉转身子自回家去。寿峰道："人家并不是回家去，让人家夹了一包书到处带着，怪不方便的。"秀姑道："你说他是到大喜胡同去，我信了。我在那地方，遇到他有两三回，有一次，他还同着一个女学生走呢，那是他什么人？"寿峰道："你这是少见多怪了，这年头儿，男女还要是什么人才能够在一处走吗？我今天倒是有意思问问他家中底细，偏是你又在面前，有许多话，我也不好问得。照说他在北京是不会有亲戚的。"

秀姑听父亲说到这里，却避开了。可是她心里未免有点懊悔，早知道父亲今天留着他谈话是有意的，早早避开也好。他究竟是什么意思？今晚便晓得了，也省得我老是惦记。今天这机会错过，又不知道哪一天可以能问到这话了。不过由今天的事看来，很可以证明父亲是有意的。以前怕父亲不赞成的话，却又不成问题了。只是自己亲眼得见家树同了一个女学生在大喜胡同走，那是他什么人？不把这事解释了，心里总觉不安。前后想了两天，这事情总不曾放心得下。仿佛记得那附近有个女学堂。莫非就是那里的学生？我倒要找个机会调查一下。在她如此想着，立刻就觉得要去看看才觉心里安慰。因此对父亲说，有点事要出去，自己却私自到大喜胡同前后来查访，以为或者又可以碰到他二人，当面一招呼，那个女子是谁？他就无可隐藏了。

当秀姑到大喜胡同来查访的时候，恰是事有凑巧，她经过两丛槐树一扇小红门之外，自己觉得这人家别有一种风趣。正呆了一呆，却听得白粉低墙里，有一个男子笑道："我晚上再来吧，趁着今天晚上好月亮，又是槐花香味儿，你把那《汉宫秋》给我弹上一段，行不行？"秀姑听那男子的声音正是樊家树，接上"呀"的一声，那两扇小红门已经开了，待要躲闪，已经来不及。只见家树在前，上次遇到的那个女学生在后，一路走将出来。家树首先叫道："大姑娘！你怎么走到这里来了？"秀姑还未曾开言，家树又道："我给你介绍，这是沈大姑娘。"说着将手向身边的凤喜一指，凤喜就走向前。两手握了秀姑一只右手，向她浑身一溜，笑道："樊先生常说你来的，难得相会，请到家里坐吧。"秀姑听了她的话，一时摸不着头脑，心想她怎么也是称为先生，进去看看也好。于是也笑道："好吧，我就到府上去看看。樊先生也慢点走，可以吗？"家树道："当然奉陪。"于是二人笑嘻嘻地把她引进来。沈大娘见是家树让进来的，也就上前招呼，笑着道："大姑娘！我们这儿也就像樊先生家里一样，你别客气呀。"秀姑又是一怔，这是什么话？原先在外面屋子里坐着的，后来沈大娘一定把她让进凤喜屋子里，自己却好避到外面屋子里去沏茶装糕果碟。

秀姑见这屋子里陈设得很雅洁，正面墙上，高高的挂了一副镜框子，里面安好了一张放大的半身男相，笑容可掬，蔼然可亲的向着人，那正是樊家树。到了这时，心里禁不住扑通扑通乱跳一阵，把事也猜有个七八成了。再看家树也是毫无忌惮，在这屋子里陪客。沈大娘将茶点送了进来，见秀姑连向相片看了几下，笑道："你瞧，这相片真像呀！是樊先生今天送来的，才挂上呢！我说这儿像他家里，那是不假啊，咱们亲戚朋友都不多，盼望你以后冲着樊先生的面子，常来啊！他每天都在这里的。"沈大娘这样说上了一套，秀姑脸上，早是红一阵，白一阵，很觉不安的样子。家树一想，她不要误会了，便笑道："以前我还未曾对关大叔说过北京有亲戚呢，大姑娘回去一说，关大叔大概也要奇怪了。"家树望了秀姑，秀姑向着窗外看看天色，随意的答道："那有什么奇怪呢？"声音答得细微极了，似乎还带一点颤音。家树也沉默了，无甚可说。还是沈氏母女，问问她的家事，才不寂寞。又约莫坐谈了十分钟，秀姑牵了一牵衣襟，站起来说声"再会"，便告辞要走。沈氏母女坚留，哪里留得住。

秀姑出得门来，只觉得浑身瘫软，两脚站立不住，只是要沉下去，赶快雇了一辆人力车，一直回家。到了家里，便向床上和衣倒下，扯了被将身子和颈盖住，竟哭起来了。寿峰见女儿回来，脸色已经不对，匆匆的进了卧房，又不曾出来，便站在房门口，先叫了一声，伸头向里一望，只见秀姑横躺在床上，被直拥盖着上半截，下面光着两只又脚裤子，只管是抖颤个不了。寿峰道："啊！孩子，你这是怎么了？"接连问了几句，秀姑才在被里缓缓地答应了三个字："我……病……了。"寿峰道："我刚刚好，你怎么又病了啊！"说着话，走上前，俯着身子，便伸了一只手，来抚摩她的额角。这一下伸在眼睛边，却摸了一把眼泪。寿峰道："你头上发着烧呢，摸我这一手的汗。你脱了衣服好好地躺一会儿吧。"秀姑道："好吧，你到外面去吧，我自己会脱衣服睡的。"寿峰听她说了，就走出房门去。秀姑急急忙忙就脱了长衣和鞋，盖了被睡觉。寿峰站在房门外连叫了几声，秀姑只哼着答应了一声，意思是表明睡了。寿峰听她的话，是果然睡了，也就不再追问。可是秀姑这一场大睡，睡到晚上点灯以后，还不曾起床，似乎是真病了。寿峰不觉又走进房来，轻轻地问道："孩子，你身体觉得怎么样？要不然，找一个大夫来瞧瞧吧。"秀姑半晌不曾说话，然后才慢慢地说道："不要紧的，让我好好的睡一晚晌，明日就会好的。"寿峰道："你这病来得很奇怪，是在外面染了毒气，还是走多了路，受了累？你在哪儿来？好好的变成这个样子！"秀姑见父亲问到了这话，要说出是到沈家去了，未免显着自己无聊；若说不是到沈家去的，自己又指不出别的地方来，事情更要弄糟，只得假装睡着，没有听见。寿峰叫唤了几声，因她没有答应，就走到外边屋子里去了。

过了一晚，次日一清早，隔壁古庙树上的老鸦，还在呱呱的叫。秀姑已经醒了，就在床上不断地咳嗽。寿峰因为她病了，一晚都不曾睡好，这边一咳嗽，他便问道："孩子，你身子好些了吗？"秀姑本想不作声，又怕父亲挂记，只得答应道："现在好了，没有多大的毛病，待一会我就好了。你睡吧，别管我的事。"寿峰听她说话的声音，却也硬朗，不会是有病，也就放心睡了。不料一觉醒来，同院子的人，都已起来了，秀姑关了房门，还是不曾出来。往日这个时候，茶水都已预备妥当了，今天连煤炉子都没有笼上，一定是秀姑身体很疲弱，不能起来，因也不再言语，自起了床燃着了炉子，去烧茶水。

这时，秀姑已经醒了，听到父亲在自烧茶水，心里很过不去，只得挣扎起来，一手牵了盖在被上的长衣，一手扶着头，在床上伸下两只脚，正待去踏鞋子，只觉头一沉，眼前的桌椅器具，都如风车一般，乱转起来。哼了一声，复又侧身倒在床上。过了许久，慢慢地起来，听到父亲拿了一只面钵子，放在桌上一下响，便叫道："爸！你歇着吧，我起来了，你要吃什么？让我洗了脸给你做。"寿峰道："你要是爬不起来，就睡一天吧。我也爱自做自吃。"

当下秀姑赶着将衣穿好，又对镜子拢了一拢头发，对着镜子里自己的影子，仔细看了看，皱了眉，摇摇头，长长地叹了一口气，走出房门来，嘻嘻地笑道："我又没病，不过是昨日跑到天桥去看看有熟人没有，就走累了。"寿峰道："你这傻子，由后门到前门，整个的穿城而过，怎么也不坐车？"秀姑笑道："说出来，你要笑话了。我忘了带钱，身上剩着几个铜子，只回来搭了一截电车。"寿峰道："你就不会雇洋车雇到家再给吗？"秀姑一看屋子外没人，便低声道："自你病后，我什么也没练过了，我想先走走道，活动活动，不料走得太猛，可就受累了。"这一番话，寿峰倒也很相信，就不再问。秀姑洗了手脸，自接过面钵，和了面做了一大碗押面给她父亲吃，自己却只将碗盛了大半碗白面汤，也不上桌，坐在一边，一口一口的呷着。寿峰道："你不吃吗？"秀姑微笑道："起来得晚，先饿一饿吧。"寿峰也未加注意，吃过饭，自出门散步去了。

秀姑一人在家，今天觉得十分烦恼，先倒在床上睡了片刻，哪里睡得着。想到没有梳头，就起来对着镜子梳，原想梳两个鬐，梳到中间，觉得费事，只改梳了一条辫子。梳完了头，自己做了一点水泡茶喝，水开了，将茶泡了，只喝了半杯，又不喝了，无聊得很，还是找一点活计做做吧。于是把活计盆拿出来，随便翻了翻，又不知道做哪样是好。活计盆放在腿上，两手倒撑起来托着下颏，发了一会子呆，环境都随着沉寂起来。正在这时。就有一阵轻轻地沉檀香气，透空而来。同时剥剥剥，又有一阵木鱼之声，也由墙那边送过来，这是隔壁一个仁寿寺和尚念经之声呢。

原来这是一所穷苦的老庙，庙里只有一个七十岁的老和尚静觉在里面看守。寿峰闲着无事，也曾和他下围棋散闷。这和尚常说，寿峰父女，脸上总带有一点刚强之气，劝他们无事念念经，寿峰父女都笑了。和尚因秀姑常送些素菜给他，曾对她说："大姑娘！你为人太实心眼了。心田厚，慧眼浅，是容易招烦恼的。将来有一天发生烦恼的时候，你就来对我实说吧。"秀姑因为这老和尚平常不多说一句话的，就把他这话记在心里。当寿峰生病的时候，秀姑以为用得着老和尚，便去请教他。他说："这是愁苦，不是烦恼，好好地伺候你令尊吧。"秀姑也就算了。今天行坐不安，大概这可以说是烦恼了。这一阵檀香，和一阵木鱼之声，引起了她记着和尚的话，就放下活计，到隔壁庙里来寻老和尚。

静觉正侧坐在佛案边，敲着木鱼，他一见秀姑，将木鱼棰放下，笑道："姑娘，别慌张，有话慢慢地说。"秀姑并不觉得自己慌张。听他如此说，就放缓了脚步。静觉将秀姑让到左边一个高蒲团上坐了，然后笑道："你今天忽然到庙里来，是为了那姓樊的事情吗？"秀姑听了，脸色不觉一变。静觉笑道："我早告诉了你，心田厚，慧眼浅，容易生烦恼啊！什么事都是一个缘分，强求不得的。我看他是另有心中人呀！"秀姑听老和尚虽只说几句话，都中了心病，仿佛是亲知亲见一般，不由得毛骨悚然，向静觉跪了下去，垂着泪，低着声道："老师傅你是活菩萨，我愿出家了。"静觉伸手摸着她的头笑道："大姑娘，你起来，我慢慢和你说。"秀姑拜了两拜，起来又坐了。静觉微笑道："你不要以为我一口说破你的隐情，你就奇怪。你要知道天下事当局者迷，你由陪令尊上医院到现在，常有个樊少爷来往。街坊谁不知道呢？我在庙外，碰到你送那姓樊的两回，我就明白了。"秀姑道："我以前是错了，我愿跟着老师傅出家。"静觉微笑道："出家两个字，哪里是这样轻轻便便出口的！为了一点不如意的事出家，将来也就可以为了一点得意的事还俗了。我这里有本白话注解的《金刚经》，你可以拿去看看，若有不懂的地方，再来问我。你若细心把这书看上几遍，也许会减少些烦恼的。至于出家的话，年轻人快不要提，免得增加了口孽。你回去吧，这里不是姑娘们来的地方。"

秀姑让老和尚几句话封住了嘴，什么话也不能再说，只得在和尚手里拿了一本《金刚经》回去。到了家里，有如得了什么至宝一般，马上展开书来看，其中有懂的，也有不懂的。不过自己认为这书可以解除烦恼，就不问懂不懂，只管按住头向下看。第一天，寿峰还以为她是看小说，第二天，她偶然将书盖着，露出书面来，却是《金刚经》，便笑道："谁给你的？你怎么看起这个来了？"秀姑道："我和隔壁老师傅要来的，要解解烦恼哩。"寿峰道：

"什么，你要解解烦恼？"但是秀姑将书展了开来，两只手臂弯了向里，伏在桌上，低着头，口里唧唧哝哝的念着，父亲问她的话，她却不曾听见。寿峰以为妇女们都不免迷信的，也就不多管；可是从这日起，她居然把经文看得有点懂了，把书看出味来，复又在静觉那里，要了两本白话注解的经书来再看。

这一天正午，寿峰不在家，她将静觉送的一尊小铜佛，供在桌子中央，又把小铜香炉放在佛前，燃了一支佛香，摊开浅注的《妙法莲华经》一页一页地看着。同院子的人，已是上街做买卖去了，妇人们又睡了午觉，屋子里沉寂极了。那瓦檐上的麻雀，下地来找散食吃，却不时地在院子里叫一两声。秀姑一人在屋子里读经，正读得心领神会，忽然有人在院子里咳嗽了一声，接上问道："大叔在家吗？"秀姑隔着旧竹帘子一看，正是樊家树，便道："家父不在家，樊先生进来歇一会吗？"家树听说，便自打了帘子进来。秀姑起身相迎道："樊先生和家父有约会吗？他可没在家等。"说着话。一看家树穿了一身蓝哔叽的窄小西服，翻领插了一朵红色的鲜花，头发也改变了样子，梳得溜光，配着那白净的面皮，年少了许多，一看之下，马上就低了眼皮。家树道："没有约会，我因到后门来，顺便访大叔谈谈的。"秀姑点了一点头道："哦，我去烧茶。"家树道："不用，不用，我随便谈一谈就走的。上次多谢大姑娘送我一副枕头，绣的竹叶梅花，很好，大概费工夫不少吧？"秀姑道："小事情，还谈它做什么。"说着家树在靠门的一张椅子上坐下。秀姑也就在原地方坐下。低了头将经书翻了两页。家树笑道："这是木版的书，是什么小说？"秀姑低着头摇了一摇道："不是小说，是《莲华经》。"家树道："佛经是深奥的呀，几天不见，大姑娘长进不少。"秀姑道："不算深，这是有白话注解的。"家树走过来，将书拿了去坐下来看。秀姑重燃了一支佛香，还是俯首坐下，却在身边活计盆里，找了一把小剪刀，慢慢地剪着指甲，剪了又看，看了又剪……

这里家树翻了一翻书，便笑道："这佛经果然容易懂。大姑娘有些心得吗？"秀姑道："现在不敢说，将来也许能得些好处的。"家树笑道："姑娘们学佛的，我倒少见。太太老太太们，那就多了。"秀姑微笑道："她们都是修下半辈子，或者修哪辈子的，我可不是那样。"家树道："凡是学一样东西，或者好一样东西，总有一个理由的。大姑娘不是修下半辈子，不是修哪辈子，为什么呢？"秀姑摇着头道："不为什么，也不修什么，看经就是看经，学佛就是学佛。"

　　家树听了这话，大觉惊讶，将经书放在桌上，两手一拍道："大姑娘你真长进得快，这不是书上容易看下来的，是哪个高僧高人，点悟了你？我本来也不懂佛学，从前我们学校里请过好和尚讲过经，我听过几回，我知道你的话有来历的。"秀姑道："樊先生！你别夸奖我，这些话，是隔壁老师傅常告诉我的。他说佛家最戒一个'贪'字，修下半辈子，或者修哪辈子，那就是贪，所以我不说修什么。"家树道："大叔也常对我说，隔壁老庙里，有个七十多岁的老和尚，不出外作佛事，不四处化缘，就是他了，我去见见行不行？"秀姑道："不行！他不见生人的。"家树道："也是。大姑娘有什么佛经，借两部我看看。"

　　秀姑是始终低了头修指甲的，这时才抬起头来，向家树一笑道："我就只有这个，看了还得交还老师傅呢。樊先生上进的人，干吗看这个？"家树道："这样说，我是与佛无缘的人了！"秀姑不觉又低了头，将经书翻着道："经文上无非是个空字。看经若是不解透，不如不看。解透了，什么事都成空的，哪里还能做事呢？所以我劝樊先生不要看。"家树道："这样说，大姑娘是看透了，把什么事都看空了的了。以前没听到大姑娘这样说过呀，何以陡然看空了呢？有什么缘故没有？"家树这一句话，却问到了题目以外，秀姑当着他的面，却答不出来，反疑心他是有意来问的，只望着那佛香上的烟，卷着圈圈，慢慢向上升，发了呆。家树见她不作声，也觉问得唐突。正在懊悔之际，忽然秀姑笑着向外一指道："你听，这就是缘故了。"要知道她让家树听些什么，下回交代。

007　值得忘忧心头天上曲　未免遗憾局外画中人

却说家树质问秀姑何以她突然学佛悟道起来，秀姑对于此点，一时正也难于解答。正在踌躇之间，恰好隔壁古庙里，又剥剥剥，发出那木鱼之声。因指着墙外笑道："你听听那隔壁的木鱼响，还不够引起人家学佛的念头吗？"家树觉得她这话，很有些勉强。但是人家只是这样说的，不能说她是假话，因笑道："果然如此，大姑娘，真算是个有悟性的人了。"说毕微微的笑了一笑。秀姑看他那神情，似乎有些不相信的样子，因笑道："人的心事，那是很难说的。"只说了这一句，她又低了头去翻经书了。家树半晌没有说话，秀姑也就半晌没有抬头。家树咳嗽了两声，又掏身上的手绢擦了一擦脸问道："大叔回来时候，是说不定的了？"秀姑道："可不是！"家树望了一望帘子外的天色，又坐了一会，因道："大叔既是不知道什么时候能回来，我也不必在这里等，他回来的时候，请你说上一句，他若有工夫，请他打个电话给我，将来我们约一个日子谈一谈。"秀姑道："樊先生不多坐一会儿吗？"家树沉吟了一下子，见秀姑还是低头坐在那里，便道："不坐了，等哪天大叔在家的时候再来畅谈吧。"说毕，起身自打帘子出来。秀姑只掀了帘子伸着半截身子出来，就不再送了。家树也觉得十分的心灰意懒，她淡淡的招待，也就不能怪她。走出她的大门，到了胡同中间，再回头一看，只见秀姑站在门边，手扶了门框，正向这边呆呆的望着。家树回望时，她身子向后一缩，就不见了。家树站在胡同里也呆了一呆，回身一转，走了几步，又停住了。还是胡同口上，放着一辆人力车，问了一声"要车吗"，这才把家树惊悟了，就坐了那辆车子到大喜胡同来。

家树一到大喜胡同，凤喜由屋里迎到院子里来，笑道："我早下课回来了，在家里老等着你。我想出去玩玩，你怎么这时候才来？"说时，她便牵了家树的手向屋里拉。家树道："不行，我今天心里有点烦恼，懒得出去玩。"凤喜也不理会，把他拉到屋里，将他引到窗前桌子边，按了他对着镜子坐下，拿了一把梳子来，就要向家树头上来梳。家树在镜子里看得清楚，连忙用手向后一拦，笑道："别闹了，别闹了，再要梳光些，成了女人的头了。"凤喜道："要是不梳，索性让它蓬着倒没有什么关系；若是梳光了，又乱着一绺头发，那就寒碜。"家树笑道："若是那样说，我明天还是让它乱蓬蓬的吧，我觉得是那样子省事多了。"说时，抬起左手在桌上撑着头。凤喜向着镜子里笑道："怎么了？你瞧这个人，两条眉毛，差不多皱到一块儿去了。今天你有什么事那样不顺心？能不能告诉我的？"家树道："心里有点不痛快倒是事实，可是这件事，又和我毫不相干。"凤喜道："你这是什么话，既是不相干，你凭什么要为它不痛快？"家树道："说出来了，你也要奇怪的。上次到我们这里来的那个关家大姑娘，现在她忽然念经学佛起来了，看那意思是要出家哩。一个很好的人，这样一来，不就毁了吗？"凤喜道："那她为着什么？家事麻烦吗？怪不得上次她到我们家里来，是满面愁容了。可是这也碍不着你什么事，你干吗'听评书掉泪，替古人担忧'？"家树笑道："我自己也是如此说呀，可是我为着这事，总觉心里不安似的，你说怪不怪？"凤喜道："那有什么可怪，我瞧你们的感情，也怪不错的啊！"家树道："我和她父亲是朋友。和她有什么怪不错！"凤喜向镜子里一撇嘴道："你知道不知道，那是一个大大的好人。"家树也就向着镜子笑了。

凤喜将家树的头发梳光滑了，便笑道："我是想你带我出去玩儿的，既是你不高兴，我就不说了。"家树道："不是我不高兴，我总怕遇着了人。你再等个周年半载的，让我把这事通知了家里，以后你爱上哪里，我就陪你到哪里。你不知道，这两天我表哥表嫂正在侦探我的行动呢，我也只当不知道，照常的出门。出门的时候，我不是到什么大学里去找朋友，就是到他们常去的地方去。回家的时候，我又绕了道雇车回去，让听差去给车钱。他们调查了我两个礼拜了，还没有把我的行踪调查出来，大概他们也有些纳闷了。"凤喜道："他们是亲戚，你花你的钱，他们管得着吗？"家树道："管是他们管不着，但是他们给我家里去一封信，这总禁他不住。在我还没有通知家里以前，家里先知道了这事，那岂不是一个麻烦！至少也可以断了我们的接济，我到哪里再找钱花去？"

凤喜还不曾答话，沈大娘在外面屋子里就答起话来，因道："这话对了，这件事总得慢慢儿的商量，现在只要你把书念得好好儿的，让大爷乐了，你的终身大事那就是铜打铁铸的了。"家树笑道："你这话有点儿不大相信我吧？要照你这话说，难道她不把书念得好好的，我就会变心吗？"沈大娘也没答应什么，就跟着进来，对家树眨了一眨眼，又笑了一笑。凤喜向家树笑道："傻瓜，妈把话吓我，怕我不用功呢。你再跟着她的话音一转，你瞧我要怎么样害怕！"家树听她如此说，架了两只脚坐着，在下面的一只脚，却连连的拍着地作响，两手环抱在胸前，头只管望着自己的半身大相片微笑。

凤喜将手拍了他肩上一下，笑道："瞧你这样子。又不准在生什么小心眼儿呢！你瞧你望着你自己的相。"家树笑道："你猜猜，我现在是想什么心事？"凤喜道："那我有什么猜不出的。你的意思说，这个人长得不错，要找一个好好儿的姑娘来配他才对。是不是？"家树笑道："你猜是猜着了，可是只猜着一半。我的意思，好好儿的姑娘是找着了，可不知道这好好儿的姑娘，能不能够始终相信他。"凤喜将脸一沉道："你这是真话呢，还是闹着玩儿的呢？难道说你一直到现在，你对于我还不大放心吗？"家树微笑道："别急呀，有理慢慢讲呀！"凤喜道："凭你说这话，我非得把心挖出来给你看不可。你想，别说我，就是我妈，就是我叔叔，他们哪一天不念你几声儿好！再要说他们有三心二意，除非叫他们供你的长生禄位牌子了。"家树见她脸上红红的，腮帮子微微的鼓着，眼皮下垂，越是显出那黑而且长的睫毛。这一种含娇微嗔的样子，又是一种形容不出来的美。因握了她一只手道："这是我一句笑话，你为什么认真呢？"凤喜却是垂头不作声。

这个时候，沈大娘已是早走了。向来家树一和凤喜说笑，她就避开的。家树见凤喜还有生气的样子，将她的手放了，就要去放下门帘子。凤喜笑着一把拉住他的手道："干吗？门帘子挂着，碍你什么事？"家树笑道："给你放下来，不好吗？"凤喜索性将那一只手，也拉住了他的手，微瞪着眼道："好好儿的说着话，你又要作怪。"家树道："你还生气不生气呢？"凤喜想了一想，笑道："我不生气了，你也别闹了，行不行？"家树笑道："行！那你要把月琴拿来，唱一段儿给我听听。"凤喜道："唱一段倒可以，可是你要规规矩矩的。像上次那样在月亮底下弹琴，你一高兴了，你就胡来。"家树笑道："那也不算胡来啊，既是你声明在先，我就让你好好的弹上一段。"凤喜听说果然洗了一把手，将壁上挂的月琴取了下来，对着家树而坐，就弹了一段《四季相思》。

家树道："你干吗只弹不唱？"凤喜笑道："这词儿文绉绉的，我不大懂，我不愿意唱。"家树道："你既是不愿唱，你干吗又弹这个呢？"凤喜道："我听到你说，这个调子好，简直是天上有，地下无，所以我就巴巴的叫我叔叔教我。我叔叔说这是一个不时兴的调子，好多年没有弹过，他也忘了。他想了两天，又去问了人，才把词儿也抄来了。我等你不在这儿的时候，我才跟我叔叔学，昨天才刚刚学会。你爱听这个的，你听听我弹得怎样？有你从前听的那样好吗？"家树笑道："我从前听的是唱，并不是弹，你要我说，我也说不出一个所以然来。"凤喜笑道："干脆，你就是要我唱上一段罢了。那么，你听着。"于是侧着身子，将弦子调了一调，又回转头来向家树微微一笑，这才弹唱起来。家树向着她微笑，连鼻息的声音几乎都没有了，一直让凤喜弹唱完了，连连点头道："你真聪明，不但唱得好，而且是体贴入微哩。"凤喜将月琴向墙上一挂，然后靠了墙一伸懒腰，向着家树微笑道："怎么样？"家树也是望了她微笑，半晌作声不得。

凤喜道："你为什么不说话了？"家树道："这个调子，我倒是吹得来。哪一天，我带了我那支洞箫来，你来唱，我来吹，看我们合得上合不上？刚才我一听你唱，想起从前所唱的词儿未尝不是和你一样！可是就没有你唱得这样好听。我想想这缘故也不知在什么地方，所以我就出了神了。"凤喜笑道："你这人……唉，真够淘气的，一会儿惹我生气，一会儿又引着我要笑，我真佩服你的本事就是了。"家树见她举止动作，无一不动人怜爱，把刚才在关家所感到的烦闷，就完全取消了。

家树这天在沈家，谈到吃了晚饭回去。到家之后，见上房电灯通亮，料是伯和夫妇都在家里，帽子也不曾取下，就一直走到上房里来。伯和手里捧了一份晚报，衔着半截雪茄，躺在沙发上看。见家树进门，将报向下一放，微笑了一笑，又两手将报举了起来，挡住了他的脸。家树只看到一阵一阵的浓烟，由报纸里直冒将出来。他手里捧的报纸，也是不住地震动着，似乎笑得浑身颤动哩。家树低头一看身上，领孔里正插着一朵鲜红的花，连忙将花取了下来，握在手心里。恰好这个时候，陶太太正一掀门帘子走出来，笑道："不要藏着，我已经看见了。"家树只得将花朵捧在痰盂里，笑道："我越是做贼心虚，越是会破案，这是什么道理？"陶太太笑道："也没有哪个管那种闲事，要破你的案。我所不明白的，就是我们正正经经，给你介绍，你倒毫不在乎的，爱理不理。可是背着我们，你两人怎样又好到这般田地。"家树笑道："表嫂这话，说得我不很明白，你和我介绍谁了？"陶太太笑道："咦！你还装傻，我对于何小姐，是怎样的介绍给你，你总是落落难合，不屑和她做朋友，原来你私下却和她要好得厉害。"家树这才明白，原来她说的是何丽娜，把心里一块石头放下，因笑道："表嫂你说这话，有什么证据吗？"陶太太道："有有有。可是要拿出来了，你怎样答复？"家树笑道："拿出来了，我赔个不是。"伯和脸藏在报里笑道："你又没得罪我们，要赔什么不是？"家树道："那么，做个小东吧。"陶太太道："这倒像话。可是你一人做东不行，你们是双请，我们是双到。"家树笑道："无论什么条件，我都接受，反正我自信你们拿不出我什么证据。"

当下陶太太也不作声，却在怀里轻轻一掏，掏出一张相片来向家树面前一伸，笑道："这是谁啊?"家树看时，却是凤喜新照的一张相片。这照片是凤喜剪发的那天照的，说是作为一种纪念品，送给家树。这相片和何丽娜的相，更相像了，因笑道："这不是何小姐。"陶太太道："不是何小姐是谁? 你说出来，难道我和她这样好的朋友，她的相我都看不出来吗?"家树只是笑着说不是何小姐，可又说不出来这人是谁。陶太太笑道："这样一来，我们可冤枉了一个人了。我从前以为你意中人是那关家姑娘，我想那倒不大方便，大家同住在一所胡同里，贫富当然是没有什么关系，只是那关老头子，刘福也认得，说是在天桥练把式的，让人家知道了，却不大好。后来他们搬走了，我们才将信将疑。直到于今，这疑团算是解决了。"家树道："我早也就和他们叫冤了。我就疑心他们搬得太奇怪哩!"伯和将报放下，坐了起来笑道："你可不要疑心是我们轰他走的。不过我让刘福到那大杂院里去打听过两回，那老头子倒一气跑了。"陶太太道："不说这个了，我们还是讨论这相片吧。家树! 你实说不实说?"家树这时真为难起来了，要说是何小姐，那如何赖得上! 要说是凤喜的，这事说破，恐怕麻烦更大，沉吟了一会，笑着说："你们有了真凭实据，我也赖不了。其实不是何小姐送我的，是我在照相馆里看见，出钱买了来的。这事做得不很大方的，请你二位千万不要告诉何小姐，不然我可要得罪一位朋友了。"伯和夫妇还没有答应，刘福正好进来说："何小姐来了。"家树一听这话，不免是一怔。

就在这时，听到石阶上咯噔咯噔一阵皮鞋响声，接上娇滴滴有人笑着说一声"赶晚饭的客来了"，帘子一掀，何丽娜进来。她今天只穿了一件窄小的芽黄色绸旗衫，额发束着一串珠压发，斜插了一支西班牙硬壳扇面牌花，身上披了一件大大的西班牙的红花披巾，四围垂着很长的穗子，真是活泼泼地。她一进门，和大家一鞠躬，笑道："大家都在这里，大概刚刚吃过晚饭吧，我算没有赶上了。"说着话，背立着挨了一张沙发，胸面前握着披巾角的手一松，那围巾就在身后溜了下来，一齐堆在沙发上。

原来家树坐的地方正和这张沙发邻近，此刻只觉一阵阵的脂粉香气袭人鼻端。只在这时候，就不由得向何丽娜浑身上下打量了一番。当他的目光这样一闪时，伯和的眼光也就跟着他一闪。何丽娜似乎也就感觉到一点，因向陶太太道："这件衣服不是新做的，有半年不曾穿了，你看很合身材吗？"陶太太对着她浑身上下又看了一看，抿嘴笑了一笑，点点头道："看不出是旧制的，这种衣服照相，非站在黑幕之前不可，你说是吗？"问着这话，又不由得看了家树一眼。家树通身发着热，一直要向脸上烘托出来，随手将伯和手上的晚报接了过来，也躺在沙发上捧着看。何丽娜道："除了团体而外，我有许多时候没有照过相了。"陶太太顿了一顿，然后笑道："何小姐！你到我屋子里来，我给你一样东西看。"于是手拉着何小姐一同到屋子里去。

到了屋里，手拉着手。一同挤在一张椅子上坐了。陶太太微微一笑道："你可别多心，我拿一样东西给你瞧。"于是头偏着靠在何丽娜的肩上，将那张相片掏了出来，托在手掌给她看，问道："你猜猜这张相片，我是从哪里得来的？"她正心里奇怪着，何以他们三人，对于我是这样？莫非就为的是这张相片？由此联想到上次在家树书夹里看到的那张相，心里就明白了一大半。因微笑道："我知道你是在哪里得来的？"陶太太伸过一只胳膊，抱住她的腰，更觉得亲密了，笑道："亲爱的！能不能照着样子送我一张呢？"何丽娜将相片拿起来看了一看，笑道："你这张相片，从哪里来的，我很知道，但是……"陶太太道："这用不着像外交家加什么但是的，你知道那就行了。不过他说，他是在照相馆里买来的。我认为这事不对，他要是真话，私下买女朋友的相片，是何居心？他要是假话呢，你送了他宝贵的东西，他还不见情，更不好了。"何丽娜笑道："我的太太，你虽然很会说话，但是我没什么可说，你也引不出来的。这张相片的事，我实在不大明白。你若是真要问个清清楚楚，最好你还是去问樊先生自己吧。他若肯说实话，你就知道关于我是怎样不相干了。"陶太太原猜何小姐或者不得已而承认，或者给一个硬不知道。现在她说知是知道，可是与她无关，那一种淡淡的样子，果然另有内幕。何小姐虽是极开通的人，不过事涉爱情，这期间谁也难免有不可告人之隐。便笑道："哟！一张相片，也极其简单的事啊，还另有周折吗？那我就不说了。"当时陶太太一笑了之，不肯将何小姐弄得太为难了。何丽娜站起来，又向着陶太太微笑一下，就大着声音说道："过几天也许你就明白了。"

何丽娜说毕，走出房来。只见家树欠着身子勉强笑着，似乎有很难为情的样子，便道："密斯脱樊，也新改了西装了。"家树明知道她是因无话可说，信口找了一个问题来讨论的，这就不答复也没有什么关系。不过自己不答复，也是感到无话可说。便笑道："屡次要去跳舞，不都是为着没有西装没有去吗？我是特意做了西装预备跳舞用的。"何丽娜笑道："好极了！我正是来邀陶先生陶太太去跳舞的。那么密斯脱樊，可以和我们一路去的了。"家树道："还是不行，我只有便服，诸位是非北京饭店不可的，我临时做晚礼服，可有些来不及呀。"何丽娜道："虽然那里跳舞要守些规矩，但是也不一定的。"家树摇了摇头，笑道："明知道是不合规矩，何必一定要去犯规矩呢？"何丽娜于是掉转脸来对陶太太说道："好久没有到三星饭店去过，我们今晚上改到三星饭店去，好吗？"陶太太听说，望了伯和。伯和口里衔着雪茄，两手互抱着在怀里，又望着家树，家树却偏过头去，看着壁上的挂钟道："还只九点钟，现在还不到跳舞的时候吧？"伯和于是对着夫人道："你对于何小姐的建议如何？到三星去也好，也可以给表弟一种便利。"家树正待说下去，陶太太笑道："你再要说下去，不但对不起何小姐，连我们也对不起了。"家树一想，何小姐对自己非常客气，自己老是不给人家一点面子，也不大好，便笑道："我虽不会跳舞，陪着去看看也好。"

于是大家又闲谈了一会。出大门的时候，两辆汽车，都停在石阶下，伯和夫妇前面走上了自己的汽车，开着就走了。石阶上剩了家树和何丽娜，家树还不曾说话时，何丽娜就先说了："密斯脱樊，我是一辆破车，委屈一点，就坐我的破车去吧。"家树因她已经说明白了，不能再有所推诿，就和她一同坐上车子。

在车上，家树侧了身子靠在车角上，中间椅垫上，和何丽娜倒相距着尺来宽的空地位。何丽娜一人先微笑了一笑，然后望了家树一眼，才笑道："我有一句冒昧的话，要问一问密斯脱樊。上次我到宝斋去，看见一张留发女郎的相片，很有些和我相像。今天陶太太又拿了一张剪发女郎的相片给我看，更和我像得很了。陶太太她不问青红皂白，指定了那相片就是我。"家树笑道："这事真对何小姐不住。"何丽娜道："为什么对我不住呢？难道我还不许贵友和我同样吗？"家树笑道："因……为……"何丽娜道："不要紧的，陶太太和我说的话，我只当是一幕趣剧，倒误会得有味哩。但不知这两个女孩儿，是不是姊妹一对呢？"家树道："原是一个人，不过一张相是未剪发时所照，一张是剪了发照的。"何丽娜道："现在在哪个学校呢？比我年轻得多呢？"家树笑了一笑。何丽娜道："有这样漂亮的女朋友，怎么不给我们介绍呢？这样漂亮的小姑娘，我没有看见过呀。"家树笑道："本来有些像何小姐吗。"何丽娜将脚在车垫上连顿了两顿，笑道："你瞧，我只管客气，忘了人家和我是有些同样的了。好在这只是当了密斯脱樊说，知道我是赞美贵友的，若是对了别人说，岂不是自夸自吗？"家树待要再说什么时，汽车已停在三星饭店门口了。当下二人将这话搁下，一同进舞厅去。

这时，伯和夫妇已要了饮料，在很重要的座位等候了。他们进来，伯和夫妇让座。那眉宇之间，益发的有些喜气洋洋了。何丽娜只当不知道一样，还是照常的和家树谈话。家树却是受了一层拘束，人家提一句，才答应一句。

不多一会的工夫，音乐奏起来了，伯和便和何丽娜一同去跳舞。家树是不会跳舞的，陶太太又没有得着舞伴，两人只坐着喝柠檬水。陶太太眼望着正跳舞的何小姐，却对家树道："你瞧了看，这舞场里的女子，有比她再美的没有？"家树道："何小姐果然是美，但是把她来比下一切，我却是不敢下这种断语。"陶太太道："情人眼里出西施，你单就你说，你看她是不是比谁都美些呢？"家树笑道："情人这两个字，我是不敢领受的。关于相片这一件事，过几天你也许就明白了。"陶太太笑道："好！你们在汽车上已经商量好了口供了，把我们瞒得死死的，将来若有用我们的地方，也能这样吗？我没有别的法子报复你，将来我要办什么事，我对你也是瞒得死死的。那个时候，你要明白，我才不给你明白呢！"家树只是喝着水，一言不发。

伯和同何丽娜舞罢下来，一同归了座。何丽娜见陶太太笑嘻嘻地样子，便道："关于那张相片的事，陶太太问明白了樊先生吗？"家树不料她当面锣对面鼓的就问起这话来，将一手扶了额头，微抿着下唇，只等他们宣布此事的内容。陶太太道："始终没有明白，他说过几天我就明白了。"何丽娜道："我实说了吧，这件事连我还只明白过来一个钟头，两个钟头以前，我和陶太太一样，也是不明白呢。"家树真急了，情不自禁地就用右手轻轻地在桌子下面敲了一敲她的粉腿。伯和道："这话靠不住的，这是刚才二位同车的时候商量好了的话呢。"何丽娜笑道："实说就实说吧，是我新得的相片，送了一张给他，至于为什么……"伯和夫妇就笑着同说道："只要你这样说那就行了。至于为什么，不必说，我们都明白的。"何小姐见他们越说越误会，只好不说了。

这时候乐队又奏起乐来了，伯和因他夫人找不着舞伴，就和他夫人去舞。何丽娜笑着对家树道："你为什么不让我把实话说出来？"家树道："自然是有点缘故的，但是我一定要让密斯何明白。"何丽娜笑道："你以为我现在并不明白吗？"说着她将桌上花瓶子里的花枝，折了一小朵，两个手指头，拈着长花蒂儿，向鼻子尖上，嗅了一嗅，眼睛皮低着，两腮上和凤喜一般，有两个小酒窝儿闪动着。家树却无故的扑哧一笑，何丽娜更是笑得厉害，左手掏出花绸手绢来，握着脸伏在桌上。陶太太看到他两人笑成那样子，也不跳舞了，就和伯和一同回座。家树道："你二位怎么舞得半途而废呢？"陶太太道："我看你二人谈得如此有趣，我要来看看，你究竟有什么事这样好笑。"何丽娜只向伯和夫妇微笑，说不出所以然来。家树也是一样，不答一词。伯和夫妇心里都默契了，也是彼此微笑了一笑。

家树因不会跳舞，坐久了究竟感不到趣味，便对伯和道："怎么办？我又要先走了。"伯和道："你要走，你就请便吧。"陶太太道："时候不早了，难道你雇洋车回去吗？"何丽娜道："已经两点钟了，我也可以走了，我把车子送密斯脱樊回去吧。"她说了这话，已是站起身来和伯和道着"再见"，家树就不能再说不回去的话。大家到储衣室里取了衣帽，一路同出大门，同上汽车。

这时大街上，铺户一齐都已上门，直条条的大马路，却是静荡荡的，一点声息也没有。汽车在街上飞驶着，只觉街旁的电灯，排班一般，一颗一颗，向车后飞跃而去。偶然对面也有一辆汽车老远的射着灯光飞驶而来，喇叭呜呜几声过去了，此外街上什么也看不见。汽车转过了大街，走进小胡同，更不见有什么踪影和声音了。家树因对何丽娜道："我们这汽车走胡同里经过，要惊破人家多少好梦。跳舞场上沉醉的人，也和抽大烟的人差不多，人家睡得正酣的时候，他们正是兴高采烈，又吃又喝。等到他们兴尽回家，上床安歇，那就别人上学的应该上学，做事的应该做事了。"何丽娜只是听他的批评，一点也不回驳。汽车开到了陶家门首，家树下车，不觉信口说了一句客气话："明天见。"何丽娜也就笑着点头答应了一句"明天见"。

家树从来没有睡过如此晚的，因此一回屋里就睡了。伯和夫妇却一直到早晨四点钟才回家。次日上午，家树醒来，已是快十二点了，又等了一个多钟头，伯和夫妇才起。吃过早饭，走到院子里，只见那东边白粉墙上，一片金黄色的日光，映着大半边花影，可想日色偏西了。他本想就出去看凤喜，因为昨天的马脚，露得太明显了，先且在屋子里看了几页书，直等伯和上衙门去了，陶太太也上公园去了，料着他们不会猜自己会出门的，这才手上拿了帽子，背在身后，当是散步一般，慢慢地走了出门。走到胡同里，抬头一看天上，只见几只零落的飞鸟，正背着天上的残霞，悠然一瞥的飞了过去。再看电灯杆上，已经是亮了灯了。

家树雇了一辆人力车，一直就向大喜胡同来。见了凤喜，先道："今天真来晚了，可是在我还算上午呢。"凤喜道："你睡得很晚。刚起来吗？昨天干吗去了？"家树道："我表哥表嫂拉着我跳舞去了。我又不会这个，在饭店里白熬了一宿。"凤喜道:"听说跳舞的地方,随便就可以搂着人家大姑娘跳舞的。当爷们的人,真占便宜!你说你不会跳舞,我才不相信呢。你看见人家都搂着一个女的,你就不馋吗?"家树笑道:"我这话说得你未必相信,我觉得男女的交际,要秘密一点,才有趣味的。跳舞场上,当着许多人,甚至于当着人家的丈夫,搂着那女子,还能起什么邪念!"凤喜道:"你说得那样大方,哪天也带我瞧瞧去。行不行?"家树道:"去是可以去的,可是我总怕碰到熟人。"凤喜一听说,向一张藤椅子上一坐,两手十指交叉着,放在胸前,低了头,噘着嘴。家树笑着将手去摸她的脸,她一偏头道:"别哄我了,老是这样做贼似的,哪儿也去不得,什么时候是出头年?和人家小姐跳舞,倒不怕人,和我出去,倒要怕人。"家树被她这样一逼,逼得真无话可说了,便笑道:"这也值不得生这么大气,我就陪你去一回得了,那可是要好晚才能回来的。"凤喜道:"我倒不一定要去看跳舞,我就是嫌你老是这样藏藏躲躲的,我心里不安,连我一家子也心里不安,因为你不肯说出来,我也不让我妈到处说。可是亲戚朋友陡然看见,我们家变了一个样了,还不定猜我干了什么坏事哩。"家树道:"为了这事,我也对你说过多次了,先等周年半载再说,各人有各人的困难,你总要原谅我才好。"凤喜索性一句话不说,倒到床上去睡了。家树百般解释,总是无效。他也急了,拿起一个茶杯子,啪的一声,就向地下一砸。凤喜真不料他如此,倒吃了一惊,便抓着他的手,连问:"怎么了?"几乎要哭出来。要知家树如何回答,下回交代。

008 谢舞有深心请看绣履 行歌增别恨拨断离弦

却说凤喜正向家树撒娇，家树突然将一只茶杯拿起，啪的一声，向地下一砸。这一下子，真把凤喜吓着了。家树却握了她的手道："你不要误会了，我不是生气，因为随便怎样解说，你也不相信，现在我把茶杯子揲一个给你看。我要是靠了几个臭钱，不过是戏弄你，并没有真心，那么，我就像这茶杯子一样。"凤喜原不知道怎样是好，现在听家树所说，不过是起誓，一想自己逼人太甚，实是自己不好，倒"哇"的一声哭了。

沈大娘在外面屋子里，先听到打碎一样东西，砸了一下响，已经不免发怔，正待进房去劝解几句，接上又听得凤喜哭了，这就知道他们是事情弄僵了，连忙就跑了进来，笑道："怎么了？刚才还说得好好儿的，这一会子工夫，怎么就恼了？"家树道："并没有恼，我扔了一个茶杯，她倒吓哭了，你瞧怪不怪？"沈大娘道："本来她就舍不得乱扔东西的，你买的这茶杯子，她又真爱，别说她，就是我也怪心疼的，你再要揲一个，我也得哭了。"说着放大声音，打了一个哈哈。凤喜一个翻身坐了起来，噘着嘴道："人家心里都烦死了，你还乐呢。"沈大娘道："我不乐怎么着？为了一只茶杯，还得娘儿俩抱头痛哭一场吗？"说着又一拍手，哈哈大笑的走开了。

沈大娘走后，家树便拉着凤喜的手，也就同坐在床上，笑问道："从今以后，你不至于不相信我了吧？"凤喜道："都是你自己生疑心，我几时这样说过呢？"一面说着，一面走下地来，蹲下身子去捡那打破了的碎瓷片。家树道："这哪里用得着拿手去捡，拿一把扫帚，随便扫一扫得了，你这样仔细割了你的手。"凤喜道："割了手，活该！那关你什么事？"家树道："不关我什么事吗？能说不关我什么事吗？"说着，两手搀着凤喜，就让她站起来。凤喜手上，正拿了许多碎瓷片，给家树一拉，一松手又扔到地上来，啪的一声响，沈大娘"哎哟"了一声，然后跑了进来道："怎么着，又揲了一个吗？可别跟不会说话的东西生气！我真急了，要是这样，我就先得哭。"一面说着，一面走进来，见还是那些碎瓷片，便道："怎么回事，没有揲吗？"凤喜道："你找个扫帚，把这些碎瓷片扫了去吧。"沈大娘看他们的面色，不是先前那气鼓鼓的样子，便找了扫帚，将瓷片儿扫了出去。家树道："你看你母亲，面子上是勉强地笑着，其实她心里难过极了，以后你还是别生气吧。"凤喜道："闹了这么久，到底还是我生气？"家树道："只要你不生气，那就好办。"于是将手拍了凤喜的肩膀，笑道："得！今天算我冒昧一点，把你得罪了。以后我遇事总是好好儿的说，你别见怪。"口里说着，手就扑扑扑的响，只管在她肩上拍着。

当下凤喜站起身来，对了镜子慢慢地理着鬓发，一句声也不作；又找了手巾，对了镜子揩了一揩脸上的泪容，再又扑了一扑粉。家树见着，不由得扑哧一笑。凤喜道："你笑什么？"家树道："我想起了一桩事，自己也解答不过来，就是这胭脂粉，为什么只许女子搽，不许男子搽呢？而且女子总说不愿人家看她的呢。既是不愿人家看她，为什么又为了好看在搽粉呢？难道说搽了粉让自己看吗？"凤喜听说，将手上的粉扑遥遥的向桌上粉缸里一抛，对家树道："你既是这样说，我就不搽粉了。可是我这两盒香粉，也不知道是哪只小狗给我买回来的。你先别问搽粉的，你还是问那买粉的去吧。"家树听说，向前一迎，刚要走近凤喜的身边，凤喜却向旁边一闪，口里说着头一偏道："别又来哄人。"家树不料她有此一着，身子向壁上一碰，碰得悬的大镜子向下一落，幸而镜子后面有绳子拴着的，不曾落到地上。凤喜连忙两手将家树一扶，笑道："碰着了没有？吓我一跳。"说着，又回转一只手去，连连拍了几下胸口。家树道："你不是不让我亲热你吗？怎样又来扶着我呢？"说时望了她的脸，看她怎样回答这一句不好回答的话。凤喜道："我和你有什么仇恨，见你要摔倒，我都不顾？"家树笑道："这样说，你还是愿意我亲近的了。"凤喜被他一句话说破，索性伏到小桌上，咯咯的笑将起来。这样一来，刚才两人所起的一段交涉，总算烟消云散。

家树因昨晚上没有睡得好，也没有在凤喜这里吃晚饭，就回去了。到了陶家刚一坐下，就来了电话。一接话时，是何丽娜打来的，她先开口说："怎么样，要失信吗？"家树摸不着头脑，因道："请你告诉我吧，我预约了什么事？一时我记不起来。"何丽娜道："昨天你下车的时候，你不是对我说了今天见吗？这有多久的时候，就全忘了吗？"家树这才想起来了，昨日临别之时，对她说了一句"明天见"，当时极随便的一句敷衍话，不料她倒认为事实。她一个善于交际的人，难道这样一句客气话，她都会不知道吗？不过她既问起来，自己总不便说那原来是随便说的，因道："不能忘记，我在家里正等密斯何的电话呢。"何丽娜道："那么我请你看电影吧。我先到'平安'

去，买了票，放在门口，你只一提到我，茶房就会告诉你我在哪里了。"家树以为她总会约着去看跳舞的，不料她又改约了看电影。不过这倒比较合意一点，省得到跳舞场里去，坐着做呆子，就在电话里答应了准来。

家树是在客厅里接的电话，以为伯和夫妇总不会知道，刚走进房去，只听到陶太太在走廊上笑道："开演的时候，也就快到了，还在家里做什么？我把车子先送你去吧。"家树笑道："你们的消息真灵通。何小姐约我看电影，你们怎样又知道了？"陶太太道："对不住，你们在前面说话，我在后面安上插销，偷听来着。但是不算完全偷听，事先我征求了何小姐同意的。"家树道："这有什么意思呢？"陶太太道："但是我虽有点开玩笑的意思，实在是好意。你信不信？"家树道："信的。表哥表嫂怕我们走不上爱情之路，特意来指导着呢？"陶太太于是笑着去了。不多一会。果然刘福进来说："车已开出去了，请表少爷上车。"家树一想，反正是他们知道了，索性大大方方和何小姐来往，以后他们就不会疑到另和什么关家姑娘开家姑娘来往了，因此也不推辞，就坐了汽车到"平安"电影院去。

家树一进门，向收票的茶房只问了一个何字，茶房连忙答道："何小姐在包厢里。"于是他就引导着家树，掀开了绿幔，将他送到一座包厢里。何小姐把并排的一张椅子移了一移，就站起来让座，家树便坐下了。因道："密斯何是正式请客呢？还特意坐着包厢？"何丽娜笑道："这也算请客，未免笑话。不过坐包厢，谈话便当一点，不会碍着别人的事。"家树沉吟了一会，也没敢望着何丽娜的脸，慢慢地道："昨天那张照片的事，我觉得很对不住密斯何。"说着话时，手里捧了一张电影说明书，低了头在看。何丽娜道："这事我早就不在心上了，还提它作什么？就算我真送了一张相片。这也是朋友的常事。又要什么紧！令表嫂向来是喜欢闹着玩笑的人，她不过和你开开玩笑罢了，她哪里是干涉你的什么事情呢？"她说着话时，却把一小包口香糖打开来，抽出两片，自己送了一片到口里去含着。两个尖尖的指头，钳着一片，随便的伸了过来，向家树脸上碰了一碰。家树回头看时，她才回眸一笑，说了两个字"吃糖"。家树接着糖，不觉心里微微荡漾了一下，当时也说不出所以然来，却自然地将那片糖送到嘴里去。

一会儿，电影开映了，家树默然的坐着，暗地只闻到一阵极浓厚的香味扑入鼻端。何丽娜反不如他那样沉默，射出英文字幕来，她就轻声喃喃地念着，偶然还提出一两句来，掉转头来和家树讨论。今天这片子，正是一张言情的。大概是一个贵族女子，很醉心一个艺术家。那艺术家嫌那女子太奢华了，却是没有一点怜香惜玉之意。后来那女子摈绝了一切繁华的服饰，也去学美术，再去和那艺术家接近。然而他只说那女子的艺术，去成熟时期还早，并不谈到爱情。那女子又以为他是嫌自己学问不够，又极力的去用功。后来许多男子因为她既美又贤，都向她求爱，那艺术家才出来干涉。这时，女子问："你不爱我，又不许我爱人，那是什么意思呢？"他说："我早就爱你的，我不表示出来，就是刺激你去完成你的艺术呀。"何丽娜看着，对家树说："这女子多痴呀！这男子要后悔的。"直到末了，又对家树道："原来这男子如此做作，是有用意的。我想一个人要纠正一个人的行为过来。是莫过于爱人的了。"家树笑道："可不是！不过还要补充一句：一个人要改变一个人的行为，也是莫过于爱人的。"家树本是就着影片批评。何丽娜却不能再作声。因为电影已完，大家就一同出了电影院。她道："密斯脱樊！还是我用车子送你回府吧。"家树道："天天都要送，这未免太麻烦吧。"何丽娜道："连今日也不过两回，哪里是天天呢？"家树因她站在身后，是有意让上车的，这也无须虚谦，又上了车同座。何丽娜对汽车夫道："先送樊先生回陶宅，我们就回家。"

车子开了，家树问道："不上跳舞场了吗？还早呀！这时候正是跳舞热闹的时候哩！"何丽娜道："你不是不大赞成跳舞的吗？"家树笑道："那可不敢。不过我自己不会，感不到兴趣罢了。"何丽娜道："你既感不到兴趣，为什么要我去哩？"家树道："这很容易答复，因为密斯何是感到兴趣的，所以我劝你去。"何丽娜摇了一摇头道："那也不见得，原来不天天跳舞的，不过偶然高兴，就去一两回罢了。昨天你对我说，跳舞的人，和抽大烟的人，是颠倒昼夜的。我回去仔细一想，你这话果然不错。可是一个人要不找一两样娱乐，那生活也太枯燥了。你能不能够给我介绍一两样娱乐呢？"家树道："娱乐的法子是有的。密斯何这样一个聪明人。还不会找相当的娱乐事情吗？"何丽娜笑道："朋友不是有互助之谊吗？我想你是常常不离书本的人，见解当然比我们整天整夜都玩的人，要高出一筹。所以我愿你给我介绍一两样可娱乐的事。至于我同意不同意，感到兴味，不感到兴味，那又是一事。你总不能因为我是一个喜欢跳舞的人，就连一种娱乐品，也不屑于介绍给我。"家树连道："言重言重。我说一句老实话，我对于社会上一切娱乐的事，都不大在行。这会子叫我介绍一样给人，真是一部廿四史，不知从何说起了。"何丽娜道："你不要管哪样娱乐于我是最合适，你只要把你所喜欢的说出来就成。"家树道："这倒容易。就现在而论，我喜欢音乐。"何丽娜道："是哪一种音乐呢？"家树刚待答复，车子已开到了门口，这次连"明天见"三个字也不敢说了，只是点了一下头就下车，心里念着：明日她总不能来相约了。

恰是事情碰巧不过，次日，有个俄国钢琴圣手阔别烈夫，在北京饭店献技。还不曾到上午十二点，何小姐就专差送了一张赴音乐会的入门券来，券上刊着价钱，乃是五元。时间是晚上九时，也并不耽误别的事情，这倒不能不去看看。因此到了那时，就一人独去。

这音乐会是在大舞厅里举行，临时设着一排一排的椅子，椅子上都挂了白纸牌，上面列了号头，来宾是按着票号，对了椅子号码入座的。家树找着自己的位子时，邻座一个女郎回转头来，正是何丽娜。她先笑道："我猜你不用得电约，也一定会来的。因为今天这种音乐会，你若不来，那就不是真喜欢音乐的人了。"家树也就只好一笑，不加深辩。但是这个音乐会，主体是钢琴独奏，此外，前后配了一些西乐，好虽好，家树却不十分对劲。音乐会完了，何丽娜对他道："这音乐实在好，也许可以引起我的兴趣来。你说我应该学哪一样，提琴呢？钢琴呢？"家树笑道："这个我可外行，因为我只会听，不会动手呢。"

说着话，二人走出大舞厅。这里是饭厅，平常跳舞都在这里。这时饭店里使役们，正在张罗着主顾入座。小音乐台上，也有奏乐的坐上去了，看这样子，马上就要跳舞，家树便笑道："密斯何不走了吧？"何丽娜笑道："你以为我又要跳舞吗？"家树道："据我所听到说，会跳舞的人听到音乐奏起来脚板就会痒的，而况现在所到的，是跳舞时间的跳舞场呢。"何丽娜道："你这话说得是很有理，但是我今天晚上就没有预备跳舞呢。不信，你瞧瞧这个。"说时，她由长旗袍下，伸出一只脚来。家树看时，见她穿的不是那跳舞的皮鞋，是一双平底的白缎子绣花鞋，因笑道："这倒好像是自己预先限制自己的意思。那为什么呢？"何丽娜道："什么也不为，就是我感不到兴趣罢了。不要说别的，还是让我把车子送你回去吧。"家树索性就不推辞，让她再送一天——这样一来，伯和夫妇就十分明了了。以为从前没有说破他们的交情，所以他们来往很秘密；现在既然知道了，索性公开起来，人家是明明白白正正当当的交际，也就不必去过问了。

就是这样，约莫有一个星期，天气已渐渐炎热起来。何丽娜或者隔半日，或者隔一日，总有一个电话给家树，约他到公园里去避暑，或者到北海游船。家树虽不次次都去，碍着面子，也不好意思如何拒绝。

这一天上午，家树忽然接到家里由杭州来了一封电报。说是母亲病了，叫他赶快回去。家树一接到电报，心就慌了。若是母亲的病不是十分沉重，也不会打电报来的。坐火车到杭州，前后要算四个日子，是否赶上母子去见一面，尚不可知。因此便拿了电报，来和伯和商量，打算今天晚上搭通车就走。

伯和道："你在北京，也没有多大的事情，姑母既是有病，你最好早一天到家，让她早一天安心。就是有些朋友方面的零碎小事，你交给我给你代办就是了。"家树皱了眉道："别的都罢了，只是在同乡方面挪用了几百块钱，非得还人不可。叔叔好久没有由天津汇款来了，表哥能不能代我筹划一点？只要这款子付还了人家，我今天就可以走。"伯和道："你要多少呢？"家树沉吟了一会道："最好是五百。若是筹不齐，就是三百也好。"伯和道："你这话倒怪了，该人五百，就还人五百；该人三百，就还人三百，怎么没有五百，三百也好呢？"家树道："该是只该人三百多块钱，不过我想多有一二百元，带点东西回南送人。"伯和道："那倒不必，一来你是赶回去看母亲的病，人家都知道你临行匆促；二来你是当学生的人，是消耗的时代，不送人家东西，人家不能来怪你。至于你欠了人家一点款子，当然是要还了再走的好，我给你垫出来就是了。"家树听说，不觉向他一拱手，笑道："感激得很！"伯和道："这一点款子，也不至于就博你一揖。你什么事这样急着要钱？"家树红了脸道："有什么着急呢？不过我爱一个面子，怕人家说我欠债脱逃罢了。"

当下伯和想着，一定是他一二月以来应酬女朋友闹亏空了。何小姐本是自己介绍给他的，他就是多花了钱，自己也不便于去追究。于是便到内室去，取了三百元钞票，送到家树屋子里来。他拿着的钞票五十元一叠，一共是六叠。当递给家树的时候，伯和却发现了其中有一叠是十元一张。因伸着手，要拿回一叠五元一张的去。家树拿着向怀里一藏，笑道："老大哥！你只当替我饯行了。多借五十元与我如何？"伯和笑道："我倒不在乎，不过多借五十元，你就多花五十元。将来一算总账，我怕姑母会怪我。"家树道："不，不，这个钱，将来由我私人奉还，不告诉母亲的。"他一面说着，一面在身上掏了钥匙，去开箱子，假装着整理箱子里的东西，却把箱子里存的钞票，也一把拿起来，揣在身上，把箱子关了，对伯和道："我就去还债了。不过这些债主，东一个，西一个，我恐怕要很晚才能回来呢。"伯和道："不到密斯何那里去辞行吗？"家树也不答应他的话，已是匆匆忙忙走出大门来了。

家树今天这一走，也不像往日那样考虑，看见人力车子，马上就跳了上去，说着"大喜胡同，快拉"。人力车夫见他是由一所大宅门里出来的，又是不讲价钱的雇主，料是不错，拉了车子飞跑。不多时到了沈家门口，家树抓了一把铜子票给车夫，就向里跑。

这时，凤喜夹了一个书包在肋下，正要向外走，家树一见，连忙将她拉住，笑道："今天不要上学了，我有话和你说。"凤喜看他虽然笑着，然而神气很是不定，也就握着家树的手道："怎么了？瞧你这神气。"家树道："我今天晚上就要回南去了。"凤喜道："什么，什么？你要回南去？"家树道："是的，我一早接了家里的电报，说是我母亲病了，让我赶快回去见一面。我心里乱极了，现在一点办法没有。今天晚上有到上海的通车，我就搭今晚上的车子走。"凤喜听了这话，半晌作声不得，噗的一声，肋下一个书包，落在地上。书包恰是没有扣得住，将砚台、墨水瓶、书本和所有的东西，滚了一地。

沈大娘听到家树要走，身上系的一条蓝布大围襟，也来不及解下，光了两只胳膊，拿起围襟，不住地擦着手，由旁边厨房里三脚两步走到院子里，望着家树道："我的先生，瞧，压根儿就没听到说你老太太不舒服，怎么突然的打电报来了哩？"说毕这话，望着家树只是发愣。家树道："这话长，我们到屋子里去再说吧。"于是拉了凤喜，一同进屋去。沈大娘还是掀起那围襟，不住地互擦着胳膊。

家树道："你们的事我都预备好了。我这次回南迟则三个月，快则一个月，或两个月，我一定回来的。我现在给你们预备三个月家用，希望你们还是照我在北京一样的过日子。万一到了三个月……但是不能不能，无论如何，两个月内，我总得赶着回来。"说着，就在身上一掏，掏出两卷钞票来。先理好了三百元，交给沈大娘，然后手理着钞票，向凤喜道："我不在这里的时候，你少买点东西吧。我现在给你留下一百块钱零用，你看够是不够？"那沈大娘听到说家树要走，犹如晴天打了一个霹雳，什么话也说不出来。及至家树掏出许多钱来，心里一块石头就落了地。现在家树又和凤喜留下零钱花，便笑道："我的大爷，你在这里，你怎样的惯着她，我们管不着；你这一走，哪里还能由她的性儿呀！你是给留不给留都没有关系，你留下这些，那也足够了。"凤喜听到家树要走，好像似失了主宰，要哭，很不好意思；不哭，又觉得心里只管一阵一阵的心酸。现在母亲替她说了，才答道："我也没有什么事要用钱。"家树道："有这么些日子，总难免有什么事要花钱的。"于是就把那卷钞票，悄悄地塞在凤喜手里。

凤喜道："钱我是不在乎，可是你在三个月里，准能回来吗？"家树道："我怎么不回来？我还有许多事都没有料理哩！而且我今天晚上走。什么东西也不带，怎么不回来呢？"说着，便在身上掏出那张电报纸来，因道："你看看，我母亲病了，我怎能……"凤喜按住他的手，向着他微笑道："难道我还疑心你不成？你不要我，干脆不来就是了，谁也不能找到陶宅去挨上几棍子。

可是我心里慌得很，怎么办？"于是就牵了他一只手按在胸前。果然隔着衣服，兀自感觉到心里噗突噗突乱跳。

当下家树便携着凤喜的手到屋子里去，软语低声的安慰了一顿，又说："关寿峰这人，古道热肠，是个难得的老人家。回头我到那里去辞行，我就拜托拜托他常来看看你们。你们有什么事要找他帮忙，我知道他准不会推辞。"凤喜道："你留下这些钱，大家有吃有喝，我想不会有什么事。和人家不大熟，就别去麻烦人家了。"家树道："这也不过备而不用的一着棋罢了，谁又知道什么时候有事？什么时候没事呢？"凤喜点点头。

家树把各事都已安排妥当了，就是还有几句话，要和沈三玄说，恰是他又上天桥茶馆去了，只得下午再来一趟。在沈家坐了一会，就到几个学友寓所告别，然后到关寿峰家来。

家树进了院子，只见寿峰光了脊梁，紧紧的束着一根板带在腰里。他挺直着一站，站在院子当中，将那只筋纹乱鼓着的右胳膊，伸了出去。秀姑也穿了紧身衣服，把父亲那只胳膊当了杠子盘。四周屋檐下，男男女女，站了一周，都笑嘻嘻地望着。秀姑正把一只脚钩住了她父亲的胳膊，一脚虚悬，两脚张开，做了一个飞燕投林的势子。她头朝着下倒着背向上一翻，才看见了家树，噗的一声，一脚落地，人向上一站，笑道："哟！客来了，我们全不知道。"寿峰一回转身来，连忙笑着点头，在柱上抓住挂的衣服穿了，因道："这后门鼓楼下茶铺子里，咱们又凑付了一个小局面，天天玩儿。他们哥儿们，要瞧瞧我爷儿俩的玩艺儿，今天在家里，也是闲着，一高兴，就在院子里耍上了。"那些院子里的人，见寿峰来了客，各自散了。

寿峰将家树让到屋子里，笑道："老弟台我很惦记你。你不来，我又不便去看你。今天你怎么有工夫来了？今天咱们得来上两壶。"家树道："照理我是应该奉陪，可是来不及了。"于是把今天要走的话说了一遍。寿峰道："这是你的孝心，为人儿女的，当这么着。可是咱们这一份交情，就让你白来辞一辞行，有点儿说不过去。"家树道："大叔是个洒脱人，难道还拘那些俗套？"一句未了，秀姑已经换了一身衣服出来，便笑问道："樊先生这一去，还来不来呢？"家树道："来的。大概三个月以内，就回来的。因为我在北京还有许多事情没有办完呢。"秀姑道："是呀！令亲那边，不全得你自家照应吗？"她说着这话时，就向家树偷看了一眼，手上可是拿了茶壶，预备去泡茶。家树摇手道："不必费事了，我今天忙得很，不能久坐了，三个月后再见吧。"说着起身告辞，秀姑也只说得一声"再见"。

当下寿峰握了他的手，缓步而行，一直送到胡同口上，家树站住了，对寿峰道："大叔！我有一件事要重托你。"关寿峰将他的手握着摇撼了几下，注视着道："小兄弟，你说吧。我虽上了两岁年纪，若说遇到大事，我还能出一身汗，你有什么事交给我就是了。办得到办不到，那是另外一句话，但是我决不省一分力量。"家树顿了一顿，笑道："也没有什么重大的事，只是舍亲那边，一个是小孩子，她的大人，又不大懂事。我去之后，说不定她们会有要人帮忙的时候。"寿峰道："你的亲戚，就是我的亲戚，有事只管来找我。她要是三更天来找我，我若是四更天才去，我算不是咱们武圣人后代子孙。"家树连忙笑道："大叔言重了。送君千里，终须一别，请回府吧。我们三个月后见。"寿峰微笑了一笑，握了一握手，自回去了。

当家树坐了车子，二次又到大喜胡同来的时候，沈三玄还没回来，凤喜母女倒是没有以先那样失魂落魄的。家树道："我的行李箱子，全没有检，坐了一会，就要回去的。你们想想，还有什么话要说的吗？"凤喜道："什么话也没有，只是望你快回来，快回来，快回来！"家树道："怎么这些个'快回来'？"凤喜道："这就多吗？我恨不得说上一千句哩。"家树和沈大娘都笑起来了。沈大娘道："我本想给大爷饯行的，大爷既是要回去收拾行李，我去买一点切面，煮一碗来当点心吧。"家树点头说了一句"也好"，于是沈大娘走了。

屋子里，只剩凤喜和家树两个人。家树默然，凤喜也默然。院子里槐树，这时候丛丛绿叶，长得密密层层的了。太阳虽然正午，那阳光射不过树叶，树叶下更显得凉阴阴地，屋子里却平添了一种凄凉况味似的，四周都岑寂了，只远远的有几处新蝉之声，喳喳的送了来。家树望了窗户上道："你看这窗格子上，新糊了一层绿纱，屋子更显得绿阴阴的了。"凤喜抿嘴一笑道："你又露了怯了。冷布怎么叫着绿纱呢？纱有那么贱！只卖几个子儿一尺。"家树道："究竟是纱，不过你们叫作冷布罢了。这东西很像做帐子的珍珠罗，夏天糊窗户真好！南方不多见，我倒要带一些到南方去送人。"凤喜笑道："别缺德！人家知道了，让人笑掉牙。"家树也不去答复她这句话，见她小画案上花瓶里插着几枝石榴花，有点歪斜，便给她整理好了，又偏着头看了一看。凤喜道："你都要走了，就只这一会子，光阴多宝贵。你有什么话要吩咐我的没有？若是有，也该说出来呀。"家树笑道："真奇怪！我却有好些话要说，可是又不知道说哪一种话好。要不，你来问我吧。你问我一句，我答应一句。"凤喜于是偏着头，用牙咬了下唇，凝眸想了一想，突然问道："三个月内，你准能回来吗？"家树道："我以为你想了半天，想出一个什么问题来，原来还是这个。我不是早说了吗?"凤喜笑道:"我也是想不起有什么话问你。"家树笑道:"不必问了,实在我们都是心理作用,并没有什么话要说,所以也说不出什么话来。"

二人正说着话,家树偶然看到壁上挂了一支洞箫,便道:"几时你又学会了吹的了?"凤喜道:"我不会吹。上次我听到你说你会吹,我想我弹着唱着,你吹着,你一听是个乐子,所以我买了一支箫、一支笛子在这里预备着。要不,今天我们就试试看,先乐他一乐好吗?"家树道:"我心里乱得很,恐怕吹不上。"凤喜道:"那么,我弹一段给你送行吧。"家树接了母亲临危的电报,心里一点乐趣没有,哪有心听曲子!凤喜年轻,一味的只知道取自己欢心,哪里知道自己的意思!但是要不让她唱,彼此马上就分别了,又怕扫了她的面子,便点了点头。

凤喜将壁上的月琴,抱在怀里,先试着拨了一拨弦子,然后笑问道:"你爱《四季相思》,还是来这个吧?"家树道:"这个让我回来的那天再唱,那才有意思。你有什么悲哀一点的调子,给我唱一个。"凤喜头一偏道:"干吗?"家树道:"我正想着我的母亲,要唱悲哀些的,我才听得进耳。"凤喜道:"好,我今天都依你。我给你弹一段《马鞍山》的反二簧吧,可是我不会唱。"家树道:"光弹就好。"于是凤喜斜侧了身子,将《伯牙哭子期》的一段反调,缓缓的弹完。家树一声不言语的听着,最后点了点头。凤喜见他很有兴会的样子,便道:"你爱听,索性把《霸王别姬》那四句歌儿,弹给你听一听吧,你瞧怎么样?"家树心里一动,便道:"这个调子……但是我以前没听到你说过。你几时学会的?"凤喜道:"这很容易呀,归里包堆只有四句。我叔叔说戏台上唱这个,不用胡琴就是月琴和三弦子,我早会了。"说时她也不等家树再说什么,一高兴,就把项羽的《垓下歌》弹了起来。

家树听了一遍,点点头道:"很好!我不料你会这个,再来一段。"凤喜脸望着家树,怀里抱了月琴,十指齐动,只管弹着。家树向来喜欢听这出戏,歌的腔味,也曾揣摩,就情不自禁地合着月琴唱起来。只唱得第三句"骓不逝兮可奈何",一个"何"字未完,只听得"嘣"的一声,月琴弦子断了。凤喜"哎呀"了一声,抱着月琴望着人发了呆。家树笑道:"你本来把弦子上得太紧了。不要紧的,我是什么也不忌讳的。"凤喜勉强站起来笑道:"真不凑巧了。"说着话,将月琴挂在壁上。她转过脸来时,脸儿通红了。家树虽然是个新人物,然而遇到这种兆头,究竟也未免有点芥蒂,也愣住了。两人正在无法转圜的时候,又听得院子外"当啷"一声,好像打碎了一样东西。正是让人不快之上又加不快了。那么院外又是什么不好的兆头?下回交代。

009　星野送归车风前搔鬓　歌场寻俗客雾里看花

　　却说凤喜在屋中弹月琴给家树送行，"嘣"的一声，弦子断了，两人都发着愣。不先不后，偏是院子里又"当啷"一声，像砸了什么东西似的。凤喜吓了一跳，连忙就跑到院子里来看是什么。只见厨房门口，洒了一地的面汤，沈大娘手上正拿了一些瓷片，扔到秽土筐子里去。她见凤喜出来，伸了一伸舌头，向屋子里指了一指，又摇了一摇手。凤喜跑近一步，因悄悄地问道："你是怎么了？"沈大娘道："我做好了面刚要端到屋子里去，一滑手，就落在地下打碎了。不要紧，我做了三碗，我不吃，端两碗进去，你陪他吃去吧。"凤喜也觉得这事未免太凑巧，无论家树忌讳不忌讳，总是不让他知道的好，因站在院子里高声道："又吓了我一下，死倒土的没事干，把破花盆子扔着玩呢。"家树对这事，也没留心，不去问它真假，让凤喜陪着吃过了面，就有三点多钟了。家树道："时候不早了，我要回去了。"凤喜听了这话，望着他默然不语。家树执着她的手，一掌托着，一掌去抚摩她的手背，微笑道："你只管放心，无论如何，两个月内，我一准回来的。"凤喜依然不语，低了头，左手抽了肋下的手绢，只左右擦着两眼。家树道："何必如此！不过六七个礼拜，说过也就过去了。"说着话，携着凤喜的手，向院子外走。沈大娘也跟在后面，扯起大围襟来，在眼睛皮上不住地擦着。

　　三人默默地走出大门，家树掉转身来，向着凤喜道："我的话都说完了，你只紧紧地记上一句，好好念书。"凤喜道："这个你放心，我不念书整天在家里也是闲着，我干什么呢？"家树又向沈大娘道："你老人家用不着叮嘱，三叔偏是一天都没回来。我的话，都请你转告就是了。"沈大娘道："你放心，他天天只要有喝有抽，也没有什么麻烦的。"家树向着凤喜，呆立了许久，然后握了一握她的手道："走了，你自己珍重点吧。"说毕，转身就走。凤喜靠着门站定，等家树走过了几家门户，然后嚷道："你记着，到了杭州，就给我来信。"家树回转身来，点了点头，又道："你们进去吧。"凤喜和沈大娘只点了点头，依然的站着。

家树走出了胡同口，回头望不见了她们，这才雇了人力车到陶宅来。伯和夫妇已经买了许多东西，送到他房里。桌上却另摆着两个锦边的玻璃盒子，由玻璃外向内看，里面是红绸里子，上面用红丝线拦着几条人参。家树正待说表哥怎么这样破费，却见一个盒子里，参上放着一张小小的名片，正是"何丽娜"。那名片还有紫色水钢笔写的字，于是打开盒子，将名片拿起来一看，上面写道："闻君回杭探伯母之疾，吉人天相，谅占勿药。兹送上关东人参两盒，为伯母寿，粗饯谅已不及，晚间当至车站恭送。"家树将名片看完了，自言自语道："这又是一件出人意外的事。听说她每日都是睡到一两点钟起来的人，这些事情，她怎么知道？而且还赶着送了礼来。正在这一点上看来，也就觉得人情很重了。"正这般想着，何丽娜却又打了电话来。在电话里说是赶不及饯行，真对不住，晚上再到车站来送。说的话，也还是名片上写下的两件事。家树也无别话可说，只是道谢而已。

通车是八点多钟开，伯和催着提前开了晚饭，就吩咐听差将行李送上汽车去。只在这时，何丽娜笑着一直走进来，后面跟了汽车夫，又提着一个蒲包。陶太太笑道："看这样子，又是二批礼物到了。"家树便道："先前那种厚赐，已经是不敢当，怎么又送了来了？"何丽娜笑道："这个可不敢说是礼，津浦车我是坐过多次的，除了梨没有别的好水果。顺便带了这一点来，以破长途的寂寞。"伯和是始终不离开那半截雪茄的，这时他嘴里衔着烟，正背了两手在走廊上踱着，头上已经戴了帽子，正是要等家树一路出门。他听了何丽娜的话，突然由屋子外跑了进来，笑道："密斯何什么时候有这样一个大发明？水果可以破岑寂？"何丽娜一弯腰，在地板上捡起半截雪茄笑道："我也是第一次看到，陶先生嘴里的烟，会落到地上。"陶太太道："不要说笑话了，钟点快到了，快上车吧，车票早买好了，不要误了车，白扔掉几十块钱。"家树也是不敢耽误，于是四人一齐走出大门来。伯和夫妇，还是自己坐了一辆车，先走了。

家树坐在何丽娜的车子上，说道："我回来的时候，要把什么东西送你才好哩？你的人情太重了。"何丽娜笑道："怎么你也说这话，说得我倒怪寒碜的。你府上在杭州什么地方？请你告诉我，我好写信去问老伯母的好。"家树道："到了杭州，我自会写信来的，在信上告诉你通信地点吧。"何丽娜道："设若你不写信来呢？"家树道："你难道不能去问伯和吗？"何丽娜道："我不愿意问他们。"说着就在手提小皮包里，拿出一个小日记本子来，又取下衣襟上的自来水笔，然后向着家树微微一笑道："你先考量考量，是什么地方通信好?"家树道:"朋友通信,要什么紧!"于是把自己家里所在,告诉她了。何丽娜将大腿拱起来,短旗袍缩了上去,将芽黄丝袜子紧蒙着的一对膝盖,露了出来。就将日记本子按在膝上,一个字,一个字,慢慢儿的写着。写完了,将自来水笔筒好,点着念了一遍,笑问家树道:"对吗?"家树道:"写这几个字,哪里还有错误之理。你这人未免太慎重了。"何丽娜笑道:"你不批评荒唐,倒批评我太慎重,这是我出乎意料以外的事呀。"说着将自来水笔和日记本子,一齐收在小皮包里了,然后对家树道:"这话不要告诉他们,让他们纳闷去。"家树随便点了点头,未曾答应什么。汽车到了车站,何丽娜给他提着小皮包一路走进站去。伯和夫妇,已经在头等车房里等候了。

到了车上,陶太太对家树道:"今天你的机会好,头等座客人很少,你一个人可以住下这间房了。"伯和笑道:"在车上要坐两天,一个人坐在屋子里,还觉得怪闷的。"陶太太将鞋尖向摆在车板上的水果蒲包,轻轻踢了两下,笑道:"那要什么紧!有这个东西,可以打破长途的岑寂呢。"这一说,大家又乐了。何丽娜笑道:"陶太太!你记着吧,往后别当着我说错话,要说错了,我可要捞你的后腿哩。"陶太太笑道:"是的,总有那一天。若是不捞住后腿,怎么向墙外一扔呢?"何丽娜还不懂这话,怔怔地向陶太太望着。陶太太笑道:"这是一个俗语典故,你不懂吗?就叫'进了房,扔过墙'。"家树听了这话,觉得她这言语,未免太显露一点。正怕何丽娜要生气,但是她倒笑嘻嘻地,伸着手在陶太太肩上,轻轻拍了一下。这一间屋子,放了两件行李,又有四个人,就嫌着挤窄。家树道:"快开车了,诸位请回吧。"陶太太就对伯和丢了一个眼色,微笑道:"我们先走一步,怎么样?"伯和便向家树叮嘱了几句好好照应姑母病,到了家就写信来的话,然后就下车。

这时,何丽娜在过道上,靠了窗户站住,默然不语。家树只得对她道:"密斯何!也请回吧。"何丽娜道:"我没有事。"说着这三个字,依然未动。伯和夫妇,已经由月台上走了。家树因她未走,就请她到屋子里来坐。她手拿着那小皮包,只管抚弄。家树也不便再催她下车,就搭讪着去整理行李。忽然月台上当当的打着开车铃了,何丽娜却打开小皮包来,手里拿着一样东西,笑道:"我还有一样东西送你。"递着东西过来时,脸上也不免微微的有点红晕。家树接过来一看,却是她的一张四寸半身相片,看了一看,便捧着拱了一拱手道声"谢谢"。何丽娜已是走出车房门,不及听了。家树打开窗子,见她站在月台上,便道:"现在可以请回去了。"何丽娜道:"既然快开车,何以不等着开车再走呢。"说着话时,火车已缓缓的移动,何丽娜还跟着火车急走了两步，笑道："到了就请来信，别忘了，别忘了。"她一只右手，早举着一块粉红绸手绢，在空中招展。家树凭了窗子，渐渐的和何丽娜离远，最后是人影混乱了，看不清楚，这才坐下来。将她递的一张相片，仔细看了看，觉得这相片，比人还端庄些。纸张光滑无痕，当然是新照得的了。于此倒也见得她为人与用心了。满腹为着母亲病重的烦恼，有了何丽娜从中一周旋，倒解去烦闷不少。

车子开着，查过了票，茶房张罗过去了，家树拉拢房门，一人正自出神。忽听得门外有人说道："你找姓樊的不是？这屋子里倒是个姓樊的。"家树很纳闷：在车上有谁来找我？随手将门拉开，只见关寿峰和着秀姑，正在和茶房说话，便说道："是关大叔！你们坐车到哪里去？"于是将他二人引进房来。寿峰笑道："我们哪里也不去，是来送行的。"家树道："大概是在车上找我不着，车子开了，把你带走的。补了票没有？"寿峰连连摇手道："不是不是，我们原不打算来送行，自你打我舍下去了之后，我就找了我一个关外新拜门的徒弟，和他要了一支参来，这东西虽然没有玻璃盒子装着，倒是地道货。我特意送到车站，请你带回去给老太太泡水喝。可是一进站，就瞧见有贵客在这儿送行，我们爷儿俩，可不敢露面，买了到丰台的票，先在三等车上等着。让开了车，我再来找你。"说着话时，他将肋下夹着的一个蓝布小包袱打开，里面是个人家装线袜的旧纸盒子。打开盒子，里面铺着干净棉絮，上面也放着两支齐整的人参，比何丽娜送的还好。

家树道："大叔！你这未免太客气了，让我心里不安。"寿峰道："不瞒你说，叫我拿钱去买这个，我没有那大力量。我那徒弟，就是在吉林采参的。我向来不开口和徒弟要东西，这次我可对他说明，要送一个人情，叫他务必给我找两支好的。我就是怕他身边没有，要不白天我就对你明说了。"家树道："既不是大叔破费买来的，我这就拜领了。只是不敢当大叔和大姑娘还送到丰台。"寿峰笑道："这算不了什么！我爷儿俩，今夜在丰台小店里睡上一宿，明天早上慢慢溜达进城，也是个乐事。"他虽这样说，家树觉着这老人的意思，实在诚恳，口里连说："感激感激。"寿峰笑道："这一点子事，都得说上许多感激，那我关老寿一生，也不知道要感激人家多少呢！"家树道："大叔来倒罢了，怎好又让大姑娘也出一趟小小的门！"秀姑自见面后，一句话也不曾说，这才对家树微微笑了一笑。寿峰道："老弟！咱们用不着客气。"

说话时，火车将到丰台，寿峰又道："你白天说，有令亲的事要我照顾。我瞧你想说又怕说，话没有说出来。你尽管说，究竟是怎么回事？"家树顿一顿，接上又是一笑。寿峰道："有什么意思，只管说，我办得到，当面答应下了，让你好放心；办不到，我也是直说，咱们或者也有个商量。"家树又低头想了想，笑道："实在也没有什么了不得的事，你二位无事，可以常到那边坐坐。她们真有事，就会请教了。"寿峰还要问时，秀姑就道："好！就是那么着吧。你瞧外面，到了丰台了。"大家向外看时，一排一排的电灯，在半空里向车后移去。灯光下，已看到站台。寿峰说了一声"再会"，就下了车。家树也出了车房，送到车门口。见他父女二人立在露天里，电灯光下，晚风一阵阵吹动他们的衣服角，他们也不知道晚凉，呆呆地望着这边。寿峰这老头子，却抬起一只手来，不住地抓着耳朵边短发。彼此对着呆立一会，在微笑与点头的当儿，火车已缓缓出了站。

寿峰父女，望不见了火车，然后才出站去，找了一家小客店住下。第二天，起了个早，就走回北京来。过了两天，便叫秀姑到沈家去了一趟。沈家倒待她很好，留着吃饭，才让她回家。秀姑对父亲说："他们家，一共只三口子人，一个叔叔，是整天的不回家，家里就是娘儿俩，瞧着去，姑娘上学，娘在家里做活。日子过得很顺遂的，大概没什么事。"寿峰听说，人家家里只有娘儿俩，去了也觉着不便。过一个礼拜，就让秀姑去探望她们一次。后来接到家树由杭州寄来的回音，说是母亲并没有大病，在家里料理一点事务，就会北上的。寿峰听到这话，更认为照应沈家一事，无关重要了。

有一天，秀姑又从沈家回来，对寿峰道："你猜沈姑娘那个叔叔是谁吧？今天可让咱碰着了。瞧他那大年纪，可不说人话。"寿峰道："据你看是个怎样的人？"秀姑哼了一声道："他烧了灰，我也认识，不就是在天桥唱大鼓的沈三玄吗？"寿峰道："不能吧！樊先生会和这种人结亲戚？"秀姑道："一点也不会假。他今天回来，醉得像烂泥似的。他可不知道我在他们姑娘屋子里，一进门就骂上了。他说：'姓樊的太不懂事，娘也有钱，女也有钱，怎么就不给我的钱！咱们姑娘吃他一点，喝他一点，就这样给他，没那么便宜事。他家在南方，知道他家里是怎么回事？咱们姑娘，说不定是给他做二房做三房，要不，他会找媳妇找到唱大鼓的家里来？既是那么着，咱们就得卖一注子钱。我沈三玄混了半辈子，找着有钱的主儿了，我还不应该捞几文吗？'她母女俩听了这话，真急了，都跑了出去说是有客。你猜他怎么说？他说：'客要什么紧！还能饿肚子不吃饭吗？她也要吃饭，咱们闹吃饭的事，就不算冲犯着她。'"

寿峰手上，正拿着三个小白铜球儿，挪搓着消遣，听了这话，三个铜球，在右掌心里，得儿叮啴，得儿叮啴，转着乱响。左手捏着一个大拳头举起来。瞪了眼对秀姑道："这小子别撞着我！"秀姑笑道："你干吗对我生这么大气？我又没骂人。"寿峰这才把一只举了拳头的手，缓缓放下来，因问道："后来他还说什么了？"秀姑道："我瞧着她娘儿俩怪为难的，当时我就告辞回来了。我想这姑娘，一定是唱大鼓书的。她屋子里，都挂着月琴三弦子呢。"

寿峰听了，昂着头只管想，手心里三个白铜球，转得是更忙更响了。自言自语的道："樊先生这人，我是知道的，倒不会知道什么贫贱富贵。可是不应该到唱大鼓书的里面去找人。再说，还是这位沈三玄的贤侄女——这姑娘长得美不美呢？"秀姑道："美是美极了。人是挺活泼，说话也挺伶俐。她把女学生的衣服一穿，真不会想到她是打天桥来的。"寿峰点点头道："是了，算樊先生在草窠里捡到这样一颗夜明珠，怪不得再三的说让我给她们照应一点。大概也是怕会出什么毛病，所以一再的托着我，可又不好意思说出来。既是这么着，我明天就去找沈三玄，教训他一顿。"秀姑道："不是我说你，你心眼儿太直一点。随便怎么着，人家总是亲戚，你的言语又不会客气，把姓沈的得罪了，姓樊的未必会说你一声好儿。他又没做出对不住姓樊的什么事，不过言语重一点，你只当我没告诉你，就结了。"寿峰虽觉得女儿的话不错，但是心里头，总觉得好不舒服。

当天憋了一天的闷气，到了第二日，寿峰吃过午饭，实在憋不住了，身上揣了一些零钱，瞒着秀姑，就上天桥来。自己在各处露天街上，转了一周，那些唱大鼓的芦席棚里，都望了一望，并不见沈三玄。心想这要找到什么时候？便走到从前武术会喝水的那家"天一轩"茶馆子里来。只一进门，伙计先叫道："关大叔！咱们短见，今天什么风吹了来？"寿峰道："有事上天桥来找个人，顺便来瞧瞧朋友。"后面一些练把式的青年，都扔了家伙，全拥出来，将他围着坐在一张桌子上，又递烟，又倒茶，忙个不了。有的说："难得大叔来的，今天给我们露一手，行不行？"寿峰道："不行。我今儿要找一个人，这个人若找不着，什么事也干得无味。"大家知道他脾气，就问他要找谁？寿峰说是找沈三玄。有知道的，便道："大叔！你这样一个好人，干吗要找这种混蛋去？"寿峰道："我就是为了他不成人，我才来找他的。"那人便问："是在什么地方找他？"寿峰说是大鼓书棚。那人笑道："现在不是从前的沈三玄了，他不靠卖手艺了。不过他倒常爱上落子馆找朋友，你要找他，倒不如上落子馆去瞧瞧。"寿峰听了这话，立刻站起来，对大家道："咱们改日会。"说毕，就向外走。有人道："你别忙呀，你知道上哪一家呢？我在'群乐'门口，碰到过他两回，你上那儿试试看。"

寿峰已经走到了老远，便点点头。不多的路，便是群乐书馆，站在门口，倒愣住了，不知道怎么好。在天桥这地方，虽然盘桓过许多日子，但是这大鼓书馆，向来不曾进去过。今天为了人家的事，倒要破这个例，进去要怎样的应付，可别让人笑话。正在犹豫着，却见两个穿绸衣的青年，浑身香扑扑的，一推进去。心想有个做样子的在先，就跟着进去吧。接上一推门，便有一阵丝弦鼓板之声送入耳来。迎面乃是一方板壁，上面也涂了一些绿漆，算是屏风。转过屏风去，见正面是一座木架支的小台。正中摆了桌案，一个弹三弦子，两个拉胡琴的汉子，围着两面坐了。右边摆了一个小鼓架，一个十几岁的女孩子，油头粉面，穿着一身绸衣，站在那里打着鼓板唱书。执着鼓条子的手，一举一落，明晃晃的戴了一只手表，又是两个金戒指。台后面左右放着两排板凳，大大小小，胖胖瘦瘦，坐着七八个女子，都是穿得像花蝴蝶儿似的。寿峰一见，就觉得有点不顺眼。待要转身出去，就有一个穿灰布长衫人，一手拿了茶壶，一手拿了一个茶杯，向面前桌上一放，和寿峰翻了眼道："就在这里坐怎么样？"寿峰心想，这小子瞧我不像是花钱的，也翻着眼向他一哼。

寿峰坐下来看时，这里是一所大敞厅，四面都是木板子围着，中间有两条长桌，有两丈多长，是直摆着。桌子下，一边一条长板凳。靠了板壁，另有几张小桌子向台横列。各桌上，一共也不过十来个听书的，倒都也衣服华丽。自己所坐的地方，乃是长桌的中间，邻座坐着一个穿军服的黑汉子，帽子和一根细竹鞭子放在桌上，一只脚架在凳上，露出他那长腰漆黑光亮的大马靴来。他手指里夹着半支烟卷，也不抽一口，却只管向着台上，不住地叫着好。台上那个女子唱完了，又有一个穿灰布长衫的，手里拿了个小藤簸箕，向各人面前讨钱。寿峰看时，也有扔几个铜子的，也有扔一两张铜子票的。寿峰一想，这也不见怎样阔，就瞧我姓关的花不起吗？收钱的到了面前，一伸手，就向簸箕里丢了二十枚铜子。收钱的人笑也不笑一笑，转身去了。

只在这时，走进来一个黑麻子，穿了纺绸长衫纱马褂，戴了巴拿马草帽，只一进门，台上的姑娘，台下的伙计，全望着他。先前那个送茶壶的，早是远远的一个深鞠躬，笑道："二爷！你刚来？"便在旁边桌子下，抽出一块蓝布垫子，放在一张小桌边的椅子上，笑着点头道："二爷！你这儿坐！给你泡一壶龙井好吗？天气热了，清淡一点儿的，倒是去心火。"那二爷欲理不理的样子，只把头随了点一点，随手将帽子交给那人，一屁股就在椅子上坐下，两只粗胳膊向桌上一伏，一双肉眼，就向台上那些姑娘瞅着一笑。寿峰看在眼里，心里只管冷笑。本来在这里找不到沈三玄，就打算要走，现在见这个二爷进门，这一种威风，倒大可看一看。于是又坐着喝了两杯茶，出了两回钱。

这时，就有个矮胖子，一件蓝布大褂的袖子，直罩过手指头，轻轻悄悄地走到那个邻座的军人面前，由衫袖笼里，伸出一柄长折扇来。他将那折扇打开，伸到军人面前，笑着轻轻地道："你不点一出？"寿峰偷眼看那扇子上，写了铜子儿大的字，三字一句，四字一句，都是些书曲名，如《宋江杀惜》《长坂坡》之类。心里这就明白，鼓儿词上，常常闹些舞衫歌扇，歌扇这名堂，倒是有的。那军人却没有看那扇子，向那人翻了眼一望道："忙什么？"那人便笑着答应一个"是"字，然后转身直奔那二爷桌上。他俯着身子，就着二爷耳朵边，也不知道咕哝了一些什么，随后那人笑着去了。台上一个黄脸瘦子，走到台口，眼睛向着二爷说道："红宝姑娘唱过去了，没有她的什么事，让她休息休息。现在特烦翠兰姑娘，唱她的拿手好曲子《二姐姐逛庙》。"末了两句，将声音特别的提高。他说完退下去，就有一个十八九岁的姑娘站在台口，倒有几分姿色，一双水汪汪的眼睛，滴溜溜的转着眼珠子，四面看人。她拿着鼓条子，先合着胡琴三弦，奏了一套军鼓军号，然后才唱起来。唱完了，收钱的照例收钱，收到那二爷面前，只见掏了一块现洋钱，"当"的一声，扔在藤簸箕里。寿峰一见，这才明白，怪不得他们这样欢迎，是个花大钱的。那个收钱的笑着道："二爷还点几个，让翠兰接着唱下去吧。"二爷点了一点头。收钱以后，那翠兰姑娘接着上台。这次她唱的极短，还不到十分钟的工夫，就完了事。收钱的时候，那二爷又是掏出一块现洋，丢了出去。

寿峰等了许久，不见沈三玄来，料是他并不一准到这儿来的。在这里老等着，听是听不出什么意味，看又看不入眼，怪不舒服的，因此站起来就向外走。书场上见这么一个老头子，进来就坐，起身便去，也不知道他是干什么的，都望着他。寿峰一点也不为意，只管走他的。

走不了多少路，遇到了一个玩把式的朋友，他便问道："大叔！你找着沈三玄了吗？"寿峰道："别提了，我在群乐馆子里坐了许久，我真生气。老在那儿待着吧，知道来不来？到别家去找吧，那是让我这糟老头子多现一处眼。"那人道："没有找着吗？你瞧那不是——"说着他用手向前一指。寿峰跟着他手指的地方一看，只见沈三玄手上拿了一根短棍子，棍子上站着一只鸟，晃着两只膀子，他有一步没一步的，慢慢走了过来。寿峰一见，就觉有气，口里哼着道："瞧你这块骨头，只吃了三天饱饭，就讲究玩个鸟儿。"迎了上去，老远的就喝了一声道："呔！沈三玄！你抖起来了。"

原来关寿峰在天桥茶馆子里练把式的时候，很有个名儿，沈三玄又到茶馆子门口弹过弦子的，所以他认识寿峰，平空让他喝了一声，很不高兴。但是知道这老头子很有几分力量，不敢惹他，便远远的蹲了一蹲身子，笑道："大叔！你好，咱们短见。"寿峰见他这样一客气，不免心里先软化了一半，因道："我有什么好！你现在找了一门做官的亲戚，你算好了。"沈三玄笑道："你怎么也知道了！咱们好久没谈过，找个地方喝一壶儿好不好？"寿峰翻了眼睛望着他道："怎么着？你想请我？喝酒还是喝茶呢？"沈三玄道："既然是请大叔，当然是喝酒。"寿峰道："我倒是爱喝几杯，可是要你请。两个酒鬼到一处，人家会疑心我混你的酒喝。往南有遛马的，咱们到那里喝碗水，看他们跑两趟。"

沈三玄一见寿峰撅着胡子说话，不敢不依。穿过两条地摊，沿路一列席棚茶馆，人都满了。道外一条宽土沟，太阳光里，浮尘拥起，有几个人骑着马来往的飞跑。土沟那边，一大群小孩子随着来往的马，过去一匹，嚷上一阵。沈三玄心想：这有什么意思？但是看看寿峰倒现出笑嘻嘻地样子来，似乎很得劲。只得就在附近一家小茶馆，拣了一副沿门向外的座头坐下。喝着茶，沈三玄才慢慢地问道："大叔！你怎么知道我攀了一门子好亲？"寿峰道："怎么不知道！我闺女还到你府上去过好几回呢。"沈三玄道："呵呀！她们老说有个关家姑娘来串门子，我说是谁，原来是你的大姑娘，我一点不知道，你别见怪。"寿峰道："谁来管这些闲账！我老实对你说，我今天上天桥，就是来找你来了。我听说你嫌姓樊的没有给你钱，你要捣乱。我不知道就得，我知道了，你可别胡来。姓樊的临走，他可拜托了我给他照料家事。他的事就像我的事一样，你要胡来，我关老头子不是好惹的。"沈三玄劈头受了他这个"乌天盖"，又不知道说这话是什么意思，便笑道："没有的话，我从前一天不得一天过，恨不得都要了饭了。而今吃喝穿全不愁，不都是姓樊的好处吗？我怎么能使坏！难道我倒不愿吃饱饭吗？"说着就给寿峰斟茶，一味的恭维。寿峰让他一赔小心，先就生不起气来，加上他说的话，也很有理，并不勉强，气就全消了。因道："但愿你知道好了。我是姓樊的朋友，何必要多你们亲戚的事。"沈三玄道："那也没关系。你就是个仗义的老前辈，不认识的人，你见他受了委屈，都得打个抱不平儿，何况是朋友，又在至好呢？"

说着话时，只见那土沟里两个人骑着两匹没有鞍子的马，八只蹄子，蹴着那地下的浮土，如烟囱里的浓烟一般，向上飞腾起来。马就在这浮烟里面，浮着上面的身子，飞一般的过去。寿峰只望着那两匹马出神，沈三玄说些什么，他都未曾听到。沈三玄见寿峰不理会这件事了，就也不向下说，等寿峰看得入神了，便道："大叔！我还有事，不能奉陪，先走一步，行不行？"寿峰道："你请便吧。"沈三玄巴不得这一声，会了茶账，就悄悄地离开了这茶馆。

沈三玄手上拿棍子，举着一只小鸟，只低着头想：这老头子那个点得火着的脾气，是说得到，做得到的。也不知道他为了什么事，巴巴的来找我。幸而我三言两语，把他糊过去了，要不然，今天就得挨揍。正想到这里，棍子上那小鸟，扑哧一声，向脸上一扑，自己突然吃了一惊，定睛看时，却是从前同场中的一个朋友。那人先笑道："沈三哥！听说你现在攀了个好亲戚，抖起来了！怎么老不瞧见你？"沈三玄笑道："你还说我抖起来了，你瞧你这一身衣服，穿得比我阔啊！原来那人正穿的是纺绸长衫，纱马褂，拿着尺许长的檀香折扇，不像是个书场上人了。那人道："老朋友难得遇见的，咱们找个地方谈谈，好吗？"沈三玄连说"可以"，于是二人找了一家小酒馆，去吃喝着谈起来。二人不谈则已，一谈之下，就把沈家事，发生了一个大变化。要知道谈的什么，下回交代。

010　狼子攀龙贪财翻妙舌　兰闺藏凤炫富蓄机心

　　却说沈三玄在路上遇着一个阔朋友，二人同到酒店，便吃喝起来。原来那人叫黄鹤声，也是个弹三弦子的。因为他跟着的那个姑娘嫁了一个师长做姨太太，他就托了那位姑娘说情，在师长面前，当了一名副官。因他为人有些小聪明，遂不断地和姨太太买东西，中饱的款子不少，也就发了小财了。当时黄鹤声多喝了几杯酒，又不免把自己得意的事，夸耀了几句。沈三玄听在心里，也不愿丢面子，因道："我虽没有你的事情好，可是也凑付着过得去。我那侄姑娘，你也见过的，现在找着一个有钱的主儿。我们一家子，现在都算吃她的。"于是把大概的情形，说了一遍，因又道："你要是得空，可以到我们那里去瞧瞧。"黄鹤声也就笑道："朋友都乐意朋友好的，我得去瞧瞧。"两人说着话，便已酒醉饭饱。黄鹤声也不待沈三玄谦逊，先就在身上掏出一个皮夹子，拿出一大卷钞票，由钞票内抽出一张十元的，给了店伙计去付酒饭账。找了钱来，他随手就付了一块钱的小费，然后大摇大摆，走出门去。看到人力车停在路边，一脚跨上去，坐着车便走了。

　　沈三玄看着，点了点头，又叹了口气，到了家里，直奔入房。见着沈大娘便问道："大嫂！你猜到我们家来的那个关家姑娘，是谁吧？她就是天桥教把式关老头子闺女。我在街上见着了那老头子，就会害怕。你干吗把他闺女往家里引？这老头子，有人说他是强盗出身，我瞧就像。你瞧着吧，总有一天，他要吃'卫生丸'的。"沈大娘道："哪个练把式的老头子？我不认识，你干吗好好儿的骂人？"沈三玄道："天桥地方大着呢，什么人没有？你们哪里会全认得！你不知道这老头子真可恶，今天他遇着我，好好儿的教训我一顿。瞧他那意思还是姓樊的拜托他这样的。各家有各家的事，干吗要他多咱们的事？他是什么东西！"沈大娘道："又在哪里灌了这些个黄汤？张嘴就骂人。姓关的得罪了你，姓樊的又没得罪你，干吗又把姓樊的拉上？"沈三玄道："那是啊！姓樊的临走，给了你几百块钱，你们哪里见过这个，就把他当了一尊佛爷了，哪里敢得罪他！就凭那几个小钱，把你娘俩的心都卖给人家了，真是不值啊！你瞧黄鹤声大哥，而今多阔！身上整百块的揣着钞票，他不过是雅琴的师傅，雅琴做了太太就把他升了副官。凤喜和我是什么情分？我待她又怎么来着？可是，我捞着什么了？花几个零钱……"沈大娘道："你天天用了钱，天天还要回来唠叨一顿。你侄女可没做太太，哪儿给你找副官做去？醉得不像个人样了，躺着炕上找副官做去吧。"沈大娘也懒得理他，说完自上厨房去了。沈三玄却也醉得厉害，摸进房去，果然倒在炕上躺下。

到了次日，沈三玄想起约黄鹤声今天来，便在家里候着，不曾出去。上午十一点多钟的时候，只听到门外一阵汽车响，接上就有人打门。沈三玄倒有两个朋友是给人开汽车的，正想莫非他们来了？自己一路来开门，口里可就说着："你们有事干的，干吗也学着我，到处胡串门子！"手上将门一开，只见黄鹤声手里摇着扇子，走下汽车来，一伸手拍了沈三玄的肩道："你还是这样子省俭。怎么听差也不用一个，自己来开门？"沈三玄心里想着，我哪辈子发了财没用，怎么说出"省俭"两个字来了？心里如此想着，口里也就随便答应他。把黄鹤声请到屋子里，自己就忙着泡茶拿烟卷。

黄鹤声用手掀了玻璃上的白纱向窗子外一看，口里说道："小小的房子，收拾得倒很精致。"正说完这句话，只见一个十六七岁的女郎，剪了头发，穿着皮鞋，短短的白花纱旗袍，只比膝盖长一点，露出一大截穿了白袜子的腿，肋下却夹了一个书包。因回转头来问道："老玄！你家里从哪儿来的一位女学生？"沈三玄道："黄爷！我昨天不是告诉了你吗？这就是我那侄女姑娘。"黄鹤声笑道："嘿！就是她，可真时髦，越长越标致了。凭她这个长相儿，要去唱大鼓书，准红得起来。这话可又说回来了，趁早儿找了个主，有吃有喝，一家都安了心也好。"沈三玄对窗子外望了一望，然后低声说道："安了心吗？我们这是骑着驴子翻账本，走着瞧。你想一个当少爷的人到外面来念书，家里能给他多少钱花！头里两个月，让他东拉西扯，找几个钱，凑付着安了这个家。这也就是现在，过两个月瞧瞧，我猜就不行了。就是行，也不过是她娘儿俩的好处，我能捞着什么好处？那小子临走的时候，给我留下钱没留下钱，我也不知道。可是我大嫂，每天就只给一百多铜子我花。现在铜子儿是极不值钱，一百多铜子，不过合三四毛钱，你说让我干吗好？从前没有这个姓樊的，我一天也找百十来个子儿，而今还不是一样吗？依着我，姑娘现在有两件行头了，趁着这个机会，就找家馆子露一露，也许真红起来。到那时候，随便怎样，也捞个三块两块一天，你说是不是？"黄鹤声笑道："照你的算法，你是对了。你们那侄姑娘放着现成的女学生不做，又要去唱曲子侍候人，她肯干吗？"沈三玄道："当女学生，瞎扯罢了。我说姓樊的那小子，自己就胡来。现在当女学生的，几个能念书念得像爷们一样，能干大事？我瞧什么也不成，念了三天书，先讲平等自由。"说到这里，他声音又低了一低道："我这侄女自小儿就调皮，往后再一讲平等自由，她能再跟姓樊的，那才怪呢！"

黄鹤声正要接话，只听到沈大娘在北屋子里嚷道："三弟！咱们门口停着一辆汽车，是谁来了？"黄鹤声就向屋子外答道："沈家大嫂子，是我，我还没瞧你呢。"说着话已经走出屋来，老远的连作几个揖道："咱们住过街坊，我和老玄是多年的朋友了，你还认得我吗？"沈大娘站在北屋门口，倒愣住了。虽觉得有点面熟，可是记不起来他究竟是姓张姓李？她正在愣着，沈三玄抢着跑了出来道："大嫂！黄爷你怎样会记不起来？他现在可阔了，当了副官了。他们衙门里有的是汽车，只要是官，就可坐公家的汽车出来。门口的汽车，就是黄爷坐来的。你瞧见没有？那车子是真大，坐十个人，都不会嫌挤。黄大哥！你的师长大人姓什么？我又忘了。"黄鹤声便说是"姓尚"。沈三玄道："对了！是有名的尚大人。雅琴姑娘，现在就是尚大人的二房。虽然是二房，可是尚大人真喜欢她，比结发的那位夫人还要好多少倍，不然，怎样就能给黄爷升了副官呢！"

黄鹤声因为沈大娘不知道他最近的来历，正想把大概情形先说了出来，现在沈三玄抢出来一介绍。自己不曾告诉他的，他都说出来了，这就用不着再说了。沈大娘这时也记起从前果然住过街坊的，便笑道："老街坊还会见着，这是难得的事啊！请到北屋子里坐坐。"沈三玄巴不得这一声，就携着黄鹤声的手，将他向北屋子里引。沈大娘说是老街坊，索性让凤喜也出来见见。黄鹤声就近一看凤喜，心想这孩子修饰得干净，的确比小时俊秀得多——怪不怪，老鸦窠里真钻出一个凤凰来了！

当时坐着闲谈了一会，就告辞出门。沈三玄抢着上前来开大门，黄鹤声见沈大娘在屋子里没有出来，就执着沈三玄的手道："你在自己屋子里先和我说的那些话，是真的吗？"沈三玄猛然间听到，不懂他用意所在，却只管望着黄鹤声的脸。黄鹤声道："我说的话，你没有懂吗？就是你向着我抱怨的那一番话。"沈三玄忽然醒悟过来，连道："是了，是了，我明白了！黄爷！你看是有什么路子，提拔做小弟的，小弟一辈子忘不了。"黄鹤声牵着他的手，摇撼了几下，笑道："碰巧也许有机会，你听信儿吧。"说毕，黄鹤声上车而去。

原来黄鹤声跟的这位尚师长所带的军队，就驻扎在北京西郊。他的公馆设在城里，有一部分人，也就在公馆里办事。这黄鹤声副官，就是在公馆里办事的一位副官。当时他回了公馆，恰好尚师长有事叫他。他就放下帽子和扇子，整了一整衣服，然后才到上房来见尚师长。尚师长道："我找了你半天，都没有看见你，你到……"黄鹤声不等他把这一句问完，就笑起来道："师长上次吩咐要找的人，今天倒是找着了。今天就是为这个出去了一趟。"尚师长道："刘大帅这个人，眼光是非常高的，差不多的人，他可看不上眼。"黄鹤声道："这个人准好，模样儿是不必提了。在先她是唱大鼓书的，现在又在念书，透着更文明。光提那性情儿，现在就不容易找得着。要是没有几门长处的人，也不敢给师长说。"尚师长将嘴唇上养的菱角胡子，左右拧了两下，笑道："口说无凭，我总得先看看人。"黄鹤声道："这容易，这人儿的三叔，和鹤声是至好的朋友。只要鹤声去和他说一说，他是无不从命。但不知师长要在什么地方看她？"尚师长道："当然把她叫到我家里来。难道我还为了这个，找地方去等着她不成？"黄鹤声答应了两声"是"。心里可想着：现在人家也是良家妇女，好端端的要人家送来看，可不容易。一面想着，一面偷看尚师长的脸色，见他脸色还平常。便笑道："若是有太太的命令，说是让她到公馆里来玩玩，她是一定来的。"原来这师长的正室现在原籍，下人所谓太太，就是指着雅琴而言。尚师长道："那倒没关系，只要她肯来，让太太陪着，在我们这儿多玩一会儿，我倒可以看个仔细。"说着，他那菱角式的胡子尖，笑着向上动了两动，露出嘴里两粒黄灿灿的金牙。

当下黄鹤声见上峰已是答应了，这事自好着手，便约好了明天下午，把人接了来。当天晚上就派人把沈三玄叫到尚宅，引了他到自己卧室里谈话。前后约谈了一个钟头，沈三玄笑得由屋子里滚将出来。黄鹤声因也要出门，就让他同坐了自己的汽车，把他送到家门口。

沈三玄下了车，见自己家的大门，却是虚掩的，倒有点不高兴。推了门进去，在院子里便嚷起来道："大嫂！你不开门，没有看见，我是坐汽车回来的。今天我算开了眼，尝了新，坐了汽车了。黄副官算待咱们不错，他这样阔了，还认识咱们，真是难得！"沈大娘道："别现眼了，归里包堆，人家请你吃了一回馆子，坐了一趟汽车，就恨不得把人家捧上天。这要是他给你百儿八十的，你没有老子，得把他认作老子看待了。"沈三玄道："百儿八十，那不算什么，也许不止帮我百儿八十的忙呢。人家有那番好意，你娘儿俩乐意不乐意，我都不管，可是我总得说出来，就是现在这位尚师长的太太，想着瞧瞧小姊妹们，要接凤喜到他家去玩玩。明天打过两点，就派两名护兵押了汽车来接，就说人家虽是同行出身，可是现成为师长太太了。师长有多大，大概你还不大清楚。若说把前清的官一比，准是头品顶戴吧。人家派汽车来接凤喜，这面子可就大了。若是不去，可真有些对不住人。"沈大娘道："你别瞎扯，从前咱们和雅琴就没有什么来往，这会子她做了阔太太了，倒会和咱们要好起来？我不信。"沈三玄道："我也是这样说呀。可是今天黄副官为了这个，特意把我请去说的。假是一点儿也假不了，难得尚太太单单的念到咱们。所以我说这交情大了，不去真对不住人。"沈大娘道："我想雅琴未必记得起咱们。不过是黄鹤声告诉了她，她就想起咱们来了。"沈三玄道："大嫂！你别这样提名道姓的，咱们背后叫惯了，将来当面也许不留神叫了出来的。人家有钱有势，攀交情还怕攀不上，把人家要得罪了，那可是不大方便。明天凤喜还是去不去呢？"沈大娘道："也不知道你的话靠得住靠不住？若是人家真派了汽车来接，那倒是不去不成。要不，人家真说咱们不识抬举。"沈三玄心下大喜，因道："你是知情达礼的人，当然会让她去。可是咱们这位侄姑娘，可有点怯官……"他们在外面屋子说话，凤喜在屋子里，已听了一个够。便道："别那样瞧不起人，我到过的地方，你们还没有到过呢。雅琴虽然做了太太，人还总是那个旧人，我怕什么？"沈三玄道："只要你能去就行，我可不跟你赌嘴。"沈三玄心里又怕把话说僵了，说完了这句，就回到自己屋子里去了。

到了次日，沈三玄起了个早，可是起来早了，又没有什么事可做。他就拿了一把扫帚，在院子里扫地。沈大娘起来，开门一见，笑道："哟！咱们家要发财了吧，三叔会起来这么早，给我扫院子。"沈三玄笑了，因道："我也不知道怎么着，天亮就醒了，老睡不着，早上闲着没有事，扫扫院子，比闲等着强。再说你们家人少，我又光吃光喝，凤喜更是当学生了，里里外外，全得你一个人照理，我也应该给你娘儿俩帮点忙了。"说着，用手向凤喜屋子里指了一指，轻轻地道："她起来没有？尚太太那儿，她答应准去吗？她要是不去，你可得说着她一点。咱们现在好好的做起体面人家，也该要几门子好亲好友走走。你什么事不知道！觉得我做兄弟这句话，说得对吗？"沈大娘笑道："你这人今天一好全好，肯做事，说话也受听。"沈三玄笑道："一个人不能糊涂一辈子，总有一天明白过来。好比就像那尚师长太太，从前唱大鼓书的时候，不见得怎样开阔，可是如今一做了师长太太，连我们这样的老穷街坊，她也记起来了。说来说去，我们这侄姑娘到底是决定了去没有？"沈大娘道："这也没有什么决定不决定，汽车来了，让她去就是了。"沈三玄道："让她去不成，总要她自己肯去才成呢。"沈大娘道："唉！怪贫的。你老说这做什么？"沈三玄见嫂嫂如此说，就不好意思再说了。

过了一会，凤喜也起床了。她由厨房里端了一盆水，正要向北屋子里去，沈三玄道："侄姑娘，今天起来得早哇！"凤喜将嘴一撇道："干吗呀？知道你今天起了一天早，一见面就损人。"沈三玄由屋子里走了出来，笑嘻嘻地道："我真不是损你，你看，今天这院子扫得干净吗？"凤喜微微一笑道："干净。"说时，她已端了水走进房去。

沈三玄在院子里槐树底下徘徊了一阵，等着凤喜出来。半晌，还在里面，自己转过槐树那边去，哗啦一声，一盆洗脸水，由身后泼了过来，一件蓝竹布大褂，湿了大半截。凤喜站在房门口，手里拿着空洗脸盆，连连叫着"糟糕"。沈三玄道："还好，没泼着上身，这件大褂，反正是要洗的。"凤喜见他并不生气，笑道："我回回泼水，都是这样，站在门口，望槐树底下一泼，哪一回也没事，可不知道今天你会站在这里。你快脱下来，让我给你洗一洗吧。"沈三玄道："我也不等着穿，忙什么？我不是听到你说，要到尚师长家里去吗？"凤喜道："是你回来要我们去的，怎么倒说是听到我说的呢？"沈三玄道："消息是我带来的，可是去不去，那在乎你。我听到你准去，是吗？姊妹家里，也应该来往来往，将来……"凤喜道："唉！你淋了一身的水，赶快去换衣服吧，何必站在这里废话。"

沈三玄让凤喜一逼，无可再说了，只得走回房去，将衣服换下。等到衣服换了，再出来时，凤喜已经进房去了。于是装着抽烟找取火儿，走到北屋子里来，隔着门问道："侄姑娘！我要不要给黄副官通个电话？"凤喜迎了出来道："哪个什么黄副官？有什么事要通电话？"沈三玄笑道："你怎么忘了？不是到尚家去吗？"凤喜道："你怎么老蘑菇！我不去了。"说着手一掀门帘子，卷过了头，身子一转，便进房去了。

沈三玄看她身子突然一掉，头上剪的短发，就是一旋，仿佛是僵着脖子进去了。他心里扑通一跳，要安慰两句是不敢，不安慰两句，又怕事情要决裂。站在屋子中间，只管抽烟卷。半晌，才说道："我没有敢麻烦呀，我只说了一句，你就生气了。"凤喜道："早上我还没起来，就听见你问妈了。你想巴结阔人，让我给你去作引线，是不是？凭你这样一说，我要不去了，看你怎么样？"沈三玄不敢做声，溜到自己屋子里去了。

到了吃午饭的时候，沈三玄一看凤喜的脸色，已经和平常一样，这才从从容容的对沈大娘道："你下午要出去的话你就出去吧，我在家看一天的家得了。"沈大娘口里正吃着饭，就只对他摇了一摇头。沈三玄道："那尚太太就只说了要大姑娘去，要不然，你也可以跟了去。可是话又说回来了，以后彼此走熟了，来往自然可以随便。"他说话，手里捧着筷子碗，下巴直伸到碗中心，向对面坐的凤喜望着。凤喜却不理会，只是吃她的饭。沈三玄将筷子一下一下的扒着饭，却微微一笑。沈大娘看了一看，也没有理会。沈三玄只得笑道："我这人还是这样的脾气，人家有什么事没有办了，我只同人家着急。大姑娘到底去不去，应该决定一下。过一会子，人家的汽车也来了。可是依着我说，哪怕去一会儿就回来哩，那都不要紧，可是敷衍面子，总得去一趟。原车子回来，要不了多少时候，至多一点钟罢了。"说到这里，凤喜已是先吃完了饭，就放下了碗，先进去了。沈三玄轻轻地道："大嫂你可别让她不去。"沈大娘道："你真贫。"说着，将筷子一按，啪的一声响，左手将碗放在桌上，又向中间一推。她虽没有说什么，好像一肚子不高兴。都在这一按一推上，完全表现出来。沈三玄一人自笑起来道："我是好意，不愿我说，我就不说。"他只说了这句话，也就只管低头吃饭。

往常沈三玄一放下饭碗，就要出门去的，今天他吃过饭之后，却只是衔了一根烟卷，不停地在院子里闲步。到了两点钟，门口一阵汽车响，他心里就是一跳，出去开门一看，正是尚宅派来的汽车。车子上先跳下两位挂盒子炮的武装兵士来。沈三玄笑着点了点头道："二位不是黄副官派来接沈姑娘的吗？她就是我侄女，黄副官和我是至好的朋友。"于是把那两位兵士，请到自己屋子里待着，自己悄悄地走到北屋子里去，对沈大娘道："怎么办？汽车来了。"沈大娘道："你侄女儿她闹别扭，她不肯去哩。"沈三玄一听这话，慌了，连道："不成，那可不成。"沈大娘道："她不愿去，我也没法子，不成又怎么样呢？"沈三玄皱了双眉，脖子一软，脑袋歪着偏到肩上，向着沈大娘笑道："你何必和我为难，你叫她去吧。两个大兵，在我屋子里待着，他们身上，都带着家伙，我真有些怕。"说话时，活现出那可怜的样子，给沈大娘连连作了几个揖。沈大娘笑道："我瞧你今天为了这事，真出了一身汗。"沈三玄还要说时，只见凤喜换了衣履出来，正是要出门的样子，因问道："要不要让那两个大兵喝一碗水呢？"凤喜道："你先是怕我不去，我要去了，你又要和人家客气。"沈三玄笑着向外面一跑，口里连道："开车开车，这就走了。"他走忙了，后脚忘了跨门槛，扑通一声，摔了一个蛙翻白出阖。他也顾不了许多，爬了起来，就向自己屋子里跑，对着那两个兵，连连作揖道："劳驾久等，我侄女姑娘出来了。"

两个护兵一路走出来，见凤喜长衫革履，料着就是要接的那人了，便齐齐的走上前，和凤喜行了个举手军礼。凤喜向来见了大兵就有三分害怕，不料今天见了大兵，倒大模大样的，受他俩的敬礼，心下不由得就是一阵欢喜。两个大兵在前引路，只一出大门，早有一个兵抢上前一步，给她开了汽车门。凤喜坐上汽车，汽车两边，一边站着一个兵，于是风驰电掣，开向尚宅来。

凤喜坐在车上，不由得前后左右，看了个不歇。见路上的行人，对于这车子，都非常注意。心想他们的意思，见我坐了带着护兵的汽车，哪还不会猜我是阔人家里的眷属吗？

车子到了尚家，两个护兵，一个抢进门去报信，一个就来开车门。凤喜下了车子，便见有两个穿得齐整一点的老妈子，笑嘻嘻地同叫了一声"沈小姐"，接上蹲着身子请了一个安。一个道："你请吧！我们太太等着哩。"凤喜也不知道如何答复是好，只是用鼻子哼着应了一声。老妈子带她顺着走廊，走过两道金碧辉煌的院落，到了第三进，只见高台阶上一个浑身罗绮的少妇，扶着一个十二三岁的女孩，杨柳临风的一般，站在那里，却是笑嘻嘻地，先微微的点了一点头。那不是别人，正是从前唱大鼓书、现在做师长太太的雅琴。记得当年，她身体很强健的，能骑着脚踏车，在城南公园跑，如今倒变得这样娇嫩相，站着都得扶住人。她这里打量雅琴，雅琴也在那里打量她。雅琴总以为凤喜还是从前那种小家子，今天来至多是罩上一件红绿褂子而已。现在一看她是个极文明的样子，虽然不甚华丽，然而和从前，简直是两个人了。她不等凤喜上前，立刻离开扶着的那女孩，迎上前来，握着凤喜的手道："大妹子，你好吗？想不到咱们今天在这儿见面啊！你现在很好吗？"说着这话，她执着凤喜的手，依然还是向她浑身上下打量。笑道："我真想不到呀！怪不得黄副官说你好了。"凤喜只笑着，不知道她命意所在，也就不好怎样答应她的话。她牵着凤喜的手，一路走进屋子里去。

凤喜进门来，见这间堂屋，就像一所大殿一样，里面陈设的那些木器，就像图画上所看到的差不多。四处陈设的古玩字画也说不上名目；只看正中大理石紫檀木炕边，一面放着一架钟，就有一个人高；其次容易令人感觉的，就是脚下踏着的地毯，也不知道有多厚，仿佛人在床上行路一般，只觉软绵绵的。这时有个老妈子在右边门下，高卷着门帘，让了雅琴带凤喜进去。穿过一间房子，这才是雅琴的卧室。迎面一张大铜床，垂着珍珠罗的帐子，床上的被褥，就像绸缎庄的玻璃样子柜一般，不用得再看其他的陈设，就觉得眼花缭乱了。雅琴道："大妹子！我不把你当外人，所以让你到我屋子里来坐。咱们不容易见面，你可别走，在我这里吃了晚饭去，回头谈谈，开话匣子给你听也好，开无线电收音机给你听也好。咱们这无线电和平常的不同，能听到外国的戏园子唱戏，你瞧这可透着新鲜。"说着又向床后一指道："你瞧那不是一扇小门吗？那里是洗澡的屋子。"说着拉了凤喜的手，推门让她向里看。里面白玉也似的，上下全是白瓷砖砌成的。凤喜不好意思细看，只伸头望了一望，就退回来了。雅琴笑道："吃完了饭，你在我这里洗了澡再走。"一直让雅琴把殷勤招待的意思都说完了，才让着她在一张紫皮沙发上坐了。对过小茶桌上，正放了一架小小的电扇。一个老妈子张罗过茶水，正要去开电扇，雅琴道："别忙，拿一瓶香水来。"老妈子取了一瓶香水来，雅琴接过手，打开塞子，向满屋子一洒，然后再让老妈子开电扇。风叶一动，于是满室皆香——凤喜在未来之先，心里也就想着，雅琴虽是个师长的姨太太，自己这一会见，也算不错，就是和她谈谈，也不见得相差若干。现在这一比较之下，这才觉得自己所见的不广，雅琴说起话来，咱们师长长，咱们师长短，这也就不好说什么，只是听一句是一句而已。

　　她们在这里说话，那尚师长早已偷着在隔壁屋子里一架绿纱屏风后，看了一个饱。觉得自己的如夫人，和凤喜一比，就是泥土见了金。人家并不用得要脂粉珠玉那些东西陪衬，自然有一种天生的媚态。可惜这话已和刘将军说过，不然这个美人，是不能不据为己有的了。

　　原来这刘将军是刘大帅的胞兄弟，现在以后备军司令的资格，兼任了驻京办公处长，就是刘大帅的灵魂。当凤喜来的时候，这刘将军也就到尚师长家里来小坐。因为无聊得很，要想找两个人，就在尚家打个小牌消遣消遣。闲谈了一会，尚师长笑道："我听说大帅要在北京找一个如夫人，我就托人去访。今天倒找来了一位，是我们姨太太的姊妹，不知道究竟如何，让我先偷着去看看。"刘将军笑道："我们老二的事，我是知道。这人究竟他看得上眼，看不上眼，让我先考一考分数，那才不错。若是我说行，至少有个大八成儿他乐意。要不然，你乱往那里送，闹不出一个好处来，先倒碰钉子，那又何必！"尚师长一听有理，就约好自己先进去，把凤喜叫出来，大家见面。刘将军听说，很是赞成，就让尚师长先进上房去，他在客厅里等。不料等了大半天，还不见尚师长出来。他在尚家是很熟识的，也等得有些不耐烦，就向上房走去，口里喊着尚师长的号道："体仁！体仁！怎么一进去就不出来了？"尚师长连忙离开了碧纱屏风，走到门口来迎着他，因笑道："错是真不错，似乎年岁太小一点。"刘将军道："越小越好哇！你怎么倒有嫌她过小的意思呢？

请出来见见吧。"尚师长连连摇着手道："别嚷！别嚷！究竟能不能够请出来见一见，我还不敢硬作这个主，得问问我们'内阁总理'呢。"于是把刘将军让到内客厅，然后吩咐听差，去请姨太太出来。

雅琴一进门，尚师长先笑道："人，我瞧见了。你说从前她也唱过大鼓书，我是不相信。你瞧瞧她那斯斯文文的样子，真像一个……"雅琴哪里等他说完，连忙微瞪着眼道："你以为这是好话吗？谁不愿意一生下地，就是大小姐。投胎投错了可也没法子。唱大鼓书的人，也是人生父母养的。在台上唱大鼓书，一下了台，一样的是穿衣吃饭。难道说唱大鼓书，脸子上还会长着一行字是下等人，到哪儿也挂上这块牌子吗？你说她斯斯文文的，不像唱大鼓的，我不知道其余唱过大鼓的，有怎么一个坏相？"尚师长坐在沙发上，两脚一抬，手一拍，身子向后一仰，哈哈大笑道："这可了不得，一句话，把咱们夫人的怒气引上来了。我说她没有唱大鼓书的样子，并不是说你有那个样子呀！在你面前，说你姊妹们好，你也是有体面的事，干吗这样生气？"说毕，又哈哈大笑。雅琴道："别乐了！有什么事快对我说吧，人家屋子里还有客呢！"尚师长笑道："就是为了她，才请你来。你去请她出来，我们大家谈一谈行不行？"雅琴便低声道："别胡闹吧！人家有了主儿了，虽然是没嫁过去，她现在就过的是男家的日子，总算是一位没过门的少奶奶，要把她当着……"尚师长道："是你的姊妹们，也算是我的小姨子。让她瞧瞧这不成器的老姊夫，我把她当着亲戚，还不成吗？"他说了这话，放大着声音，打了一个哈哈，就径自走进房去。刘将军急于要看人，也紧紧跟着。但是当他二人进房时，屋子里何曾有人！刘将军先急了，连嚷："客呢？客呢？"要知凤喜是否逃得出这个锦绣牢笼，下回分解。

011 竹战只攻心全局善败 钱魔能作祟彻夜无眠

却说尚体仁师长和刘将军扑进屋来，却不见了凤喜。刘将军大叫起来道："体仁！你真是岂有此理，有美人儿就有美人儿，没有美人儿，干吗冤我？"尚师长笑着，也不作声，却只管向浴室门里努嘴。雅琴已是跑进来，笑道："我妹子年轻，有点害臊，你们可别胡捣乱。"说着，走进浴室。只见凤喜背着身子，朝着镜子站住。雅琴上前一把将她拉住，笑道："为什么要藏起来？都是朋友亲戚，要见，就大家见见，他们还能把你吃下去不成？"说着将凤喜拼命的拉了出来。凤喜低了头，身子靠了壁，走一步，挨一步，挨到铜床边，无论如何，不肯向前走了。当雅琴在浴室里说话之时，刘、尚二人的眼光，早是两道电光似的，射进浴室门去。及至凤喜走了出来，刘将军早是浑身的汗毛管向上一翻，酥麻了一阵，不料凭空走出这样美丽的一个女子来，满脸的笑容朝着雅琴道："这是尚太太不对，有上客在这里，也不好好的先给我们一个信，让我们糊里糊涂嚷着进来，真是对不住。"说着，走上前一步，就向凤喜鞠了半个躬，笑道："这位小姐贵姓？我们来得鲁莽一点，你不要见怪。"凤喜见人家这样客客气气，就不好意思不再理会，只得摆脱了雅琴的手，站定了，和刘将军鞠躬回礼。雅琴便站在三人中间，一一介绍了，然后大家一路出了房门，到内客厅里来坐。

凤喜挨着雅琴一处坐下，低了头，看着那地毯织的大花纹，上牙微微的咬了一点下嘴唇，在眼里虽然讨厌刘将军那样年老，更讨厌他斜着一双麻黄眼睛只管看人，可是常听到人说，将军这官，位分不小，就是在大鼓词上也常常唱到将军这个名词的。现在的将军，虽然和古来的不见得一样，然而一定是一个大官，所以坐在一边，也不免偷看他两眼。心里想着，大官的名字，听了固然是好听，可是一看起来，也不过是一个极平凡的人，这又是叫闻名不如见面了。当她这样想时，雅琴在一边就东一句西一句，只管牵引着凤喜说话。大家共坐了半点钟，也就比初见面的时候熟识得多了。刘将军道："我们在这里枯坐，有什么意思？现成的四只脚，我们来场小牌，好不好？"尚师长和雅琴都同声答应了，凤喜只当没有知道，并不理会。雅琴道："大妹子！我们来打四圈玩儿，好不好？"凤喜掉转身，向雅琴摇了一摇头，轻轻地道："我不会。"雅琴还不曾答话，刘将军就笑着道："不能够，现在的小姐们，没有不会打牌的。来来来，打四圈。若是沈小姐不来的话，那就嫌我们是粗人，攀交不上。"凤喜只得笑道："你说这话，我可不敢当。"刘将军道："既不是嫌我们粗鲁，为什么不来呢？"凤喜道："不是不来，因为我不会这个。"刘将军道："你不会也不要紧，我叫两个人在你后面看着，做你的参谋就是了，输赢都不要紧，你有个姐姐在这儿保着你的镖呢。再说我们也不过是图个消遣，谁又在乎几个钱。来吧，来吧！"

在刘将军说时，尚师长已是吩咐仆役们安排场面。就是在这内客厅中间摆起桌椅，桌上铺了桌毯，以至于放下麻雀牌，分配着筹码。凤喜坐在一边，冷眼看着，总是不作声。等场面一齐安排好了，雅琴笑着一伸手挽住凤喜一只胳膊道："来吧来吧！人家都等着你，你一个人好意思不来吗？"凤喜心想，若是不来，觉得有点不给人家面子，只得低了头，两手扶了桌子沿，站着不动，却也不说什么。雅琴笑道："来吧！我们两个人开来往银行。我这里先给你垫上一笔本钱，输了算是我的。"说时，她就在身上掏出一沓钞票，向凤喜衣袋里一塞，笑道："那就算你的了。"凤喜觉得那一沓票子，厚得软绵绵的，大概不会少，只是碍了面子，不好掏出来看一看。然而有了这些钱，就是输，也可以抵挡一阵，不至于不能下场的了。因之才抬头一笑道："我的母亲说了让我坐一会子就回去的，我可不能耽误久了。"雅琴道："哟！这么大姑娘，还离不开妈妈。在我这里，还不是像在你家里一样吗？多玩一会子，要什么紧！咱们老不见面，见了干吗就走？你不许再说那话，再说那话，我就和你恼了。"

刘、尚二人，一看她并没有推辞的意思，似乎是允许打牌的了，早是坐下来，将手伸到桌上，乱洗着牌。刘将军笑道："沈小姐！来来来！我们等着呢。"雅琴用手将她一按，按着她在椅子上坐下，自己也就坐到凤喜的下手来。凤喜因大家都坐定了，自己不能呆坐在这里，两只手不知不觉的伸上桌去，也将牌和弄起来。她的上手，正是刘将军。她一上场，便是极力的照应，所打的牌，都是中心张子，凤喜吃牌的机会，却是随时都有，一上场两圈中就和了四牌。从此以后，手气是只见其旺。上手的刘将军恰成了个反比例，一牌也没有和。

有一牌，凤喜手上，起了八张筒子，只有五张散牌，心想：赢了钱不少，牺牲一点也不要紧。因是放开胆子来，只把万子、索子打去。抓了筒子，一律留着。自己起手就拆了一对五万打去，接上又打了一对八索，心想在上手的人，或者会留心。可是刘将军也不打万子，也不打索子，张张打的都是筒子，凤喜吃七八九筒下来，碰了一对九筒，手上是一筒作头，三四五六筒，外带一张孤白板，等着吃二五四七筒定和。刘将军本就专打筒子的，他打了一张七筒，凤喜喜不自胜，叫了声："吃！"正待打出白板去，同时雅琴叫了一声："碰"！却拿了两张七筒碰去了。凤喜吃不着不要紧，这样一来，自己一手是筒子，不啻已告诉人，这样清清顺顺的清一色，却和不到，真是可惜得很。刘将军偷眼一看她，见她脸上，微微泛出一层红晕，不由得微微一笑，到了他起牌的时候，起了一张一万，他毫不考虑的把手上四五六三张筒子，拆了一张四筒给打出去。凤喜又怕人碰了，等了一等，轻悄悄地，放出五六筒吃了。雅琴向刘将军道："瞧见没有？人家是三副筒子下了地，谁要打筒子，谁就该吃包子了。"刘将军微笑道："她是假的，决计和不了筒子。"雅琴道："和筒子不和筒子，那都不管它，你知道她要吃四七筒，怎么偏偏还打一张四筒她吃？"刘将军"呵"了一声，用手在头上一摸道："这是我失了神。"

说话之间，又该刘将军打牌了，他笑道："我不信，真有清一色吗？我可舍不得我这一手好牌拆散来，我包了。"说着抽出张五筒来，向面前一摆，然后两个指头按着，由桌面上，向凤喜面前一推，笑道："要不要？"凤喜见他打那张四筒就有点成心，如今更打出五筒来，明是放自己和的，心里一动，脸上两个小酒窝儿，就动了一动，微笑道："可真和了。"于是将牌向外一摊。刘将军嚷起来道："没有话说，吃包子，吃包子。"于是将自己的牌，向牌堆里一推，接上就掏钞票，点了一点数目和零碎筹码，一齐送到凤喜面前来。凤喜笑道："忙什么呀！"刘将军道："越是吃包子，越是要给钱给得痛快，要不然，人家会疑心我是撒赖的。"如此一说，大家都笑了。凤喜也就在这一笑中间，把钱收了去。尚师长在桌子下面，用脚踢了一踢雅琴的腿，又踢了一踢刘将军的腿，于是三个人相视而笑。

四圈牌都打完了，凤喜已经赢三四百元，自己也不知道牌有多大？也不知道一根筹码，应该值多少钱？反正是人家拿来就收；给钱出去，问了再给。虽然觉得有点坐在闷葫芦里，但是一问起来，又怕现出了小家子气象，只可估量着罢了。心里不由得连喊了几声惭愧，今天幸而是刘将军牌打得松，放了自己和了一副大牌，设若今天不是这样，只管输下去，自己哪里来的这些钱付牌账？今天这样轻轻悄悄地上场，总算冒着很大的危险，回头看看他们输钱的，却是依然笑嘻嘻地打牌。原来富贵人家，对于银钱是这样不在乎。平常人家把十块八块钱，看得磨盘那样重大，今天一比，又算长了见识了。在这四圈牌打完之后，凤喜本想不来了，然而自己赢了这多钱，这话却不好说出口。可是他们坐着动也不动，并不征求凤喜的同意，接着向下打。

又打完四圈，凤喜却再赢了百多元，心里却怕他们不舍。然而刘将军站起来，打一个呵欠，伸了一个懒腰，这是疲倦的表示了。大家一起身，早就有老妈子打了香喷喷的手巾把递了过来。手巾放下，又另有个女仆，恭恭敬敬的送了一杯茶到手上。凤喜喝了一口，待要将茶杯放下，那女仆早笑着接了过去。刚咳嗽了一声，待要吐痰，又有一个听差，抢着弯了腰，将痰盂送到脚下。心想富贵人家，实在太享福，就是在这里做客，偶然由他照应一二，真也就感到太舒服了，因对雅琴道："你们太客气了，要是这样，以后我就不好来。"雅琴道："不敢客气呀！今天留你吃饭，就是家里的厨子，凑合着做的，可没有到馆子里去叫菜，你可别见怪！"凤喜笑道："你说不客气不客气，到底还是客气起来了。"她说着，心里也就暗想，大概是他们家随便吃的菜饭。这时，雅琴又一让，把她让到内客厅里。

这里是一间小雅室，只见一张小圆桌上，摆满了碗碟，两个穿了白衣服的听差，在屋子一边，斜斜的站定，等着恭敬侍候。尚师长说凤喜是初次来的客，一定要她坐了上位。刘将军并不谦逊，就在凤喜下手坐着。尚师长向刘将军笑了一笑，就在下面坐了。刚一坐定，穿白衣服的听差，便端上大碗红烧鱼翅，放在桌子中间。凤喜心里又自骂了一声惭愧，原来他们家的便饭，都是如此好的。那刘将军端着杯子，喝了一口酒，满桌的荤菜，他都不吃，就只把手上的牙筷，去拨动那一碟生拌红皮萝卜与黄瓜。雅琴笑道："刘将军今天要把我们的菜一样尝一下才好，我们今天换了厨子了。"刘将军道："这厨子真是难雇，南方的、北方的，我真也换得不少了，到于今也没有一个合适的。"尚师长笑道："你找厨子，真是一个名，家里既然没有太太，自己又不大住家里，干吗要找厨子？"刘将军道："我不能一餐也不在家吃呀。若是不用厨子，有不出门的时候，怎么办呢？唉！自从我们太太去世以后，无论什么都不顺手。至少说吧，我花费的，和着没有人管家的那档子损失，恐怕有七八万了。"尚师长道："据我想，恐怕还不止呢。自从你没有了太太，北京、天津、上海你哪儿不逛？这个花的钱的数目，你算得出来吗？"刘将军听说，哈哈的笑了。凤喜坐在上面，听着他们说话，都是繁华一方面的事情，可没有法子搭进话去，只是默然的听着，吃了一餐饭，刘将军也就背了一餐饭的历史。

饭后，雅琴将凤喜引到浴室里去，她自出去了。凤喜掩上门连忙将身上揣的钞票拿出，点了一点，赢的已有四百多元。雅琴借垫的那一笔赌本，却是二百五十元。那叠钞票是另行卷着的，却未曾和赢的钱混到一处，因此将那卷钞票，依然另行放着。洗完了一个澡出来，就把那钞票递还雅琴道："多谢你借本钱给我，我该还了。"雅琴伸着巴掌，将凤喜拿了钞票的手，向外一推，一摇头道："小事！这还用得挂在口上啦。"凤喜以为她至多是谦逊两句，也就收回去了。不料这样一来，她反认为是小气，不由得自己倒先红了脸，因笑道："无论多少，没有个人借钱不还的！"雅琴道："你就留着吧，等下次我们打小牌的时候再算得了。"凤喜一见二百多元，心想很能置点东西，她既不肯要，落得收下，便笑道："那样也好。"于是又揣到袋里去。看一看手表，因笑道："姐姐不是说用汽车送我回去吗？劳你驾，我要走了，快九点钟了。"雅琴道："忙什么呢？有汽车送你，就是晚一点也不要紧啊！"凤喜道："我是怕我妈惦记，不然多坐一会儿，也不算什么。再说，我来熟了，以后常见面，又何在乎今天一天哩。"雅琴道："这样说，我就不强留。"于是吩咐听差，叫开车送客。

这时，刘将军跑了进来，笑道："怎么样？沈小姐就要走么？我还想请尚太太陪沈小姐听戏呢。"凤喜轻轻地说了一声"不敢当"。雅琴代答道："我妹子还有事，今天不能不回去，刘将军要请，改一个日子，我一定奉陪的。"刘将军道："好好！就是就是！让我的车子，送沈小姐回去吧。"雅琴笑道："我知道刘将军要不做一点人情，心里是过不去的。那么，大妹子，你就坐刘将军的汽车去吧。"凤喜只道了一声"随便吧"，也不能说一定要坐哪个的车子。一定不坐哪个的车子。于是尚氏夫妇和刘将军，一同将凤喜送到大门外来，一直在电灯光下，看她上了车，然后才进去。

凤喜到家只一拍门，沈大娘和沈三玄都迎将出来。沈三玄见她是笑嘻嘻地样子，也不由得跟着笑将起来。凤喜一直走回房里，便道："妈！你快来快来。"沈大娘一进房，只见凤喜衣裳还不曾换，将身子背了窗户，在身上不断地掏着，掏了许多钞票放在床上，看那票子上的字，都是十元五元的，不由得失声道："哎呀，你是在哪里……"说到一个"里"字，自己连忙抬起自己的右手将嘴掩上，然后伸着头望了钞票，又望了一望凤喜的脸，低低的微笑道："果然的，你在哪里弄来这些钱？"凤喜把今天经过的事，低着声音详详细细的说了，因笑道："我一天挣这么些个钱，这一辈子也就只这一次。可是我看他们输钱的，倒真不在乎。那个刘将军，还说请我去听戏呢。"说到这句话，声音可就大了。沈大娘道："这可别乱答应。一个大姑娘家跟着一个爷们去听戏，让姓樊的知道了，可是不便。"

一句未了，只听到沈三玄在窗子外搭言道："大嫂你怎么啦？这位刘将军，就是刘大帅的兄弟，这权柄就大着啦。"沈大娘和凤喜同时吓了一跳。沈大娘望屋子外头一跑，向门口一拦，凤喜就把床上的钞票向被褥底下乱塞。沈三玄走到外面屋子里，对沈大娘道："大嫂！刚才我在院子里听到说，刘将军要请大姑娘听戏，这是难得的，人家给的这个面子可就大了，为什么不能去？他既然是和尚太太算朋友，咱们高攀一点，也算是朋友。"沈大娘连忙拦住道："这又碍着你什么事？要你噼里啪啦说上一阵子。"沈三玄有一句话待说，吸了一口气，就笑着忍回去了。他嘴里虽不说，走回房去，心里自是暗喜。

当下沈大娘装着要睡，就去早早的关了北屋子门。这才到凤喜屋子里来将钞票细细的点了五次，共是七百二十元。沈大娘一屁股坐在床上，拉着凤喜的手，微笑着低声道："孩子，咱们今年这运气可不算坏啊！凑上樊大爷留下的钱，这就是上千数了。要照着放印子钱那样的盘法，过个周年半载，咱们就可以过个半辈子了。"凤喜听了，也是不住地微笑。到了睡觉的时候，在枕头上还不住地盘算那一注子钞票，应该怎样花去。若是放在家里，钱太多了，怕出什么乱子；要存到银行里去，向来又没有经历过，不知道是怎么一个手续；要是照母亲的话，放印子钱，好是好，自己家里，也借过印子钱用的，借人家三十块钱，作为铜子一百吊，每三天还本利十吊，两个月还清，整整是个对倍，母亲还一回钱，背地里就咒人家一次，总说他吃一个死一个，自己放起印子钱来，人家又不是一样的咒骂吗？想了大半晚上，也不曾想出一个办法。有了这多钞票，一点好处没有得到，倒弄得大半晚没有睡好。

次日清晨，一觉醒来，连忙就拿了钥匙去开小箱子，一见钞票还是整卷的塞在箱子犄角上，这才放了心。沈大娘一脚踏进房来，张着大嘴，轻轻地问道："你干什么？"凤喜笑道："我做了一个噩梦。"说了将手向沈三玄的屋子一指道："梦到那个人把钱抢去了，我和他夺来着，夺了一身的汗，你摸摸我的脊梁。"沈大娘笑道："我也是闹了一晚上的梦。别提了，闹得酒鬼知道了，可真是个麻烦。"

她母女二人这样的提防沈三玄，但是沈三玄一早起来，就出门去了，到晚半天他才回家，一见着凤喜，就拱了拱手道："恭喜你发了一个小财呀。我劝你去，这事没有错吧！"凤喜道："我发了什么财？有钱打天上掉下来吗？"沈三玄笑道："虽然不能打天上掉下来，反正也来得很便宜。昨晚在尚家打牌，你赢了好几百块钱，那不算发个小财吗？反正我又不想分你一文半文，瞒着我做什么？我刚才到尚公馆去，遇到那黄副官，他全对我说了，还会假吗？他说了呢，尚太太今天晚上在第一舞台包了个大厢，要请你去听戏，让我回来先说一声，大概等一会就要派汽车来接你了。"凤喜因道："我赢是赢了一点款子，可是借了雅琴姐两三百块，还没有还她呢。"沈三玄连连将手摇着道："这个我管不着，我是问你听戏不听戏？"

当下凤喜犹豫一阵，却没有答应出来。因见沈大娘在自己屋子里，便退到屋子里问她道："妈！你说我去还是不去呢？要是去的话，一定还有尚师长、刘将军在内，老和爷们在一处，可有些不便。况且是晚晌，得夜深才能回来。要是不去，雅琴待我真不错；况且今天又是为我包的厢，我硬要扫了人家面子，可是怪不好意思的。"她说着这话，眉头皱了很深。沈大娘道："这也不要什么紧，愁得两道眉毛拴疙瘩做什么？你就坐了他们的车子到戏馆子去走一趟，看一两出戏，早早的回来就是了。"沈三玄在外面屋子里听到这话，一拍手跳了起来道："这不结了！有尚太太陪在一块儿，原车子来，原车子去，要什么紧！掇饰掇饰换了衣服等着吧！汽车一来，这就好走。"凤喜虽觉得他这话，有点偏于奉承，但是真去坐着包厢听戏，可不能不修饰一番。因此扑了一扑粉，又换了一件自己认为最得意的英绿纺绸旗衫。因为家树在北京的时候，说她已经够艳丽的了，衣服宁可清淡些。而况一个做女学生的人，也不宜穿得太华丽了。所以在凤喜许多新装项下，这一件衣服，却是上品。

凤喜换了衣服，恰好尚师长派来接客的汽车也就刚刚开到。押汽车的护兵已经熟了，敲了门进来就在院子里叫道："沈太太！我们太太派车子来接小姐了。"沈大娘从来不曾经人叫过太太，在屋子里听到这声太太，立刻笑了起来道："好好！请你们等一等吧。"两个护兵答应了一声"是"。沈大娘于是笑着对凤喜道："人家真太客气了，你就走吧。"凤喜笑着出了门，沈大娘本想送出去的，继而一想，那护兵都叫了我是太太，自己可不要太看不起自己了，哪有一个太太，黑夜到大门口来关门的！因此只在屋子里叫一声："早些回来吧。"凤喜正自高兴，一直上汽车去，也没有理会她那句话。

这汽车一直开到第一舞台门口，另有两个护兵站了等候。一见凤喜从汽车上下来，就上前叫着"小姐"，在前引路。二门边戏馆子里的守门与验票人，共有七八个。见着凤喜前后有四个拜盒子炮的，都退后一步，闪在两旁，一齐鞠着躬。还有两个人说："小姐，你来啦？"凤喜怕他们会看出不是真小姐来，就挺着胸脯子并不理会他们，然后走了进去。到了包厢里，果然是尚师长夫妇和刘将军在那里。这是一个大包厢，前面一排椅子，可以坐四个人。凤喜一进来，他们都站起来让座。一眼看见刘将军坐在北头，正中空了一把椅子，是紧挨着他的，分明这就是虚席以待的了。本当不坐，下手一把椅子却是雅琴坐的，她早是将身子一侧，把空椅子移了一移，笑道："我们一块儿坐着谈谈吧。"凤喜虽看到身后有四张椅子，正站着一个侍女、两个女仆，自己决不能与她们为伍，只得含着笑坐下来。刚一落座，刘将军便斟了一杯茶。双手递到她面前栏杆扶板上，还笑着叫了一声"沈小姐喝茶"，接上又把碟子里的瓜子、花生、糖、陈皮梅、水果之类，不住地抓着向面前递送。凤喜只能说着"不要客气"，可没有法子禁止他。这个时候，台上正演的是一出《三击掌》，一个苍髯老生呆坐着听，一个穿了官服的旦角，慢慢儿的唱，一点引不起观客的兴趣。因之满戏园子里，只听到一种轰隆轰隆闹蚊子的声浪，先是少数人说话，后来听不见唱戏，索性大家都说话。刘将军也就向着凤喜谈话，问她在哪家学校，学校里有些什么功课。由学校里，又少不得问到家里。刘将军听她说只有一个叔叔，闲在家里，便问："从前他干什么的呢？"凤喜想要说明，怕人家看不起，红着脸，只说了一句"是做生意"，刘将军也就笑了。

这里凤喜越觉得不好意思，就回转头来和雅琴说话。只见她项脖上挂了一串珠圈，在那雪青绸衫上，直垂到胸脯前，却配衬得很明显，因笑问道："这珠子买多少钱啦？"她问时，心里也想着，曾见人在洋货铺里买的，不过是几毛钱罢了。她的虽好，大概也不过一两块钱。心里正自盘算着，可不敢问出来。不料雅琴答复着道："这个真倒是真的，珠子不很大，是一千二百块钱买的。"凤喜不觉心里一跳，复又问一声道："多少钱呢？"雅琴道："一千二百块钱买的，贵了吗？有人说只值八九百块钱呢。"凤喜将手托了珠圈，偏着头做出鉴赏的样子，笑道："也值呢！前些时我看过一副不如这个的，还卖这样的价钱呢。"只在这时，凤喜索性看了看雅琴穿的衣服，只觉那料子又细又亮，可是不知道这个该叫什么名字。再看那料子上，全用了白色丝线绣着各种白鹤，各有各式的样子，两只袖口和衣襟的底摆，却又绣了浪纹与水藻，都是绿白的丝线配成的。这一比自己一件英绿的半新纺绸旗衫，清雅都是一样，然而自己一方，未免显着单调与寒酸起来。估量着这种衣料，又不知道要值一百八十，自己不要瞎问，给人笑话。于是就把词锋移到看戏上去，问唱的戏是什么意思？戏词是怎样？雅琴望着刘将军，将嘴一努，笑道："喏！你问他，他是个老戏迷，大概十出戏，他就能懂九出。"

凤喜自从昨日刘将军放一牌和了清一色，就觉得和这人说话有点不便。但是人家总是一味地客气，怎能置之不理！他滔滔不绝地说着，凤喜也只好带一点笑容，半晌答应一句很简单的话。大家正将戏看得有趣，那尚师长忽然将眉毛连皱了几皱，因道："这戏馆子里空气真坏，我头晕得天旋地转了。"雅琴听说，连忙掉转身来，执着尚师长的手，轻轻地道："今天的戏也不大好，要不，我们先回去吧。"尚师长道："可有点对不……"刘将军一迭连声的说："不要紧，不要紧，回头沈小姐要回家，我可以用车送她回去的。"凤喜听说，心里很不愿意。但是自己既不能挽留有病的人不回家，就是自己要说回去，也有点和人存心闹别扭似的，只是站了起来，踌躇着说不出所以然来。在她这踌躇期间，雅琴已是走出了包厢，连叫了两声"对不住"，说"改天再请"，于是她和尚师长就走了。

这里凤喜只和刘将军两人看戏，椅后的女仆，早是跟着雅琴一同回去。这时凤喜虽然两只眼注射在台上，然而台上的戏，演的是些什么情节，却是一点也分不出来。本来坐着的包厢，临头就有一架风扇，吹得非常凉快的，偏是身上由心里直热出来，热透脊梁，仿佛有汗跟着向外冒。肚子里有一句要告辞回家的话，几次要和刘将军说，总觉突然，怕人家见怪。本来刘将军就处处体贴，和人家同坐一个包厢，多看一会儿戏，也很不算什么，难道这一点面子都不能给人？因此坐在这里，尽管是心不安，那一句话始终不能说出来，还是坐着。刘将军给她斟了一杯茶，她笑着欠了一欠身子。刘将军趁着这机会望了她的脸道："沈小姐！今天的戏不大很好，这个礼拜六，这儿有好戏，我请沈小姐再来听一回，肯赏光吗？"凤喜听说，顿了一顿，微笑道："多谢！怕是没有工夫。"刘将军笑道："现在是放暑假的时候，不会没有工夫。干脆，不肯赏光就是了。既不肯赏光，那也不敢勉强。刚才沈小姐看着尚太太一串珠链，好像很喜欢似的，我家里倒收着有一串，也许比尚太太的还好，我想送给沈小姐，不知道沈小姐肯不肯赏收？"凤喜两个小酒窝儿一动，笑道："那怎样敢当！那怎样敢当！"刘将军道："只要肯收，我一定送来。府上在大喜胡同门牌多少号？"凤喜道："门牌五号，可是将军送东西去，万不敢当的。"说着又笑了——由这里起，两人索性谈起话来，把戏台上的戏都忘了。说着话，不知不觉戏完了。刘将军笑道："沈小姐！让我送你回去吧。夜深了，雇车是不容易的。"凤喜只说"不客气"，却也没有拒绝。刘将军和她一路出了戏院门。刘将军的汽车是有护兵押着的，就停放在戏院门口。要上车之际，刘将军不觉揽了凤喜一把，跟着一同坐上车去。上车以后，刘将军却吩咐站在车边的护兵，不必跟车，自走了回去。随手又把车篷顶上嵌着的那盏干电池电灯给拧灭了。

汽车走得很快，十分钟的时间，凤喜已经到了家门口。刘将军拧着了电灯，小汽车夫便跳下车来开了车门。凤喜下了车，刘将军连道："再见再见！"凤喜也没有作声，自去拍门。门铃只一响，沈大娘一迭连声答应着出来开了门。一面问道："就是前面那汽车送你回来的吗？我是叫你去了早点回，还是等戏完了才回来吗？一点多钟了，这真把我等个够。"凤喜低了头，悄然无语的走回房去。沈大娘见她如此，也就连忙跟进房来。见她脸上红红的，额前垂发，却蓬松了一点。轻轻问道："孩子，怎么了？"凤喜强笑道："不怎么样呀？干吗问这句话？"沈大娘道："也许受了热吧？瞧你这不自在的样子。"凤喜道："可不是！"沈大娘觉着尚太太请听戏，也不至于有什么岔事，也就不问了。

这里凤喜慢慢地换着衣履，却在衣袋里又掏出一卷钞票来，点了一点，乃是十元一张的三十张。心想：这钱要不要告诉母亲呢？当他在汽车上，捉着我的手，把钞票塞我手里的时候，说"这三百块钱，拿去还尚太太的赌本吧"，我不该收他的就好了，因之让他小看了我。就说"沈小姐，你以为我不知道你的历史吗？你和从前的尚太太干一样的事情哩。"他能说出这话来，所以他就毫无忌惮了。想到这里，呆呆的坐在小铁床上。左手捏着那一卷钞票，右手却伸了食指、中指两个指头，去抚摩自己的嘴唇。想到这里，起身掩了房门又坐下，心想他说明天还要送一串珠圈给我，若是照雅琴的话，要值一千多块钱。一个新见面的人，送我这重的礼，那算什么意思呢？据他再三的说，他的太太是去世了的，那么，他对于我……想到这里，不由得沉沉地想。

凤喜一手扶了脸，正偏过头去，只见壁上挂着的家树半身相，微笑的向着自己。也不知什么缘故，忽然打了一个寒噤，接上就出了一身冷汗，不敢看了。于是连忙将枕头挪开，把那一卷钞票，塞在被褥底下。就只这一掀，却看见那里有家树寄来的几封信，将信封拿在手上，一封一封的将信纸抽出来看了一看。信上所说的，如"自别后，看见十六七岁的女郎就会想到你"；"我们的事情，慢慢地对母亲说，大概可望成功。我向来不骗母亲，为了你撒谎不少，我说你是个穷学生呢，母亲倒很赞成这种人。以后回北京我们就可以公开的一路走了";"母亲完全好了,我恨不得飞回北京来。因为我们的前途,将来是越走越光明的。我要赶回来过过这光明的爱情日子";"我们的爱情绝不是建筑在金钱上,我也绝不敢把这几个臭钱来侮辱你。但是我愿帮助你能够自立,不至于像以前去受金钱的压迫"。这些话,在别人看了,或者觉得很平常,凤喜看了,便觉得句句话都打人自己的心坎里。看完信之后,不觉得又抬头看了一看家树的相,觉得他在镇静之中,还含着一种安慰人的微笑。他说绝不敢拿金钱来侮辱我,但是愿帮助我自立,不受金钱的压迫,这是事实。要不然他何必费那些事送我进职业学校呢?在先农坛唱大鼓书的时候,他走来就给一块钱,那天他绝没有想到和我认识的,不过是帮我罢了。不是我们找他,今天当然还是在钟楼底下卖唱。现在用他的钱,培植自己成了一个小姐,马上就要背着他做对不住他的事,那么,良心上说得过去吗?那刘将军那一大把年纪,又是一个粗鲁的样子,哪有姓樊的那样温存!姓刘的虽然能花钱,我不用他的钱,也没有关系。姓樊的钱,虽然花得不像他那样慷慨,然而当日要没有他的钱,就成了叫花子了。想着又看看家树的相,心里更觉不安。有了,我今天以后,不和雅琴来往也就是了。于是脱了衣服,灭了电灯,且自睡觉。

凤喜一挨着枕头,却想到枕头下的那一笔款子,更又想到刘将军许的那一串珠子,想到雅琴穿的那身衣服,想到尚师长家里那种繁华,设若自己做了一个将军的太太,那种舒服,恐怕还在雅琴之上。刘将军有些行动,虽然过粗一点,那正是为了爱我。哪个男子又不是如此的呢?我若是和他开口,要个一万八千,决计不成问题,他是照办的。我今年十七岁,跟他十年也不算老。十年之内,我能够弄他多少钱!我一辈子都是财神了。想到这里,洋楼、汽车、珠宝,如花似锦的陈设,成群结队的用人,都一幕一幕在眼面前过去。这些东西,并不是幻影,只要对刘将军说一声"我愿嫁你",一齐都来了。生在世上,这些适意的事情,多少人希望不到,为什么自己随便可以取得,倒不要呢?虽然是用了姓樊的这些钱,然而以自己待姓樊的而论,未尝对他不住。退一步说的话,就算白用了他几个钱,我发了财,本息一并归还,也就对得住他了。这样掉背一想,觉得情理两合。于是汽车,洋房,珠宝,又一样一样的在眼前现了出来。凤喜只觉富贵逼人来,也不知道如何措置才好。仿佛自己已是贵夫人,就正忙着料理这些珠宝财产,却忘了在床上睡觉。

正是这样神魂颠倒的时候,忽有一种声音,破空而来,将她的迷梦惊醒,好像家树就在面前微笑似的。要知道这是一种什么声音,下回交代。

012　比翼羡莺俦还珠却惠　舍身探虎穴鸣鼓怀威

却说凤喜睡在床上，想了一宿的心事，忽然当当当一阵声音，由半空传了过来，倒猛然一惊。原来离此不远，有一幢佛寺，每到天亮的时候，都要打上一遍早钟，凤喜听到这种钟声，这才觉得颠倒了一夜。心想，我起初认识樊大爷的时候，心里并没有这样乱过，今天我这是为着什么？这刘将军不过是多给我几个钱，对于情义两个字，哪里有樊大爷那样体贴！樊大爷当日认得我的时候，我是什么样子？现在又是什么样子？那个时候没有饭吃，就一家都去巴结人家。而今还吃着人家的饭，看着别人比他阔，就不要他，良心太讲不过去了。这时窗纸上慢慢地现出了白色，屋子里慢慢地光亮。睁眼一看，便见墙上所挂着家树的相，正向人微笑。凤喜突然自说了一句道："这是我不对。"沈大娘正也醒了，便在那边屋子问道："孩子！你嚷什么？说梦话吗？"凤喜因母亲在问，索性不作声，当是说了梦话，这才息了一切的思虑。睡到正午十二点钟以后，方才醒过来。

凤喜起床后，也不知道是何缘故，似乎今日的精神，不如往日那样自然。沈大娘见她无论坐在哪里，都是低了头，将两只手去搓手绢，手绢不在手边，就去卷着衣裳角，因问道："你这是怎么了？别是昨夜回来着了凉吧？本来也就回来得太晚一点啦。"凤喜对于此话也不承认，也不否认，总是默然的坐着。一人坐在屋子里，正想到床头被褥下，将家树寄来的信，又看上一遍，一掀被褥，就把刘将军给的那卷钞票看到了，便想起这钱放在被褥下，究是不稳当。就拿着点了一点数目，打开自己装零碎什物的小皮箱，将钞票收进去。正关上箱子时，只听得沈三玄由外面一路嚷到北屋子里来，说是刘将军派人送东西来了。凤喜听了这话，倒是一怔，手扶了小箱子盖，只是呆呆的站着。

过了一会子，沈大娘自己捧了一个蓝色细绒的圆盒子进来，揭开盖子双手托着，送到凤喜面前，笑道："孩子！你瞧，人家又送这些东西来了。"凤喜看了，只是微微一笑。沈大娘道："我听说珍珠玛瑙，都是很值钱的东西，这大概值好几十块钱吧。"凤喜道:"赶快别嚷,让人听见了,说咱们没有见过世面。雅琴姐一挂,还不如这个呢,都值一千二百多,这个当然不止呢。"沈大娘听了这话,将盒子放在小茶桌上,人向后一退,坐在床上,半晌说不出话来,只望了凤喜的脸。凤喜微笑道:"你以为我冤你吗?我说的是真话。"沈大娘轻轻一拍手道:"想不到,一个生人,送咱们这重的礼,这可怎么好?"这时,沈三玄道:"大嫂!人家送礼的,在那里等着哩。他说让咱们给他一张回片;他又说,可别赏钱,赏了钱,回去刘将军要革掉他的差事。"凤喜听说,和沈大娘都笑了。于是拿了一张沈凤喜的小名片,让来人带了回去。

这个时候,刘将军又在尚师长家里,送礼的人拿了名片,一直就到尚家回信。刘将军正和尚师长在一间私室里,躺着抽大烟。铜床下面横了一张方凳子,尚师长的小丫头小金翠儿,烧着烟两边递送。刘将军横躺在三个叠着的鸭绒方枕上,眼睛鼻子歪到一边,两只手捧着烟枪塞在嘴里,正对着床中间烟盘里一点豆大的灯光,努力的吞吸。屋顶上下垂的电扇,远远有风吹来,微微的拂动绸裤脚,他并不理会,加上那灯头上烟泡子叽里呼噜之声,知道他吸得正出神了。就在这个时候,送礼的听差一直到屋子里来回话。刘将军一见他,翻了眼睛,可说不出话来,却抬起一只手来,向那听差连招了几招,一口气将这筒烟吸完,一头坐了起来,抿紧了嘴不张口。小金翠儿连忙在旁边桌上斟了一杯茶,双手递到刘将军手上。他接过去,昂起头来,咕嘟一声喝了,然后喷出烟来,在面前绕成了一团,这才问道:"东西收下了吗?"听差道:"收下了。"说着,将那张小名片呈了过去。刘将军将手一挥,让听差退出去,然后笑着把名片向嘴上一贴,叫了一声:"小人儿!"

尚师长正接过小金翠儿烧好的烟要吸,见他有这个动作,便放下烟枪,笑着叫了他的名字道:"德柱兄!瞧你这样子,大概你是自己要留下来的了。我好容易给大帅找着一个相当的人儿,你又要了去。"刘将军笑道:"我们大爷有的是美人,你给他找,缓一步要什么紧!"尚师长也坐了起来,拍了一拍刘将军的肩膀道:"人家是有主儿的,不是落子馆里的姑娘,出钱就买得来的。"刘将军道:"有主儿要什么紧!漫说没出门,还是人家大闺女。就算出了门子,让咱们爷们爱上了,会弄不到手吗?你猜怎么着?"说到这里,眼望着小金翠儿,就向尚师长耳朵里说了几句。尚师长道:"这是昨晚晌的事吗?我可不敢信。"刘将军道:"你不信吗?我马上试验给你看看。"于是将床头边的电铃按了一按,吩咐听差将自己的汽车开到沈小姐家去,就说刘将军在尚师长家里,接沈小姐到这里来打小牌玩儿。听差传话出去,两个押车的护兵就驾了汽车，飞驰到沈家来。

　　这时，凤喜正坐在屋子里发愁，她一手撑了桌子托着头，只管看着玻璃窗外的槐树发呆。一枝横枝上，正有两个小麻雀儿站着，一个小麻雀儿站着没动，一个小麻雀儿在那麻雀左右，展着小翅膀，摇动着小尾巴，跳来跳去，口里还不住喳喳的叫着。沈大娘坐在一张矮凳上，拿了一柄蒲扇，有一下没一下的招着，轻轻地道："这事透着奇怪。干吗他送你这些东西哩？照说咱们不怕钱咬了手。可知道他安着什么心眼儿哩？我也不知道怎么回事。今天只是心里跳着，也不知道是爱上了这些钱，也不知道是怕事。"说时用手摸了一摸胸口。凤喜道："我越想越怕了，樊大爷待咱们那些个好处，咱们能够一掉过脸来就忘了吗？"

　　正说到这里，只听见院子里有人叫道："密斯沈在家吗？"凤喜向玻璃窗外看时，只见她的同学双璧仁，站在槐树荫下。她穿着一件水红绸敞领对襟短衣，翻领外套着一条宝蓝色长领带，光着一大截胳膊，和一片白胸脯在外面；下面系着宝蓝裙子，只有一尺长，由上至下，露着整条套着白丝袜的圆腿；手上却挽着一顶细梗草帽。凤喜笑道："嚯！打扮得真俏皮，上哪儿打拳去？"一面说着，一面迎出院子来。双璧仁笑道："我知道你有一支好洞箫，今天借给我们用一用，行不行？"凤喜道："可以。谈一会儿再去吧，我闷得慌呢！"双璧仁笑道："别闷了，你们密斯脱樊快来了。我今天可不能坐，大门外还有一个人在那里等着呢！"凤喜笑道："是你那人儿吗？"双璧仁笑着咬了下唇，点了点头。凤喜道："不要紧，也可以请到里面来坐坐呀！"双璧仁道："我们上北海划船去，不在你这儿打搅了。"凤喜点了点头，就不留她了，取了洞箫交给她，携着她的手，送出大门。果然一个西装少年，正在门口徘徊，见了凤喜，笑着点了一个头，就和双璧仁并肩而去。双璧仁本来只有十七八岁，这西装少年，也不过二十边，正是一对儿。她心里不由得想着，郎才女貌，好一个黄金时代啊！论起樊大爷来，不见得不如这少年；只是双女士是位小姐，我是个卖艺的，这却差远了。然而由此可知樊大爷更是待我不错。望着他二人的后影，却呆呆的站住。

　　一阵汽车车轮声，惊动了凤喜的知觉。那一辆汽车，恰好停在自己门口，凤喜连忙缩到屋子里去。一会便听到沈大娘嚷进来，说是刘将军派汽车来接，到尚师长家里去打小牌玩儿。凤喜皱眉道："今天要我听戏，明天要我打牌，咱们这一份儿身份，够得上吗？我可不去。"沈大娘道："呀！你这是什么话呢？人家刘将军和咱们这样客气，咱们好意思驳回人家吗？"凤喜掀着玻璃窗上的纱幕，向外看了一看，见沈三玄不在院子里，便回转头来，正色向沈大娘道："妈！我现在要问你一句话，设若你现在也是一个姑娘，要是找女婿的话，你是愿意像双小姐一样，找个品貌相当的人，成双成对呢？还是只在乎钱，像雅琴姐，去嫁一个黑不溜秋的老粗呢？"沈大娘听她这话，先是愣住了，后就说道："你的话，我也明白了。可是什么师长，什么将军，全是你自己去认得的，我又没提过半个字。"凤喜道："那就是了，什么废话也不用说。劳你驾，你给我走一趟，把这个珠圈和他给我的款子，送还给他。咱们不是陪老爷们开心的，他有钱，到别地方去抖吧。"说着，忙开了箱子，把珠圈和那三百元钞票，一齐拿了出来，递给沈大娘。沈大娘见凤喜的态度这样坚决，便道："你不去就不去，他还能把你抢了去吗？干吗把这些东西送还他呢？"凤喜冷笑道："你不想想他送这些东西给我们干吗的吗？你收了他的东西，要想不去，可是不成呢。我刚才不是说了吗，你是不是光贪着钱呢？你既然不是光贪着钱，那我就请你送回去。"沈大娘将东西捧在手里，不免要仔细筹划一番，尤其是那三百元钞票，事先并不知道有的，原来昨晚刘将军送她回家，还给了这些钱，怪不得闹着一宿都不安了。因点了点头道："我哪有不乐意发财的！不过这个钱，倒是不好收。你既然是不肯收，自然你的算盘打定了的。那么，我也犯不着多你的什么事，就给你送回去。可是这事别让酒鬼知道，我看这件事，他是在里头安了心眼儿的。"凤喜冷笑道："这算你明白了。"

沈大娘又犹疑了一阵子，看看珠子，又看看钞票，叹了一口气，就走出去对来接的人道："我们姑娘不大舒服，我亲自去见你们将军道谢吧。"接的人，本不知道这里面的事情，现在见有这屋里的主人出来，不愁交不了差，便和沈大娘一路去了。凤喜很怕沈三玄知道，又要来纠缠，因此躲在屋里也不敢出去。不多一会儿，只听沈三玄在院子里叫道："大嫂！我出去了，你来带上门。今天我们大姑娘，又不定要带多少钞票回来了，明天该给我几个钱去买烟土了吧。"说毕，唱着"孤离了龙书案"的二簧，走出门去了。凤喜关了门，一人在院子里徘徊着，却听到邻居那边有妇人的声音道："唉！我是从前错了，图他是个现任官，就受点委屈跟着他。可是他倚恃着他有几个臭钱，简直把人当牛马看待。我要不逃出来，性命都没有了。"又一妇人答道："是啊！年轻轻儿的，干吗不贪个花花世界？只瞧钱啊。你没听见说吗，当家是个年轻郎，餐餐窝头心不凉。大姐！你是对了。"凤喜不料好风在隔壁吹来，却带来这种安慰的话，自然的心旷神怡起来。

约有一个半小时，沈大娘回来了。这次，可没有那带盒子炮的护兵押汽车送来，沈大娘是雇了人力车子回来的。不等到屋里，凤喜便问："他们怎样说？"沈大娘道："我可怕官，不敢见什么将军。我就一直见着雅琴，说是不敢受人家这样的重礼，况且你妹子，是有了主儿的人，也不像从前了。雅琴是个聪明人，我一说，她还有什么不明白！她也就不往下说了。我在那儿的时候，刘将军请她到前面客厅里说话去的，回来之后，脸上先是有点为难似的，后来也就很平常了。我倒和她谈了一些从前的事才回来，大概以后他们不找你来了。"凤喜听了这话，如释重负，倒高兴起来。到了晚上，原以为沈三玄知道了一定要啰唆一阵的，不料他只当不知道，一个字也不提。

到了第三日，有两个警察闯进来查户口，沈三玄抢着上前说了一阵，报告是唱大鼓书的，除了自己，还有一个侄女凤喜，也是干这个的。凤喜原来报户口是学界，叔叔又报了是大鼓娘，很不欢喜。但是他已经说出去了，挽回也来不及，只得罢了。

又过了一天，沈三玄整天也没出去。到了下午三点钟的时候，一个巡警领了三个带盒子炮的人，冲了进来，口里先嚷道："沈凤喜在家吗？"凤喜心想谁这样大名小姓的，一进门就叫人？掀了玻璃窗上的白纱一看，心里倒是一怔：这为什么？这个时候，沈三玄迎了上前，就答道："诸位有什么事找她？"其中一个护兵道："你们的生意到了。我们将军家里今天有堂会，让凤喜去一个。"沈大娘由屋子里迎了出去道："老总！你错了，凤喜是我闺女，她从前是唱大鼓，可是现在她念书，当学生了，怎么好出去应堂会？"一个护兵道："你怎么这样不识抬举？咱们将军看得起你，才叫你去唱堂会，你倒推诿起来。"第二个护兵就道："有工夫和他们说这些个吗？揍！"只说了一个"揍"字，只听砰的一声，就碎了门上一块玻璃。沈三玄却作好作歹，央告了一阵，把四个人劝到他屋子里去坐了。

沈大娘脸上吓变了色，呆坐在屋子里，作声不得。凤喜伏在床上，将手绢擦着眼泪。沈三玄却同一个警察一路走了进来，那警察便道："这位大娘！你们姑娘，现在是学生，我也知道。我天天在岗位上，就看见她夹了书包走过去的。可是你们户口册上，报的是唱大鼓书。人家打着官话来叫你们姑娘去，这可是推不了的。再说……"沈大娘生气道："再说什么？你们都是存心。"沈三玄便对巡警笑道："你这位先生，请到外面坐一会儿，等我慢慢地来和我大嫂说吧。"说着，又拱了拱手，巡警便出去了。沈三玄对沈大娘道："大嫂！你怎么啦？我们犯得上和他们一般见识吗？说翻了，他真许开枪。好汉不吃眼前亏，他们既然是驾着这老虎势子来了，肯就空手回去吗？我想既然是堂会，自然不像上落子馆，让大姑娘对付着去一趟，早早的回来，就结了。谁叫咱们从前是干这个的！若说将来透着麻烦，咱们趁早找房子搬家，以后隐姓埋名，他也没法子找咱们了。你若是不放心，我就和大姑娘一路去。再说堂会里，也不是咱们姑娘一个人，人家去得，咱们也去得，要什么紧！"

沈大娘正想驳三玄的话，在竹帘子缝里，却见那三个护兵，由三玄屋子里抢了出来。其中有一个，手扶着装盒子炮的皮袋，向着屋子里瞪着眼睛，喝道："谁有这么些工夫和你们废话，去，不去，干脆就是一句。你若是不去，我们有我们的打算。"说着话时，手就去解那皮袋的扣子，意思好像是要抽出那盒子炮来。沈大娘"哟"了一声，身子向旁边一闪，脸色变成白纸一般。沈三玄连连摇手道："不要紧！不要紧！"说着，又走到院子里去，赔着笑作揖道："三位老总！再等一等吧。她已经在换衣服了，顶多还有十分钟，请抽一根烟吧。"说着，拿出一盒烟卷，弓着身子，一人递了一支，然后笑着又拱了一拱手。那三个护兵，经不住他这一份儿央告，又到他屋子里去了。

当下沈三玄将脑袋垂得偏在肩膀上，显出那万分为难的样子，走进屋来，皱着眉对沈大娘道："你瞧我这份为难。"又低了一低声音道："我的嫂嫂！那枪子儿，可是无情的。若是真开起枪来，那可透着麻烦。"沈大娘这两天让刘将军、尚师长一抬，已经是不怕兵，现在让盒子炮一吓，又怕起来了，一句话也说不出。沈三玄道："姑娘！你瞧你妈这份儿为难，你换件衣服，让我送你去吧。"

凤喜这时已哭了一顿子，又在窗户下躲着看了一阵，见那几个护兵，在院子里走来走去，那大马靴只管走着咯吱咯吱的响，也呆了。听了三玄说陪着一路去，胆子略微壮了一些，正要到外面屋子里去和母亲说两句，两只脚却如钉在地上一般，提不起来。停了一停，扶着壁子走出来，只见她母亲两只胳膊互相抱着，浑身如筛糠一般的抖。凤喜将两手慢慢地抚摸着头发，望了沈大娘道："既是非去不可，我就去一趟，反正也不能把我吃下去。"沈三玄拍掌一笑道："这不结了！大姑娘！我陪你去，保你没事回来，你赶快换衣服去。"凤喜道："咱们卖的是嘴，又不是开估衣铺，穿什么衣服去。"

只在这时，已经有一个兵闯进屋来，问道："闹了半天，怎么衣服还没有换呢？我们上头有命令，差使办不好，回去交不了数，那可别怪我们弟兄们不讲面子了。"沈三玄连道："这就走！这就走！"说着话，将凤喜先推进屋子里去。随后两手拖起沈大娘离开椅子，也将她推进屋去。当她们进了屋子，其余两个兵，也进了外面屋子了。娘儿俩话也不敢说，凤喜将冷手巾擦了一擦脸上的泪痕，换了件长衣，走到外面屋子里，低声说道："走哇！"三个兵互相看着，微笑了一笑，走出了院子。沈三玄装出一个保护人的样子，紧紧跟随凤喜，一同上了汽车，一直开到刘将军家来。

一路上，凤喜心里想着，所谓堂会，恐怕是靠不住地事。我是个不唱大鼓书的人了，为什么一定要我去？及至到了刘将军家门首，一见汽车停了不少，是个请客的样子，堂会也就不假了。下了车，三玄已不见，就由两个护兵引导，引到一所大客厅前面来。客厅前帘子高挂，有许多人在里面。有躺在藤榻上的，有坐着说话的，有斜坐软椅上，两脚高高支起，抽着烟卷的，看那神情，都是大模大样。刘将军、尚师长也在那里，今天见面，那一副面孔，可就不像以前了，望着一睬也不睬。

这大厅外是个院子，院子里搭着凉棚，六七个唱大鼓书的姑娘，都在那里向着正面客厅坐着。凤喜也认得两三个。只得上前招呼，坐在一处。因为这院子里四围，都站着拿枪的兵，大姑娘们，都斯斯文文的，连咳嗽起来，都掏出手绢来捂住了嘴。坐了一会，由客厅里走出一个武装马弁，带了护兵，就在凉棚中间。向上列着鼓案，先让几个大鼓娘各唱了一支曲子。随后，客厅里电灯亮了，中间正摆着筵席，让客人座。

这时，刘将军将手向外一招道："该轮着那姓沈的小姐儿唱了，叫她就在咱们身边唱。"说着，用手向酒席边地上一指，表示是要她在那里唱的意思。马弁答应着，在外面将沈三玄叫了进来。沈三玄提着三弦子走到客厅里去，突然站定了脚，恭恭敬敬向筵席上三鞠躬。凤喜到了这种地步，也无可违抗，便低了头，走进客厅。沈三玄已是和别人借好了鼓板，这时由一个护兵捧了进来。所放的地方，离着筵席，也不过二三尺路。刘将军见她进来，倒笑着先说道："沈小姐！劳驾，我们可就不客气了。"说时，他用手上的筷子，照着席面，在空中画了一个大圈，然后将筷子向凤喜一指，笑道："诸位！你可别小瞧了人，这是一位女学生啦。我有心抬举她，和她交个朋友，她可使出小姐的身份，不肯理我。可是我有张天师的照妖镜，照出了她的原形。今天叫两个护兵，就把她提了来。今天我得让我的同行，和她的同行，比上一比，瞧瞧咱们可够得上交个朋友？"沈三玄听说，连忙放下三弦，走近前一步，向刘将军请了一个安，满面是笑道："将军！请你息怒，我这侄女儿，她是小孩子，不懂事。她得罪了将军，让她给将军赔上个不是，总让将军平下这口气。"刘将军眼睛一瞪道："你是什么东西？这地方有你说话的份儿？"说着，端起一杯酒，照着沈三玄脸上泼了过去。沈三玄碰了这样一个大钉子，站起来，便偏到一边去。

这时，尚师长已是伸手摇了两摇，笑道："德柱！你这是何必，犯得着跟他们一般见识。他既然是说，让凤喜给你赔不是，我们就问问他，这个不是，要怎样的赔法？"说着话时，偷眼看看凤喜，只见凤喜手扶着鼓架，背过脸去，只管抬起手来擦着眼睛；沈三玄像木头一般笔直的站着，便笑道："你这一生气不打紧，把人家逼得那样子。"说时，将手向沈三玄一挥，笑道："得！你先和她唱上一段吧。唱得刘将军一开心，不但不罚你，还有赏呢。"沈三玄借了这个机会，请了一个安，就坐下去，弹起三弦子来。

凤喜一看这种形势，知道反抗不得，只好将手绢擦了一擦眼睛，回转身来，打着鼓板，唱了一支《黛玉悲秋》。刘将军见她那楚楚可怜的模样儿，又唱得这样凄凉婉转，一腔怒气，也就慢慢消除。凤喜唱完，合座都鼓起掌来。刘将军也笑着吩咐马弁道："倒一杯茶给这姑娘喝。"尚师长便向凤喜笑道："怎么样？我说刘将军自然会好不是？你这孩子，真不懂得哄人。"他一说，合座大笑起来。凤喜心想，你这话分明是侮辱我，我凭什么要哄姓刘的？心里正在发狠，手上让人碰了一碰，看时，一个彪形大汉，穿了武装，捧了一杯茶送到面前来。凤喜倒吃了一惊，便勉强微笑着道了"劳驾"，接过茶杯去。刘将军道："凤喜！你唱得是不错，可是刚才唱的那段曲子，显着太悲哀，来一个招乐儿的吧。"尚师长道："那么，唱个《大妞儿逛庙》吧。"刘将军笑道："不！还是来个《拴娃娃》吧。"这一说，大家都看着凤喜微笑。

原来旧京的风俗，凡是妇人，求儿子不得的，或者闺女大了，没有找着婆婆家，都到东岳庙里去拴娃娃。拴娃娃的办法，就是身上暗藏~根细绳子，将送子娘娘面前泥型小孩，偷偷的拴上。这拴娃娃的大鼓词，就是形容妇人上庙拴娃娃的一段事情，出之于妙龄女郎之口，当然是一件很有趣的事了。而且唱这种曲子，不但是需要口齿伶俐，而且脸上总要带一点调皮的样子，才能合拍。若是板着一副面孔唱，就没有意思了。凤喜不料他们竟会点着这种曲子，正要说"不会"时，沈三玄就对她笑道："姑娘！你对付唱一个吧。"刘将军道："那不行！对付唱不行，一定得好好的唱。若是唱得不好，再唱一遍，再唱不好，还唱三遍，非唱好不能完事。"凤喜一肚子苦水，脸上倒要笑嘻嘻地逗着老爷们笑，恨不得有地缝都钻了下去。转身一想，唱好既是可以放走。倒不如哄着他们一点，早早脱身为妙。心思一变，马上就笑嘻嘻地唱将起来。满席的人，不像以前那样爱听不听的了，听一段，叫一阵好，听一段，叫一阵好。

风喜把这一段唱完，大家都称赞不已，就有人说："咱们都是拿枪杆儿的，要谈个赏罚严明。她先是得罪了刘将军，所以罚她唱，现在唱得很好，就应该赏她一点好处。"刘将军用两个指头拧着上嘴唇短胡子的尖端，就微微一笑。因道："对付这位姑娘，可是不容易说个赏字，我送过她上千块钱的东西，她都给我退回来了，我还有什么东西可赏呢？"尚师长笑道："别尽谈钱啦。你得说着人话，沈姑娘只谈个有情有义，哪在乎钱！"刘将军笑道："是吗？那就让你也来坐一个，咱们还交朋友吧。"说着，先向风喜招了一招手，接着将头向后一偏，向马弁瞪了一眼，喝道："端把椅子来，加个座儿。"看那些马弁，浑身武装，雄赳赳的样子，只是刘将军这一喝，他们乖得像驯羊一般，蚊子的哼声也没有。于是就紧靠着刘将军身旁，放下一张方凳子。风喜一想，那些武夫都是那样怕他，自己一个娇弱女孩子，怎样敢和他抵抗，只好大着胆子说道："我就在一边奉陪吧，这可不敢当。"刘将军道："既然是我们叫你坐，你就只管坐下。你若不坐下，就是瞧不起我了。"尚师长站起走过来，拖了她一只手到刘将军身边，将她一按，按着风喜在凳子上坐下。

这时，席上已添了杯筷，就有人给她斟上一满杯酒。刘将军举着杯子向她笑道："喝呀！"风喜也只好将杯子闻了一闻，然后笑道："对不住！我不会喝酒。"刘将军听她如此说，便表示不愿意的样子。停了半晌，才板着脸道："还是不给面子吗？"风喜回头一看，沈三玄已经走了，这里只剩她一人，立刻转了念头，笑道："喝是不会喝，可是这头一杯酒，我一定要喝下去的。"说着，端起杯子，一仰脖子，全喝下去了。喝完了，还对大众照了一照杯。杯子放下，马上在旁边桌上拿过酒壶，挨着席次，斟了一遍酒。每斟一位酒，都问一问贵姓，说两句客气话。这些人都笑嘻嘻地，端起杯子来，一饮而尽。到了最后，便是刘将军面前了，风喜笑着对他道："刘将军！请你先干了杯子里的。"刘将军更不推辞，将酒喝完了，便伸了杯子，来接风喜的酒。风喜斟着酒，眼睛向他一溜，低低的笑着道："将军！你还生我小孩子的气吗？"刘将军端着杯子也咕嘟一声喝完了，撑不住哈哈大笑道："我值得和你生气吗？来！咱们大家乐一乐吧。"于是向客厅外一招手，对马弁道："把她们全叫进来。"马弁会意，就把阶下一班大鼓娘，一起叫了进来。刘将军向着全席的客道："诸位别瞧着我一个人乐，大家快活一阵子。"

说时，那些来宾，如蜂子出笼一般，各人拉着一个大鼓娘，先狂笑一阵，这一桌酒席，也就趁此散了。有碰着合意的，便拉到一处坐了，碰不着合意的，又向别一对里面去插科打诨。

　　这里刘将军携着凤喜的手，同到一边一张沙发上坐下，笑道："你瞧人家是怎样找乐儿？那一天晚上，咱们分手，还是好好儿，为什么到了第二日，就把我的礼物，都退回哩？"凤喜被他拉住了手，心里想挣脱，又不敢挣脱，只得微笑道："无缘无故的，我怎样敢受将军这样重的礼哩。"她口里说着话，脚就在地下涂抹，那意思是说：我恨你！我恨你！刘将军笑道："在你虽然说是无缘无故，可是我送你的礼，是有缘有故呀。你很聪明，你难道还不明白？"他口里说着话，一只手抚摸着凤喜的胳膊，就慢慢向上伸。凤喜突然向上一站，手向回一缩，笑道："我母亲很惦记我的，我和你告假，我……"刘将军也站了起来，将手摆了两摆道："别忙呀！我还有许多话要和你说呢。"凤喜笑道："有话说也不忙呀！让我下次再来说就是了。"刘将军两眼望着她，好久不作声，耸着双肩，冷笑了一声，便吩咐叫沈三玄。

　　沈三玄被马弁叫到里面，不敢近前，只远远的垂手站着。刘将军道："我告诉你，今天我叫你们来，本想出我一口恶气，可是我这人心肠又软不过，你侄女直和我赔不是，我也不好计较了。你回去说，我还没有娶太太，现在的姨太太，也就和正太太差不多，只要你们懂事，我也不一定续弦的，我姓刘的，一生不亏人。叫你嫂子来，我马上给她几千块钱过活。你明白一点，别不识抬举！"刘将军越说越厉害，说到最后，瞪了眼，喝道："你去吧！她不回去，我留下了。"凤喜听了这一遍话，心里一急，一阵头晕目眩，便倒在沙发上，昏了过去。要知她生死如何，下回交代。

013　沽酒迎宾甘为知己死　越墙窥影空替美人怜

　　却说刘将军向沈三玄说出一番强迫的话，风喜知道没有逃出囚笼的希望，心里一急，头一发晕，人就向沙发椅子上倒了下去。沈三玄眼睁睁望着，可不敢上前搀扶。刘将军用手抚摸着她的额角，说道："不要紧的，我有的是熟大夫，打电话叫他来瞧瞧就是了。"这大厅里一些来宾，也立刻围拢起来。沈三玄不敢和阔人们混迹在一处，依然退到外面卫兵室里来听消息。不到十分钟，来了一个西医，一直就奔上房。有了一会儿，大夫出来了，他说："打了一针，又灌下去许多葡萄酒，人已经回转来了，只要休养一晚，明天就可以像好人一样的。"沈三玄听了这消息，心里才落下一块石头，只要她无性命之忧，在这里休养几天，倒是更好。不过心里踌躇着，她发晕了，要不要告诉嫂嫂呢？正在这时，刘将军派了一个马弁出来说："人已不要紧了，回去叫她母亲来，将军有话要对她说。"沈三玄料是自己上前不得，就回家去，把话告诉了沈大娘。沈大娘一听这话，心里乱跳，将大小锁找了一大把出来，将箱子以至房门都锁上了。出得大门，雇了一乘人力车，就向刘将军家来。

　　这时业已夜深，刘将军家里的宾客也都散了。由一个马弁将沈大娘引进上房，后又由一个老妈子，将沈大娘引上楼去。这楼前是一字通廊，一个双十字架的玻璃窗内，垂着紫色的帷幔，隔着窗子看那灿烂的灯光，带着鲜艳之色，便觉这里不是等闲的地方了。由正门穿过堂屋，旁边有一挂双垂的绿幔，老妈子又引将进去，只见里面金碧辉煌，陈设得非常华丽。上面一张铜床，去了上半截的栏杆。天花板上，挂着一幅垂钟式的罗帐，罩住了这张床。在远处看着，那电光映着，罗帐如有如无，就见凤喜侧着身子躺在里面，床前两个穿白衣的女子，坐着看守她。沈大娘曾见过，这是医院里来的人了。沈大娘要向前去掀帐子，那女看护对她摇摇手道："她睡着了，你不要惊动她，惊醒了她是很危险的。"沈大娘见女看护的态度是那样郑重，只好不上前，便问老妈子道："这是你们将军的屋子吗？"老妈子道："不是！原是我们太太的屋子，后来太太回天津，就在天津故世了，这屋子还留着。老太太你瞧瞧，这屋子多么好。你姑娘若跟了我们将军，那真是造化。"沈大娘默然，因问："刘将军哪里去了？"老妈子道："有要紧的公事，开会去了。大概今天晚晌，不能回家，他是常开会开到天亮的。"沈大娘听了这话，倒又宽慰了一点子。可是坐在这屋子里，先是女看护不许惊动凤喜，后来凤喜醒过来了，女看护又不让多说话。相守到了下半夜，两个女看护出去睡了，老妈子端了两张睡椅，和沈大娘一个人坐了一张，轻轻地对沈大娘道："我们将军吩咐了，只叫你来陪着你姑娘，可是不让多说话。你要有什么心事，等我们将军回来了，和我们将军当面说吧。"沈大娘到了这里，也不知道怎么回事，心里自然畏惧起来，老妈子不让多说话，也就不多说话。

夏日夜短，天快亮了，凤喜睡足了，已是十分清醒，便下床将沈大娘摇撼着。她醒过来，凤喜将手对老妈子一指，又摇了一摇，然后轻轻地道："我只好还装着病，要出去是不行的了。回头你去问问关家大叔，看他还有救我的什么法子没有？"说时，那老妈子在睡椅上翻着身，凤喜就溜上床去了。

沈大娘心里有事，哪里睡得着！约有六七点钟的光景，只听到窗外一阵脚步声，就有人叫道："将军来了。"那老妈子一个翻身坐起来，连连摇着沈大娘道："快起快起！"沈大娘起身时，刘将军已进门了，仿佛见绿幔外有两个穿黄色短衣服的人，在那里站着，自己打算要质问刘将军的几句话，完全吓回去了，还是刘将军拿了手上的长柄折扇指着她道："你是凤喜的妈吗？"沈大娘说了一个"是"字，手扶着身边的椅靠，向后退了一步。刘将军将扇子向屋子四周挥了一挥，笑道："你看，这地方比你们家里怎样？让你姑娘在这里住着，不比在家里强吗？"沈大娘抬头看了看他，虽然还是笑嘻嘻地样子，但是他那眼神里，却带有一种杀气，哪里敢驳他，只说得一个"是"字。刘将军道："大概你熬了一宿，也受累了，你可以先回去歇息歇息，晚半天到我这里来。我有话和你说。"沈大娘听他的话，偷一眼看了看凤喜，见她睡着不动，眼珠可向屋子外看着。沈大娘会意，就答应着刘将军的话，走出来了。

她记着凤喜的话，并不回家，一直就到关寿峰家来。这时寿峰正在院子里做早起的功夫，忽然见沈大娘走进来，便问道："你这位大嫂，有什么急事找人吗？瞧你这脸色！"沈大娘站着定了定神笑道："我打听打听，这里有位关大叔吗？"关寿峰道："你大嫂贵姓？"沈大娘说了，寿峰一掀自己堂屋门帘子，向她连招几下手道："来来！请到里面来说话。"沈大娘一看他那情形，大概就是关寿峰了，跟着进屋来，就问道："你是关大叔吗？"秀姑听说，便由里面屋子里走出来，笑道："沈大婶！你是稀客……"寿峰道："别客气了，等她说话吧，我看她憋着一肚子事要说呢。大嫂！你说吧。若是要我姓关的帮忙的地方，我要说一个不字，算不够朋友。"沈大娘笑道："你请坐。"自己也就在桌子边一张方凳上坐下。寿峰道："大嫂！要你亲自来找我，大概不是什么小事，你说你说！"说时，睁了两个大圆眼睛，望着沈大娘。沈大娘也忍耐不住了，于是把刘将军关着凤喜的事说了一遍，至于以前在尚家往来的事，却含糊其辞只说了一两句。

寿峰听了此言，一句话也不说，咚的一声，便将桌子一拍。秀姑给沈大娘倒了一碗茶，正放到桌子上，桌子一震，将杯子当啷一声震倒，溅了沈大娘一袖口水。秀姑忙着找了手绢来和她擦抹，只赔不是。寿峰倒不理会，跳着脚道："这是什么世界！北京城里，大总统住着的地方，都是这样不讲理。若是在别地方，老百姓别过日子了，大街上有的是好看的姑娘，看见了……"秀姑抢着上前，将他的手使劲拉住，说道："爸爸！你这是怎么了？连嚷带跳一阵子，这事就算完了吗？幸亏沈大婶早就听我说了，你是这样点爆竹的脾气，要不然，你先在自己家里，这样闹上一阵子，那算什么？"寿峰让他姑娘一劝，突然向后一坐，把一把旧太师椅子哗啦一声，坐一个大窟窿，人就跟着椅子腿，一齐倒在地下。沈大娘不料这老头子会生这么大气，倒愣住了，望着他做声不得。寿峰站起来也不言语，坐到靠门一个石凳上去，两手托了下巴，撅着胡子，兀自生气。一看那把椅子，拆成了七八十块木片，倒又扑哧一声，接上哈哈大笑起来，因站着对沈大娘拱拱手道："大嫂！你别见笑，我就是点火药似的这一股子火性，凭怎么样忍耐着，也是改不了。可是事情一过身，也就忘了。你瞧我这会子出了这椅子的气，回头我们姑娘一心痛，就该叨唠三天三宿了。"说时，不等沈大娘答词，昂头想了一想，一拍手道："得！就是这样办。这叫先下手为强，后下手遭殃。大嫂！你赞成不赞成？"秀姑道："回头又要说我多事了，你一个人闹了半天，也没有说出一个字来。你问人家赞成不赞成，人家知道赞成什么呢？"寿峰笑道："是了，我倒忘了和大嫂说。你的姑娘，若是照你说的话，就住在那楼上，无论如何，我可以把她救出来。可是这样一来，不定闯上多大的乱子。你今天晚上二更天，收拾细软东西，就带到我这里来。我这里一拐弯，就是城墙，我预备两根长绳子吊出城去。我有一个徒弟，住在城外大王庄，让他带你去住几时。等樊先生来了，或是带你们回南，或是就暂住在城外，那时再说。你瞧怎样？"沈大娘道："好是好，但是我姑娘在那里面，你有什么法子救她出来呢？"寿峰道："这是我的事，你就别管了。我要屈你在我这儿吃一餐便饭，不知道你可有工夫？也不光是吃饭，我得引几个朋友和你见见。"沈大娘道："若是留我有话说，我就扰你一顿，可是你别费事。"寿峰道："不费事不行，可也不是请你。"于是伸手在他裤带子中间挂着的旧褡裢里，摸索了一阵，摸出一元银币，又是些零碎铜子票，一齐交到秀姑手上道："你把那葫芦提了去，打上二斤白干，多的都买菜，买回来了，就请沈大婶儿帮着你做，我去把你几位师兄找来。"说毕，他找了一件蓝布大褂披上，就出门去了。

秀姑将屋子收拾了一下，不便留沈大娘一人在家里，也邀着她一路出门去买酒菜。回来时，秀姑买了五十个馒头，又叫切面铺烙十斤家常饼，到了十二点钟，送到家里去。沈大娘道："姑娘！你家请多少客？预备这些个吃的。"秀姑笑道："我预备三个客吃的。若是来四个客，也许就闹饥荒了。"

沈大娘听了秀姑的话，只奇怪在心里，陪着她到家，将菜洗做时，便听到门口一阵杂乱的脚步声。见先来的一个人，一顶破旧草帽，戴着向后仰，一件短褂，齐胸的纽扣全敞着，露出一片黑而且胖的胸脯子来。后面还有一个长脸麻子，一个秃子，都笑着叫"师妹"，抱了拳头作揖。最后是关寿峰，却倒提了一只羊腿子进来，远远的向上一举道："你周师兄不肯白吃咱们一餐，还贴一只羊腿，咱们烧着吃吧。"于是将羊腿放在屋檐下桌上，引各人进屋。沈大娘也进来相见，寿峰给她介绍：那先进来的叫快刀周，是羊屠夫；麻子叫江老海，是吹糖人儿的；秃子便叫王二秃子，是赶大车的。寿峰道："大嫂！你的事我都对他们说了，他们都是我的好徒弟，只要答应帮忙，掉下脑袋来，不能说上一个不字。我这徒弟他就住在大王庄，家里还种地，凭我的面子，在他家里吃上周年半载的窝窝头，决不会推辞的。"说时，就指着王二秃子。王二秃子也笑道："你听着，我师傅这年高有德的人，决不能冤你。我自己有媳妇，有老娘，还有个大妹子。我又整个月不回家。要说大姑娘寄居在我们那儿，是再能够放心没有的了。"江老海道："王二哥！当着人家大婶儿在这儿，干吗说出这样的话来？"王二秃子道："别那么说呀！这年头儿，知人知面不知心。十七八岁大姑娘，打算避难到人家家里去，能不打听打听吗？我干脆说出来，也省得人家不放心。话是不好听，可是不比人家心里纳闷强吗？"这一说，大家都笑了。

一会儿，秀姑将菜做好了，摆上桌来，乃是两海碗红烧大块牛肉，一大盘子肉丝炒杂拌，一大瓦盆子老鸡煨豆腐。秀姑笑道："周师兄！你送来的羊腿，现在可来不及做，下午煨好了，给你们下面条吃。"快刀周道："怎么着？晚上还有一餐吗？这样子，连师妹都发下重赏了。王二哥！江大哥！咱们得费力啊！"王二秃子将脑袋一伸，用手拍着后脑脖子道："这大的北京城，除了咱们师傅，谁是知道咱们的？为了师傅，丢下这颗秃脑袋，我都乐意。"大家又笑了。说话时，秀姑拿出四只粗碗，提着葫芦，倒了四大碗酒，笑道："这是给你们师徒四位倒下的，我和大婶儿都不喝。"王二秃子道："好香牛肉。"说着，拿了一个馒头蘸着牛肉汁，只两口，先吃了一个，一抬腿，跨过板凳，先坐下了，因望着沈大娘道："大婶你上座，别笑话，我们弟兄都是老粗，不懂得礼节。"于是大家坐下，只空了上位。沈大娘看他们都很痛快的，也就不推辞，坐下了。

寿峰见大家坐定，便端着碗，先喝了两口酒，然后说道："不是我今天办不了大事，要拉你们受累，我读过两句书，知道古人有这样一句话：'士为知己者死。'像咱们这样的人，老爷少爷，哪里会看在眼里？可是这位樊先生就不同，和我交了朋友还救了我一条老命。他和我交朋友的时候，不但是他亲戚不乐意，连他亲戚家里的听差，都看着不顺眼。我看遍富贵人家的子弟，没有像他这样胸襟开阔的。二秃子，你不是说没有人识你们吗？我敢说那樊先生若和你们见了面，他就能识你们。这样的朋友，我们总得交一交。这位大婶儿的姑娘，就是樊先生没过门的少奶奶，我们能眼见人家吃亏吗？"秀姑道："你老人家要三位师兄帮忙，就说要人帮忙的话，这样牛头不对马嘴，闹上一阵，还是没有谈到本题。"快刀周道："师傅！我们全懂，不用师傅再说了。师傅就是不说，叫我们做一点小事，我们还有什么为难的吗？"

说话时，大家吃喝起来。他们将酒喝完，都是左手拿着馒头，右手拿着筷子，不住地吃。五十个馒头，沈大娘和秀姑，只吃到四五个时，便就光了。接上切面铺将烙饼拿来，那师徒四人，各取了一张四两重的饼，摊在桌上，将筷子大把的夹着肉丝杂拌，放在饼上，然后将饼卷成拳头大的卷儿，拿着便吃。不一会，饼也吃光了。秀姑用大碗盛上几碗红豆细米粥，放在一边凉着，这时端上桌来，便听到稀里呼噜之声，粥又喝光。沈大娘坐着，看得呆了。寿峰笑道："大婶！你看到我们吃饭，有点害怕吗？大概放开量来，我们吃个三五斤面，还不受累呢。要不，几百斤气力，从哪里来？"王二秃子站起来笑道："师傅！你不说这几句话，我真不敢……"以下他也不曾说完，已端了那瓦盆老鸡煨豆腐，对了盆口就喝，一口气将剩的汤水喝完，"哎"的一声，将瓦盆放下，笑着对秀姑道："师妹！你别生气，我做客就是一样不好，不让肚子受委屈。"秀姑笑道："你只管吃，谁也没拦你。你若是嫌不够，还有半个鸡架子，你拿起来吃了吧。"王二秃子笑道："吃就吃，在师傅家里，也不算馋。"于是在盆子里，拿起那半只鸡骨头架子，连汤带汁，滴了一桌，他可不问，站着弯了腰，将骨头一顿咀嚼。沈大娘笑道："这位王二哥，人真是有趣。我是一肚子有事的人，都让他招乐了。"这句话，倒提醒了关寿峰，便道："大嫂！你是有事的人，你请便吧。我留你在这里，就是让你和我徒弟见一见面，好让你知道他们并不是坏人。请你暗里给你大姑娘通个信，今天晚上，无论看到什么，都不要惊慌，一惊慌，事情可就糟了。"沈大娘听着，心里可就想：他们捣什么鬼，可不要弄出大事来。但是人家是一番好意，这话可不能说出来，当时道谢而去。

沈大娘走了之后，寿峰就对江老海道："该先用着你了。你先去探探路，回头我让老周跟了去，给你商量商量。"江老海会意，先告辞回去，将糖人儿担子挑着，一直就奔到刘将军公馆。先到大门口看看，那里是大街边一所横胡同里，门口闪出一块石板铺的敞地，围了八字照墙，当照墙正中，一列有几棵槐树；有一挑卖水果的，一挑卖烧饼的，歇在树荫下。有几个似乎差役的人，围着挑子说笑。大门口两个背大刀的卫兵，分左右站着。他一动，那刀把垂下来整尺长的红绿布，摆个不住，便觉带了一种杀气。

江老海将担子在树荫歇了，取出小糖锣敲了两下，看看大门外的墙，都是一色水磨砖砌的，虽然高不过一丈五六尺，可是墙上都挂了电网。这墙是齐檐的，墙上便是屋顶了。由这墙向右，转着向北，正是一条直胡同。江老海便挑了担子走进那胡同去，一看这墙，拖得很远，直到一个隔壁胡同，方才转过去。分明这刘家的屋子，是直占在两胡同之间了。挑着担子，转到屋后，左方却靠着人家，胡同曲着向上去了。这里算闪出一小截胡同拐弯处，于是歇了担子，四处估量一番。见那墙上的电网也是牵连不断，而且电线上还缚了许多小铁刺，墙上插了尖锐的玻璃片。看墙里时，露出一片浓密的枝叶，仿佛是个小花园。在转弯处的中间，却有三间小小的阁楼，比墙又高出丈多。墙中挖了三个百叶窗洞，窗口子紧闭，窗口与墙一般平，只有三方隔砖的麻石，突出来约三四寸，那电网只在窗户头上横空牵了过去。江老海看着发呆，只管搔着头发。

就在这时，有人"呔"了一声道："吹糖人儿的，你怎么不敲锣？"江老海回头看时，乃是快刀周由前面走过来。江老海四周一看无人，便低声道："我看这里门户很紧，是不容易进去的，只有这楼上三个窗户，可以设法。"快刀周道："不但是这个，我看了看，这两头胡同口上，都有警察的岗位，晚上来往，真很不方便呢。"江老海道："你先回去告诉师傅，我还在这前后转两个圈儿，把出路多看好几条。"快刀周去了，江老海带做着生意。将这里前前后后的街巷都转遍了。直等太阳要落西山，然后挑了担子直回关家来。

寿峰因同住还有院邻，却并不声张。晚餐时，只说约了三个徒弟吃羊腿煮面，把事情计议妥了。院邻都是做小买卖的，而且和关氏父女感情很好，也不会疑到他们要做什么惊人的事。吃过晚饭，寿峰说是到前门去听夜戏，师徒就陆续出门。王二秃子，借了两辆人力车，放在胡同口。大家出来了，王二秃子和江老海各拉了一辆车，走到有说书桌子的小茶馆外，将一人守着车，三人去听书。书场完了已是十二点钟以后，寿峰和快刀周各坐了一辆车，故意绕着街巷，慢慢地走。约莫挨到两点多钟，车子拉到刘宅后墙，将车歇了。

这胡同转角处，正有一盏路灯，高悬在一丈多高以外。由胡同两头黑暗中看这里，正是清楚。寿峰在身上掏出一个大铜子，对着电灯泡抛了去，只听噗的一声，眼前便是一黑。寿峰抬头将阁楼的墙看了一看，笑道："这也没有什么难，就是照着我们所议的法子试试。"于是王二秃子面墙站定，蹲了下去，快刀周就站在他的肩上，他慢慢站起来，两手反背，伸了巴掌，江老海踏在他的手上，走上他的肩，接着踏了快刀周的手，又上他的肩，便叠成了三层人。最后寿峰踏在江老海的肩上，手向上一伸，身子轻轻一纵，就抓住了窗口上的麻石，起一个鹦鹉翻架式，一手抓住百叶窗格的横缝，人就蹲在窗口。墙下三个人，见他站定，上面两个，便跳下了地。寿峰将窗上的百叶用手捏住，只一揉，便有一块成了碎粉。接连碎了几块，就拆断一大片百叶。左手抓住窗缝，右手伸进去，开了铁钩与上下插闩，就开了一扇窗户。身子一闪，两扇齐开，立脚的地就大了。百叶窗里是玻璃窗，也关上的。于是将身上预备好了的一根裁玻璃针拿出，先将玻璃划了一个小洞，用手捏住，然后整块的裁了下来，接着去了两块玻璃。人就可以探进身子了。

寿峰倒爬了进去，四周一看，乃是一所空楼。于是打开窗户，将衣服下系在腰上的一根麻绳解了下来，向墙下一抛，下面快刀周手拿了绳子，缘了上来。二人依旧把朝外的百叶窗关好，下楼寻路。这里果然是一所花园，不过到处是很深的野草，似乎这里很久没有人管理的了。在野草里面寻到一条路。由路过去，穿过一座假山，便是一所矮墙。由假山石上轻轻一纵，便站在那矮墙上。寿峰一站定脚，连忙蹲了下来。原来墙对过是一列披屋，电光通亮。隔了窗子，刀勺声，碗碟声，响个不了，同时有一阵油腥味顺着风吹来。观测以上种种，分明这是厨房了。快刀周这时也蹲在身边，将寿峰衣服一扯，轻轻地道："这时候厨房里还做东西吃，我们怎样下手？"寿峰道："你不必作声，跟着我行事就是了。"蹲了一会，却听见有推门声，接上有人问道："李爷爷！该开稀饭了吧？"又有一个人道："稀饭不准吃呢，你预备一点面条子吧，那沈家小姐还要和将军开谈判呢。"又有一个道："什么小姐！不过是个唱大鼓书的小姑娘罢了。"寿峰听了这话，倒是一怔，怎么还要吃面开谈判？难道这事还有挽回的余地吗？

寿峰跨过了屋脊，顺着一列厢房屋脊的后身，向前面走去，只见一幢西式楼房迎面而起，楼后身是齐檐的高墙，上下十个窗口，有几处放出亮光来。远看去，那玻璃窗上的光，有映带着绿色的，有映带着红色的，也有是白色的。只在那窗户上，可以分出那玻璃窗那里是一间房，那两处是共一间房，那有亮光的地方，当然是有人的所在了。远远望去，那红色光是由楼上射出来的，在楼外光射出来的空间，有一丛黑巍巍的影子，将那光掩映着。带着光的地方，可以看出那是横空的树叶，树叶里面有一根很粗的横干，却是由隔壁院子里伸过来的。回头看隔院时，正有一棵高出云表的老槐树。寿峰大喜，这正是一个绝好的梯子，于是手抚着瓦沟，人作蛇行。到了屋檐下，向前一看，这院子里黑漆漆的，正没有点着电灯。于是向下一溜，两手先落地，拿了一个大顶，一点声音没有，两脚向下一落，人就站了起来。快刀周却依旧在屋檐上蹲着，因为这里正好借着那横枝儿树叶，挡住了窗户里射出来的光。寿峰缘上那大槐树，到了树中间，看出那横干的末端，于是倒挂着身子，两手两脚横缘了出去，缘到尖端，看此处距那玻璃窗还有两三尺，玻璃之内，垂着两幅极薄的红纱，在外面看去，只能看到屋子里一些隐约中的陈设品。仿佛有一面大镜子，悬在壁中间，那里将电灯光反射出来。这和沈大娘所说关住凤喜的屋子，颇有些相像。只是这屋子里是否还有其他的人陪着，却看不出来。于是一面静听屋里的响动，一面看这屋子的电灯线是由哪里去的。

只在这静默的时间，沉寂阴凉的空气里，却夹着一阵很浓厚的鸦片烟气味。用鼻子去嗅那烟味传来的地方，却在楼下。寿峰听沈大娘曾说过，刘将军会抽鸦片烟的，在上房里，这样夜深能抽出这样的烟气味来，这当然不是别人所干的事。便向下看了一看地势，约莫相距两丈高，于是盘到树梢，让横干向下沉着，然后一放手，轻轻地落在地上。顺着墙向右转，是一道附墙的围廊。只刚到这里，便听得身后有脚步声，这可不能大意，连忙向走廊顶上一跳，平躺在上面，果然有两个人说着话过来。人由走廊下经过，带着一阵油酱气味，这大概是送晚餐过去了。等人过去，寿峰一昂头，却见楼墙上有一个透气眼透出光来，站在这走廊顶上，正好张望。这眼是古钱式的格子，里头小玻璃掩扇却搁在一边，在外只看到正面半截床，果然是一个人横躺在那里抽烟。刚才送过去的晚餐，却不见放在这屋子里。一会，进来一个三十上下的女仆。床上那人，一个翻身向上一爬，右手上拿了烟枪，直插在大腿上，左手撅了胡子尖，笑问道："她吃了没有？"女仆道："她在吃呢，将军不去吃吗？"那人笑道："让她吃得饱饱的吧。我去了，她又得碍着面子，不好意思吃。她吃完了，你再来给我一个信，我就去。"女仆答应去了。

寿峰听了纳闷得很，一回身，快刀周正在廊下张望，连忙向下一跳，扯他到了僻静处问道："你怎么也跑了来？"快刀周道："我刚才爬在那红纱窗外看的，正是关在那屋子里。可是那姑娘自自在在的在那儿吃面，这不怪吗？"寿峰埋怨道："你怎么如此大意！你伏在窗子上看，让屋子里人看见，可不是玩的。"快刀周道："师傅你怎么啦？窗纱这种东西，就是为了暗处可以看明处，晚上屋子里有电灯，我们在窗子外，正好向里看。"寿峰"哦"了一声道："我倒一时愣住了。我想这边屋子有通气眼的，那边一定也有通气眼的。我们到那边去看看，听那姓刘的说话，还不定什么时候睡觉，咱们可别胡乱动手。"

当下二人伏着走过两重屋脊，再到长槐树的那边院子，沿着靠楼的墙走来。这边墙和楼之间，并无矮墙，只有一条小夹道。这边墙上没有透气眼，却有一扇小窗。寿峰估量了一番，那窗子离屋檐约莫有一人低，他点了头，复爬上大槐树，由槐树渡到屋顶上，然后走到左边侧面，两脚钩了屋檐，一个"金钩倒挂"式，人倒垂下来，恰是不高不低，刚刚头伸过窗子，两手反转来，一手扶着一面，扒开百叶窗扇，看得屋子里清清楚楚。对着窗户，便是一张红皮的沙发软椅子，一个很清秀的女子，两手抱着右膝盖，斜坐在上面，那正是凤喜无疑了。看她的脸色，并不怎样恐惧，头正看了这窗子，眼珠也不转一转，似乎在想什么。先前在楼下看到的那个女仆，拿了一个手巾把，送到她手上，笑道："你还擦一把，要不要扑一点粉呢？"凤喜接过手巾，在嘴唇上只抹了一抹，懒懒的将手巾向女仆手上一抛，女仆含笑接过去。一会儿，却拿了一个粉膏盒，一个粉缸，一面小镜子，一齐送到凤喜面前。凤喜果然接过粉缸，取出粉扑，朝着镜子扑了两扑。女仆笑道："这是外国来的香粉膏，不用一点吗？"凤喜将粉扑向粉缸里一掷，摇了一摇头。女仆随手将镜子、粉扑放在窗下桌上。看那桌上时，大大小小摆了十几个锦盒。盒子也有揭开的，也有关上的。看那盒子里时，亮晶晶的，也有珍珠，也有钻石。

这些盒子旁，另外还有两本很厚的账簿，一小堆中外钥匙。

寿峰在外看见，心里有一点明白了。接着，只听一阵步履声，坐在沙发上的凤喜，突然将身子掉了转去，原来是刘将军进来了。他笑向凤喜道："沈小姐！我叫他们告诉你的话，你都听见了吗？"凤喜依然背着身子不理会他。刘将军将手指着桌上的东西道："只要你乐意，这大概值二十万，都是你的了。你跟着我，虽不能说要什么有什么，可是准能保你这一辈子都享福。我昨天的事，做得是有点对不起你，只要你答应我，我准给你把面子挽回来。"凤喜突然向上一站，板着脸问道："我的脸都丢尽了，还有什么法子挽回来？你把人家姑娘关在家里，还不是爱怎样办就怎样办吗？"刘将军笑着向她连作两个揖，笑道："得！都是我的不是。只要你乐意，我们这一场喜事，大大的铺张一下。"凤喜依然坐下，背过脸去。刘将军道："我以前呢，的确是想把你当一位姨太太，关在家里就得了。这两天，我看你为人很有骨格，也很懂事，足可以当我的太太，我就正式把你续弦吧。我既然正式讨你，就要讲个门当户对，我有个朋友沈旅长，也是北京人，就让他认你做远房的妹妹，然后嫁过来，你看这面子够不够？"凤喜也不答应，也不拒绝，依然背身坐着。刘将军一回头，对女仆一努嘴，女仆笑着走了。刘将军掩了房门，将桌上的两本账簿捧在手里，向凤喜面前走过来，凤喜向上一站，喝问道："你干吗？"刘将军笑道："我说了，你是有志气的人，我敢胡来吗？这两本账簿，还有账簿上摆着的银行折子和图章，是我送你小小的一份人情，请你亲手收下。"凤喜向后退了一退，用手推着道："我没有这大的福气。"刘将军向下一跪，将账簿高举起来道："你若今天不接过去，我就跪一宿不起来。"凤喜靠了沙发的围靠，倒愣住了，停了一停，因道："有话你只管起来说，你一个将军，这成什么样子？"刘将军道："你不接过去，我是不起来的。"凤喜道："唉！真是腻死我了！我就接过来。"说着不觉嫣然一笑，正是：无情最是黄金物，变尽天下儿女心。寿峰在外面看见，一松脚向墙下一落，直落到夹道地下。快刀周在矮墙上看到，以为师傅失脚了，吃了一惊。要知寿峰有无危险，下回交代。

014 早课欲疏重来怀旧雨　　晚游堪乐小聚比秋星

却说快刀周正在矮墙上给关寿峰巡风，见他突然由屋脊上向下一落，以为他失了脚，跌下来了，连忙跑上前去。只见寿峰好好的迎上前来，在黑暗中将手向外一探，做着要去的样子。于是二人跳过几重墙，直向后园子里来。快刀周道："师傅！怎么回事？"关寿峰昂着头，向天上叹了一口气。快刀周道："怎么样？这事很棘手吗？"寿峰道："棘手是不棘手，我们若有三十万洋钱，就好办了。出去说吧。"二人依然走到阁楼上，打开窗子，放下绳子，快刀周先握了绳子向下一溜，寿峰却解了绳子，跳将下去。江老海、王二秃子，迎上前来，都忙着问："顺手吗？"寿峰叹着气，将看到的事，略略说了一遍，因道："我若是不看在樊先生的面上，我就一刀杀了她，我还去救她吗？"王二秃子道："古语道得好。'宁度畜生不度人'，就是这个说法。咱们在阁楼上放一把火，烧他妈的一场，也出这口恶气。"寿峰笑道："不要说孩子话，我们去给那大婶儿一个信，叫她预备做外老太太发洋财吧。"快刀周道："不！若要是照这样子看，大概她母亲是来过一趟的。既来了，一定说好了条件，她未必还到师傅家里去了。"寿峰道："好在我们回去，走她门口过，也不绕道，我们顺便去瞧瞧。"

说着，二人坐车，二人拉车，虽然夜深，岗警却也不去注意，一路走到大喜胡同，停在沈家门首。这里墙很低，寿峰凭空一跃就跳进去。到了院子里，先藏在槐树里，见屋子里都是黑漆漆的，似乎都睡着了，便溜下树来，贴近窗户用耳朵一听，却听得里面呼声大作。这是上房，当然是沈大娘在这里睡的了。再向西厢房外听了一听，也有呼声。沈家一共只有三个人，一个在刘家，两个在家里，当然没有人到自己家里去。正在这窃听的时候，忽听到沈大娘在上房里说起话来。寿峰听到，倒吓了一跳，连忙向树上一跳。这院子不大，又是深夜，说话的声音，听得清清楚楚。她道："将军待我们这样好，我们要不答应，良心上也说不过去呀。"听那声音，正是沈大娘的声音，原来在说梦话呢。寿峰听了，又叹了一口气，就跳出墙来，对大家道："走走走！再要待一会，我要杀人了。"快刀周等一听，知道是沈家人变了心。若再要纠缠，真许会生出事故来。大家便一阵风似的，齐回关家来。

到了门口，寿峰道："累了你们一宿，你们回去吧，说不定将来还有事，我再找你们。"王二秃子道："我明天上午来听信儿，瞧瞧他们究竟是怎么回事。我今天晚上，一定是睡不着。要不，我陪师傅谈这么一宿，也好出胸头这口恶气。"寿峰笑着拍了他的肩膀道："你倒和我一样，回去吧！别让师妹不乐意了。"王二秃子一拍脖子道："忙了一天一宿，没闯祸，脑袋跟秃子回去吧。"大家听着，都乐了，于是一笑而散。

秀姑心里有事，也是不曾睡着。听得门外有人说话，知道是寿峰回家来了，就开了门，秀姑道："沈家大婶儿可没来，你们怎样办的？"寿峰一言不发，直奔屋里。秀姑看那样子，知道就是失败了，因道："一个将军家里，四周都是警卫的人，本来也就不易下手。"寿峰道："什么不易下手！只要她们愿意出来，十个姑娘也救出来了。"秀姑道："怎么样？难道她娘儿俩还变了心吗？"寿峰道："怎么不是！"于是把今晚上的事，说了一遍，叹口气道："从今以后，我才知道人心换人心这句话是假的，不过是金子换人心罢了。"秀姑道："有这样的事吗？那沈家姑娘，挺聪明的一个样子，倒看不出是这样下场！她们倒罢了，可是樊先生回来，有多么难过，把他的心都会灰透了。"寿峰冷笑道："灰透了也是活该！这年头儿干吗做好人呢？"秀姑笑道："你老人家气得这样，这又算什么？快天亮了，睡觉吧。"寿峰道："我也是活该！谁叫我多管闲事哩。"秀姑也好笑起来，就不理他了。寿峰找出他的旱烟袋，安上一小碗子关东叶子，端了一把藤椅，拦门坐着，望了院子外的天色抽烟。寿峰的老脾气，不是气极了，不会抽烟的。现在将烟抽得如此有味，那正是想事情想得极厉害了。秀姑因为夜深了，怕惊动了院邻，也不曾作声。却也是奇怪，这事并不与自己什么相干，偏是睡到床上，就会替他们当事人设想：从此以后，凤喜还有脸和樊家树见面吗？家树回来了，还会对她那样迷恋吗？就情理而论，他们是无法重圆的了。无法重圆，各人又应该怎么样？自己只管一层一层推了下去，一直到天色大亮。这也用不着睡觉了，便起床洗扫屋子。

在往日，做完了事，便应该听到隔壁庙里的木鱼念经声，自己也就捧了一本经书来作早课。今天却是事也不曾做完，隔壁的木鱼声已经起来了。也不知道是老和尚今天早课提了前，也不知道是自己做事没有精神，把时间耽误了。现在炉子不曾笼着火，水也不曾烧。父亲醒过来，洗的喝的会都没有，今天的早课，只好算了吧。于是定了定神，将茶水烧好，然后才把寿峰叫醒。

寿峰站起来，伸了个懒腰，笑道："我老了！怎么小小的受这么一点子累，就会睡得这样死！"秀姑道："我想了一晚晌，我以为这件事不能含糊过去，我们得写一封快信给樊先生去吧。"寿峰笑道："你还说我喜欢管闲事呢，我都没有想一宿，你怎么会想一宿呢？想了一宿，就是这么一句话吗？你这孩子太没有出息了。"秀姑脸一红，便笑道："我干吗想一宿？我也犯不上呀。"寿峰道："是你自己说的，又不是我说的，我知道犯得上犯不上呢？"秀姑本觉得要写一封信告诉家树才对的，而且也要到沈家去看看沈大娘这时究竟取的什么态度。可是经了父亲这一度谈话，就不大好意思过问了。

又过了两天，江老海却跑来对关寿峰道："师傅！这事透着奇怪，沈家搬走了。我今天走那胡同里过身，见那大门闭上，外面贴了招租帖子了。我做生意的时候，和买糖人儿的小孩子一问，据说头一天一早就搬了。"寿峰道："这是理之当然，也没有什么可怪的。她们不搬走，还等着姓樊的来找她吗？"江老海道："她们这样忘恩负义，师傅得写一封信告诉那樊先生。"寿峰道："我早写了一封信去了。"秀姑在屋子里听到，就连忙出来问道："你写了信吗？我怎么没有看见你写哩？"寿峰道："我这一肚子文字，要写出这一场事来，不是自己给自己找罪受吗？而且也怕写的不好，人家看不清楚，我是请隔壁老和尚写的。他写是写了，却笑着对我说：'好管闲事的人，往往就会把闲事管得成了自己的正事。结果，比原来当事人也许更麻烦。'他话是说得有理，但是我怎么能够不问哩！老和尚把那信写得很婉转，而且还劝了人家一顿。可是这样失意的事，年轻轻地人遇到，哪是几句话就可以解劝得了的！也许他也不用回信，过两天就来了。"江老海道："他来了，我很愿和他见见。"寿峰道："那很容易，他回了京。还短得了到我这里来吗！"秀姑道："这里寄信到杭州，要几天到哩？"寿峰笑道："我没在邮政局里干过事，这个可不知道。"秀姑噘了嘴道："你这老人家，也不知道怎么回事，说起话来，老是给我钉子碰。"寿峰笑道："我是实话呀！可是照火车走起来说，有四个日子，到了杭州了。"

当下秀姑走回房去，默计了一会儿日期：大概信去四天，动身四天，再耽误两天，有十天总可以到京了。现在信去几天，一个星期内外，必然是来的。那个时候，看他是什么态度？难道他还能像以前那种样子对人吗？秀姑心里有了这样一个问题，就不住地盘算，尤其是每日晚晌，几乎合眼就会想到这件事上来。起先几天，每日还是照常的念经，到了七八天头上，心里只管乱起来，竟按捺不下心事去念经。心想不要得罪了佛爷，索性抛开一边，不要作幌子吧。关寿峰看到，便笑道："你也腻了吗？年轻人学佛念经，哪有那么便宜的事呀！"秀姑道："我哪是腻了？我是这两天心里有点不舒服，把经搁下了。从明天起，我还是照常念起来的。"秀姑说了，便紧记在心上。

到了次日，秀姑把屋子打扫完毕，将小檀香炉取来放在桌上，用个匙子挑了一小匙檀香末放在炉子里，点着了，刚刚要进自己屋子去，要去拿一本佛经出来，偶一回头，只见帘子外一个穿白色长衫的人影子一闪，接上那人咳嗽了一声，秀姑忙在窗纸的破窟窿内向外一看，虽不曾看到那人的面孔，只就那身材言，已可证明是樊家树无疑。一失神，便不由嚷起来道："果然是樊先生来了！"寿峰在屋子里听到，迎了出去，便握着家树的手，一路走进来。秀姑站在内房门口，忘了自己是要进屋去拿什么东西的了，便道："樊先生来了！今天到的吗？"说着话时，看樊家树虽然风度依旧，可是脸上微微泛出一层焦黄之色，两道眉峰都将峰尖紧束着。当秀姑问话时候，他虽然向着人一笑，可是那两道眉毛，依然紧紧的皱将起来，答应着道："今天早上到的，大姑娘好！"秀姑一时也想不起用什么话来安慰人家，只得报之以笑。

当下寿峰让家树坐下，先道："老弟！你不要灰心，人生在世，就如做梦一般。早也是醒，迟也是醒，天下无百年不散的筵席，你不要放在心上吧。"秀姑笑道："你先别劝人家，你得把这事经过，详详细细告诉人家呀。"寿峰将胡子一摸，笑道："是啊！信上不能写得那么明白，我得先告诉你。"于是昂着头想了一想，笑道："我打哪儿说起呢？"家树笑道："随便吧，我反正有的是工夫，和大叔谈谈也好。"秀姑心里想："他今天不忙了，以前他何以是那样忙呢？嘴里不曾说出来，可就向着他微笑了。家树也不知道她这微笑由何而来？也就跟着报之以微笑了。

这里寿峰想过之后，急着就先把那晚上到刘将军家里的事先说了。家树听到，脸上青一阵，白一阵，最后，就勉强笑道："本来银钱是好的东西，谁人不爱！也不必去怪她了。"寿峰点了点头道："老弟！你这样存心不错，一个穷人家出身的女孩子，哪里见得惯这个呢，不怪她动心了。"秀姑坐在一边，她的脸倒突然红了，摇了摇头道："你这话，不见得吧，是穷人家姑娘，就见不得银钱吗？"寿峰哈哈笑道："是哇！我们只管说宽心话，忘了这儿有个穷人家姑娘等着呢。"家树笑道："无论哪一界的人，本来不可一概而论的。但不知道这个姓刘的，怎样凭空的会把凤喜关了去的？"寿峰道："这个我们原也不清楚，我们是听沈家大嫂说的。"于是将查户口唱堂会的一段事也说了。家树本来有忿恨不平的样子的，听到这里，脸色忽然和平起来，连点了几下头道："这也就难怪了，原是天上掉下来的一场飞祸。一个将军要算计一个小姑娘，哪有什么法子去抵抗他呢？"

寿峰道："老弟！你这话可得考量考量，虽然说一个小姑娘，不能和一个将军抵抗，要说真不爱他的钱，他未必忍心下那种毒手，会要沈家姑娘的性命。就算性命保不了，凭着你待她那样好，为你死了也是应该。我可不知道抖文，可是师傅就相传下来两句话，是'疾风知劲草，板荡识忠臣'，要到这年头儿，才能够看出人心来。"家树叹了一口气道："大叔说的，怕不是正理。可是一个未曾读过书……"家树说到这里，将关氏父女看着，顿了一顿，就接着道："而且又没经过贤父兄、贤师友指导过她，她哪里会明白这些大道理，我们也只好责人欲宽了。"秀姑忍不住插口道："樊先生真是忠厚一流，到了这种地步，还回护着沈家妹子呢。"家树道："不是我回护她，她已经做错了，就是怪她也无法挽救的了。一个人的良心，总只能昧着片刻的，时间久了，慢慢地就会回想过来的。这个日子，怕她心里不会比我更难受啊！"秀姑淡淡一笑，略点了一点头道："你说的也是。"

家树一看秀姑脸上，有大不以为然的样子，便笑道："她本来是不对，要说是无可奈何，怎么她家都赶着搬开了哩？"寿峰道："你怎么知道她家搬走了？你先去了一趟吗？"家树道："是的，我不能不先去问问她母亲，这一段缘由因何而起？"寿峰道："树从脚下烂，祸事真从天上掉下来的究竟是少。"说到这里，就想把凤喜和尚师长夫妇来往的事告诉他。秀姑一看她父亲的神气，知是要如此，就眼望着她父亲，微微地摆了两摆头。寿峰也看出家树还有回护凤喜的意思，这话说出来，他格外伤心，也就不说了。但家树却问道："大叔说她们树从根下烂，莫不是我去以后，她们有些胡来吗？"寿峰道："那倒没有。不过是她们从前干了卖唱的事，人家容易瞧她不起罢了。"家树听了寿峰的话，虽然将信将疑，然而转念一想，自己临走之时，和她们留下那么些个钱，在最短期内，不应该感到生活困难的。那么，凤喜又不是天性下贱的人，何至于有什么轨外行动呢？如此一想，也不追究寿峰的话了。

当日关氏父女极力的安慰了他一顿，又留着他吃过午饭。午饭以后，秀姑道："爸爸！我看樊先生心里怪闷的，咱们陪着他到什刹海去乘凉吧。"家树道："这地方我倒是没去过，我很想去看看。"秀姑道："虽然不是公园，野景儿倒也不错，离我们这儿不远。"家树见她说时，眉峰带着一团喜容。说到游玩，今天虽然没有这个兴致，却也不便过拂她的盛意。寿峰一边看出他踌躇的样子，便道："大概樊先生一下车就出门，行李也没收拾呢，后日就是旧历七月七，什刹海的玩艺儿会多一点。"家树便接着道："好！就是后天吧。后天我准来邀大叔、大姑娘一块儿去。"秀姑先觉得他从中拦阻，未免扫兴；后来想到他提出七月七，这老人家倒也有些意思，不可辜负他的盛意，就是后天去也好，于是答道："好吧！那天我们等着樊先生，你可别失信。"接着一笑。家树道："大姑娘！我几时失过信？"秀姑无可说了，于是大家一笑而别。

家树回得陶家，伯和已经是叫仆役们给他将行李收拾妥当。家树回到房里，觉得是无甚可做，知道伯和夫妇在家，就慢慢地踱到上房里来。陶太太笑道："你什么事这样忙？一回京之后，就跑了个一溜烟，何小姐见着面了吗？"家树淡淡地道："事情忙得很，哪有工夫去见朋友！"陶太太道："这就是你不对了。你走的时候，人家巴巴的送到车站，你回来了，可不通知人家一声。你什么大人物，何小姐非巴结你不可？"家树道："表嫂总是替何小姐批评我，而且还是理由很充足，叫我有什么可说的！那么，劳你驾，就给我打个电话通知何小姐一声吧。"家树说出来了，又有一点后悔，表嫂可不是听差，怎么叫她打电话呢？自己是这样懊悔着，不料陶太太坐在横窗的一张长桌边，已经拿了桌上的分机，向何家打通了电话。

陶太太一面说着话，一面将手向家树连招了几招，笑道："来！来！来！她要和你说话。"家树上前接着话机，那边何丽娜问道："我很欢迎啦！老太太全好了吗？"家树道："全好了，多谢你惦记着。"何丽娜笑道："还好！回南一趟，没有把北京话忘了。今天上午到的吗？怎么不早给我一个信？不然我一定到车站上去接你。"家树连说："不敢当。"何丽娜又道："今天有工夫吗？我给你接风。"家树道："不敢当。"何丽娜道："大概是没工夫，现在不出门吗？我来看你。"家树道："不敢当。"伯和坐在一边，看着家树打电话，只是微笑，便插嘴道："怎么许多不敢当，除了你不敢当，谁又敢当呢？"何丽娜道："你为什么笑起来？"家树道："我表兄说笑话呢。"何丽娜道："他说什么呢？"陶太太走上前夺过电话来道："密斯何！我们这电话借给人打，是照长途电话的规矩，要收费的，而且好朋友说话加倍。我看你为节省经济起见，干脆还是当面来谈谈吧。"于是就放下了电话筒。

家树道："我回京来，应该先去看看人家才是，怎样倒让人家来？"伯和笑道："家树！你取这种态度，我非常表同情。从前我和你表嫂经过你这个时代，我是处处卑躬屈节，你表嫂却是敢当的。我也问过人，男女双方的爱情，为什么男子要处在受降服的情形里呢？有些人说，这事已经成了一种趋势，男子总是要受女子挟制的。不然，为什么男子要得着一个女子，就叫求恋呢？有求于人，当然要卑躬屈节了。这话虽然是事实，但是在理上却讲不通，为什么女子就不求恋呢？现在我看到你们的情形，恰是和我当年的情形相反，算是给我们出了一口恶气。"陶太太道："原来你存了这个心眼儿，怪不得你这一向子对着我都是那样落落难合的样子了。"伯和笑道："哪里有这样的事！有了这样的事，我就没有什么不平之气，惟其是自己没有出息，这才希望人家不像我，聊以解嘲了。"陶太太正待要搭上一句话，家树就道："表兄这话，说得实在可怜，要是这样，我不敢结婚了。"他说了这话，就是陶太太也忍不住笑了。

过了一会，何丽娜早是笑嘻嘻地由外面走了进来，先给家树一鞠躬，笑问道："伯母好？"家树答应："好！"又问："今天什么时候到的？"答："是今天早上到的。"陶太太笑道："你们真要算不怕腻。我猜这些话，你们在电话里都问过了，这是第二次吧？"何丽娜道："见了面，总得客气一点，要不然，说什么呢？"家树因道："说起客气来，我倒想起来了，何小姐送的那些东西，实在多谢得很。我这回北上，动身匆忙得很，没有带什么来。"何丽娜道："哪有老人家带东西给晚辈的，那可不敢当了。"但是家树说着时，已走了出去。不一会子，捧了一包东西进来，一齐放在桌上笑道："小包是土产，杭州带来的藕粉和茶叶，那两大卷，是我在上海买的一点时新衣料。"何丽娜连道："不敢当！不敢当！"伯和听了，和陶太太相视而笑。何丽娜道："二位笑什么？又是客气坏了吗？"陶太太道："倒不是客气坏了，正是说客气得有趣呢。先前打电话，家树说了许多不敢当，现在你两人见面之后，你又说了许多不敢当，都说不敢当，实在都是敢当。"伯和斜靠在沙发上，将右腿架了起来，摇曳了几下，口里衔着雪茄，向陶太太微笑道："敢当什么？不敢当什么？当官呢？当律师呢？当教员呢？"陶太太先是没有领会他的意思，后来他连举两个例，就明白了，笑道："你说当什么呢？无非当朋友罢了。"何丽娜只当没有听见，看到那屋角上放着的话匣子，便笑问道："你们买了什么新片子没有？若是买了，拿出来开一遍让我听听看，我也要去买。"陶太太笑着点头道："好吧，新买了两张爱情曲的片子，可以开给你听听。"何丽娜摇摇头道："不！我腻烦这个，有什么皮黄片子，倒可以试试。"伯和依然摇曳着他的右腿，笑道："密斯何！你腻烦爱情两个字吗？别啊！你们这个年岁，正当其时呢。要是你们都腻烦爱情，像我们中年的人，应该入山学道了。可是不然，我们爱情的日子，过得是非常甜蜜呢！"陶太太回头瞪了他一眼道："不要胡扯。"何丽娜将两掌一合，向空一拜，笑道："阿弥陀佛！陶先生也有个管头。"于是大家都笑了。

且说家树在一边坐着，总是不言语。他一看到何小姐，不觉就联想到相像的凤喜。何小姐的相貌，只是比凤喜稍为清瘦一点，另外有一种过分的时髦，反而失去了那处女之美与自然之美，只是成了一个冒充的外国小姐而已。可是这是初结交时候的事，后来见着她有时很时髦，有时很朴素，就像今天，她只穿了一件天青色的直罗旗衫，从前披到肩上的长发，这是家树认为最不惬意的一件事，以为既无所谓美，而又累赘不堪。这话于家树动身的前两天，在陶太太面前讨论过，却不曾告诉过何丽娜。但是今天她将长发剪了，已经改了操向两鬓的双钩式了，这样一来，她的姿势不同了，脸上也觉得丰秀些，就更像凤喜了。自己正是在这里鉴赏，忽然又看到她举起手来念佛，又想到了关秀姑。她乃另是一种女儿家的态度，只是合则留，不合则去的样子。何丽娜和凤喜都不同，却是一味的缠绵，凤喜是小儿女的态度居多，有些天真烂漫处；何丽娜又不然，交际场中出入惯了，世故很深。男子的心事怎样，她不言不语之间，就看了一个透。这种女子，好便是天地间独一无二的知己，不好呢，男子就会让她玩弄于股掌之上。家树只是如此沉沉的想着，屋子里的人议论些什么，他都不曾去理会。

这时，伯和看看挂钟道："时间到了，我要上衙门去了。你们今天下午打算到什么地方去消遣？回头我好来邀你们一块儿去吃饭。今天下午，还是这样的热，到北海乘凉去，好不好？"何丽娜道："就是那样吧，我来做个小东请三位吃晚饭。"陶太太笑道："也请我吗？这可不敢当啊！"何丽娜笑道："我不知陶太太怎么回事，总是喜欢拿我开玩笑。哪怕是一件极不相干的事，一句极不相干的话呢，可是由陶太太看去，都非常可笑。"伯和道："人生天地间，若是遇到你们这种境遇的人，都不足作为谈笑的资料，那么，天地间的笑料也就会有时而穷了。"说毕，他笑嘻嘻地走了。这里陶太太因听了有出去玩的约会，立刻心里不安定起来，因道："密斯何坐车来的吗？我们三人同坐你的车子去吧。"说时，望着家树道："先生走哇。"家树心里有事，今天下车之后，忙到现在，哪有兴致去玩！只是她们一团高兴，都说要去，自己要拦阻她们的游兴，未免太煞风景。便懒懒地站将起来，伸了一个懒腰，只是向她们二人一笑。陶太太道："干吗呀？不带我同坐汽车也不要紧，你们先同坐着汽车去，我随后到。"家树道："这是哪里来的话？我并没有做声，你怎么知道我不要你同坐汽车呢？"陶太太笑道："我还看不透你的性情吗？我是老手呢！"家树道："得！得！我们同走吧。"于是不再待陶太太说话，就起身了。

三人同坐车到了北海，一进门，陶太太就遇着几个女朋友，过去说话去了，回着头对何丽娜道："南岸这时正当着西晒，你们先到北岸五龙亭去等我吧。"说完自管便走。

何丽娜和家树顺着东岸向北行，转过了琼岛，东岸那一带高入半空的槐树，抹着湖水西边的残阳，绿叶子西边罩着金黄色，东边避着日光，更阴沉起来。一棵树连着一棵树，一棵树上的蝉声，也就连着一棵树上的蝉声；树下一条宽达数丈的大道，东边是铺满了野草的小山，西边是绿荷万顷的北海，越觉得这古槐，不带一点市廛气，树既然高大，路又远且直，人在树荫下走着，仿佛渺小了许多。何丽娜笑道："密斯脱樊！你又在想什么心事了？我看你今天虽然出来玩，是很勉强的。"家树笑道："你多心了，我正在欣赏这里的风景呢？"何丽娜道："这话我有些不相信，一个刚从西湖来的人，会醉心北海的风景吗？"家树道："不然！西湖有西湖的好处，北海有北海的好处。像这样一道襟湖带山的槐树林子，西湖就不会有。"说着将手向前一指道："你看北岸那红色的围墙，配合着琉璃瓦，在绿树之间，映着这海里落下去的日光，多么好看，简直是绝妙的着色图画。不但是西湖，全世界也只有北京有这样的好景致。我这回到杭州去，我觉得在西湖盖别墅的人，实在是笨。放着这样东方之美的屋宇不盖，要盖许多洋楼，尤其是那些洋旅馆，俗不可耐。倘若也照宫殿式盖起红墙绿瓦的楼阁来，一定比洋楼好。"何丽娜笑道："这个我很知道，你很醉心北京之美的，尤其是人的一方面。"家树只好一笑。说着话，已到了北岸五龙亭前，因为最后一个亭子人少些，就在那里靠近水边一张茶座上坐下。自太阳落水坐起，一直等到星斗满天，还不见伯和夫妇前来。家树等不过，直走出亭子，迎上大道来，这才见他夫妻俩并排走着，慢慢由水岸边踱将来。陶太太先开口道："你们话说完了吗？伯和早在南岸找着了我，我要让你们多说几句话，所以在那边漪澜堂先坐了一会，然后坐船过来的。"家树想分辩两句，又无话可讲，也默然了。到了亭子里坐下，陶太太道："伯和！我猜得怎么样？不是第五个亭子吗？唯有这里是僻静好谈心的了。"何丽娜觉得他们所猜的很远，也笑了。

当下由何丽娜作东，陪着大家吃过了晚饭，已是夜色深疏了。天上的星斗，倒在没有荷叶的水中，露出一片天来，却荡漾不定；水上有几盏红灯移动，那便是渡海的小画舫了。远望漪澜堂的长廊，楼上下几列电灯，更映到水里去，那些雕栏石砌，也隐隐可见。伯和笑道："我每在北岸，看见漪澜堂的夜色，便动了归思。"家树道："那为什么？"伯和道："我记得在长江上游作客的时候，每次上江轮，都是夜里。你看这不活像一只江轮，泊在江心吗？"何丽娜笑道："陶先生！真亏你形容得出，真像啊！"伯和道："我还有个感想。我每在北海乘凉，觉得这里天上的星光，别有一种趣味。"家树道：

"本来这里很空阔，四围是树，中间是水，衬托得好。"伯和笑道："非也。我觉得在这里看天上的银河，格外明亮。设若那河就只有北海这样宽，我要是牛郎织女，我都不敢从鹊背上渡过去，何况天河绝不止这样宽呢。"家树笑道："胡扯胡扯！"陶太太也是怔怔地听，以为在这里对天河有什么感想，现在却明白了，笑道："你这真是'听评书掉泪，替古人担忧'哩。现在天上也是物质文明的时代，有轮船，有火车，还有飞机，怕不容易过河吗？我猜今年是牛郎先过河，因为他是坐火车来的。"伯和道："可不是，初五一早，牛郎就过河了。这个时候，也许他们见面了。"陶太太抬着头望了一望道："我看见了，他们两个人，这时坐在水边亭子下喝汽水呢。"

这时，家树和何丽娜，都拿了玻璃杯子，喝着汽水呢。何丽娜一听忍笑不住，头一偏，将汽水喷了陶太太两只长统丝袜都喷湿了。便将一只胳膊横在茶桌上，自己伏在臂膊上笑个不停。陶太太道："这也没有什么可乐的事！为什么笑成这个样子？"何丽娜道："你这样拿我开玩笑，笑还不许我笑吗？"说着，抬起头来，只管用手绢去拂拭面孔。家树对于伯和夫妇开玩笑，虽是司空见惯，但是笑话说得这样着痕迹的，今天还是第一回。而且何丽娜也在当面，一个小姐，让人这样开玩笑，未免难堪。但是看看何丽娜却笑成那样子，一点不觉难堪，于是这又感到新式的女子，态度又另是一种的了……

当下伯和见大家暂时无话可说，想了一想，于是又开口道："其实我刚才这话，也不完全是开玩笑。听到说这北海公园的主办人，要在七月七日，开双七大会，在这水中，用电灯架起鹊桥来，水里大放河灯。那天晚上，一定可以热闹一下子。你二位来不来呢？"家树道："太热闹的地方，我是不大爱到的，再说吧。"何丽娜一句话没有说出，经他一说，就忍回去了。陶太太道："你爱游清雅的地方，下一个礼拜日，我们一块儿到北戴河洗海水澡去，好吗？到那里还不用住旅馆，我们认得陈总长，有一所别墅在那里，便当得多了。"何丽娜道："有这样的好地方，我也去一个。"家树道："我不能玩了，我要看一点功课，预备考试了。若要考不上一个学校，我这次赶回北京来，就无意义了。"伯和道："你放心！有你这样的程度，学校准可以考取的。若是你赶回北京来，不过是如此，那才无意义呢。"伯和这样说着，虽然没有将他的心事完全猜对，然而他不免添了无限的感触，望着天上的银河，一言不发。家树这种情形，何丽娜却能猜个八九，她坐在对面椅子上，望着他，只嗑着白瓜子，也是不作声。半晌，忽然叹了一口气，她这一口气叹出，大家倒诧异起来。陶太太首先就问她这为什么？要知她怎样的答复，下回交代。

015　柳岸感沧桑翩鸿掉影　桐阴听夜雨落木惊寒

却说何丽娜忽然叹一口气，陶太太就问她是什么原因。她笑道："偶然叹一口气，有什么原因呢？"陶太太笑道："这话有点不通吧！现在有人忽然大哭起来，或者大笑起来，要说并没有原因，行吗？叹气也是人一种不平之气，当然有原因。伯和常说'不平则鸣'——你鸣的是哪一点呢？"何丽娜道："说出来也不要紧，不过有点孩子气罢了。我想一个人修到了神仙，总算有福了，可是他们一样的有别离，那么，人在世上，更难说了。"家树忍不住了，便道："密斯何说的是双星的故事吗？这天河乃是无数的恒星……"伯和拦住道："得了！得了！这又谁不知道？这种神话，管它是真是假，反正在我们这样干燥烦闷的人生里，可以添上一些有趣的材料。我们拿来解解闷也好，这可无所碍于物质文明，何必戳穿它。譬如欧美人家在圣诞节晚上的圣诞老人，未免增加儿童迷信思想，然而至今，小孩儿的长辈依然假扮着，也无非是个趣字。"家树笑道："好吧，我宣告失败。"陶太太道："本来嘛，密斯何借着神仙还有别离一句话来自宽自解，已经是不得已。退一步想了，偏是你还要证明神仙没有那件事，未免大煞风景。密斯何！你觉我的话对吗？"何丽娜道："都对的。"陶太太笑道："这就怪了！怎么会都对呢？"何丽娜道："怎么不是都对呢！樊先生是给我常识上的指正，陶先生是给我心灵上的体会。"陶太太笑道："你真会说话，谁也不得罪。"

当他们在这里辩论的时候，家树又默然了。伯和夫妇还不大留意，何丽娜却早知道了。越是看出他无所可否，就越觉得他是真不快。他这不快，似乎不是从南方带来的，乃是回北京以后，新感到的。那是什么事呢？莫非他那个女朋友对他有不满之处吗？何丽娜这样想着，也就沉默起来。这茶座上，反而只剩伯和夫妇两个人说话了。坐久一点，陶太太也感到他们有些郁郁不乐了，就提议回家。伯和道："我们的车子在后门，我们不过海去了。"陶太太道："这样夜深，让密斯何一个人到南岸去吗？"伯和道："家树送一送吧。到了前门，正好让何小姐的车子送你回家。"何丽娜道："不要紧的，我坐船到漪澜堂。"陶太太道："由漪澜堂到大门口，还有一大截路呢。"她听说，就默然了。家树觉得，若是完全不作声，未免故作痴聋，太对不住人，便道："不必客气，还是我来送密斯何过去吧。"伯和突然向上一站，将巴掌连鼓了一阵，笑道："很好！很好！就是这样吧。"家树笑道："这也用不着鼓掌呀！"伯和未加深辩，和他太太走了。

这里何丽娜慢慢地站起，正想举着手要伸一个懒腰，手只略抬了一抬，随又放下来，望着家树微笑道："又要劳你驾一趟。我们不坐船，还走过去，好吗？"家树笑着说了一声"随便"，于是何丽娜会了账，走出五龙亭来。

当二人再走到东岸时，那槐树林子，黑郁郁的。很远很远，有一盏电灯，树叶子映着，也就放出青光来。这树林下一条宽而且长的道，越发幽深了，要走许多时间，才有两三个人相遇，所以非常的沉静。两人的脚步，一步一步在道上走着，噗噗的脚踏声，都能听将出来。在这静默的境地里，便仿佛嗅到何丽娜身上的一种浓香，由晚风吹得荡漾着，只在空气里跟着人盘旋。走到树荫下，背着灯光处，就是那露椅上，一双双的人影掩藏着，同时唧唧哝哝的有一种谈话声，在这阴沉沉的夜气里，格外刺耳。离着那露椅远些，何丽娜就对他笑道："你看这些人的行为，有什么感想？"家树道："无所谓感想。"何丽娜道："一人对于眼前的事情，感想或好或坏都可以，决不能一点感想都没有。"家树道："你说是眼前的事吗？越是眼前的事，越是不能发生什么感想。譬如天天吃饭，我们一定有筷子碗的，你见了筷子碗，会发生什么感想呢？"何丽娜笑道："你这话有些不近情理，这种事，怎么能和吃饭的事说成一样呢？"家树道："就怕还够不上这种程度，若够得上这种程度，就无论什么人看到，也不会发生感想了。"何丽娜笑道："你虽不大说话，说出话来，人家是驳不倒的。你对任何一件事，都是这样不肯轻易表示态度的吗？"家树不觉笑起来了，何丽娜又不便再问，于是复沉寂起来。

二人走过这一道东岸，快要出大门了，走上一道长石桥，桥下的荷叶，重重叠叠，铺成了一片荷堆，却看不见一点水。何丽娜忽然站住了脚道："这里荷叶太茂盛，且慢点走。"于是靠在桥的石栏杆上，向下望着。这时并没有月光，由桥上往下看，只是乌压压的一片，并看不出什么意思来。家树不作声，也就背对了桥栏杆站立了一会。何丽娜转过身来道："走吧，但是……樊先生！你今天好像有什么心事似的。"家树叹了一口长气，不曾答复她的话。何丽娜以为他有难言之隐，又不便问了。二人出了大门，同上了汽车，还是静默着。直等汽车快到陶家门首了，何丽娜道："我只送你到门口，不进去了。你……你……你若有要我帮忙之处,我愿尽量的帮忙。"家树道:"谢谢!"说着,就和她点了一个头,车子停住,自作别回家去。

这天晚晌,家树心里想着:我的事,如何能要丽娜帮忙?她对于我总算很有好感,可是她的富贵气逼人,不能成为同调的。到了次日,想起送何丽娜的东西,因为昨天要去游北海,匆忙未曾带走,还放在上房,就叫老妈子搬了出来,雇了一辆人力车,一直就到何宅来。到了门房一问,何小姐还不曾起床。家树一想,既是不曾起床,也就不必惊动了。因掏出一张片子,和带来的东西,一齐都放在门房里。

家树刚一转身,只觉有一阵香气扑鼻而来,看时,有一个短衣汉子,手里提着白藤小篮子站在身边。篮子浮面盖了几张嫩荷叶,在荷叶下,露出一束一尺多长的花梗来。门房道:"糙花儿!我们这里天天早上有人上菜市带回来。没有花吗?谁叫你送这个?"那人将荷叶一掀,又是一阵香气。篮子里荷叶托着红红白白鲜艳夺目的花朵。那人将一束珊瑚晚香玉,一束玉簪花,拿起来一举道:"这是送小姐插花瓶的,不算钱。"说毕,却另提了两串花起来,一串茉莉花穿的圆球,一串是白兰花穿的花排子。门房道:"今天你另外送礼了。这要多少钱?"那人道:"今天算三块钱吧。"说着向门房一笑。家树在一边听了,倒不觉一惊,因问道:"怎么这样贵?"那卖花人将家树看了看,笑道:"先生!你是南方人,你把北京城里的茉莉花、白兰花,当南方价钱卖吗?我是天天上这儿送花,老主顾,不敢多说钱。要在生地方,我还不卖呢。"家树道:"天天往这儿送花,都是这么些个价钱吗?"卖花的道:"大概总差不多吧。这儿大小姐很爱花,一年总做我千儿八百块钱的生意呢。"家树听着点了一点头,自行回去了。

他刚一到家,何丽娜就来了电话,说是刚才失迎,非常抱歉。向来不醒得这般晚,只因昨夜回来晚了,三点钟才睡着,所以今天起床很迟,这可对不住。家树便答应她:"我自己也是刚醒过来就到府上去的。"何丽娜问他:"今天在不在家?"家树就答应:"回京以后,要去看许多朋友,恐怕有两天忙。"何丽娜也就只好说着"再会"了。其实这天家树整日不曾出门,看了几页功课,神志还是不能定,就长长的作了一篇日记。日记上有几句记着是:"从前我看到妇人一年要穿几百元的跳舞鞋子,我已经惊异了。今天我更看到一个女子,一年的插头花,要用一千多元,于是我笑以前的事少见多怪了。不知道再过一些时,我会看到比这更能花钱的妇女不能?或者今天的事,不久也是归入少见多怪之列了。"写好之后,还在最后一句旁边,加上一道双圈。这天，伯和夫妇以为他已开始考试预备，也就不来惊动他了。

到了次日，已是阴历的七月七，家树想起秀姑的约会，吃过午饭，身上揣了一些零钱，就到关家来。老远的在胡同口上，就看见秀姑在门外盼望着，及至车子走近时，她又进去了。走了进去，寿峰由屋里迎到院子里来，笑道："不必进去了，要喝茶说话，咱们到什刹海说去。"家树很知道这老头儿脾气的，便问道："大姑娘呢？同走哇。"秀姑在屋子里咳嗽了两声，整着衣襟走了出来。寿峰是不耐等了，已经出门，秀姑便和家树在后跟着。秀姑自己穿了一件白褂，又系上一条黑裙。在鞋摊子上昨日新收的一双旧皮鞋，今天也擦得亮亮的穿了。这和一个学生模样的青年男子在一处走，越可以衬着自己是个朴素而又文明的女子了。走出胡同来，寿峰待要雇车，秀姑便道："路又不远，我们走了去吧。"她走着路，心里却在盘算着：若是遇见熟人，他们看见我今天的情形，岂不会疑心到我……记得我从前曾梦到同游公园的一回事，而今分明是应了这个梦了……她只管沉沉的想着，忘了一切，及至到了什刹海，眼前忽然开阔起来，这才猛然的醒悟。

家树站在寿峰之后，跟着走到海边，原来所谓海者，却是一个空名。只见眼前一片青青，全是些水田，水田中间，斜斜的土堤，由南至北，直穿了过去。这土堤有好几丈宽，长着七八丈高的大柳树；这柳树一棵连着一棵，这土堤倒成了一条柳岸了。水田约莫有四五里路一个围子。在柳岸上，露出人家屋顶和城楼宫殿来。虽然这里并没有什么点缀，却也清爽宜人。所有来游的游人，都走上那道土堤。柳树下临时支着芦席棚子，有小酒馆，有小茶馆，还有玩杂耍的。寿峰带着家树走了大半截堤，却回头笑问道："你觉得这里怎么样？有点意思吗？"家树笑道："反正比天桥那地方干净。"寿峰笑道："这样说，你是不大愿意这地方。那么，我们先去找地方坐一坐再说吧。"于是三个人放慢了脚步，两边找座。芦席棚里，便有一个人出来拦住了路，向三人点着头笑道："你们三位歇歇吧。我们这儿干净，还有小花园，雅致得很！"家树看时，这棚子三面敞着，向东南遥对着一片水田，水田里种的荷叶，乱蓬蓬的，直伸到岸上来。在棚外柳树荫下，摆了几张红漆桌子，便对寿峰道："就是这里吧。"寿峰还不曾答言，那伙计已经是嚷着打手巾，事实上也不能不进去了。

三人拣了一副靠水田的座位坐下，伙计送上茶来，家树首先问道："你说这儿有小花园，花园在哪里？"伙计笑着一指说："那不是？"大家看时，原来在柳荫下挖了大餐桌面大的一块地，栽了些五色小喇叭花和西洋马齿苋；沿着松土，插了几根竹竿木棍，用细粗绳子编了网，上面爬着扁豆丝瓜藤，倒开了几朵红的黄的花朵，大家一见都笑了。家树道："天下事，都是这样闻名不如见面。北京的陶然亭，去过了，是城墙下苇塘子里一所破庙；什刹海现在又到了，是些野田。"寿峰道："这个你不能埋怨传说的错了，这是人事有变迁。陶然亭那地方，从前四处都是水，也有树林子，一百年前，那里还能撑船呢。而今水干了，树林子没有了，庙也就破了。再说到什刹海，那是我亲眼得见的，这儿全是一片汪洋的大湖，水浅的地方，也有些荷花。而且这里的水，就是玉泉山来的活水，一直通三海。当年北京城里，先农坛，社稷坛，都是禁地，更别提三海和颐和园了。住在北京城里的阔人，整天花天酒地，闹得腻，要找清闲之地，换换口味，只有这儿和陶然亭了。至于现在的阔人，一动就说上西山。你想，那个时候，可是没汽车，谁能坐着拖尸的骡车，跑那么远去？可是打我眼睛里看去，我还是乐意在这种芦席棚子下喝一口水，比较的舒服。有一次，我到中央公园去，口渴了，要到茶座上找个座儿。你猜怎样着？我走过去，简直没有人理会。叫了两声茶房，走过来一个穿白布长衣的，他对我瞪着眼说：'我们这儿茶卖两毛钱一壶。'瞧他那样子，看我是个穷老头儿，喝不起茶，我不和他说就走了。你瞧，一到了这什刹海，这儿茶房是怎样？这还是我上次到中央公园去穿着的那件蓝布大褂，可是他老远的就招呼着我请到里面坐了。"家树笑道："那总算好，大叔不曾把公园里的伙计打上一顿呢。"寿峰道："他和我一样，也是个穷小子，犯不着和他计较。好像什刹海这地方，从前也是不招待蓝布大褂朋友。而今穿绸衣的不大来，蓝布大褂朋友就是上客。也许中央公园，将来也有那样一天。"家树道："桑田变沧海，沧海变桑田，古今的事，本来就说不定。若是这北京三海，改成四海，这什刹海，也把红墙围起，造起宫殿来，当然这里的水田，也就成了花池了。"说着，将手向南角一指，指着那一带绿柳里的宫墙。

就在这一指之间，忽然看见一辆汽车，由南岸直开上柳堤来。柳堤上的人，纷纷向两边让开。这什刹海虽是自然的公园，可是警厅也有管理的规则。车马在两头停住，不许开进柳堤上来。这一辆汽车，独能开到人丛中来，大概又是官吏了。寿峰也看见了，便道："我们刚说要阔人来，阔人这就来了。若是阔人都要这样骑着老虎横冲直撞，那就这地方不变成公园也好。因为照着现在这样子，我们还能到这儿来摇摇摆摆，若一抖起来，我们又少一个可逛的地方了。"家树听着微笑，只一回头，那辆汽车，不前不后，恰恰停在这茶棚对过。只见汽车两边，站着四个背大刀挂盒子炮的护兵，跳下车来，将车门一开。家树这座上三个人，不由得都注意起来，看是怎样一个阔人？及至那人走下车来，大家都吃一惊，原来不是赳赳武夫，也不是衣冠整肃的老爷，却是一个穿着浑身绮罗的青年女子。再仔细看时，那女子不是别人，正是凤喜。家树身子向上一站，两手按了桌子，"啊"了一声，瞪了眼睛，呆住了作声不得。凤喜下车之时，未曾向着这边看来，及至家树"啊"了一声，她抬头一看，也不知道和那四个护兵说了一句什么，立刻身子向后一缩，扶着车门，钻到车子里去了。接着那四个护兵，也跟上车去，分两边站定，马上汽车呜的一声，就开走了。家树在凤喜未曾抬头之时，还未曾看得真切，不敢断定。及至看清楚了，凤喜身子猛然一转，她脚踏着车门下的踏板，穿的印花亮纱旗衫，衣褶掀动，一阵风过，飘荡起来。因衣襟飘荡，家树连带的看到她腿上的跳舞袜子。家树想起从前凤喜曾要求过买跳舞袜子，因为平常的也要八块钱一双，就不曾买，还劝了她一顿，以为不应该那样奢侈，而今她是如愿以偿了。在这样一凝想之间，喇叭呜呜声中，汽车已失所在了。

　　秀姑坐的所在，正是对着芦棚外的大道，更看得清楚。知道家树心中，是一定受有很大的刺激，要安慰他两句，又不知要怎样说着才好。家树脸对着茶棚外呆了，秀姑又向着家树的脸看呆了。寿峰先是很惊讶，后来一想，明白了，便站起来，拍着家树的肩膀道："老弟！你看着什么了？"家树点了点头，坐将下来，微微地叹了一口气，脸却望着秀姑。寿峰问道："我的眼睛不大好，刚才车上下来的那个人，我没有十分看清楚，是姓沈的吗？"秀姑道："没有两天，你还见着呢，怎么倒问起我来？"寿峰道："虽然没有两天，地方不同呀，穿的衣服也不同呀，这一股子威风，更不同呀！谁想得到呢？"

　　家树听了寿峰这几句话，脸上一阵白似一阵，手拿着一满杯茶，喝一口便放下，放下又端起来喝一口，却只是不作声。秀姑一想，今天这一会，你应该死心塌地，对她不再留恋了吧！因对寿峰道："刚才我倒想向前看看她的，反正我也是个女子。她就是有四个护兵，谅她也不能将我怎样？"寿峰道："那才叫多事呢！这种人还去理她做什么？她有脸见咱们，咱们还没有脸见她呢。总算她还知道一点羞耻，避开咱们了。"家树手摸着那茶杯，摇着头，又叹了一口气。寿峰笑道："樊家老弟！我知道你心里有些不好过。可是你刚才还说了呢，桑田变成沧海，沧海变成桑田。那么大的东西，说变就变，何况一个人呢。我说一句不中听的话，你就只当这趟南下，她得急病死了，那不也就算了吗？"秀姑笑道："你老人家这话有些不妥，何不说是只当原来就不认识她呢？若是她真得急病死了，樊先生能这样子吗？"秀姑把这话刚说完，忽然转念：我这话更不妥了，我怎么会知道他不能这样？我一个女子，为什么批评男子对于女子的态度，这岂不现出轻薄的相来吗？于是先偷看了看寿峰，再又偷看家树，见他们并没有什么表示，自己的颜色才安定了。

家树沉思了许久，好像省悟了一件什么事的样子，然后点点头对寿峰道："世上的事，本来难说定。她一个弱女子，上上下下，用四个护兵看守着她，叫她有什么法子？设若她真和我们打招呼，不但她自己要发生危险，恐怕还不免连累着我们呢。"寿峰笑道："老弟！你这人太好说话了。我都替你生气呢，你自己倒以为没事。"家树道："宁人负我吧。"寿峰虽不大懂文学，这句话是明白的，于是用手摸着胡子，叹了一口气。秀姑更不作声，却向他微笑了一笑。笑是第一个感觉的命令，当第二个感觉发生时，便想到这笑有点不妥，连忙将手上的小白折扇打开，掩在鼻子以下。家树也觉自己这话有点过分，就不敢多说了。

坐谈了一会，寿峰遇到两个熟人，那朋友一定要拉着过去谈谈，只得留下家树和秀姑在这里。二人默然坐了一会，家树觉得老不开口又不好，便问道："我去了南方一个多月，大姑娘的佛学，一定长进不少了。现在看了些什么佛经了？"秀姑摇了一摇头，微笑道："没有看什么佛经。"家树道："这又何必相瞒！上次我到府上去，我就看到大姑娘燃好一炉香，正要念经呢。"秀姑道："不过是《金刚经》《心经》罢了。上次老师傅送一本《莲华经》给我，我就看不懂，而且家父说，年轻的人看佛经，未免消磨志气，有点反对，我也就不勉强了。樊先生是反对学佛的吧？"家树摇着头道："不！我也愿意学佛。"秀姑道："樊先生前程远大，为了一点小小不如意的事，就要学佛，未免不值！"家树道："天下哪有样样值得做的事，这也只好看破一点罢了。"秀姑道："樊先生真是一片好心待人，可惜人家偏不知道好歹。"家树将手指蘸着茶杯子里的剩茶，在桌上搽抹着，不觉连连写了好几个"好"字。寿峰走回来了，便笑道："哎，你什么事想出了神？写上许多好字。"家树笑了，站起来道："我们坐得久了，回去吧。"寿峰看他心神不定，也不强留，就请他再看一看这里的露天游戏场去。

会了茶钱，一直顺着大道向南，见柳荫下渐渐芦棚相接，除茶酒摊而外，有练把式的，有说相声的，有唱绷绷儿戏的，有拉画片的，尽头还有一所芦棚戏园。家树看着倒也有趣，把心里的烦闷，解除了一些。又走过去，却听到一阵弦索鼓板之声顺风吹来。看时，原来是柳树下水边，有一个老头子带着一个女孩子在那儿唱大鼓书，周围却也摆了几条短脚长板凳。家树一看到这种现象，不由得前尘影事，兜上心来，一阵头晕，几乎要摔倒在地，连忙一手按住了头，站住了不动。寿峰抢上前，搀着他道："你怎么了？中了暑吗？"家树道："对了！我闻到一种不大好的气味，心里难受得发昏了。"寿峰见路边有个茶座，扶着他坐下。秀姑道："樊先生大概坐不住了，我先去雇一辆车来，送樊先生回去吧。"她一人走上前，又遇到一所芦棚舞台。这舞台比较齐整一点，门口网绳栏上，挂着很大的红纸海报，上面大书特书：今天七月七日应节好戏《天河配》。秀姑忽然想起，父亲约了今天在什刹海相会，不能完全是无意的啊！本来大家谈得好好的，又遇见了那个人。但是他见那个人不但不生气，反而十分原谅她。那么，今天那个人没来，他又能有什么表示呢？这倒很好，可以把他为人看穿了……

秀姑只是这样想着，却忘了去雇车子。寿峰忽然在后面嚷道："怎么了？"回头看时，家树已经和寿峰一路由后面跟了来，家树笑道："大姑娘为什么对戏报出神？要听戏吗？"秀姑笑着摇了一摇头，却见他走路已是平常，颜色已平定了，便道："樊先生好了吗？刚才可把我吓了一跳。"说到这个"跳"字，可又偷眼向寿峰看了一看，接上脸也就红了。寿峰虽不曾注意，但是这样一来，就不便说要再玩的话，只得默然着走了。

到了南岸，靠了北海的围墙，已是停着一大排人力车，随便可雇。家树站着呆了一呆，因问寿峰道："大叔，我们分手吗？"寿峰道："你身体不大舒服，回去吧，我们也许在这里还遛一遛弯儿。"秀姑站在柳树下，那垂下来的长柳条儿，如垂着绿幔一般，披到她肩上。她伸手拿住了一根柳条，和折扇一把握着，右手却将柳条上的绿叶子，一片一片儿的扯将下来，向地下抛去，只是望着寿峰和家树说话，并不答言。那些停在路旁的人力车夫，都是这样想着：这三个人站在这里不曾走，一定是要雇车的了。一阵风似的，有上十个车夫围了上来，争着要车不要？家树被他们围困不过，只得坐上一辆车子就拉起走了。只是在车上揭了帽子，和寿峰点点头说了一声"再会"。

当下寿峰对秀姑道："我们没事。今天还是个节期，我带着你还走走吧。"秀姑听说，这才把手上的柳条放下了，跟着父亲走。寿峰道："怎么回事？你也是这样闷闷不乐的样子，你也是中了暑了？"秀姑笑道："我中什么暑？我也没有那么大命啦。"寿峰道："你这是什么话？中暑不中暑，还论命大命小吗？"秀姑依旧是默然地跟着寿峰走，并不答复。寿峰看她是这样的不高兴，也就没有什么游兴，于是二人就慢慢开着步子，走回家去。

到了家之后，天色也就慢慢地昏黑了。吃过晚饭，秀姑净了手脸，定了一定心事，正要拿出一本佛经来看，却听得院子里有人道："大姑娘！你也不出来瞧瞧吗？今天天上这天河，多么明亮呀！"秀姑道："天天晚上都有的东西，那有什么可看的？"院子外有人答道："今天晚上，牛郎会织女。"秀姑正待答应，有人接嘴道："别向天上看牛郎织女了，让牛郎看咱们吧。他们在天上，一年倒还有一度相会，看着这地下的人，多少在今天生离死别的。人换了一班，又是一班，他们俩是一年一度的相会着，多么好！我们别替神仙担忧，替自己担忧吧。"秀姑听了这话，就不由得发起呆来，把看佛经的念头丢开，径自睡觉了。

自这天起，秀姑觉着有什么感触，一会儿很高兴，一会儿又很发愁，只是感到心神不宁。但是就自那天起，有三天之久，家树又不曾再来。秀姑便对寿峰说道："樊先生这次回来，不像从前。几天不见，也许他会闹出什么意外，我们得瞧他一瞧才好。"寿峰道："我要是能去瞧他，我早就和他往来了。他们那亲戚家里总看着我们是下等人，我们去就碰上一个钉子，倒不算什么，可是他们亲戚要说上樊先生两句，人家面子上怎样搁得下？"秀姑皱了眉道："这话也是。可是人家要有什么不如意的话，咱们也不去瞧人家一瞧，好像对不住似的。"寿峰道："好吧！今天晚上我去瞧他一瞧吧。"秀姑便一笑道："不是我来麻烦你，这实在也应该的事。"父女们这样的约好，不料到了这天晚上，寿峰有点不舒服，同时屋檐下也滴滴答答有了雨声，秀姑就不让她父亲去看家树，以为天晴了再说。寿峰觉得无甚紧要，自睡着了。

但是这个时候，家树确是身体有病，因为学校的考期已近，又要预备功课，人更觉疲倦起来。这天晚上，他只喝了一点稀饭，便勉强的打起精神在电灯下看书。偏是这一天晚上，伯和夫妇都没有出门，约了几位客，在上房里打麻将牌。越是心烦的人听了这种哗啦哗啦的牌声，十分吵人。先虽充耳不闻，无奈总是安不住神。仿佛之间，有一种凉静空气，由纱窗子里透将进来。加上这屋子里，只有桌上的一盏铜檠电灯，用绿绸罩了，便更显得这屋子阴沉沉的了。家树偶然一抬头，看到挂着的月份牌，已经是阴历七月十一了，今夜月亮，该有大半圆，一年的月色，是秋天最好，心里既是烦闷，不如到外面来看看月色消遣。于是熄了电灯，走出屋来，在走廊上走着。向天上看时，这里正让院子里的花架挡得一点天色都看不见，于是绕了个弯子，弯到左边一个内跨院来。

这院子里北面，一列三间屋，乃是伯和的书房，布置得很是幽雅的。而且伯和自己，也许整个星期，不到书房来一次，这里就更觉得幽静了。这院子里垒着有一座小小的假山，靠山栽了两丛小竹子。院子正中，却一列栽有四棵高大的梧桐。向来这里就带着秋气的，在这阴沉沉的夜色里，这院子里就更显得有一种凄凉萧瑟的景象。抬头看天上，阴云四布，只是云块不接头的地方，露出一点两点星光来。那大半轮新月，只是在云里微透出一团散光，模模糊糊，并不见整个的月影。那云只管移动，仿佛月亮就在云里钻动一般。后来月亮在云里钻出来，就照见梧桐叶子绿油油的，阶石上也是透湿，原来晚间下了雨，并不知道呢。那月亮正偏偏地照着，挂在梧桐一个横枝上，大有诗意。心里原是极烦闷的，心想看看月亮，也可以解解闷，于是也不告诉人，就拿了一张帆布架子床，架在走廊下来看月。不料只一转身之间，梧桐叶上的月亮不见了，云块外的残星也没有了，一院漆黑，梧桐树便是黑暗中几丛高巍巍的影子。不多久，树枝上有噗笃噗笃的声音落到地上，家树想，莫不是下雨了？于是走下石阶，抬头观望，正是下了很细很密的雨丝。黑夜里虽看不见雨点，觉得这雨丝，由树缝里带着寒气，向人扑了来。梧桐叶上积得雨丝多，便不时滴下大的水点到地上。家树正这样望着，一片梧桐叶子，就随了积雨，落在家树脸上。家树让这树叶一打，脸上冰了一下，便也觉得身上有些冷了，就复走到走廊下，仍在帆布床上躺着。

现在，家树只觉得一院子的沉寂，在那边院子里的打牌声一点听不见，只有梧桐上的积雨，点点滴滴向下落着，一声一声很清楚。这种环境里，那万斛闲愁，便一齐涌上心来，人不知在什么地方了。家树正这样凝想着，忽然有一株梧桐树，无风自动起来了，立时稀里沙啦，水点和树叶，落了满地。突然有了这种现象，不由得吃了一惊，自己也不知是何缘故，连忙走回屋子里去，先将桌灯一开，却见墨盒下面压了一张字条，写着酒杯大八个字，乃是"风雨欺人，劝君珍重"。一看桌上放的小玻璃钟，已是两点有余，这时候，谁在这里留了字？未免奇怪了。要知道这字条由何而来，下回交代。

016 托迹权门姑为蜂蝶使 寻盟旧地喜是布衣交

却说家树拿了那张字条，仔细看了看，很是疑惑，不知道是谁写着留下来的。家里伯和夫妇用不着如此，听差自然是不敢。看那笔迹，还很秀润，有点像女子的字。何丽娜是不曾来，哪还有第二个女子能够在半夜送进这字条来呢？再一看桌上，墨盒不曾盖得完整，一支毛笔，没有套笔帽，滚到了桌子犄角上去了。再一想想，刚才跨院里梧桐树上那一阵无风自动，更加明白。心里默念着，这样的风雨之夜，要人家跳墙越屋而来，未免担着几分危险。她这样跳墙越屋，只是要看一看我干什么，未免隆情可感。要是这样默受了，良心上过不去；要说对于她去作一种什么表示，然而这种表示，又怎样的表示出来呢？自己受了她这种盛情，不由得心上添了一种极深的印象；但是自己和她的性情，却有些不相同，这是无可如何的事了。睡上床去，辗转不寐，把生平的事，像翻乱书一般，东一段西一段，只是糊里糊涂的想着。到了次日清晨，自己忽然头晕起来，待要起床，仿佛头上戴着一个铁帽子，脑袋上重颠颠的抬不起来，只好又躺下了。这一躺下，不料就病起来。一病两天，不曾出卧室。

第二天下午，何丽娜才知道这个消息，就专程来看病，她到了陶家，先不向上房去，一直就到家树的屋子里来，站在门外，先轻轻咳嗽了两声，然后问道："樊先生在家吗？"家树听得清楚，是何丽娜的声音，就答道："对不住，我病了，在床上呢！"何丽娜笑道："我原知道你病了，特意来看病的。"说着话，她已经走进屋子来了。

家树穿了短衣，赤着双脚，高高的枕着枕头。在枕边乱堆着十几本书，另外还有些糖果瓶子和丸药纸包。但是这些东西之中，另有一种可注目的东西，就是几张相片背朝外，面朝下，覆在书页上。何丽娜进得门来，滴溜着一双眼睛的光线，就在那书页上转着。家树先还不知道，后来明白了，就故意清理着书，把那相片夹在书本子里，一齐放到一边去了，笑道："我真是不恭得很，衣服没有穿，袜子也没有穿。"说着，两手扶了床沿，就伸脚下床来踏着鞋。何丽娜突然向前，一伸两手道："我们还客气吗？"她说这话时，本想就按住着家树的肩膀，不让他站起来的，后来忽然想到，这事未免孟浪一点。她这一犹豫，那两只伸出来的手，也就停顿了，再伸不上前去，只把两只手作了一个伸出去的虚势子，离着床沿有一二尺远，倒呆住了。家树若是站起来，便和她对面对的立着了；坐着不动，也是不好，只得笑道："恭敬不如从命，我就躺下了。何小姐请坐，我叫他们倒茶。"何丽娜笑道："我是来探病的，你倒要张罗我？"

家树还不曾答话时，陶太太从外面答着话进来了，她道："你专诚来探病，他张罗张罗，还不应该的吗？你别客气，你再客气，人家心里就更不安了。"何丽娜笑道："陶太太又该开玩笑了。"说着话，向后退了两步。陶太太一只手挽着她的手，一只手拍着她的肩膀，向她微微一笑，却不说什么。何丽娜却正着颜色道："樊先生怎么突然得着病了？找大夫瞧瞧吗？"陶太太道："我早就主张他瞧瞧去的，况且快要考学校呢。"何丽娜这才抽开了陶太太两只手，又向后退了几步，搭讪着就翻桌上的书。只翻了两页，却在书页子里面翻出一张字条来，乃是"风雨欺人，劝君珍重"。大字下面，却有两行小字："落花有意，流水无情，奈何奈何！"这大字和小字，分明是两种笔迹，而且小字看得出是家树添注的。自己且不作声，就悄悄地将这字纸握在手心里，然后慢慢放到衣袋里去了。因为陶太太在屋子里，也不便久坐，又劝家树还是上医院看看好，不要酿成了大病，就和陶太太到上房去了。家树也想着自己既要赶去考试，不可耽误，去看看也好。又想着关氏父女对自己很留心，要通知他们一声才对。这天晚上，人静了，就起床写了一封信给寿峰。又想到寿峰在家的时候少，这信封面上就写了秀姑的名字。信写完了，人也够疲倦的了，将信向桌上一本书里一夹，便上床睡了。

次日早上，还不曾醒过来，何丽娜又来看他的病，见他在床上睡得正酣，未便惊动，就到桌上打开墨盒，要留上一个字条，忽见昨日夹着字条的书本，还在那里，心想这书里或者不止这一张字条，还有可寻的材料也未可知，于是又将书本翻了一翻，只一掀，那一封信就露了出来。信上写着：后门内邻佛寺胡同二十号关秀姑女士收启。何丽娜看到，不由心里一跳，回头一看家树，依然稳睡，于是心里将这地址紧紧的记下了，信还夹在书里，也不留字条，自出房去了。

家树醒来，已是十点钟，马上上医院，中途经过邮局，将给秀姑的信投寄了，到了医院里，仔细一检查，也没有什么大病，医生开了药单，却叫他多多的到公园里去散步，认为非处在良好的环境，解放心灵不可。今天吃了这药，明天再来看。家树急于要自己的病好，自然是照办。

这医院，便是上次寿峰养病的所在，那个有点近视的女看护，一见迎了上来，笑道："樊先生，密斯关好吗？"家树点了点头。女看护道："密斯关怎么不陪着来呢？"家树笑道："我们也不常见面的。"说着就走开了。

到了次日下午，家树上医院来复诊，一进门，就见那女看护向这边指着道："来了来了。原来秀姑正站着和她说话，是在打听自己来没有来呢。秀姑一见，也不和女看护谈话了，自迎上来。一看家树时，帽子拿在手上，蓬蓬的露出一头乱发，脸上伸出两个高拱的颧骨来，这就觉得上面的眼眶，下面的腮肉，都凹了进去，脸上白得像纸一般，一点血色没有，只有穿的那件淡青秋罗长衫，飘飘然不着肉，越是现出他骨瘦如柴了。秀姑"啊"了一声道："几天不见，怎么病得这样厉害！你是那晚让雨打着，受了凉了。"家树道："我很感谢大姑娘照顾。"说着，回头四周看了一看，见没有人，因低声道："我有一件大事，要拜托大叔。今天约大叔来，大叔没来吗？"秀姑沉吟了一会道："是，你有什么话，告诉我是一样的。"

当下二人走到廊下，家树在一张露椅上坐下了，因道："我这病是心病……"秀姑站在他面前，脸就是一红。家树正着色道："也不是别的心病，就是每天晚晌，我都会做可怕的梦，梦到凤喜受人的虐待。昨晚又梦见了，梦见她让人绑在一根柱子上，头上的短头发披到脸上和口里，七八个大兵围着她。一个大兵，拿了藤鞭子在她身上乱抽。她满脸都是眼泪，张着嘴叫救命，有一个抽出手枪来，对着她说：'你再嚷就把你打死。'我吓醒了，一身的冷汗，将里衣都湿透了。我想这件事，不见得完全是梦，最好能打听一点消息出来才好。这事除了大叔，别人也没有这大的能耐。"秀姑笑道："樊先生你这样一个文明人，怎么相信起梦来了呢？你要知道她现在很享福，用不着你挂念她的。"家树道："虽然这样说，可是这是理想上的话，究竟在里面是不是受虐待，我们哪会知道！况且我这种噩梦，不是做了一天，这里面恐怕总不能没有一点缘故！"秀姑见他那种忧愁的样子，两道眉峰，几乎紧凑到一处去，他心中的苦闷，绝不是言语可以解释的，便道："樊先生，你宽心吧，我回去就可以和家父商量的。好在他是熟路，再去看一趟。也不要紧。"家树便带一点笑容道："那就好极了，什么时候回我的信呢？"秀姑想了一想，笑道："你身体不大好，自然是等着回信的，三天之内吧。"家树站了起来，抱着拳头，微微地向秀姑拱了拱手，口里连道："劳驾，劳驾。"

秀姑心里虽觉得不平，可是见他那可怜的样子，却又老大不忍，陪着他挂了复诊的号，送着他到了候诊室；看到他由诊病室又出来了，然后问他医生怎么说，要紧不要紧。家树笑道："你瞧，我还能老远的到医院来治病，有什么要紧。不过他总说我精神上受了刺激，要好好的静养，多多上公园。"说着话时，秀姑见他只管喘气，本想搀着他出门上车，无如自己不是那种新式的女子，没有那种勇气。只是近近地跟在家树后面走，眼望着他上车而去，自己才一步一步挨着人家墙脚下走路。心里想着刘将军家里，上次让父亲去了一次，已经是冒险，现在哪有再让他去的道理。但是樊先生救了我父亲一条命，现在眼见得他害了这种重病，我又怎能置之不理！我且先到刘家前后去看看，究竟是怎么个样子。于是决定了主意，向刘家而来。

秀姑自刘家前门绕到屋后，看了一周，不但是大门口有四个背大刀的，另外又加了两个背快枪的。那条屋边的长胡同，丁字拐弯的地方，添了一个警察岗位，又添了一个背枪的卫兵，似乎刘家对于上次的事，有点知道，现在加以警戒了。据着这种情形看来，这地方是冒险不得的了。但进不去，又从何处打听凤喜的消息？这只有一个办法，去找凤喜的母亲，然而她的母亲在哪里？又是不知道。一天打听不出凤喜的消息，家树一天就不安心。他既天天梦到凤喜，也许凤喜真受了虐待。看那个女子，不是负心人，她让姓刘的骗了去，又拿势力来压迫。一个十几岁的女孩子，她哪里抵抗得了！若是她真还有心在樊先生身上，我若把她二人弄得破镜重圆，她二人应当如何感激我哩。

秀姑一人只管低头想着，也不知走到了什么地方，猛然抬头看时，却是由刘家左边的小巷，转到右边的小巷来了。走了半天，只把人家的屋绕了一个大圈圈。自己前面有两个妇人一同走路，一个约莫有五十多岁，一个只有二十上下。那年老的道："我看那大人，对你还不怎样，就是嫌你小脚。"那一个年轻的道："不成就算了。我看那老爷脾气大，也难伺候呢。可是那样大年纪的老爷，怎么太太那样小，我还疑心她是小姐呢。"秀姑听了这话，不由得心里一动，这所说的，岂不是刘家吗？那年老的又道："李姐，你先回店去吧，我还要到街上去买点东西，回头见。"说着，她就慢慢地走上了前。秀姑这就明白了，那老妇是个介绍佣工的，少妇是寄住在介绍佣工的小店里的，便走紧两步，跟着那老妇，在后面叫了一声"老太太"。这"老太太"三字，虽是北京对老妇人普通的称呼，但是下等人听了，便觉得叫者十分客气，所以那老妇立刻掉转身子来问道："你这位姑娘面生啦，有什么事？"

秀姑见旁边有个僻静的小胡同，将她引到里面，笑问道："刚才我听到你和那位大嫂说的话，是说刘将军家里吗？"老妇道："是的。你打听做什么？"秀姑笑道："那位大嫂既是没有说上，老太太，你就介绍我去怎么样？"那老妇将秀姑浑身上下打量了一番，笑道："姑娘，你别和我开玩笑！凭你这样子，会要去帮工？况且我们店里来找事的人，都要告诉我们底细，或者找一个保人，我们才敢荐出去。"秀姑在身上一摸，掏出两块钱来，笑道："我不是要去帮工。老实告诉你吧，我有一个亲戚的女孩子，让拐子拐去了，我在四处打听。听说卖在刘家，我想看看，又没法子进去。你若是假说我是找事的，把我引进去看看，我这两块钱，就送你去买一件衣服穿。"说时，将三个指头，钳住两块光滑溜圆的洋钱，搓着嘎嘎作响。

老妇眼睛望了洋钱，掀起一只衣角，擦着手道："去一趟得两块钱，敢情好。可是你真遇到了那孩子，那孩子一嚷起来，怎么办呢？那刘将军脾气可不好惹呀！"秀姑笑道："这个不要紧。那孩子三岁让人拐走，现在有十八九岁了，哪里会认得我！我去看看，不过是记个大五形儿，我也不认得她呀。"老妇将手一伸，就要来取那洋钱，笑道："好事都是人做的，听你说得怪可怜儿的，我带你去一趟吧。"秀姑将手向怀里一缩，笑道："设若他们说我不像当老妈子的，那怎么办呢？"老妇笑道："大宅门里出来的老姐妹们，手上带着金溜子的，还多着呢，不过没有你年轻罢了。可是刘家他正要找年轻的，这倒对劲儿，要去我们就去，别让店里人知道。"秀姑见她答应了，就把两块钱交给她。那老妇又叫秀姑进门之后少说话，只看她的眼色行事，于是就引着秀姑向刘宅来。

秀姑只低了头，跟着老妇进门，由门房通报以后，一路走进上房。远远地就见走廊下，摆了一张湘妃榻，凤喜穿着粉红绸短衣，踏着白缎子拖鞋，斜靠在那榻上。榻前一张紫檀小茶几，上面放了两个大瓷盘子，堆上堆下，放着雪藕，玫瑰葡萄，苹果，玉芽梨，浅红嫩绿，不吃也好看。湘妃榻四围，罗列着许多盆景。这晚半天，那晚香玉珍珠兰之属，正放出香气来。老妇看见凤喜，远远的蹲下去请了一个安，笑道："太太，你不是嫌小脚的吗？我给你找一个大脚的来了。"

凤喜一抬头，不料来的是秀姑，脸色立刻一红。秀姑望了她，站在老妇身后，摇了一摇手，又将嘴微微向老妇一努。凤喜本由湘妃榻上站了起来，一看秀姑的情形，又镇定着坐了下去。

恰是巧，一句话不曾问，刘将军出来了。秀姑偷眼看他时，粗黑的面孔上，那短胡子尖向上竖起；那麻黄眼睛，如放电光一般的看着人。身上穿着纺绸短衫裤，衫袖卷着肘弯以上。一手又着腰，一手拿了一个大梨，夹着皮乱咬。秀姑不敢看他，就低了头。他将梨指着秀姑道："她也是来做工的吗？"老妇蹲着向刘将军请了一个安，笑道："可不是吗，她妈是在一个总长家里做工的。她跟着她妈作细活，现在想自己出来找一点事。她可是个大姑娘，你瞧成不成？"刘将军笑着点了点头道："怎么不成！今天就上工吧。我们太太年轻，就要找个年轻的人伺候她才对，这个姑娘倒也不错，你瞧怎么样？"

当刘将军走出来了的时候，凤喜站了起来，拿了一串葡萄，只管一颗一颗的摘了下来，向口里吸着蜜瓢。吸了一颗，又摘一颗，眼睛只望着果盘子里，不敢看秀姑。等到刘将军问起她的话来，她才答道："我随便你。"

刘将军张着嘴哈哈大笑起来，走了过来，将右手一伸，托住凤喜的下巴颏，让凤喜扬着脸。左手一个指头，点着凤喜道："找一个漂亮的人儿，你不乐意吗？去年我到上海去，看见人家有雇大姑娘做事的，叫做大姐，我就羡慕得了不得。回北京来，找了一年，也没找着，今天真找着了，我为什么不用？别说她是一个人，就是一个狐狸精变的，我都得用下。"说着抽了手回来，自己一阵乱鼓掌，又道："那不行！你有生气的样子，你得乐。"说时，横了眼睛望着凤喜，凤喜果然对他嘻嘻地笑了。

秀姑看了这样子，嘴里说不出什么，可是两只脚站在地上，恨不得将地站下一个窟窿去。刘将军道："呔！那姑娘你在我这里干下去吧。我给你三十块钱一个月，你嫌不嫌少？"秀姑一看他那样子，便微微一笑，低着声音道："今天我得回去取铺盖，明天来上工吧。"刘将军走近一步，向她道："你别害臊，有话对我说呀。好吧，我明天上天津去，后天就回来的，你别因为没看见我就不干。也别听我这小太太的话，她做不了主的。"凤喜手里拿着一个雪梨，背过脸用小刀子削皮，对秀姑以目示意。秀姑领悟了，便扯了一扯老妇的衣襟，一同出来了。老妇走到僻巷里，将衣襟扯起来，揩着额角上的冷汗道："我的妈，我的魂都吓掉了。这真不是可以闹着玩的！"秀姑一笑，转身自回家了。

秀姑到了家里，将话告诉了寿峰。寿峰笑道："使倒使得。可是将来你一溜，那姓刘的和老婆子要起人来，她要受累了。"秀姑见父亲答应了，很是欢喜。

次日上午秀姑先到医院里见家树，将详细的经过，都告诉了他。家树忘其所以，不觉深深的对秀姑作了三个揖。秀姑向后退了两步，笑着低了声音道："你这样多礼。"家树道："我也来不及写信了，请你今天仔细地问她一问。她若是不忘记我，我请她趁着今明天这个机会，找个地方和我谈两句话。"说着，又想了一想道："不吧，我还是写几个字给她。"于是向医院里要了一张纸，用身上的自来水笔，就在候诊室里，伏在长椅的椅靠上写，可是提起笔先写了"凤喜"两字，就呆住了。以下写什么呢？候诊室里人很多，又怕只管出神会引起人家注意，于是接着写了八个字："我对于你依然如旧。"写完，摇了一摇头，把笔收起，将纸捏成一团对秀姑道："我没法写，还是你告诉她的好。"秀姑也只好点了点头，起身便走。家树又追到候诊室外来，对秀姑道："信还是带去吧，她总看得出是我的亲笔。"于是又把纸团展开。找了一个西式窗口，添上一行字："伤心人白。"秀姑看他写这四个字的时候，脸色惨白。秀姑也觉得他实可伤心，心里有点忍不住凄楚，手里拿过字纸就闪开一边，因道："我有了机会，再打电话告诉你吧。"

秀姑匆匆地离开了医院，就到刘将军家来，向门房里说明了，是来试工的，一直就奔上房。上房另有女仆，再引她到凤喜卧室里去。凤喜一见，便说道："将军到天津去了，我也不知道他有什么事分配你做。今天你先在我屋子里陪着我，做点小事吧。"秀姑会意，答应了一声"是"。等到屋子里无人，凤喜才皱了眉道："大姐，你的胆子真大！怎么敢冒充找事，混到这里来。若是识破了，恐怕你的性命难保，就是我也不得了。"秀姑笑道："是呀，这是将军家里，不是闹着玩的。可是还有个人，性命也难保呢！我拼了我这条命，也只好来一趟。为什么呢？因为人家救过我父亲的命，我不能不救他的命。"秀姑说着话脸色慢慢地不好看，最后就板着脸，两手一抱膝盖，坐到一边椅子上。凤喜道："大姐，你这话是说我忘恩负义吗？我也是没有法子呀！现在樊大爷怎么样了，他叫你来有什么意思？"秀姑便在身上掏出字条，交给凤喜道："这是他让我带给你的信。"于是把那天什刹海见面以至现在的情形，说了一遍。凤喜将字条看了一看，连忙捏成一个纸团，塞在衣袋里，因道："他忘不了我，我知道。可是我现在已经嫁了人，我还有什么法子！就请你告诉他，多谢他惦记。至于他待我的好处，我也忘不了。不瞒你说，现在我手上倒也方便，拿个一万八千儿的，还不值什么，我有点东西谢他，请你给我拿了去。"秀姑笑道："一万八千——就是十万八万，你也拿得出来，这个我早知道了。但是他不望你谢他，只要你治他的病。"凤喜道："我又不是大夫，我怎么能治他的病？"秀姑道："你想，他害病，无非是想你。现在你有两个药方可以治他的病：其一，你是趁了这个机会，跟他逃去；其二，你当面对他说明，你不爱他了，现在日子过得很好。这样，他就死心塌地不再想你了，病也就好了。我跟人家传信，只得说到这种样子。你要怎么办，那就听凭于你。"说完，又板起了脸孔。

凤喜看看秀姑的脸色，又想想她的话，过了好一会儿，才开口道："好吧，我就见见他也不要紧。这两天我妈不大舒服，明天起一个早，我回家去看我母亲，我就由后门溜出去找个地方和他见见。不过要碰到了人，那祸不小。还是先农坛地方，早上僻静，叫他一早就在那里等着我吧。"秀姑道："你答应的话，可不能失信。不去不要紧，约了不去，你是更害了他。"凤喜道："我决不失信，你若不放心，你就在我这里假做两天工，等我明天去会着了他，或者你不愿意做，或者我辞你。"秀姑站立起来，将胸一拍道："好吧，就是你们将军回来了，我也不怕。"于是让凤喜看守住了家中下人，趁着机会，打了一个电话给家树，约他明天一早，在先农坛柏树林下等着。

家树正在床上卧着揣想：秀姑这个人，秉着儿女心肠，却有英雄气概。一个姑娘，居然能够假扮女仆，去探访侯门似海的路子，义气和胆略，都不可及。这种人固然是天赋的侠性，但若非对我有特别好的感情，又哪里肯做这种既冒险又犯嫌疑的事！可是她对我这样的好，我对她总是淡淡的，未免不合。这种人，心地忠厚，行为爽快，都有可取。虽然缺少一些新式女子的态度，而也就在这上面可以显出她的长处来，我还是丢了凤喜去迎合她吧。正是这样想着，秀姑的电话来了，说凤喜约了明日一早到先农坛去会面。家树得了这个消息，把刚才所想的一切事情，又完全推翻了。心想凤喜受了武力的监视，还约我到先农坛去会面，可想那天什刹海会面，她躲了开去，乃是出于不得已。先农坛这地方，本是和凤喜定情之所，凤喜而今又约着在先农坛会面，这里面很含有深情。这样一早就约我去，莫非她有意思言归于好吗？说好了，也许她明天就跟着我回来。那么，我向哪一方面逃去为是呢？若是真有这样的机会，我不在北京读书了，马上带了她回杭州去。据这种情形看来，恐怕虽有武力压迫她，她也未必屈服的！越想越对，连次日怎样雇汽车，怎样到火车站，怎样由火车上写信通知伯和夫妇，都计划好了。

这一晚晌，就完全计划着明日逃走的事。知道明天要起早的，一到十二点钟，就早早地睡觉，以便明日好起一个早。谁知上床之后，只管想着心事，反是拖延到两点钟才睡着。一觉醒来，天色大亮，不免吃了一惊。赶快披衣起床，扭了电灯一看，却原来是两点三刻，自己还只睡了四十五分钟的觉，并不曾多睡。低着头，隔着玻璃窗向外看时，原来是月亮的光，到天亮还早呢！重新睡下，迷迷糊糊的，仿佛是在先农坛，仿佛又是在火车上，仿佛又是在西湖边。猛然一惊，醒了过来，还只四点钟。自己为什么这样容易醒？倒也莫名其妙。想着不必睡了，坐着养养神吧。秋初依然是日长夜短，五点钟，天也就亮了。这时候，什么人都是不会起来的。家树自己到厨房里舀了一点凉水洗脸，就悄悄地走到门房里，将听差叫醒，只说依了医生的话，要天亮就上公园去吸新鲜空气，叫他开了门，雇了人力车，直向先农坛来。

这个时候，太阳是刚出土，由东边天坛的柏树林子顶上。发着黄黄的颜色，照到一片青芦地上。家树记得上次到这里来的时候，这里的青芦不过是几寸长，一望平畴草绿，倒有些像江南春早。现在的青芦，都长得有四五尺深，外坛几条大道，陷入青芦丛中，风刮着那成片的长芦，前仆后继，成着一层一层的绿浪。那零落的老柏，都在绿浪中站立，这与上次和凤喜在这里的情形，有点不同了。下车进了内坛门，太阳还在树梢，不曾射到地上来。柏林下大路，格外阴沉沉的。这里的声音，是格外沉寂，在树外看藏在树里的古殿红墙，似乎越把这里的空气衬托得幽静下来。有只喜鹊飞到家树头上，踏下一支枯枝，噗的一声，落了下来，打破了这柏林里的沉寂。

家树顺着路，绕过了一带未曾开门的茶棚，走到古殿另一边一个石凳边，这正是上次说明帮凤喜的忙，凤喜乐极生悲，忽然痛哭的地方。一切都是一样，只是殿西角映着太阳的阴影，略微倾斜着向北，这是表示时序不同了。家树想着，凤喜来到这里，一定会想起那天早上定情的事，记得那天早上的事，当然会找到这里来的，因之就在石凳上坐下，静等凤喜自来。但是心里虽主张在这里静等，然而自己的眼睛，可忍耐不住，早是四处张望。张望之后，身子也忍耐不住。就站起来不住地徘徊。这柏林子里，地下的草，乱蓬蓬的，都长有一两尺深。夏日的草虫，现在都长老了，在深草里唧唧地叫着。这周围哪里有点人影和人声……

正是这样踌躇着，忽然听到身后有一阵窸窣之声，只见草丛里走出一个人来，手中拿着一把花纸伞，将头盖了半截。身上穿的是蓝竹布旗衫，脚由草里踏出来，是白袜白布鞋。家树虽知道这是一个女子，然而这种服饰，不像是现在的凤喜，不敢上前说话。及至她将伞一收，脸上虽然还戴着一副墨晶眼镜，然而这是凤喜无疑。连忙抢步上前，握着她的手道：“我真不料我回南一趟，有这样的惨变！”凤喜默然，只叹了一口气。家树接过她的伞放在石桌上，让她在石凳上坐下。因问道：“你还记得这地方吗？”凤喜点点头。家树道：“你不要伤心。我对你的事，完全谅解的。不看别的，只看你现在所穿的衣服，还是从前我们在一处用的，可见你并不是那种人，只图眼前富贵的。你对旧时的布衣服还忘不了，穿布衣服时候交的朋友，当然忘不了的。你从前在这儿乐极生悲，好好的哭了出来，现在我看到你这种样子，我喜欢到也要哭出来了。"说着，就拿出手绢擦了一擦眼睛。

凤喜本有两句话要说，因他这一阵夸奖，把要说的话又忍回去了。家树道："人家都说你变了心了，只是我不相信。今日一见，我猜得果然不错，足见我们的交情，究竟不同呀。你怎么不作声？你赶快说呀！我什么都预备了，只要你马上能走，我们马上就上车站。今天十点钟正有一班到浦口的通车，我们走吧。"

家树说了这几句话，才把凤喜的话逼了出来。所说是什么，下回交代。

017　裂券飞蚨绝交还大笑　挥鞭当药忍痛且长歌

却说家树见着凤喜，以为她还像从前一样，很有感情，所以说要她一路同去。凤喜听到这话，不由得吓了一吓，便道："大爷，你这是什么话？难道我这样败柳残花的人，你还愿意吗？"家树也道："你这是什么话？"凤喜道："事到如今，什么话都不用说了，只怪我命不好，做了一个唱大鼓书的孩子，所以自己不能做主。有势力的要怎么办，我就怎么办。像你樊大爷，还愁讨不到一头好亲事吗？把我丢了吧。可是你待我的好处，我也决不能忘了，我自然要报答你。"家树抢着道："怎么样？你就从此和我分手了吗？我知道，你的意思说，以为让姓刘的把你抢去了，这是一件可耻的事情，不好意思再嫁我。其实是不要紧的。在从前，女子失身于人，无论是愿意，或者被强迫的，就像一块白布染黑了一样，不能再算白布的；可是现在的年头儿，不是那样说，只要丈夫真爱他妻子，妻子真爱她丈夫，身体上受了一点侮辱，却与彼此的爱情，一点没有关系。因为我们的爱情，都是在精神上，不是在形式上，只要精神上是一样的……"家树这样絮絮叨叨的向下说着，凤喜却是低着头看着自己白布鞋尖，去踢那石凳前的乱草。看那意思，这些话，似乎都没有听得清楚。

家树一见这样，很着急，伸手携着她一只胳膊，微微地摇撼了两下，因问道："凤喜，怎么样，你心里还有什么说不出来的苦处吗？"凤喜的头，益发的低着了，半晌，说了一句道："我对不起你。"家树放了她的手，拿了草帽子当着扇子摇了几摇道："这样说，你是决计不能和我相合了！也罢，我也不勉强。那姓刘的待你怎么样，能永不变心吗？"凤喜仍旧低着头，却摇了两摇。家树道："你既然保不住他不会变心，设若将来他真变了心，他是有势力的，你是没有势力的，那怎样办？你还不如跟着我走吧。人生在世，富贵固然是要的，爱情也是要的。你是个很聪明的人，难道这一点，你还看不出来？而况且我家里虽不是十分有钱，不瞒你说，两三万块钱的家财，那是有的。我又没有三兄四弟，有了这些个钱，还不够养活我们一辈子的吗？"凤喜本来将头抬起来了，家树说上这一大串，她又把头低将下去了。家树道："你不要不作声呀！你要知道，我望你跟着我走，虽然一半是自己的私心，一半也是救你。"

只在这时，凤喜忽然抬起头来，扬着脸问家树道："一半是救我吗？我在姓刘的家里，料他也不会吃了我，这个你倒可以放心。"家树听到这话，不由得他的脸色不为之一变，站在一边，只管发愣。停了一会，点了一点头道："好，这算我完全误会了。你既是决定跟姓刘的，你今天来此地是什么意思？是不是和我告别，今生今世，永不见面了吧？"凤喜道："你别生气，让我慢慢地和你说，人心都是肉做的，你樊大爷待我那一番好处，我哪里忘得了！可是我只有这个身子，我让人家强占了去了，不能分开一半来伺候你。"家树皱了眉，将脚一顿道："你还不明白，只要你肯回来……"凤喜道："我明白，你虽然那样说不要紧，可是我心里总过不去的！干脆一句话，我们是无缘了。我今天是偷出来的，你不见我还穿着这样一身旧衣服吗？若是让他们看见了，放了好衣服不穿，弄成这种样子，他们是要大大疑心的。我自己私下也估计了一下子，大概用你樊大爷的钱，总快到两千吧。我也没有别个法子，来报你这个恩。不瞒你说，那姓刘的一把就拨了五万块钱，让我存在银行里。这个钱，随便我怎么样用，他不过问。现在我自己，也会开支票，拿钱很方便。"说到这里，凤喜在身上掏出一个粉镜盒子来，打开盒子却露出一张支票。她将支票递给家树道："不敢说是谢你，反正我不敢白用大爷的钱。"

当凤喜打开粉镜，露出支票的时候，家树心里已是噗突噗突跳了几下；及至凤喜将支票送过来，不由得浑身的肌肉颤动，面色如土。她将支票递过来，也就不知所以的将支票接着，一句话说不出来。停了一停，醒悟过来了，将支票一看，填的是四千元整，签字的地方，印着小小的红章，那四个篆字，清清楚楚，可以看得出，乃是"刘沈凤喜"。家树镇定了自己的态度，向着凤喜微笑道："这是你赏我的钱吗？"凤喜道："你干吗这样说呀？我送你这一点款子，这也无非聊表寸心。"家树笑道："这倒确是你的好心，我应该领受的。你说花了我的钱，差不多快到两千，所以现在送我四千，总算是来了个对倍了。哈哈！我这事算做得不错，有个对本对利了。"越说越觉得笑容满面，说完了笑声大作，昂着头，张着口，只管哈哈哈笑个不绝。

凤喜先还以为他真欢喜了，后来看到他的态度不同，也不知道他是发了狂，也不知道他是故意如此。靠了石桌站住，呆呆地向他望着。家树两手张开，向天空一伸，大笑道："好，我发了财了！我没有见过钱，我没有见过四千块钱一张的支票，今天算我开了眼了，我怎么不笑？天哪！天哪！四千块一张的支票，我没有见过呀！"说着，两手垂了下来，又合到一处，望了那张支票笑道："你的魔力大，能买人家的身子，也能买人家的良心，但是我不在乎呢！"两手比齐，拿了支票，嗤的一声，撕成两半边。接上将支票一阵乱撕，撕成了许多碎块，然后两手握着向空中一抛，被风一吹，这四千元就变成一二十只小白蝴蝶，在日光里飞舞。家树昂着头笑道："哈哈，这很好看哪！钱呀，钱呀，有时候你也会让人看不起吧！"

到了这时，凤喜才知道家树是恨极了这件事，特意撕了支票来出这一口气的。顷刻之间，既是羞惭，又是后悔，不知道如何是好。待要分说两句，家树是连蹦带跳，连嚷带笑，简直不让人有分说的余地。就是这样，凤喜是越羞越急，越急越说不出话，两眼眶子一热，却有两行眼泪，直流下来。

家树往日见着她流泪，一定百般安慰的；今天见着她流泪，远远的弯了身子，却是笑嘻嘻地看着她。凤喜见他如此，越是哭得厉害，索性坐在石凳上伏在石桌上哭将起来。家树站立一边，慢慢地止住了笑声，就呆望着她。见她哭着，两只肩膀只管耸动，虽然她没有大大的发出哭声，然而看见这背影，知道她哭得伤心极了。心想她究竟是个意志薄弱的青年女子，刚才那样羞辱她，未免过分。爱情是相互的，既是她贪图富贵，就让她去贪图富贵，何必强人所难！就是她拿钱出来，未尝不是好意，她哪里有那样高超的思想，知道这是侮辱人的行为。思想一变迁，就很想过去赔两句不是。这里刚一移脚，凤喜忽然站了起来，将手揩着眼泪，向家树一面哭一面说道："你为什么这样子对待我？我的身子，是我自己的，我要嫁给谁，就嫁给谁，你有什么法子来干涉我？"说着，她一只手伸到衣袋里，掏出一个金戒指来，将脚一顿道："我们并没有订婚，这是你留着给我做纪念的，我不要了，你拿回去吧。"说时，将戒指向家树脚下一丢。恰好这里是砖地，金戒指落在地上，丁零零一阵响。家树不料她一翻脸，却有此一着，弯着腰将戒指捡起，便戴在指头上，自说道："为什么不要？我自己还留着作纪念呢。"说毕，取了帽子，和凤喜深深地一鞠躬，笑嘻嘻地道："刘将军夫人，愿你前途幸福无量！我们再见了。"说毕，戴着草帽，掉转身子便走。一路打着哈哈，大笑而去。

凤喜站在那里，望着家树转入柏林，就不见了。自己呆了一阵子。只见东边的太阳，已慢慢升到临头，时候不早了，不敢多停留；又怕追上了家树，却是慢慢地走出内坛。她的母亲沈大娘，由旁边小树丛里，一个小亭上走下来，迎着她道："怎么去这半天，把我急坏了。我看见樊大爷，一路笑着，大概他得了四千块钱，心里也就满足了。"凤喜微笑，点着头道："他心里满足了。"沈大娘道："哎呀，你眼睛还有些儿红，哭来着吧？傻孩子！"凤喜道："我哭什么？我才犯不上哭呢。"说着，掏出一条潮湿的手绢，将眼睛擦了一擦。沈大娘一路陪着行走，一路问道："樊大爷接了那四千块钱的支票，他说了些什么呢？"凤喜道："他有什么可说的！他把支票撕了。"沈大娘道："什么，把支票撕了？"于是就追着凤喜，问这件事的究竟。凤喜把家树的情形一说，沈大娘冷笑道："生气？活该他生气！这倒好，一下说破了，断了他的念头，以后就不会和咱们来麻烦了。"凤喜也不作声，出了外坛雇了车子，同回母亲家里，仍然由后门进去，急急地换了衣服，坐上大门口的汽车，就向刘将军家来。

因为凤喜出去得早，这时候回来，还只有八点钟。回到房里，秀姑便不住地向她打量。凤喜怕被别人看出破绽来，对屋子里的老妈子道："你们都出去，我起来得早了，还得睡睡呢。"大家听她如此说，都走开了。凤喜睡是不要睡，只是满腔心事，坐立不安，也就倒在床上躺下，便想着家树今日那种大笑，一定是伤心已极。虽然他的行为不对，然而他今日还痴心妄想，打算邀我一同逃走，可见他的心，的确是没有变的。但是你不要钱，也不要紧，为什么当面把支票扯碎来呢？这不是太让我下不去吗？糊里糊涂地想着，便昏昏沉沉地睡去。及至醒来，不觉已是十一点多钟了。坐在床上一睁眼，就见秀姑在外面探头望了一望。凤喜对她招招手，让她走了进来。秀姑轻轻地问道："你见着他没有？"凤喜只说了一声"见着了"，就听到外面老妈子叫道："将军回来了。"秀姑赶快闪到一边站住。

那刘将军一走进门，也不管屋子里有人没人，抢着上前，走到床边，两手按了凤喜两只肩膀，轻轻拍了两下，笑道："好家伙！我都由天津回到北京了，你还没有起来。"说着，两手捧了凤喜的脸，将头一低。凤喜微微一笑，将眼睛向秀姑站的地方一瞟，又把嘴一努。刘将军放了手掉转身来，向秀姑先打了一个哈哈，然后笑道："你昨天就来了吗？"秀姑正着脸色，答应了一声"是"。刘将军回头向凤喜道："这孩子模样儿有个上中等，就是太板一点儿。"又和秀姑点着头笑道："你出去吧，有事我再来叫你。"秀姑巴不得这一声，刚要出去，刘将军忽然向凤喜的脸上注视着道："你又哭了吗？我走了，准是你想着姓樊的那个小王八蛋。"两手扶了凤喜的肩膀向前一推，凤喜支持不住，便倒在床上了。凤喜一点也不生气，坐了起来，用手理着脸上的乱发，向他笑道："你干吗总是这样多心？我凭什么想他？我是起了一个早，回去看了看我妈。我妈昨晚晌几乎病得要死，你想想看，我有个不着急的吗?”刘将军笑道：“我猜你哭了不是? 你妈病了，怎么不早对我说，我也好找个大夫给她瞧瞧去。小宝贝儿哪，你要什么，我总给你什么。”说着，一伸手，又将凤喜的小脸泡儿撅了一下。

秀姑一见这副情形，很不入眼，一低头，就避出屋外去。她心里想着，这种地方，怎样可以长住呢? 但是凤喜是不是有什么话要自己转达，却又不敢断定，总得等一个机会，和她畅谈畅谈，然后才可以知道她和家树的事情，究竟如何? 因此一想，便忍耐着住下了。

刘将军在屋子里麻烦了一阵子，已到开午饭的时候，就和凤喜一路出来吃午饭去了。一会子工夫，伺候吃饭的老妈子来对秀姑说：“将军不喜欢年纪大的，还是你去吧。”秀姑走到楼下堂屋里，只见他二人，对面坐着。刘将军手上拿了一个空碗向秀姑照了一照，望着她一笑，那意思就是要秀姑盛饭。秀姑既在这里，不能不上前，只得走到他面前，接了碗过来。他左手上的空碗，先不放着，却将右手的筷子倒过来，在秀姑的脸上，轻轻地戳了一下，笑道：“你在那张总长家里也闹着玩吗?”秀姑望了他一眼，却不做声，接过碗给他盛了饭，站到一边。凤喜笑道：“人家初来，又是个姑娘，别和人家闹，人家怪不好意思的。”刘将军道：“有什么怪不好意思? 要不好意思，就别到人家家里来。我瞧你这样子，倒是有点儿吃醋。”凤喜见他脸上并没有笑容，就不敢作声。刘将军回过头来，和秀姑笑道：“别信你太太的话，我要闹着玩，谁也拦阻不了我。你听见说过没有? 北京有种老妈子，叫做……叫做……哈哈，叫作上炕的。”

这时，秀姑正在一张茶儿边，茶儿上有一套茶杯茶壶，手摸着茶壶，恨不得拿了起来，就向他头上劈了过去。凤喜眼睛望了她，又望了一望门外院子里。看那院子里，正有几个武装兵士，走来走去。秀姑只得默然无语，将手缩了回来。他二人吃完了饭，另一个老妈子打了手巾把过去。刘将军却向凤喜笑道：“刚才我说了你一句吃醋，大概你又生气了。这里又没有外人，我说了一句，又要什么紧呢? 小宝贝儿，别生气，我来给你擦一把脸。”说着，他也不管这儿有人无人，左手一抱，将凤喜搂在怀里，右手拿了洗脸手巾，向她满脸一阵乱擦。凤喜两手将手巾拉了下来，见刘将军满脸都是笑容，便噘了嘴，向旁边一闪道：“谢谢，别这样亲热，少骂我两句就是了。”刘将军笑道：“我是有口无心的，你还有什么不知道? 以后我不生你的气就是了。”凤喜也不说什么，回身自上楼去了。秀姑不敢多在他面前停留，也跟着她走上楼去，便和大家在楼廊上搭的一张桌子上吃饭。

秀姑她们吃饭吃到半中间，只见刘将军穿着短衣，袖子卷得高高的，手上拿了一根细藤的马鞭子，气势汹汹地走了上来。大家看了他这种情形，都为之一怔。他也不管，把脚步走着咚咚的响，掀开帘子，直到屋子里去。在外面就听到他大喝一声道："我今天打死你这贱东西！"只这一句话说完。就听见鞭子刷的响了一声，接上又是一声"哎哟"，嚎啕大哭起来。顷刻之间，鞭子声，哭声，嚷声，骂声，东西撞打声，闹成了一片。秀姑和三个老妈子吃饭，先还怔怔地听着，后来凤喜只嚷："救命哪！救命哪！"秀姑实在忍耐不住，放下碗来就跑进房去。其余三个老妈子见着这种情形，也跟了进去。只见凤喜蹲着身子，躲在桌子底下，头发蓬成一团，满面都是泪痕，口里不住地嚷，人不住左闪右避。刘将军手上拿了鞭子向着桌子腿与人，只管乱打乱抽。秀姑抢了上前，两手抱住他拿鞭子的一只手，连叫道："将军，请你慢慢说，可别这样。"刘将军让秀姑抱住了手，鞭子就垂将下来，望着桌子底下，不住地喘气。那三个老妈子，见秀姑已是劝解下来了，便有人上前，接过了鞭子；又有人打了手巾把，给他擦脸；又有人斟上一杯热茶，送到他手上。

秀姑看看他不会打了，闪开一边，只见屋里的东西。七零八乱，满地是衣袜瓷片碎玻璃。就是这一刻儿工夫，倒不料屋子里闹得如此的厉害！再看桌子底下的凤喜，一只脚穿了鞋，一只脚是光穿了丝袜，身上一件蓝绸旗衫，撕着垂下来好几块，一大半都染了黑灰，她简直不像人样子。秀姑走上前，向桌子下道："太太，你起来洗洗脸吧。"刘将军听到这一声"太太"，将手上的茶杯，连着一满杯茶，当一声，摔在楼板上，突然站了起来喝着道："什么太太？她配吗？好不识抬举！我这样的待她，她会送一顶绿帽子给我戴。"说着，他又捡起了楼板上那根鞭子。秀姑便抢住他拿鞭的手，向他微笑道："将军，你怎么啦？她有什么不对，尽管慢慢地问她。动手就打，你把她打死了，也是分不出青红皂白的！你瞧我吧。"说着，又向他作了一个长时间的微笑。他手上的鞭子，自然地落在地下。秀姑将一张椅子，移了一移，因道："你坐下，等她起来，你有什么话再和她说，反正她也飞不了。你瞧，你气得这个样儿！"说着，又斟了一杯茶，送到刘将军手里，笑道："你喝一点儿，先解解渴。"刘将军看看秀姑道："你这话倒也有理，让她起来，等我来慢慢地审问她。我也不怕她飞上天去。"接过那一杯茶一仰脖子喝了。秀姑接过空杯子，由桌子底下，将凤喜拉出来，暗暗向她使了一个眼色，然后把她拉到隔壁的屋子里去，给她洗脸梳头。别的老妈子要来，秀姑故意将嘴向外面一努，教她们伺候男主人。老妈子信以为真，就不曾进来了。

这里秀姑细看凤喜身上，左一条红痕，右一条红痕，身上犹如画的红网一样。秀姑轻轻地道："我的天，怎么下这样的毒手！"凤喜本来止住了哭，不过是不断的叹着冷气。秀姑这一惊讶，她又哭将起来，紧紧地拉住了秀姑的手，好像有无限的心事，都由这一拉手之中，要传说出来。秀姑也很了解她的意思，因道："这或者是他一时的误会，你从从容容地对他说破也就是了。不过你要想法子，把我的事遮掩过去。我倒不要紧，别为了这不相干的事，又连累着我的父亲。"凤喜道："你放心，我不能那样不知好歹。你为了我们的事这样的失身份，我还能把你拉下水来吗？"秀姑安顿了她，不敢多说话，怕刘将军疑心，就先闪到外边屋子里来。

刘将军见秀姑出来，就向她一笑，笑得他那双麻黄眼睛，合成了一条小缝，用一个小萝卜似的食指指着她道："你别害怕，我就是这个脾气，受不得委屈。可是人家要待我好呢，把我这脑袋割了给他，我也乐意。你若是像今天这样做事，我就会一天一天的更加喜欢你的。"刘将军说着话，一手伸了过来，将秀姑的胳膊一捞，就把她拉到怀里。秀姑心中如火烧一般，恨不得回手一拳，就把他打倒。只得轻轻地道："这些个人在这儿，别这样呀，你不是还生着气吗？"刘将军听她如此说，才放了手，笑道："我就依着你，回头我们再说吧。"

这时，凤喜已是换了一件衣服走了出来。刘将军立刻将脸一板，用手指着她道："你说。你今天早上，为什么打你妈家里后门溜出去了，我可有人跟着呢。你不是到先农坛去了吗？你说那是为什么？你还瞒着我，说瞧你妈的病吗？那老帮子就不是好东西！她带着你为非作歹，可和你巡风，你以为我到了天津去了，你就可以胡来了。可是我有耳报神，我全知道呢。你好好地说，说明白了，我不难为你。要不然，你这条小八字儿，就在我手掌心里。"说着，将左手的五指一伸，咬着牙捏成了拳头，翻了两个大眼睛望着她。

凤喜一想，这事大概瞒不了，不如实说了吧，因道："你不问青红皂白，动手就打，叫我说什么？现在你已经打了我一顿，也出了气，可以让我说了。我现在不是决计跟着你过吗？可是我从前也得过姓樊的好处不少，叫我就这样把他扔了，我心里也过不去。我听到我妈说，他常去找我妈。我想我是姓刘的人啦，常要他到我家里去走着，那算怎么一回事呢？所以我就对妈说，趁你上天津，约他会一面，一来呢，绝了他的念头，不再找我家了，二来呢，我也报他一点儿恩，所以我开了一张四千块钱的支票给他。他一听说我跟定了你，把支票就撕了，一句话不说，就走了。你想，我要是还和他来往，我约着他在家里会面，那多方便。我不肯让他到我家里去，就是为了不让他沾着。你信不信，可以再打听去。"

刘将军听了她这话，不觉得气先平了一半，因道："果然是这样吗？好，我把人叫你妈去了，回头一对口供，对得相符，我就饶了你；要不然，你别想活着。"说到这里，恰好听差进来说："外老太太来了。"刘将军喝道："什么外老太太，她配吗？叫她在楼下等着。"秀姑就笑着向他道："你要打算问她的话，最好别生气，慢慢地和她商量着。我先去安顿着她，你再消消气，慢慢地下来，看好不好呢？"刘将军点头道： "行！你是为着我的，就依着你。"

秀姑连忙下楼，到外面将沈大娘引进楼下，匆匆的对她道："你只别提我，说是姓樊的常到你家，你和姑娘约着到先农坛见面，其余说实话，就没事了。"沈大娘也猜着今天突然的派人去叫来，而且不让在家里片刻停留，料着今日就有事，马上到了刘家。及至一听秀姑的话，心里不住地慌乱。秀姑只引她到屋子里来就走开了，又不敢多问。

不多一会，刘将军已换了一件长衣，一面扣纽扣，一面走进屋来。沈大娘因他脸上一点笑容都没有，就老远的迎着他，请了个双腿安。刘将军点了点头道："你姑娘太欺负我了。对不住，我教训了她一顿，你知道吗？"沈大娘笑道："她年轻，什么不懂，全靠你指教，怎么说是对不住啊！"刘将军道："你坐下，我有话要和你慢慢说。"他说毕，一抬腿，就坐在正中的紫檀方桌上，指着旁边的椅子，沈大娘坐下了。刘将军道："你娘儿俩今天早响做的事，我早知道了。你说出来，怎么回事？若是和你姑娘口供对了，那算我错了；若是不对，我老刘是不好惹的！"沈大娘一听，果然有事，料着秀姑招呼的话没有错，就照着她的意思把话说了。刘将军听着口供相同，伸手抓了抓耳朵，笑道："我真糟糕！这可错怪了好人。其实这样办，我也很赞成，明的告诉我，我也许可的。反正你姑娘是一死心儿跟着我啊。你上楼给我劝劝她去。我还有事呢。"

沈大娘不料这大一个问题，随便几句话就说开了，身上先干了一把汗。到了楼上，只见凤喜眼睛红红的，靠了桌子，手指上夹了一支烟卷，放在嘴里抽着。就在她抬着胳膊的当儿，远远看见她手脉以下，有三条手指粗细的红痕。凤喜看见母亲只叫了一声妈，哇的一声就哭出来了。秀姑在旁看到，倒替她们着急，因道："这祸事刚过去，你又哭？"沈大娘一看这样子，就知道她受了不小的委屈，连忙上前，拉着她的胳膊，问道："这都是打的吗？"凤喜道："你瞧瞧我身上吧。"说着，掉过背去，对了她的妈。沈大娘将衣襟一掀，倒退两步，拖着声音道："我的娘呀，这都是什么打的，打得这个样子厉害！我的……儿……"只这一个"儿"字，她也哭了。凤喜转过身，握着她母亲的手，便道："你别哭，哭着让他听到了，他一生气，那藤鞭子我可受不了！"秀姑道："这话对。只要说明白了，把这事对付过去了，大家乐得省点事，干吗还闹不休？"沈大娘道："大姑娘，你哪里知道。我这丫头，长这么大，重巴掌也没有上过她的头。不料她现在跟着将军做太太，一呼百诺的，倒会打得她满身是伤。你瞧，我有个不心痛的呀！"这几句话说着，正兜动了凤喜一腔苦水，也哽哽咽咽，哭了起来。

秀姑正待劝止她们不要哭，那刘将军却放开大步，走将进来，秀姑吓了一跳。她母女两人正哭得厉害，他一不高兴，恐怕要打在一处。心里一横，他果然那样做，今天我要拼他一下，非让他受一番教训不可。不料那刘将军进来，却换了一副和蔼可亲的样子，对沈大娘笑道："刚才你说的话，我听到了。你说你舍不得你姑娘，我哪里又舍得打。可是你要知道，咱们这样有面子的人，什么也不怕，就怕戴绿帽子！无论怎么说，你们瞒着我去瞧个小爷们，总是真的。凭这一点，我就可以拿起枪来打死了她。"刘将军说到这里，右手捏了拳头，在左掌心里，击了一下，又将脚一顿。同时这屋子里三个女人，都不由得吃了一惊。刘将军又接着道："这话可又说回来了，她虽然是瞒着我做的事，心眼儿里可是为着我。我抽了她一顿鞭子，算是教训她以后不要冒失。我都不生气，你们还生气吗？"

沈氏母女本就有三分怕他，加上又叮嘱不许生气，娘儿俩只好掏出手绢，揩了一揩眼睛，将泪容收了。刘将军对沈大娘道："现在没事，你可以回去了。你在这里，又要引着她伤心起来的。"沈大娘见女儿受了这样的委屈，正要仔仔细细和她谈一谈，现在刘将军要她回家，心里未免有点不以为然，因笑道："我不惹她伤心就是了。你瞧，这屋子里弄得乱七八糟，我给她归拾归拾吧。"刘将军道："我这里有的是伺候她的人，这个用不着担心，你回去吧。你若不回去，那就是存心和我捣乱了。"凤喜道："妈！你回去吧，我不生气就是了。"沈大娘看了看刘将军的颜色，不敢多说，只得低着头回去了。

当下刘将军叫人来收拾屋子，却带凤喜到楼下卧室里去烧鸦片烟，并吩咐秀姑跟着。到了卧室里，铜床上的烟具是整日整夜摆着，并不收拾的。凤喜点了烟灯，和刘将军隔着烟盘子，横躺在床上。刘将军歪了头，高枕在白缎子软枕上，含着微笑，看看凤喜，又看看秀姑，一只手先抚弄着烟扦子，然后向她点了一点，笑道："烧烟非要你们这种人陪着，不能有趣味。"又指着秀姑道："有了你，那些老帮子我就看不惯了。你好好的巴结差使，将来有你的好处。我只要痛快，花钱是不在乎的。"秀姑不作声，扬了头只看壁上镜框中的西洋画。凤喜只把烟扦子拈着烟膏子烧烟，却当不知道。

原来凤喜本不会烧烟，因为到了刘家来，刘将军非逼着她烧烟不可，她只得勉强从事。好在这也并非什么难事，自然一学自会。刘将军因她不作声，便问道："干吗不言语，还恨我吗？"凤喜道："说都说明白了，我还恨你做什么呢？况且我做的事，本也不对，你教训我，是应该的。"说着，拿起烟枪，在烟斗上装好了烟泡，便递了过来，在刘将军嘴上碰了一碰，同时笑着向他道："你先抽一口。"刘将军笑着捧了烟枪抽起来，因笑道："你现在不恨我了吗？"凤喜笑道："我不是说了吗？你教训我也是应该的，怎么你还说这话呢？"刘将军笑道："你嘴里虽然这样说，可是你究竟恨我不恨，是藏在你心里，我哪里会知道！"凤喜道："这可难了。你若是不相信，自然我嘴里怎么说也不成。我又没有那样的本领，可以把心掏给你看。"刘将军笑道："我自然不能那样不讲理，要你掏出心来。可是要看出你的心来，也不算什么，只要你好好儿的唱上一段给我听，我就会看出你的心来了。你果然不恨我，你就会唱得像平常一样；若是你心里不乐意，你就唱不好的。你唱不唱？"凤喜笑道："我为什么不唱？你要唱什么，我就唱什么。"刘将军喷着烟突然坐了起来，将大腿一拍道："若是这样，我就一点不疑心了。你随便唱吧，越唱得多，我越是不疑心。你别烧烟，我自己会来。"说着又倒在床上，斜着眼睛，望了凤喜道："你唱你唱。"

凤喜看那样子，大概是不唱不行，自己只轻轻将身子一转，坐了起来。只在这一转身之间，身上的皮肤，和衣裤互相磨擦，痛入肺腑，两行眼泪，几乎要由眼睛眶子里抢了出来。但是这眼泪真要流出来，又是祸事，连忙低了头咳嗽不住，笑道："烟呛了嗓子，找一杯茶喝吧。"于是将手绢擦了眼睛，自己起身倒了一杯茶喝。刘将军道："这两天你老是咳嗽，大概伤了风了。可是我这一顿鞭子，当了一剂良药，一定给你出了不少的汗。伤风的毛病，只要多出一点儿汗，那就自然会好的。"凤喜笑道："这样的药，好是好，可是吃药的人，有些受不了呢！"她说时，用眼睛斜看着刘将军微笑。刘将军笑道："你这小东西，倒会说俏皮话。你就唱吧，这个时候，我心里乐着呢。"

凤喜将一杯茶喝完了，就端了一张方凳子，斜对床前坐着，问道："唱大鼓书，还是唱戏呢？"刘将军道："大鼓书我都听得腻了，戏是清唱没有味，你给我唱个小调儿听听吧。"凤喜没有法子，只得从从容容地唱起来。唱完了一支，刘将军点头道："唱得不错。"因见秀姑贴近房门口一张茶几站着，便笑问道："这曲子唱得很好听吗？你会不会？"秀姑用冷眼看着他，牙齿对咬着，几乎都要碎开。这时他问起来了，也不好说什么，只微笑了一笑。刘将军对凤喜道："唱得好，你再唱一个吧。"凤喜不敢违拗，又唱了一个。刘将军听出味来了，只管要她唱，一直唱了四个，刘将军还要听。凤喜肚子里的小调，向来有限，现在就只剩一个《四季相思》了。这个老曲子，是家树教了唱的，一唱起来就会想着他，因之踌躇了一会，才淡淡一笑道："有是还有一支曲子，很难唱，怕唱不好呢。"刘将军道："越是难唱的，越是好听，更要唱，非唱不行。"说着，一头坐了起来，望着凤喜。

凤喜看了看刘将军，又回头看了看秀姑，便唱起来。但是口里在唱，脑筋里人就仿佛在腾云驾雾一般，眼面前的东西，都觉有点转动。唱到一半，头重过几十斤，身子向旁边一歪，便连着方凳，一齐倒了下来。刘将军连忙喝问道："怎么了？"要知他生气也无，下回交代。

018　惊疾成狂坠楼伤往事　因疑入幻避席谢新知

却说刘将军逼着凤喜唱曲，凤喜唱了一支，又要她唱一支，最后把凤喜不愿唱的一支曲子，也逼得唱了出来。凤喜一难受，就晕倒在地下。秀姑看到，连忙上前，将她搀起时，只见她脸色灰白，两手冰冷，人是软绵绵的，一点也站立不定。秀姑就两手一抄，将她横抱着，轻轻地放在一张长沙发上。刘将军已是放了烟枪，站立在地板上，看到秀姑毫不吃力的样子，便微笑道："你这人长的这样，倒有这样大力气！"说着，一伸手就握住了秀姑的右胳膊，笑道："肉长得挺结实，真不含糊。"秀姑将手一缩，沉着脸道："这儿有个人都快要死了，你还有心开玩笑。"刘将军笑道："她不过头晕罢了，躺一会儿就好了。"说着，也就去摸了摸凤喜的手，"呀"了一声道："这孩子真病了，快找大夫吧。"便按着铃将听差叫进来，吩咐打电话找大夫，自己将凤喜身上抚摸了一会，自言自语地道："刘德柱，你下的手也太毒了！怎么会把人家打得浑身是伤呢？这样子还要她唱曲子，也难怪她受不了的了。"他这样说着，倒又拿起凤喜一只胳膊，不住地嗅着。

这时，屋子里的人，已挤满了，都是来伺候太太的。随着一位西医也跟了进来，将凤喜身上看了一看，就明白了一半。又诊察了一会子病象，便道："这个并不是什么重症，不过是受了一点刺激，好好的休养两天就行了。屋子里这些人，可是不大合宜。"说着，向屋子四周看了一看。刘将军便用手向大家一挥道："谁要你们在这儿？你们都会治病，我倒省了钱，用不着找大夫来瞧了。走走走！"说着，手只管推，脚只管踢，把屋子里的男仆女仆，一齐都轰了出去。秀姑让刘将军管束住了，正是脱身不得，趁着这个机会，就正好躲出房来——因为人家被轰，她也就一块儿躲出来。心里本想着今天晚上，就溜回家去的，但是一看凤喜这种情形，恐怕是生死莫卜，若是走了，重来不得，这以后的种种消息，又从何处打听来呢？于是悄悄地到了楼上，给家树通了一个电话，说是这里发生了很重大的事，只好在这里再看守一宿，请他和父亲通个信。秀姑把话说完，也不等家树再问，就把电话挂上了。

这一天晚上，果然凤喜病得很重。大家将她搬到楼上寝室里。一个上半夜，她都是昏迷不醒。刘将军听了医生的话，让她静养，却邀了几个朋友到饭店里开房间找乐去了。

两点钟以后，女仆们都去睡觉了，只剩秀姑和一个年老的杨妈，同坐在屋子里，伺候着凤喜的茶水。秀姑无事，却和杨妈谈着话来消磨时间。说到了凤喜的伤，杨妈将头一伸，轻轻地说道："唉。这就算厉害吗？真厉害的，你还没有看见过呢！从前，我们这儿也是一个正太太，一个姨太太。不用提，正太太是上了年纪的人，整天地受气，她受气不过，回老家去了。不多时，就在老家过去了。太太一死，姨太太就抖了，整天地坐着汽车出去听戏游公园。据说，她在外面认识了男朋友了。有一天晚晌，姨太太听夜戏，十二点多钟才回来，咱们将军偏是那天没有出门，抽着大烟等着，看看表，又抽抽烟，抽抽烟，又坐起来。一打过十二点，他就要了一杯子白兰地酒喝了，一个人在屋子里，又跳又骂。一会子工夫，姨太太回来了，只刚上这楼，将军走上前就是一脚，把她踢在地下。左手一把揪着她的头发，右手在怀兜里掏出一管手枪，指着她的脸，逼问她从哪里来。姨太太吓慌了，告着饶，哭着说：'没有别的，就是和表哥吃了一会馆子，听戏是假的。'我们老远的站着，哪敢上前！只听到那手枪啪啪两下响。将军抓着人，隔了栏杆，就向楼下一扔……"

杨妈不曾说完，只听到床上"啊呀"一声，回头看时，凤喜在床上一个翻身，由床上滚到楼板上来。秀姑和杨妈都吓了一跳，连忙走上前，将她扶到床上去。她原来并不曾睡着，伸了手拉住秀姑的衣襟，哭着道："吓死我了，你们得救我一救呀！"杨妈也吓慌了，呆呆地在一边站着望了她，作声不得。秀姑却用手拍着凤喜道："你不要害怕，杨妈只当你睡着了，和我说了闹着玩的，哪里有这一回事！"凤喜道："假是假不了的。我也不害怕了，害怕我又怎么样呢？"说时又叹了一口气。秀姑待要再安慰她两句，便听到楼下一阵喧哗，大概是刘将军回来了。杨妈就颤巍巍的对凤喜道："我的太太，刚才的话，你可千万别说出来。说出来了，我这小八字，有点靠不住。"凤喜道："你放心，我绝不会说的。"

只在这时，忽听到刘将军在窗子外嚷道："现在怎么样，比以前好些了吗？"凤喜在床上一个翻身面朝里，秀姑和杨妈也连忙掉转身来，迎到房门口。

刘将军进了房，便笑着向秀姑道："她怎么样？"秀姑道："睡着没有醒呢，我们走开别吵了她吧。"说毕，便匆匆走开了。秀姑的行李用物，都不曾带来。刘将军却是体贴得到，早是给了她一张小铁床和一副被褥，而且不要和那些老妈子同住，就在楼下廊子边一间很干净的西厢房里住。

秀姑下得楼来，那杨妈又似乎忘了她的恐惧，在电灯光下，向秀姑微微一笑。而这一笑时，她便望着秀姑住的那间屋子。秀姑也明白她的意思，鼻子一哼，也冷笑了一声，她悄悄地进房去，将门关紧，熄了电灯，便和衣而睡。一觉醒来时，太阳已由屋檐下，照下大半截白光来，只听得刘将军的声音，在楼檐上骂骂咧咧的道："捣什么乱！闹了我一宿也没有睡着。家里可受不了，把她送到医院里去吧。"

秀姑听了这话，逆料是凤喜的病没有好，赶忙开了门出来，一直上楼，只见凤喜的头发，乱得像一团败草一般，披了满脸，只穿了一件对襟的粉红小褂子，却有两个纽扣是错扣着，将褂子斜穿在身上。她一言不发，直挺着胸脯，坐在一把硬木椅子上，两只眼睛，在乱头发里看人。一条短裤，露出膝盖以下的白腿与脚，只是如打秋千一样，摇摆不定。她看到秀姑进来，露着白牙齿向秀姑一笑，那样子真有几分惨厉怕人。秀姑站在门口顿了一顿，然后才进房去，向她问道："太太，你是怎么了？"凤喜笑道："我不怎么样？他说我疯了，拿手枪吓我，不让我言语，我就不言语。我也没犯那么大罪，该枪毙，你说是不是？我没有陪人去听戏，也没有表哥，不能把我枪毙了往楼下扔。我银行里还有五万块钱，首饰也值好几千，年轻轻儿的，我可舍不得死！大姐，你说我这话对不对？"秀姑一手握着她的手，一手却掩住了她的嘴，复又连连和她摇手。

这时，进来两个马弁，对凤喜道："太太你不舒服，请你……"他们还没有说完，凤喜哇的一声哭了起来，赤着脚一蹦，两手抱了秀姑的脖子，扒在秀姑身上，嚷道："了不得，了不得！他们要拖我去枪毙了。"马弁笑道："太太，你别多心，我们是陪你上医院去的。"凤喜跳着脚道："我不去，我不去，你们是骗我的！"两个马弁看到这种样子，呆呆地望着，一点没有办法。刘将军在楼廊子上正等着她出去呢，见她不肯走，就跳了脚走进来道："你这两个饭桶！她说不走，就让她不走吗？你不会把她拖了去吗？"马弁究竟是怕将军的。将军都生了气了，只得大胆上前，一人拖了凤喜一只胳膊就走。凤喜哪里肯去，又哭又嚷，又踢又倒，闹了一阵，便躺在地下乱滚。秀姑看了，心里老大不忍，正想和刘将军说，暂时不送她到医院去；可是又进来两个马弁，一共四个人，硬把凤喜抬下楼去了。凤喜在人丛中伸出一只手来，向后乱招，直嚷："大姐救命！"一直抬出内院去了，还听见嚷声呢。

秀姑自从凤喜变了心以后，本来就十分恨她；现在见她这样疯魔了，又觉她年轻轻地人，受了人家的欺骗，受了人家的压迫，未免可怜，因此伏在楼边栏杆上，洒了几点泪。刘将军在她身后看见，便笑道："你怎么了？女人的心总是软的！你瞧，我都不哭，你倒哭了。"秀姑趁了这个机会，便揩着眼泪，向刘将军微微一笑道："可不是，我就是这样容易掉泪。太太在哪个医院里，回头让我去看看，行不行？"刘将军笑道："行！这是你的好心，为什么不行？你们老是这样有照应，不吃醋，那就好办了。我也不知道哪个医院好，我让他们把她送到普救医院去了。那个医院很贵的，大概坏不了，回头我让汽车送你去吧。今天上午，你陪我一块儿吃饭，好不好？"秀姑道："那怎样可以。一个下人，和将军坐在一处，那不是笑话吗？"刘将军笑道："有什么笑话？我爱怎样抬举你，就怎样抬举你，就是我的太太，她出身还不如你呢。"秀姑道："究竟不大方便，将来再说吧。"说毕，下楼去了。刘将军看了她害臊的情形，得意之极，手拍着栏杆，哈哈大笑。

到了正午吃饭的时候，刘将军一个人吃饭，却摆了一桌的菜。他把伺候听差老妈，一齐轰出了饭厅，只要秀姑一个人盛饭。那些男女仆役们，都不免替她捏一把汗，她却处之泰然。刘将军的饭盛好了，放在桌上，然后向后倒退两步，正着颜色说道："将军，你待我这一番好心，我明白了。谁有不愿意作将军太太的吗？可是我有句话要先说明：你若是依得了我，我做三房四房都肯；要不然，我在这里，工也不敢做了。"刘将军手上捧了筷子碗，只呆望着秀姑发笑道："这孩子干脆，倒和我对劲儿。"秀姑站定，两只手臂，环抱在胸前，斜斜的对了刘将军说道："我虽是一个当下人的，可是我还是个姑娘，糊里糊涂的陪你玩，那是害了我一生。就是说你不嫌我寒碜，收我做个二房，也要正正当当的办喜事。一来我家里还有父母呢。二来，你有太太，还有这些个底下人，也让人家瞧我不起。我是千肯万肯的，可不知道你是真喜欢我，是假喜欢我？你若是真喜欢我，必能体谅我这一点苦心。"说着说着，手放下来了，头也低下来了，声音也微细了，现出十二分不好意思的形状来。

刘将军放下碗筷，用手摸着脸，踌躇着笑道："你的话是对的，可是你别拿话来骗我！"秀姑道："这就不对了。我一个穷人家的孩子，像你这样的人不跟，还打算跟谁呢？你瞧我是骗人的孩子吗？"刘将军笑道："得！就是这样办，可是日子要快一点子才好。"秀姑道："只要不是今天，你办得及，明天都成。可是你先别和我闹着玩，省得下人看见了，说我不正经。"刘将军笑道："算你说得有理，也不急在明天一天，后天就是好日子，就是后天吧。今天你不是到医院里去吗？顺便你就回家对你父母说一声儿，大概他们不能不答应吧。"秀姑道："这是我的终身大事，他们怎么样管得了！再说，他们做梦也想不到呢。哪有不答应的道理！"这一套话，说得刘将军满心搔不着痒处，便道："你别和老妈子那些人在一处吃饭了，我吃完了就走的，你就在这桌子吃吧。"秀姑扑哧一笑，点着头答应了。刘将军心想：无论哪一个女子，没有不喜欢人家恭维的。你瞧这姑娘。我就只给她这一点面子，她就乐了。他想着高兴，也笑了。只是为了凤喜，耽误了一早晌没有办事，这就坐了汽车出门了。

秀姑知道他走远了，就叫了几个老妈子，一同到桌上来，大家吃了一个痛快。秀姑吃得饱了，说是将军吩咐的，就坐了家里的公用汽车，到普救医院来看凤喜。

凤喜住的是头等病室，一个人住了一个很精致干净的屋子。她躺在一张铁床上，将白色的被褥，包围了身子，只有披着乱蓬蓬散发的头，露出外面，深深地陷入软枕里。秀姑一进房门，就听到她口里絮絮叨叨什么用手枪打人，把我扔下楼去，说个不绝。她说的话，有时候听得很清楚，有时却有音无字。不过她嘴里，总不断地叫着樊大爷。床前一张矮的沙发，她母亲沈大娘却斜坐在那里掩面垂泪，一抬头看见秀姑，站起来点着头道："关大姐，你瞧，这是怎么好？"只说了这一句，两行眼泪，如抛沙一般，直涌了出来。秀姑看床上的凤喜时，两颊上，现出很深的红色，眼睛紧紧地闭着，口里含糊着只管说："扔下楼去，扔下楼去。"秀姑道："这样子她是迷糊了，大夫怎么说呢？"沈大娘道："我初来的时候，真是怕人啦。她又能嚷，又能哭，现在大概是累了，就这样的躺下两个钟头啦。我看人是不成的了。"说着，就伏在沙发靠背上窸窸窣窣地抬着肩膀哭。

秀姑正待劝她两句，只见凤喜在床上将身子一扭，咯咯地笑将起来。越笑越高声，闭着眼睛道："你冤我，一百多万家私，全给我管吗？只要你再不打我就成。你瞧，打得我这一身伤！"说毕，又哭起来了。沈大娘伸着两手颤了几颤道："她就是这样子笑一阵子，哭一阵子，你瞧是怎么好？"凤喜却在床上答道："这件事，你别让人家知道。传到樊大爷耳朵里去了，你们是多么寒碜哪！"说着，她就睁开眼了。看见了秀姑，便由被里伸出一只手来，摇了一摇，笑道："你不是关大姐？见着樊大爷给我问好。你说我对不住他，我快死了，他原谅我年轻不懂事吧！"说着，放声大哭。秀姑连忙上前，握了她的手，她就将秀姑的手背去擦眼泪。秀姑另用一只手，隔了被去拍她的脊梁，只说："樊大爷一定原谅你的，也许来看你呢。"

这里凤喜哭着，却惊动了医院里的女看护，连忙走进来道："你这位姑娘，快出去吧，病人见了客是会受刺激的。"秀姑知道医院里规矩，是不应当违抗看护的，就走出病室来了。这一来，她心里又受一种感触，觉得人生的缘法，真是有一定的：凤喜和家树决裂到这种地步，彼此还有一线牵连。看凤喜睡在床上，不断的念着樊大爷。樊大爷哪里会知道，我给他传一个信吧。于是就在医院里打了一个电话给家树，请他到中央公园去，有话和他说。家树接了电话，喜不自胜，约了马上就来。

当下秀姑吩咐汽车回刘宅，自雇人力车到公园来。到了公园门口，她心里猛地想起一桩事：记得在医院里伺候父亲的时候，曾做了一个梦，梦到和家树挽了手臂，同在公园里游玩，不料今日居然有和他同游的机会，天下事就是这样：真事好像是梦；做梦，也有日子会真起来的，我这不是一个例子吗？只是电话打得太匆促了，只说了到公园来相会，却忘了说在公园里一个什么地方相会。公园里是这样的大，到哪里去找他呢？心里想着，刚走上大门内的游廊，这个哑谜，就给人揭破了。原来家树就在游廊总口的矮栏上坐了，他是早在这里等候呢。他一见秀姑便迎上前来，笑道："我接了电话，马上雇了车子就抢着来了。据我猜，你一定还是没有到的，所以我就在这里坐着等候。不然公园里是这样大，你找我，我又找你，怎么样子会面呢？大姑娘真为我受了屈，我十二分不过意，我得请请你，表示一番谢意。"秀姑道："不瞒你说，我们爷儿俩，就是这个脾气，喜欢管闲事，只要事情办得痛快，谢不谢，倒是不在乎的。"

两人说着话，顺着游廊向东走，经过了阔人聚合的"来今雨轩"，复经过了地僻少人行的故宫外墙。秀姑单独和一个少年走着，是生平破题儿第一遭的事情。在许多人面前，不觉是要低了头；在不见什么人的地方，更是要低了头。自己从来不懂得怕见人，却不解为了什么，今天只是心神不宁起来。同走到公园的后面，一片柏树林子下，家树道："在这儿找个地方坐坐，看一看荷花吧？"秀姑便答应了。

在柏林的西犄角上，是一列茶座，茶座外是皇城的宽濠，濠那边一列萧疏的宫柳，掩映着一列城墙，尤其是西边城墙转角处，城下四五棵高柳，簇拥着一角箭楼，真个如图画一般。但是家树只叫秀姑看荷花，却没有叫秀姑看箭楼。秀姑找了一个茶座，在椅子上坐下，看看城濠里的荷叶，一半都焦黄了，东倒西歪，横卧在水面，高高儿的挺着一些莲蓬，伸出荷叶上来，哪里有朵荷花？家树也坐下了，就在她对面。茶座上的伙计，送过了茶壶瓜子。家树斟过了茶，敬过了瓜子，既不知道秀姑有什么事要商量，自己又不敢乱问，便笑了一笑。秀姑看了一看四周，微笑道："这地方景致很好。"家树道："景致很好。"秀姑道："前几天我们在什刹海，荷叶还绿着呢。只几天工夫，这荷叶就残败了。"说到这里，秀姑心里忽然一惊，这是个敷衍话，不要他疑心我有所指吧，便正色道："樊先生，我今天和你通电话，并不是我自己有什么事要和你商量，就是那沈家姑娘，她也很可怜。"家树哈哈一笑道："大姑娘，你还提她作什么？可怜不可怜与我有什么相干！"秀姑道："她从前做的事，本来有些不对，可是……"家树将手连摇了几摇道："大姑娘既然知道她有些不对，那就行了。自那天先农坛分手以后，我就决定了，再不提到她了。士各有志，何必相强。大姑娘是个很爽快的人，所以我也不要多话。干脆，今生今世，我不愿意再提到她。"

秀姑听他说得如此决绝，本不便再告诉凤喜的事。只是他愿意提凤喜不提凤喜是一事；凤喜现在的痛苦，要不要家树知道又是一事，因笑道："设若她现在死了，樊先生作何感想？"家树冷笑道："那是她自作自受，我能有什么感想？大姑娘你不要提她，一提她，我心里就难过得很。"秀姑道："既然如此，我暂时就不提她，将来再说吧。"家树道："将来再说这四个字，我非常赞成。无论什么事，就眼前来说，决不能认为就是一定圆满的。古人说，'疾风知劲草，板荡识忠臣'，所以必定要到危难的时候，才看得出好人来的。不过那个时候，就知道也未免迟了。而且真是好人，他也决不为了要现出自己的真面目，倒愿人有灾有难。譬如令尊大人，他是相信古往今来那些侠客的。但侠客所为，是除暴安良，锄强扶弱。没有强暴之人，做出不平的事来，就用不着侠客。难道说作侠客的为了自己要显一显本领，还希望生出不平的事情来不成？所以到了现在，我又算受了一番教训，增长了一番知识，我现在知道从前不认识好人了。"

秀姑听他这种口音，分明是句句暗射着自己。一想自认识家树以来，这一颗心，早就许给了他。无如殷勤也罢，疏淡也罢，他总是漠不关心，所以索性跳出圈子外去，用第三者的资格，来给他们圆场。不料自己已经跳出圈子外来了，偏是又突然有这样向来不曾有的恳切表示，这真是意料所不及了，因笑道："樊先生说得很透彻，就是像我这样肚子里没有一点墨水的人，也明白了……"家树笑着只管嗑瓜子，又自己斟了一杯茶喝了，问道："大叔从前很相信我的，现在大概知道我有点胡闹吧。"秀姑道："不，他老人家有什么话，都会当面说的。"家树道："自然，他老人家是很爽快的。不过也有件事很让我纳闷：两个月前，仿佛他老人家有一件事要和我说，又不好说似的，我又不便问，究竟不知道是一件什么事？"

秀姑这时正看着濠里的荷叶，见有一个很大的红色蜻蜓，在一片小荷叶边飞着，却把它的尾巴，在水上一点一起，经过很久的时间，不曾飞开。她也看出了神，所以家树说的这些话，秀姑是不是听清楚了；或者听得越清楚，反而不肯回答，这都让家树无法揣测。随话答话，也没有可以重叙之理，这也就默然了。秀姑看了城墙，笑道："我家胡同口上，也有一堵城墙，出来就让它抵住，觉得非常讨厌。这里也是一堵城墙，看了去，就是很好的风景了。"家树道："可不是，我也觉得这里的城墙有意思。"两个人说来说去，只是就风景上讨论。

正说到很有兴趣的时候，树林子里忽然有茶房嚷着："有樊先生没有？"家树点着头只问了一声："哪里找？"一个茶房走上前来，便递了一张名片给秀姑道："你贵姓樊吗？我是'来今雨轩'的茶房，有一位何小姐请过去说话。"秀姑接着那名片一看，却是"何丽娜"三个字，犹疑着道："我并不认得这个人，是樊先生的朋友吧？"家树道："是的，是的，这个人你不能不见，待一会我给你介绍。"因对茶房道："你对何小姐说，我们就来。"茶房答应去了。家树道："大姑娘，我们到'来今雨轩'去坐坐吧，那何小姐是我表嫂的朋友，人倒很和气的。"秀姑笑道："我这样子，和人家小姐坐在一处，不但自己难为情，人家也会怪不好意思的。"家树笑道："大姑娘是极爽快的人，难道还拘那种俗套吗？"秀姑就怕人家说她不大方，便点点头道："见见也好，可是我坐不了多大一会儿就要走的。"家树道："那随便你，只要介绍你和她见一见面，那就行了。"于是家树会了茶账，就和秀姑一路到"来今雨轩"来。

家树引秀姑到了露台栏杆边，只见茶座上一个时装女郎笑盈盈地站了起来，向着这边点头。秀姑猛然看到她，不由得吓了一大跳：凤喜明明病在医院里，怎么到这里来了？老远的站着，只是发愣。家树明白，连忙抢上前介绍，说明这是"何女士"，这是"关女士"。何丽娜见秀姑只穿了一件宽大的蓝布大褂，而且没有剪发，挽着一双细辫如意髻，骨肉停匀，脸如满月，是一个很康健又朴素的旧式女子，因伸着手握了秀姑的手，笑道："请坐，请坐。我就听见樊先生说过关女士，是一个豪爽的人，今天幸会。"秀姑等她说出话来，这才证明她的确不是凤喜。家树向来没有提到认识一个何小姐，怎么倒在何小姐面前会提起我？大概他们的交情，也非同泛泛吧。她既是一见面这样的亲热，也就不能不客气一点，因笑道："刚才何小姐去请樊先生，我是不好意思来高攀。樊先生一定要给我介绍介绍，我只好来了。"何丽娜笑道："不要那样客气。交朋友只要彼此性情相投，是不应该在形迹上有什么分别的啊！"于是挪了一挪椅子，让秀姑坐下。家树也在何丽娜对面坐下了。

秀姑这时将何丽娜仔细看了一看，见她的面孔和凤喜的面孔，大体上简直没有多大的分别，只是何丽娜的面孔略为丰润一点，在她的举动和说话上，处处持重一点，不像凤喜那样任性。这两个人若是在一处走着，无论是谁，也会说她们是姊妹一对儿。她模样儿既然是这样的好，身份更不必提，学问自然是好的。除了年岁而外，恐怕凤喜没有一样赛得过她的呢！那么，家树丢了一个凤喜，有这一个何小姐抵缺，他也没有什么遗憾的了，又何怪对于凤喜的事淡然置之哩。心里想着事，何小姐春风满面的招待，就没有心去理会，只是含着微笑，随便去答应她的话。何丽娜道："我早就在这里坐着的。我看见关女士和樊先生走过去，我就猜中了一半。"家树道："哦，你看见我们走过去的。我们在那边喝茶，你也是猜中的吗？"何丽娜道："那倒不是。刚才我在园里兜了一个圈子，我在林子外边，看见你二位呢。"家树听了默然不语。何丽娜道："难得遇到关女士的。我打算请关女士喝一杯酒，肯赏光吗？"秀姑道："今天实在有点事，不能叨扰，请何小姐另约一个日子，我没有不到的。"何丽娜笑道："莫不是关女士嫌我们有点富贵气吧？若说是有事，何以今天又有工夫到公园里来呢？"家树道："她的确是有事。不是我说要介绍她和密斯何见面，她早就走了。"何丽娜看着二人笑了一笑，便道："既是如此，我就不必到公园外去找馆子。这里的西餐倒也不错，就在这里吃一点东西，好不好？"秀姑这时只觉心神不安贴起来，哪有心吃饭，便将椅子一挪，站立起来，笑道："真对不住，我有事要走了。"何丽娜和家树都站起来。因道："就是不肯吃东西，再坐一会儿也不要紧。"秀姑笑道："实在不是不肯，老实说，我今天到公园里来，就是有要紧的事，和樊先生商量。虽然没有商量出一个结果来，我也应该去回人家的信了。"她说了这话，就离开了茶座。何丽娜见她不肯再坐，也不强留，握着她的手，直送到人行路上来，笑嘻嘻地道："今天真对不住，改天我一定再奉邀的。樊先生和我差不多天天见面，有话请樊先生转达吧。"说着又握着秀姑的手摇撼了几下，然后告别回座去了。

秀姑低着头，一路走去，心里想：我们先由"来今雨轩"过，她就注意了；我们到柏树林子里去喝茶，她又在林子外侦查，这样子，她倒很疑心我。其实我今天是为了凤喜来的，与我自己什么相干呢？她说，她天天和樊先生见面，这话不假。不但如此，樊先生到"来今雨轩"去，那么些茶座，并不要寻找，一直就把她找着了，一定他们是常在这里相会的。沈凤喜本是出山之水，人家又有了情人，你还恋他则甚？至于我呢，更用不着为别人操心了。心里想着，也不知是往哪里走去了，见路旁有一张露椅，就随身坐下了。一人静坐着，忽又想到：家树今天说的"疾风知劲草"那番话，不能无因，莫非我错疑了。自己斜靠在露椅上，只是静静地想。远看那走廊上的人，来来往往，有一半是男女成对的。于是又联想到从前在医院里做的那个梦，又想到家树所说父亲要提未提的一个问题，由此种种，就觉得刚才对这位何小姐的看法似乎也不对，因此心里感到一些宽慰。心里一宽慰，也就抬起头来，忽然见家树和何丽娜并肩而行，由走廊上向外走去。同时身边有两个男子，一个指道："那不是家树？女的是谁？"一个道："我知道，那是他的未婚妻沈女士，他还正式给我介绍过呢。"这个沈字，秀姑恰未听得清楚，心里这就恍然大悟，自己一人微笑了一笑，起身出园而去。这一去，却做了一番惊天动地的事。要知如何惊天动地，下回分解。

019 慷慨弃寒家酒楼作别 模糊留血影山寺锄奸

却说秀姑在公园里看到家树和何丽娜并肩而行，恰又听到人说，他们是一对未婚夫妇，这才心中恍然：无论如何，男子对于女子的爱情，总是以容貌为先决条件的。自己本来毫无牵挂的了，何必又卷入旋涡。刚才一阵胡思乱想，未免太没有经验了。想到这里，自己倒笑将起来。刘将军也罢，樊大爷也罢，沈大姑娘也罢，我一概都不必问了，我还是回家去，陪着我的父亲。意思决定了，便走出公园来，也不雇车了。出了公园，便是天安门外的石板旧御道。御道两旁的绿槐，在晴朗的日光里，留下两道清凉的浓荫。秀姑缓着脚步，一步一步地在浓荫下面走。自己只管这样走着，不料已走到了离普救医院不远的地方来。心想既是到了这地方来，何不顺便再去看看凤喜，从此以后，我和这可怜的孩子，也是永不见面了。如此想着，掉转身就向医院这条路上来。刚刚要进医院门，却看到刘将军坐的那辆汽车横拦在大门口。自己一愣，待要缩着脚转去，刘将军开了车门，笑着连连招手道："你不是来了一次吗，还去看她做什么？我们一块儿回家去吧。"他说着话已经走下车来，就要来搀住秀姑。秀姑想着，若是不去，在街上拉拉扯扯，未免不成样子，好在自己是拿定了主意的了，就是和他去，凭着自己这一点本领，也不怕他。于是微微笑着，就和刘将军一同坐上汽车去。

到了刘家，刘将军让她一路上楼，笑着握了她的手道："医院里那个人，恐怕是不行了。你若是跟着我，也许就把你扶正。"秀姑听了这话，一腔热血沸腾，簇涌到脸上来，仿佛身上的肌肉，都有些颤动。刘将军看她脸上泛着红色，笑道："这儿又没有外人，你害什么臊！你说，你究竟愿不愿意这样？"秀姑微笑道："我怎么不愿意，就怕没有那种福气！"刘将军将她的手握着摇了两摇，笑道："你这孩子看去老实，可是也很会说话，我们的喜事，就定的是后天，你看怎么样？你把话对你父亲说过没有？"秀姑道："说了，他十分愿意。他还说喜事之后。还要来见见你，请你给他个差事办办呢。"刘将军一拍手笑道："这还要说吗？有差事不给老丈人办，倒应该给谁去办呢？今天晚上，你无论如何，得陪着我吃饭，先让底下人看看，我已经把你抬起来了，也省得后天办喜事，他们说是突然而来。"秀姑道："你左一句办喜事，右一句办喜事，这喜事你打算是怎样地办法呢？"刘将军听说，又伸手搔了一搔头发，笑道："这件事，我觉得有点为难的。若是办大了，先娶的哪一个，我都很随便，娶你更加热闹起来，有点说不过去；再说日子也太急一点，似乎办不过来。若是随便呢，我又怕你不愿意。"秀姑道："我倒不在乎这个，就是底下人看不起。我倒有法子，一来你可以省事一点，二来我也可以免得底下人看不起。"刘将军笑道："有这一个好法子，我还有不乐意的吗？你说，要怎样的办？"秀姑道："若是叫我想这个法子，我也想不出来。我想起从前有的人也是为了省事，就是新郎和新娘一同跑到西山去；等回来之后，他们就说办完了喜事，连客都没有请，我们要是这样的办才好。"

刘将军一听这话，笑得跳了起来，拉着秀姑的手道："我的小宝贝！你要是肯这样办，我省了不少的事。我又是个急性子的人，说要办，巴不得马上就办，要一铺张的话，两天总会来不及的。现在只要上西山一走，那费什么事？有的是汽车，什么时候都成——反正赶出城去，又用不着打来回的。今天我们就去，你看好不好？"秀姑笑道："你不是说了，不忙在一两天吗？"刘将军肩膀耸了一耸，又偏了头对秀姑的脸色看了一看，笑道："也不知道怎么回事，我对你是越看越爱，恨不得马上……"说着，只管咯咯地笑。秀姑道："今天太晚了，明天吧。"刘将军笑道："得啦，我的新太太！就是今天吧。你要些什么，你快说，我这就叫人去办。办来了，我们一块儿出城。"说时，又来抓住秀姑的手。秀姑笑道："婚姻大事，你这人有这样子急！"刘将军笑道："你不知道，我一见就想你。等到今天，已经是等够了，喜期多延误一天，我是多急一天。要不然，我们同住着一个院子，我在楼上，你在楼下，那也是不便当不是？"说着，又把肩膀抬了一抬。

秀姑眉毛一动，眼睛望着刘将军，用牙咬着下唇，向他点了点头。在秀姑这一点头之间，似乎鼻子微微的哼了一声。可是刘将军并没有听见，他笑道："怎么样，你答应了吗？"秀姑笑道："好吧，就是今天。你干脆，我也给你一个痛快！"刘将军笑得浑身肌肉都颤起来，向秀姑行了一个举手礼道："谢谢你答应了。你要些什么东西，我好预备着。"秀姑道："除非你自己要什么，我是一点也不要。此外我还有一件事，和你要求一下，请你派四个护兵，一辆汽车，送我回家对父亲辞别。你若是有零碎现款的话，送我一点，我也好交给父亲，办点喜酒，请请亲戚朋友，也是他养我一场。"刘将军道："成成成！这是小事，本来我也应该下一点聘礼。现款家里怕不多，我记得有两千多块钱，你全拿去吧，反正你父亲要短什么，我都给他办。"秀姑将手指头掐着算了一算，笑道："要不了许多，穷人家里多了钱，那是要招祸的！你就给我一千四百块钱吧。"刘将军道："你这是个什么算法？"秀姑道："你不必问。过了些时候，你或者就明白了。"说毕，格格的笑将起来，笑得厉害，把腰都笑弯了。刘将军也笑道："这孩子淘气，打了一个哑谜，我没有猜着，就笑得这样，好吧，我就照办。"于是在箱子里取出一千二百元钞票二百元现洋来，交给秀姑道："我知道你父亲一定喜欢看白花花的洋钱的，所以多给他找些现洋。"秀姑笑道："算你能办事，我正这样想着，话还没有说出来呢。"刘将军笑道："我就是你小心眼儿里的一条混世虫么，你的心事，我还有猜不透的吗？"秀姑听了这话，真个心里一阵恶心，哈哈大笑，笑得伏在桌上。刘将军拍着她的肩膀道："别淘气了，汽车早预备好了，快回去吧，我还等着你回来出城呢。"

当下秀姑抬头一看壁上的钟，已经四点多，真也不敢耽误，马上出门，坐了汽车回家。汽车两边，各站两个卫兵，围个风雨不透。秀姑看了，痛快之极，只是微笑。

不多一会，汽车到了家门口，恰好关寿峰在门口盼望。秀姑下了车，拉着父亲的手进屋去，笑道："还好，你在家，要不然我还得去找师兄，那可费事了。"说着，将手上夹的一个大手巾包，放在桌上。寿峰看了，先是莫名其妙，后来秀姑详详细细一说，他就摸着胡子点点头道："你这办法对！我教把式，教得有点腻了，借着刘将军找个出头之日也好。别让人家尽等，你就快去吧。"秀姑含着微笑，走出屋来，和同院的三家院邻都告了辞，说是已经有了出身之所，不回来了，大家再见吧。院邻见她数日不回，现在又坐了带兵的汽车回来告别，都十分诧异，可是知道她爷儿俩脾气：他们做事，是不乐意人家问的，也就不便问，只猜秀姑是必涉及婚姻问题罢了。

秀姑出门，大家打算要送她上车，寿峰却在院子里拦住了，说道："那里有大兵，你们犯不上和他们见面。"院邻知道寿峰的脾气大，不敢违拗，只得站住了。寿峰听得汽车呜呜的一阵响，已经走远了，然后对院邻拱拱手道："我们相处这么久，我有一件事，要拜托诸位，不知道肯不肯？"院邻都说："只要办得到，总帮忙。"寿峰道："我的大姑娘，现在有了人家了，今天晚上就得出京，我有点舍不得，要送她一送，可是我身边又新得了一点款子，放在家里，恐怕不稳当。要分存在三位家里，不知道行不行？"大家听说，不过是这一点小事，都答应了。寿峰于是将一千二百元钞票分作四百块钱三股，用布包了。那二百元现款，却放在一条板带里，将板带束在腰上。然后将这三个布包，一个院邻家里存放一个，对他们道："我若是到了晚上两点钟不回来，就请你们把这布包打开看看；可是我若在两点钟以前回来，还得求求各位，将原包退回我。"说毕，也不等院邻再答话，拱了一拱手，马上就走了。

寿峰走到街上，在一家熟铺子里，给家树通了一个电话，正好家树是回家了，接着电话。寿峰便说："有几句要紧的话，和你当面谈一谈，就在四牌楼一家'喜相逢'的小馆子里等着你。你可不要饿着肚子来，咱们好放量喝两盅。"家树一想：一定是秀姑回去，把在公园里的话说了，这老头子是个急性人，他一听了就要办，所以叫我去面谈。这是老头子一番血忱，不可辜负了，便答应着马上来。

家树到了四牌楼，果然有家小酒馆，门口悬着"喜相逢"的招牌，只见寿峰两手伏在楼口栏杆上，也是四处瞧人，看见了家树连招带嚷的道："这里这里。"家树由馆子走上楼去，便见靠近楼口的一张桌上，已经摆好了酒菜，杯筷却是两副，分明是寿峰虚席以待了。寿峰让家树对面坐下，因问道："老弟，你带了钱没有？"家树道："带了一点款子，但是不多。大叔若是短钱用，我马上回家取了来。"寿峰连连摇着手道："不，不，我今天发了一个小财，不至于借钱。我问你有钱没有，是说今天这一餐酒应该你请的了。"家树笑道："自然自然。"寿峰道："你这话有点不妥，难道说你手上比我宽一点，或者年纪比我小一点，就该请我吗？我可不是那样说。我老实告诉你吧，今天这一顿酒吃过，咱们就要分手了。咱们交了几个月好朋友，你岂不应该给我饯一饯行？"家树听了，倒吃了一惊，问道："大叔突然要到哪里去？大姑娘呢？"寿峰道："我们本是没有在哪里安基落业的，今天爱到哪里就上哪里；明天待得腻了，再搬一处，也没有什么牵挂，谈不上什么突然不突然。我一家就是爷儿俩，自然也分不开。"家树道："大叔是个风尘中的豪侠人物，我也不敢多问，但不知大叔哪一天动身？以后我们还有见面的日子没有？"寿峰道："吃完了酒我就走。至于以后见面不见面，那可是难说。譬如当初咱们在天桥交朋友，哪里是料得到的呢！"他说着话，便提起酒壶来，先向家树杯子里斟上了一杯，然后又自斟一杯，举起杯子来，向家树比了一比，笑道："老兄弟！咱们先喝一个痛快，别说那些闲话。"于是二人同干了一杯。又照了一照杯，家树道："既是我给大叔饯行，应当我来斟酒。"于是接过酒壶，给关寿峰斟起酒来。寿峰酒到便喝，并不辞杯。

一会儿工夫，约莫喝了一斤多酒，寿峰手按了杯子，站将起来，笑道："酒是够了，我还要赶路，我还有两句话要和你说一说。"家树道："你有什么话尽管说，只要是我能做的事，我无不从命。"寿峰道："有一件事，大概你还不知道，有一个人为了你，可受了累了。"于是将凤喜受打得了病，睡在医院里的话，都对他说了。又道："据我们孩子说，她人迷糊地睡着，还直说对不住你。看来这个孩子，还是年轻不懂事，不能说她忘恩负义，最好你得给她想点法子。"家树默然了一会，因道："纵然我不计较她那些短处，但是我是一个学生，怎么和一个有势力的军阀去比试，她现时不是在人家手掌心里吗？"寿峰昂头一笑道："有势力的人就能抓得住他爱的东西吗？那也不见得——楚霸王百战百胜，还保不住一个虞姬呢！我这话是随便说，也不是叫你这时候在人家手心里抓回来；以后有了机会，你别记着前嫌就是了。"家树道："果然她回心转意了，又有了机会，我自然也愿意再引导她上正路；但是我这一颗心，让她伤感极了。现在我极相信的人，实在别有一个，却并不是她。"寿峰笑道："我听到我们孩子说，你还认识一个何小姐，和沈家姑娘模样儿差不多。可是这年头儿，大小姐更不容易应付啊！这话又说回来了，你究竟相信哪一个，这凭你的意思，旁人也不必多扯淡。只是这个孩子，也许马上就得要人关照她。你有机会，关照她一点就是了。时候已然是不早，我还得赶出城去，我要吃饭了。"于是喊着伙计取了饭来，倾了菜汤在饭碗里，一口气吃下去几碗饭，才放下碗筷，站起来道："咱们是后会有期。"伙计送上手巾把，他一面揩着，一面就走。家树始终不曾问得他到哪里去，又为了什么缘故要走，怔怔地望着他下楼而去。转身伏到窗前看时，见他背着一个小包袱在肩上，已走到街心。回过头看见家树，点着头笑了一笑，竟自开着大步而去。

这里家树想着：这事太怪！这老头子虽是豪爽的人，可是一样的儿女情长——上次他带秀姑送我到丰台，不是很依恋的吗？怎么这次告别，极端的决绝。看他表面上镇静，仿佛心里却有一件急事要办，所以突然的走了。他十几年前本来是个风尘中的人物，难保他不是旧案重提。又，这两天秀姑冒充佣工，混到刘家去，也是极危险的事，或者露出了什么破绽，也未可知。心里这样踌躇着。伏在栏杆上望了一会，便会了酒饭账，自回家去。

家树到了家里，桌上却放了一个洋式信封，用玫瑰紫的颜色墨水写着字，一望而知是何丽娜的字。随手拿起来拆开一看，上写着："家树，今晚群英戏院演全本《能仁寺》，另外还有一出《审头刺汤》，是两本很好的戏。我包了一个三号厢，请你务必赏光。你的好友丽娜。"家树心里本是十分的烦闷，想借此消遣也好。

吃过晚饭以后，家树便上戏院子包厢里来，果然是何丽娜一个人在那里。她见家树到了，连忙将并排那张椅子上夹斗篷拿起，那意思是让他坐下。他自然坐下了。看过了《审头刺汤》，接上便是《能仁寺》，家树看着戏，不住地点头。何丽娜笑道："你不是说你不懂戏吗？怎么今晚看得这样有味？"家树笑道："凑合罢了。不过我是很赞成这戏中女子的身份。"何丽娜道："这一出《能仁寺》和《审头刺汤》连续在一处，大可玩味。设若那个雪雁，有这个十三妹的本领，她岂不省得为了报仇送命？"家树道："天下事哪能十全！这个十三妹，在《能仁寺》这一幕，实在是个生龙活虎。可惜作《儿女英雄传》的人，硬把她嫁给了安龙媒，结果是作了一个当家二奶奶。"何丽娜道："其实天下哪有像十三妹这种人？中国人说武侠，总会流入神话的。前两天我在这里看了一出《红线盗盒》。那个红线，简直是个飞仙，未免有点形容过甚。"家树道："那是当然。无论什么事，到了文人的笔尖，伶人的舞台上，都要烘染一番的。若说是侠义之流，倒不是没有。"何丽娜道："凡事百闻不如一见，无论人家说得怎样神乎其神，总要看见，才能相信。你说有剑侠，你看见过没有？"家树道："剑仙或者没有看见过，若说侠义的武士，当然看过的。不但我见过，也许你也见过。因为这种人，绝对不露真面目的。你和他见面，他是和平常的人一样，你哪里会知道！"何丽娜道："你这话太无凭据了，看见过，自己并不知道，岂不是等于没有看见过一样！"家树笑道："听戏吧，不要辩论了。"

这时，台上的十三妹，正是举着刀和安公子张金凤作媒，家树看了只是出神。一直等戏完，却叹了一口气。何丽娜笑道："你叹什么气？"家树道："何小姐这个人，有点傻。"何丽娜脸一红，笑道："我什么傻？"家树道："我不是说你，我是说台上那个十三妹何玉凤何小姐有点傻。自己是闲云野鹤，偏偏要给人家作媒；结果，还是把自己也卷入了旋涡，这不是傻吗？"何丽娜自己误会了，也就不好意思再说，一同出门。到了门口，笑着和家树道："我怕令表嫂开玩笑，我只能把车子送你到胡同口上。"家树道："用不着，我自己雇车回去吧。"于是和她告别，自回家去。

家树到家一看手表，已是一点钟，马上脱衣就寝。在床上想到人生如梦，是不错的。过去一点钟，锣鼓声中，正看到十三妹大杀黑风岗强梁的和尚，何等热闹！现时便睡在床上，一切等诸泡影。当年真有个《能仁寺》，也不过如此，一瞬即过。可是人生为七情所蔽，谁能看得破呢？关氏父女，说是什么都看得破，其实像他这种爱打抱不平的人，正是十二分看不破。今天这一别，不知他父女干什么去了？这个时候，是否也安歇了呢？秀姑的立场，固然不像十三妹，可是她一番热心，胜于十三妹待安公子、张姑娘了。自己就这样胡思乱想，整夜不曾睡好。

次日起来，已是很迟，下午是投考的大学发榜的时候了，家树便去看榜。所幸自己考得努力，竟是高高考取正科生了。有几个朋友知道了，说是他的大问题已经解决，拉了去看电影吃馆子。家树也觉得去了一桩心事，应当痛快一阵，也就随着大家闹，把关、沈两家的事，一时都放下了。

又过了一天，家树清早起来之后，一来没有什么心事，二来又不用得赶忙预备功课，想起了何丽娜请了看戏多次，现在没有事了，看看今天有什么好戏，应当回请她一下才好。这样想着，便拿了两份日报，斜躺在沙发上来看。偶然一翻，却有一行特号字的大题目，射入眼帘，乃是"刘德柱将军前晚在西山被人暗杀！"随后又三行头号字小题目，是"凶手系一妙龄女郎，题壁留言，不知去向。案情曲折，背景不明"。家树一看这几行大字，不由得心里噗突噗突乱跳起来，匆匆忙忙，先将新闻看了一遍。看过之后，复又仔细地看了一遍。仔细看过一遍之后，再又逐段的将字句推敲。他的心潮起落，如狂风暴雨一般，一阵一阵紧张，一阵一阵衰落，只是他人躺在沙发上，却一分一厘不曾挪动。颈脖子靠着沙发靠背的地方，潮湿了一大块，只觉上身的小衣，已经和背上紧紧地粘着了。原来那新闻载的是：

> 刘巡阅使介弟刘德柱，德威将军，现任五省征收督办，兼驻北京办公处长，为政治上重要人物。最近刘新娶一夫人。欲觅一伶俐女佣服侍，佣工介绍所遂引一妙龄女郎进见。刘与新夫人一见之下，认为满意，遂即收下。女郎自称吴姓，父业农，母在张总长家佣工，因家贫而为此。刘以此亦常情，未予深究。惟此间有可疑之点，即女郎上工以后，佣工介绍者，并未至刘宅向女郎索佣费，女亦未由家中取铺盖来，至所谓张总长，更不知何家矣！
>
> 女在宅佣工数日，甚得主人欢；适新夫人染急症，入医院诊治，女乃常独身在上房进出。至前三日，刘忽扬言，将纳女为小星。女亦喜，洋洋有得色。因双方不愿以喜事惊动亲友，于前日下午五时，携随从二人，同赴西山八大处，度此佳期。

抵西山后，刘欲宿西山饭店，女不可，乃摒随从，坐小轿二乘，至山上之极乐寺投宿。寺中固设有洁净卧室，以备中西游人栖息者也。寺中僧侣，闻系刘将军到来，殷勤招待，派人至西山饭店借用被褥，并办酒食上山。

晚间，刘命僧燃双红烛，与女同饮，谈笑甚欢。酒酣，由女扶之入寝，僧则捧双烛台为之导。僧别去，恐有人扰及好梦，且代为倒曳里院之门。

至次日，日上山头而将军不起；僧不敢催唤，待之而已。由上午而正午，由正午而日西偏，睡者仍不起，僧颇以为异，在院中故作大声惊之。因室中寂无人声，且呼且推门入，则见刘高卧床上，而女不见矣。僧犹以刘睡熟，女或小出，缩身欲退，偶抬头，则见白粉壁上，斑斑有血迹，模糊成字。字云："（上略）现在他又再三蹂躏女子，逼到我身。我谎贼至山上，点穴杀之，以为国家社会除一大害。我割贼胳臂出血，用棉絮蘸血写在壁上，表明我作我当，与旁人无干。中华民国×年×月×日夜十二时。不平女士启。"文字粗通，果为女子口吻。僧大骇，即视床上之人，已僵卧无气息矣。当即飞驰下山报警，一面通电话城内，分途缉凶。

军警机关以案情重大，即于秘密中以迅速的手腕，觅取线索。因刘宅护兵云：女曾于出城之前回家一次，即至其家搜索，则剩一座空房，并院邻亦于一早迁出。询之街邻，该户有父女二人姓关，非姓吴也。关以教练把式为业，亦尚安分，何以令其女为此，则不可知。及拘佣工介绍所人，店东称此女实非该处介绍之人，其引女入刘宅之女伙友（俗称跑道儿的），则谓女系在刘宅旁所遇，彼以两元钱运动，求引入刘宅，一见亲戚者。不料刘竟收用，致生此祸。故女实在行踪，彼亦无从答复。

观乎此，则关氏父女之暗杀刘氏，实预有布置者。现军警机关，正在继续侦缉凶犯，详情未便发表。但据云已有蛛丝马迹可寻，或者不难水落石出也。

家树想，新闻中的前段还罢了，后段所载，与关氏有点往来的人，似乎都有被捕传讯的可能。自己和关氏父女往来，虽然知道的很少，然而也不是绝对没有人知道。设若自己在街上行动，让侦探捉去，自己坐牢事小，一来要连累表兄，二来要急坏南方的母亲，不如暂时躲上一躲，等这件事有了着落再上课。

家树想定了主意，便装着很从容的样子，慢慢地踱到北屋子来。伯和正也是拿了一份报，在沙发上看，放下报向家树道："你看了报没有？出了暗杀案了。"家树淡淡地一笑道："看见了。这也不足为奇！"伯和道："不足为奇吗？孩子话。这一件事，一定是有政治背景的。"说着昂了头想了一想，摇一摇头道："这一着棋子下得毒啊！只可惜手段卑劣一点，是一条美人计。"家树道："不像有政治背景吧。"伯和道："你还没有走入仕途，你哪里知道仕途钩心斗角的巧妙。这一个女子。我知道是由峨嵋山上买下来的，报酬总在十万以上。"伯和说得高兴，点了一支雪茄烟吸着，将最近时局的大势，背了一个滚瓜烂熟。家树手上拿了一本书，只管微笑，一直等他说完了，才道："我想今天到天津看看叔叔去，等开学时候再来。本来我早就应去的了，只因为没有发榜，一点小病又没有好，所以迟延了。"陶太太在屋子里笑道："我也赞成你去一趟，前天在电话里和二婶谈话还说到你呢，只是不忙在今天就走。"家树笑道："我在北京又没事了，只是静等着开学。我的性子又是急的，说要做什么，就想做什么的。"陶太太道："今天走也可以，你搭四点半钟车走吧，也从容一点。"家树道："四点钟以前就没有车吗？"陶太太道："你干吗那样急？两点钟倒是有一趟车，那是慢车。你坐了那车，更要急坏了。"家树怕伯和夫妇疑心，不便再说，便回房去收拾收拾零碎东西。自己也不知什么缘故，表面上尽管是尽量地镇静，可是心里头，却慌乱得异常。

吃过了午饭，家树便在走廊下踱来踱去，不时地看看表，是否就到了三点。踱了几个来回，因听差望着，又怕他们会识破了，复走进房去在床上躺着。好容易熬到三点多钟，便辞了陶太太上车站。一直等到坐在二等车里，心里比较的安贴一点了，却听到站台上一阵乱，立刻几个巡警，和一群人向后拥着走。只听见说："又拿住了两个了，又拿住了两个了。"家树听了这话，一颗心几乎要由腔子里直跳到口里来，连忙在提囊里抽了一本书，放出很自然的样子，微侧着身子看，耳边却听到同车子的人说："捉到了扒儿手了。"家树觉得又是自己发生误会了，身子上干了一阵冷汗。心里现在没有别的想法，只盼望着火车早早的开。

一会儿，车轮碾动了，很快出了东便门。家树如释重负，这才有了工夫鉴赏火车窗外的风景。心里想：人生的祸福，真是说不定，不料我今天突然要到天津去。寿峰这老头儿昨天和我告别的时候，何以不通我一点消息，也省得我今天受这一阵虚惊！转而一想：自己本来有些过虑。几个月来，我也不过到关家去过四五次，谁人在社会上没有朋友？朋友犯了事，不见得大家都要犯嫌疑。何况我和关寿峰的来往，就不足引起人家的注意呢。至于我和刘德柱这一段关系，除了关氏父女，也是没有人知道的。除非是凤喜，她知道秀姑为了我去的，然而她要把我说出来，她自己也脱不了干系呀！这样看来，自己一跑，未免过于胆小。寿峰再三的提到凤喜，说是我有机会和她重合。莫非这件事，凤喜也参与机密的？但是事实上又不能，凤喜在医院里既是成了疯子，她的母亲，她的叔叔，又是极不堪的，哪里可以商量这样重大的问题……一个人在火车里只管这样想着，也就不知不觉地到了天津。

家树的叔叔樊端本，在法租界有一幢住房。家树下了火车之后，雇着人力车，就向叔叔家来。这里是一所面马路的洋楼，外面是铁栅门，进去是个略有花木的小院子，迎面就是一座品字红砖楼，高高直立。走进铁栅门，小门房里钻出来一个听差，连忙接住了手提箱道："我们接着北京电话，正打算去接侄少爷呢，你倒来了。"家树道："老爷在家吗？"答道："到河北去了，听说有应酬。"问："二位小姐呢？"答："看电影去了。"问："太太呢？"说到这里时，只听到哗啦哗啦一阵响声，由楼窗户里传出来。听差答道："太太在打牌。"问："姨太太呢？"答："有张家姨太太，李家少奶奶邀她上中原公司买东西带听戏去了，你歇着吧。"说着，便代提了提箱上楼。家树道："打牌的是些什么人？"听差道："是几位同乡太太。她们是车盘会，今天这家，明天那家，刚上场呢。"家树道："既是刚上场，你就不必通知。我在楼下等着老爷回来吧。"于是又下了楼，就在端本的书房里看看书，看看报，等他们回来。

过一会，淑宜和静宜两姊妹先回来了。淑宜现在十七岁，静宜十四岁，都是极活泼的小姑娘。静宜听说家树来了，在院子里便嚷了起来道："哥哥来了，在哪儿？怎么早不给我们一个信呢？"家树走出来看时，见静宜穿了绿哔叽短西服，膝盖上下，露一大截白腿子，跳着皮鞋咚咚的响，说道："大哥，恭喜呀！你大喜呀！"她说着时，那蓬头发上插着的红结花，跳得一闪一闪，看她是很乐呢。家树倒莫名其妙，究竟是喜从何来？却因这一说又有了意外的变化。要知是什么变化，下回交代。

020　辗转一封书红丝误系　奔波数行泪玉趾空劳

却说家树见静宜和他道喜，倒愣住了，自己避祸避到天津来，哪里还有什么可喜的事情，因道："一个当学生的人，在大学预科读完了书之后，不应该升入正科的吗？就是这一点，有什么可喜的呢？"静宜将嘴一撇道："你真把我们当小孩子骗啦！事到于今，以为我们还不知道吗？你要是这样，到了你做新郎的时候，不多罚你喝几盅酒，那才怪呢！"家树道："你这话真说得我莫名其妙。什么大喜？做什么新郎？"淑宜穿的是一件长长的旗衫，那袖子齐平手腕，细得像笔管一般。两只手和了袖子，左右一抄，同插在两边肋下插袋里，斜靠了门，将一只脚微微提起，把那高跟鞋的后跟踏着地板，得得作响。衣服都抖起波浪纹来，眼睛看了家树，只管微笑。家树道："怎么样，你也和我打这个哑谜吗？"淑宜笑道："我打什么哑谜？你才是和我们打哑谜呢！我总不说，等到哪一天水落石出，你自然会把哑谜告诉人的，我才犯不着和你瞎猜呢！反正我心里明白就是了。"淑宜在这里说着，静宜一个转身，就不见了。

不多一会儿的时候，又听到地板咚咚一阵响，静宜突然跳进房来，手上拿了一张相片和家树对照了一照，笑道："你不瞧瞧这是谁？你能屈心，说不认得这个人吗？"家树一看，乃是凤喜的四寸半身相片。这种相片，自己虽有几张，却不曾送人，怎样会有一张传到天津来了，便点点头道："这个人，不错，我认识。但是你们把她当什么人呢？"淑宜也走近前，在静宜手里，将相片拿了过来，在手上仔细地看了一看，微笑道："现在呢，我们不知道要怎么样的称呼？若说到将来，我们叫她一声嫂嫂，大概还不至于不承认吧！"家树道："好吧，将来再看吧！"静宜道："到现在还不承认，将来我们总要报复你的。"家树见两个妹妹说得这样切实，不像是毫无根据，大概她们一定是由陶家听到了一点什么消息，所以附会成了这个说法。当时也只得装傻，只管笑着，却把在北京游玩的事情和两个妹妹闲谈，把喜事问题牵拉开去。

过了一会，有个老妈子进来道："樊太太吩咐，请侄少爷上楼。"于是家树便跟着老妈子一直到婶娘卧室里，只见婶娘穿了一件黑绸旗衫，下摆有两个纽扣不曾扣住，脚上踏了拖鞋，口里衔着烟卷，很舒适的样子，斜躺在沙发上。家树站着叫了一声"婶娘"，在一边坐下。樊太太道："你早就来了，怎么不通知我一声呢？打牌，我也是闷得无聊，借此消遣。若是有人陪着我谈谈，我倒不一定要打牌。你来了很好；你不来，我还要写信去叫你来呢。"家树道："有什么事吗？"樊太太将脸色正了一正，人也坐正了，便道："不就是为了陶家表兄来信，提到你的亲事吗？那孩子我曾见过的，相片大家也瞧见了，自然是上等人才。据你表嫂说，人也很聪明，门第本是不用谈；就是谈门第的话，也是门当户对。这年头儿，婚姻大事，只要当事人愿意，我们做大人的，当然是顺水推舟，落得做个人情。"家树笑道："婶娘说的话，我倒有些摸不透。我在北京，并没有和表哥表嫂谈到什么婚姻问题。要说到那个相片子上的人，我虽认识，并不是朋友。若说到门当户对，我要说明了，恐怕婶娘要哈哈大笑吧。"樊太太道："事情我都知道了，你还赖什么呢？她父亲作过多年的盐务署长。她伯父又是一个代理公使，和我们正走的是一条道，怎么说是我要哈哈大笑呢？"说了，又吸着烟卷。

家树想想心里好笑，原来他们也误会了，又是把凤喜的相片子，当了何丽娜。要想更正过自己的话来，又怕把凤喜这件事，露出破绽来了，便道："那些话，都不必去研究了，我实在没有想到什么婚姻问题，不知道陶家表兄，怎样会写信通知我们家里的？"樊太太道："当然啰，也许是你表嫂要做这一个媒，有点买空卖空。但是不能啦，像她那样的文明人，还会做旧社会上那种说谎的媒人吗？而且这位何小姐的父亲，前几天到天津来了一趟，专门请你叔父吃了一餐饭，又提到了你。将你的文才品行，着实夸奖了一阵子。"家树笑道："这话我就不知从何而起了。那位何署长我始终没有见过面，他哪里会知我？而且我听到说，何家是穷极奢华的，我去了有点自惭形秽。我就只到他家里去了两三回，他又从何而知我的文才品行呢？"樊太太道："难道就不许他的小姐对父亲说吗？陶太太信上说，你和那何小姐，几乎是天天见面，当然是无话不说的了。我倒不明白，你为了这件事来，为什么又不肯说？"家树笑道："你老人家有所不知！这件事，陶太太根本就误会了。那何小姐本是她的朋友，怎样能够不到陶家来？何小姐又是喜欢交际的，自然我们就常见面了。陶太太老是开玩笑，说是要做媒，我们以为她也不过开玩笑而已，不料她真这样做起来。其实现在男女社交公开的时候，男女交朋友的很多，不能说凡是男女做了朋友。就会发生婚姻问题。"樊太太听了他这些话，只管将烟卷抽着，抽完了一根，接着又抽一根，口里只管喷着烟，昂了头想家树说的这层理由。家树笑道："你老人家想想看，我这话说的不是很对吗？"

樊太太还待说时，老妈子来说："大小姐不愿替了，还是太太自己去打牌吧。"樊太太这就去打牌，将话搁下。家树到楼下，还是和妹妹谈些学校里的事。姨太太是十二点钟回来，叔叔樊端本是晚上两点钟回来，这一晚晌，算是大家都不曾见面。

到了次日十二点钟以后，樊端本方始下床，到楼下来看报，家树也在这里，叔侄便见着了。樊端本道："我听说你已经考取大学本科了，这很好。读书总是以北京为宜，学校设备很完全，又有那些图书馆，教授的人才，也是在北京集中。"他说着话时，板了那副正经面孔，一点笑容也没有。家树从幼就有点怕叔叔，虽然现在分居多年，然而那先入为主的思想，总是去不掉。樊端本一板起脸子来，他就觉得有教训的意味，不敢胡乱对答。

这时樊端本坐在长椅子上，随手将一叠报，翻着看了一看，向着报上自言自语地道："这政局恐怕是有一点变动。照洁身的历史关系说起来，这是与他有利的。这样一来，恐怕他真会跳上一步，去干财长；就是这个口北关，也就不用费什么力了。"说着，他的嘴角，微微一欠。接上按着上下嘴唇，左一把，右一把，下巴上一把，轮流地抹着胡子——这是他最得意时候的表示。家树老早的就听过母亲说，若遇到你叔叔分三把摸胡子的时候，两个妹妹就会来要东西，因为那个时候，是要什么就给什么的。家树想到母亲的话，因此心里暗笑了起来。樊端本原戴了一副托力克的眼镜，这镜子的金丝脚，是很软的，因为戴得久了，眼镜的镜架子，便会由鼻梁上坠了下来。樊端本也来不及用手去托镜子了，眼光却由镜子上缘平射出来，看家树何以坐不定。他这一看不要紧，家树肚子里的陈笑，和现在的新笑，并拢一处，扑哧一声，笑了出来。樊端本用右手两个指头，将眼镜向上一托，正襟坐着，问家树道："你笑什么？"

家树吃了一惊，笑早不知何处去了，便道："今年回杭州去，在月老祠里闹着玩，抽了一张签，签上说是'怪底重阳消息好，一山红叶醉于人'。"家树说了这话，自己心里可就想着，这实在诌的不成诗句。说毕，就看了樊端本的脸色道："我想这两句话，并不像月老祠里的签，若是说到叔叔身上，或有点像。倒好像说叔叔的差事，重阳就可发表似的。"

樊端本听了此言，将手不住地理着胡子，手牵着几根胡子梢，点了几点头道："虽然附会，倒有点像。你不知道，我刚才所说的话，原是有根据的。何洁身做这些年的阔差事，钱是挣得不少，可是他也实在花得不少，尤其是在赌上。前次在张老头子家里打牌，八圈之间，输了六七万，我看他还是神色自若，口里衔着雪茄烟，烟灰都不落一点下来，真是镇静极了。不过输完之后，也许有点心痛，就不免想法子要把钱弄回来。上次就是输钱的第二天，专门请我吃饭，有一件盐务上的事，若办成功，大概他可以弄一二十万，请我特别帮忙，报酬呢，就是口北关监督。我做了这多年的商务，本来就懒作冯妇；无奈他是再三的要求，不容我不答应。我想那虽是个小职，多少也替国家办点事；二来我也想到塞北地方去看看，赏玩赏玩关塞的风景。洁身倒也很知道你，说是你少年老成。那意思之间，倒也很赞成你们的亲事。"家树这才明白了，闹了半天，他和何小姐的父亲何廉在官场上有点合作，自己的婚事，还是陪笔。叔父早就想弄个盐运使或关监督做做，总是没有相当的机会，现在他正在高兴头上，且不要当面否认何丽娜的婚事。好在叔叔对于自己的婚事，又不能干涉的，就由他去瞎扯吧。因此话提到这里，家树就谈了一些别的话，将事扯了开去。

这时，恰好姨太太打扮得花蝴蝶儿似的，走了进来，笑着向家树点了点头，并没有说什么。家树因为婶母有命令，不许称姨太太为长辈；当了叔叔的面，又不敢照背地里称呼，叫她为姨太太，也就笑着站起来，含糊地叫了一声。姨太太也不理会，走上前，将端本手上的报夺了过来，一阵乱翻。端本那一副正经面孔，维持不住了，皱了一皱眉，又笑道："你认识几个字，也要查报？"姨太太听说，索性将报向端本手上一塞道："你给我查一查，今天哪一家的戏好？"端本道："我还有事，你不要来麻烦。"一面说时，一面给姨太太查着报了。家树觉得坐在这里有些不便，就避开了。

家树只来了十几个钟头，就觉得在这里起居，有许多不适。见叔叔是不能畅谈的，而且谈的机会也少。婶娘除说家常话，便是骂姨太太，只觉得唠叨。姨太太更是不必说，未便谈话的了。两个妹妹，上午要去上学，下午回来，不是找学伴，就是出去玩去了。因此一人闷着，还是看书。天津既没有朋友，又没有一点可清游的地方，出了大门，便是洋房对峙的街道。第一、二天，还在街上走走，到了第三天，既不买东西，就没有在满街车马丛中一个人走来走去之理。加上在陶家住惯了那花木扶疏的院子，现在住这样四面高墙的洋房子，便觉得十分的烦闷。加上凤喜和刘将军的事情，又不知道变化到什么程度。虽然是避开了是非地，反是焦躁不安。

一混过了一个星期。这天下午，忽然听差来说，北京何小姐请听电话。家树听了，倒不觉一惊，有什么要紧的事，巴巴地打了长途电话来！连忙到客厅后接着电话一问。何丽娜首先一句便道："好呀！你到天津来了，都不给我一个信。"家树道："真对不住，我走得匆忙一点，但是我走的时候，请我表嫂转达了。"何丽娜问："怎么到了天津，信也不给我一封呢？"家树无话可答，只得笑了。她道："我请你吃午饭，来不来？"家树道："你请我吃饭，要我坐飞机来吗？"何丽娜笑道："你猜我在哪儿，以为我还在北京吗？我也在天津呢！我家到府上不远，请你过来谈谈好不好？"家树知道阔人们在京津两方，向来是有两份住宅的，丽娜说在家里，当然可信。不过家树因为彼此的婚姻问题，两家都有些知道了，这样往还交际，是更着了痕迹，便道："天津的地方，我很生疏，你让我到哪里撞木钟去？"何丽娜笑道："我也知道你是不肯到我这里来的。天津的地方，又没有什么可以会面谈话的地方。这样吧，由你挑一个知道的馆子吃午饭，我来找你。不然的话，我到你府上来也可以。"家树真怕她来了，就约着在新开的一家馆子"一池春"吃饭。

家树坐了人力车到饭馆子里，伙计见了就问："你是樊先生吗？"家树说："是。"他道："何小姐已经来了。"便引家树到了一个雅座。何丽娜含笑相迎，就给他斟了一杯茶，安下座位。家树劈头一句，就问："你怎么来了？"何丽娜也笑说："你怎么来了？"家树道："我有家在这儿。"何丽娜便笑着说："我也有家在这儿。"家树被她说得无言可答了，就只好一口一口地喝着茶。

二人隔了一个方桌子犄角斜坐着，沉默了一会。何丽娜用一个指头，钩住了茶杯的小柄，举着茶杯，只看茶杯上出的热气，眼睛望了茶上的烟，却笑道："我以为你很老实，可是你近来也很调皮了。"说毕，嘴唇抵住了茶杯口，向家树微笑。家树道："我什么事调皮了？以为我到天津来，事先不曾告诉你吗？但是我有苦衷，也许将来密斯何会明白的。"何丽娜放下茶杯，两手按住了桌子，身子向上一伸道："干吗要将来？我这就明白了。我也知道，你对于我，向来是不大了解的，不过最近好一些；不然，我也不到天津来。我就不明白这件事，你和我一点表示没有，倒让你令叔出面呢？"她这样说着，虽然脸上还有一点笑意，却是很郑重地说出来，决不能认为是开玩笑的了。家树因道："密斯何，这是什么话，我一点不懂，家叔有什么事出面？"何丽娜道："你令叔写信给陶先生，你知道不知道？"答："不知道。"又问："那么，你到天津来，是不是与我有点关系？"家树道："这可怪了，我到天津来，怎么会和密斯何有关系呢？我因为预备考大学的时候，不能到天津来；现在学校考取了，事情告了一个段落，北京到天津这一点路，我当然要来看看叔叔婶婶，这决不能还为了什么。"

家树原是要彻底解释丽娜的误会，却没想到话说得太决绝了。何丽娜也逆料他必有一个很委婉的答复，不想碰了这一个大钉子，心里一不痛快，一汪眼泪，恨不得就要滚了出来。但是她极力地镇定着，微微一笑道："这真是我一个极大的误会了。幸而这件事，还不曾通知到舍下去；若是这事让下人知道了，我面子上多少有点下不去哩！我不明白令叔什么意思，开这一个大玩笑？"说时，打开她手拿的皮包，在里面取出一封信来，交给家树。看时，是樊端本写给伯和的，信上说：

伯和姻侄文鉴：

　　这次舍侄来津，近况均已获悉，甚慰。所谈及何府亲事，彼已默认，少年人终不改儿女之态，殊可笑也。此事，请婉达洁身署长，以早成良缘。洁身与愚，本有合作之意，两家既结秦晋之好，将来事业，愈觉成就可期矣。至于家嫂方面，愚得贤伉俪来信后，即已快函征求同意。兹得复谓舍侄上次回杭时，曾在其行箧中发现女子照片两张，系属一人。据云：舍侄曾微露其意，将与此女订婚，但未详言身家籍贯。家嫂以相片上女子，甚为秀慧，若相片上即为何小姐，彼极赞成。并寄一相片来津，嘱愚调查。按前内人来京，曾在贵寓，与何小姐会面多次。愚亦曾晤何小姐。兹观相片，果为此女。家嫂同情，亦老眼之非花也。总之，各方面皆不成问题，有劳清神，当令家树多备喜酒相谢月老耳。专此布达，即祝俪福。

　　　　　　　　　　　　　　　　　　愚樊端本顿首

　　家树将信从头看了两遍，不料又错上加错的，弄了这一个大错。若要承认，本无此事；若要不承认，由北京闹到天津，由天津闹到杭州，双方都认为婚姻成就，一下推翻全案，何丽娜是个讲交际爱面子的人，这有多难为情！因之拿了这封信，只管是看，半晌作声不得。

　　这里何丽娜见他不说，也不追问，自要了纸笔开了一个菜单子，吩咐伙计去做菜。反是家树不过意，皱了眉，用手搔着头发，口里不住地说："我很抱歉！我很抱歉！"何丽娜笑道："这又并不是樊大爷错了，抱什么歉呢？"她说着话，抓了碟子里的花生仁，剥去外面的红衣，吃得很香，脸色是笑嘻嘻地，一点也不介意。家树道："天下事情，往往是越巧越错。其实我们的友谊，也不能说错，只是……"说到"只是"两个字，他也拿了一粒花生仁在嘴里咀嚼着，眼望了何丽娜。却不向下说了。何丽娜笑道："只是性情不同罢了，对不对呢？樊大爷虽然也是公子哥儿，可是没有公子哥儿的脾气。我呢，从小就奢华惯了，改不过来；其实我也并不是不能吃苦的人！当年我在学校读书的时候，我也是和同学一样，穿的是制服，吃的是学校里的伙食。你说我奢华过甚，这是环境养成我的，并不是生来就如此。"家树正苦于无词可答，好容易得到这样一个回话的机会，却不愿放过，因道："这话从何而起？我在什么地方，批评过何小姐奢华？我是向来不在朋友面前攻击朋友的。"何丽娜道："我自然有证据，不过我也有点小小的过失。有一天，大爷不是送了杭州带来的东西，到舍下去吗？我失迎得很，非常抱歉。后来你有点贵恙，我去看了。因为你不曾醒，随手翻了一翻桌上的书，看到一张'落花有意，流水无情'的字条，是我好奇心重，拿回去了。回家之后，我想这行为不对，于是次日又把字条送回去。在送回桌上的时候，无意中我看到两样东西：第一样是你给那关女士的信。我以为这位关女士，就是和我相貌相同的那位小姐，所以注意到她的通信地址上去。第二样是你的日记，我又无意翻了一翻，恰恰看到你批评我买花的那一段，这不是随便撒谎的吧！不过我对于你的批评，我很赞成，本来太浪费了，只是这里又添了我一个疑团。"说着便笑了一笑。

　　这时，伙计已送上菜来了。伙计问一声："要什么酒？"家树说："早上吃饭，不要酒吧。"丽娜道："樊大爷能喝的，为什么不喝？来两壶白干，你这里有论杯的白兰地没有？有就斟上两杯。要是论瓶买的话，我没有那个量，那又是浪费了！"说着，向家树一笑。家树道："白兰地罢了，白干就厉害了。"何丽娜眉毛一动，腮上两个浅浅的小酒窝儿一闪，用手一指鼻尖道："我喝！"家树可没有法子禁止她不喝酒，只得默然。伙计斟上两杯白兰地，放到何丽娜面前，然后才拿着两壶白干来。她端起小高脚玻璃杯子，向家树请了一请，笑道："请你自斟自饮，不要客气。我知道你是喜欢十三妹这一路人物的，要大马关刀，敞开来干的。"说着，举起杯子，一下就喝了小半杯。家树知道她是没有多大酒量，见她这样放量喝起酒来，倒很有点为她担心。她将酒喝了，笑道："我知道这件事与私人道德方面有点不合，然而自己自首了，你总可以原谅了。我还有一个疑团，借着今天三分酒气，盖了面子，我要问一问樊大爷。那位关女士我是见面了，并不是我理想中相貌和我相同的那一位，不知樊大爷何以认识了她？她是一个大侠客呀！报上登的，西山案里那个女刺客，她的住址，不是和这位关女士相同吗？难怪那晚你看戏，口口声声谈着侠女，如今我也明白了。痛快！我居然也有这样一个朋友，不知她住在哪里？我要拜她为师，也作一番惊人的事业去。"说着，端起酒杯来。

家树见何丽娜又要喝酒，连忙站起来，一伸手按住了她的酒杯，郑重地说道："密斯何，我看你今天的神气，似乎特别的来得兴奋，你能不能安静些，让我把我的事情，和你解释一下子？"何丽娜马上放了酒杯笑道："很好，那我是很欢迎啦，就请你说吧。"家树见她真不喝了，于是将认识关、沈以至最近的情形，大概说了一遍，因道："密斯何，你替我想想，我受了这两个打击，而且还带点危险性，这种事，又不可以乱对人说。我这种环境，不是也很难过的吗？"何丽娜点点头道："原来如此，那完全是我误会。大概你老太太寄到天津来的那张相片，又是张冠李戴了。"家树道："正是这样。可是现在十分后悔，不该让我母亲看到那相片，将来要追问起来，我将何词以对？"何丽娜默然地坐着吃菜，不觉得又端起酒杯子来喝了两口。家树道："密斯何现在可以谅解我了吧？"何丽娜笑着点了点头道："大爷，我完全谅解。"家树道："密斯何，你今天为什么这样的客气？左一句大爷，右一句大爷，这不显着我们的交情生疏得多吗？"何丽娜道："当然是生疏得多！若不是生疏……唉！不用说了，反正是彼此明白。"说完，又端起酒杯，接连喝上几口。家树也不曾留意，那两杯白兰地，不声不响的，就完全喝下去了。

这时，家树已经是吃饭了，何丽娜却将坐的方凳向后一挪，两手食指交叉，放在腿上，也不吃喝，也不说话。家树道："密斯何，你不用一点饭吗？上午喝这些空心酒，肚子里会发烧的。"何丽娜笑道："发烧不发，不在乎喝酒不喝酒。"家树见她总有些愤恨不平的样子，欲待安慰她几句，又不知怎样安慰才好。吃完了饭，便笑道："天津这地方，只有热闹的马路，可没有什么玩的。只有一样比北京好，电影片子，是先到此地。下午我请你看电影，你有工夫吗？"何丽娜想了一想道："等我回去料理一点小事，若是能奉陪的话，我再打电话来奉约。"说着，叫了一声伙计开账来。伙计开了账来时，何丽娜将菜单抢了过去，也不知在身上掏出了几块钱，就向伙计手上一塞，站起来对家树道："既然是看电影，也许我们回头再会吧。"说毕，她一点也不犹豫，立刻掀开帘子就走出去了。家树是个被请的，绝没有反留住主人之理，只听到一阵皮鞋响声，何丽娜是走远了。表面看来，她是很无礼的，不过她受了自己一个打击，总不能没有一点不平之念，也就不能怪她了。

家树一个人很扫兴的回家，在书房里拿着一本书，随便地翻了几页，只觉今天这件事，令人有点不大高兴。由此又转身一想，我只碰了这一个钉子，就觉得不快；她呢，由北京跑到天津来，满心里藏了一个水到渠成、月圆花好之梦，结果，却完全错了。她那样一个慕虚荣的女子，能和我说出许多实话，连偷看日记的话都告诉我了，她是怎样的诚恳呢！而且我那样的批评，都能诚意接受，这人未尝不可取。无论如何，我应当安慰她一下，好在约了她下午看电影，我就于电影散场后再回请她就得了。家树是这样想着，忽然听差拿了一封信进来递给他。信封上写着："专呈樊大爷台启，何缄。"连忙拆开来一看，只有一张信纸，草草地写了几句道：

　　家树先生：别矣！我这正是高兴而来，扫兴而去。由此我觉得还是我以前的人生观不错，就是得乐且乐，凡事强求不来的。伤透了心的丽娜手上。于火车半小时前。

　　家树看这张纸是钢笔写的，歪歪斜斜，有好几个字都看不出，只是猜出来的。文句说的都不很透彻，但是可以看出她要变更宗旨了。末尾写着"于火车半小时前"，大概是上火车半小时前。或者是火车开行时半小时以前了。心想：她要是回北京去，还好一点；若是坐火车到别处去，自己这个责任就大了，连忙叫了听差来，问："这时候，有南下的火车没有？有出山海关的火车没有？"听差见他问得慌张，便笑道："我给你向总站打个电话问问。"家树道："是了，火车总要由总站出发的，你给我叫辆汽车上总站，越快越好。"听差道："向银行里去电话，把家里的车叫回来，不好吗？"家树道："胡说！你瞧我花不起钱？"听差好意倒碰了钉子，也不知道他有什么急事，便用电话向汽车行里叫车。

　　当下家树拿了帽子在手上，在楼廊下来往徘徊着，又吩咐听差打电话催一催。听差笑道："我的大爷！汽车又不是电话，怎么叫来就来，总得几分钟呀！"家树也不和他们深辩，便在大门口站着。好容易汽车开到了门口，车轮子刚一停，家树手一扶车门，就要上去；车门一开，却出来一个花枝招展的少妇，笑着向家树点头道："啊哟！侄少爷，不敢当，不敢当。"家树看时，原来这是缪姨太太，是来赴这边太太的牌约的。她以为家树是出来欢迎，给她开汽车门呢！家树忙中不知所措，胡乱地说了一句道："家叔在家里呢，请进吧。"说了这句话，又有一辆汽车来了，家树便掉转头问道："你们是汽车行里来的吗？"汽车夫答应："是。"家树也不待细说，自开了车门，坐上车去，就叫上火车总站，弄得那缪姨太太站着发愣，空欢喜了一下子。

　　家树坐在车里，只嫌车子开得不快。到了火车站，也来不及吩咐汽车夫等不等，下了车，直奔卖月台票的地方。买了月台票，进站门，只见上车的旅客，一大半都是由天桥上绕到月台那边去，料想这是要开的火车，也由天桥上跑了过去。到月台上一看火车，见车板上写着京奉两个大字，这不是南下，是东去的了。看看车上，人倒是很多，不管是与不是，且上去看看。于是先在头等包房外转了一转，又在饭车上，又到二等车上，都看了看，并没有何丽娜。明知道她不坐三等车的，也在车外，隔着窗子向里张望张望，身旁恰有一个站警，就向他打听："南下车现在有没有？"站警说："到浦口的车，开出去半个钟头了，这是到奉天去的车。"家树一想：对了，用写信的时间去计算，她一定是搭南下车到上海去了。她虽然有钱，可是上海那地方，越有钱越容易堕落，也越容易遭危险，而况她又是个孤身弱女，万一有点疏虞。我虽不杀伯仁，伯仁由我而死，责任是推卸不了的。于是无精打采的，由天桥上转回这边月台来。

刚下得天桥，家树却见这边一列车，也是纷纷的上着人，车上也是写着京奉二字。不过火车头却在北而不在南，好像是到北京去的，因又找着站警问了一问，果然是上北京的，马上就要开了。家树想着：或者她回京去也未可料，因慢慢地挨着车窗找了去。这一列车，头等车挂在中间，由三等而二等，由二等而头等。找了两个窗子，只见有一间小车室中，有一个女子，披了黑色的斗篷，斜了身子坐在靠椅上，用手绢擦着泪。她的脸，是半背着车窗的，却看不出来。家树想着：这个女子，既是垂泪惜别，怎么没有人送行？何丽娜在南下车上，不是和她一样吗？如此一想，不由得呆住了，只管向着车子出神。

只在这时，站上几声钟响，接上这边车头上的汽笛，呜呜一声，车子一摇动，就要开了。车子这样的摆荡，却惊醒了那个垂泪的女子。她忽然一抬头，向外看看，似乎是侦察车开没有开。这一抬头之间，家树看清楚了，正是何丽娜。只见她满脸都是泪痕，还不住地擦着呢。家树一见大喜，便叫了一声："密斯何！"但是车轮已经慢慢转动向北，人也移过去了。何丽娜正看着前面，却没有注意到车外有人寻她。玻璃窗关得铁紧，叫的声音，她也是不曾听见。

家树心里十分难过。追着车子跑了几步，口里依然叫着："密斯何！密斯何！"然而火车比他跑得更快，只十几步路的工夫，整列火车都开过去了。眼见得火车成了一条小黑点，把一个伤透了心而又是满面泪痕的人，载回北京去了。家树这一来，未免十分后悔，对于何丽娜，也不免有一点爱惜之念。要知他究竟能回心转意与否，下回交代。

021　艳舞媚华筵名姝遁世　寒宵飞弹雨魔窟逃生

　　却说何丽娜满面泪痕，坐车回北京去了。家树怅怅地站在站台上望了火车的影子，心里非常的难受，呆立了一会子，仍旧出站坐了汽车回家。到了门口，自给车钱，以免家里人知道，可是家里人全知道了。静宜笑问道："大哥为什么一个人坐了车子到火车站去，是接何小姐吗？我们刚才接到陶太太的信，说是她要来哩，你的消息真灵通啊！"家树欲待否认，可是到火车站去为什么呢？只得笑了。自这天起，心里又添了一段放不下的心事。

　　然而何丽娜却处在家树的反面。这时，她一个人在头等车包房里落了一阵眼泪，车子过了杨村，自己忽然不哭了。向茶房要了一把手巾擦擦脸，掏出身上的粉匣，重新扑了一扑粉，便到饭车上来，要了一瓶啤酒，凭窗看景，自斟自饮。这饭车上除了几个外国人而外，中国人却只有一个穿军服的中年军官。那军官正坐在何丽娜的对面，先一见，他好像吃了一惊；后来坐得久了，他才镇定了。何丽娜见他穿黄呢制服，系了武装带，军帽放在桌上，金边帽箍黄灿灿的，分明是个高级军官。这里打量他时，他倒偏了头去看窗外的风景。何丽娜微笑了一笑，等他偏过头来，却站起身和他点了点头。那军官真出乎意外，先是愣住了，然后才补着点了一点头。何丽娜笑道："阁下不是沈旅长吗？我姓何，有一次在西便门外看赛马，家父介绍过一次。"那军官才笑着"呵"了一声道："对了，我说怪面善呢，我就是沈国英。令尊何署长没曾到天津来？"何丽娜和他谈起世交了，索性就自己走来，和沈国英在一张桌上，对面坐下，笑道："沈旅长！刚才我看见你忽然遇到我，有一点惊讶的样子，是不是因为我像个熟人？"沈国英被她说破了，笑道："是的。但是我也说不起来在哪里会过何小姐的？"何丽娜笑道："你这个熟人，我也知道，是不是刘德柱将军的夫人？我是听到好些人说，我们有些相像呢。沈旅长不是和刘将军感情很好吗？"沈国英听了这话，沉吟了一会，笑道："那也无所谓。不过他的夫人，我在酒席上曾会过一次面。刘德柱还要给我们攀本家，不料过两天就出了西山那一件事。我又有军事在身，不常在京，那位新夫人，现在可不知道怎样了，何小姐认识吗？"何丽娜道："不认识，我倒很想见见她，我们究竟是怎样一个像法，沈旅长能给我们介绍吗？"沈国英又沉吟了一下，笑道："看机会吧。"何丽娜这算找着一个旅行的伴侣了，便和沈国英滔滔不绝，谈到了北京。下车之时，约了再会。

何丽娜回到家，就打了一个电话给陶太太，约了晚上在北京饭店跳舞场上会。陶太太说："你不是到天津去了吗？而且你也许久不跳舞了，今天何以这样的大高兴而特高兴？"何丽娜笑而不言，只说见面再谈。

到了这晚十点钟，陶太太和伯和一路到北京饭店来，只见何丽娜新烫着头发，脸上搽着脂粉，穿了袒胸露臂的黄绸舞衣，让一大群男女围坐在中间。她看见陶伯和夫妇，便起身相迎。陶太太拉着她的手，对她浑身上下看了一看，笑道："美丽极了。什么事这样高兴，今天重来跳舞？"何丽娜道："高兴就是了，何必还要为什么呢？"话说到这里，正好音乐台上奏起乐来。何丽娜拉着伯和的手道："来，今天我们同舞。"说着，一手握着伯和的手，一手搭了伯和的肩，不由伯和不同舞。舞完了，伯和少不得又要问何丽娜为什么这样高兴。她就表示不耐烦的样子道："难道我生来是个忧闷的人，不许有快乐这一天的吗？"伯和心知有异，却猜不着她受了什么刺激，也只好不问了。

这天晚晌，何丽娜舞到三点钟方才回家。到了次日，又是照样的快乐，舞到夜深。一连三日，到第四日，舞场上不见她了。可是在这天，伯和夫妇，接到她个人出面的一封柬帖：礼拜六晚上，在西洋同学会大厅上，设筵恭候，举行化装跳舞大会，并且说明用俄国乐队，有钢琴手脱而乐夫加入。

伯和接到这突如其来的请柬，心中诧异，便和夫人商量道："照何小姐那种资格，举行一个跳舞大会，很不算什么。可是她和家树成了朋友以后，家树是反对她举止豪华的人，她也就省钱多了。这次何以变了态度，办这样盛大的宴会？这种行动，正是和家树的意见相反。这与他们的婚姻，岂不会发生障碍吗？"陶太太道："据我看，她一定是婚姻有了把握了，所以高兴到这样子。可是很奇怪，尽管快活，可不许人家去问她为什么快活。"伯和笑道："你这个月老，多少也担点责任啦。别为了她几天快活，把系好了的红丝给绷断了。这一场宴会，当然是阻止不了她；最好是这场宴会之后，不要再继续向下闹才好。"陶太太道："一个人忽然变了态度，那总有一个缘故的，劝阻反而不好。我看不要去管她，看她闹出一个什么结局来——反正不能永久瞒住人不知道的。"伯和也觉有理，就置之不问。

到了星期六晚上七点钟，伯和夫妇前去赴会。一到西洋同学会门口，只见车马停了一大片。朱漆的一字门楼下，一列挂了十几盏五彩灯笼，在彩光照耀里面，现出松枝架和国旗。伯和心里想：真个大闹，连大门外都铺张起来了。进了大门，重重的院落和廊子，都是彩纸条和灯笼。那大厅上，更是陈设得花团锦簇。正中的音乐台，用了柏枝鲜花编成一双大孔雀，孔雀尾开着屏，宽阔有四五丈。台下一片宽展的舞场，东西两面，用鲜花扎着围屏与栏杆，彩纸如雨丝一般的挤密，由屋顶上坠了下来。伯和看了，望着夫人；陶太太微笑点点头。何丽娜穿了一件白底绿色丝绣的旗衫，站在大厅门口，电光照着，喜气洋洋的迎接来宾，就有她的男女招待，分别将客送入休息室。伯和见了何丽娜笑道："密斯何，你快乐啊！"何丽娜笑道："大家的快乐。"伯和待要说第二句话时，她又在招呼别的客了。

当下伯和夫妇在休息室里休息着，一看室外东客厅列了三面连环的长案，看看那位子，竟在一百上下。各休息室里男女杂沓，声音闹哄哄的。这里自然不少伯和夫妇的朋友，二人也就忙着在里面应酬起来。一会儿工夫，只听到一阵铃响，就有人来，招待大家入席。按着席次，每一席上，都有粉红绸条，写了来宾的姓名，放在桌上。伯和夫妇按照自己的席次坐下，一看满席的男女来宾，衣香鬓影，十分热闹，但是各人的脸上，都不免带点惊讶之色，大概都是不知道何丽娜何以有此一会。

这时，何丽娜出来了，坐在正中的主人席上。她已不是先前穿的那件白底绿绣花旗衫了，换了一件紫色缎子绽水钻瓣的旗衫，身上紧紧地套着一件蓝色团花一字琵琶襟小坎肩。这又完全是旗家女郎装束了。大家看见，就噼噼啪啪鼓掌欢迎。何丽娜且不坐下，将刀子敲了空盘，等大家静了，便笑道："诸位今天光临，我很荣幸。但是我今天突然招待诸位，诸位一定不明白是什么理由。我先不说出来，是怕阻碍了我的事，现在向诸位道歉。可是现在我再要不说出来，诸位未免吃一餐闷酒。老实奉告吧，我要和许多好朋友，暂时告别了。我到哪里去呢？这个我现在还不能决定，也不能发表。不过我可以预告的，就是此去，是有所为，不是毫无意味的。我要借此读些书，而且陶冶我的性情。从此以后，我或者要另作一个新的人。至于新的人，或者是比于今更快乐呢，或者十分的寂寞呢？我也说不定。总之，人生于世，要应当及时行乐。现在能快乐，现在就快乐一下子，不要白费心机，去找将来那虚无缥缈的快乐。大家快乐快乐吧！"说着，举起一大满杯酒，向满座请了一请。大家听了她这话，勉强也有些人鼓掌，可是更疑惑了——尤其是伯和夫妇和那沈国英旅长是如此。

且说那沈旅长自认识何丽娜以后，曾到何家去拜会两次，谈得很投机。他想刘将军讨了那位夫人，令人欣羡不置，不料居然还有和她同样的人儿可寻，而且身份知识，都比刘太太高一等，这个机会不可失。现在要提到婚姻问题，当然是早一点；可是再过一个星期，就有提议的可能了。在这满腔热血腾涌之间，恰好是宴会的请帖下到，所以今天的宴会，他也到了。何丽娜似乎也知道他的来意似的，把他的座位，定着紧靠了主人翁。沈旅长找着自己的座位时，高兴得了不得；现在听到何丽娜这一番演说，却不能不奇怪了。可是这在盛大的宴会上，也没有去盘问人家的道理，只好放在心上。

当下何丽娜说完了，人家都不知她葫芦里卖的什么药，也没有接着演说。还是陶太太站起来道：“何小姐的宗旨，既是要快乐一天，我们来宾，就勉从何小姐之后，快乐一番，以答主人翁的雅意。诸位快快吃，吃完了好化装跳舞去。今晚我们就是找快乐，别的不必管，才是解人。”大家听说，倒鼓了一阵掌。

这时，大家全副精神都移到化装上去，哪有心吃喝？草草的终了席，各人都纷纷奔往那化装室中去。不到一个钟头，跳舞场上，已挤满了奇装异服的人：有的扮着鬼怪，有的扮着古人，有的扮着外国人，有的扮着神仙，不一而足。忽然之间，音乐奏起，五彩的小纸花，如飞雪一般，漫空乱飘。那东向松枝屏风后，四个古装的小女孩，各在十四五岁之间，拿着云拂宫扇，簇拥着何丽娜出来。何丽娜戴了高髻的头套，穿了古代宫装，外加着黄缎八团龙衣，竟是戏台上的一个中国皇后出来了。在场的人，就如狂了一般，一阵鼓掌，拥上前来。有几个新闻记者，带了照相匣子，就在会场中给她用镁光照相。照相已毕，大家就开始跳舞了。何丽娜今晚却不择人，只要是有男子和她点一点头，她便迎上前去，和人家跳舞。看见旁边没有舞伴，站在那里静候的男子，她又丢了同舞的人，去陪着那个人舞。舞了休息着，休息着又再舞，约莫有一个钟头，只苦了那位沈旅长。他穿了满身的戏服，不曾化装，也不会跳舞，只坐在一边呆看。何丽娜走到他身边坐下，笑道：“沈旅长，你为什么不跳舞？”沈国英笑着摇了一摇头，说是少学。何丽娜伸手一拍他的肩膀笑道：“唉，这年头儿，年轻人要想时髦，跳舞是不可不学的呀！你既是看跳舞的，你就看吧。”说毕，大袖一拂，笑着转到松枝屏后去了。

不多一会的工夫，何丽娜又跳跃着出来。她不是先前那个样子了：散着短发，束了一个小花圈，耳朵上垂着两个极大的圆耳环，上身脱得精光，只胸前松松的束了一个绣花扁兜肚，又戴了一串长珠圈，腰下系着一个绿色丝条结的裙，丝条约有二尺长，稀稀的垂直向下，光着两条腿，赤了一双白脚，一跳便跳到舞场中间来。她两只光胳膊，带了一副香珠，垂着绿穗子，在夏威夷土人的装束之中，显出一种妩媚来。她将手一举，嚷着笑道："诸位，我跳一套草裙舞，请大家赏光。"有些风流子弟，便首先鼓掌，甚至情不自禁，有叫好的。于是大家围了一个圈子，将何丽娜围在中间。音乐台上，奏起胡拉舞的调子，何丽娜就舞起来。这种草裙舞，舞起来，由下向上，身子成一个横波浪式，两只手臂和着身子的波浪，上下左右的伸屈；头和眼光，也是那样流动着。只见那假的草裙，就是那丝条结的裙，及胸前垂的珠圈，两耳的大环子，都摇摇摆摆起来。在一个粉妆玉琢的模样之下，有了这种形象，当然是令人回肠荡气。惯于跳舞的人，看到还罢了；沈国英看了，目瞪口呆，作声不得。

舞了一阵，何丽娜将手一扬，乐已止了。她笑着问大家道："快乐不快乐？"大家一齐应道："快乐，快乐！"何丽娜将两手向嘴上连比几比，然后向着人连抛几抛，行了一个最时髦最热烈的抛吻礼，然后又两手牵着草裙子，向众人蹲了一蹲，她一转身子，就跑进松枝屏风后去了。大家以为她又去化装了，仍旧杂沓跳舞，接上的闹。不料她一进去后，却始终不曾出来，直等到大家闹过一个钟头，到化装室里去找她，她却托了两个女友告诉人，说是身子疲乏极了，只得先回家去，请大家继续的跳舞。大家一看钟，已是两点多了，主人翁既是走了，也就不必留恋，因之也纷纷散去。

这一晚，把个沈国英旅长，闹得未免有些儿女情长，英雄气短。眼看来宾成双作对，并肩而去，自己却是怅怅一人独回旅司令部。到了次日，他十分的忍耐不住了，就便服简从，到何廉家里去拜会。原来这个时候，政局中正酝酿了一段极大的暗潮，何廉和沈国英都是里面的主要分子，他们本也就常见面的。沈国英来了，何廉就在客厅里和他相见。沈国英笑道："昨晚女公子在西洋同学会举行那样盛大的宴会，实在热闹！晚生有生以来，还是第一次，今天特意来面谢。"一个作文官的人，有一个英俊的武官，当面自称晚生，不由人不感动。而况沈国英的前途，正又是未可限量的，更是不敢当了，便笑道："老弟台，你太客气，我这孩子，实在有些欧化。只是愚夫妇年过五十，又只有这一个孩子，只要她不十分胡闹，交际方面，也只好由她了。"说着哈哈一笑，因回头对听差道："去请了小姐来，说是沈旅长要面谢她。"听差便道："小姐一早起来，九点钟就出去了。出去的时候，还带了两个小提箱，似乎是到天津去了。"何廉道："问汽车夫应该知道呀。"听差道："没有坐自己的车子出去。"沈国英一听，又想起昨晚何丽娜说要到一个不告诉人的地方去，如今看来，竟是实现了。看那何廉形色，也很是惊讶，似乎他也并不知道，便道："既是何小姐不在家，改日再面谢吧。"说毕，他也就告辞而去。

从此一过三天，何丽娜的行踪，始终没有人知道。就是她家里父母，也只在屋里寻到一封留下的信，说是要避免交际，暂时离开北京。于是大家都猜她乘西伯利亚铁路的火车，到欧洲去了。因为她早已说过，要到欧洲去游历一趟的。那沈国英也就感到何小姐是用情极滥，并不介意男女接近的人，自己一番倾倒，结果成了梦幻。这时，时局的变化，一天比一天紧张，那个中流砥柱的刘巡阅使，忽然受了部下群将的请愿，自动的挂冠下野。同时政府方面，又下了一道查办令，因为沈旅长在事变中有功，就突然高升了，升了爱国爱民军第三镇的统制。以刘大帅为背景的内阁，当然是解散，在旧阁员里找了一个非刘系的人代理总揆。何廉如愿以偿，升了财政总长。刘将军西山那桩案件，自然是不值得注意，将它取消了。所有因嫌疑被传的几个人，也都开释了。因为刘家方面的财产，恰好归沈统制清理，沈国英就借住在刘将军家里，把他的东西，细细的清理。

一日，沈国英在刘将军的卧室里，寻到了沈凤喜一笔存款折子，又有许多相片，他未免一惊：难道这些东西，这位新夫人都不曾拿着，就避开了？因叫了刘家的旧听差来，告诉转告刘太太，不必害怕，虽然公事公办，可是刘太太自己私人的东西，当然由刘太太拿去，可以请刘太太出面来接洽。听差说："自从刘太太到医院里去了，就没有回来过。初去两天，刘将军还派人去照应，后来将军在西山过世去了，有从前正太太的两个舅老爷，带着将军两个远方侄少爷，管理了家事，不认这个新太太。后来时局变了，统制派了军警来，他们也跑了。这几天，我们是更得不着消息。"沈国英听说，就亲自坐了汽车到医院里去看望她。自己又怕是男子看望女子不便，就说凤喜是他妹子。可是医院里人说："刘太太因为存款用完，今天上午已出院去了。"沈国英听了这话，随口道："原来她已回家了，我不曾回家，还不知道呢。"口里这样遮盖着，心中十分的叹息，又只得算了。好在他身上负着军国大事，日久也就自然忘却了。不过一个将军的夫人，现在忽然无影无踪，也是社会上要注意的一件事，而况刘氏兄弟，又是时局中大不幸的人物，因之这一件事，在报上也是特为登载出来。

这新闻传到了天津，家树看到，就一忧一喜：忧的是凤喜不免要作一个二次的出山泉水，将来不知道要流落到什么地步？喜的是西山这件案子，从此一点痕迹都没有，可以安心回京上学了。

这天晌午，家树和婶婶、妹妹一家人吃饭，只见叔叔樊端本，手上拿着帽子，走进屋来，就向婶婶作揖，笑道："恭喜，恭喜！太太，我发表了。"说着，将帽子放下，分左右中间三把，摸着胡子。他的帽子，随手一放，放在一只珐琅瓷的饭盂上。樊太太一见不妥，连忙起身拿在手里，笑道："发表了？恭喜，恭喜！"说着，也拿了帽子作揖。樊端本随手接过帽子，又戴在头上。樊太太道："你又要出去吗？你太辛苦了，吃了饭再去吧。"樊端本道："我不出去，休息一会，下午我就要到北京去见何总长了。"说着，向家树拱拱手道："也就是你的泰山。"樊太太道："你既不走。为什么还戴上帽子？"樊端本哈哈笑了一声，取下帽子，随手一放，还是放在那饭盂上。姨太太在太太当面，是不敢发言的；然而今天听了这消息，也十分的欢喜，只管笑嘻嘻地，捧着饭碗，半晌只送几粒饭到嘴里去。只有静宜不曾十分了解，便问道："你们都说发表了，发表了什么？"樊太太道："你这孩子太不留心了！你爸爸新得了一个差使，是口北关监督，马上就要上任了。这样一来，便宜了你们，是实实在在的小姐了。"

家树当时在一旁看着，心想：叔叔、婶婶乐得真有点过分了。但也不去插嘴，只陪着吃完了饭，就向樊端本说："现在学校要正式上课了，若是叔叔上北京去，就一同去。"樊端本道："好极了！也许我可以借此介绍你见见未来的泰山哩。"家树也不便否认叔叔的话，免得扫了他的官兴，自去收拾行囊。待到下午，和樊端本一路乘火车北上。好在婶婶、叔叔、妹妹，都是欢天喜地的，并无所谓留恋。

到了北京，叔侄二人依然住在陶伯和家。伯和因端本是个长辈，自然殷勤的招待。家树也没工夫和伯和夫妇谈别后的话，但是逆料那个多情多事的陶太太，一定和何丽娜打了电话，不到两三个钟头，她就要来的。可是候了一夜，也不见一点消息。

次日中午，樊端本出门应酬去了，家树和伯和夫妇吃饭。吃饭的时候，照例是有一番闲话的。家树由叔叔的差使，谈到何廉，由何廉谈到何丽娜，因道："这些时候，何小姐不常来吗？"陶太太鼻子哼了一声，随便答应，依然低头吃她的饭。家树道："为什么不常来呢？"陶太太道："那是人家的自由啊！我管得着吗？"家树碰了一个钉子，笑了一笑，也就不问了。谈了一些别的话，又道："我在天津接到何小姐一封信。"陶太太当没有听见，只是低头吃她的饭。伯和将筷子头轻轻地敲了她一下手背，笑道："你这东西，真是淘气！人家要讨你一点消息，你就一点口风不露。"陶太太头一偏，扑哧一声笑了，因道："表弟，你虽然狡猾，终究不过是鲁肃一流的人物，哪里能到孔明面前来献策呀？你要打听消息，就干脆问我得了，何必闷到现在呢？你也熬不住了，我告诉你吧，人家到外国去了。"家树笑道："你又开玩笑。"陶太太道："我开什么玩笑？实实在在的真事呢！"于是把何丽娜恢复跳舞的故态，以及大宴会告别的事，说了一遍。伯和笑道："这一场化装跳舞，她在交际界倒出了一个小小风头。可是花钱也不少，听说耗费两三千呢。"家树听了默然。伯和道："你也不必懊丧。她若是到欧洲去了，少不得要家里接济款子，自然有信来的。我和姑母令叔商量商量，让你也出洋，不就追上她了吗？"陶太太道："男子汉，都是贱骨头！对于人家女子有接近的可能，就表示不在乎；女子要不理他，就寻死寻活的害相思病了。谁叫表弟以前不积极进行？"家树受了这几句冤枉，又不敢细说出来，以至牵出关、沈两家的事。这一分苦闷，比明显失败的滋味，还要难受。家树自从这一餐饭起，就不敢再提何小姐了。这几个月来，自己周旋在三个女子之间，接近一个，便失去一个，真是大大的不幸。对何丽娜呢，本来无所谓，只是被动的。关秀姑呢，她有个好父亲，自己又是个豪侠女子，不必去挂念。只有这个沈凤喜，一朵好花，生在荆棘丛中，自己把她寻出来，加以培养，结果是饱受蹂躏，而今是生死莫卜，既是可惜，又是可怜。虽然她对不住我，只可以怨她年纪太小，家庭太坏了。而且关寿峰临别又再三的教我搭救她，莫非她还在北京？于是又到从前她住的医院里去问。医院里人说："她哥哥沈统制曾来接她的，早已出院了。"家树一听，气极了，心想这个女子，如何这样没骨格！沈统制是她什么哥哥？她倒好，跟着刘德柱的家产，一齐换主了。关大叔叫我别忘了她，这种人不忘了她，也是人生一种耻辱了，于是将关于女子的事，完全丢开。在北京耽搁了几天，待樊端本到口北关就监督去了，自己也就收拾书籍行李，搬入学校。

原来他的学校——春明大学，在北京北郊，离城还有十余里之遥。当学生的人，是非住校不可的。家树这半年以来，花了许多钱，受了许多气，觉得离开城市的好。因此，安心在学校里读书。这样一来，也不觉得时光容易过去，一混就是秋末冬初了。

这天，是星期天，因为家树常听人说，西山的红叶，非常的好看，就一个人骑了一匹牲口，向西山而来。离着校舍，约莫有四五里路，这人行大道，却凹入地里，有一丈来深。虽然骑在驴子背上，也只看到两边园林，一些落叶萧疏的树梢。原来北地的土质很松，大路上走着，全是铁壳双轮的大车，这车轮一轧就是两条大辙，年深月久，大道便成了大沟。家树正走到沟的深处，忽然旁边树林子里有人喊出来道："樊少爷，樊少爷！慢走一步，我们有话说。"

家树正在疑惑，树丛子里已经跑出四个人，由土坡上向沟里一跳。赶驴子的驴夫，见他们气势汹汹，吆喝一声，便将驴子站住了。家树看那四个人时，都是短衣卷袖。后面两个，腰上捆了板带，板带上各斜插一把刀；当头两个，一个人手上，各拿了一支手枪，当路一站，横住了去路。再看土坡上，还站有两个巡风的。家树心里明白，这是北方人所谓路劫的了。因向来受了关寿峰的陶融，知道怕也无益，连忙滚下驴背，向当头四个人拱拱手道："兄弟是个学生，出来玩玩，也没带多少钱，诸位要什么，尽管拿去。"当头一个匪人，瘦削的黄脸，却长了一部络腮的胡子，露着牙齿，打了一个哈哈，笑道："我们等你不是一天了。你虽是一个学生，你家里人又作大官，又开银行，还少的是钱吗？就是你父亲那个关上，每天也进款论万。"家树道："诸位错了，那是我叔叔。"匪人道："你父亲也好，你叔叔也好，反正你是个财神爷。得！你就辛苦一趟吧。"说着，不由家树不肯，两个人向前，抄着他的胳膊，就架上土坡。

家树被人架着，心里正自慌张，却不防另有一个匪人，拿出两张膏药，将他的眼睛贴住。于是，家树就坠入黑暗世界了。接上抬了一样东西来，似乎是一块门板，用木杠子抬着，却叫家树卧倒，平睡在那门板上，又用了一条被，连头带脚，将他一盖。他们而且再三地说："你不许言语，你言语一声，就提防你的八字！"家树知道是让人家绑了票，只要家里肯出钱，大概还没有性命的危险。事已至此，也只好由他。

他们高高低低抬着，约莫走了二三十里路，才停下，却有个生人的声音，迎头问道："来了吗？"答："来了。"在这时，却听到有牲口嚼草的声音，有鸡呼食的声音，分明是走到有人家的地方来了。可是这里人声很少。只听到头上一种风过树梢声，将树刮得哗啦哗啦地响。好像这地方，四面是树，中间却有一座小小的人家，自然是僻静的所在了。一阵忙乱，家树被他们搀着到了空气很郁塞的地方。有人说："这是你的屋子，你躺下也行，坐着也行，听你的便吧。"说着，就走出去了。

这里家树摸着，身旁硬邦邦的，有个土炕，炕上有些乱草，草上也有一条被，都乱堆着，炕后有些凉飕飕的风吹来。按照北方人规矩，都是靠了窗子起炕的，不像南方人床对着窗户。家树想，大概这里也有个窗户了。向前走，只有两三步路，便是土壁。门却在右手，因为刚才听到他们出去时关门的响声。门边总有一个人守着，听那窸窸窣窣的声音，分明是靠门放了一堆高粱秸子，守的人躺在上面——家树对于这身外的一切，都是以耳代目，以鼻代目，分别去揣想。起初很是烦闷；后来一想，烦闷也没用，索性泰然的躺在炕上。所幸那些匪人，对于饮食的供给，倒很丰盛，每顿都有精致的面食和猪肉鸡蛋，还有香片茶，随时取饮。要大小便，也有匪人陪他出房去。

在初来的两天，这地方虽然更替换人看守，但是声音很沉寂，似乎人不多，大概匪人出去探听消息去了。到了第四天，人声便嘈杂，他们已安心无外患了，于是有个人坐在炕上对他道："樊少爷，我们请你来，实在委屈一点。可是我们只想和府上筹点款子，和你并无冤无仇。你给我们写一封信到府上去通知一声，你看怎么样？"家树哪敢不依，只得听从。于是就有人来，慢慢揭下脸上的膏药。家树眼前豁然开朗，看看这屋子，果然和自己揣想的差不多。门口站了两个匪，各插着一把手枪在袋里，面前摆了一张旧茶几，一个泥蜡台，插了一支红烛，并放了笔砚和信纸信封，原来已是夜里了。坐在炕沿上的匪人，戴了一副墨晶眼镜，脸上又贴了两张膏药，大概他是不肯露真面目的了。那人坐在一边，就告诉他道："请你写信给樊监督，我们要借款十万，凭你作个中。若是肯借的话，就请他在接到信的半个月以内派人到北郊大树村老土地庙里接洽，来人只许一个，戴黑呢帽，戴墨晶眼镜为记。过期不来，我们就撕票了——'撕票'两个字。你懂得吗？"说着，露了牙齿，嘿嘿一笑。家树轻轻说："知道。"但是对于十万两个字，觉得过分一点，提笔之时，想抬头解释两句。匪人向上一站，伸手一拍他的肩膀，喝道："你就照着我的话写，一点也改动不得！改一字添一千。"家树不敢分辩了，只好将信写给伯和，请伯和转交。

当下家树写完信交给他们，脸上又给贴上了膏药。那信如何送去，不得而知，只好每天在黑暗中闷着吃喝而已。一想这信不知何日到伯和手上；伯和接了信，又不知要怎样通知叔叔？若是一犹豫，这半个月的工夫，就要延误了。他们限期半月，只是要来人接洽。并不是要先交款，这一点，最好也不要误解了……一人就这样胡思乱想，度着时光。

转眼就是十天了，家树慢慢地和匪人也就熟识一点，知道这匪首李二疙疸，乃是由口外来的。北京近郊，却另有内线，那个戴黑眼镜的就是了。守住的却是两个人换班，一个叫胡狗子，一个叫唐得禄，听他们的口音，都是老于此道的。因为在口北听说樊端本有钱，有儿子在北京乡下读书，他们以为是好机会，所以远道而来。家树一想他们处心积虑，为的是和我为难，我既落到他们手心里来了，岂肯轻易放过，这也只好听天由命了。

有一天晚上，已经很夜深了，忽然远远的有一种脚步声，跑了过来，接上有个人在屋外叫了一声，这里全屋的人，都惊醒了。有人说："走了水了。来了灰叶子了。"家树在北方日久，也略略知道他们的黑话，灰叶子是指着兵，莫非剿匪的人来了。这一下子，也许有出险的一线希望。这时隔壁屋里，一个带着西北口音的人说道："来多少，三十上下吗？我们八个人，一个也对付他四五个，打发他们回姥姥家去。狗子！票交给你了，我们干，快拿着家伙。"说话的正是李二疙疸，胡狗子就答应了。接上就听到满屋子脚步声，试枪机声，装子弹声，搬高粱秸子、搬木器家具声，闹成一起。李二疙疸问道："预备齐了没有？狗子，你看着票。"大家又答应了一声，呼呼而下。这时内外屋子的灯，都吹灭了，家树只听到那些人，全到院子里去。接上，啪！啪！遥遥地就有几下枪响。家树这时心里乱跳，身上一阵一阵的冷汗向外流，实在忍不住了，便轻轻地问道："胡大哥……"一句话没说完，胡狗子轻轻喝道："别言语，下炕来，趴在地下。"家树让他一句话提醒，连爬带滚，下得炕来，就伏在炕沿下。这时外面的枪声已连续不断，有时刷的一声，一粒子弹，射入屋内。这屋里一些匪人，却像死过去了一样，于是外面的枪声也停止了。不到半顿饭时，这院子里，忽然噼啪噼啪，枪向外一阵乱放。接上那李二疙疸骂道："好小子！你们再过来。哈哈，揍！朋友，揍他妈的！"啪！啪！啪！"哎哟，谁？刘三哥挂了彩了。是什么揍的？打后面来。"啪！啪！啪！"打走了没有？朋友！沉着气。"刷！"好小子！把我帽子揍了。"……

家树趴在地下，只听到枪声骂声，人的跑动声，院子里闹成一片。自己一横心，反正是死，想到屋子里没灯，于是也不征求胡狗子的同意，就悄悄地将脸上的膏药撕下。偷着张望时，由窗户上射出来一些星光，看见胡狗子趴在炕上，只把头伸在窗户一边张望，其余是绝无所睹。只听到院子外，天空里，啪啪刷刷之声，时断时续。紧张一阵，又平和一阵。一会儿，进来一个人，悄悄地向胡狗子道："风紧得很，天亮就不好办了，咱们由后面沟里冲出去。"说话的便是李二疙疸，只见他站在炕上，向土墙上扑了两扑，壁子摇撼着，立刻露了一条缝。他又用手扒了几扒，立刻有个大窟窿。他用了一根木棍子，挑了一件衣服，由窟窿里伸出去。然后缩了进来，他轻轻地笑道：

"这些浑蛋！只管堵着门，咱们不走等什么？"他于是跑到院子里去，又乱骂乱嚷，接上紧紧地放着枪。

　　就在这个时候，有两个匪人进来，喁喁的商量了两句，就爬出洞口。胡狗子在家树脸上一摸，笑道："你倒好，先撕了眼罩子了，爬过洞去，趴在地下走。"家树虽觉得出去危险，但不容不走，只得大着胆，爬了出来；随后胡狗子也出来了。

　　这里是个小土堆，胡狗子伸手将家树使劲一推，便滚入一条沟内；接上胡狗子也滚了下来。刚刚滚到沟里，刷刷！头上过去两颗子弹。于是伏在这地沟里的有四个人，都死过去了一般，一点不动不响。听那屋前面，骂声枪声，已经不在院子里，似乎李二疙疸冲出大门去了。伏了一会，不见动静。家树定了一定神，抬头看看天上，满天星斗，风吹着光秃的树梢，在星光下摆动作响。那西北风带了沙土，吹打到脸上，如利刀割人一样。在屋里有暖炕，不觉夜色寒冷，这时，便格外地难受了。三个匪人，听屋前面打得正厉害，就两个在前，一个在后，将家树夹在中间，教他在地上爬着向前，如蛇一般的走。他们走走又昂头探望探望，走着离开屋有三四十丈路，胡狗子吩咐家树站起来弯着腰，拖了就跑。一口气跑有半里之遥，这才在一丛树下坐下。听那前面，偶然还放一枪。

　　约有一个钟头，忽听得前面有脚步响，胡狗子将手里快枪瞄准着问道："谁？"那边答说二疙疸回来了。胡狗子放下枪，果然李二疙疸和一个匪人来了。他喘着气道："趁着天不亮，赶快上山。今天晚晌，算扎手，伤了三个兄弟！"另一个土匪，看见家树骂道："好小子！为了你，几乎丢了吃饭的家伙！豁出去了，毁了你吧。"说时，掏出手枪，就比了家树的额角，接上啪哒一声。这一枪要知道家树还有性命也无，下回交代。

022　绝地有逢时形骸终隔　圆场念逝者啼笑皆非

却说那匪人将手枪比着家树的额角，只听到啪哒一声，原来李二疙疸在一边看见，飞起一脚，将手枪踢到一边去了。抢上前一步，执着他的手道："你这是做什么？发了疯了吗？"那人笑道："我枪里没有了子弹，吓唬吓唬他，看他胆量如何。谁能把财神爷揍了！"李二疙疸道："他那个胆量，何用得试。你要把他吓唬死了怎么办？别废话了，走吧。"于是五个匪人，轮流搀着家树，就在黑暗中向前走。

家树惊魂甫定，见他们又要带着另走一个地方，不知道要到什么地方去，心里慌乱，脚下七高八低，就跟了他们走，约莫走了二十里路，东方渐渐发白，便有高山迎面而起。家树正待细细的分辨四向，胡狗子却撕下了一片小衣襟，将他的眼睛，重重包起。他扶着匪人，又走了一程，只觉得脚下，一步一步向高登着山，是不是迎面那高山，却不知道。一会工夫，脚下感着无路，只是在斜坡上带爬带走，脚下常常的踏着碎石，和挂着长刺，虽然有人搀着，也是一走一跌，分明是在乱山上爬，已走的不是路了。走了许久，脚下才踏着石台阶，听着几个匪人推门响，继而脚下又踏着很平正的石板，高山上哪里有这种地方，却不知是什么人家？后来走到长桌边，闻到一点陈旧的香味，这才知道是一所庙。

匪人将家树让在一个草堆上坐下，他们各自忙乱着，好像他们是熟地方，却分别去预备柴水。后来他们就关上了佛殿门，弄了一些枯柴，在殿中间烧着火。五个匪人，都围了火坐在一处，商量着暂熬过今天，明天再找地方。家树听到他们又要换地方，家里人是越发不容易找了，心里非常焦急。这天五个匪人都没有离开，就火烧了几回白薯吃。李二疙疸道："财神爷，将就一天吧，明天我们就会想法子给你弄点可口的。"家树也不和他们客气，勉强吃了两个白薯，只是惊慌了一夜，又跑了这些路，哪里受得住！柴火一熏，有点暖气，就睡着了。家树迷迷糊糊地就睡了一天，也不知是什么时候，睡得正香甜的时间，忽觉自己的身子让人一夹，那人很快地跑了几步，就将自己放下。只听得有人喝道："哒！你这些毛贼，给我醒过来，我大丈夫明人不做暗事。"家树听那声音，不是别人，正是关寿峰。这一喜非同小可，也顾不得什么利害，马上将扎住眼睛的布条向下一扯，只见秀姑也来了。她和寿峰齐齐的站在佛殿门口，殿里烧的枯柴，还留着些摇摆不定的余焰，照见李二疙疸和同伙都从地上草堆里，一骨碌地爬起来。寿峰喝道："都给我站着。你们动一动，我这里两管枪一齐响。"原来寿峰、秀姑各端了一支快枪，一齐拿着平直，向了那五个匪人瞄准。他们果然不动，李二疙疸垂手直立微笑道："朋友，你们是哪一路的？有话好说，何必这样。"寿峰道："我们不是哪一路，不要瞎了你的狗眼！你们身边的两支快枪，我都借来了。你们腰里还拴着几支手枪，一起交出来，我就带着人走。"说时，将枪又举了一举。

李二疙疸一看情形不好，首先就在身上掏出手枪来，向地下一丢，笑道："这不算什么，走江湖的人，走顺风的时候也有，翻船的时候也有。"接着又有两个人，将手枪丢在地下。寿峰将枪口向里拨着，让他们向屋犄角上站，然后只一跳跳到屋子中间，将手枪捡了起来，全插在腰里板带上，复又退到殿门口，点了点头，笑道："我已经知道你们身上没有了枪，可是别的家伙，保不住还有，我得在这里等一等了。"说着，将身上插的手枪，取出一支交给秀姑道："你带着樊先生先下山，这几个人交给我了，准没有事。"

秀姑接了手枪，将身子在家树面前一蹲，笑道："现在顾不得许多了，性命要紧，我背着你走吧。"家树一想也不是谦逊之时。就伸了两手，抱住秀姑的脖子。她将快枪夹在肋下，两手向后，托着家树的膝盖，连蹦带跑，就向前走。黑夜之间，家树也不知经过些什么地方，一会儿落了平地，秀姑才将家树放下来，因道："在这里等一等家父吧，不要走失了。"

家树舒了一口气，这才觉得性命是自己的了。抬头四望，天黑星稀，半空里呼呼的风吹过去，冷气向汗毛孔里钻进去，不由人不哆嗦起来。秀姑也抬头看了一看天色，笑道："樊先生，你身上冷得很厉害吧，破大袄子穿不穿？"说着，只见她将身一纵，爬到树上去，就在树上取下一个包袱卷，打了开来，正是三件老羊皮光套子，就拿了一件提着领，披到家树身上。家树道："这地方哪有这样东西，不是大姑娘带来的吗？"秀姑道："我们爷儿俩原各有一件，又给你预备下一件，上山的时候，都系在这树上的。"家树道："难得关大叔和大姑娘想得这样周到！教我何以为报呢？"秀姑听了这话，却靠了树干，默然不语。

四周一点没有声音，二人静静地站立一会，只听到一阵脚步响，远远的寿峰问道："你们到了吗?"秀姑答应："到了。"寿峰倒提着那支快枪,到了面前。家树迎上前向寿峰跪了下去;寿峰丢了枪,两手将他搀起来道:"小兄弟,你是个新人物,怎样行这种旧礼?"家树道:"大叔这大年纪,为小侄冒这大危险来相救,小侄这种感激,也不知道要由何说起!"寿峰哈哈笑道:"你别谢我,你谢老天,他怎么会生我这一个好管闲事的人哩!"家树便问:"何以知道这事,前来相救?"寿峰道:"你这件事,报上已经登得很热闹了。我一听到,就四处来访。我听到我徒弟王二秃子说,甜枣林里,有几个到乡下来贩枣子、贩柿子的客人,形迹可疑。我就和我几个徒弟,前后一访,果然不是正路。昨夜正想下手,恰好军队和他们开了火,我躲在军队后面,替你真抓了两把汗。后来我听到军队只嚷人跑了,想你已经脱了险。一早的时候,我装着过路,看到地沟里有好几处人爬的痕迹,都向着西北。我一直寻到大路上,还看到有些枪托的印子。我这就明白了,他们上了这里的大山。这山有所玄帝庙,好久没有和尚。我想他们不到这里来,还上哪里去藏躲?所以我们爷儿俩,趁着他们昨天累乏了,今天晚上好下他们的手。他们躲在这山上,做梦也不会想到有人算计他们。就让我便便易易的将你救出来了。不然我爷儿俩,可没有枪,只带了两把刀,真不好办呢!"说毕,哈哈一笑。

　　这时,远远的有几声鸡啼。关寿峰道:"天快亮了,我们走吧。老在这里,仔细贼跟下来。这两根长枪,带着走可惹人注意,我们把它毁了,扔在深井里去吧。"于是将子弹取下,倒拿了枪,在石头上一顿乱砸,两支枪都砸了。寿峰一齐送到路旁一口井边,顺手向里一抛,口里还说道:"得!省得留着害人。"于是他父女披上老羊裘,和家树向大路上走去。

　　约走了有二三里路,渐渐东方发亮,忽听到后面一阵脚步乱响,似乎有好几个人追了来。寿峰站住一听,便对秀姑道:"是他们追来了,你引着樊先生先走,我来对付他们。"说着,见路边有高土墩,掏出两支手枪,便蹲了身子,隐在土墩后。不料那追来的几个人,并不顾虑,一直追到身前。他们看见面前有个土堆,似乎知道人藏在后面,就站定了嚷道:"朋友,你拿去的手枪,可没有子弹;你快把枪扔了,我们不怕你了。我们现在也没带枪,是好汉,你出来给我们比一比。"寿峰听了这话,将手枪对天空放了一下,果然没有子弹。本想走出来,又怕匪人有枪弹,倒上了他的当,且不作声,看他们怎么样。只在这时,早有一个人跳上土墩,直扑了过来。寿峰见他手上,明晃晃拿着一把刀,不用说,真是没有枪,于是将手枪一扔,笑道:"来得正好。"身子一偏,向后一蹲一伸,就捞住了那人一条腿,那人啪哒一声倒在地下。寿峰一脚踢开了他手上的刀，然后抓住他一只手，举了起来，向对面一扔，笑道："饭桶！去你的吧。"两个匪人正待向前，被扔过去的人一撞，三个人滚作一团。

这时，寿峰在朦胧的晓色里，看见后面还站着两个人，并没有枪。这就不怕了。走上前一笑道："就凭你这几个角色，想来抢人？回去吧，别来送死！"有个人道："老头子，你姓什么？你没打听我李二疙疸不是好惹的吗？"寿峰说："不知道。"李二疙疸见他直立，不敢上前。另一个匪人，手上举了棍子，不管好歹，劈头砍来。寿峰并不躲闪，只将右手抬起一隔，那棍子碰在胳膊上，一弹，直飞入半空里去。那人"哎哟"了一声，身子一晃，向前一扑，寿峰把腿一扫，他就滚在地上。先两个被撞在地上的，这时一齐过来，都让寿峰一闪一扫一推，再滚了下去。

李二疙疸见寿峰厉害，站在老远的道："朋友！我今天算栽了跟斗，认识你了。"说毕，转身便走。约莫走有四五步，回身一扬手，一样东西，向寿峰头上直射过来。寿峰将右手食指中指向上一伸，只一夹，将那东西夹住，原来是一只钢镖。刚一看清，李二疙疸第二只又来，寿峰再举左手两个指头，又夹住了。李二疙疸连抛来几只钢镖。寿峰手上就像有吸铁石一样，完全都吸到手上，夹一只，扔一只，夹到最后一只，寿峰笑道："这种东西，你身上带有多少？干脆一齐扔了来吧。你扔完了，可就该轮着我来了。"说毕，将手一扬。李二疙疸怕他真扔出来，撒腿就跑。寿峰笑道："我要进城去，没工夫和你们算账，便宜了你这小子！"说毕，捡起两支手枪，也就转身走了。秀姑和家树在一旁高坡下迎出来，笑道："我听到他们没动枪，知道不是你的对手，我就没上前了。"于是三人带说带走，约莫走了十几里路，上了一个集镇。这里有到北京的长途汽车，三人就搭了长途汽车进城。

到了城里，寿峰早将皮裘、武器作了一卷，交给秀姑，吩咐她回家，却亲自送家树到陶伯和家来。家树在路上问道："大叔原来还住在北京城里，在什么地方呢？"寿峰笑道："过后自知，现在且不必问。"

二人雇了人力车，乘到陶家，正有樊端本一个听差在门口，一见家树，转身就向里嚷道："好了，好了，侄少爷回来了！"家树走到内院时，伯和夫妇和他叔叔都迎了出来。伯和上前一步，执着他的手道："我们早派人和前途接洽多次，怎么没交款，人就出来了呢？"家树道："一言难尽！我先介绍这位救命大恩人。"于是把关寿峰向大家介绍着，同到客厅里，将被救的事说了一遍。樊端本究竟是阅世很深的人，看到寿峰精神矍铄，气宇轩昂，果然是位豪侠人物。走上前，向他深深三个大揖，笑道："大恩不言报，我只是心感，不说虚套了。"寿峰道："樊监督！你有所不知，我和令侄，是好朋友。朋友有了患难，有个不相共的吗？你不说虚套，那就好。"刘福这时正在一边递茶，寿峰一摸胡子，向他笑道："朋友，你们表少爷，交我这老头子，没有吃亏吧？你别瞧在天桥混饭吃的，九流三教，什么都有，可是也不少够朋友的！以后没事，咱们闹两壶谈谈，你准会知道练把式的，敢情也不错。"刘福羞了一大通红的脸，不敢说什么，自退去了。

当下寿峰拱拱手道："大家再会。"起身就向外走。家树追到大门口，问道："大叔，你府上在哪里？我也好去看你啊！"寿峰笑道："我倒忘了，大喜胡同你从前住的所在，就是我家了。"说毕，笑嘻嘻地而去。家树回家，又谈起往事，才知道叔叔为赎票而来。已出价到五万，事被军队知道，所以有一场夜战。说到关寿峰父女，大家都嗟赏不已，樊端本还非和他换帖不可。这日家树洗澡理发，忙乱一阵，便早早休息了。

次日早上，家树向大喜胡同来看寿峰。不料刮了半夜北风，便已飘飘荡荡，下了一场早雪。走上大街一看，那雪都有一尺来深，南北遥遥，只是一片白。天上的雪片，正下得紧，白色的屋宇街道，更让白色的雪片，垂着白络，隐隐的罩着，因之一切都在朦胧的白雾里。家树坐了车子，在寒冷的白雾里，穿过了几条街道，不觉已是大喜胡同。也不知道什么缘故，一进这胡同，便受着奇异的感觉，又是欢喜，又是凄惨。自己原将大衣领子拉起来挡着脸，现在把领子放下，雪花乱扑在脸上，也不觉得冷。

这时，忽然有人喊道："这不是樊大爷？"说着，一个人由车后面追上前来。家树看时，却是沈三玄。他穿着一件灰布棉袍子，横一条，直一条，都是些油污黑迹，头上戴的小瓜皮帽，成了膏药一样，沾了不少的雪花。他缩了脖子，倒提一把三弦子，喷着两鼻孔热气，追了上来，手扶着车子。家树跳下车来，给了车钱，便问道："你怎么还是这副情形，你的家呢？"沈三玄不觉蹲了一蹲，给家树请了个半腿儿安，哭丧着脸道："我真不好意思再见你啦，老刘一死，我们什么都完了。关大叔真仗义。他听到大夫说，凤喜的病，要见她心里愿意的事，愿意的人，时时刻刻在面前逗引着，或者会慢慢醒过来。恰好这里原住的房子又空着，他出了钱。就让我们搬回来……"家树不等他说完，便问道："凤喜什么病？怎么样子？"沈三玄道："从前她是整天的哭，看见穿制服的人，不问是大兵，是巡警，或者是邮差，就说是来枪毙她的，哭得更厉害。搬到大喜胡同来了，倒是不哭，又老是傻笑。除了她妈，什么人也不认得，大夫说她没有什么记忆力了。这大的雪，你到家里坐吧。"说着，引着家树上前。

没多远，家树便见到了熟识的小红门。白雪中那两扇小红门，格外触目，只是墙里两棵槐树，只剩权权丫丫的白干，不似以前绿叶荫森了。那门半掩着，家树只一推，就像身子触了电一样，浑身麻木起来。首先看到的，便是满地深雪，一个穿黑布裤红短袄子的女郎，站在雪地里，靠了槐树站住，两只脚已深埋在雪里。她是背着门立住的，看她那蓬蓬的短发上，洒了许多的雪花；脚下有一只大碗，反盖在雪上，碗边有许多雪块，又圆又扁，高高的垒着，倒像银币，那正是用碗底印的了——北京有些小孩子们，在雪天喜欢这样印假洋钱玩的。有人在里面喊道："孩子，你进来吧。一会儿樊大爷就来了，我怕你闹，又不敢拉你，冻了怎么好呢？"因为听见门响，那女郎突然回过脸来，家树一看，正是凤喜，只见她脸色白如纸，又更瘦削了。

沈三玄上前道："姑娘，你瞧，樊大爷真来了。"只这一声，沈大娘和寿峰父女，全由屋里跑了出来。秀姑在雪地里牵着凤喜的手，引她到家树面前，问道："大妹子，你看看这是谁？"凤喜略偏着头，对家树呆望着，微微一笑，又摇摇头。家树见她眼光一点神也没有，又是这副情形，什么怨恨也忘了，便对了她问道："你不认得我了吗？你只细细想想看。"于是拉了她的手，大家一路进屋来。

家树见屋里的布置，大概如前，自己那一张大相片，还微笑的挂着，只是中间有几条裂缝，似乎是撕破了，重新拼拢的了。屋子中间，放了一个白煤炉子。凤喜伸了一双光手，在火上烘着，偏了头，只是看家树，看的时候，总是笑吟吟的。家树又道："你真不认得我了吗？"她忽然跑过来，笑道："你们又拿相片儿冤我，可是相片儿不能够说话啊！让我摸摸看。"于是站在家树当面，先摸了一摸他周身的轮廓，又摸着他的手，又摸着他的脸。凤喜摸的时候，大家看她痴得可怜，都呆呆地望着她。家树一直等她摸完了，才道："你明白了吗？我是真正的一个人，不是相片啦。相片在墙上不是？"说着一指。凤喜看看相片，看看人，笑容收起来，眼睛望了家树，有点转动，闭上眼，将手扶着头，想了一想，复又睁开眼来点点头道："我……我……记……记起来了，你是大爷，不是梦！不是梦！"说时，手抖颤着，连说不是梦，不是梦，接上，浑身也抖颤起来。望了家树有四五分钟，哇的一声，哭将起来。沈大娘连忙跑了过来，将她搂着道："孩子！孩子！你怎么了？"凤喜哭道："我哪有脸见大爷呀！"说着，向床上趴了睡着，更放声大哭起来。

家树看了这情形，一句话说不得，只是呆坐在一边。寿峰摸着胡子道："她或者明白过来了，索性让她躺着，慢慢地醒吧！"于是将凤喜鞋子脱了，让她和衣在床上躺下，大家都让到外面屋子里来坐。其间沈大娘、沈三玄一味地忏悔；寿峰一味地宽解；秀姑常常微笑；家树只是沉思，却一言不发。寿峰知道家树没有吃饭，掏出两块钱来，叫沈三玄买了些酒菜，约着围炉赏雪。家树也不推辞，就留在这里。

大家在外面坐时，凤喜先是哭了一会，随后昏昏沉沉睡过去了。等到大家吃过饭时，凤喜却在里面呻吟不已。沈大娘为了她却进进出出好几回，出来一次，却看家树脸色一次。家树到了这屋里，前尘影事，一一兜上心来，待着是如坐针毡，走了又觉有些不忍。寿峰和他谈话，他就谈两句；寿峰不谈话，他就默然的坐着。这时他皱了眉，端了一杯酒，只用嘴唇一点一点的呷着。仿佛听到凤喜微微的喊着樊大爷。寿峰笑道："老弟，无论什么事，一肚皮包容下去。她到了这种地步，你还计较她吗？她叫着你，你进去瞧瞧她吧。"家树道："那么，我们大家进去瞧瞧吧。"

当下沈大娘将门帘挂起，于是大家都进来了。只见凤喜将被盖了下半截，将两只大红袖子露了出来，那一张白而瘦的脸，现时却在两颊上露出两块大红晕，那一头的蓬头发，更是散了满枕。她看见家树，那一张掩在蓬蓬乱发下的小脸，微点了一点，手半抬起来，招了一招，又指了一指床。家树会意，走近前一步，要在床沿上坐下；回头一看有这些人，就在凤喜床头边一张椅子上坐下。秀姑环了一只手，正靠在这椅子背上呢。凤喜将身子挪一挪，伸手握着了家树的手道："这是真的，这不是梦！"说着，露齿一笑道："哈哈！我梦见许多洋钱，我梦见坐汽车，我梦见住洋楼……呀！他要把我摔下楼，关大姐救我！救我！"说着，两手撑了身子，从床上要向上一坐；然而她的气力不够，只昂起头来，两手撑不住，便向下一倒。沈大娘摇头道："她又糊涂了，她又糊涂了。唉！这可怎么好呢？我空欢喜了一阵子了。"说着便流下泪来。寿峰也因为信了大夫的主意，凤喜一步一步有些转头的希望了；而今她不但不见好，连身体都更觉得衰弱。站在身后，摸着胡子点了一点头道："这孩子可怜！"

家树刚才让凤喜的手摸着，只觉滚热异常，如今见大家都替她可怜，也就作声不得，大家都寂然了。只听到一阵呼噜呼噜的风过去，沙沙沙，扑了一窗子的碎雪。阴暗的屋子里，那一炉子煤火，又渐渐的无光了，便觉得加倍的凄惨。外面屋子里，吃到半残的酒菜，兀自摆着，也无人过问了。再看凤喜时，闭了眼睛，口里不住地说道："这不是梦，这不是梦！"家树道："我来的时候，她还是好好的。这样子，倒是我害了她了，索性请大夫来瞧瞧吧。"沈大娘道："那可是好，只是大夫出诊的钱，听说是十块……"家树道："那不要紧，我自然给他。"

大家商议了一阵，就让沈三玄去请那普救医院的大夫。沈大娘去收拾碗筷。关氏父女和家树三人，看守着病人。家树坐到一边。两脚踏在炉上烤火，用火筷子不住地拨着黑煤球。寿峰背了两手，在屋子里走来走去，点点头，又叹叹气。秀姑侧身坐在床沿上，给凤喜理一理头发，又给她牵一牵被，又给她按按脉，也不作声。因之一屋三个人，都很沉寂。凤喜又睡着了……

约有一个钟头，门口气车喇叭响，家树料是大夫到了，便迎出来。来的大夫，正是从前治凤喜病的。他走进来，看看屋子，又看看家树，便问道："刘太太家是这里吗？"家树听了"刘太太"三个字，觉得异常刺耳，便道："这是她娘家。"那大夫点着头，跟了家树进屋。不料这一声喇叭响，惊动了凤喜，在床上要爬起来，又不能起身，只是乱滚，口里嚷道："鞭子抽伤了我，就拿汽车送我上医院吗？大兵又来拖我了，我不去，我不去！"关氏父女，因大夫进来，便上前将她按住，让大夫诊了一诊脉。大夫给她打了一针，说是给她退热安神的，便摇着头走到外边屋子来，问了一问经过，因见家树衣服不同，猜是刘将军家的人，便道："我从前以为刘太太症不十分重，把环境给她转过来，恶印象慢慢去掉，也许好了。现在她的病突然加重，家里人恐怕不容易侍候，最好是送到疯人院去吧。"说着又向屋子四周看了一看，因道："那是官立的，可以不取费的，请你先生和家主商量吧。精神病，是不能用药治的，要不然，在这种设备简单的家庭，恐怕……"说着，他淡笑了一笑。家树看他坐也不肯坐，当然是要走了，便问："送到疯人院去，什么时候能好？"大夫摇头道："那难说，也许一辈子……但是她或者不至于。好在家中人若不愿意她在里面，也可以接出来。"家树也不忍多问了，便付了出诊费，让大夫走了。

沈大娘垂泪道："我让这孩子拖累得不得了。若有养病的地方，就送她去吧。我只剩一条身子，哪怕去帮人家呢，也好过活了。"家树看凤喜的病突然有变，也觉家里养不得病，设若家里人看护不周，真许她会闹出什么意外，只是怕沈大娘不答应，也就不能硬作主张；现在她先声明要把凤喜送到疯人院去，那倒很好，就答应愿补助疯人院的用费，明天叫疯人院用病人车来接凤喜。

当大家把这件事商量了个段落之后，沈大娘已将白炉子新添了一炉红火进来。她端了个方凳子，远远的离了火坐着，十指交叉，放在怀里，只管望了火，垂下泪来道："以后我剩一个孤鬼了！这孩子活着像……"连忙抄起衣襟捂了嘴，肩膀颤动着，只管哽咽。秀姑道："大婶，你别伤心，要不，你跟我们到乡下过去。"寿峰道："你是傻话了。人家一块肉放在北京城里呢，丢得开吗？"

家树万感在心，今天除非不得已，总是低头不说话。这时，忽然走近一步，握着寿峰的手道："大叔，我问了好几次了，你总不肯将住所告诉我。现在我有一个两全的办法，不知道你容纳不容纳？"寿峰摸了胡子道："我们也并不两缺呀，要什么两全呢？"家树被他一驳，倒愣住了不能说了。寿峰将他的手握着，摇了两摇道："你的意思我明白了，什么办法呢？"家树偷眼看了看秀姑，见她端了一杯热茶，喝一口，微微"呵"一声，似乎喝得很痛快。因道："我们学校里，要请国术教师，始终没有请着，我想介绍大叔去。我们学校，也是乡下，附近有的是民房，你就可以住在那里。而且我们那里有附属平民的中小学，大姑娘也可以读书。将来我毕了业，我还可以陪大叔国里国外，大大地游历一趟。"说着，偷眼看秀姑。秀姑却望着她父亲微笑道："我还念书当学生去，这倒好，八十岁学吹鼓手啦。"寿峰点点头道："你这意思很好。过两天，天气晴得暖和了，你到西山'环翠园'我家里去仔细商量吧。"家树不料寿峰毫不踌躇，就答应了，却是苦闷中的一喜，因道："大叔家里就住在那里吗？这名字真雅！"寿峰道："那也是原来的名字罢了。"

沈三玄在屋里进进出出，找不着一个搭言的机会，这时听寿峰说到"环翠园"，便插嘴道："这地方很好，我也去过哩。"他说着，也没有谁理他。他又道："樊大爷，你还念书呀！你随便就可弄个差事了，你叔老太爷不是很阔吗？你若是肯提拔提拔我，要不……嘿嘿……给我荐个事，赏碗饭吃。"家树见他的样子，就不免烦恼，听了这话，加倍的不入耳，突然站起来，望着他道："你们的亲戚，比我叔叔阔多着呢！"只说了这两句，坐下来望着他，又作声不得。寿峰道："哎！老弟，你为什么和他一般见识？三玄，你还不出去呀！"沈三玄垂了头，出屋子去了。

这时，沈大娘正想有番话要说，见寿峰一开口，又默然了。寿峰道："好大雪！我们找个赏雪的地方，喝两盅去吧。"家树也真坐不住了，便穿了大衣起身。正要走时，却听到微微有歌曲之声，仔细听时，却是"……忽听得孤雁一声叫，叫得人真个魂销呀，可怜奴的天啦，天啦！郎是个有情的人，如何……"这正是凤喜唱着《四季相思》的秋季一段,凄楚婉转,还是当日教她唱的那种音韵,不觉呆了。寿峰道:"你想什么?"家树道:"我的帽子呢?"寿峰道:"你的帽子,不是在你头上吗?你真也有些精神恍惚了。"家树一摸,这才恍然,未免有些不好意思,马上就跟了寿峰走去。

二人在中华门外,找了一家羊肉馆子,对着皇城里那一片琼楼玉宇,玉树琼花,痛饮了几杯。喝酒的时间,家树又提到请寿峰就国术教师的事。寿峰道:"老弟,我答应了你,是冤了你;不答应你,是埋没了你的好意。我告诉你说,我是为沈家姑娘,才在大喜胡同借住几天,将来你到我家里去看看,你就明白了。"家树见老头子不肯就,也不多说。寿峰又道:"咱们都有心事,闷酒能伤人,八成儿就够,别再喝了。你精神不大好,回家去休息吧。医院的事,你交给我了,明天上午,大喜胡同会。"家树真觉身子支持不住,便作别回家。

到了次日,天色已晴,北方的冬雪,落下来是不容易化的。家树起来之后,便要出门,伯和说:"吃了半个多月苦,休息休息吧。满城是雪,你往哪里跑呢?"家树不便当了他们的面走,只好忍耐着;等到不留神,然后才上大喜胡同来,老远地就看见医院里一辆接病人的厢车,停在沈家门口。走进她家门,沈大娘扶着树,站在残雪边,哭得涕泪横流,只是微微的哽咽着,张了嘴不出声,也收不拢来。秀姑两个眼圈儿红红的跑了出来,轻轻地道:"大婶,她快出来了,你别哭呀!"沈大娘将衣襟掀起,极力地擦干眼泪,这才道:"大爷,你来得正好,不枉你们好一场!你送送她吧,这不就是送她进棺材吗?"说着,又哽咽起来。秀姑擦着泪道:"你别哭呀!快点让她上车。回头她的脾气犯了,可又不好办。"家树见她这样,也为之黯然,站在一边移动不得。寿峰在里面喊道:"大嫂!你进来搀一搀她吧。"沈大娘在外面屋子里,用冷手巾擦了一把脸,然后进屋去。

不多一会儿,只见寿峰横侧身子,两手将凤喜抄住,一路走了出来。凤喜的头发,已是梳得油光,脸上还扑了一点胭脂粉。身上却将一件紫色缎夹衫罩在棉袍上,下面穿了长筒丝袜,又是一双单鞋。沈大娘并排走着,也搀了她一只手,她微笑道:"你们怎么不换一件衣裳?箱子里有的是,别省钱啦。"她脸上虽有笑容,但是眼光是直射的。出得院来,看见家树,却呆视着,笑道:"走呀,我们听戏去呀!车在门口等着呢。"望了一会,忽然很惊讶的,将手一指道:"他,他,他是谁?"寿峰怕她又闹起来,夹了她便走,连道:"好戏快上场了。"凤喜走到大门边,忽然死命地站住,嚷道:"别忙,别忙！这地下是什么？是白面呢，是银子呢？"沈大娘道："孩子，你不知道吗？这是下雪。"她这样一耽误，家树就走上前了，凤喜笑道："七月天下雪，不能够！我记起来了，这是做梦，梦见樊大爷，梦见下白面。"说着，对家树道："大爷，你别吓唬我，相片不是我撕的……"说着，脸色一变，要哭起来。

汽车上的院役，只管向寿峰招手，意思叫他们快上车。寿峰又一使劲，便将凤喜抱进了车厢，却只有沈大娘一人跟上车去，她伸出一只手来，向外乱招。院役将她的手一推，砰的一声关住了车门。车厢上有个小玻璃窗，凤喜却扒着窗户向外看，头发又散乱了，衣领也歪了，却只管对着门口送的人笑道："听戏去，听戏去……"地上雪花乱滚，车子便开走了。

关氏父女、沈三玄和家树同站在门口，都作声不得。家树望了门口两道很宽的车辙，印在冻雪上，叹了一口气，只管低着头抬不起来。寿峰拍了他的肩膀道："老弟，你回去吧，五天后，西山见。"家树回头看秀姑时，她也点头道："再见吧。"

这里家树点了一点头，正待要走，沈三玄满脸堆下笑来，向家树请了一个安道："过两天我到陶公馆里和大爷问安去，行吗？"家树随在身上掏了几张钞票，向他手上一塞，板着脸道："以后我们彼此不认识。"回头对寿峰道："我五天后准到。"掉转身便走了。这时地下的冻雪，本是结实的，让行人车马一踏，又更光滑了。家树只走两步，噗的一声，便跌在雪里。寿峰赶上前来，问怎么了。家树站起来，说是路滑，扑了一扑身上的碎雪，两手抄了一抄大衣领子，还向前走。也不知道什么缘故，也不过再走了七八步，脚一滑，人又向深雪里一滚。秀姑"哟"了一声，跑上前来，正待弯腰扶他，见他已爬起来，便缩了手。家树站起来，将手扶着头，皱眉头道："我是头晕吧，怎么连跌两回呢？"这时，恰好有两辆人力车过来，秀姑都雇了，对家树笑道："我送你到家门口吧。"寿峰点点头道："好，我在这里等你。"家树口里连说"不敢当"，却也不十分坚拒，二人一同上车。家树车在前，秀姑车在后，路上和秀姑说几句话，她也答应着。后来两辆车，慢慢离远，及至进了自己胡同口时，后面的车子，不曾转过来，径自去了。

家树回得家去，便倒在一张沙发上躺下，也不知心里是爽快，也不知心里是悲惨，只推身子不舒服，就只管睡着。因为樊端本明天一早要回任去，勉强起来，陪着吃了一餐晚饭，便早睡了。

次日，家树等樊端本走了，自己也回学校去，师友们见了，少不得又有一番慰问。及至听说家树是寿峰、秀姑救出来的，都说要见一见，最好就请寿峰来当国术教师。家树见同学们倒先提议了，正中下怀。到了第五天的日子，坐了一辆汽车，绕着大道直向西山而来。

到了"碧云寺"附近，家树向乡民一打听，果然有个"环翠园"，而且园门口有直达的马路，就叫汽车夫一直开向"环翠园"。及至汽车停了，家树下车一看，不觉吃了一惊。这里环着山麓，一周短墙，有一个小花园在内，很精致的一幢洋楼，迎面而起。家树一人自言自语道："不对吧，他们怎么会住在这里？"心里犹豫着，却尽管对那幢洋楼出神。在门左边看看，在门右边又看看，正是进退莫定的时候，忽然看见秀姑由楼下走廊子上跳了下来，一面向前走，一面笑着向家树招手道："进来啊！怎么望着呢？"家树向来不曾见秀姑有这样活泼的样子，这倒令人吃一惊了，因迎上前去问道："大叔呢？"秀姑笑道："他一会儿就来的，请里面坐吧。"说着，她在前面引路，进了那洋楼下，就引到一个客厅去。

这里陈设得极华丽，两个相连的客厅，一边是紫檀雕花的家具，配着中国古董；一边却是西洋陈设和绒面沙发。家树心想：小说上常形容一个豪侠人物家里，如何富等王侯，果然不错！心里想着，只管四面张望，正待去看那面字画上的上款，秀姑却伸手一拦，笑道："就请在这边坐。"家树哪里见她这样随便的谈笑，更是出于意外了，笑道："难道这还有什么秘密吗？"秀姑道："自然是有的。"家树道："这就是府上吗？"秀姑听到，不由格格一笑。点头道："请你等一等，我再告诉你。"这时，有一个听差送茶来，秀姑望了他一望。似乎是打个什么招呼，接上便道："樊先生，我们上楼去坐坐吧。"家树这时已不知到了什么地方，且自由她摆布，便一路上楼去。

到了楼上，却在一个书室里坐着。书室后面，是个圆门，垂着双幅黄幔，这里更雅致了。黄幔里仿佛是个小佛堂，有好些挂着的佛像和供着的佛龛。家树正待一探头看去，秀姑嚷了一声："客来了！"黄幔一动，一个穿灰布旗袍的女子，脸色黄黄的，由里面出来。两人一见，彼此都吃惊向后一缩，原来那女子却是何丽娜。她先笑着点头道："樊先生好哇。关姑娘只说有个人要介绍我见一见，却不料是你！"家树一时不能答话，只"呀"了一声，望着秀姑道："这倒奇了，二位怎么会在此地会面？"秀姑微笑道："樊先生何必奇怪！说起来，这还得多谢你在公园里给咱们那一番介绍。我搬出了城，也住在这里近边，和何小姐成了乡邻。有一天，我走这园子门口，遇到何小姐，我们就来往起来了。她说，搬到乡下来住，要永不进城了，对人说，可说是出了洋哩！我们这要算是在‘外国相会’了。”说着，又吟吟微笑。

家树听她说毕，恍然大悟，此处是何总长的西山别墅，倒又入了关氏父女的圈套了。对着何丽娜，又不便说什么，只好含糊着道："恕我来得冒昧了。"何丽娜虽有十二分不满家树，然而满地的雪，人家既然亲自登门，应当极端原谅，因之也不追究他怎样来的，免得他难为情，就很客气的，让他和秀姑在书房里坐下，笑问道："什么时候由天津回来的？"家树随答："也不多久呢。"问："陶先生好？"答："他很好。"问："陶太太好？"答："她也好。"问："前几天这里大雪，北京城里雪也大吗？"家树道："很大的。"问到这里，何丽娜无甚可问了，便按铃叫听差倒茶。听差将茶送过了，何丽娜才想起一事，向秀姑笑道："令尊大人呢？"秀姑将窗幔掀起一角，向楼下指道："那不是？"家树看时，见围墙外，有两匹驴子，一只骆驼。骆驼身上，堆了几件行李，寿峰正赶着牲口到门口呢。家树道："这是做什么？"秀姑又一指道："你瞧，那丛树下，一幢小屋，那就是我家了。这不是离何小姐这里很近吗？可是今天，我们爷儿俩就辞了那家，要回山东原籍了。"家树道："不能吧？"只说了这三字，却接不下去。秀姑却不理会，笑道："二位，送送我哇！"说了，起身便下楼。

何丽娜和家树一齐下楼，跟到园门口来。寿峰手上拿了小鞭子，和家树笑着拱了拱手道："你又是意外之事吧？我们再会了，我们再会了！"何丽娜紧紧握了秀姑的手，低着声道："关姑娘，到今日，我才能完全知道你。你真不愧……"秀姑连连摇手道："我早和你说过，不要客气的。"说时，她撒开何丽娜的手，将一匹驴子的缰绳，理了一理。寿峰已是牵一匹驴子在手，家树在寿峰面前站了许久，才道："我送你一程，行不行？"寿峰道："可以的。"秀姑对何丽娜笑着道了一声"保重"，牵了一匹驴子和那匹骆驼先去。家树随着寿峰也慢慢走上大道，因道："大叔，我知道你是行踪无定的，谁也留不住，可不知道我们还能会面吗？"寿峰笑道："人生也有再相逢的，你还不明白吗？只可惜我为你尽力，两分只尽了一分罢了。天气冷，别送了。"说着，和秀姑各上驴背，加上一鞭，便得得顺道而去。

秀姑在驴上先回头望了两望，约跑出几十丈路，又带了驴子转来，一直走到家树身边，笑道："真的，你别送了，仔细中了寒。"说毕，一掉驴头，飞驰而去，却有一样东西，由她怀里取出，抛在家树脚下。家树连忙捡起看时，是个纸包，打开纸包，有一缕乌而且细的头发，又是一张秀姑自己的半身相片，正面无字，翻过反面一看，有两行字道："何小姐说，你不赞成后半截的十三妹。你的良心好，眼光也好，留此作个纪念吧！"家树念了两遍，猛然省悟，抬起头来，她父女已影踪全无了，对着那斜阳偏照的大路，不觉洒下几点泪来。

这里家树心里正感到凄怆，却不防身后有人道："这爷儿俩真好，我也舍不得啊！"回头看时，却是何丽娜追来了，她笑道："樊先生，能不能到我们那里去坐坐呢？"家树连忙将纸包向身上一塞，说道："我要先到西山饭店去开个房间，回头再来畅谈吧。"何丽娜道："那么，你今天不回城了，在我舍下吃晚饭好吗？"家树不便不答应，便说："准到。"于是别了何丽娜，步行到西山饭店，开了一个窗子向外的楼房，一人坐在窗下，看看相片，又看看大路，又看看那一缕青丝，只管想着：这种人的行为真猜不透，究竟是有情是无情呢？照相片上的题字说，当然她是个独身主义者；照这一缕头发说，旧式的女子岂肯轻易送人的！就她未曾剪发，何等宝贵头发，用这个送我，交情之深，更不必说了。可是她一拉我和凤喜复合，二拉我和丽娜相会，又决不是自谋的人。越想越猜不出个道理来，只管呆坐着。到了天色昏黑，何丽娜派听差带了一乘山轿来，说是汽车夫让他休息去了，请你坐轿子去吃饭。家树也是盛意难却，便放下东西，到何丽娜处来。

这时，何家别墅的楼下客厅，已点了一盏小汽油灯，照得如白昼一般。家树刚一进门，脱下大衣，何丽娜便迎上前来，代听差接着大衣和帽子。一见帽子上有许多雪花，便道："又下雪了吗？这是我大意了。这里的轿子，是个名目，其实是两根杠子，抬一把椅子罢了。让你吹一身雪，受着寒。该让汽车接你才好。"家树笑道："没关系，没关系。"说着搓了搓手，便靠近炉子坐着。炉子里烘烘的响，火势正旺，一室暖气如春。客厅里桌上茶几上，摆了许多晚菊和早梅的盆景，另外还有秋海棠和千样莲之属，正自欣欣向荣。家树只管看着花，先坐了看，转身又站起来看。何丽娜道："这花有什么好看的吗？"便也走了过来。家树见她脸上已薄施脂粉，不是初见那样黄黄的了，因道："屋外下雪。屋里有鲜花。我很佩服北京花儿匠技巧。"何丽娜见他说着，目光仍是在花上，自己也觉得羞答答的，便道："请你喝杯热茶，就吃饭吧。"说着，亲自端了一杯热茶给他。家树刚一接茶杯，便有一阵花香，正是新沏的玫瑰茶呢。

在家树正喝着茶的当儿，何丽娜已同一个女仆，在一张圆桌上，相对陈设两副筷碟。接着送上菜来，只是四碗四碟，都是素的，一边放下一碗白饭，也没有酒。最特别的，两个银烛台，点着一双大红洋蜡烛，放在上方。何丽娜笑道:"乡居就是一样不好,没有电灯。"家树倒也没注意她的解释,便将拿在手上出神的茶杯放了,和她对面坐下吃饭。何丽娜将筷子拨了一拨碗里菜,笑道:"对不住,全是素菜,不过都是我亲手做的。"家树道:"那真不敢当了。"何丽娜等他吃了几样菜,便问:"口味怎样?"家树说:"好。"何丽娜道:"蔬菜吃惯了,那是很好的。我一到西山来,就吃素了。"说着,望了家树,看他怎样问话。他不问,却赞成道:"吃素我也赞成,那是很卫生的呀。"何丽娜见他并不问所以然,也只得算了。

一时饭毕,女仆送来手巾,又收了碗筷。此刻,桌上单剩两支红烛。何丽娜和家树对面在沙发上坐下,各端了一杯热气腾腾的玫瑰茶,慢慢呷着。何丽娜望了茶几上的一盆红梅,问道:"你以为我吃素是为了卫生吗?你都不知道。别人就更不知道了。"家树停了一停,才"哦"了一声道:"是了,密斯何现在学佛了。一个在黄金时代的青年,为什么这样消极呢?"何丽娜抿嘴一笑,放下了茶杯,因走到屋旁话匣子边,开了匣子,一面在一个橱屉里取出话片来放上,一面笑道:"为什么呢,你难道一点不明白吗?"她并不曾注意是什么片子,一唱起来,却是一段《黛玉悲秋》的大鼓书。家树一听到那"清清冷冷的潇湘院,一阵阵的西风吹动了绿纱窗",不觉手上的茶杯子向下一落,"啊呀"了一声。所幸落在地毯上,没有打碎,只泼出去了一杯热茶。何丽娜将话匣子停住,连问:"怎么了?"家树从从容容捡起茶杯来,笑道:"我怕这凄凉的调子……"何丽娜笑道:"那么,我换一段你爱听的吧。"说着,便换了一张片子了。

原来那片子有一大段道白,有一句是"你们就对着这红烛磕三个头",这正是《能仁寺》十三妹的一段。家树一听,忽然记起那晚听戏的事,不觉一笑道:"密斯何,你好记性!"何丽娜关了话匣子站到家树面前,笑道:"你的记性也不坏……"只这一句,"啪"的一声窗户大开,却有一束鲜花,由外面抛了进来。家树走上前,捡起来一看,花上有一个小红绸条,上面写了一行字道:"关秀姑鞠躬敬贺。"连忙向窗外看时,大雪初停,月亮照在积雪上,白茫茫一片乾坤,皓洁无痕,哪里有什么人影?家树忽然心里一动,觉得万分对秀姑不住,一时万感交集,猛然地坠下几点泪来。

何丽娜因窗子开了,吹进一丝寒风,将烛光吹得闪了两闪,连忙将窗子关了,随手接过那一束花来。家树手上却抽下了一支白色的菊花拿着,兀自背着灯光,向窗子立着。何丽娜将花上的绸条看了一看,笑道:"你瞧,关家大姑娘,给我们开这大的玩笑!"家树依然背立着,并不言语。何丽娜道:

"她这样来去如飞的人，哪里会让你看到，你还呆望了做什么？"家树道："眼睛里面，吹了两粒沙子进去了。"说着，用手绢擦了眼睛，回转头来。何丽娜一想，到处都让雪盖着，哪里来的风沙？笑道："眼睛和爱情一样，里面掺不得一粒沙子的，你说是不是？"说着，眉毛一扬，两个酒窝儿一旋，望了家树。

家树呆呆地站着，左手拿了那支菊花，右手用大拇指食指，只管拈那花干儿，半晌，微微笑了一笑。

正是：

> 毕竟人间色相空，
> 伯劳燕子各西东。
> 可怜无限难言隐，
> 只在捻花一笑中。

然而何丽娜哪里会知道这一笑命意的曲折，就一伸手，将紫色的窗幔，掩了玻璃窗，免得家树再向外看。那屋里的灯光，将一双人影，便照着印在紫幔上，窗外天上那一轮寒月，冷清清的，孤单单的，在这样冰天雪地中，照到这样春气荡漾的屋子，有这风光旖旎的双影，也未免含着羡慕的微笑哩。

一九三〇年作者《作完〈啼笑因缘〉后的说话》

对读者一个总答复

在《啼笑因缘》作完以后，除了作一篇序而外，我以为可以不必作关于此书的文字了。不料承读者的推爱，对于书中的情节，还不断地写信到"新闻报馆"去问。尤其是对于书中主人翁的收场，嫌其不圆满，甚至还有要求我作续集的。这种信札，据独鹤先生告诉我，每日收到很多，一一答复，势所难办，就叫我在本书后面作一个总答复。一来呢，感谢诸公的盛意；二来呢，也发表我一点意见。

凡是一种小说的构成，除了命意和修辞而外，关于叙事，有三个写法：一是渲染，二是穿插，三是剪裁。什么是渲染，我们举个例，《水浒》"武松打虎"一段，先写许多"酒"字，那便是武松本有神勇，写他喝得醉到恁地，似乎是不行了，而偏能打死一只虎，他的武力更可知了。这种写法，完全是"无中生有"，许多枯燥的事，都靠着它热闹起来。什么是穿插，一部小说，不能写一件事，要写许多事。这许多事，若是写完了一件，再写一件，时间空间，都要混乱，而且文字不容易贯穿。所以《水浒》"月夜走刘唐"，顺插上了"宋公明杀阎惜姣"那一大段；"三打祝家庄"又倒插上"顾大嫂劫狱"那一小段。什么叫剪裁，譬如一匹料子，拿来做衣，不能整匹的做上。有多数要的，也有少数不要的，然后衣服成功——小说取材也是这样。史家作文章，照说是不许"偷工减料"的了；然而我们看《史记》第一篇《项羽本纪》，写得他成了一个慷慨悲歌的好男子，也不过"鸿门""垓下"几大段加倍的出力写。至于他带多少兵，打过多少仗，许多许多起居，都抹杀了。我们岂能说项羽除了《本纪》所叙而外，他就无事可纪吗？这就是因为不需要，把他剪了。也就是在渲染的反面，删有为无了。再举《水浒》一个例，史进别鲁达而后，在少华山落草，以至被捉入狱，都未经细表。我的笔很笨，当然作不到上述三点，但是作《啼笑因缘》的时候，当然是极力向着这条路上走。

明乎此，读者可以知道本书何处是学渲染，何处是学穿插，何处是学剪裁了。据大家函询，大概剪裁一方面，最容易引起误会；其实仔细一想，就明白了。譬如樊家树的叔叔，只是开首偶伏一笔，直到最后才用着他。这在我就因为以前无叙他叔叔之必要；到了后来，何丽娜有"追津"的一段渲染，自然要写上他。不然，就不必有那伏笔了。又如关氏父女，未写与何丽娜会面，却把樊家树引到西山去，然后才大家相聚。有些人，他就疑惑了：关、何是怎么会晤的呢？诸公当还记得，家树曾介绍秀姑与何小姐在中央公园会面，她们自然是熟人；而且秀姑曾在何家楼上，指给家树看，她家就住在窗外一幢茅屋内。请想，关、何之会面，岂不是很久？当然可以简而不书了。类此者，大概还有许多，也不必细说了。我想读者都是聪明人，若将本书再细读一遍，一定恍然大悟。

又次，可以说上结局了。全书的结局，我觉得用笔急促一点。但是事前，我曾费了一点考量：若是稍长，一定会把当剪的都写出来，拖泥带水，空气不能紧张。末尾一不紧张，全书精神尽失了。就人而论，樊家树无非找个对手，这倒无所谓。至于凤喜，可以把她写死了干净；然而她不过是一个绝顶聪明而又意志薄弱的女子，何必置之死地而后快！可是要把她写得和樊家树坠欢重拾，我作书的，又未免"教人以偷"了。总之，她有了这样的打击，疯魔是免不了的。问疯了还好不好？似乎问出了本题以外。可是我也不妨由我暗示中给读者一点明示：她的母亲，不是明明白白表示无希望了吗？凤喜不见家树是疯，见了家树是更疯！我真也不忍向下写了。其次，便是秀姑。我在写秀姑出场之先，我不打算将她配于任何人的。她父女此一去，当然是神龙不见尾。问她何往，只好说句唐诗"只在此山中，云深不知处"了。最后，谈到何丽娜。起初，我只写她是凤喜的一个反面。后来我觉得这种热恋的女子，太合于现代青年的胃口了，又用力的写上一段。于是引起了读者的共鸣。一部分人主张樊、何结婚，我以为不然：女子对男子之爱，第一个条件，是要忠实。只要心里对她忠实，表面鲁钝也罢，表面油滑也罢，她就爱了。何女士之爱樊家树，便是捉住了这一点。可是樊家树呢，他是不喜欢过于活泼的女子，尤其是奢侈。所以不能认为他怎样爱何丽娜。在不大爱之中，又引他不能忘怀的，就是以下两点：一、何丽娜的面孔，像他心爱之人。二、何丽娜太听他的话了。其初，他别有所爱，当然不会要何小姐；现在，走的走了，疯的疯了，只有何小姐是对象，而且何小姐是那样的热恋，一个老实人，怎样可以摆脱得开！但是，老实人的心，也不容易转移的。在西山别墅相会的那一晚，那还是他们相爱的初程，后事如何，正不必定哩。

结果，是如此的了。总之，我不能像作《十美图》似的，把三个女子，一齐嫁给姓樊的；可是我也不愿择一嫁给姓樊的，因为那样，便平庸极了。看过之后，读者除了为其余二人叹口气而外，决不再念到书中人的——那有什么意思呢？宇宙就是缺憾的，留些缺憾，才令人过后思量，如嚼橄榄一样，津津有味。若必写到末了，大热闹一阵，如肥鸡大肉，吃完了也就完了，恐怕那味儿，不及这样有余不尽的橄榄滋味好尝吧！

不久，我再要写一部，在炮火之下的热恋，仍在《快活林》发表。或者，略带一点圆场的意味，还是到那时再请教吧。

是否要做续集
——对读者打破一个哑谜

由《新闻报》转来读者诸君给我的信，知道有一部分人主张我作《啼笑因缘》续集，我感谢诸公推爱之余，却有点下情相告。凡是一种作品，无论剧本或小说，以至散文，都有适可而止的地位，不能乱续的。古人游山，主张不要完全玩通，剩个十之二三不玩，以便留些余想，便是这个意思。所以近来很有人主张吃饭只要八成饱的。回转来，我们再谈一谈小说。小说虽小道，但也自有其规矩：不是一定"不团圆主义"，也不是一定"团圆主义"。不信，你看，比较令人咀嚼不尽的，是团圆的呢，是不团圆的呢？如《三国演义》，几个读者心目中的人物，关羽、张飞、孔明结果如何？反过来，读者极不愿意的人，如曹家、司马家，都贵为天子了。假若罗贯中把历史不要，——反写过来，请问滋味如何？这还算是限于事实，无可伪造。我们又不妨再看《红楼梦》，它的结局惨极了，是极端"不团圆主义"的。后来有些人"见义勇为"，什么《重梦》《后梦》《复梦》《圆梦》，共有十余种，乱续一顿。然而到今日，大家是愿意团圆的呢，或是不团圆的呢？《啼笑因缘》万比不上古人。古人之书，尚不可续，何况区区！再比方说两段：第一是《西厢》曲本，到"草桥惊梦"为止，不但事未完，文也似乎未完。可是他不愿把一个"始乱终弃"的意思表示出来，让大家去想吧。及后面加上了四折，虽然有关汉卿那种手笔，依然免不了后人的诅咒呢！我们再看看《鲁滨逊漂流记》，著者作了前集，震动一世。离开荒岛，也就算了。他因为应了多数读者的要求，又重来一个续集。而下笔的时候，又苦于事实不够，就胡乱凑合起来，结果是续集相形见绌；甚至有人疑惑前集不是原人作的。书之不可乱续也如此！《啼笑因缘》自然是极幼稚的作品，但是既承读者推爱，当然不愿它自我成之，自我毁之。若把一个幼稚的东西再幼稚起来，恐怕这也有负读者之爱了。所以归结一句话：我是不能续，不必续，也不敢续。

几个重要问题的解答

由《新闻报》转来的消息，我知道有许多读者先生打听《啼笑因缘》主人翁的下落。其实，这是仁者见仁，智者见智，用不着打听的。好在这件事，随便说说，也不关于书的艺术方面，兹简单奉答如下：

一、关秀姑的下落，是从此隐去。倘若你愿意她再回来的话，随便想她何时回来都可，但是千万莫玷污了侠女的清白。

二、沈凤喜的下落，是病无起色。我不写到如何无起色，是免得诸公下泪。一笑。

三、何丽娜的下落，去者去了，病者病了，家树的对手只有她了。你猜，应该怎样往下做呢？诸公如真多情，不妨跳到书里作个陶伯和第二，给他们撮合一番吧。

四、何丽娜口说出洋，而在西山出现，情理正合。小孩儿捉迷藏，乙儿说："躲好了没有？"甲儿在桌下说："我躲好了。"这岂不糟糕？何小姐言远而近，那正是她不肯做甲儿。

五、关、何会面，因为她们是邻居，而且在公园已认识的了。关氏父女原欲将沈、何均与樊言归于好，所以寿峰说："两分心力，只尽了一分。"又秀姑明明说："家住在山下。"关于这一层，本不必要写明，一望而知。然而既有读者诸君来问，我已在单行本里补上一段了。

啼笑因缘
续集

一九三三年续集作者自序

《啼笑因缘》问世以来，前后差不多有四年，依然还留存在社会上，让人注意着，却出乎我的意料以外。有些读者，固然说这是茶余酒后的东西，一读便完了。可是也有些读者，说在文艺上，多少有点意味。我对于这一层，都不去深辩，只是有些读者却根据了我的原书，另做些别的文字。当然，有比原书好的；可是对于原书，未能十分了解的，也未尝没有。一个著作者，无论他的技巧如何，对于他自己的著作，多少总有些爱护之志，所谓"敝帚自珍"，所谓"卖瓜的说瓜甜"。假使这"敝帚"，有人替我插上花，我自是欢喜；然而有人涂上烂泥，我也不能高兴。

在三年以来，要求我作续集的读者，数目我不能统计；但是这样要求的信，不断的由邮政局寄到我家，至今未曾停止。有人说："你自己不续，恐怕别人要续了。"起初，我以为别人续，就让他续吧。可是这半年以来，我又想着，假使续书出来并不如我所希望的那样圆满，又当如何呢？原书是我做的，当然书中人物，只有我知道最详细；别人的续著，也许是新翻别样花。为了这个缘故，我正踌躇着，而印行原书的三友书社又不断地来信要求我续著，他们的意思，也说是读者的要求。我为了这些原因，便想着，不妨试一试。对于我的原来主张"不必续，不可续"，当然是矛盾的；然而这里有一点不同的，就是我的续著，是在原著以外去找出路，或者不算完全蛇足。这就是我作续著的缘起。其他用不着"卖瓜的说瓜甜"了。

001 雪地忍衣单热衷送客　山楼苦境寂小病留踪

却说西山的何氏别墅中，紫色的窗幔上，照着一双人影。窗外冰天雪地中的一轮凉月，也未免对了这旖旎的风景，发生微笑。这两个人影，一个是樊家树，一个是何丽娜，影子是那样倚傍一处，两个人也就站着不远。何丽娜眉毛一扬，两个酒窝儿掀动起来，她没有说话，竟是先笑起来了。家树笑道："你今天太快活了吧？"何丽娜笑道："我快活，你不快活吗？"说着，微微地摇了一摇头，又笑道："你不见得会快活吧？"家树道："我怎么不快活？在西山这地方，和'出洋'的朋友见面了。"何丽娜笑着，也没有什么话说，向沙发椅子上引着道："请坐，请坐。"家树便坐下了。

何丽娜见家树终于坐下，就亲自重斟了一杯热热的玫瑰茶，递到家树手上，自己却在他对面，一个锦墩上坐着。家树呷了茶，眼望了茶杯上出的热气，慢慢地看到何丽娜脸上，笑道："何女士，你现在可以回城去了吧？"他说这句话不要紧，何丽娜心里，不觉荡漾了一下。因为这句话以内，还有话的。自己是为婚姻不成功，一生气避到西山来的。他现在说可以回城了吧，换句话说，也就是不必生气了。不必生气了，就是生气的那个原因，可以消灭了。她不觉脸上泛起两朵红云，头微微一低，心里可也就跟着为难：说是我回城了，觉得女儿家，太没有身份，在情人面前，是一只驯羊。可是说不回城去，难道自己还和他闹气吗？那么，这个千载一时的机会，又要失去了。纵然说为保持身份起见，也说含混一点，但是自己绝对没有那个勇气。究竟她是一个聪明女郎，想起刚才所说，眼睛和爱情一样，里面夹不得一粒沙子，便笑道："你眼睛里那一粒沙子，现在没有了吗？"家树微微点点头道："没有沙子了，很干净的。"他虽是那样点了头，可是他的眼光，却并不曾向她直视着，只是慢慢地呷着茶，看了桌上那对红烛的烛花……

何丽娜看看家树，见他不好意思说话，不便默然，于是拿出往日在交际场中那洒脱的态度来，笑道："茶太热了吧，要不要加点凉的？"家树道："不用加凉的，热一点好。"何丽娜也不知是何缘故，突然扑哧一声笑了出来。笑毕，身子跟着一扭。家树倒也愕然，自己很平常的说了这样一句话，为什么惹得她这样大笑？喝玫瑰茶，是不能热一点的吗？他正怔怔地望着，何丽娜才止住了笑问他道："我是想起了一件事，就笑起来了，并不是笑你回答我的那一句话。"家树忽然有一点省悟，她今天老说双关的话，大概这又是双关的问话，自己糊里糊涂的答复，对上了她那个点子了。当然，这是她愿听的话，自然是笑了。自己老实得可怜，竟是在一个姑娘当面，让人家玩了圈套了，便举起茶杯来一饮而尽，然后站了起来道："多谢密斯何，吵闹了你许久，我要回旅馆去了。"何丽娜道："外面的雪很深，你等一等，让我吩咐汽车夫开车送你回去。"说着，她连忙跑到里面屋子里去拿了大衣和帽子出来。先将帽子交给家树，然后两手提了大衣，笑着向他点头，那意思是让他穿大衣。

这样一来，家树也不知如何是好，向后退了一步，两手比着袖子，和她连连拱了几下手道："不敢当，不敢当！"何丽娜笑道："没关系，你是一个客，我做主人的招待招待那也不要紧。"家树穿是不便穿，只好两手接过大衣来，自行穿上。何丽娜笑道："别忙走呀，让我找人来送。"家树道："外面虽然很深的雪，可月亮是很大的！"他一面说，一面就向外走。何丽娜说是吩咐人送，却并没有去叫人，轻轻悄悄地就在他身后紧紧的跟了出来，由楼下客厅外，直穿过花圃，就送到大门口来。

家树刚到大门口，忽然一阵寒气，夹着碎雪，向人脸上、脖子上直洒过来。这就想起何丽娜身上，还穿的是灰布旗袍，薄薄的分量，短短的袖子，怎样可以抗冷？便回转身道："何女士请回吧，你衣裳太单薄。"何丽娜道："上面是月，下面是雪，这景致太好了，我愿意看看。"家树道："就是要看月色，也应当多穿两件衣服。"何丽娜听说，心里又荡漾了一下，站在门洞子里避着风，且不进去，迟疑了一会，才低声道："樊先生明天不回学校去吗？"家树道："看天气如何，明天再说吧。"何丽娜道："那么，明天请在我这里午饭。就是要回学校，也吃了午饭去。"说到这里，女仆拿着大衣送了来，汽车夫也将车子开出大门来。何丽娜笑道："人情做到底，我索性送樊先生回旅馆去。"说时，她已把大衣穿了，开了汽车门，就坐上车去等着。这是何小姐的车子，家树不能将主人翁从她自己车子上轰了下来，只得也跟着坐上车来，笑道："像主人翁这样殷勤待客的，我实在还是少见。"何丽娜笑道："本来我闲居终日，一点事情没有，也应该找些事情做做呀。"

二人说着话，汽车顺了大道，很快的已经到了西山旅馆门口。家树一路之上，心里也就想着：假使她下车还送到旅馆里面去，那倒让自己穷于应付了……可这时何丽娜却笑道："恕我不下车了，明天见吧。"家树下得车来时，她还伸出一只手在车外招了两招呢。

当时家树走进旅馆里，茶房开了房门，先送了一个点了烛的烛台进来，然后又送上一壶茶，便向家树道："不要什么了吗？"家树听听这旅馆里，一切声音寂然。乡下人本来睡得很早，今晚又是寒夜，大概都安歇了，也没有什么可要，便向茶房摆了一摆头，让他自去，这屋子里炉火虽温，只是桌上点了一支白蜡烛，发出那摇摇不定的烛光，在一间很大的屋子里，更觉得这光线是十分微弱。自己很无聊的，将茶壶里的茶，斟上一杯。那茶斟到杯子里，只有铃铃铃的响声，一点热气也没有，喝到嘴里和凉水差不多，也仅仅是不冰牙罢了。他放下茶杯，隔了窗纱，向外面看看，月光下面的雪地，真是银装玉琢的世界。家树手掀了窗纱，向外面呆看了许久，然后坐在一张椅子上，只望了窗子出神，心里就想着：这样冷冷静静的夜里，不知关氏父女投宿在何处？也不知自己去后，何丽娜一人坐汽车回去，又作何种感想？他只管如此想着，也不知混了多少时间，耳边下只听到楼下面的钟，当当敲上了一阵，在乡郊当然算是夜深的了，自己也该安歇了吧，于是展开了被，慢慢地上床去睡着。因为今天可想的事情太多了，靠上枕头，还是不住地追前揣后想着……

待到次日醒来，这朝东的窗户，正满满的，晒着通红的太阳。家树连忙翻身起床，推开窗纱一看，雪地上已经有不少的人来往。可是旅馆前的大路，已经被雪遮盖着，一些看不出来了。心想：昨天的汽车，已经打发走了，这个样子，今天要回学校去已是不可能，除非向何丽娜借汽车一坐。但是这样一来，二人的交情进步，可又要公开到朋友面前去了。第一是伯和夫妇，又要进行"喝冬瓜汤"的那种工作了。想了一会，觉得西山的雪景，很是不坏，在这里多耽搁一天，那也无所谓。于是吩咐茶房，取了一份早茶来，靠了窗户，望着窗外的雪景，慢慢地吃喝着。吃过了早茶，心里正自想着：要不要去看一看何丽娜呢？果然去看她，自己的表示，就因昨晚一会，太切实了。然而不去看她，在这里既没有书看，也没有朋友谈话，就这样看雪景混日子过吗？如此想着，一人就在窗子下徘徊。

忽然，一辆汽车很快的开到旅馆门前。家树认得，那是何丽娜的车子，不想自己去访她不访她这个主意未曾决定，人家倒先来了。于是走出房来，却下楼去相迎，然而进来的不是何小姐，乃是何小姐的汽车夫。他道："樊先生，请你过去吧，我们小姐病了。"家树道："什么，病了？昨天晚上，我们分手，还是好好的呀。"汽车夫道："我没上楼去瞧，不知道是什么病，据老妈子说，可病得很厉害呢！"家树听说，也不再考虑，立刻坐了来车到何氏别墅。女仆早是迎在楼梯边，皱了眉道："我们小姐烧得非常的厉害。我们要向宅里打电话，小姐又不许。"家树道："难道到现在为止，宅里还不知道小姐在西山吗？"女仆道："知道了几天了，这汽车不就是宅里打发着来接小姐回去的吗？"

家树说着话，跟了女仆，走进何丽娜的卧室。只见一张小铜床，斜对了窗户，何丽娜卷了一床被躺着，只有一头的乱发，露在外面。她知道家树来了，立刻伸出一只雪白的手臂，将被头压了一压，在软枕上，露出通红的两颊来。她看到家树，眼珠在长长的睫毛里一转，下巴微点着，那意思是多谢他来看她。家树遂伸手去摸一摸她，觉得不对，她又不是凤喜！

在家树手一动，身子又向后一缩的时候，何丽娜已是看清楚了，立刻伸手向他招了一招道："你摸摸我的额头，烧得烫手呢。"家树这就不能不摸她了，走近床边，先摸了她的额头，然后又拿了她的手，按了一按脉。何丽娜就在这时候连连咳嗽了几声。家树道："这病虽来得很猛，我想，一定是昨晚上受了凉感冒了，喝一碗姜汤，出一身汗，也就好了。"何丽娜道："因为如此，所以我不愿意打电话回家去。"家树笑道："这话可又说回来了，我可不是大夫，我说你是感冒，究竟是瞎猜的，设若不是的呢，岂不耽误了医治？"何丽娜道："当然是的。医治是不必医治，不过病里更会感到寂寞。"家树笑道："不知道我粗手大脚的，可适合看护的资格？假使我有那种资格的话……"何丽娜不等他说完，烧得火炽一般的脸上，那个小酒窝儿依然掀动起来，微笑道："看护是不敢当。大雪的天，在我这里闲谈谈就是了。我知道你是要避嫌疑的，那么，我移到前面客厅里去躺着吧。"这可让家树为难了：是承认避嫌呢，还是否认避嫌呢？踌躇了一会子，却只管笑着。何丽娜道："没关系，我这床是活动的，让他们来推一推就是了。"

女仆们早已会意，就有两个人上前，来推着铜床。由这卧室经过一间屋子，就是楼上的客室，女仆们在脚后推着，家树也扶了床的铜栏杆，跟了床，一步一步的向外走。何丽娜的一双目光，只落到家树身上。

到了客厅里，两个女仆走开了，家树就在旁边一张椅子上坐了。他笑了，她也笑了。何丽娜道："你笑什么呢？"家树道："何女士的行动，似乎有点开倒车了，若是在半年以前，我想卧室里也好，客厅里也好，是不怕见客的！"何丽娜想了一想，才微微一摇头道："你讲这话似乎很知道我，可也不尽然。

我的脾气向来是放浪的，我倒也承认，可是也不至于在卧室里见客。我今天在卧室里见你。那算是破天荒的行动呢！"家树道："那么，我的朋友身份，有些与人不同吗？"何丽娜听了这话，脸上是很失望的样子，不作声。家树就站了起来，又用手扶了床栏杆，微低了腰道："我刚才失言了。我的环境，你全知道，现在……"何丽娜道："我不能说什么了，现在是实逼处此。"家树道："你刚才笑什么呢？"何丽娜道："我不能说。"家树道："为什么不能说呢？"何丽娜叹了一口气道："无论是旧式的，或者是新式的，女子总是痴心的！"家树用手摸了床栏杆，说不出话来。何丽娜道："你不要疑心，我不是说别的，我想在三个月以前，要你抵我的床栏杆边推着我，那是不可能的！"家树听了这话，觉得她真有些痴心，便道："过去的事，不必去追究了。你身体不好，不必想这些。"何丽娜道："你摸摸我的额头，现在还是那样发烧吗？"家树真也不便再避嫌疑，就半侧了身子，坐在床上，用手去摸她的头。

她的额头，被家树的手按着，似乎得了一种很深的安慰，微闭了眼睛，等着家树抚摸。这个时候，楼上固然是寂然，就是楼下面，也没有一点声音，墙上挂的钟，那机摆的响声，倒是轧唧轧唧，格外的喧响。

过了许久，何丽娜就对家树道："你替我叫一叫人，应该让他们给你做一点吃的了。"家树道："我早上已经吃过饭的，不忙，你不吃一点吗？"何丽娜虽是不想吃，经家树如此一问，也只好点了一点头。于是家树就真个替她作传达之役，把女仆叫了来，和她配制饮食。这一天，家树都在何氏别墅中。到了晚半天，何丽娜的病，已经好了十之六七，但是她怕好得太快了，仆人们会笑话，所以依然躺着，吃过晚饭，家树才回旅馆去。

次日早上，家树索性不必人请，就直接地来了。走到客厅里时，那张铜床，还在那里放着。何丽娜已是披了一件紫绒的睡衣，用枕头撑了腰，靠住床栏杆，捧了一本书，就着窗户上的阳光看。她脸上已经薄薄的抹了一层脂粉，简直没有病容了。家树道："病好些吗？"何丽娜道："病好些了，只是闷得很。"家树道："那就回城去吧。"何丽娜笑道："你这话不通！人家有病的人，还要到西山来养病呢；我在西山害了病，倒要进城去。"家树道："这可难了，进城去不宜于养病，在乡下又怕寂寞。"何丽娜道："我在乡下住了这久，关于寂寞一层，倒也安之若素了。"家树在对面一张椅子上坐了，笑问道："你看的什么书？"何丽娜将书向枕头下一塞，笑道："小说。"家树道："小说吗，一言以蔽之，不是女不爱男，就是男不爱女，或者男女都爱，男女都不爱。"何丽娜道："我瞧的不是言情小说。"家树道："可是新式的小说，没有男女问题在内，是不叫座的。有人要把爱因斯坦的相对论编到小说里来，我相信那小说的主人翁，还是一对情侣。"何丽娜笑道："你的思想进步了。这个世界，是爱的世界，没有男女问题，什么都枯燥，所以爱情小说尽管多，那不会讨厌的。譬如人的面孔，虽不过是鼻子眼睛，可是一千个人，就一千个样子，所以爱情的局面，也是一千个人一千个样子。只要写得好，爱情小说是不会雷同的。"家树笑道："不过面孔也有相同的。"何丽娜道："面孔纵然相同。人心可不相同呀！"家树一想，这辩论只管说下去，有些不大妙的，便道："你不要看书吧。你烦闷得很，我替你开话匣子好吗？"何丽娜点点头道："好的，我愿听一段大鼓。你在话匣子底下，搁片子的第二个抽屉里，把那第三张片子拿出来唱。"家树笑道："次序记得这样清楚，是一张什么片子，你如此爱听？"

这话匣子，就在房屋角边，家树依话行事，取出话片子一看，却是一张《宝玉探病》，不由得微微一笑，也不作声，放好片子，就拨动开闸。那话片报着名道："万岁公司，请红姑娘唱《宝玉探病》。"何丽娜听到，就突然"哟"了一声，家树倒不解所谓。看她说出什么来，下回交代。

002 言笑如常同归谒老父　庄谐并作小宴闹冰人

却说家树将话匣子一开，报了《宝玉探病》，何丽娜却"哟"了一声叫将起来，她笑道："我请你把《马鞍山》那片子唱一遍，你怎么唱起《宝玉探病》来了呢？"家树不知道她的命意所在，听说之后，立刻将话匣子关起来了，这才坐下来向她笑道："这个片子不能唱吗？"何丽娜笑道："你何必问我！我现在怎么样，你又来作什么的？你把我当林黛玉，我怎样敢当？"家树一想，这真是冤枉，我何尝要把你当林黛玉？而且我也不敢自比贾宝玉呀！便笑道："这一段子错，不知其错在我，也不知其错在你？"何丽娜抿嘴微笑了一笑，向家树身上打量了一番。家树笑道："得啦！就算是我的错处，你别见怪。"何丽娜笑道："哟！你那样高比我，我还能怪你吗？你若是愿意唱，你就唱吧，我就勉强作个林黛玉。"

家树听了此话，也不知道是唱好，还是不唱好，只是向她微笑着。何丽娜又向他微笑了一笑，然后说道："其实不必唱《宝玉探病》。百年之后，也许有人要编《家树探病》呢。"家树笑道："你今日怎么这样快活，病全好了吧？"有了这一句话，才把何丽娜提醒：自己原是个病人，躺在床上的，怎么如此高兴呢？眼珠一转，有了主意了，笑道："所以我说，不配听《宝玉探病》的片子，我就学不会那多愁多病林姑娘的样子。你再摸摸我看，我是一点也不发烧了。"家树因她好好地靠在床栏杆上，不好意思摸她的腮和额头，只弯了腰站在床边，抚摸了她的手背，依然向后退一步，坐在椅子上。家树看了她，她也看了家树，二人对了视线，却扑哧一声的笑了，大家也不知说什么是好。

这时，女仆却来报告，说是宅里打了电话来请小姐务必回去，今天若不回去，明天一早，太太亲自来接。何丽娜道："你回个电话，说我回去就是了。可是叮嘱家里，不许对外面说我回去了。"女仆答应去了。家树笑道："回城以后，行踪还要守秘密吗？"何丽娜道："并不是我有什么亏心的事怕见人。可是你想想，那天我大大地热闹一场，在跳舞之后，与大家分手；结果，我不过是在西山住了些时，并没有什么伟大的举动，那倒怪寒碜的。不但如此，我就回自己的家去，也有些不好意思。我无所谓而来，无所谓而去，不太显着孩子气吗？樊先生，我有一个无理的要求，你能答应吗？"家树心里怦怦跳了两下，心想她不开口则已，如果开了口，只有答应的了。这件事，倒有女子先向男子开口的吗？便勉强的镇静着道："你太客气，怎么说上无理的要求呢？只要是办得到的，我一定照办。"何丽娜笑道："其实也没有什么了不得。请你念我是个病人，送我进城去。假使我父亲在家呢，我介绍你谈谈；就是我父亲不在家，你和我母亲谈谈也好。"家树心想：送她回家去，这倒可以说是我把她接回去的；其二呢，也好像我送上门去让人家相亲。然而尽管明白这个原因，却已答应在先，尽力去办，难道这还有什么不能尽力的！表面上就慨然地答应了。何丽娜大喜，立刻下床趿拉了拖鞋，就进卧室里面梳洗打扮去了。家树一看这样子，她简直是没有什么病呢。

当日在何氏别墅中吃了午饭，两个女仆收拾东西先行，单是何丽娜和家树同坐了一辆汽车进城。何丽娜是感冒病，只要退了烧，病就算是好了的，所以在汽车上有说有笑。她说父亲虽是一个官僚，然而思想是很新的，只管和他说话。母亲是很仁慈的，对于女儿是十分的疼爱，女儿的话，她是极能相信的。家树心里想：这些话，我都没有知道的必要，不过她既说了，自己不能置之不理，因之也就随着她的话音，随便答话，口里不住地说"是"。何丽娜笑道："你不该说'是'！你应该说'喳'！"家树倒莫名其妙，问这是什么意思？何丽娜笑道："我听说前清的听差，答应老爷说话的时候，无论老爷笑他，骂他，申斥他，他总直挺挺地站着，低了脑袋，答应一个'喳'字。我瞧你这神气，很有些把我当大老爷，所以我说你答复我，应该说'喳'！不应该说'是'！"家树笑了。何丽娜眼睛向他一瞅道："以后别这样，你不是怕我，就是敷衍我了。"家树还只是笑，汽车已到了何家大门口。

汽车夫一按喇叭，门房探头看到，早一路嚷了进去："小姐回来了，小姐回来了！"何丽娜先下车，然后让家树下车，家里男女仆人，早迎到门口，都问："小姐好哇？"何丽娜脸上那个酒窝，始终没有平复起来，只说是"好"。大家向后一看，见跟着一个青年，有些人明白，各对了眼光，心里说，敢怕是他劝回来的。何丽娜问道："总长在家吗？"答说："听说小姐要回来了，在家里等着呢。"何丽娜向家树点头笑道："你跟我来。"又向仆人道："请总长到内客厅，说是我请了樊少爷来了，就是口北关樊监督的侄少爷。"她说着，向后退一步，让家树前走，家树心里想着，送上门让人家看姑爷了，这倒有些羞人答答，只得绷住了面子，跟了何丽娜走。

经过了几重碧廊朱槛，到了一个精致的客厅里来。家树刚坐定，何廉总长只穿了一件很轻巧的哗叽驼绒袍子，口里衔了雪茄，缓步踱了进来。何丽娜一见，笑着跳了上前，拉住他的手道："爸爸，我给你介绍这位樊君。你不是老说，少年人总要老成就好吗？这位樊君，就是你理想中那样一个少年，是我的好朋友，你得客气一点，别端老伯的架子。"何廉年将半百，只有这个女儿，自她失踪，寸心如割，好容易姑娘回来了，比他由署长一跃而为财政总长，还要高兴十倍。虽然姑娘太撒娇了，也不忍说什么，笑道："是了，是了，有客在此啦。"家树看他很丰润的面孔，留了一小撮短小的胡子，手是圆粗而且白，真是个财政总长的相，于是上前一鞠躬，口称老伯。何丽娜道："请坐吧。"何廉这句话，是姑娘代说了，也就宾主坐下，寒暄了几句，他道："我宦海升沉，到了风烛之年，只有这个孩子，未免惯养一点，樊君休要见笑。"家树欠身道："女公子极聪明的，小侄非常佩服。早想过来向老伯请教，又怕孟浪了。在女公子口里，知道老伯是个很慈祥的人。"何廉笑了，见家树说话很有分寸，却也欢喜，又问问他念些什么书，喜欢什么娱乐。谈到娱乐，何丽娜坐在一边，就接嘴了，笑道："说了你也不相信，一个大学生，不会跳舞，也不会溜冰，也不会打牌。"何廉笑道："淘气！你以为大学生对于这些事，都该会的吗？"正说到这里，听差来说："陶宅来了电话，问樊少爷就过去呢，还是有一会？"家树坐在这里，究竟有些局促不安，便答道："我就过去。"说着向何廉告辞。何廉道："内人原想和樊君谈一谈，晚间无事吗？到舍下来便饭。"何丽娜听了这话，喜欢得那小酒窝儿，只管旋着，眼珠瞧了家树。家树看了她带有十分希望着的神气，心中实在不敢违拗，便答道："请不要客气。"何廉道："伯和夫妇，请你代我约会一声，我不约外人。"说着，送出内院门。

像何廉这种有身份的人，送客照例不能远，而况家树又是未来的姑爷，当然也就不便太谦，只送到这里，就不送了。何丽娜却将家树送过了几重院子。家树道："你回来，还没有见伯母，别送了。"何丽娜道："我也要吩咐汽车夫送你呀。"于是将家树送到大门，直等他坐上了自己的汽车，才走到车门边，向他低声笑道："陶太太又该和你乱开玩笑了。"家树微笑着。何丽娜又笑道："晚上见。"说着，给他代关了车门，于是车子开着走了。

何丽娜回转身正要进去，却有一辆站着四个卫兵的汽车，"呜"的一声，抢到门口。她知道是父亲的客到了，身子一闪，打算由旁边跨院里走进去，然而那汽车上的客人走下来，老远的叫了两声"何小姐"。她回头看时，却是以前当旅长、现在作统制的沈国英。他今天穿的是便服，看去不也是一个英俊少年吗？他老早地将帽子取在手中，向何丽娜行一鞠躬礼，笑道："呵哟！不料在这里会到何小姐。"何丽娜笑道："沈统制是听到朋友说，我出洋去了，所以在家里见着我，很以为奇怪吧？"沈国英笑道："对了，自那天跳舞会以后，我是钦佩何小姐了不得，次日就到府上来奉访，不想说是何小姐走了。"何丽娜道："对的，我本来要出洋，不想刚要动身就害了病，没有法子，只好到西山去休养些时。我今天病好刚回来，连家母还没有会面呢。请到里面坐，我见了家母再来奉陪。"说毕，点个头就进去了。

沈国英心想：这位何小姐，真是态度不可测。那次由天津车上遇到，她突然地向我表示好感，跳舞会里，也是十分的亲近，后来就回避不见，今天见着了，又是这样的冷淡，难道像我这样一个少年得意的将领，她都不看在眼睛里面吗？他在这里沉吟着，何廉得了消息，已经远迎出来。沈国英笑道："刚才遇到令爱……"何廉道："她昨天还病着，刚由西山回家，还没有到上房去呢。"沈国英跟着何廉到内客室里，见椅子上还有一件灰背大衣，便笑道："刚才有女宾到此？"何廉道："这就是小女回家来，脱下留在这里的。因为有人送了她回家来，她在这里陪着。"沈国英道："怪不得刚才令爱在大门口送一辆汽车走了。这人由西山送何小姐回来，一定是交谊很厚的。"何廉没有说什么，只微笑了一笑。沈国英想了一想，心里似乎有一句话想说出来，但是他始终不肯说，只和何廉谈了一小时的军国大事，也就去了。

何廉走回内室，只见夫人在一张软榻上坐了，女儿靠了母亲，身子几乎歪到怀里去。何廉皱了眉道："丽娜一在家里，就像三岁的小孩子一样；可是一出去呢，就天不怕地不怕。"何丽娜坐正了道："我也没有什么天不怕地不怕呀！有许多交际地方。还是你带了我去的呢。"何太太拍了她肩膀一下道："给她找个厉厉害害的人，管她一管，就好了。"何廉道："樊家那孩子，就老实。"何太太道："你不要把事情看得太准了，还说不定人家愿意不愿意呢。"何廉道："其实我也不一定要给他。"何丽娜突然的站了起来，绷了脸子，就向自己屋子里去，鞋子走着地板，还咚咚作响。何太太微笑着，向她身后只努嘴。听不见她的鞋响了，何廉才微笑道："这冤家对于姓樊的那个孩子，却是用情很专。"何太太道："那还不好吗？难道你希望她不忠于丈夫吗？这孩子一年以来，越来越浪漫，我也很发愁，既是她自己肯改过来，那就很好。"何廉却也点了点头，一面派人去问小姐，说是今晚请客，是家里厨子做呢，还是馆子里叫去？小姐回了话："就是家里厨子做吧。"何廉夫妇知道姑娘不生气了，这才落下一块石头。

到了晚上七点钟，家树同着伯和夫妇，一齐来了。先是何丽娜出来相陪，其次是何廉，最后何太太出来。陶太太立刻迎上前问好。又向家树招招手道："表弟过来，你看这位老伯母是多么好呵！"家树过来，行了个鞠躬礼。何太太早是由头至脚，看了个够。这内客室里，有了陶太太和何太太的话家常，又有何廉同伯和谈时局，也就立刻热闹起来。

到了吃饭的时候，饭厅里一张小圆桌上，早陈设好了杯筷。陶太太和伯和丢了一个眼色，就笑道："我们这里，是三个主人三个客，我同伯和干脆上座了，不必谦虚。二位老人家请挨着我这边坐。家树，你坐伯和手下。"这里只设了六席，家树下手一席，她不说，当然也就是何丽娜坐了。家树并非坐上席，不便再让。何丽娜恐怕家树受窘，索性作一个大方，靠了家树坐下。听差提了一把酒壶，正待来斟酒，陶太太一挥手道："这里并无外人，我们自斟自饮吧。"何丽娜是主人一边，绝没有让父母斟酒之理，只好提了壶来斟酒。斟过了伯和夫妇，她才省悟过来，又是陶太太捣鬼，只得向家树杯子里斟去。家树站起来，两手捧了杯子接着。陶太太向何廉道："老伯，你是个研究文学有得的人，我请问你一个典，'相敬如宾'这四个字，在交际场上，随便可以用吗？"她问时，脸色很正。何廉一时不曾会悟，笑道："这个典，岂是可以乱用的？这只限于称赞人家夫妇和睦。"何丽娜已是斟完了酒，向陶太太瞟了一眼。倒是何太太明白了，向她道："陶太太总是这样淘气！"何廉也明白了，不觉用一个指头擦了小胡子微笑。伯和端了杯子来向何丽娜笑道："多谢，多谢！"又向家树道："喝酒，喝酒。"何廉笑道："有你贤伉俪在座，总不愁宴会不热闹！"于是全席的人都笑了。在家树今天来赴约的时候，樊、何两方的关系，已是很明白的表示出来了。现在陶太太如此一用典，倒有些"画龙点睛"之妙。陶太太是个聪明人，若是那话不能说时，如何敢造次问那个典。这一个小约会。大家吃得很快乐。

饭毕，何丽娜将陶太太引到自己卧室后盥洗房去洗脸，便笑问道："你当了老人家，怎么胡乱和我开玩笑？"陶太太道："你可记得？我对你说过，总有那样一天——现在是那样一天了。你们几时结婚？"何丽娜笑道："你越来越胡说了，怎么提到那个问题上去？你们当了许多人，就这样大开其玩笑，闹得大家都怪难为情的。"陶太太笑道："哟！这就怪难为情？再要向下说，比这难为情的事还多着啦。"说着话时，走到外面屋子里来，在梳妆台边，将各项化妆品，都看了一看，拿起一盒子法国香粉，揭了盖子，凑在鼻尖上闻了一闻，笑道："这真是上等的东西，你来擦吧。"何丽娜道："晚上了，我又不出门，抹点雪花膏得了。"陶太太对着镜子里她的影子微笑了一笑，道："虽然不出门，可是比出门还要紧，今天你得好好的化妆才对。"何丽娜笑道："陶太太，我求饶了，你别开玩笑。我这人很率直的，也不用藏假，你想，现在到了开玩笑的时候吗？"陶太太道："你要我不闹你也成，你得叫我一声表嫂。"何丽娜道："表嫂并不是什么占便宜的称呼呀！"陶太太道："你必得这样叫我一声。你若不叫我，将来你有请我帮忙的时候，我就不管了。"可何丽娜总是不肯叫。

二人正闹着，何太太却进来，问道："你们进来许久，怎么老不出去？"何丽娜鼓了嘴道："陶太太尽拿人开玩笑。"陶太太笑道："伯母，请你评评这个理，我让她叫我一声表嫂，她不肯。"何太太笑着，只说她淘气。陶太太笑道："这碗冬瓜汤，我差不多忙了一年。和你也谈过多次，现在大家就这样彼此心照了。"何太太道："这个年月的婚姻，父母不过是顾问而已，我还有什么说的？好在孩子是很老成，洁身已很中意。"陶太太道："那么，要不要让家树叫开来呢？"何太太道："那倒不必，将来再说吧。"

陶太太这样说着话，一转眼，却不看见了何丽娜，伸头向盥洗房里一看时，只见她坐在洗脸盆边的椅子上，只管将湿手巾去擦眼泪。陶太太倒吃了一惊，她如今苦尽甘来，水到渠成，怎么哭起来呢？便走上前握了她的手道："你怎么了，你怎么了？"要知何丽娜如何回答，下回交代。

003　种玉来迟解铃甘谢罪　留香去久击案誓忘情

却说陶太太拉住何丽娜的手，连问她怎么了。何丽娜将湿手巾向脸盆里一扔，微笑道："我不怎么样呀！"何太太却未留心此事，已经走开了。陶太太看看外面屋子里，并没有人，这才低声笑道："你哭什么？"何丽娜叹了一口气道："女子无论思想新旧，总是痴心的。我对于家树，真受了不少的委屈。这些事，你都知道，我不瞒你。"陶太太道："好在现时是大事成功了，你何必还为了过去的事伤心。"何丽娜道："就为了现在的情形，勾引起我以前的烦恼来。俗言说，事久见人心……"陶太太拍了她的肩膀笑道："不要孩子气了，你不是很爱家树吗？你说这样负气的话，倒像有了什么芥蒂，不是真爱他了。"何丽娜一笑，就不说了。陶太太说她脸上有泪容，怎好出去。何丽娜于是擦了一把脸，在梳妆台前，将法国香粉，在脸上淡敷了一层，而且还抹上了一点胭脂。陶太太只抿嘴笑着。到了小客室里，宾主又坐谈了许久，直到十二点钟才分散。

临别，陶太太向何丽娜笑道："明天到我们家去玩啦。明天是星期日，家树不回学校去。"何丽娜笑道："我该休息休息了。"陶太太道："难道你不到我们那里去吗？其实一切要像以前一样才好；要不然，躲躲闪闪的，倒显着小家子气象。当了老伯、伯母的面，我声明一句，在你二位面前，我决不开玩笑。"何太太笑道："陶太太，你这就不对，就算是你刚才的话，要她叫你一声表嫂，一个做表嫂的人，对表妹总是这样的乱开玩笑，还说你疼我们丽娜呢！"陶太太这才笑嘻嘻地走了。

这一晚，是何丽娜最高兴的一晚，到一点多钟，还不曾睡觉，就打了个电话到陶家，问表少爷睡着了没有。那边是刘福接的电话，悄悄地告诉家树。家树刚从上房下来，就到外边小客室里来接电话。何丽娜首先一句，就问在哪里接电话，其后便道："我明天来不来呢？"家树道："没关系，来吧。"何丽娜道："怪难为情的。"家树道："那你就别来了。"何丽娜道："那又显得我不大方似的。"家树还不曾答话，电话里忽然有第三个人答道："你瞧，这可真为难煞人！"家树笑道："呵呵！表嫂在卧室里插销上偷听呢。"陶太太道："我一听到电话铃响，我就知道是密斯何……"顿了一顿，她似乎和人在说话，她又道："伯和说不应当叫密斯何了。"于是换一个男人的嗓子道："表弟、表妹，恭喜呀。"何丽娜道："缺德！"说毕，戛然一声，将电话挂起来了。家树走回书房去，还听到上房里伯和夫妇笑成一团呢。

到了次日，家树果然不曾回学校，何丽娜在十点钟的时候就来了。陶太太乘机要挟，要何小姐请看电影，请吃饭。玩到晚上，又要请上跳舞场。还是伯和解围，说："密斯何不像以前，以前为了家树，还不跳舞，而今人家怎好去呢？你不瞧人家穿的是平底软帮子鞋？"于是改了请听戏。到夜深十二时，方始回家。

在何丽娜如此高兴的时候，何廉在家里可为难起来了。原来这天晚上，有位夏云山总长来拜会他。这个人是沈国英的把兄弟，现任交通总长，在政治上有绝大的势力。当晚他来了，何廉就请到密室里会谈。夏云山首先笑道："我今天为私而来，不谈公事，我要请你作个忠实的批评，国英为人怎样？可是有话要声明，你不要认为他是我盟弟，就恭维他。"何廉倒摸不着头脑，为什么他说起这话来。沈国英是手握兵权的人，岂可以胡乱批评！才笑道："他少年英俊，当然是国家一个人才，这一次政局革新……"夏云山连连摇手道："不对不对，我说了今天为私而来，你只说他在公事以外的行为如何就得了。"何廉靠了椅子背，抽着雪茄，昂了头静想，偷看夏云山时，见他斜躺在睡榻上微笑。这个情形，并不严重，但是捉摸不到他问的是什么用意，便笑道："论他私德——也很好么。第一，他绝对不嫖，这是少年军人里面难得的！赌小钱或者有之，然而这无伤大雅。听说他爱跳舞，爱摄影，这都是现代青年人不免的嗜好。为人很谦和，思想也不陈腐，听说现在还请了一位老先生，和他讲历史，这都不错。"夏云山点头笑道："这不算怎样出格的恭维，他的相貌如何呢？"何廉笑道："为什么要评论到人家相貌上去，我对于星相一道，可是外行。"夏云山笑道："既然你有这种好的印象，我可以先说了。国英对于令爱，他是十分的钦慕，很愿意两家作为秦晋之好。不过他揣想着，怕何总长早有乘龙快婿了。四处打听，有的说有，有的又说没有，特意让我来探听消息。"何廉听了这话，不免踌躇一番，接着便道："实不相瞒，小女以前没有提到婚姻问题上去。最近两个月，才有一位姓樊的，提到这事，而且仅仅是前两天才定局的。"夏云山道："已经放走了吗？"何廉道："小女思想极新，姓樊的孩子，也是个大学生，他们还需要什么仪式？"夏云山听了这话，不觉连叹了两口气道："可惜，可惜!"默然了许久，又道："能不能想个法子转圜呢?"何廉道："我要是个旧家庭，这就不成问题了，一切的婚姻仪式都没有，我随便的可以把全局推翻。于今小孩子们的婚姻，都建筑在爱情之上，我们做父母的，怎好相强! 小女正是和那姓樊的孩子，去消磨这星期日的时光去了。等她回来，我再问她，对于沈统制的盛意，我也只好说两声'可惜'。不过见了沈统制，请你老哥还要婉婉的陈说才好。"说着，向夏云山连拱了几下手。夏云山对于这个月老做不成功，大是扫兴。然而事实所限，也没有法子，很是扫兴的告辞走了。

当夏云山出去的时候，何丽娜正自回来，到了母亲房里，告诉今天很是快乐。何廉在一边听到，却不住地叹气，就把夏云山今晚的来意说了一遍。何丽娜道："爸爸不必踌躇，你的意思我知道，以为我的婚姻，你不能勉强;可是沈国英掌有兵权，又不敢得罪他。那不要紧，我明天亲自去见一见他，把我的困难告诉一遍，也许他就谅解了。"何廉道："你亲自去见他，有些不妥吧?"何丽娜道："那要什么紧，难道他还能把我扣留下来吗?"她说毕，倒坦然无事的去睡觉了。

到了次日，何丽娜一早起来，就到沈宅去拜会。原来沈国英前曾娶有夫人，亡故了两年，现在丢下了一儿一女。上面还有兄嫂，因之他虽没有家眷，却也有很大的住宅。何丽娜打听得他九点钟要上衙门，八点钟就来拜访。门房将名片送到上房去，沈国英看到，倒吓了一大跳，昨天派人去作媒，答应呢，你是不好意思见我;不答应呢，没有关系，难道还来兴问罪之师不成?只是她来了，不能不见，立刻就迎到客厅里来。何丽娜一见，老早的就伸了手和他相握。自己将那件灰背大衣脱了下来，放在椅子上，坐下来，还不曾说一句寒暄的话，先笑道："我今天没有别事，特意来和沈统制道歉。"沈国英虽是一个豪爽的军人，听了这话，也是心里微微一动，不免将脸红了起来。笑道："呵哟! 何小姐太客气，什么事呢?"听差们倒上茶来，沈国英道："到厨房里去给我泡两杯柠檬茶来，何小姐在这里，还给我预备两份点心。"何丽娜笑道："不必客气，我说几句话就要走的。沈统制有事，我不多说话了，就是昨晚夏总长到舍下去说的那一番话，家父答复的，都是事实。不但如此，我是要贯彻我出洋的计划，不久，就要动身。本来呢，我不必亲自到府上来解释的，只是家父觉得这事很有些对人不住，好像是成心撒谎，我想沈统制是个胸襟洒落的人，我为人又很浪漫。"说到这里，又微微一笑道："若不是浪漫性成，今天也不会到府上来拜访。"沈国英欠身道："太客气，太客气。"

何丽娜眉毛一扬，酒窝儿一掀，笑道："这是真话。我想事实是这样，那要什么紧，不如自己来直说了，彼此心里坦然。若沈统制是像刘德柱将军那样的人，我就大可以不冒这个险了。"她笑着将肩膀抬了一抬，眼睛向沈国英看着。沈国英今天穿的是军服，他将胸脯一挺，牵了一牵衣摆，以便掩盖他羞怯的态度，又作了一个无声的咳嗽才道："绝对没有关系，请不要介怀。"何丽娜听说，立刻站了起来，向他一鞠躬道："我不敢多吵闹，再见了。"沈国英笑道："何小姐纵然不愿与武人为伍，既是来了，喝一杯茶去，大概不要紧。"何丽娜笑道："我倒是愿意叨扰，只怕沈统制没有闲工夫会客。"说着，又坐了下来。恰是听差捧了茶点来，放在一张紫檀木的桌子上，二人隔了桌面坐下。

当下沈国英举了杯子喝着茶，看看何丽娜，又看看那件大衣，记起那天在何家内客厅里何廉说的话，便想那天内客厅里的客，就是姓樊的了，他有福气，得了这样一位太太。何丽娜见他那样出神的样子，笑道："沈统制想什么？不必失望，像你这样的少年英雄，婚姻问题，是最容易解决的了，像我这样的人才，可以车载斗量，留着机会望后去挑选吧。"沈国英笑道："我想着武人总是粗鲁的，很觉得昨天的事有些冒昧，请何小姐不必深究。"何丽娜微笑着，端起玻璃杯子。呷了两口茶。沈国英坐在她对面，看了她那猩红的嘴唇，雪白的牙齿，未免有些想入非非。何丽娜放下茶杯，又突然站起来，沈国英抢上前一步，将大衣取在手里，就要替她穿上。何丽娜连说"不敢当"。然而他拿了大衣，坚执非代为穿上不可！何丽娜道声"劳驾"，只得背转身来向着他，将大衣穿了。不料沈国英和她穿衣，闻到她身上那一阵脂粉香，竟是呆了，手捏了衣服领子，不曾放下来。何丽娜回头看着，他才省悟着放下了手。何丽娜看了这个样子，不敢再坐，又和他握了一握手，笑着说声"再见"，立刻就走了。

沈国英是没有法子再挽留人家的了，只得跟在后面，送到大门口来，直看到何丽娜坐上了汽车方始回去。他并不回上房，依然走到客厅里来。只见何丽娜放的那杯柠檬茶，依然放在桌子边，于是将杯子取在手里，转着看了一看，心里就想着：假使她是我的，我愿意天天陪着她对坐下来喝柠檬茶。不必说别的，仅仅是那红嘴唇白牙齿，已经够人留恋的了！心里默念着，大概杯子朝怀里的所在，就是何丽娜嘴唇所碰着的所在，于是对准了那个方向，将茶慢慢地呷着。自己所站的这地方，也就是她座椅的前面，那么，坐在这椅子上，也就如坐在她身上一般了。他坐下去，一手捏了杯子，一手撑了头，静静地想着：假如是我有这样一位夫人，无论什么交际场合，我都能带她去了，她不但长得美丽，而且言语流利，举止大方，绝对是一位文明太太的资格。然而她不久以前，已为别人抢去了，假使自己在一二月之前，就进行这件事，或者可以到手，挽了这样丰姿翩翩的新夫人，同出同进，人生就满足了。想到这里，他便微闭了眼睛，玩味挽着何丽娜的那种情形。心有所思，鼻子里也如有所闻，仿佛便有一种芬芳之气，不断地向鼻子里袭了来。立刻睁眼一看，还不是一座空的客厅，哪里有什么女人？但是目前虽没有女人，那一种若有若无的香气，却依然闻得着。是了是了。这一定是她坐在这椅子上的时候，由衣服上落下来的香气，她去了如此之久，这一股子香气，还是如有如无的留着，这绝不是物质上单纯的缘故，加之还有心理作用在内。这样看起来，自己简直要为何小姐疯魔了。我这样一个堂堂的男子汉，中国的政局，我还能左右一番，难道对于这样一个女子，就不能左右她吗？凭我的力量，在北京城里，慢说是个何丽娜，就是……想到这里，突然站了起来，捏了拳头，将桌子重重地拍了一下，停了一停，自己忽然摇了一摇头，想着，慢来慢来，人家肝胆相照的，把肺腑之言来告诉我，我岂能对人家存什么坏心眼！她以为我是武人，怕遇事要用武力。所以用情理来动我，若是我再去强迫人家，那真个与刘德柱无异了！难道武人都是一丘之貉吗？我不能让人家料着，大丈夫做事，提得起放得下，算了，我忘了她了！他一个人沉沉地如此想着，已经把上衙门的时间，都忘掉了。

那夏云山昨天晚上由何家出来，曾到这里来向沈国英回信，说是何洁身不知是何想法，对我们提的这件事，倒不曾同意。沈国英笑着，只说爱情是不能勉强的，说完了也就不再提了。夏云山摸不着头脑，今天一早，便打电话来问统制出去了没有。这边听差答复，刚才有一位何小姐来拜会统制，一人坐在客厅里，还没有走呢。夏云山听到，以为何小姐投降了，赶快坐了汽车，就到沈宅来探访消息。

这个时候，沈国英依然坐在客厅里。夏云山是个无日不来的熟人，不用通报，径直就向里走。他走到客厅里时，只见沈国英坐在一张紫檀太师椅上，一手撑了椅靠，托住了头，一手放在椅上，只管轻轻地拍着。他的眼光，只看了那地毯上的花纹，并不向前直视，夏云山进来了，他也并不知道。他忽然将桌子一拍，又大声喝道：“我决计忘了她了，我要不忘了她，算不得是个丈夫！”他这样一作势，倒吓了夏云山一跳，倒退一步，问道：“国英怎么了？”沈国英一抬头，见盟兄到了，站起来，摇了一摇头道：“何丽娜这个女子，我又爱她，我又恨她，我又佩服她。"夏云山笑道："那是什么缘故？"沈国英就把何丽娜今天前来的话说了一遍，因道："这个女子，我真不奈她何！"夏云山笑道："既是老弟台如此说了，我又要说一句想开来的话，天下多美妇人，何必呢？就以何小姐而论，这种时髦女子，除了为花钱，也不懂别的，你忘了她，才是你的幸福。"沈国英哈哈大笑道："我忘了她了，我忘了她了！"夏云山一看他的态度，真有些反常，就带拉带劝，把他拉出门，让他上衙门去了。

夏云山经过了这一件事，对于二三知己，不免提到几句。辗转相传，这话就转到陶伯和耳朵里来了。陶伯和鉴于沈凤喜闹出一个大乱子，觉得家树和沈国英作三角恋爱的竞争，那是很危险的事，于是和他们想出一个办法，更惹出一道曲折来。要知有甚曲折，下回交代。

004　借鉴怯潜威悄藏艳迹　移花弥缺憾愤起飘茵

却说陶伯和怕家树和沈国英形成三角恋爱，就想了个调和之策。过了几天，又是一个星期日，家树由学校里回来了，伯和备了酒菜，请他和何丽娜晚餐。吃过了晚饭，大家坐着闲谈，伯和问何丽娜道："今晚打算到哪里去消遣？"何丽娜道："家树这一学期的功课，耽误得太厉害了，明天一早，让他回学校去，随便谈谈就得了，让他早点睡吧。"陶太太笑道："真是女大十八变，我们表妹，那样一个崇尚快乐主义者，到了现在，变成一个做贤妻良母的资格了。"陶伯和口里衔了雪茄，点了点头道："密斯何这倒也是真话。俗话说的，乐不可极。我常看到在北京的学生，以广东和东三省的学生最奢侈，功课上便不很讲究。广东学生，多半是商家，而且他们家乡的文化，多少还有些根底。东三省的学生，十之七八，家在农村，他们的父兄，也许连字都不认识。若是大地主呢，还好一点；若是平常的农人，每年汇几千块钱给儿子念书，可是不容易！"何丽娜不等他说完，抢着笑道："这样说起来，也是男大十八变呀，像陶先生过这样舒服生活的人，也讲这些。"伯和叹了一口气道："我们是混到外交界来了，生活只管奢侈起来，没有法子改善的……"陶太太笑道："得了，别废话了，你自己有一篇文章要做，这个反面的起法，起得不对，话就越说越远了，你还是言归正传吧。"

陶太太这样说着，伯和于是取下雪茄，向烟灰缸里弹了一弹灰，然后向樊、何二人道："我有点意见，贡献给二位，主张你们出洋去一趟。经费一层，密斯何当然是不成问题的了。就是家树，也未尝不能担负。像你们这样青春少年，正是求学上进的时候，随便混过去了，真是可惜。"家树道："出洋的这个意思，我是早已有之的，只是家母身弱多病，我放心不下，而且我也决定了，从即日起，除了每星期回城一次，一切课外的事，我全不管。"陶太太道："关于密斯何身上的事，是课以外呢，课以内呢？"伯和笑道："人家不说了一星期回城一次吗？难道那是探望表兄表嫂不成？你别打岔了，让他向下说。"家树道："我不能出洋，就是这个理由，倒不用再向下说。"伯和道："若仅仅是这个理由，我倒有办法，把姑母接到北京来，我们一处过。我是主张你到欧洲去留学的，由欧洲坐西伯利亚火车回来，也很便当。你对于机械学，很富于兴趣，干脆，你就到德国去。于今德国的马克不值钱，中国人在德国留学，乃是最便宜不过的事了。"家树想了一想道："表兄这样热心，让我考量考量吧。"说时偷眼去看何丽娜的神气。何丽娜含笑着，点了一点头。陶太太笑道："有命令了，表弟，她赞成你去呀。"然而何丽娜却微摆着头，笑道："不是那个意思。我以为陶先生今天突然提到出洋的问题，那是有用意的，是不是为了沈国英的事，陶先生有些知道了，让我躲避开来呢？"伯和口衔了雪茄，靠在椅子上，昂了头作个沉思的样子道："我以为犯不上和这些武人去计较。"何丽娜笑道："不用这样婉转的说。陶先生这个建议我是赞成的，我也愿意到德国去学化学。这一个礼拜以内，我已筹划好，这就请陶先生和我们办两张护照吧。家树就因为老太太的事，踌躇不能决，既然陶先生答应把老太太接来。他就可以放胆走了。"伯和望了家树道："你看怎么样？"说着，将半截雪茄，只管在茶几上的烟缸边敲灰，似乎一下一下的敲着，都是在催家树的答复。家树胸一挺道："好吧，我出洋去一趟，今天就写信回家。"陶太太道："事情既议定了，我同伯和有个约会，你二位自去看电影吧。"何丽娜道："二位请便，我回家去了。"伯和夫妇微笑着，换了衣服出门而去。

这里何丽娜依然同家树坐在上房里谈话。这一间屋子，有点陈设得像客厅，凡是陶家亲近些的朋友，都在这里谈话。这里有话匣，有钢琴，有牌桌，几个朋友小集合，是很雅致的。靠玻璃窗下，一张横桌上，放了好几副棋具，又有两个大册页本子，上面夹了许多朋友的相片。何丽娜本想取一副象棋，来和家树对子，看到册页本子翻开，上面有几个小孩子的相片，活泼可爱，于是丢了棋子不拿，只管翻看相片。她只掀动了四五页，有一张自己的相片，夹在中间，仔细看时，又不是自己的相片。哦，是了，正是陶太太因之引起误会，错弄姻缘的一个线索，乃是沈凤喜的相片。这张相片，不料陶太太留着还在，这不应当让家树再看见，他看见了，心里会难受的。回头看着家树捧了一份晚报。躺在椅子上看，立刻抽了下来，向袋里一塞，家树却不曾留意。她不看册页了，坐到家树身边，向他笑道："伯和倒遇事留心，他会替我们打算。"家树放下报来，望了何丽娜的脸，微笑道："他遇事都留心，我应该遇事不放心了。"何丽娜道："此话怎讲？"家树道："他都知道事情有些危险性的了，可是我还不当什么，人心是难测的，假使……"说到这里，顿住了，微笑了一笑。何丽娜笑道："下面不用说了，我知道——假使沈国英像刘德柱呢？"家树听了这话，不觉脸色变了起来，目光也呆住了，说不出话来。何丽娜笑道："你放心，不要紧的，我的父亲，不是沈三玄。你若是还不放心的话，你明天走了，我也回西山去，对外就说我的病复发了，到医院去了。"家树道："我并不是说沈国英这个人怎么样……"何丽娜笑道："那么你是不放心我怎么样啦？这真是难得的事，你也会把我放在心里了。"家树笑道："你还有些愤愤不平吗？"何丽娜笑着连连摇手道："没有没有。不过我为你安心预备功课起见，真的，我明天就到西山去。我不好意思说预备功课的话，先静一静心，也是好的。"家树笑道："这个办法，赞成我是赞成的，但是未免让你太难堪了。"何丽娜笑着，又叹了一口气道："这就算难堪吗？唉！比这难堪的事，还多着呢！"家树不便再说什么了，就只闲谈着笑话。

也不知经过了多少时间，门口有汽车声，乃是伯和夫妇回来了。伯和走进来，笑道："哟，你们二位还在这里闲谈呀？"何丽娜道："出去看电影，赶不上时间了。"陶太太道："何小姐不是说要回家去的吗？"伯和道："那是她谈着谈着就忘了。不记得我们刚订婚的时候，在公园里坐着，谈起来就是一下午吗？"陶太太笑道："别胡说，哪有这么一回事？"何丽娜笑道："陶太太也有怕人开玩笑的日子了！我走了，改天见。"陶太太道："为什么不是明天见呢？明天家树还不走啦。"何丽娜也不言语，自提了大衣步出屋子来，家树赶到院子里，接过大衣，替她穿上了。她低声道："你明天下午，向西山通电话，我准在那里的。"说时，暗暗的携了家树的手，紧紧的捏着，摇撼了两下，那意思表示着，就是让他放心。家树在电灯光下向她笑了，于是送出大门，让她上了汽车，然后才回去。

有了这一晚的计议，一切事情都算是定了。次日何丽娜又回到西山去住。她本来对于男女交际场合是不大去了，回来之后，上过两回电影院，一回跳舞场，男女朋友们都以日久不见，忽然遇到为怪。现在她又回到西山去，真个是昙花一现，朋友们更为奇怪。

再说那沈国英对何丽娜总是不能忘情，为了追踪何丽娜，探探她的消息起见，也不时到那时髦小姐喜到的地方去游玩，以为或者偶然可以和她遇到一回，然而总是不见。在朋友口中，又传说她因病入医院了。沈国英对于这个消息，当然是不胜其怅惘，可是他自己已经立誓把何丽娜忘了，这句话有夏云山可以证明的，若是再去追求何丽娜，未免食言，自己承认不是个大丈夫了，所以他在表面上，把这事绝口不提。夏云山有时提到男女婚姻问题的事，探探他的口气，沈国英叹了一口气道："那位讲历史的吴先生，对我说了：'欲除烦恼须无我，各有因缘莫羡人。'我今日以前，是把后七个字来安慰我，今日以后，我可要把前七个字来解脱一切了。"夏云山听他那个话，分明是正不能无我，正不免羡人。于是就让自己的夫人到何家去打小牌玩儿的时候，顺便向何太太要一张何小姐的相片。何太太知道夏太太是沈统制的盟嫂，这张相片，若落到他手上去，她就不免转送到沈统制手上去，这可不大好。想起前几天，何丽娜曾拿了一张相片回来，说是和她非常之相像，何太太一看可不是吗？大家取笑了一回，就扔在桌子抽屉了。至于是什么人，有什么来历，何丽娜为了家树的关系，却是不曾说，因之也不曾留什么意。这时夏夫人要相片，何太太给是不愿意，不给又抹不下情面，急中生智，突然的想起那张相片来，好在那张相片和女儿的样子差不多的，纵然给人，人家也看不出来，于是也不再考量，就把那张相片交给了夏夫人，去搪塞这个人情——其间仅仅是三小时的勾留，这张相片就到了沈府。

沈国英看到相片，吃了一惊，这张相片，似乎在哪里看到过她，那绝不是何小姐！现在怎么变成何小姐的相了呢？那张相片，穿的是花柳条的褂子，套了紧身的坎肩，短裙子，长袜筒，这完全是个极普通的女学生装束，何小姐是不肯这样装扮的。哦！是了，这是刘德柱如夫人的相片，在刘德柱家检查东西的时候，不是检查到了这样一张相片吗？这张相片，不知道与何家有什么关系，何太太却李代桃僵的把这张相片来抵数，这可有些奇怪了。于是拿了相片在手，仔细端详了一会，在许多地方看来，这固然与何丽娜的相貌差不多，可是她那娇小的身材，似乎比何小姐还要活泼。刘德柱这个蠢材，对于这样一个可爱的女子，竟是把她逼得成神经病了。后来派人到医院里去打听，只说刘太太走了，至于走了以后，是向哪里去了，却不知道，于今倒可以把她找来看看。她果然是个无主的落花，不妨把爱何丽娜的情，移到她身上去，我就是这样办。假使那个沈凤喜，她能和我合作，我一定香花供养，尽量灌输她的知识，陶养她的体质，然后带了她出入交际场合，让他们看看，除了何小姐外，我能不能找个漂亮的夫人？他心里如此想着的时候，一手拿了相片注视着，一手伸了一个指头不住地在桌面上画着圈圈，最后紧紧地捏了拳头，抖了两下；捏了拳头，凭空捶了两下，咬了牙道："我决计把你弄了来，让大家看看。"他如此想着，当天就派人四处去打听沈凤喜的下落。

到了次日，他手下一个副官，却把沈三玄带了来和他相见。沈国英听说刘太太的叔父到了，却不能不给一点面子，因之就到客厅里来接见。及至副官带了进来，只见一个蜡人似的汉子，头上戴了膏药片似的瓜皮小帽，身上一件灰布棉袍，除了无数的油渍和脏点，还大大小小有许多烧痕，这种人会做刘将军的叔泰山，令人有些不肯信。正如此犹豫着的时候，沈三玄在门槛外抢进来一步，身子蹲着，垂了一只右手，就向沈国英请了一个安。沈国英是个崭新的军人，对于这种腐败的礼节，却是有些看不惯，心里先有三分不高兴。可是他又转念一想，假使这个刘太太家里人身份太高了，又岂能让我拿来作个泄气的东西！唯其是让自己可以随便指挥，这才要利用她家里面的人格低。如此一转念，便向三玄点了个头。三玄站起来笑道："刚才吴副官到小人家里去，问我那侄女的下落。唉！不瞒统制说，她疯了，现在疯人院里。"沈国英道："我也听见说她有神经病的，但是在医院里不久就出来了。"三玄道："她出来了，后来又疯了，我们全家闹得不安，没有法子，只好又把她送到疯人院里去。"说着，在身上掏出一张相片，双手颤巍巍地送到沈国英面前，笑道："你瞧，这是疯人院里给她照的一张相。"

沈国英接过来一看，乃是一张半身的女相，清秀的面庞，配着蓬乱的头发，虽然带些憔悴的样子，然而那带了酒窝的笑靥，喜眯眯的眼睛，向前直视，左手略略高抬，右手半向着怀里，作个弹月琴的样子。沈国英道："这就是刘太太吗？"沈三玄早已从吴副官口中略略知道了一点消息，便道："她没有得病的时候，刘将军就和她翻了脸了，她早就不是刘家的人，刘家人谁也不认她。要不，稍微有碗饭吃，家里怎样也容留着她，不让她上疯人院了。其实，只要让她顺心，她的病就会好的。"沈国英将这张相片，拿在手里沉吟了一会儿，因道："猛然一看，不像有病；仔细一看，她这一双眼睛，向前笔直地看着，那就是有病了。我派人和你一同去，把她接了来，我亲眼看看，究竟是怎么一个样子？"沈三玄道："疯人院的规矩，要领病人出来，那是很不容易的。"吴副官站在门外，就插嘴道："任凭在什么地方，有我们宅里一个电话，没有不放出来的。"沈三玄退后一步，于是又笑着向沈国英请了一个安道："若是我那侄女救好了，我一家人永生永世忘不了你的大恩大德。"沈国英向他微笑道："这倒无须。我并不是对你侄女儿有什么感情，也不是在北京十几万户人家里面，单单的怜惜你一家。只因你的侄女，像我一个朋友……"说到这里，觉得以下的话不大好说，就微笑了一笑。沈三玄怎敢问是什么缘故，口里连连答应了几声"是"。沈国英向他一挥手道："你跟着我的副官去，先预备衣服鞋袜，明天把她接了来，她的病要是能治，我就找医生给她治一治，若是不能治，我可只好依然送到疯人院里去。"沈三玄弯了一弯腰道："是，那自然。"倒退两步，就跟着吴副官走了。

这个消息传遍了沈宅，上下人等，没有一个不奇怪的：莫不是主人翁也疯了，怎么要接个疯子女人到家里来？沈国英的兄长，是没法劝止这个有权有势的弟弟，只得打电话给夏总长请他来劝阻。夏云山深以为怪，说沈国英是胡闹，决不许他这样干。有了这样一个波折，要知凤喜能接出疯人院与否，下回交代。

005   金屋蓄痴花别具妙计   玉人作赝鼎激走情侪

却说沈国英要把沈凤喜接回家来看看，夏云山听到了这个消息，很是惊异。次日当凤喜还没有接来之先，夏云山就赶到沈国英家来拦阻。一见面，他就笑着嚷道："我的老弟台，你自己也患神经病了吧？怎么要把一个疯子女人接到家里来看看。"沈国英笑道："对了，我是有了神经病，但是全世界的人，真不患神经病的，却有几个？"夏云山道："难道你要弄个疯子做太太？那在闺房里，也没有什么乐趣吧！"沈国英道："她不过是一种病，并不是一种毒！是病就可以治，治好了病，我再收她做太太；治不好病，我把她当个没有灵魂的何丽娜，在我面前摆着，也是好的。我只把她当何小姐，就不嫌她病了。"他如此说着，夏云山也无以相难，心想：何以把疯子当何丽娜？我且看看这个没有灵魂的何丽娜，究竟是什么样子？于是就陪了沈国英坐着等候。

不到一小时，吴副官进来报告，说是把沈凤喜接来了。沈国英站起身来，笑着向院子里迎上去，却回过头来向夏云山笑道："老实告诉你，我接的是何小姐，你不信，何小姐来了，那不是？"说着，手向进院子的那扇花隔扇门一指。夏云山看时，果然是何小姐。只是她穿得很朴素，只穿了一件黑绸的绒袍，头发蓬蓬松松的，脸上白中带黄，并没有擦什么脂粉，好像是生了病的样子。不过虽然带几分病相，然而她却是笑嘻嘻地露着两排白牙，眼睛直朝前面看着，两个黑眼珠子并不转动。他是在交际场上，早就认识何小姐了，虽然把她烧了灰，自己也是认得的，这不是何小姐是谁？不过猛然间看到，不免吓得自己突然向后一缩，若不是看着身前身后，站有许多人，一定要突然的叫了出来。但是那个何小姐，今天服装不同了，连态度也不同了。她并不像往日一样，见人言笑自若，她除了眼睛一直向前看着别人而外，就是对人嘻嘻地笑着。她后面跟着一个类似下流社会的人物，抢上前一步，对她道："孩子，你别傻笑了，这是沈统制，你不认识吗？"她两道眼睛的视线，依然向前，微摇了两摇头。夏云山这有点疑惑了：怎么会让这种人叫何小姐做孩子？于是也就瞪了两只眼睛望了她。沈国英走到她的面前，笑道："你不是叫沈凤喜吗？"她笑道："对呀，我叫沈凤喜呀，樊大爷没回来吗？"夏云山这才恍然，所谓没灵魂的何小姐，那是很对的，原来沈凤喜的相貌，和何丽娜相像，竟是到了这种地步！

当下沈国英回转头来向夏云山笑道："这不是我撒的什么谎吧？你看这种情形，装扮起来，和何小姐比赛一下，那不是个乐子吗？"夏云山还不曾去加以批评，沈国英已经掉过脸，又去向沈凤喜说话了，便道："哪个樊大爷？"凤喜笑道："哟！樊大爷你会不认识，就是我们的樊大爷么。"说毕，将两只眼睛，笑眯眯地看了沈国英。跟在她后面的沈三玄，就上前一步，拉了她的衣袖道："凤喜，你不知道吗？这是沈统制。他老人家的官可就大着啦！"凤喜望了沈国英微笑道："他的官大着啦，樊大爷的官也不小呀！"夏云山问道："怎么她口口声声不离樊大爷？"沈国英微笑道："这里面当然是有些原因。当了她的面，我们暂不必说。"于是吩咐仆役们，团团将凤喜围住，却叫人引了沈三玄到客厅里来。

沈三玄一到客厅里面，沈国英就问他道："她怎么口口声声都叫樊大爷，这樊大爷是谁呢？"沈三玄到了现在，实在是走投无路了；不想却又有了这样一个沈统制和他谈和，真是喜从天降，于是就把樊家树和凤喜的关系，略微说了一点。沈国英道："咦！怎么又是个姓樊的？这个姓樊的是哪里人？"沈三玄道："是浙江人，他叔叔还是个关监督啦。"沈国英道："原来还是他？难怪他那样钟情于何小姐了！"又冷笑了一声道："我这里有的是闲房子，收拾出三间，让你侄女在那里养病，我相信她的病治得好。她病里头闹不闹呢？"三玄道："她不闹，除非有时唱上几句。她平常怕见胖子，怕见马鞭子，怕听保定口音的人说话；遇到了，她就会哭着嚷着，要不然，她老是见着人就笑，见人就问樊大爷，倒没有别的。她知道挑好吃的东西吃，也知道挑好看的衣服穿。"沈国英昂头想了一想道："我们这东跨院里有几间房子，很是僻静的，那就让她暂时在我这里住十天半个月再说吧。"说着，向沈三玄望了问道："你对于我的这种办法，放心吗？"三玄见统制望了他，早就退后一步，笑着请了一个安道："难道在这儿养病，就不比在疯人院里强上几十万倍吗？"沈国英淡淡地一笑道："一切都看你们的造化。你去吧！"说着，将手一挥，把沈三玄挥了出去，自己躺在一张躺椅上把脚架了起来。顺手在茶几上的雪茄烟盒子里取了一根雪茄衔在嘴里，在衣袋里取出打火机，点着了烟，慢慢地吸着，向半空里喷出一口烟来，接着还放出淡淡的微笑。

夏云山看见他那逍遥自得的样子，倒不免望了他发呆，许久，才问道："国英！我看你对于这件事，倒像办得很得意。"沈国英口里喷着烟笑道："那也无所谓，将来你再看吧。"夏云山正色道："你就要出一口气，凭你这样的地位，什么法子都有。疯子可不是闹着玩的！"沈国英也一正脸色，坐了起来道："你不必多为我担心，你再要劝阻我这一件事，我就要拒绝你到我家里来了。"夏云山虽是一个盟兄，其实任何事件，都要请教这位把弟，把弟发了脾气，他也就不敢再说。沈国英既然把事情做到了头，索性放出手来做去：收拾了三间屋子，将凤喜安顿在里面；统制署里，有的是军医，派了一个医官和看护，轮流地去调治；而且给了沈家一笔费用，准许沈大娘和沈三玄随时进来看凤喜。

原来沈大娘自从凤喜进了疯人院以后，虽然手边上还有几个积蓄，一来怕沈三玄知道会抢了去，二来是有减无增的钱，也不敢浪用，所以她就在大喜胡同附近，找了一所两间头的灰棚屋子住下。沈三玄依然是在天桥鬼混，沈大娘却在家里随便做些女工，想到自己年将半百，一点依靠没有，将来不知是如何了局。自己的姑娘，现在是病在疯人院里。难道她就这样的疯上一辈子吗？想到这里，便是泪如泉涌的流将下来，所以她在苦日子以外，还过着一份伤心的日子。现在凤喜到了沈国英家，她心里又舒服了，心想：这样看起来，还是养姑娘比小子的好，姑娘就是疯了，现在还有人要她，而且一家人都沾些好处。将来姑娘要是不疯了，少不了又是沈大人面前得宠的姨太太了。从前刘将军说，要找个姓沈的旅长，做她的干哥哥，于今不想这个沈旅长官更大了，还记得起她呢，这可好了。因之她收拾得干干净净的，每天都到沈宅跨院里来探访姑娘——以沈国英的地位，拨出两间闲房，去安顿两个闲人，这也不算什么。所以在头一两天，大家都觉得他弄个疯子女人在家里住着有些奇怪，过了两天，大家也就把这事情看得很淡薄了。沈国英也是每天到凤喜的屋子里来看上一趟，迟早却不一定。

这天，沈国英来看凤喜的时候，恰好是沈大娘也在这里，只见凤喜拿了一张包点心的纸，在茶几上折叠着小玩意儿，笑嘻嘻地。沈大娘站在一边望了她发呆，沈国英进来，她请了个安，沈国英向她摇摇手，让她别作声，自己背了两手，站在房门口望着。凤喜将纸叠成了个小公鸡，两手牵扯着，那两个翅膀闪闪作动，笑得咯咯不断。沈大娘道："姑娘，别孩子气了，沈统制来了。"她对于沈统制三个字，似乎感不到什么兴奋之处，很随便的回转脸来看了一看，依然去牵动折叠的小鸡。沈国英缓缓走到她面前，将她折的玩物拿掉，然后两手按住了她的手，放在茶几上，再向她脸上注视着道："凤喜，你还不认得我吗？"凤喜微偏了头，向他只是笑，沈国英笑道："你说，认识不认识我？你说了，我给你糖吃。"凤喜依然向着他笑，而且双目注视着他。国英不按住她的手了，在衣服袋里取出一包糖果来，在她面前一晃，笑道："这不是？你说话。"凤喜用很高的嗓音问道："樊大爷回来了吗？"她突然用很尖锐的声音，送到耳鼓里面来，却不由人不猛然吃上一惊。他虽是个上过战场的武夫，然而也情不自禁地向后退了一步。沈大娘看到这个样子，连忙抢上前道："不要紧的，她很斯文的，不会闹。"沈国英也觉得让一个女子说着吓得倒退了，这未免要让人笑话，便不理会沈大娘的话，依然上前，执着她一只手道："你问的是樊大爷吗？他是你什么人？"凤喜笑道："他呀？他是我的樊大爷呀，你不知道吗？"说毕，她坐在凳上，一手托了头，微偏着向外，口里依旧喃喃地小声唱着。虽然听不出来唱的是些什么词句，然而听那音调，可以听得出来是《四季相思》调子。

当下沈国英便向沈大娘点点头，把她叫出房门外来，低声问道："以前姓樊的，很爱听她唱这个曲子吗？"沈大娘皱了眉低声道："可不是。你修好，别理她这个茬儿，一提到了姓樊的，她就会哭着闹着不歇的。"沈国英想了一想道："姓樊的现时在北京，你知道吗？"沈大娘道："唉！不瞒你说，自己的姑娘不好，我也不好意思再去求人家了。你在她面前，千万可别提到他。"沈国英道："难道这个姓樊的他就不再来看你们了吗？"沈大娘却只叹了一口气。沈国英看她这情形，当然也是有难言之隐，一个无知识的妇女，在失意而又惊吓之后，和她说这些也是无用，于是他就不谈了。

当沈国英正在沉吟的时候，忽听得窗户里面，娇柔婉转唱了一句出来，正是《四季相思》中的句子："才郎一去常常在外乡……可怜奴哇瘦得不像人模样——樊大爷回来了吗？"沈国英听了这话，真不由心里一动，连忙跨进房来一看，只见凤喜两手按了茶几，瞪了大眼睛向窗子外面看着。她听了脚步响，回转头来看着，便笑嘻嘻地望了沈国英，定了眼珠子不转。沈国英笑着和她点了几点头，有一句话正想说出来，她立刻就问出来道："樊大爷回来了吗？"沈国英把这句话听惯了，已不是初听那样的刺耳，便道："樊大爷快回来了。"他以为这是一句平常的话，却不料偏偏引起她重重的注意。抢上前一步，拉了沈国英的手，跳起来道："他不回来的，他不回来的，他笑我，他挖苦我，他骗我上戏馆子听戏把我圈起来了，他……"说着说着，她哇的一声哭了起来，伏在桌子上，又跳又哭。沈国英这可没有了办法，望了她不知所云。沈大娘走向前，将她搂在怀里，心肝宝贝，摸着拍着，用好言安慰了一阵。她还哭着樊大爷长樊大爷短，足足闹了二三十分钟，方才停止。沈国英这算领教了，樊大爷这句话却是答复不得的。次日，凤喜躺在床上，却没有起来，据医生说，她的心脏衰弱过甚，应该要好好休养几天，才能恢复原状。沈国英这更知道是不能撩拨她，只有让她一点儿也不受刺激，自由自便地过下去的了。

这样的过了一个月之久，已是腊尽春回。凤喜的脾气，不但医生看护知道，听差们知道，就是沈国英也知道，所以大家都让她好好地在房子里一人调养，并不去撩拨她的脾气。因之她除了见人就笑，见人就问樊大爷，倒也并没有别的举动。沈国英看她的精神，渐渐有些镇静了，于是照着何丽娜常穿出来的几套衣饰，照样和凤喜做了几套。不但衣饰而已，何丽娜耳朵上垂的一对翠玉耳坠子，何丽娜身上的那件灰背大衣，一齐都替凤喜预备好。星期日，沈国英在家里大请一回客，其间有十之七八，都认得何小姐的。在大客厅里，酒席半酣，一个听差来报告，姨太太回来了。沈国英笑着向听差道："让她到这里来和大家见见吧。"听差答应着一个"是"，去了。不多一会儿，两个听差，紧紧地跟着凤喜走了进来。客厅里两桌席面，男女不下三十人，一见之下，都不由吃了一惊：何总长的小姐，几时嫁了沈国英做姨太太？原来刚才凤喜穿了紫绒的旗袍，灰鼠皮的大衣，打扮了一身新，正是高兴得了不得，精神上略微有点清楚。听差又再三的叮嘱，等会见人一鞠躬，千万别言语，回头多多的给你水果吃，凤喜也就信了。因之现在她并不大声疾呼，站在客厅外，老远地就向人行了个鞠躬礼。沈国英站了起来笑道："这是小妾，让她来斟一巡酒吧。"大家哪里肯？同声推谢。沈国英手向凤喜一挥道："你进去吧！"于是两个听差，扶了凤喜进去。

在座的人，这时心里就稀罕大了：那分明是何小姐！不但脸貌对，就是身上穿的衣服，也是何小姐平常喜欢穿的，不是她是谁？这岂非沈国英故意要卖弄一手，所以让她到酒席筵前来，不然，一个姨太太由外面回家，有在宴会上报告之必要吗？而且听差也是不敢呀！大家如此揣想。奇怪上加上一道奇怪，以为何廉热衷做官，所以对沈国英加倍的联络，将他的小姐，屈居了做如夫人，怪不得最近交际场上，不见其人了。

过不几天，这个消息传到何廉耳朵里去了，气得他死去活来。仔细一打听，才知道那天沈国英将如夫人引出和大家相见虽是真的，但是他并没有说如夫人姓何，也没有说如夫人叫丽娜，别人要说是何小姐，与沈国英有什么相干？前次丽娜也说过有个女子和她相貌相同，也许沈国英就是把这个人讨去了。而且有人说，这个女子，是个疯子，一度做过刘将军的妾，更可以知道沈国英将她卖弄出来，是有心要侮弄自己的姑娘，只是抓不着人家的错处，不能去质问他。因为他讨一个和何小姐相貌相同的人做妾，将妾与来宾相见，这并不能构成侮辱行为的。

何廉吃了这一个大亏，就打电话把何丽娜叫回来。这时，家树放寒假之后也住在西山，就一同回来。何丽娜知道这件事，倒笑嘻嘻地说："那才气我不着呀。真者自真，假者自假。要证明这件事，我一出面，不用声明，事情就大白了。他那叫瞎费心机，我才不气呢！"可是家树听说凤喜又嫁了沈统制，以为她的疯病好了，觉得这个女子，实在没有人格，一嫁再嫁。当时做那军阀之奴，自己原还有爱惜她三分的意思，如今是只有可恨与可耻了。当他在何家听得这消息的时候，没有什么表示，及至回到陶伯和家来，只推头晕，就躺在书房里不肯起来。

这天晚上，何丽娜听说他有病，就特意到书房来看病。家树手上拿了一本老版唐诗，斜躺在睡榻上看下去。何丽娜挨着他身边坐下，顺手接过书来一翻，笑道："你还有工夫看这种文章吗？"家树叹了口气道："我心里烦闷不过，借这个来解解闷，其实书上说的是些什么，我全不知道。"何丽娜笑道："你为什么这样子烦闷，据我想，一定是为了沈凤喜。她……"家树一个翻身坐了起来，连忙将手向她手上一按，皱了眉道："不要提到这件事了。"何丽娜笑道："我怎能不提？我正为这个事来和你商量呢。"说着，在身上掏两张字纸，交给他道："你瞧瞧，我这样措辞很妥当吗？"家树接了字纸看时，何丽娜却两手抱了膝盖，斜着看家树的脸色是很平和的，就向着他嘻嘻地笑了起来。家树看完了稿子，也望了何丽娜，二人扑哧一笑，就挤到一处坐着了。

到了次日，各大报上，却登了两则启事，引起了社会上不少的人注意。那启事是：

樊家树 何丽娜	订婚启事	家树、丽娜，以友谊日深，爱好愈笃，兹双方禀明家长，订为终身伴侣，凡诸亲友，统此奉告。

何丽娜启事

　　丽娜现已与樊君家树订婚，彼此以俱在青年，岁月未容闲度，相约订婚之后，即日同赴欧洲求学。芸窗旧课，喜得重温；舞榭芳尘，实已久绝。纵有阳虎同貌之奇闻，实益曾参杀人之噩耗，特此奉闻，诸维朗照。

这两则启事，在报上登过之后，社会上少不得又是一番轰动。樊、何二人较为亲密的朋友，都纷纷地预备和他二人饯行。但是樊、何二人，对于这些应酬，一齐谢绝，有一个月之久，才两三天和人见一面。大家也捉摸不定他们的行踪。最后，有上十天不见，才知道已经出洋了。樊、何一走，这里剩下了二沈，这局面又是一变。要知道这个疯女的结局如何，下回交代。

006　借著论孤军良朋下拜　解衣示旧创侠女重来

　　光阴似箭一般的过去，转眼便是四年了。这四年里面樊家树和何丽娜在德国留学，不曾回来。沈国英后来又参加过两次内战，最后，他已解除了兵权，在北平做寓公。因为这时的政治重心，已移到了南京，北京改了北平了。只是有一件奇怪的事，便是凤喜依然住在沈家。她的疯病虽然没有好，但是她绝对不哭，绝对不闹了，只是笑嘻嘻地低了头坐着，偶然抬起头来问人一句："樊大爷回来了吗？"沈国英看了她这样子，觉得她是更可怜，由怜的一念慢慢地就生了爱情，心里是更急于的要把凤喜的病来治好。她经了这样悠久的岁月，已经认得了沈国英，每当沈国英走进屋子来的时候，她会站起来笑着说："你来啦。"沈统制去的时候，她也会说声："明儿个见。"沈国英每当屋子里没有人的时候。便拉了她在一处坐着，用很柔和的声音向她道："凤喜，你不能想清楚以前的事，慢慢醒过来吗？"凤喜却是笑嘻嘻地，反问他道："我这是做梦吗？我没睡呀。"沈国英有时将大鼓三弦搬到她面前，问道："你记得唱过大鼓书吗？"她有时也就想起一点，将鼓搂抱在怀里，沉头静思，然而想不多久，立刻笑起来，说是一个大倭瓜。沈国英有时让她穿起女学生的衣服，让她夹了书包，问她："当过女学生吗？"她一看见镜子里的影子，哈哈大笑，指着镜子里说："那个女学生学我走路，学我说话，真淘气！"类于此的事情，沈国英把法子都试验过了，然而她总是醒不过来。沈国英种种的心血都用尽了，她总是不接受。他也只好自叹一句道："沈凤喜，我总算对得住你，事到如今我总算白疼了你！因为我怎样的爱你，是没有法子让你了解的了。"他如此想着，也把唤醒凤喜的计划，渐渐抛开。

　　有一天，沈国英由汤山洗澡回来，在汽车上看见一个旧部李永胜团长在大路上走着，连忙停住了汽车，下车来招呼。李团长穿的是呢质短衣，外罩呢大衣，在春潮料峭的旷野里，似乎有些不胜寒缩的样子，便问道："李团长，多年不见了，你好吗？"李永胜向他周身看了一遍，笑答道："沈统制比我的颜色好多了，我怎能够像你那样享福呢。唉！不过话又说回来了，在这个国亡家破的年头儿，当军人的，也不该想着享什么福！"沈国英看他脸色，黑里透紫，现着是从风尘中来，便道："你又在哪里当差事？"李永胜笑道："差事可是差事，卖命不拿钱。"沈国英道："我早就想破了，国家养了一二百万军队，哪有这些钱发饷？咱们当军人的，也该别寻生路，别要国家养活着了。你就是干，国家发不出饷来，也干得没有意思。"李永胜笑道："你以为我还在关里呀？"沈国英吃了一惊的样子，回头看了一看，低声道："老兄台，怎么着，你在关外混吗？饿死事小，失节事大，你怎么跟亡国奴后面去干？"说着，将脸色沉了一沉。李永胜笑道："这样说，你还有咱们共事时候的那股子劲。老实告诉你，我在义勇军里面混啦。这里有义勇军一个机关，我有事刚在这里接头来着。"说着，向路外一个村子里一指。沈国英和他握了手笑道："对不住，对不住，我说错了话啦。究竟还是我们十八旅的人有种，算没白吃国家的粮饷。你怎么不坐车，也不骑头牲口？"李永胜笑道："我的老上司，我们干义勇军是种秘密生活，能够少让敌人知道一点，就少让敌人知道一点，那样大摇大摆地来来去去做什么？"沈国英笑道："好极了。现在回城去，不怕人注意，你上我的车子到我家里去，我们慢慢地谈一谈吧。"李永胜也是盛情难却，就上了车子，和他一路到家里来。

沈国英将李永胜引到密室里坐着，把仆从都禁绝了，然后向他笑道："老兄台，我混得不如你呀，你倒是为国为民能做一番事业。"李永胜坐在他对面，用手搔了头发，向着他微微一笑道："我这个事，也不算什么为国为民，只是吃了国家一二十年的粮饷，现在替国家还这一二十年的旧账。"沈国英两手撑了桌沿，昂了头望着天道："你比我吃的国家粮饷少，你都是这样说，像我身为统制的人，还在北京城里享福，岂不要羞死吗？"李永胜道："这是人人可做的事呀，只要沈统制有这份勇气，我们关外有的是弟兄们，欢迎你去做总司令、总指挥。只是有一层，我们没钱，也没有子弹。吃喝是求老百姓帮助，子弹是抢敌人的，没有子弹的时候，我们只凭肉搏和敌人拼命，这种苦事，沈统制肯干吗？"说时，笑着望了他，只管搔自己的头发。沈国英皱了眉，依旧昂着头沉思，很久才道："我觉得不是个办法。"李永胜看他那样子，这话就不好向下说，只淡淡的一笑。沈国英道："你以为我怕死不愿干吗？我不是那样说。我不干则已，一干就要轰轰烈烈的惊动天下。没有钱还自可说；没有子弹，那可不行！"李永胜看他的神情态度，不像是说假话，便道："依着沈统制呢？"沈国英道："子弹这种东西，并不是花钱买不到的。我想假使让我带一支义勇军，人的多少，倒不成问题，子弹必定要充足。"李永胜突然站起来道："沈统制这样说起来,你有法子筹得出钱吗?"沈国英道："我不敢说有十分把握,我愿替你借箸一筹,出来办一办。"李永胜一听,也不说什么,突然的跪下地去,朝着他端端正正地磕了三个头。

这一突如其来的行为,是沈国英没有防到的,吓得他倒退一步,连忙将李永胜搀扶起来。问道："老兄台,你为什么行这样重的大礼,我真是不敢当。"李永胜起来道："老实说,不是我向你磕头,是替我一千五百名弟兄向你磕头。他们是敌人最怕的一支军队,三个月以来,在锦西一带建立了不少的功绩,只是现在缺了子弹,失掉了活动力,再要没有子弹接济,不是被敌人看破杀得同归于尽,也是大家心灰气短,四处分散。我们的总指挥派了我和副指挥到北平来筹款筹子弹,无如这里是求助的太多,一个一个的来接济,摊到我们头上,恐怕要在三个月之后。为了这个,我是非常之着急。沈统制若是能和我们想个两三万块钱,让我们把军械补充一下,不但这一路兵有救,就是对于国家,也有不少的好处。沈统制,我相信你不是想不出这个法子的人,为了国家……"说到这四个字,他又朝着沈国英跪了下去。沈国英怕他又要磕头,抢向前一步,两手将他抱住,拖了起来道:"我的天,有话你只管说,老是这个样子对付我,你不是叫我、要求我,你是打我、骂我了。"李永胜道:"对不住,请你原谅我,我是急糊涂了。"沈国英笑道:"要我帮你一点忙,也未尝不可以,就是义勇军真正的内容我有些不知道。请你把关外义勇军详细的情形,告诉我一点,我向别人去筹款子。人家问起来了,我也好把话去对答人家。"李永胜道:"你要知道那些详细的情形,不如让我引一个人和你相见,你就相信我的话不假了。我先说明一下,此人不是男的,是个二十一二的姑娘。"沈国英道:"我常听说义勇军里面有妇女,于今看起来,这话倒是不假的了。"李永胜道:"这当然是真的。不过她不是普通女兵,却是我们的副指挥呢!只是有一层,她的行踪很守秘密的,你要见她,请你单独的走下内客厅会她,我明天下午四点钟以后,带了她来,也许你见了认识她。因为她这个人,不但是现在当义勇军,以前在北京,她就做过一番轰轰烈烈的举动。"

沈国英越听越奇怪了,这到底是怎么回事呢?当然啰,现在各报上老是登着什么"现代之花木兰",也许这副指挥就是所谓的"现代之花木兰"了,但是怎么我会认识她?在北平的一些知名女士,是数得出的,我差不多都碰过面。她们许多人只会穿了光亮的鞋子,到北京饭店去跳舞,哪里能到关外去当义勇军呀?沈国英急于要结识这个特殊的人物,于是又把自己的想法问了李永胜。李永胜微笑道："这些都不必研究，明天沈统制一见，也许就明白了。只请你叮嘱门房一声，明天我来的时候，通名片那道手续最好免了，让我一直进来就是。"沈国英道："不，我要在大门口等着，你一来，我就带着向里行。"李永胜也不再搭话，站起来和他握了一握手，笑道："明天此时，我们大门口相见。"说毕，径直的就走了。

　　沈国英送他出了大门口，自己一人低头想着向里走。奇怪？李永胜这个人有这股血性，倒去当了义勇军；我是他的上司，倒碌碌无所表现！正这样走着，猛然听到一种很尖锐的声音，在耳朵边叫道："樊大爷回来了吗？"他看时，凤喜站在一丛花树后面，身子一闪，跑到一边去了。自己这才明白，因为心中在想心事，糊里糊涂的，不觉跑到了跨院里来，已经是凤喜的屋子外面了。因追到凤喜身边，望了她道："你为什么跑到院子里来，伺候你的老妈子呢？"凤喜抬了肩膀，咯咯地笑了起来。沈国英握了她一只手，将她拉到屋子里去；她也就笑了跟着进来，并不违抗。伺候她的两个老妈子都在屋里，并没有走开。沈国英道："两人都在屋里。怎么会让她跑出去了的？"老妈子道："我们怎么拦得住她呢？真把她拦住不让走，她会发急的。"沈国英道："这话我不相信。你们在屋子里的人都拦不住她，为什么我在门外，一拉就把她拉进来了呢？"老妈子道："统制，你有些不明白，我们这些人，在她面前，转来转去，她都不留意；只有你来了，她认得清楚，所以你说什么，她都肯听。"沈国英听了这话，心中不免一动，心想：这真是"精诚所至，金石为开"了。这样子做下去，也许我一番心血，不会白费。因拉着凤喜的手，向她笑道："你真认得我吗？"凤喜笑着点了点头，将一个食指，放在嘴里咬着，眼皮向他一撩，微笑道："我认得你，你也姓沈。"沈国英道："对了，你像这样说话，不就是好人吗？"凤喜道："好人？你以为我是坏人吗？"她如此说时，不免将一只眼珠横着看人。两个老妈子，赶快向沈国英丢着眼色，拉着凤喜便走，口里连道："有好些个糖摆在那里，吃糖去吧。"说时，回过头来，又向沈国英努嘴。他倒有些明白，这一定是凤喜的疯症，又要发作，所以女仆招呼闪开，自己叹了一口气，也就走回自己院子里来了。当他走到自己院子里来的时候，忽然想起李永胜说的那番话，心想，我这人，究竟有些傻，当这样国难临头的时候，要我们军人去做的事很多，我为什么恋恋于一个疯了五年的妇人？我有这种精神，不会用到军事上去，作一个军事新发明吗？这样一转，他真个又移转到义勇军这个问题上去设想了。

　　到了次日，沈国英按着昨天相约的时候，亲自站在大门口，等候贵客光临。但是汽车、马车、人力车、行路的人来来往往不断的在门口过着，却并没有李永胜和一个女子同来。等人是最会感到时间延长的，沈国英等了许久许久，依然不见李永胜到来，这便有些心灰意懒，大概李永胜昨天所说，都是瞎诌的话，有些靠不住的。他正要掉转身向里去，只见一辆八成旧的破骡车，蓝布篷子都变成了灰白色了，一头棕色骡子拉着，一直向大门里走。那个骡车夫，带了一顶破毡帽，一直盖到眉毛上来，低了头，而且还半偏了身子，看不清是怎样一个人。沈国英抢上前拦住了骡头，车子可就拉到了外院，喝道："这是我们家里，你怎么也不招呼一声，就往里闯！"那车夫由骡车上跳了下来，用手将毡帽一掀，向他一笑。出其不意的，倒吓沈国英一跳，这不是别人，正是李永胜，不觉"咦"了一声道："你扮得真像，你在哪里找来的这一件蓝布袍子和布鞋布袜子？还有你手里这根鞭子……"李永胜并不理会他的话，手带了缰绳，把车子又向里院摆了一摆。沈国英道："老李，你打算把这车还往哪里拉？"李永胜道："你不是叫我请一位客来吗？人家是不愿意在大门外下车的。"

这里沈国英还不曾答话，忽听得有人在车篷里答应着道："不要紧的，随便在什么地方下车都可以。"说着话时，一个穿学生制服的少年跳下车来。但是他虽穿着男学生的制服，脸上却带有一些女子的状态，说话的声音，可是尖锐得很，看他的年纪，约在二十以上，然而他的身材，却是很矮小，不像一个男子。沈国英正怔住了要向他说什么，他已经取下了头上的帽子，笑着向沈国英一个鞠躬，道："沈统制，我来得冒昧一点吧？"这几句话，完全是女子的口音，而且他头上散出一头黑发。沈国英望了李永胜道："这位是——"李永胜笑着道："这就是我们的副指挥，关秀姑女士。"沈国英听到，心里不由得发生了一个疑问：关秀姑？这个名字太熟，在哪里听到过……关秀姑向他笑道："我们到哪里谈话？"沈国英见她毫无羞涩之态，倒也为之慨然无忌，立刻就把关、李二人引到内客厅里来。

三人分宾主坐下了，秀姑首先道："沈先生，我今天来，有两件事，一件是为公，一件是为私，我们先谈公事。我们这一路义勇军前后一十八次，截断伪奉山路，子弹完了，弟兄们也散去不少，现在想筹一笔款子买子弹。这子弹在关外买，我们有个来源，价钱是非常的贵，至低的价钱，要八毛一粒，贵的贵到一块二毛，两三万块钱的子弹，不够打一仗的。最好是关里能接济我们的子弹，不能接济我们的子弹，多接济我们的钱也可以。沈先生是个少年英雄，是个爱国军人，又是在政治上占过重要地位的，对于我的要求，我敢大胆说一句，是义不容辞，而且也是办得到的。所以我一听李团长的话，立刻就来拜访。沈统制不是要知道我们详细的情形吗？我们造有表册，可以请看。只是这东西也可以假造的，要证据，我身上倒现成。"说着，她将右手的袖子向上一卷，露出圆藕似的手臂，正中却有一块大疤痕。沈国英是个军人，他当然认得，乃是子弹创痕。她放下袖子，抬起一只右脚，放在椅子档上，卷起裤脚，又露出一只玉腿来，腿肚子上，也是一个挺大的疤痕。沈国英看她脸上，黑黑的，满面风尘，现在看她的手臂和腿，却是其白如雪，其嫩如酥，实在是个有青春之美的少女。他这样的老作遐思，秀姑却是坦然无事的，放下裤脚来，笑向沈国英道："这不是可以假造出来的。不过沈统制再要知道详细，最好是跟了我们到前线去看看，你肯去吗？"说时，淡淡的笑着看人。

沈国英见关秀姑说话那样旁若无人的样子，心里不由得受了很大的冲动，突然站起来，将桌子一拍道："女士这样说，我相信了，只是我沈国英好惭愧！我当军人，做到师长以上，并没有挂过一回彩，倒不如关女士挂了彩又挂彩，不愧军人本色。关女士深闺弱女，都能舍死忘生，替国家去争人格，难道我就不能为国出力吗？好，多话不用说，我就陪你到关外去看一趟，假使我找得着一个机会，几万粒子弹，也许可以筹得出来。"秀姑猛然伸了手，向他一握道："这就好极了。只要沈先生肯给我们筹划子弹，我们就一个钱不要。"沈国英道："假使子弹可以到手，我们要怎样的运送到前方去呢？"秀姑道："这个你不必多虑，只要你有子弹，我们就有法子送到前方去。现在公事算谈着有点眉目了，咱们可以来谈私事了。"沈国英想着，我们有什么私事呢？这可奇了！要知她说出什么私事来，下回交代。

007 伏枥起雄心倾家购弹 登楼记旧事惊梦投怀

却说关秀姑说是有私事要和沈国英交涉，使他倒吃了一惊，自己与这位女士素无来往，哪有什么私事要交涉？当时望了秀姑却说不出话来。秀姑微微一笑道："沈统制，你得谢谢我呀！四年前你们恼恨的那个刘将军，常常和你们捣乱，你们没法子对付他，那个人可是我给你们除掉的呀。"说毕，眉毛一扬，又笑道："要是刘德柱不死，也许你们后来不能那样得意吧？"沈统制头一昂道："哦！是了，我说你的大名，我很熟呢，那次政变以后，外边沸沸扬扬的传说着，都说是姓关的父女两个干的，原来就是关女士。老实说，那次政变，倒也幸得是北京先除刘巡阅使的内应。可是那些占着便宜的人，现在死的死了，走的走了，要算这一笔旧账，也无从算起。"秀姑微笑摇了两摇头道："你错了！你们升官发财，你们升官发财去，我管不着。而且那回我把刘德柱杀了，我是为了我的私事，与你们不相干。可是说着与你们不相干也不全是，仔细说起来，与你又有点儿关系。"沈国英道："关女士说这话，我可有些糊涂。"秀姑微笑道："你府上，到现在为止，不是还关着一个疯子女人吗？我是说的她。现在，我要求你，让我看看她。"

这一说不要紧，沈国英脸上顿时收住笑容，一下子站了起来，望着秀姑，沉吟着道："你是为了她？不错，她是刘德柱的如夫人，以前很受虐待的，这与关女士何干？"秀姑微笑道："你对这件事，原来也是不大明白的，这可怪了。"沈国英看看李永胜，有一句话想问，又不便问，望了只是沉吟着。李永胜倒有些情不自禁。关于秀姑行刺刘将军的事，关寿峰觉得是他女儿得意之作，在关外和李永胜一处的时候，源源本本，常是提到，只有秀姑对家树亦曾钟情的事，没有说起。这时，李永胜也就将关寿峰所告诉的话，完全说了出来。

沈国英一听，这才舒了一口气，拍手道："原来关女士和凤喜还是很好的姊妹们，这就好极了！我们立刻引关女士见她。她现在有时有些清醒，也许认得你的。"秀姑摇了一摇头道："不，我这个样子去见她，她还以为是来了一个大兵呢。骡车上，我带有一包衣服，请你借间屋子，我换一换。我很忙，在家里来不及换衣服就来了。"沈国英连说："有，有。"便在上房里叫了个老妈子就出来，叫她拿了骡车上的衣包，带着关秀姑去换衣服。

不一刻，秀姑换了女子的长衣服出来，咬了下唇，微微的笑。沈国英笑道："关女士男装，还不能十分相像；这一改起女装来，眉宇之间，确有一股英雄之气！"秀姑并不说什么，只是微笑着。沈国英看她虽不是落落难合，却也不肯对人随声附和，不便多说话，便引了她和李永胜，一路到凤喜养病的屋子里来。

这天，恰是沈大娘来和凤喜送换洗的衣服，见关秀姑来了，不由"呀"的一声迎上前来，执着她的手叫道："大姑娘，你好哇？多年不见啦。"秀姑道："好。我瞧我们妹妹来了。"她口里如此说着，眼睛早是射到屋子里。见凤喜长得更丰秀些了，坐在一张小铁床上，怀里搂了个枕头，并不顾到怀里的东西，微偏了头，斜了眼光，只管瞧着进来的人。秀姑远远的站住，向她点了两个头，又和她招了两招手。凤喜看了许久，将枕头一抛，跳上前来，握了秀姑的手道："你是关大姐呀！"另一只手却伸出来摸着秀姑的脸，笑道："你真是关大姐？这不是做梦？这不是做梦？"秀姑笑着点头道："谁说做梦呢，你现在明白了吗？"凤喜道："樊大爷回来了吗？"秀姑道："他回来了，你醒醒吧。"凤喜的手执了秀姑的手，"哇"的一声哭出来了。沈大娘抢上前，分开她的手，用手抚着她的脊梁道："孩子，人家没有忘记你，特意来看你，你放明白一点，别见人就闹呀！"凤喜一哭之后，却是忍不住哭声，又跳又嚷，闹个不了。沈大娘和两个老妈子，好容易连劝带骗，才把她按到床上躺下了。

秀姑站在屋子里，尽管望着凤喜，倒不免呆了。沈国英便催秀姑出来，又把沈大娘叫着，一同到客厅里坐。因指着秀姑向沈大娘道："这位姑娘了不得，她父女俩带了几千人在关外当义勇军，为国家报仇，我看见她这样有勇气，我自己很惭愧，决计把家财不要，买了子弹，亲自送到关外去。这样一来，我这个家是我兄嫂的了，你的闺女，就不能再在我这里养病。但是不在我这里养病，难道还把她送进疯人院不成？我和医生研究了许多次，觉得她还不是完全没有知识，断定了她疯病是为什么情形而起的。我们还用那个情节，再逼引她一回。这一回逼得好，也许就把她叫醒过来了。不好呢，让她还是这样疯着，倒没有什么关系。就怕的是刺激狠了，会把她引出什么差错来，我和你商量一下，你能不能放手让我去做。"沈大娘道："我有什么不能放手呢？养活着这样一个疯子，什么全不知道，也就死了大半个啦。凭她的造化，治好了她的病，我也好沾她一些光；治不好她的病，就是死了那也是命该如此，有什么可说的呢！"沈国英道："今天听这位李团长所说，凤喜发疯的那一天，关女士是亲眼看见的。因为刘德柱打了她，又逼她唱，老妈子又说，他从前打死过一个姨太太，所以她又气又急又害怕，成了这个疯病。若是原因如此，这就很好办啦。刘德柱以先住的那个房子，现在正空在那里。有关女士在这里，那卧房上下几间屋子是怎样的情形，关女士一定还记得。就请关女士出来指点指点，照以前那样的布置法子，再布置一番，就等她睡觉的时候，悄悄地把她搬到那新屋子里去住下。我手下有一个副官，长得倒有几分像刘将军，虽然眉毛淡些，没有胡子，这个都可以假装。到了那天让他装作刘将军的样子，拿鞭子抽她；回头再让关女士装成当日的样子，和他一讲情，活灵活现，情景逼真，也许她就真个醒过来了。"秀姑笑道："这个法子倒是好，那天的事情，我受的那印象太深，现在一闭眼睛，完全想得起来，就让我带人去布置。"沈国英道："那简直好极了，诸事就仰仗关女士。"说着，拱了一拱手。秀姑对沈大娘道："大婶你先回去，回头我再来看你。"沈国英看这情形，料着秀姑还有什么话说，就打发沈大娘走开。

这里秀姑突然的站起，望了沈国英道："我有一句话要问你。假使凤喜的病好了，你还能跟着我们到关外去吗？"沈国英道："那是什么话？救国大事，我岂能为了一个女子把它中止了。总而言之，她醒了也好，她死了也好，我就是这样做一回。二位定了哪天走，我决不耽误。不瞒二位说，我做了这多年的官，手上大概有十几万元，除了在北京置的不动产而外，在银行里还存有八万块钱。我一个孤人，尽可自谋生活，要这许多钱何用？除了留下两万块钱而外，其余的六万块钱，我决计一齐提出来，用五万块钱替你们买子弹，一万块钱替你们买药品。当军事头领的人，买军火总是内行。天津方面，我还有两条买军火的路子，今天我就搭夜车上天津，如果找着了旧路的话，我付下定钱，就把子弹买好，等我回来，将合同交给你们。那么，不问我跟不跟你们去，你们都可以放心了。"说着微笑了一笑道："老实说，我倾家荡产帮助你们，我自己不去看看，也是不放心的。你不要我去，我还要去呢。我的钱买的子弹，我不能全给人家去放，我自己也得放出去几粒呢。"秀姑道："好哇！我明天什么时候来等你的回信？"沈国英道："我既然答应了，走得越快越好。我一面派人和关女士到刘将军家旧址去布置，一面上天津办事。我无论明天回来不回来，随时有电话向家里报告。"秀姑向李永胜笑道："这位沈先生的话，太痛快了，我没有什么话说，就是照办。李团长，你看怎么样?"李永胜笑道："这件事，总算我没有白介绍，我更没有什么话说，心里这份儿痛快，只有跟着瞧热闹的哇。"

当下沈国英叫了一个老听差来，当着秀姑的面，吩咐一顿，叫他听从秀姑的指挥，明天到刘家旧址布置一切。好在那里乃是一所空房子，房东又是熟人，要怎样布置，都是不成问题的。老听差虽然觉得主人这种吩咐，有些奇怪，但是看到他那样郑重地说着，也就不敢进一词，答应着退下去了。

秀姑依然去换好了男子的制服，向沈国英笑道："我的住址没有一定……"沈国英道："我也不打听你的住址，你明天到我这里来，带了听差去就是了。"秀姑比齐脚跟站定了，挺着胸向他行了个举手礼，就和李永胜径直的走出去了。

这天晚上，沈国英果然就到天津去了。天津租界上，有一种秘密经售军火的外国人，由民国二三年起，直到现在为止，始终是在一种地方坐庄。中国连年的内乱，大概他们的功劳居多，所以在中国久事内战的军人，都与他们有些渊源可寻。沈国英这晚上到了天津，找着卖军火的人，一说就成功。次日下午，就坐火车回来了。他办得快，北平这边秀姑布置刘家旧址，也办得不缓，到了晚半天，大致也就妥当了，大家见面一谈，都非常之高兴。

次日下午，沈国英等着凤喜睡着了，用一辆轿式汽车，放下车帘，将她悄悄地搬上车，送到刘家，到了那里，将一领斗篷，兜头一盖，送到当日住的楼上去。屋子里亮着一盏光亮极小的电灯，外罩着一个深绿色的纱罩，照着屋子里，阴暗得很。

再说凤喜被人再三搬抬着，这时已经醒了。一到屋子里，看看各种布置，好像有些吃惊，用手扶了头，闭着眼睛想了一想，又重睁开来。再一看时，却是不错，铜床、纱帐、锦被、窗纱，一切的东西都是自己曾享受过的。看看这屋子里并没有第二个人，又没有法子去问人，仿佛自做过这样一个梦，现在是重新到这梦里来了。待要走出门去时，房门又紧紧地扣着。掀开一角窗纱向外一看，呵哟! 是一个宽的楼廊，自己也曾到过的。正如此疑惑着，忽听得秀姑在楼梯上高声叫道："将军回来了。"凤喜听了这话，心里不觉一惊。不多一会，房门开了，两个老妈子进来，板着脸色说道："将军由天津回来了，请太太去，有话说。"凤喜情不自禁地就跟了她们出来。走到刘将军屋子里，只见刘将军满脸的怒容，操了一口保定音道："我问你，你一个人今天偷偷到先农坛去做什么?"凤喜还不曾答话。刘将军将桌子一拍，指着她骂道："好哇！我这样待你，你倒要我当王八，我要不教训教训你，你也不知道我的厉害！瞧，这是什么？"说着，手向墙上一指。凤喜看时，却是一根藤鞭子。这根藤鞭子，她如何不认得！哇的一声，叫了起来。刘将军更不搭话，一跳上前，将藤鞭子取到手上，照定凤喜身边，就直挥过来。虽然不曾打着她，这一鞭子打在凤喜身边一张椅子上，就是"啪"的一下响。凤喜张大了嘴，哇哇地乱叫，看到身边一张桌子，就向下面一缩。她不缩下去犹可，一缩下去之后，刘将军的气就大了，拿了鞭子，照定桌子脚，就拼命地狂抽。凤喜吓得缩做一团，只叫"救命"。

就在这时，秀姑走了进来，抢了上前，两手将刘将军的手臂抱住，向他道："将军，你有话，只管慢慢地问她，把她打死了，问不出所以来，也是枉然。"凤喜缩在桌子底下，大声哭叫道："关大姐救命呀！关大姐救命呀！"秀姑听她说话，已经和平常人无二，就在桌子底下，将她拖了出来。她一出来之后，立刻躲到秀姑怀里，只管嚷道："大姐，不得了啦，你救救我啦，我遍身都是伤。"秀姑带拖带拥，把她送到自己屋子里去。电灯大亮，照着屋子里一切的东西，清清楚楚。凤喜藏在秀姑怀里，让她搂抱住了，垂着泪道："大姐，这是什么地方，我在做梦吗？"秀姑道："不是做梦，这是真事，你慢慢地想想看。"凤喜一手搔了头，眼睛向上翻着，又去凝神的想着。想了许久，忽然哭起来道："我这是做梦呀！要不，我是做梦醒了吧？"说时，藏在秀姑怀里，只管哇哇的哭叫着。秀姑一手搂住她的腰，一手抚摸着她的头发，向她安慰着道："不要紧的，做梦也好，真事也好，有我在这里保护着你呢。你上床去躺一躺吧。"于是两手搂抱着她，向床上一放，便在床面前一张椅子上坐下。凤喜也不叫了，也不哭了，一人躺在床上，就闭了眼睛，静静的想着过去的事情。一直想过两个钟头以后，秀姑并不打岔，让她一个人静静的去想。凤喜忽然一头坐了起来，将手一拍被头道："我想起来了，不是做梦，不是做梦，我糊涂了，我糊涂了。"秀姑按住她躺下，又安慰着她道："你不要性急，慢慢地想着就是了。只要你醒过来了，你是怎么了，我自然会慢慢地告诉你的。"凤喜听她如此说又微闭了眼，想上一想，而且将一个指头伸到嘴里用牙齿去咬着。她闭了眼睛，微微地用力将指头咬着，觉得有些痛，于是将手指取了出来，口里不住地道："手指头也痛，不是梦，不是梦。"秀姑让她一个人自自在在地睡着，并不惊扰她。

这时，沈国英在楼廊上走来走去，不住地在窗子外向里面张望，看到里面并没有什么动静，却悄悄地推了门进来向秀姑问道："怎么了？"秀姑站起来，牵了一牵衣襟，向他微微地笑着点头道："她醒了，只是精神不容易复原，你在这里看守住她，我要走了。"沈国英道："不过她刚刚醒过来，总得要有一个熟人在她身边才好。"秀姑道："沈先生和她相处几年，还不是熟人吗？再说，她的母亲也可以来。何必要我在这里呢？我们的后方机关，今天晚上还有一个紧急会议要开，不能再耽误了。"说毕，起身便走。沈国英也是急于要知道凤喜的情形，既是秀姑要走，落得自己一个人在屋子里，缓缓地问她一问，便含了微笑，送到房门口。

当下沈国英回转身来，走到床面前，见凤喜一只手伸到床沿边，就一伸手，握着她的手，俯了身子向她问道："凤喜，你现在明白一些了吗？"她静静地躺在床上，正在想心事，经沈国英一问，突然的回转身来望着他，"呀"了一声，将手一缩，人就立刻向床里面一滚。沈国英看她是很惊讶的样子。这倒有些奇怪，难道她不认识我了吗？他站在床面前，望了凤喜出神，凤喜躺在床上，也是望了他出神。她先是望了沈国英很为惊讶，经了许久，慢慢现出一些沉吟的样子来，最后有些儿点头，似乎心里在说：认得这个人。沈国英道："凤喜，你现在醒过来了吗？"凤喜两手撑了床，慢慢地坐起，微偏了头，望着他，只管想着。沈国英又走近一些，向她微笑道："你现在总可以完全了解我了吧？我为你这一场病，足足的费了五年的心血啦。你现在想想看，我这话不是真的吗？"沈国英总以为自己这一种话，可以引出凤喜一句切实些的话来。然而凤喜所告诉的，却是他做梦也想不到的一句话。要知凤喜究竟答复的是什么，下回交代。

008　辛苦四年经终成泡影　因缘千里合同拜高堂

　　却说沈国英问凤喜可认得他，她答复的一句话，却出于沈国英意料以外。她注视了很久，却反问道："你贵姓呀？我仿佛和你见过。"沈国英和她盘桓有四五年之久，不料把她的病治好了，她竟是连人家姓什么都不曾知道，这未免太奇怪了。既是姓什么都不知道，哪里又谈得上什么爱情。这一句话真个让他兜头浇了一瓢冷水，站在床面前呆了很久，因答道："哦！你原来不认识我，你在我家住了四五年，你不知道吗？"凤喜皱了眉想着道："住在你家四五年？你府上在哪儿呀？哦哦哦……是的，我梦见在一个人家。那人家……"说着，连连点了几下头道："那人家，是看见你这样一个人。我究竟在什么地方？我又是怎么了？"她这两句话，问得沈国英很感到一部廿四史无从说起，微笑道："这话很长，将来你慢慢地就明白了。"凤喜举目四望，沉吟着道："这还是刘家呀，怎么回事呢？我不懂，我不懂，我慢慢地能知道吗？"沈国英对于她如此一问，真没有法子答复。却听到窗户外面，一阵很乱的脚步声，有妇人声音道："她醒了，这可好了。"正是沈大娘说着话来了。沈国英这却认为是个救星，立刻把她叫了进来。

　　凤喜一见母亲来了，跳下床来。抓着母亲的手叫起来道："妈！我这是在哪儿呀？我是死着呢，还是活着呢？我糊涂死了，你救救我吧。"说毕，哇的一声，哭将起来了。沈大娘半抱半搂的扶住她道："好孩子不要紧的，你别乱，我慢慢告诉你就得了。天菩萨保佑，你可好了，我这心就踏实多了，你躺着吧。"说着，把她扶到床上去。凤喜也觉得身体很是疲倦，就听了母亲的话，上床去躺着。沈国英向沈大娘道："她刚醒过来，一切都不明白，有什么话，你慢慢地和她说吧。我在这里，她看着会更糊涂。"沈大娘抱着手臂，和他作了两个揖道："沈大人，我谢谢你了，你救了我凤喜的一条命，我一家都算活了命，我这一辈子忘不了你的大恩啦。"沈国英沉思了一会道："忘不了我的大恩？哼，哈哈！"他就这样走了。

　　这一天晚上，沈国英回去想着，自己原来的计划，渐渐地有些失效：一个女子，想引起她对于一个男子同情，却不是可以贸然办到的！凤喜是醒了，醒了可不认识我了。不过她突然看到我，是不会知道什么叫爱情的。今天晚上，她母亲和她细细一谈，也许她就知道我对于她劳苦功高，会有所感动了。他如此想着，权且忍耐着睡下。

到了次日下午，沈国英二次到刘将军家来。他上得楼来，听得凤喜屋子里，母女二人已喁喁细语不断。这个样子，更可以证明凤喜的病是大好了，于是站在窗户外，且听里面说些什么。凤喜先是谈些刘将军的事情，其次又谈到樊家树的事情，最后就谈到自己头上来了。凤喜道："这位沈统制的心事，我真是猜不透，为什么把我一个疯子养在他家里四五年？"沈大娘道："傻孩子，他为什么呢？不就为的是想把你的病治好吗！他的太太死了多年，还没有续弦啦。"凤喜道："据你说，他是一个大军官啦。作大军官的人，要娶什么样子的姑娘都有，干吗要娶我这个有疯病的女子呢？有钱有势的人，那是最靠不住地，我上过一回当了，再也不想找阔人了。"沈大娘道："你还念着樊大爷吗？他和一个何小姐同路出洋去了。那个何小姐，她的老子是做财政总长的，看样子准是嫁了樊大爷啦。就是她没嫁樊大爷，樊大爷也不会要你的了。"凤喜道："樊大爷就是不要我，我也要和他见一面。要不然，人家说我财迷脑瓜，见了有钱的就嫁，我还有面子见人吗？"沈大娘道："这话不是那样说，你想沈统制待你那样好，你能要人家白白的养活你四五年吗？"凤喜道："终不成我又拿身子去报答他？"这句话，说得太尖刻了，沈大娘一时无话可答。沈国英在外面站着，心里也是一动，结果，就悄悄地走下了楼，在院子当中昂头望了天，半晌叹了一口气，于是很快出来，坐汽车回家。

沈国英到了自己大门口，刚一下车，路边一个少年踉跄过来，走到身边轻轻叫了一声道："沈先生回来了。"沈国英认得是关秀姑，就引了她，一同走到内客厅来。秀姑笑问道："凤喜的病是好了。你打算怎么样？"沈国英道："她好了就好了吧，我还是去当我的义勇军。"秀姑道："沈先生，恕我说话直率一点，你费了好几年的工夫，为她治病，只是把她的病治好了，你就算了吗？那么，你倒好像是个医生，专门研究疯病的。"沈国英虽觉得秀姑是个极豪爽的女子，但是究竟有男女之别，自己对于凤喜这一番用意，可是不便向人启齿，只得摇了摇头道："关女士是猜不着我的心事的。将来，我或者可以把经过的事情报告报告。我，我决计作义勇军了。"说着用脚一顿。秀姑心想：那么，在今晚以前，还没有决心当义勇军的了，因笑道："沈先生越下决心，我们关外一千多弟兄们越是有救。我今天晚上来。没有别的事，只要求沈先生把那六万块钱，赶快由银行里提了出来，到天津去买好东西。"沈国英道："这是当然的。今天来不及了，明天我就办。我还要顾全我自己的人格啦，绝计不能用话来骗你的。"秀姑道："既是这样说，我就十分放心了。凤喜醒过来了，我还没有和她说一句话，趁着今晚没事，我要去看看她。"沈国英沉吟着道："其实不去看她倒也罢了。但是关女士和她的感情很好的，我又怎能说教你不去呢！"秀姑听他的话，很有些语无伦次，便反问他一句道："沈先生，你看凤喜这个人究竟是好人还是坏人呢？"沈国英道："这话也难说。"说毕，淡笑了一笑。秀姑看他这样子，知道他很有些不高兴，便道："这个人是个绝顶的聪明人，只可惜她的家庭不好，我始终是可怜她，我再去和她谈一谈吧。"沈国英静了一静，似乎就得了一个什么感想，点点头道："那也好，关女士是热心的人，你去说一说，或者她更明白了。"秀姑闪电也似的眼光，在他周身看了一看，并不多说，转身走了。

沈国英送了客回来，在院子里来回地徘徊着，口里自言自语地道："我自然是发呆：先玩弄一个疯子，后来又对疯子钟情，太无意义了。无意义是无意义，难道费了四五年的气力，就这样白白地丢开不成？关秀姑和她的交情不错，或者她去了，凤喜再会说出几句知心的话来，也未可知，我就去！"他有了这样一个感想，立刻坐了汽车，又跑到刘将军家来。他因为上次来，在窗户外边。已听到了凤喜的真心话，所以这次进来他依然悄悄地上楼，要听凤喜在说些什么。当他走到窗户外时，果然听到凤喜谈论到了自己，她说："姓沈的这样替我治病，我是二十四分感激他的。不过樊大爷回来了，我又嫁一个人了，他若问起我来，我怎好意思呢？"秀姑问道："那么，你不爱这个姓沈的吗？"凤喜道："我到现在，还觉得是在梦里看见这样一个人。请问，我对梦里的人，说得上什么去呢？至于他待我那番好处，我也对我妈说过了，我来生变畜生报答他。"秀姑道："你这话是决定了的意思吗？"凤喜道："是决定了的意思。大姐，我知道你是佛爷一样的人，我怎敢冤你。"说到这里，屋内沉默了许久，又听得秀姑道："这真教我为难。我把真话告诉你吧，恐怕将来都会弄得不好；我不把真话告诉你，让我隐瞒在心里，我又不是那种人。对你说了吧，樊大爷这就快回来了。"凤喜加重了语气，突然的问道："你怎么知道？"秀姑道："他到外国去以后，我们一直没有书信来往。去年冬天，我爷儿俩当上义勇军了，我们就到处求人帮忙。我们知道樊大爷在德国留学的，就写了一封信到柏林中国公使馆去，请他们转交，也是试试看的。不料这位公使和樊大爷沾亲，马上就得了回信。他听说我爷儿俩当了义勇军，欢喜得了不得。他说，他在德国学的化学工程，本来要明年毕业，现在他要提早回国，把他学的本事拿出来，帮助国家。他在信上说，他能做人造雾，他能做烟幕弹，还能造毒瓦斯，还有许多我都不懂……"凤喜道："我不管他学什么、会什么，他到底什么时候回来？"秀姑道："快了，也许就是这几天。"凤喜道："我明白了，大姐到北京来，也是来会樊大爷的吧？"屋子里声音又顿了一顿，却听到秀姑连连答道："不是的，不过我在北平，顺便等他一两天就是了。"凤喜道："还有那个何小姐呢，不和他一处吗？"秀姑道："这个我倒不知道。我现在除了和义勇军有关系的事，我是不谈。何小姐和我们有什么关系呢？所以我没有去打听她。"凤喜忽然高声道："好了好了，樊大爷来了就好了！"沈国英听了这些话，心想：不必再进房去看了，凤喜还是樊家树的。这个女子，究竟不错！我一定把她夺了过来，也未必能得她的欢心。唉！还是那句话，各有因缘莫羡人。沈国英垂头丧气地回家去。到了次日一早，他就开好了支票，上天津买子弹去了。

　　天下事竟有那样巧的——当沈国英去天津的时候，正是樊家树和何丽娜由上海坐通车回北平的时候。伯和现在在南京供职，陶太太和家树的母亲，因南京没有相当的房子，却未曾去。何廉不做官了，只做银行买卖，也还住在北平。伯和因为有点外交上的事，要和公使团接洽，索性陪了家树北上。头两天，陶、何两家，便接了电报，所以这日车站迎接的人是非常之热闹。车子停了，首先一个跳下车来的是伯和，陶太太见着，只笑着点了个头。其次是何丽娜，陶太太抢上前和她拉手，笑道："我叫密斯何呢，叫密昔斯樊呢？"何丽娜格格地笑着。樊家树由后面跟了出来，口里连连答道："密斯何，密斯何。"何丽娜向周围看了一看，问道："关女士没有来北平吗？"陶太太低声道："她是敌人侦探所注意的，在家里等着你们呢！"何丽娜道："我到了北平，当然要先回去看一看父亲。请你告诉关女士，迟一两个钟头，我一准来。"陶太太笑道："可是樊老太太也在我们那边呢，你不应当先去看看她吗？"何丽娜笑道："我算算你家小贝贝，应该小学毕业了，陶太太还是这样淘气！"大家笑着，一齐拥出车站，便分着两班走，家树同了伯和一同回家。

　　家树一到里院，就看到自己母亲和关秀姑同站在屋檐下面，便抢上前，叫了一声："妈！"樊老太太喜笑颜开的向着秀姑道："大姑娘，你瞧，四五年不见了，家树倒还是这个样子。"家树这才走上前一步，正待向秀姑行礼，秀姑却坦然的伸出一只手来，和家树握着笑道："樊先生，我总算没有失信吧？"家树和秀姑认识以来，除了在西山让她背下山来而外，从未曾有过肤体之亲，现时这一握手之间，倒让他说不出所以然的滋味来。缩了手，然后才堆出笑容来，向秀姑道："大叔好？"秀姑道："他老人家倒是康健，只是为了国事，他更爱喝酒了。他说，他抽不开身到北平来，叫我多问候。"樊老太太道："这位姑娘，是我的大恩人啦，我又没什么可报答人家的。我说了，索性占人家一点便宜，我把她认作我自己膝下的干姑娘，大家亲上一点。你瞧，好吗？"家树"呵呀"了一声，还没有说出来，秀姑老早便答道："只怕是我配不上。若是老太太不嫌弃的话，我还有什么可说的呢！"三个人说着话，一路走进屋子去，都很快活——陶伯和那样和睦的夫妻，久别重逢，当然先在自己屋子里有一番密谈。

这里家树和老太太谈着话，三个人品字儿坐着。家树的眼光，不时射到秀姑脸上，秀姑越发是爽直了。虽然让家树平视着，偶然四目相射，秀姑却报之以微笑，索性望了家树道："樊先生的气色，格外好啦，还是在外国的生活不错，一点儿也不见苍老，我可晒得成了个小煤姐了。"家树笑道："多年不到北平，听到北平大姑娘说话，又让我记起了前事。"秀姑道："对了，你又会想起凤喜。"家树对她，连连以目示意。秀姑微笑道："老太太早知道了，你还瞒着做什么呢？"樊老太太也道："这件事，我也知道好几年了，听说那个孩子的疯病，现在已经好些了……"

话还不曾说完，只听得陶太太在外面叫道："何小姐来了。"本来何丽娜在火车上下来的时候，穿的是外国衣服，现在却改了长旗袍，走到门外边，让陶太太先行，然后缓步进来。家树抢着介绍道："这是母亲。"何丽娜就笑盈盈地朝着樊老太太行了个鞠躬礼。樊老太太道："孩子在欧洲的时候，多得姑娘照应。"何丽娜笑道："您反说着呢，我正是事事都要家树照应啦。"秀姑在一边听到他们说话的口气与称呼，胸中很是了然，觉得西山自己那花球一掷，却猜了个八九不离十，于是在一旁微笑。何丽娜一进门，便想和秀姑亲热一阵，只是对了樊老太太未便太放浪了，所以等着和樊老太太说过两句话之后，才走到秀姑身边，两只手握了她两只手道："大姐，我们好久不见啦！你好？"秀姑笑道："我好到哪儿去呀！还是个穷姑娘。你可了不得，到过文明国家了，求得了高深的学问，这次回国来，一定是对我们祖国，有很大的贡献。"何丽娜道："我怎么比你呢？你是民族英雄，现代的花木兰！"陶太太坐在一边，向着二人笑道："你恭维她，她恭维你，都不相干，是自家人恭维自家人。"何丽娜听了这话，倒有些不懂，向陶太太望着。陶太太道："关女士现在拜了我姑母作干女了，你想，这不是一家人吗？"何丽娜明白虽明白了，但是真个说破了，倒有些不好意思直率的承认，只是向秀姑笑。陶太太笑道："难得的，今天樊、何两位远来，我应当替二位接风，同时给我们姑妈道喜，今天新收得一位表妹。"秀姑站起来道："那么着，我得给老太太磕头。"樊老太太笑道："叫一声妈就得了，都是崭新的人物，别开倒车。"陶太太站在许多人中间，周围打转转，乐得不知如何是好，笑道："你瞧，我们姑妈，也是乐大发了，说出这样的维新之论来。来呀，我的这位新表妹，人家是拣日不如撞日，我们是撞时不如即时，你就过来三鞠躬，拜见亲娘吧。"说着，一手挽了秀姑过来，让她站在樊老太太面前。秀姑对于这种办法，正也十二分愿意，本就打算站端正了，向樊老太太三鞠躬。陶太太又拦住她道："慢来慢来，不能就这样行礼，应当叫一声妈。"秀姑笑道："那是当然。"陶太太道："你别忙，等我来。"于是端正一把椅子，在上面斜摆着，拉了老太太在椅子上坐着，然后向秀姑道："表妹，行礼吧。"秀姑果然笑盈盈地叫了一声"妈"，然后向上三鞠躬。老太太站起来，口里连道："好，好！我们这就是一家人了。"

秀姑行过礼，转过身来，陶太太又拦住道："且慢，我这一幕戏还没有导演完。我还有话说呢！"秀姑心想，礼也行了，妈也叫了，还有什么没完呢？要知陶太太说出什么原因来，下回交代。

009 尚有人缘高朋来旧邸 真无我相急症损残花

却说关秀姑向樊老太太行过礼，回转身来，正待坐下，陶太太拦住了她，却道还有话说。樊老太太笑道："秀姑这孩子，很长厚的，你不要和她开玩笑了。"陶太太道："不是开玩笑呀，这面前还站着两个人呢，难道就不理会了吗？"因向秀姑道："这里有位樊先生，还有位何小姐，从前你可以这样称呼着，现在不成啦！我还糊涂着呢，不知道关女士多少贵庚？"秀姑道："我今年二十五岁了。"陶太太笑道："长家树两岁呢。那么，是大姐了。这可应当是家树过来行礼。密斯何，你也一块儿来见姐姐。"

何丽娜看了家树一眼，心想：又是这位聪明的太太耍恶作剧，怎好双双的来拜老大姐呢？秀姑早看出来了，便摇着手道："不，不，大爷就是比我小，何小姐不见得也比我小吧？"陶太太道："何小姐和家树是平等的，家树比你大，她就比你大；小呢，也一般小，而且她也只二十四岁，再说你还是满口大爷小姐，也透着见外，从这儿起，你就叫他们名字。"樊老太太笑道："这话倒是对了，不能一家人还那样客气。"家树心里一机灵，立刻向秀姑笑道："大姐，我们这就改口了。"说着，一个鞠躬。何丽娜更机灵，向前挽了秀姑一只手道："我早就叫大姐的，改口也用不着啦。"陶太太笑着向他们点点头。樊老太太生平以未生一个姑娘为憾，现在忽然有了一个姑娘，却也得意之至。她笑眯眯地看了秀姑，因向陶太太道："晚半天还是让我出几个钱叫几样菜回来，替伯和接风吧。"陶太太笑道："您是长辈，那怎敢当，而且表弟和表……"说时，望了何丽娜，又改口笑道："和何小姐。都是由外国回来的，当然要向他们接风。再说，你有了这样一个英雄女儿，这是天大的喜事，哪好不贺贺呢。"他们这里说得热闹，伯和也来了，于是也笑着要相请。老太太既高兴，觉得也有面子，就答应了。

当下大家一阵风似的拥到伯和那进屋子里来。何丽娜看到放相片的那两本大册页，依然还存留着，忽然想起曾偷去凤喜一张相片，搪塞沈国英——不知道凤喜现在可还在疯人院，也不知道沈国英发觉了是凤喜没有？当她正如此向相片簿注意的时候，陶太太早注意了，便笑着和她点了一个头，将何丽娜拉到自己卧室里去，笑道："你顺手牵羊，拿了一张似你又不是你的相片去，你是好玩，可惹出一段因缘来了。"因把从秀姑处得来的凤喜消息，告诉了她，不过关于凤喜还惦记家树的事，却不肯说。何丽娜沉吟着道："这个人可怪了！沈国英这样待她。为什么还不嫁呢？"陶太太笑道："你想想吧，所以这件事我嘱咐了秀姑，请她不要告诉家树，其实我也多此一道嘱咐。她到北平来的时候，拿了家树的介绍信，要住在我家，我是一百二十分佩服她的人，当然欢迎。她先住在这里半个月，都没有什么私事，无非是为义勇军的事奔走。前两天，她在和人打电话，探问凤喜的病状，被我撞见了，她才告诉我实话。连我都瞒着，还能告诉家树吗？"何丽娜笑道："告诉他也没有什么要紧呀！我和他在德国同学五年，还不知道他的心事吗？不过……不让他知道也好，他知道了，无非又让他心里加上一层难过。"她口里如此说着，却见家树的影子，在窗子外一闪。何丽娜向陶太太丢了一个眼色，却到外面屋子来了。果然，家树也是由屋子外进来。何丽娜笑道："表嫂总是拉人开玩笑，公开的不算，又要在一边儿说着。"陶太太向着她微笑，也不辩驳。

大家欢天喜地吃过了晚饭，何丽娜说是要和关秀姑谈谈，请秀姑到她家里去，两人好作长夜之谈，秀姑也正想何丽娜家有钱，可以劝说劝说，请她父亲帮助些，也就慨然的答应了。陶太太听说秀姑要到何丽娜家去，秀姑是个直性人，何丽娜是个调皮的人，把凤喜的话全说出来，岂不是一场风波？因之只管把眼睛来看着秀姑。秀姑微点了点头，似乎明白了这层意思。何丽娜却笑道："没关系。"

她三人正是丁字儿坐着。家树、伯和同樊老太太另是坐在一处沙发上，所以没有听到，也没人看到。何丽娜站起来道："伯母，我先回去了。"樊老太太道："是的，刚回来，老太爷老太太也等着和你谈谈啦。"何丽娜握了秀姑一只手道："大姐，去呀！"秀姑果然跟随她起来，向老太道："妈，我陪弟妹回家去一趟，明天一早来。"老太太听她叫了一声"妈"，非常之高兴，笑着摇摇头道："你是个老实人，别学你表嫂那一张嘴。"陶太太笑道："就是亲一层么，这就维护着自己干姑娘，不疼侄媳了。"大家哈哈大笑，在这十分的欢愉中，关、何二人走了。

家树陪了老太太坐谈一会，自到书房里休息，心想：不料秀姑倒和我成了姐弟。她为人是越发的爽直了，前程未可限量。有这样一个义姐，这也可以满足了，难道男女有了爱情，就非做夫妻不可吗？只是丽娜和她鬼鬼祟祟的，谈到凤喜的事情，凤喜又怎么样了呢？难道她又出了什么问题吗？明天我倒要打听打听。唉！打听她干什么？反正没有好事，打听出来，也无所可为。因之他揣摸了半晌，又纳闷地睡着了。他一路舟车辛苦，次日十点钟方才起床。漱洗完了，正捧一杯苦茗，在书桌边沉吟着，刘福却拿了一张名片进来，说是这人在门口等着。家树接过来一看，乃是"沈国英"三个字，名片旁边，用钢笔记着：

> 弟现已为一平民，决倾家纾难，业赴津准备出关之物矣。报关，如君学成归国，喜极而回，前事勿介怀，乞一见。

家树沉吟了一回，便迎出来。沈国英抢上前，在院子里就和他握着手道："幸会，幸会。"家树见他态度蔼然，便请他到客厅里来坐。沈国英道："兄弟今天来，有两件事，一公一私。公事呢，我劝先生把在德国所学的化学，有补助军事的，完全贡献到军事方面去；私事呢，我要报告先生一段惊人的消息。"于是就把自己对凤喜的事，报告了一阵，因道："我坐早车，刚由天津回来，还不曾回家，就来见先生，打算邀樊先生去看她一次，我从此可以付托有人了。"家树道："兄弟虽是可怜凤喜，但是所受的刺激也过深，现在我已不能受此重托了。"说时，皱了眉，作了苦笑。沈国英道："实在的，她很懊悔，觉得对不起先生。樊先生，无论对她如何，应该见她一面，作个最后的表示，免得她只管虚想。"家树昂头想了一想，笑道："是了，我明白了。沈先生的这番意思，我知道了。先生现是一位毁家纾难的英雄，我应当帮你的忙，好，我们这就走。不瞒你说……"说到这里，向屋子外看着，才继续着道："这件事，除兄弟以外，请你不要再让第二个人知道。"沈国英道："我明白的。"于是家树立刻和他走出门来，向刘将军家而来。

家树一路想着：秀姑是在何家了，早上决不会到这里来的，于是心里很坦然的走进那大门去。转过一道回廊，却听到前面有两个女子的说话声音，一个道："我心里怦怦跳，不要在这里碰到了沈国英啦！"又一个道："不要紧的，他上天津去了，而且他也计划就由此出关去，不回北平了。再说，他那个人也很好的。"又一个笑道："要不是有你这女侠客保镖，我还不敢来呢。"这两个女子，一个是何丽娜，一个就是关秀姑，家树吓得身子向后一缩，不知如何是好。沈国英看他猛然一惊的样子，却不解他命意所在。心如此犹豫着，关、何二人却在回廊那边转折出来，院子里毫无遮掩，彼此看得清清楚楚。秀姑首先叫起来道："啊哟！家树也来了。"何丽娜看到，立刻红了脸，而且家树身后，还有个沈国英，这更让她定了眼睛望了他，怔怔无言。四个人远远地看着，家树看了何丽娜，何丽娜看了沈国英，沈国英又看了樊家树，大家说不出话来。

当下秀姑回转身来迎着沈国英道："沈先生，你不是上天津去了吗？"沈国英道："是的，事情办妥，我又赶回来了。"说着，走上前，取下帽子，向何丽娜一鞠躬道："何小姐，久违了，过去的事，请你不必介意，我是马上就要离开北平的人了。"何丽娜听他如此说，便笑道："我听到我们这位关大姐说，沈先生了不得，毁家纾难，我非常佩服。因为我听说沈女士和我相像，我始终没有见过，今天一早，要关大姐带了我来看看，这也是我一番好奇心，不料却在这里，遇到沈先生。"家树道："我也因为沈先生一定叫我来，和她说几句最后的话。我为了沈先生的面子，不能不来。"何丽娜道："既然如此，你可以先去见她，我们这一大群人，向屋子里一拥，她有认得的，有不认得的，回头又把她闹糊涂了。"沈国英道："这话倒是，请樊先生同关女士先去见她。"

对着这个要求，家树不免踌躇起来。四人站在院子当中，面面相觑，都道不出所以然来。忽见花篱笆那边。一个妇人扶着一个少妇走了进来。哎呀！这少妇不是别人，便是凤喜，扶着的是沈大娘。她正因为凤喜闷躁不过，扶了她在院子里走着。这时，凤喜一眼看到樊家树，不由得一怔，立刻停住了脚，远远的在这边呆看着，手一指道："那不是樊大爷？"家树走近前几步，向她点了头道："你病好些了吗？"凤喜望了他微微一笑，不由得低了头，随后又向家树注视着，一步挪不了三寸，走到家树身边，身子慢慢地有些颤抖，眼珠却直了不转，忽然地问道："你真是樊大爷吗？"家树直立了不动，低声道："你难道不认识我了吗？"凤喜"哇"的一声哭了起来道："我，我等苦了！"沈大娘一面向家树打着招呼，一面抢上前扶了凤喜道："你精神刚好一点，怎么又哭起来了？"凤喜哇哇的哭着道："妈，委屈死我了，人家也不明白……"秀姑也走向前握了她一只手道："好妹子，你别急，我还引着你见一个人啦。"说着，手向何丽娜一指。

那何丽娜早已远远地看见了凤喜，正是呆了，这会子一步一步走近前来。凤喜抬了头，噙着眼泪，向何丽娜看着，眼泪却流在脸上。她看看何丽娜周身上下的衣服，又低了头牵着自己的衣服看看，又再向何丽娜的脸注视了一会，很惊讶地道："咦！我的影子怎么和我的衣服不是一样的呀？"秀姑道：

"不要瞎说了，那是何小姐。"凤喜伸着两手，在半空里抚摸着，像摸索镜面的样子，然后又皱了眉，翻了眼皮道："不对呀，这不是镜子！"何丽娜看她那个样子，也皱了眉头替她发愁。凤喜忽然嗤的一声，笑了出来道："这倒有意思，我的影子，和我穿的衣服不一样！"关秀姑于是一手握了凤喜的手，一手握了何丽娜的手，将两只手凑到一处，让她们携着，向凤喜道："这是人呢，是影子呢？"何丽娜笑道："我实在是个人。"她不说犹可，一说之后，凤喜猛然将手一缩，叫起来道："影子说话了，吓死我了！"家树看了她这疯样，向何丽娜低声道："她哪里好了？"家树说时更靠近了何丽娜，凤喜看到，跳起来道："了不得啦！我的魂灵缠着樊大爷啦！"

当下秀姑怕再闹下去要出事情，又不便叫何丽娜闪开，只得走向前将凤喜拦腰一把抱着，送上楼去。凤喜跳着道："不成，不成！我要和樊大爷说几句，我的影子呢？"秀姑不管一切将她按在床上，发狠道："你别闹，你别闹，你不知道我的气力大吗？"凤喜哈哈地笑道："这真是新闻！我自己的影子，衣服不跟我一样，她又会说话。"秀姑哄她道："你别闹，那影子是假的。"凤喜道："假的，我也知道是假的。樊大爷没回来，又是你们冤我，你们全冤我呀！你们别这样拿我开玩笑，我错了一回，是不会再错第二回的。"说着，"哇"的一声，又哭了起来。

凤喜在屋子里哭着闹着，楼下何、沈、樊三个人，各感到三样不同的无趣。大家呆立许久，楼上依然闹个不歇。三个人走了不好，不走又是不好，便彼此无言地向楼上侧耳听着。突然的，楼上的声音没有了，三个人正以为她的疯病停顿了，只见秀姑在屋子里跳了出来，站在楼栏边，向院子里挥着手道："不好了，人不行啦，快找医生去吧！"三个人一同问道："怎么了？"秀姑不曾答出来，已经听到沈大娘在楼上哭了起来。沈国英、樊家树都提脚想要上楼来看，秀姑挥着手道："快找医生吧，晚了就来不及了。"家树道："这里有电话吗？"沈国英道："这是空屋子，哪里来的电话？"樊家树道："附近有医院吗？"沈国英道："有的。"于是二人都转了身子向外面走，把何丽娜一个人丢在院子里。秀姑跳了脚道："真是糟糕！等着医生，偏是又一刻请不到！真急人，真急人。"秀姑说毕，也进去了。

何丽娜对于凤喜，虽然是无所谓，但是妇女的心，多半是慈悲的，看了这种样子，也不免和他们一样着慌，便走上楼来，看看凤喜的情形。只见她躺在一张小铁床上，闭了眼睛，蓬了头发，仰面睡着，一点动作也没有。沈大娘在床面前一张椅子上坐下，两手按了大腿，哇哇直哭。秀姑走到床面前，叫道："凤喜！大妹子！大妹子！"说着，握了她的手，摇撼了几下，凤喜不答复，也不动。秀姑顿脚道："不行了，不中用啦，怎么这样快呢？"何丽娜看到刚才一个活跳新鲜的人，现在已无气息了，也不由得酸心一阵，垂下了泪来。秀姑跳了几跳，又由屋子里跳了出来，发急道："怎么找医生的人还不来呢？急死我了！"何丽娜向秀姑摇手道："你别着急，我懂一点，只是没有带一点用具来。"秀姑道："你瞧！我们真是急糊涂了，放着一个德国留学回来的大夫在眼前，倒是到外面去找大夫。姑娘，你快瞧吧。"何丽娜走向前，解开凤喜的纽扣，用耳朵一听她的胸部，再看一看她的鼻子，白了一个圈，吓得向后退了一步，摇了头道："没救了，心脏已坏了。"

说话时，沈国英满头是汗，领着一个医生进来。何丽娜将秀姑的手一拉，拉到楼廊外来，悄悄地道："心脏坏了，败血症的现象，已到脸上，这种病症，快的只要几分钟，绝对无救的。家树来了，你好好的劝劝他。"果然，家树又领了一个医生到了院子里。当那个医生进来时，这个医生已下了楼，向那个医生打个招呼，一同走了。

家树正待向楼上走，秀姑迎下楼来，拦住他道："你不必上去了，她过去了。总算和你见着一面，一切的事，都有沈先生安排。"家树道："那不行，我得看看。"说着，不管一切，就向楼上一冲，跳进房来，伏在床上，大哭道："我害了你，我害了你，早知道如此，不如让你在先农坛唱一辈子大鼓啊！"

这个时候，刘将军府旧址，一所七八重院落的大房屋，仅仅一重楼房有人，静悄悄地，一个院子脚步声，前后几个院子可以听到。这时楼房里那种惨哭之声，由半空里播送出来，把别个院子屋檐上打瞌睡的麻雀都惊飞走了。沈国英对凤喜的情爱是如彼，关系又不过如此，他不便哭，也不能不哭，于是一个人走下楼来，只向那无人的院落走去。院子里四顾无人，假山石上披的长藤，被风吹着摇摆不定。屋角上一棵残败的杏花，蜘蛛网罩了一半，满地是花片。一个地鼠，哧溜溜钻入石阶下，满布着鬼气。沈国英到了这时，却真看到一个鬼，大叫起来。大白天里，何以有鬼，容在下回交代。

010　壮士不还高歌倾别酒　故人何在热血洒边关

却说沈国英在一个无人的小院里徘徊，只觉充满了鬼气。忽然一个黑影由假山石后向外一站，倒吓得他倒退了两步，以为真个有鬼出来。定眼细看，原来是李永胜穿了一身青衣服。他先道："我一进这门，就听到一片哭声，倒不料在这里碰到统制。"沈国英摇着头道："不要提，那个沈凤喜过去了。你是来找我的吗？"李永胜道："我只知道你上天津去了，我是来找关女士的。今天有个弟兄从关外回来，说是我们的总部，被敌人知道了，一连三天，派飞机来轰炸。我们这边的总指挥也受了伤，特意专人前来请我和关女士，星夜回去。我正踌躇着，不知道到天津什么地方去会你？现时在这里会着你，那就好极了。我们预定乘五点钟的火车走，你能走吗？"沈国英沉吟着道："这里刚过去一个人，我还得料理她的身后。"李永胜道："只要统制能拿钱出来，她还有家属在这里，还愁没有人收拾善后吗？"沈国英想了一想道："好，我就去。我家庭也不顾了，何况是一个女朋友，我去给你把关女士找来，你见了她可以不必说她父亲受了伤。"这句话没说完，秀姑早由身后跳了出来，抓住李永胜的手道："你实说，我父亲怎样了？"李永胜料想所说的话，已为秀姑听去，要瞒也瞒不了的，便道："是我们前方来了一个弟兄报告的，说敌人的飞机，到我们总部去轰炸，没有伤什么人，就是总指挥，也只受点微伤，不过东西炸毁了不少。"秀姑道："不管了，今天下午，我们就走。来！我们都到后面楼下去说话。"

当下三人拥到楼廊上，由秀姑将要走的原因说了。家树用手绢擦了眼睛，慨然的道："大概大家是为了凤喜身后的事，要找人负责。这很容易，沈大娘在北平，我也在北平，难道还会把她放在这里不成？救兵如救火，一刻也停留不得，诸位只管走吧。"何丽娜看了凤喜那样子，已经万分凄楚，听说秀姑马上要走，拉住她的手道："大姐，我们刚会一天面，又要分离了。"秀姑道："人生就是如此，为人别不知足，我们这一次会面，就是大大的缘分，还说什么？有一天东三省收复了，你们也出关去玩玩，我在关外欢迎你们，那个乐劲儿就大了。这儿待着怪难受的，你回去吧。"何丽娜道："家树暂时不能回去的，我在这里陪着他，劝劝他吧。"秀姑皱了皱眉头，凝神想了一想道："走了，不能再耽搁了。"沈国英也对沈大娘道："这事不凑巧，可也算凑巧，我偏是今天要走，最后一点儿小事，我不能尽力了；好在樊先生来了，你们当然信得过樊先生，一切的事情，请樊先生做主就是了。"说着，走到房门口，向床上鞠了一个躬，叹了口气，转身而去。秀姑走到屋子里，也向床上点点头道："大妹，别了，你明白过来了，和家树见了一面，总算实现了你的心愿啦。最后，樊大爷还是……"秀姑说到这里，声音哽了，用手绢擦了一擦眼睛，向床上道："我没有工夫哭你了，心里惦记着你吧。"说着，又点了个头，下楼而去。

这时，沈国英和李永胜正站在院子里等着。见秀姑来了，沈国英便道："现在到上火车的时候，还有三四个钟头，我们分头去料理事情，四点半钟一同上车站，关女士在什么地方等我？"秀姑道："你到东四三条陶伯和先生家去找我吧。"沈国英说了一声准到，立刻就回家去。

沈国英到了家里，将账目匆匆的料理了一番。便把自己一儿一女带着，一同到后院来见他哥嫂。手上捧了一只小箱子，放在堂屋桌上，把哥嫂请出来，由箱子里，将存折房契一样样的，请哥哥看了，便作个立正式，向哥哥道："哥嫂都在这里，兄弟有几句话说。兄弟一不曾经商，二又不曾种田，三又不曾中奖券，家产过了十几万，是怎样来的钱？一个人在世上，无非吃图一饱，穿图一暖。挣钱够吃喝也就得了。多了钱，也不能吃金子、穿金子。兄弟仔细一想，聚攒许多冤枉钱，留在一个人手里，想想钱的来路，又想想钱的去路，心里老是不安。太平年，也就马马虎虎算了。现在国家快要亡了，我便留着一笔钱，预备做将来的亡国奴，也无意思。而况我是个军人，军人是干什么的？用不着我的时候，我借了军人二字去弄钱；用得着的时候，我就在家里守着钱享福吗？因为这样，我这里留下两万块钱，一万留给哥嫂过老，一万做我小孩子的教育费。其余的钱，兄弟拿去买子弹送给义勇军了。我自己也跟着子弹，一路出关去。我若是不回来呢，那是我们当军人的本分；回来呢，那算是侥幸。"他哥哥愣住了，没得话说，他嫂嫂却插言道："啊哟！二叔，你怎么把家私全拿走呢？中国赚几千万几百万的人多着啦，没听见说谁拿出十万八万来，干吗你发这个傻气？"沈国英道："咱们还有两万留着过日子啦。以前咱们没有两万，也过了日子，现在有两万还不能过日子吗？"他哥哥知道他的钱已花了，便道："好吧，你自己慎重小心一点儿就是了。"沈国英将九岁的儿子，牵着交到哥哥手里；将七岁的姑娘，牵着交到嫂嫂手里，对两个孩子道："我去替你们打仇人去了，你们好好跟着大爷大娘过。哥哥，嫂嫂，兄弟去啦。"说毕，转身就向外走。他哥嫂看了他这一番情形，心里很难过，各牵了一个孩子，跟着送到大门口来。沈国英头也不回，坐上汽车，一直就到陶伯和家来。

沈国英在家里耽搁了三四个钟头，到时，樊家树、何丽娜、李永胜也都在这里了，请着他在客厅里相见。秀姑携着樊老太太的手，走了出来。家树首先站起来道："今天沈先生毁家纾难去当义勇军，还有这位李先生和我的义姐，又重新出关杀敌，这都是人生极痛快的一件事，我怎能不饯行！可是想到此一去能否重见，实在没有把握，又使人担心。况且我和义姐，有生死骨肉的情分，仅仅拜盟一天，又要分离，实在难过。再说在三小时以前，我们大家又遇到一件凄惨的事情，大家的眼泪未干。生离死别，全在这半天了，我又怎么能吃，怎么能喝！可是，到底三位以身许国的行为，确实难得，我又怎能不忍住眼泪，以壮行色！刘福，把东西拿来，请你们老爷太太来。"

说话时，陶伯和夫妇来了，和大家寒暄两句。刘福捧一个大圆托盘放在桌上，里面是一大块烧肉，上面插了一把尖刀，一把大酒壶，八只大杯子。家树提了酒壶斟上八大杯血也似的红玫瑰酒。伯和道："不分老少，我们围了桌子，各干一杯，算是喝了仇人的血。"于是大家端起一杯，一饮而尽，只有樊老太太端着杯子有些颤抖。沈国英放下酒杯，双目一瞪，高声喝道："陶先生这话说得好，我来吃仇人一块肉。"于是拔出刀来，在肉上一划，割下一块肉来，便向嘴里一塞。何丽娜指着旁边的钢琴道："我来奏一阕《从军乐》吧。"沈国英道："不，哀兵必胜！不要乐，要哀。何小姐能弹《易水吟》的谱子吗？"何丽娜道："会的。"秀姑道："好极了，我们都会唱！"于是何丽娜按着琴，大家高声唱着："风萧萧兮易水寒，壮士一去兮不复还……"只有樊老太太不唱，两眼望了秀姑，垂出泪珠来。秀姑将手一挥道："不唱了，我们上车站吧。"大家停了唱，秀姑与伯和夫妇先告别，然后握了老太太的手道："妈！我去了。"老太太颤抖了声音道："好！好孩子，但愿你马到成功。"沈国英、李永胜也和老太太行了军礼。大家一点声音没有，一步跟着一步，共同走出大门来了。门口共有三辆汽车，分别坐着驰往东车站。

到了车站，沈国英跳下车来，汽车夫看到，也跟着下车，向沈国英请了个安道："统制，我不能送你到站里去了。"沈国英在身上掏出一沓钞票，又一张名片，向汽车夫道："小徐！你跟我多年，现在分别了，这五十块钱给你作川资回家去。这辆汽车，我已经捐给第三军部作军用汽车，你拿我的片子，开到军部里去。"小徐道："是！我立刻开去。钱，我不要。统制都去杀敌人，难道我就不能出一点小力。既是这辆车捐作军用汽车，当然车子还要人开的，我愿开了这车子到前线去。"沈国英出其不意的握了他的手道："好弟兄！给我挣面子，就是那么办。"汽车夫只接过名片，和沈国英行礼而去。伯和夫妇、家树、丽娜，送着沈、关、李三人进站，秀姑回身低声道："此地耳目众多，不必去了。"四人听说，怕误他们的大事，只好站在月台铁栏外。望着三位壮士的后影，遥遥登车而去。

何丽娜知道家树心里万分难过，送了他回家去。到家以后，家树在书房里沙发椅上躺着，一语不发。何丽娜道："我知道你心里难受，但是事已至此，伤心也是没用。"家树道："早知如此，不回国来也好！"何丽娜道："不！我们不是回来同赴国难吗？我们依然可以干我们的。我有了一点主意，现在不能发表，明天告诉你。"家树道："是的，现在只有你能安慰我，你能了解我了。"

何丽娜陪伴着家树坐到晚上十二点，方才回家去。何廉正和夫人在灯下闲谈，看到姑娘回来了，便道："时局不靖，还好像太平日子一样到半夜才回来呢。"何丽娜道："时局不靖，在北平什么要紧，人家还上前线哩。爸爸！我问你一句话，你的财产还有多少？"何廉注视了她的脸色道："你问这话什么意思？这几年我亏蚀了不少，不过一百一二十万了。"何丽娜笑道："你二老这一辈子，怎样用得了呢？"何太太道："你这不叫傻话，难道有多少钱要花光了才死吗？我又没有第二个儿女，都是给你留着呀。"何丽娜道："能给我留多少呢？"何廉道："你今天疯了吧，问这些孩子话干什么？"何丽娜道："我自然有意思的，你二老能给我留五十万吗？"何廉用一个食指摸了上唇胡子，点点头道："我明白了，你在未结婚以前，想把家产……"何丽娜不等他说完，便抢着道："你等我再问一句，你让我到德国留学求得学问来做什么？"何廉道："为了你好自立呀。"何丽娜道："这不结了！我能自立，要家产做什么？钱是我要的，自己不用，家树他更不能用。爸爸，你不为国家做事，发不了这大的财。钱是正大光明而入者，亦正大光明而出。现在国家要亡了，我劝你拿点钱来帮国家的忙。"何廉笑道："哦！原来你是劝捐的，你说，要我捐多少呢？"何丽娜本靠在父亲椅子边站着的，这时突然站定，将胸脯一挺道："要你捐八十万。"何廉淡淡的笑道："你胡闹。"说着，在茶几上雪茄烟盒子里取了一根雪茄，咬了烟头吐在痰盂里，自己起身找火柴，满屋子走着。

当下何丽娜跟着她父亲身后走着，又扯了他的衣襟道："我一点不胡闹。对你说，我要在北平、天津、唐山、滦州、承德、喜峰口找十个地方，设十个战地病院。起码一处一万，也要十万。再用十万块钱，作补充费，这就是二十万。家树他要立个化学军用品制造厂，至低限度，要五十万块钱开办，也预备十万块钱作补充费。合起来，不就是八十万吗？你要是拿出钱来，院长厂长，都用你的名义，我和家树，亲自出来主持一切，也教人知道留学回来，不全是用金招牌来骗官做的。"何廉被她在身后吵着闹着，雪茄衔在嘴里，始终没有找着火柴。她在桌上随便拿来一盒，擦了一根，贴在父亲怀里，替他点了烟，靠着他道："爸爸，你答应吧。我又没兄弟姊妹。家产反正是我的，你让我为国家做点事吧。"何廉道："就是把家产给你，也不能让你糟蹋。数目太大了，我不能……"何丽娜跳着脚道："怎么是糟蹋？沈国英只有八万元家私，他就拿出六万来，而且自己还去当义勇军啦。你自说的，有一百二十万，就是用去八十万，还有四十万啦，你这辈子干什么不够？这样说，你的钱，不肯正大光明的用去，一定是货悖而入者亦悖而出。得！我算白留学几年了，不要你的钱，我自己去找个了断。"说毕，向何廉卧室里一跑，把房门立刻关上。

何太太一见发了急，对何廉道："你抽屉里那支手枪……"何廉道："没收起……"她便立刻捶门道："丽娜，你出来，别开抽屉乱翻东西。"只听到屋子里拉着抽屉乱响，何丽娜叫道："家树，我无面目见你，别了。"何太太哭着嚷了起来道："孩子，有话好商量呀，别……别……别那么着。我只有你一个呀！你们来人呀，快救命！"何廉也只捶门叫道："别胡闹！"早有两个健仆，由窗户里打进屋子去，在何丽娜手上，将手枪夺下，开了房门，放老爷太太进去。何丽娜伏在沙发上，藏了脸，一句不言语。何廉站在她面前道："你这孩子，太性急，你也等我考量考量。"何丽娜道："别考量，留着钱，预备做亡国奴的时候纳人头税吧。"她说毕，又哭着闹着。何廉一想：便捐出八十万，还有四五十万呢。这样做法，不管对国家怎样，自己很有面子，可以博得国人同情。既有国人同情，在政治上，当然可以取得地位……想了许久，只得委委屈屈，答应了姑娘。何丽娜扑哧一笑，才去睡觉。

这个消息，当然是家树所乐意听的，次日早上，何丽娜就坐了车到陶家来报告。未下汽车，刘福就迎着说："表少爷穿了长袍马褂，胳臂上围着黑纱，天亮就出去了。"何丽娜听说，连忙又把汽车开向刘将军家来。路上碰到八个人抬一具棺材，后面一辆人力车，拉着沈大娘，一个穿破衣的男子背了一篮子纸钱，跟了车子，再后面，便是家树，低了头走着。何丽娜叹了一口气，自言自语地道："就是这一遭了，由他去吧！"于是再回来，在陶家候着，直到下午一两点钟家树才回来，进门便到书房里去躺下了。何丽娜进去，先安慰他一顿，然后再把父亲捐款的事告诉他。家树突然地握住她的手坐起来道："你这样成就我，我怎样报答你呢？"何丽娜笑道："我们谈什么报答。假使你当年不嫌我是千金小姐，我如今还沉醉在歌舞酒食的场合，哪里知道真正做人的道理！其实还是你成就了我呢。"家树今天本来是伤心至极，听了何丽娜的报告，又兴奋起来。当日晚上，见了何廉，商议了设立化学军用品制造厂的办法，结果很是圆满。

这消息在报上一宣布，社会上同情樊、何两个热心，来帮忙的不少，有钱又有人，半个月工夫，医院和制造厂，先后在北平成立起来。

再说秀姑去后，先有两个无线电拍到北平，说是关寿峰只受小伤，没关系，子弹运到，和敌军打了两仗，而且劫了一次军车，都得有胜利，朋友都很欢喜，半个月后音信却是渺然。这北平总医院，不住地有战伤的义勇军来疗养，樊、何两人，逢人便打听关、沈的消息。有一天，来了十几个伤兵，正是关寿峰部下的。何丽娜找了一个轻伤的连长，细细盘问一遍。他说："我们这支军队，共有一千多人，总指挥是关寿峰，副指挥是关秀姑，后来沈国英去了，我们又举他做司令。我们因为补充了子弹，在山海关外，狠打了几次有力的仗，杀得敌人胆寒。我们的总部在李家堡，是九门口外的一个险地。九门口里，就是正规军的防地。前十天晚上，我们得了急报，敌人有骑兵五六百、步兵三千，在深夜里，要经过李家堡，暗袭九门口。沈司令说：'我们和敌人相差过多，子弹又不够，不如避实击虚，让他们过去，在后面兜抄。'关指挥说：'不行，九门口，只有华军一团人，深夜不曾防备，一定被敌人暗袭了去。敌人占了九门口，山海关不攻自得，我们一千多人，反攻何用？山海关一失，华北摇动，这一着关系匪浅。我们只有挡住了要道，不让敌人过去。此地到九门口，只十几里路，一开火，守军就可以准备起来。我们抵抗得越久，九门口是准备得越充足。兄弟，就是今晚，我们为国牺牲吧。'沈司令想了一想，这话也是，立刻我们就准备抵抗。敌人初来，也不曾防备我们怎样抵抗，到了庄外，我们猛然迎击，他们抵抗不住，先退下去。但是他们的人多，将庄子团团围住，大炮机枪，对了庄里狂射。我们各守了围墙，等敌人到了火力够得上的地方，才放出枪去。敌人只管猛烈进攻，我们死力守着不动。战了有两小时，敌人几次冲锋，冲到庄门口来，最后一次，我们的子弹，快要完了，我们关总指挥叫着说：'大家拼吧，再支持两点钟就天亮了，我们杀出去。'他一手拿了大砍刀，一手拿了手枪，带了五百多名弟兄冲出庄去。我就紧紧跟在总指挥后面，亲眼看到他手起刀落，砍倒七八十个敌人。我们这样肉搏一阵，敌人已经有些支持不住。我们的副指挥关姑娘，又带了二三百弟兄来接应，敌人就退下去了。我们也不敢追，又退回庄去守着。但是这一阵恶战，死了四五百人，连着先死的，一千多人，已经死亡三分之二。看看天色快亮，九门口遥遥地发出几响空炮。我们总指挥坐在矮墙下一块石头上，喘着气哈哈笑道：'好了，好了！守口军队，已经有准备了。'这时，我看他身上的衣服，撕得稀烂，胡子上，手上，脸上，都是血迹，他两手按了膝盖，喘着气道：'值！今天报答国家了。'他说后，身子靠了墙，就过去了。我们沈司令、副指挥因敌人还不肯退，就对着总指挥说：'凭了你老人家英灵不远，我们有一口气，也不让敌人进我的庄子。'说完，沈司令带了残余弟兄三四百人，等敌人逼近，又杀出去冲锋肉搏。这次我们人更少，哪里冲得动，战到天亮，全军覆没了。沈司令、李团长都没回来。不过天色一亮，敌人就不敢再攻九门口，自己退走了。关姑娘数数村子里的活人，只剩二百多，战得真是悲壮，不但九门口没事，李家堡也守住了。可是敌人上了这次当，这日下午，就派了四架飞机来轰炸李家堡。我们副指挥战了一晚，又去收殓沈司令和总指挥，人太累了，就睡了一场午觉。不料就是这时候，这飞机来到，临时惊醒躲避，已经来不及，就殉难了。"何丽娜只听到这里，已经不能再向下问他们怎样逃进关的，两眼泪汪汪，恸哭起来。这日晚上，何丽娜向家树提起这事，家树也是禁不住泪如雨下。

到了次日，正是清明，家树本来要到西便门外，去吊凤喜的新坟，就索性对何丽娜道："古人有禁烟时节，举行野祭的，我们就在今天，在凤喜坟边，另外烧些纸帛，奠些酒浆，祭奠几位故人，你看好吗？"何丽娜说是很好，就吩咐用人预备祭礼，带了两个用人，共坐一辆汽车，到西便门外来。汽车停下，见两棵新柳，一树野桃花下，有三尺新坟，坟前立了一块碑，上书："故未婚妻沈凤喜女士之墓，杭县樊家树立。"何丽娜看着，点了一点头。用人将祭礼分着两份：一份陈设在凤喜坟前；一份离开坟，在平坡上，向东北陈设着。家树拿了酒壶，向地上浇着，口里喊道："沈国英先生，李永胜先生，我的好朋友。关大叔，秀姑我的好姐姐，你们果然一去不返了。故人！你们哪里去了？英灵不远，受我一番敬礼。"说着，脱下帽来，遥遥向东北三鞠躬。回转身来，看了凤喜的坟，叫了一声："凤喜！"又坠下泪来。何丽娜却向了东北，哭着叫关大姐。两个用人，分途烧着纸钱。平原沉沉的，没有一点声音，越显得樊、何二人的呜咽声，更是酸楚。忽然一阵风来，将烧的纸灰，卷着打起胡旋，飞入半天，半树野桃花的花片，洒雨一般的扑到人身上来。何丽娜正自愕然，那风又加紧了两阵。将满树的残花，吹了个干净。家树道："丽娜，人生都是如此，不要把烂漫的春光虚度了。我们至少要学沈国英，有一种最后的振作呀！"何丽娜道："是的，你不用伤心，还有我呢，我始终能了解你呀！"家树万分难过之余，觉得还有这样一个知己，握了她的手，就也破涕为笑了。